穿你的衬衣入睡

上册

孟宋 著

青岛出版社

QINGDAO PUBLISHING HOUSE

图书在版编目（CIP）数据

穿你的衬衣入睡/孟宋著. —青岛:青岛出版社,2021.9
ISBN 978-7-5552-9824-3

Ⅰ.①穿… Ⅱ.①孟… Ⅲ.①长篇小说－中国－当代 Ⅳ.①1247.5

中国版本图书馆CIP数据核字（2021）第126371号

书　　名	穿你的衬衣入睡
作　　者	孟　宋
出版发行	青岛出版社
社　　址	青岛市崂山区海尔路182号（266061）
本社网址	http://www.qdpub.com
邮购电话	18613853563　0532-68068091
责任编辑	郭红霞
特约编辑	崔　悦　徐晓辰
校　　对	魏　亮
装帧设计	蒋　晴
照　　排	梁　霞
印　　刷	三河市良远印务有限公司
出版日期	2021年9月第1版　2021年9月第1次印刷
开　　本	16开（640mm×920mm）
印　　张	37
字　　数	600千
书　　号	ISBN 978-7-5552-9824-3
定　　价	65.00元（全2册）

编校印装质量、盗版监督服务电话 4006532017　0532-68068050

目 录 上册

目 录

下册

2

第 一 章

衬衣入梦

"你刚入职，客户想见见你，而且最近新车上市，业务比较多，对方需要我们明天驻场。"

夜幕低垂，厚厚的窗帘遮住了漫天星光，也将房间里弥漫的夜色藏了起来。

闻烟躺在浴缸里闭着眼睛，又翘又长的睫毛似乎沾染了湿气，黑色的头发、干净的眼睛、一尘不染的脸和年轻的身体，所有的美好都藏在泡沫之下。

一切原始的懵懂干净都是诱惑，她像刚刚成熟的蜜桃等人采撷。

闻烟确实累了，今天是她上班的第二天，对工作节奏还不适应，而最让她无措的是明天要去见客户。

想到同事的话，闻烟不禁有些头疼，脱离了学生的身份，很多事情变得身不由己。和人谈笑风生并不是她擅长的，相反，她更喜欢安静。

但闻烟对未来有很明确的职业规划，所以眼前这些也是必须要经历的，退去青涩和稚嫩，学着适应，慢慢成长，这只是第一步而已。

想通之后，她好像也没那么苦恼了。她从浴缸中站起来，赤着脚慢慢走向花洒，冲洗着身体上的泡沫，哗哗的水声搅动了室内氤氲的水汽。

1

闻烟所在的凯扬广告公司是家德企，总部在慕尼黑，服务的客户是全球著名的豪车品牌 Feint-Aurelio——法因图。这一品牌常年在豪华汽车市场独占鳌头，同样来自德国。

FA 公司坐落在蓝珀大厦，周围高楼林立，处于 A 市寸土寸金的中央商务区。

出租车在大厦前停下，闻烟和李明新提着电脑包从车上下来，穿过旋转门进入蓝珀大厦。

李明新，闻烟的直属领导，二十八岁左右的样子。

"市场部在三十五楼和三十六楼，我们主要对接的客户关系管理部门是市场部下面的一个分支，直接上去就好。"李明新向闻烟解释。

"好的。"闻烟笑着点头。

走进大厦是宽阔的大厅，有 FA 的咨询台，还有一家咖啡店。扶梯从一楼直达三楼，整个大厅显得十分空旷华丽，穿着西装衬衫的男人和穿着包臀通勤装的女人手里端着咖啡，谈笑自若地走进电梯，随着电梯越升越高，他们颇有种站在金字塔顶端的意味。

闻烟和李明新乘扶梯到达三楼，刷 FA 专属的门禁卡才能进入电梯间，再次刷卡才能到达三十五楼。

FA 的保密工作未免做得太好，闻烟轻笑。

"他们是流动办公，工位是不固定的，三十五楼好像没位置，我们上去看看。"到达三十五楼的办公室，李明新带着闻烟转了一圈，发现已经没有位置了。

闻烟跟在李明新身后，从进来的那一刻就感觉到了工作环境的不同。凯扬的工作氛围很轻松，然而这里的每个人行色匆匆，看得出来工作节奏非常快。

流动办公可以最大程度利用办公资源，FA 的每个细节都透露出上位者的精明。

电梯不能直达三十六楼，因为楼层按键上没有这个数字。员工想要到三十六楼，只能走楼梯。三十五楼和三十六楼之间是一道设计精巧的旋转楼梯，像是在内部打通了一个阁楼。

"你先坐在这里，我去那边看看。"到三十六楼看到一个空位后，李明新让闻烟先坐下。

"谢谢明新哥，我们是十一点开会吗？"闻烟把电脑放下，看了眼时间。

"嗯，我待会儿过来找你。"李明新说完去找座位了。

陌生的环境让人不安，闻烟环视周围，很多位置上没人却放着文件，大家应该在会议室开会。

她坐在靠过道的位置上，左边相邻的位置也是空的，但键盘旁边放着一杯美式咖啡，看起来已经凉了。几分钟后，闻烟收回视线，开始准备开会的资料。

会议比想象中轻松，她和李明新与客户关系管理部门的两个主要对接人碰了面，简单地核对了下现阶段的工作内容和进度。

中午他们和客户一起吃饭，闻烟刚开始还比较拘谨，但发现大家很好相处后也就慢慢放开了。

他们没有多余的休息时间。午饭后回到三十六楼，闻烟发现旁边的位置还是没人，但余光扫过去，发现桌子上多了一支黑色钢笔，是万宝龙著名人物系列限量版。

目光不由得在那支钢笔上停了两秒，闻烟暗叹，FA的薪资待遇这么好吗？

就在她感叹贫富差距的时候，身后忽然被人带起一阵风，然后旁边的椅子被拉开，钢笔的主人回来了。

闻烟收起了飘飞的思绪，开始认真工作，因为四点还有一个会，而这次是跟FA的市场部总监一起开会。

她有点儿忐忑。

"在产品上市前，售价属于商业机密，这个你们暂时拿不到。"

成熟男人的声音传到闻烟耳边。像是受到蛊惑，她偏头看向旁边。

深蓝色衬衣的袖口微微卷起，男人举着手机挡住了大半边脸，闻烟只看见一个大致的轮廓。

没敢过多停留，闻烟不动声色地将目光收回，然而他的声音还在继续传来，像是魔音入耳。

就在这时，闻烟忽然收到李明新的消息，让她在四点开会前把两次预热的数据报告准备好。

闻烟定了定神，把先前的两份报告又检查了一遍，为了正式一点儿，还打印出一份纸质版。

七月份，空气很干燥，大厦内的冷气又比较足，闻烟的嗓子有点儿不

3

舒服。她走进对面的茶水间倒了杯温水，然后对着落地窗整理了下衣着。

闻烟穿着淡黄色的雪纺衬衫，搭配白色裙子，漂亮的脚踝从五厘米高的裸色高跟鞋中露出来。她这样的穿搭并不突兀，干净中透露出几分知性，但在FA很少看到这么明丽的颜色。

FA的招聘条件极为苛刻，从来不招应届毕业生，工作经历不足三年的也不录用，这就导致了职员的年龄偏高，最年轻的几乎也在三十岁以上，而且又是车企，男性居多。男性偏爱黑白色的通勤装。

从茶水间回去的路上，闻烟盯着自己的座位，忽然撞上一束目光——

这次她看清了男人的脸。

毫无预兆的对视让闻烟下意识地移开了视线，然后她若无其事地回到位置上，仿佛什么都没有发生过。

难道是自己刚刚偷看被发现了？闻烟没有时间细想，因为明新哥已经抱着电脑来到了她身边。

"走吧，快到时间了。"

"好的，稍等。"

闻烟抱起电脑和打印好的文件。随着她起身，压在电脑下的一张A4纸滑落到地上，但他们两个人都没发现，直接往会议室的方向走了。

谭叙深捡起脚边的A4纸，看清楚内容后视线在上面停了几秒，然后把纸放了电脑旁边。

这是客户关系管理组内部的会议，但他们的市场部总监要了解属下的工作进度，所以相关人员都来了，凯扬作为代理商也不能缺席。

闻烟和李明新到的时候，会议室里已经有好几个人了，其中还有和他们一起吃午饭的两个同事。大家陆陆续续地进来，十几个人很快都到了，不过主位还空着。

"Jarod不会是忘了吧？"

同事的声音刚落，身穿深蓝色衬衣的男人抱着电脑走进会议室，不疾不徐地在最前方的主位坐下。

会议室电子屏幕上显示着时间：15:59。

这不是她座位旁边的那个男人吗？

闻烟的眼眸里闪过微微的错愕，随即她忍不住暗叹，流动办公有点儿危险，一不小心就和领导成了同桌。

"开始吧。"

4

低沉的声音稳而有力，简简单单的三个字之后，其他人已经开始有条不紊地汇报工作了。

闻烟淡淡地看向他手里的黑色钢笔，之后移开视线。

"各位下午好，我先简单介绍下最近工作内容的调整，因为现在重心都在 6 系敞篷车的上市上，所以我们把售后和金融方面一些不太紧急的项目推到了上市之后。"

闻烟依稀记得说话的男人叫罗文，中午他们一起吃过饭，是她在 FA 主要对接的同事。

"推迟的时间和售后、金融相关部门确认了吗？"谭叙深问。

"已经和相关同事确认好了。"罗文说。

售后和金融两个部门是平行于市场部的，但如果有售后产品购买和金融政策更新，他们需要通过客户关系管理部门和车主沟通，简单来说，客户关系管理部门是 FA 和车主沟通的渠道之一，而凯扬作为广告代理商，会给他们提供专业性的建议和服务。

"好，继续。"谭叙深从电脑屏幕前抬头，在一片黑白色的通勤装中，一抹明丽的黄色忽然出现在他的视线中。

男人的目光短暂地停了一秒，又回到了邮件上。

"6 系敞篷轿跑会在九月中旬的北京车展上正式上市，目前处在预热阶段，过去的两周，我们分别发了两轮预热，两轮的内容稍有不同，第一轮侧重对车型外观的介绍，第二轮侧重对涡轮增压发动机和智能系统的介绍，通过对比来分析潜客的喜好，从而在正式上市时能更准确地沟通车型的亮点。"显示屏中展示着会议内容，罗文边说边翻到下一页。

"两轮预热的反馈数据有吗？"说话的女人是罗文的领导凯莉，也是客户关系管理组的老大，眉宇间透露着干练和锐利。

"我这里的数据不是最新版本，明新你那里有吗？"罗文看向李明新。

"有的，稍等。"李明新扭头看着闻烟，开会之前让她准备了。

在罗文介绍两次预热不同的侧重点时，闻烟就已经开始找报告了，然而翻了两遍都没有在打印的文件中找到第一轮预热的数据报告。她没有继续浪费时间，紧接着打开电脑里的文件。

然而随着李明新的话说完，她能感觉到所有人的目光都落在了自己身上。

时间并没有过去多久，但在格外安静的会议室就显得有些漫长。闻烟看似镇定自若地找文件，其实手心已经冒出了汗。

闻烟最擅长的伪装就是让别人永远看不到她慌乱的样子。

但沉默好像已经到达了临界点。

"六月二十五日第一轮预热，页面点击率 1.7%。"谭叙深把目光落在捡到的那张 A4 纸上，缓缓开口。

男人的声音打破了会议室的宁静，他话音刚落，闻烟也找到了报告。她紧跟着他的话音，不慌不忙地说："七月五日第二轮预热，页面点击率是 2.55%。"

"从数据上看，受众似乎更喜欢硬件设施。"罗文接过了话。

"那正式上市的内容就围绕动力和智能系统展开。"凯莉说。

"报告事件"好像就这么过去了，闻烟松了一口气，但他怎么会知道第一轮数据？

闻烟带着疑惑抬头，刚抬眼就发现他也正看向自己，两个人的视线再次在空中交会。闻烟刚落下的心又被提了起来——他手里拿着的那张 A4 纸背面，清晰地印着自己无聊时的涂鸦——

"是你的闻烟宝贝。"

闻烟感觉皮肤有点儿烫，身体好像陷进了云里，此时此刻她很想把自己藏起来。

她后知后觉地意识到，他身边有空位置就是因为根本没有人想坐在他旁边吧。

闻烟没有过多地留意那张丢失的报告，万一他不知道是谁的呢？她把视线落回电脑屏幕上，以防再次被突然问到。

由于对工作背景不熟悉，有些问题闻烟回答得不是很有底气，但好在明新哥会帮她。而从罗文的表情来看，他似乎对她的表现也很满意。

会议持续了四十分钟左右，终于平安无事地结束了。

闻烟抱着电脑回到座位上，正准备整理会议纪要，靠外的办公桌边忽然多出一张 A4 纸，纸上还有她的涂鸦——

"是你的闻烟宝贝。"

脸微微发烫，闻烟能感觉到自己应该是脸红了。她若无其事地将报告收起来，抬头正准备跟他说声谢谢，却发现他已经抱着电脑去下一个会议室了。

他只是路过而已。

视线落在他的背影上，闻烟不由自主地暗暗打量，男人深蓝色的衬衣扎在西裤里，修长的双腿和劲腰勾勒出流畅的线条……

正欲往下看，闻烟强迫自己收回了视线。

是她想多了，他们这种身居高位的人，往往会很傲慢，在会议室里，他可能并不是有意帮她，只是不想浪费时间而已。一个刚入职场的新人，谁也不会把她放在眼里。

按照会议提到的反馈，闻烟把6系敞篷车预热要发布的内容稍作调整，然后发邮件给罗文确认，又将两轮预热的数据报告整理了一版最新的。做完这些后也到了下班时间，闻烟揉了揉泛酸的肩膀，整理好文件，将电脑锁进柜子里。

只是直到她下班，旁边的位置都是空的。

七月份，六点多下班天还很亮，闻烟和李明新一起从大厦出来后往地铁站走。

"明新哥，今天一起开会的是市场部总监吗？"闻烟边走边问。

"你是说Jarod吗？对，就坐在你旁边的位置，是FA的首席营销官。"李明新说。

"他怎么坐在外面？他没有自己的办公室吗？"闻烟只是单纯好奇。

"好像有，但他一般不怎么去，他们公司现在提倡流动办公，想从某些方面来淡化上下级关系。"李明新背着黑色的双肩包，一点儿都看不出是快三十岁的人。

"这还挺好的。"闻烟若有所思地点了点头。

众所周知，甲方最大的问题就是上下级太过分明，条条框框很多，运作模式僵化迂腐，一级一级压下来，很多人不是在想如何让这个项目出彩，而是机械地提交一些漂亮的表格和报告。员工忙着讨好上级、讨好老板，全在做表面功夫。

FA是外企，在公司大部分人都用英文名，某种程度上已经避免了李总、王总、张总这种称呼，再加上现在的办公模式，能让人明显感觉到办公的高效。

"不过别担心，我们跟他不会有太多接触，主要对接的就是罗文，以后有机会再给你介绍其他同事。"

闻烟还在思考FA的工作模式，听见李明新的话后回过神笑了笑："谢谢明新哥。"

"别客气，都是应该的，而且你已经做得很棒了。"李明新并不是在说客套话。他带过很多新人，闻烟确实属于聪明的那一类，学习能力很强，而且温和不张扬，还会认真听别人的建议。

"没有您说得那么好，对很多工作还不熟悉。"闻烟不好意思地轻笑。

两个人边走边聊，一起进入地铁站。

今天是周五，是本周的最后一个工作日，闻烟忙完就可以休息了。明明没有在学校学习的时间长，但她总是感觉很疲惫，可能是因为在学校不用担心复杂的人际关系。

闻烟来到三十六楼，还坐在昨天的座位上，旁边的桌子上做工精美的黑色钢笔静静地躺着，旁边还有半杯咖啡，却没有人。

闻烟处理完一些力所能及的邮件，中午吃过饭后又开始翻译李明新交给她的一份资料。

原版文件是德文，她需要翻译成中文、英文两个版本。

原本以为在德企德语用得会比较多，但闻烟来了之后才发现，不论是在凯扬还是 FA，英、美籍同事占百分之四十左右，平常交流和收、发邮件都用英文，会德语的人只是极少数。

下午五点，闻烟把翻译好的文件发出去，本来想着可以休息一会儿，静候下班了，但这时李明新忽然来到她身边。

"闻烟，有件事需要你帮忙。"李明新说。

"翻译有问题吗？"闻烟说着，准备打开文件。

"没有，翻译得非常好。"李明新背着双肩包，神情有几分急切，"是这样的，我朋友出了点儿事现在在医院，我得马上过去。"

"严重吗？出什么事……"话停在嘴边，闻烟原本想问具体情况，但又担心同事之间这么问有些唐突，"你快去吧，反正也快下班了，我自己没问题。"

李明新的眼神有些闪躲，他显然不太好意思说，看着闻烟的邮箱："恐怕你今天得加班了，客户要我们提供一份竞品分析，我下午做了三分之一，剩下的就麻烦你了。不好意思，我这边太突然了。"

顺着他的视线，闻烟看到邮箱里多出一封未读邮件："没关系，他们什么时候要？"

"下周一早上，所以你今天得稍微加会儿班。"李明新脸上挂着歉意，"哪里不懂记得打电话给我。"

"好的，你快去吧。"闻烟笑了笑，让他放心。

李明新转身离开了。

闻烟打开幻灯片浏览了一遍，这种竞品分析并不难，只是搜集资料需要时间而已，两三个小时好像做不完。

做好加班的准备，闻烟就着手做了。

然而在她写完第一页市场环境分析的时候，旁边座位的椅子被人拉开了。男人抱着电脑，不知道从哪个房间回来，拿起桌子上的咖啡，喝完将空纸杯扔进了垃圾桶里。

虽然两个人的座位相邻，但今天闻烟这是第一次看见他，他忙得像是住在了会议室。

很快到了六点，同事们陆陆续续下班了，闻烟不太饿，也没有吃晚饭的打算，就留在办公室继续做竞品分析。

周围渐渐从嘈杂变得安静，窗外的天色也逐渐变暗，直到夜幕完全降临。

闻烟长时间盯着电脑屏幕，眼睛有点儿酸，她往后靠在椅子上，闭上眼睛休息了一会儿。等她再次睁开眼，发现办公室静悄悄的，而旁边的男人竟然还没走。

他也要加班吗？

闻烟环视四周，然而目光所及之处的座位都是空的，偌大的办公室里只剩下他们两个……

她要跟他打招呼吗？她好像和他还没那么熟，但一起开过会，不说话似乎又不太礼貌。

耳边是男人敲击键盘的声音，闻烟纠结了半分钟依旧没有结果，索性不想了，就假装没看见吧。她把目光转回搜集的资料上，继续做分析。

其实在广告这个行业加班很普遍。闻烟虽然在大学学的不是这个专业，但对此也稍微了解一点儿，广告业内有个说法是"凌晨十二点之前不叫加班"。

现在是晚上八点半，再过一个小时闻烟应该能结束，而旁边的男人丝毫没有要结束的意思。

因为国内和德国有六个小时的时差，除了公司内部的会议，谭叙深和总部的会都安排在了下午和晚上。

6系敞篷轿跑临近上市，所有消息更新都是实时的，谭叙深将呈交上来的数据报告浏览了一遍，比较大的问题都用邮件反馈给了各组的负责人。

他习惯性地端起咖啡杯，却发现是空的。谭叙深微愣了一下，准备去茶水间磨杯咖啡，但在起身的瞬间发现身边还有人在加班。他不由得往她身上多看了一眼，余光却扫到显示屏上密密麻麻的德文。

那是一个汽车行业专业性很强的网站，德国的汽车行业比国内领先很多，不是资深的车企人一般不会知道这个网站，就算知道也看不懂。他不由自主地让视线在显示屏上多停了两秒，而后走了过去。

夜越来越深，巨大的落地窗映着两个人的背影，办公室里很安静，除了键盘和鼠标的声音，还有两个人微不可察的呼吸声。

又一个小时过去，闻烟终于做完了，她感觉肩膀酸痛，还有点儿口渴，于是走进茶水间倒了杯水。

闻烟很喜欢站在茶水间的落地窗前往外看，在蓝珀大厦顶层可以俯瞰A市的夜景，霓虹闪烁，车流不息。

她今天穿了条米色的法式连衣裙，但吊带的设计露出了肩膀和后背的大片肌肤。她有点儿不好意思，所以在外面套了件白色的针织衫，杏色高跟鞋将小腿衬得笔直修长，脚背白皙，透着骨感美，整体穿搭色调很舒服。

刚走出校园的女生，不论如何打扮，性感或是知性，身上总透出几分清纯和稚嫩。

谭叙深把目光落在邮件上，伸手去端咖啡杯，一不留神没拿稳，黑褐色的咖啡全洒在了衬衣上。

他看着白色衬衫上的污渍，不由得皱眉，随后起身回了办公室。

他的办公室在茶水间旁边，虽然自己不经常用，但东西都在里面。谭叙深打开衣柜，取出一件黑色衬衣。

外面已经没人了，谭叙深就没关办公室的门，也没开灯，借着外面的灯光解开了纽扣。

已经十点了，闻烟喝完一杯水感觉嗓子才缓过来，准备回座位收拾东西回家。然而她刚走出茶水间就看到旁边办公室的门开着，男人正半裸着上身……

她本来应该快步离开，双腿却像灌了铅似的停在了原地。

谭叙深没想到外面还有人，听到脚步声停住手上的动作，抬头就看到了门外女孩儿错愕的脸。

两个人互相注视着对方。

谭叙深已经解开了白色衬衣的最后一颗纽扣，一时间也不知道应该穿上还是继续脱掉。

闻烟呆呆地站在那里，他的办公室没开灯，月光透过落地窗洒进来，在昏暗的光线中，男人健硕的臂膀好像泛着一片诱人的水光……

谭叙深本来想等她离开再继续换，但看到她身体和表情僵硬，并且迟迟没有要走的意思，谭叙深忽然起了逗弄的心思。

他不慌不忙地将白色衬衣脱下，迎着她呆滞的目光，又慢条斯理地将黑色衬衣穿上，嘴角始终噙着漫不经心的笑，在她的注视中将纽扣一颗一颗系好。

直到他把最后一颗纽扣系上，闻烟才缓过神，他现在已经穿好了衣服，然而她的脑海里全是他裸露的劲腰和人鱼线……

啊，救命！

闻烟终于回过神来，慌乱地离开，用最快的速度收拾好电脑和文件，趁着他还没回来匆匆下楼。

整个办公室回荡着闻烟的高跟鞋发出的急促的声音，谭叙深笑着回到了座位上，继续工作。

闻烟脚步匆忙，以最快的速度从三十六楼下来，走出大厦后深深吸了一口气。她摸着自己滚烫的脸，脑海里男人的身影挥之不去。

她刚刚为什么没有走开？

他有那么好看吗？

闻烟被自己的愚蠢气坏了，现在懊恼得没有能力思考，脑海全被男人的脸占据了，她习惯性地往地铁站的方向走，但刚走到路边，看到有出租车路过，她招招手，直接打车回家。

大半个车窗开着，风呼呼地往里灌，夜晚的风带着点儿凉意，闻烟却觉得浑身燥热。

在出租车上、路边、电梯里……

在有人的地方闻烟还能强装镇定，但刚回到家关上门，就立刻把自己扔在了床上。

"啊——"

用被子把自己蒙起来，闻烟在里面懊恼地翻来翻去，从左到右，再从右到左，过了好久都没有停下，直到精疲力尽，被闷得呼吸困难，她才撩开被子，露出凌乱的头发和一张通红的脸。

"以后还怎么去 FA？再遇见他难道要低着头走吗？"闻烟喘着粗气，望着天花板自言自语。

他为什么要在别人面前换衣服，职位高就可以为所欲为吗？

刚在心里念完，闻烟忽然意识到，他是在自己的办公室换衣服。而她，站在人家的办公室门外，呆滞得走不动路，从头到尾痴迷地看着。

"怎么办？"闻烟闭上眼睛懊悔地呢喃着。

闻烟可能是在被子里闷了太久，此时此刻脸像只熟透的水蜜桃，红白互相晕染，在房间昏黄光影的映衬下，平添了几分撩人和纯纯的诱惑。

沁人的香甜慢慢发酵，弥漫在整个卧室。

闻烟被梦纠缠了一夜，被梦里穿着衬衣的男人纠缠了一夜。

而那个男人在走出大厦的那一刻，似乎已经不记得此前发生的事了。深夜的写字楼依旧有零星的窗子亮着灯，和他以往下班没什么不同。

谭叙深回到家已经是凌晨，洗完澡回到卧室，倒了杯酒，又点了支烟。

床头的壁灯光线昏暗，猩红的烟头明明暗暗。烟和酒不是为了麻痹，也不是为了清醒，可能是和深夜比较相配，他以侵蚀身体来获得短暂的快感。

"爸爸。"

谭叙深站在落地窗前凝望着外面的夜色发呆，房间的门忽然被打开一条缝，然后探进一个小脑袋来。

"怎么还没睡？"谭叙深将烟掐灭，扔进烟灰缸里，打开窗户，然后走了几步，到孩子身边蹲下。

"刚刚睡醒了。"男孩儿睡眼惺忪，说话奶声奶气的，身上穿着的棉质睡衣没有任何花色和图案，一看就是眼前男人的风格，"你又加班了？"

"嗯。"谭叙深摸了摸孩子的头，"快回去睡觉。"

谭叙深蹲着的姿势使得两个人可以平视。

谭易阳站着没动，看看地毯又望向谭叙深的眼睛，缓缓开口："想跟你一起睡……"

谭叙深笑了，点着他的鼻子："多大了，羞不羞？"

高大的身躯弯下，男人把孩子抱了起来。

"四岁了，不羞！"谭易阳抱着爸爸的脖子，眼睛里好像有无数小星星，心愿达成很是开心。

"快睡吧。"谭叙深把室温调高了几摄氏度，为他盖好被子。

谭易阳听话地闭上眼睛，但还没过五秒钟又睁开了。

"爷爷奶奶明天接我去姑姑家，你和我们一起去吗？"孩子不懂得隐藏心思，黑亮的眼睛里全是期待。

谭叙深想了想明天的安排："白天可以，但晚上爸爸要去见一个朋友。"

"好，那我明天住在爷爷奶奶家。"易阳慢慢地往谭叙深身边移动。

"嗯，睡觉了。"

谭叙深伸手把壁灯关了，房间里瞬间暗下来。

天色渐暗，一辆玫粉色的 Evens 停在路边，十分高调亮眼，引得路人频频回头。

女孩儿戴着墨镜打开车门，一条修长的腿率先伸出来，整个人下车后提着包直接走进对面的商场。预约的餐厅在三楼，白星棠一进来就扑进闻烟怀里开始哭。

"烟烟，我又失恋了……"星棠旁若无人地哭着。

一个"又"字让闻烟忽然很想笑。她抽了张纸巾为星棠擦眼泪："别哭了，大家都在看你呢。"

听到说有人在看她，白星棠立即止住了哭声，脑子里像是有个开关被按下了暂停键。她往周围环视了一圈，不情不愿地坐直了身体，但眼眶红红的，看着委屈极了。

"你还笑！我那么喜欢他，他还要骗我……"星棠忍不住又想哭，但又怕哭花了妆，于是强忍着从包里拿出镜子。

"再找下一个，你看看这餐厅里有没有合适的？"闻烟脸上挂着浅笑，倒了杯红酒。

她不是不把朋友放在心上，而是太了解星棠了。

星棠总是把爱不爱挂在嘴边，每一次都全身心投入，却每一次都所托

13

非人。难道太漂亮的女孩儿容易被骗？

星棠确实很美，"白痴美人"的称号也挺适合她，因为她除了漂亮，什么都不会。

闻烟低头切着牛排，等再次抬头，却发现刚刚还哭得梨花带雨的美人已经在补妆了。安慰的话停在嘴边，闻烟笑着将切好的牛排放在她面前。

"丑不丑？"白星棠左手拿着镜子，抬头看向闻烟。

"不丑，漂亮，发光的那种。"粉底遮不住眼里的情绪，闻烟看着她发红的眼睛，心里很不是滋味。

比起闻烟给人舒服的感觉，星棠的漂亮却多了几分明艳。她穿了一条白色短款连衣裙，V 领的设计让她多了几分性感，泡泡袖又为她添了几分可爱。

星棠似乎缓过来了，把镜子放进包里，开始享用闻烟切好的牛排："上班还好吗？"

她话音刚落，闻烟的记忆瞬间回到昨天晚上。已经快过去一天了，闻烟现在想起来还是忍不住心悸，心虚地端起酒杯："挺好的。"

"那我就不客气了，你已经是有工资的人了，今天这顿饭你请。"白星棠叫来服务员准备加餐。

"点吧，我去趟洗手间。"闻烟离开了座位。

谭叙深到餐厅的时候，"朋友"已经到了。

"不好意思，刚刚把他们送回家。"谭叙深在女人的对面坐下。

"没关系，我也刚到。"叶漫点完餐，把菜单放到谭叙深面前。

谭叙深随便翻了两页，点好之后交给了服务生。

他们之间一直都是这样，对彼此喜欢吃什么明明再清楚不过，但还是会把选择权交给对方，不做干涉。

"阳阳知道你来见我吗？"提到孩子，叶漫视线低垂，眼里有藏不住的期待，然而更多的是害怕。

"没告诉他。"谭叙深看了眼对面的女人，接着将目光移向了窗外。

"嗯，我也还没做好准备，等孩子下周过生日的时候再去看他。"叶漫有些失落，却还是笑了笑。

闻烟从洗手间出来，没走几步，余光忽然捕捉到一张熟悉的脸，瞬间的晃神后立即愣在原地……

他阴魂不散吗？

昨天晚上在她梦里挥之不去的男人，此时此刻又出现在了她面前。

似乎察觉到了旁边灼热的目光，谭叙深下意识地抬头，看到眼前的女孩儿微愣，有些意外。

每次看到她似乎都很有趣。

被她眼里的惊讶取悦，短暂的停滞后，谭叙深嘴角噙笑，和昨天晚上注视着她看他换衣服时的笑如出一辙，甚至连弯起的弧度都一样。

这个笑有些刺眼，同样也让人移不开视线，但无论哪种都成功地勾起了闻烟并不美好的回忆。连他衬衫里的身体也若隐若现……

没有再像昨天一样犯蠢，闻烟缓缓移开了视线，然后镇定自若地离开了，尽管双腿沉得迈不动步子。

"你去了趟洗手间脸怎么这么红？"白星棠看她脸红得有些异常，以为她生病了，"身体不舒服吗？"

"没有，可能室内太热了。"闻烟若无其事地往酒杯里加了些冰块，却没有办法降低脸上的温度。

"有吗？冷气挺足的，我还有点儿冷呢。"白星棠搓了搓手臂。

还好自己的这个好朋友只长了双机灵的眼睛，脑袋并不灵光。

闻烟背对着谭叙深，从谭叙深的位置抬眼就能看到她的背影。

谭叙深和叶漫坐在窗边，闻烟和白星棠坐在靠墙的位置。闻烟心不在焉地切着盘子里的牛排，来的时候想坐在窗边，而服务员告诉她，那个位置已经被预订了。

那么他们是什么关系？闻烟有点儿好奇，却不敢回头。

"星棠。"闻烟抬头。

"在，我的烟烟。"白星棠擦了擦嘴边的酱汁。

"窗边的那个男人好看吗？"闻烟鬼使神差地问出这句话，随后眼睛往那边偏了偏。

白星棠自然地往窗边扫了一眼，然后又若无其事地收回视线。显然她对偷看这种事情已经习以为常了。

"怎么，喜欢这个类型？"白星棠眨巴眨巴大眼睛，带着好奇，又往窗边看了一眼，差点儿跟男人的视线撞上。

"没有。"闻烟毫不犹豫地否认。

"有点儿老，一看就是很会骗人的那种，"白星棠端起高脚杯摇了摇，故作成熟，"这种男人，绅士、稳重什么的都是假的，往往很会骗小女生。"

"你这是被男人骗出经验了吗？"闻烟笑着调侃，心里却在想她的另一句话。

他老吗？

"才不是。"白星棠睨了闻烟一眼，然后倒了杯酒，"以后还回德国吗？"

"学校的事已经结束了，应该不会再回去了。"闻烟将碎发撩到耳后。

"太好了！这样我们就不用半年见一次了，以后周周见、天天见！"白星棠的黏人程度别人无法想象，特别是对闻烟。

闻烟在海德堡大学读书，今年刚毕业，回国也没多久。这所学校是德国最古老的大学。而海德堡这座城市也是浪漫德国的缩影，曲折幽静的内卡河连接着古堡和小镇，是一座以古堡闻名世界的历史文化名城。

当初选择学校时不是没有更好的选择，但闻烟看见这座城市的瞬间就爱上它了。她喜欢这里的历史沉淀和纯粹的学术氛围，神秘而安静。

"你呢，不去工作？"闻烟看着她。

"嗯……有想过，但是我什么都不会怎么办？"白星棠拿着叉子心不在焉。

白星棠不是谦虚，而是真的什么都不会，从小被家里宠着长大，是温室里的小娇花，不知社会险恶。

"没你想得那么难，可以先去试试。"闻烟说。

"那你们公司有没有像电视剧里演的那样，同事钩心斗角，领导还骂人？"对于没接触过的环境，白星棠很胆怯。

闻烟想了想，表面上是没有，但自己才上了几天班，对具体情况还不了解，不过……

"你看窗边那个男人凶吗？"闻烟端起酒杯，冰块的凉意顺着杯壁传到指尖，和皮肤表面的燥热相互抵消。

"怎么又看那个男人？闻烟烟，你不会真的喜欢这种类型吧？我对你的理想型异性是哪种类型可是好奇很久了。"

"FA 的首席营销官。"闻烟打断了她的碎碎念。

"好厉害！怪不得你提他，你们的客户都这么好看吗？我还以为都是黑框眼镜、秃头、穿格子衬衫的中年男人。哎！他往这里看了……"白星棠连忙收回了视线。

闻烟忽然感觉如芒在背，为什么这么巧，昨天晚上发生那样的事，今天吃饭又遇到他？

闻烟拿刀叉的动作变得迟钝，过了片刻，她长舒了一口气。

闻烟虽然低调，但是个很自信的人，无论做什么都有自己的节奏，不疾不徐、不矜不盈，而从昨天晚上到现在，太不像她了。

脱衣服的人又不是她，为什么她要这么不自在？而他却泰然自若像是在捉弄她。

这么想着，闻烟心里忽然轻松了，只是个意外而已，不用太放在心上。

自我疏解似乎很有效，但闻烟端起酒杯，晃动的酒面却渐渐浮现出男人凌乱不整的衬衫和充满诱惑的人鱼线……

她端起酒杯一饮而尽，只剩冰块在杯底折射出灯光的颜色。闻烟确实是不紊不乱的性子，但不是在处理和男人的关系上。她没有和异性接触的经验，更别提像谭叙深这么精明的男人了。

"那他对面的女人是谁？"白星棠完全没注意到闻烟的异常，又把眼神移到了窗边，"同事吗？"

窗边的视野很好，往下看是人影攒动的步行街，抬头就是滚动的广告屏。广告屏每隔几分钟就会换一幅画，有梵高的《星月夜》，还有宫崎骏的《天空之城》……

"或许是女朋友？"闻烟猜测。

"你见过女人出来约会穿西装的吗？"白星棠不敢太明目张胆，看几眼就收回视线，然后再看，时时刻刻带着好奇。

星棠说得也有道理，但闻烟刚才看到他时光顾着惊讶，没有注意他对面的女人。

餐厅的灯光很暗，每个餐桌上方悬挂着一顶轻奢吊灯，气氛很好。

玻璃窗上映着餐厅内的画面。

谭叙深百无聊赖地看着窗外，然而不知不觉中，视线在某一处停了很久。

昨天的事他没放在心上，一时兴起而已，但她好像很在意……

她纯洁得让他产生了罪恶感。

闻烟和白星棠都喝了酒，所以叫了代驾。结完账，闻烟去了洗手间。

水流下，透明的指甲显得手指白皙干净，闻烟对着镜子补了口红，这顿饭终于结束了，以后驻场也要离他远一点儿。

闻烟是那种喝一点儿酒就会醉的人，所以很少喝酒。现在不知道是不

17

是酒劲上来了，她虽然意识很清醒，但双脚踩在地毯上感觉身体轻飘飘的。

她走出洗手间，下台阶时忽然脚步不稳，一个跟跄就要倒在地上。她慌得什么都抓不住，只能认命地往下倒。

然而就在这时，身后忽然有股力量托住了她。

还好没有摔倒，闻烟松了一口气，扭头，脸上的笑瞬间凝滞了……

怎么又是他？

情急之下闻烟很想质问他为什么要跟着自己，但在这句话说出口之前忽然感觉到腰间的炙热。她条件反射似的往后躲了躲，心脏开始不受控制地乱跳。

闻烟彻底清醒了，是他扶住了自己。

闻烟有些慌乱，不敢动弹。

"谢谢。"声音轻得仿佛只有自己能听见，闻烟低着头，脸庞燥热。

谭叙深看着她耳垂的颜色慢慢变得和嘴上的口红一样，这才缓缓移开了扶在她腰间的手。

"不客气。"

房间的大灯关了，只有一盏夜灯发着暖黄的光。

闻烟躺在床上，头很轻，身体也很轻，只有腰间被他碰过的地方感觉强烈，让她记忆鲜明，仿佛所有的感官全都转移到了腰上。

她从来没有和异性近距离接触过。

不知道是不是习惯了，这次闻烟没有像上一次那样惊慌失措，在回家的路上像是被施了魔法，安静得没说一句话。

她痴痴地望着天花板，手慢慢覆盖在他碰过的地方。好像有什么东西在夜色里、在密不透风的昏暗的房间里悄然滋长。

他叫 Jerrod 吗？

还是 Jerold？

Gerrard？ Gerard？ Geralt……

夜深人静，怀着对男人越来越深的好奇，闻烟渐渐闭上了眼睛。

穿着衬衣的男人在梦里如期而至。

第二章

温驯的鹿

周一去 FA，闻烟心情还是很忐忑。

走进富丽堂皇的大厅，乘扶梯到三楼的星巴克买了杯咖啡后，闻烟深吸了一口气走进电梯间，到达三十五楼，刷了两道门禁才进入办公区域。

闻烟再一次感叹 FA 的保密工作做得很好。

上周的位置，闻烟到的时候已经有人坐着了，而旁边的位置上也没有万宝龙的黑色钢笔，只有一个穿着格子衬衫的男人在敲代码。

原来真的有人敢坐老板的位置，闻烟不自觉地弯了弯嘴角。所以，他去哪儿了？

闻烟不动声色地往周围环视了一圈，没有发现他的影子。她特意找了一个角落的位置，这个位置比较隐蔽，没有人从这里路过，所以不会被注意。

而之后连着两天，闻烟都没有再看见他。

其实看不见他才是常态，三十五楼和三十六楼都是市场部的，流动办公的制度下人员流动性很大，而且他们没有直接的工作对接。

如果总看见他，闻烟会心里有鬼。而且她还没想好该怎么面对他。

"闻烟。"

听到有人叫自己，闻烟抬头："明新哥。"

"怎么坐在这里？"旁边的人去开会了，李明新拉过椅子坐到闻烟旁边。

"原来的位置有人了。你坐在哪儿？"闻烟今天还没见到他，只在刚才通过即时通讯软件 Skype 沟通了工作。

"我在三十五楼和罗文坐在一起，刚刚把报告给了他，你这边有什么问题吗？"李明新刚忙完手里的工作，怕闻烟这边有问题又不好意思问，所以上来看看她。

"刚好有一封邮件准备问你。"闻烟打开邮箱，滑动鼠标找到一封先前标红的邮件。

"不好意思，最近新车上市比较忙，很多工作没时间和你解释，有不明白的地方问我就好。"李明新穿一件黑白条纹的翻领衬衫，说完笑着扶了扶鼻梁上的黑框眼镜。

"好的，谢谢明新哥。"闻烟弯了弯嘴角，没多说其他客套话。

对不熟悉的人，恰到好处的疏离是对自己的保护，也是对对方的尊重，况且对方还是她的上司。

闻烟初入职场，虽然不是很了解职场中的那些潜规则，但骨子里的涵养让她不会失了分寸。

"不用客气，我们随意一点儿，这封邮件有哪里不懂吗？"似乎感觉到了她的生疏，李明新笑了笑，视线移到了闻烟的电脑屏幕上。

广告公司的氛围很随意，没有甲方那么多的条条框框，对于上下级关系也不在意。

"是这样的，以前我们公司是 FA 最大的广告代理商，但随着最近四五年的合作，很多业务到期后就没有再续约，所以目前在大中华区，我们只对接他们的客户关系管理部门。"李明新没有解释邮件上的内容，而是大致向她介绍了两家公司的合作背景。

闻烟若有所思地点了点头，因为爸爸也从事相关工作，她对这些并不陌生。

凯扬广告在德国很有名，负责 FA 百分之七十的业务，而在大中华区，这段合作关系似乎快要结束了。

"客户关系管理部门比较特殊，我们的工作和传统广告已经没有太大关系了，这几天你体会到了吗？"李明新解释到一半停下来问她。

"传统广告一般是创意输出，而我们像 FA 和车主之间的枢纽，更偏重服务。"闻烟思考了几秒，向李明新说出了自己的看法。

"没错，很准确。"李明新看着闻烟，在意外之余又很欣赏。

闻烟最让人喜欢的不是聪明，而是聪明却不张扬。

"我只是了解一个大的框架，很多细节还理不清。"闻烟笑了笑，从小到大受到过很多夸奖，已经习惯了。

目光又落在邮件上，她在大学主修国际经济学，现在的工作和她的专业看似不符，但她的确有很明确的职业规划。

就像刚刚说的，凯扬可以直接与车主沟通，像一个枢纽，与每个部门都有联系，看起来不起眼但可以摸清FA内部的运转流程，这正是闻烟选择这份工作的原因。

介绍完部门和部门之间的关系后，李明新对闻烟解释了她标红的那封邮件。

"我们最近在做6系敞篷车预热的结案报告和下一阶段的规划，所以比较忙，等下周不忙了我们回公司待两天。"李明新不喜欢待在这里，在客户眼皮底下办公，就像小学生被老师看着写作业一样。

"好的。"闻烟点了点头。

相比FA，凯扬的工作氛围确实比较舒服。FA的节奏太快，有时候很压抑，闻烟这么想着，脑海里突然毫无预兆地浮现出那个男人的脸。

她还没来得及懊恼，手机忽然振动，打断了她的思绪。

"不好意思，客户的电话，我接一下。"李明新看了眼来电显示，对闻烟说。

"没关系，你先忙。"

"好的，那我们再确认一遍，非常抱歉。"李明新很快挂了电话，脸色不太好。

"怎么了？"闻烟主动问道。

"刚刚发给罗文的文案和新闻稿有出入，你再帮忙检查一遍，金融政策和利率这些千万不能错。"李明新没想到自己会犯这么低级的错误，文案内容已经检查了两遍，但还是出错了，脸上有点儿挂不住。

"好，原来的内容能发给我吗？"闻烟问。

这种错误如果真的发生了，乙方需要承担全部责任，扣钱事小，重要的是公司在业界的名声就毁了，幸好现在还在测试阶段。

21

"稍等，我把邮件转发给你。"李明新说完匆匆回三十五楼了。

因为产品没有上市，官网上也没有最新消息，所以闻烟对照着新闻稿和产品快讯看了两遍，直到确认没有问题才发出去。

这种忙碌的状态一直持续到周四。

闻烟这几天始终没有看到他，去茶水间路过他办公室的时候，脚步会不自觉地放慢。尽管他不在里面，但那天晚上的画面还是会不受控制地浮现在她的脑海中。

这个地点，像个时光机。

"看见 Jarod 了吗？有一份紧急文件需要他签字，三十五楼、三十六楼找遍了也没找到。"

听见旁边的声音，闻烟端着水杯，手微微一顿，随后又若无其事地坐回自己的位置上，继续工作。

"打电话了吗？"旁边的同事问。

"没人接。"

"是不是在开会？稍等，我查下他的行程安排。"头发稀疏的男同事说着打开邮箱。

"刚刚我看见他下楼了，难道没在公司？"身后的女同事说。

"嗯，行程显示他外出了。"

旁边的对话一字不落地传到耳朵里，闻烟抬起手腕看了一眼时间。

四点半，外出？

谭叙深开车去了幼儿园，接到孩子后直接去了蛋糕店。

"爸爸，你今天不加班吗？"谭易阳很开心，因为今天是他的生日。

"想让我加班？"谭叙深透过后视镜看着坐在后排不安分的孩子。

"不想！"谭易阳把小脑袋往前凑了凑，"今天可是易阳的生日。"

"嗯，不加。"谭叙深笑着摸了摸孩子的头，绿灯亮了，启动车子，"坐好。"

谭易阳非常听话地坐好了。

汽车疾驰，手机振动个不停，谭叙深扫了一眼，没有接听。

三十五楼和三十六楼的楼梯旁是开放区域，摆着几张沙发，员工可以在这里喝下午茶，也可以谈工作。

闻烟、李明新和罗文刚在这里开了一个小会，结束后也到了下班时间，其他两个人先走了，闻烟用旁边的咖啡机磨了杯咖啡。

她靠着墙往四周看了看，那边也有几个人在谈工作。FA 的人很多，会议室经常预约不到，因为不止凯扬一家代理商驻场，还有很多公司对接不同的部门。

车企确实资金丰厚，不说在中央商务区租的写字楼，就连开放区域摆的单人沙发价值也是五位数。这样的沙发她妈妈前段时间刚往家里买了一张，而这里，放了七张。

咖啡喝完了，装修也欣赏完了，闻烟不知道自己在想什么，好像该下班了，但好像又少了点儿什么。

闻烟如愿以偿地避开了他，却没想象中那么开心。

因为连她自己也没有意识到，那百分之一的不开心是因为内心深处不为人知的秘密，还有慢慢滋长的期待。

最近无论是晨间、夜幕降临还是霓虹闪烁的晚上，A 市各大商圈的 LED 显示屏上，最显眼的位置全都播放着 FA–6 的预热广告，连荒无人烟的郊外公路也被强势包揽。FA 以绝对霸道的姿态侵占消费者的眼球，以此来宣告顶级轿跑的震撼驾临。

一切准备就绪，FA 的 6 系轿跑只等九月中旬在北京车展正式上市。

而在这个节骨眼儿上，却出现了一个致命的问题。

周二早晨九点半，FA 召开紧急会议，市场部各个分支的负责人全部到齐。长方形会议桌前，谭叙深坐在正对着 LED 显示屏的最前端。

每个人都神情凝重地低着头，紧抿着嘴唇尽量不发出一点儿声音，努力降低存在感，等着有个人能打破室内紧张的氛围。

九点三十二分，会议室里还是一片安静。

所有人都在等谭叙深说话，而谭叙深没什么表情地把玩着那支镌刻着暗纹繁花的黑色钢笔。

三十六楼视野很好，能俯瞰大半个 A 市。他出神地望着远处的港丽大厦，偏头的动作使他露出鲜明的下颌线。

"我们连夜排查了相关人员和第三方公司……应该不是人为泄密。"似乎忍受不了这种变相惩罚，客户关系管理组的负责人凯莉，也就是罗文的领导，往日里凌厉的女人现在正硬着头皮打破会议室的沉闷。

"应该？"谭叙深收回了视线，声音并不大，但随着这两个字出口，办公室的气氛变得更压抑了。

"从时间上来看，Evens今天上市，至少两个月前已经策划好了活动，而我们的方案是半个月前敲定的，所以百分之八十的概率是巧合。"另一个分支的负责人看着谭叙深说。

Evens，FA最强有力的对手，同样是来自德国的豪华车品牌，每年都要和FA在汽车销售市场争夺第一的宝座。

然而，Evens今天凌晨有一款车上市，线下活动的主题和FA还在襁褓中的活动完全撞了。

"我要的不是应该，也不是百分之八十的概率。"谭叙深将笔盖缓缓地扣在钢笔上，发出微弱的咔嗒声，在安静的会议室里显得分外清晰。他审视的目光从每个人脸上滑过，最后落在刚刚说话的人身上，"我要的是百分之百。"

"好，我们再全部排查一遍。"

"不急，现在首先要做的是想办法解决问题，问责留在上市之后。"谭叙深气定神闲地端起咖啡。

"好的，我们尽快调整，一周后拿出一版新方案。"

"三天。"

谭叙深一锤定音，下面坐着的人面面相觑，个个哑口无言。

"好的，没问题。"各个分支的负责人一一应下，把多余的话憋回肚子里。

离上市还有不到两个月的时间，出现这种事让每个人都很焦虑，不过看到谭叙深镇定自若的样子，他们似乎又有了主心骨。

但他这是要榨干他们吗？

行业内的定律是老板压榨下属，下属压榨乙方。

会议结束后，罗文还没回到工位就开始给李明新打电话，一分钟后李明新来到罗文的位置旁边。

"现在事态紧急，每个部门都得拿出新方案，客户关系管理部门也不例外。两天之内你们能给我一版方案吗？"罗文把前因后果向李明新讲清楚后问道。

"两天？"李明新惊讶地说，"时间太紧了。"

"现在不行也得行了，恰好让闻烟多想想，年轻人比较有想法。"罗文打开电脑，一边和李明新说话，一边噼里啪啦地打字。

"闻烟今天休假了，我和其他同事先安排。"

"休假？"罗文扭头惊愕地看着李明新，"火烧眉毛了，哥哥！"

谭叙深抱着电脑从他们旁边走过，听到某个熟悉又陌生的名字，眼前浮现出餐厅洗手间门口那藏在发丝间发红的耳垂……

他往罗文那里看了一眼，随后若无其事地走开了。

李明新不知道该哭还是该笑："她也不知道会发生这样的事，而且就休一天，我先把情况告诉其他同事。"

公路上，一辆玫粉色的 Evens 疾驰而过。闻烟坐在副驾驶座上，风吹乱了她的头发。

"开慢点儿。"闻烟撩开脸上的碎发，关上了窗户。

"烟烟，我有点儿紧张，你说我可以吗？"白星棠对着后视镜照了照，难得认真一回。

"没问题，这是你擅长的，不要怕。"很少见星棠对一件事这么上心，闻烟很欣慰。

闻烟已经工作了，星棠觉得自己也得找点儿事做，虽说她除了漂亮一无是处，但多少也能找到优点，她最擅长的就是画画，从小到大唯一喜欢的也是画画。白先生宠爱女儿，给她请最好的老师，还给她办画展，请了很多圈内的朋友来参观。单从专业水平来说，白星棠足够了。

所以闻烟介绍她去教育机构教小朋友画画，和小孩子打交道，没有太复杂的人际关系，很适合星棠的性格。

车在路边停下，对面是一座三层高的花园小洋楼，墙壁上有颜色鲜艳的涂鸦。小洋楼被黑色的铁栅栏围着，坐落在繁华的闹市一角，显得十分幽静。

星棠隔着栏杆往里张望，又低头整理了下衣服："烟烟，我今天的衣服合适吗？"

星棠今天一改往日的浮夸风格，从衣柜里翻出为数不多的长裙，还烫了个浪漫的法式鬈发，很有美术老师的样子。

"自信点儿，我在外面等你。"闻烟走到她面前，笑着为她整理衣服领子。

"不行，你得陪我进去……"星棠揪着闻烟的衣角，用可怜兮兮的眼神盯着闻烟。她知道闻烟对她的撒娇没办法。

闻烟告诉自己要坚持住，但只过了五秒就败下阵来，然后无奈地叹了口气："走吧。"

这是一所私立幼儿园，从学校坐落的位置和校园环境就能看出这是一所比较高端的幼儿园。

面试很顺利。院长看了星棠的作品集，又交代了一些事，比如在这里上课的孩子非富即贵，平时要多注意跟孩子们交流的方式。

白星棠很乖地点头应下。

闻烟坐在旁边，听到这里忍不住轻笑，还不一定谁富谁贵呢。

"烟烟我好开心，不靠我爸的关系我竟然也能找到工作！"刚从幼儿园里出来，白星棠就忍不住欢呼。

"所以要请我吃饭吗？"外面阳光很晒，闻烟直接回到车里。

"小意思，今天去你那里睡。"白星棠朝闻烟眨了眨眼，珠光的眼影在阳光下很耀眼。

两个人吃完饭刚准备去逛街，闻烟收到了李明新打来的电话。"喂，明新哥。"闻烟在一家咖啡店前停下。

"不好意思，闻烟，本来不想打扰你，但现在出了点儿事，需要你马上回来。"李明新单手举着手机，另一只手忙着敲键盘。

"好的，是 FA 的事吗？"他语速很快，闻烟意识到应该不是小事。

"嗯，这段时间我们可能会一直在这里。"李明新提前为闻烟打了预防针。

"好，我现在过去。"在休息时被打扰，闻烟倒也没有不快。她刚入职，同事们都在忙她却在休假，难免会让人心理不平衡。

"怎么了，是工作吗？"白星棠皱着眉头问。

"嗯，改天再陪你逛街，现在我要去趟 FA。"闻烟一边往商场外走，一边看手机里的留言。

星棠还愣在原地，觉得嘴里的奶茶突然就不甜了。她不情愿地跟在闻烟身后："人家上班的衣服还没买呢，你们老板也太压榨人了。"

星棠碎碎念个不停，但还是把闻烟送到了蓝珀大厦。

车子在大厦前的车道上缓缓行驶，离旋转门还有一段距离，闻烟一眼看到大厦前的公共吸烟区里那个修长的身影。那人穿着深蓝色衬衣，指间夹着香烟，正和对面的德国人谈笑风生。

还没等闻烟继续端详，男人忽然微微转身，那张熟悉又陌生的脸让她忽然心头一紧。

陌生是因为他们确实不熟，闻烟已经好几天没看见他了。

熟悉是因为……每天晚上，那件衬衣都如期来到她的梦里，好像穿在她身上，又好像正被他脱掉。

仅仅是梦里的画面就已经惊动了她的心脏，让它悸动地跳个不停。

看着那越来越近的距离和越来越清晰的身影，闻烟忽然想任性地不让星棠停下。

玫粉色的Evens在蓝珀大厦前停下，闻烟回过了神。

"到了，宝贝，别太累了，我在家等你。"星棠揉了揉闻烟的脑袋。

"哇！"漂亮招摇的车子进入视线，德国的同事忍不住惊呼。

谭叙深随着德国同事的目光望过去，看到闻烟从副驾驶座上下来，目不斜视地穿过旋转门进入大厅。

谭叙深饶有兴味地望着她的背影。烟快燃尽了，他抽了最后一口，喉间充斥着浓郁的烟草味。之后猩红的烟蒂被他插在白色石粒中，灭了。

招摇的粉色Evens从大厦前疾驰而去。

"我先上去了。"谭叙深转身。

"好，有空聊。"这是个会说中文的老外。

闻烟乘扶梯到三楼，在星巴克买了杯冰美式咖啡，出来的时候下意识地向外面看了看，也不知道在看什么，或者在等什么。

现在是下午四点多，电梯间的人很少，闻烟刷卡进入电梯，只有她一个人。她靠着后面冰凉的墙壁微微休息，但电梯门关到一半，忽然又打开了……

余光扫到外面的人，闻烟立即站直了身体。

男人看了她一眼，走了进来。

电梯门缓缓合上。

密闭的空间让人呼吸不畅，但这只是闻烟一个人的感觉。

她要和他打招呼吗？他们似乎还很陌生。

他们之间唯一让她熟悉的却是难以启齿的暧昧。

电梯的三面都是镜子，方便员工上班时整理仪容，现在，无论闻烟面向哪个方向都能看见他的身影。

今天陪星棠去面试，她也不知道要来FA，所以穿得比较随意，上身是一件饱和度很低的米色无袖针织衫，露在外面的两条手臂纤长，皮肤很白。

她从容地端着咖啡，眼睛看向正前方。如果他不说话，那她也不需要说什么。

闻烟这么想着，现实却没这么简单。因为不论她愿不愿意，余光扫过面前的镜子时，都能将他修长的身形尽收眼底，很不讲理，很霸道。闻烟忽然想起那天晚上快摔倒的时候，他抱着她的腰时那挥之不去的灼热感……

想到这里闻烟低下了头，怕眼睛里的神情不小心泄露出内心的秘密。

表面上，闻烟依旧是温和的，没有丝毫破绽。

相比闻烟的强装镇定，谭叙深明目张胆地用视线将她的身形笼罩，打量的目光中隐隐透出几分耐人寻味。

像是在弥漫着雾气的原始森林里漫步，薄雾笼罩又散开，猎人忽然发现一只稚嫩的麋鹿，好久没见过这样的小玩意儿，感觉有点儿新鲜。

猎人举起猎枪，在瞄准镜里不动声色地打量着她漂亮的皮毛，看她穿过小溪、轻嗅花朵，犹豫要不要扣动扳机。

叮！

一声脆响，惊醒了各怀鬼胎的两个人。

三十五楼到了，电梯门打开。谭叙深缓缓收回视线，迈开修长的双腿从电梯里走了出去。

看着他的背影消失在电梯门口，闻烟在后面故意放慢了脚步，等他打开门禁进去，她才不慌不忙地继续往前走。

闻烟还不知道，就是因为面前的这个男人，她的假期才忽然中止的。

由于事出紧急，今天下午几乎所有代理公司的代表都来了FA，在甲方的注视下完成作业。

李明新已经把事情告诉了闻烟。

闻烟在三十五楼和三十六楼各看了一遍，都没有空位置，于是抱着电脑来到三十五楼楼梯转角的小圆桌前。恰巧罗文也在那里，闻烟坐在他的对面。

"不是休假了吗？"罗文愣了愣，还以为自己累得出现了幻觉。

遍布着黑白通勤装的办公室忽然多了一丝明媚，罗文看着闻烟，觉得很清新凉爽。办公室里很少有人穿这种浅色的衣服，因为会被那些雷厉风行的人认为不稳重。

"被明新哥叫回来了。"闻烟笑着打开电脑。

"实在对不住,等忙完这段时间你再休吧。"罗文有点儿过意不去,满脸堆笑地看着闻烟。

罗文三十岁左右,在 FA 算是很年轻的精神小伙儿,做事很利索,也没有甲方那套做派。

"没关系。你怎么坐在这里?"闻烟打开邮箱,收到李明新发来的上一版线下活动方案,她入职的时候这些方案已经敲定了,所以她对这些完全不熟悉。

"两个老大吵架,我过来避避风头。"罗文疲惫地叹了口气,往后靠在了那张价值五位数的沙发上。

"吵架?"闻烟抬头,还以为自己听错了。

"凯莉和另一个组的负责人,不说了,有什么想法吗?"罗文的目光往闻烟电脑屏幕上移了移。

甲方到底改不了剥削的本质,闻烟这才刚坐下,罗文就开始了。

"明新哥大致和我说了发生的事,但我对之前的背景不是很了解。"闻烟忽然很担心罗文问到她的工作盲区,虽然他看起来很好相处,但毕竟是客户,闻烟担心自己说错话。

"不了解没关系,这个你也别看了。"罗文把她正看的方案关掉,"再看之前的案子可能会限制你的想法,你就把它当成全新的项目来做,说不定能想到有创意的活动。"

闻烟点了点头,线下活动和 Evens 的撞了,不知道该不该笑。当然,罗文说得有道理,但她心里一直有个疑问。

"其实对于车企,线下活动无非就那几种,不像快消品牌那么多变,如果仅仅因为线下活动相似就推翻整个方案,似乎……"似乎没有必要,但闻烟没有说出来。

"你说得对,所以我们这次最主要的不是活动撞了,而是核心概念的标语都撞了,连包在这些活动外面的包装纸都是一个颜色,这么说你能理解吗?"罗文越解释越焦虑,这次真是撞得稀碎。领导要求三天做出一套完整的方案,然而这已经快过去一天了。

"那按照你的意思,我们把外面的包装换掉,重新提炼核心主题,继续沿用之前的线下活动也可以?"在这么紧张的时间里,这是闻烟能想到的最有效的办法。

"不行，如果没出今天的事，线下活动相似也没什么，但主题撞了之后，Jarod 一定不会同意再用之前的方案，况且对方还是 Evens 这个死对头。"罗文太了解自己这个变态老板了。

他叫 Jerrod 吗？

再次听见这个名字，闻烟放在鼠标上的手往回收了收："所以没有其他办法了吗？"

"没有。"罗文断了闻烟打算沿用之前活动方案的所有念头。

闻烟往后靠在椅背上，无奈地笑了笑。她摸着这熟悉的皮质沙发，忽然有点儿想家了，或许该回家问问老爸，为什么会和他们撞得这么巧？

六点钟，已经有人陆陆续续下班了，虽然工作紧急，但在车企工作的人作息比较正常，而且大多数员工都有家室，他们可以回家在线上继续压榨乙方。

"我也要回去了，熬不住了。"罗文开始收拾东西，今天的精神小伙儿蔫儿了。

"好，明天见。"闻烟准备重新找个位置，这里是开放区域，时不时有人在这里谈事，比较吵。

"有什么需要打电话给我，明天下班前一定要给我一版新方案。"罗文把文件整理好，转身离开时不忘提醒闻烟。

听到他前一句话，闻烟"谢谢"两个字已经到嘴边了，但后一句……现在已经下班了，他的意思是让她熬通宵吗？

"好。"闻烟轻抿嘴唇。

从会议室出来，谭叙深抱着电脑回到办公室。邮箱里已经收到了各个组重新规划的进度，他坐在宽大的办公桌前认真浏览。

一个公司的强大，绝不是因为一个人的能力有多强，而是拥有一群优秀的合作伙伴。他们能在这么短的时间内重新规划进度，并且把每个细节填充得很饱满，谭叙深很欣赏他们的工作能力。

谭叙深拿起玻璃杯，发现里面没水了。他走到茶水间，在半自动的咖啡机前取出一些咖啡豆研磨成粉，放在机器相应的位置。

咖啡机运作的声音衬得办公区更加安静，谭叙深望着窗外越来越暗的天色。片刻后，他端着咖啡回到办公室，开始和德国那边的视频会议。

闻烟在三十五楼找了个位置，打开收藏的几个外网，神情专注地浏览着以前的获奖案例。

钟表的指针一圈一圈走着，夜幕越来越暗。闻烟不知道看了多久，只感觉眼睛越来越酸，这才抬起手腕看了眼时间，已经十一点半了。

总监说今天每个人都发散思维，明天再一起整合，闻烟脑海里已经有了大概框架，所以准备收拾东西回家，明天再细化流程。

她提着包走到三十五楼的门禁处刷卡，门却没有丝毫反应。

闻烟皱眉，又刷了一遍，依然没有门禁磁条通过的声音。她尝试着去推门，但门锁得死死的，打不开。

她心里涌出一个不好的想法：我被锁在里面了吗？

办公区是一个环形，闻烟在三十五楼转了一圈，发现这一层已经没有其他人了。她又走到门禁处，这才发现刷卡的地方贴着提示：

"正式职员：7:00—24:00

临时工和代理商：7:00—22:00"。

她的卡在十点之后就打不开门禁了，为什么之前没发现？

闻烟翻出李明新的电话，正要拨出去，想起现在的时间又停住了，已经很晚了，会打扰到他吧？

三十五楼没人，闻烟准备去三十六楼看看。

高跟鞋踏在台阶上，发出清脆的声音，在空旷的办公区很清晰，闻烟尽量放轻脚步，只用前脚掌着地，让后面细细的跟悬在台阶外。

正对着台阶的那片办公区没人，闻烟又往里走了走，只走了几步忽然停下了。

不远处亮着灯的，是他的办公室……

所以，她要向他借卡吗？

只是刚产生这个念头，闻烟的心脏就敲起了鼓，浑身都散发出拒绝的信号。她承认自己总是梦见他，但在看到他本人的时候，又会很抗拒。

同样是加班的深夜，同样是只剩下他们两个人的办公室。

上一次他在换衣服，她看见了他赤裸的臂膀。这一次，如果她主动去找他会发生什么？

闻烟闭上眼睛没有再往下想，原路返回三十五楼的沙发处，或许可以等他下来，跟在他后面离开。

31

闻烟等了半个小时他还没有下来，发给明新哥的消息也没收到回复。她有点儿困了，撑着脑袋，靠在沙发上渐渐闭上了眼睛。

半睡半醒中，闻烟听到一阵脚步声，很轻，几乎察觉不到。梦里她看不清男人的脸，只能看见踩在地上的皮鞋。

紧接着，耳边响起了门禁的声音。

闻烟突然醒了，睡眼蒙眬中看见了门边男人的身影，于是连忙起身，提着包往门边走。

但因为她刚刚睡着了，所以意识还不清醒，刚站起来腿就一阵发软，头也跟着一阵眩晕，然后没站稳倒在了地上。

听到后面的动静，谭叙深皱眉转身，待看到身后的画面时忽然愣了。

弥漫着雾气的原始森林，清晨的薄雾变成了夜晚的月光，他还没有开枪，温顺的麋鹿已经倒在了他的脚下。半边脸沐浴在月光里，她正用受伤的眼神看着他。

谭叙深忽然觉得内心隐隐有些躁动。

不知过了多久，谭叙深缓缓迈开了步子，一步一步地走向她。

办公区的灯光很暗，否则他也不会没注意到沙发上还躺着人。月光透进来，倒在地上的身体显得很美好。

闻烟看着他越来越近，心跳得很快，几乎忘了脚腕的疼痛。

谭叙深在她面前蹲下，细细地摩挲着她的脚腕，过了片刻，才把目光移向她的眼："在等我？"

不知道是因为他的话，还是因为他手上的动作，闻烟像是触了电，条件反射似的缩回了脚。

"门禁卡失效了。"闻烟视线低垂。

"所以呢？"谭叙深笑了笑。

闻烟抬头。

所以，她在等他下来。

闻烟一时间竟然忘了从地上起来。

半个小时前，谭叙深清楚地听见了办公室外的脚步声，后来又消失不见了。

他半蹲着，居高临下的姿势给人很强的压迫感。闻烟看不清他的眼神，但这蠢蠢欲动的安静……她很想往后移动身体，但是，脚太疼了。

谭叙深低头，看着她半躺在地上的姿势，锁骨清晰可见，再往下，光

32

线昏昧，隐隐约约看不清了。

他的手又抚上她的脚踝，这次闻烟没再躲开，只是呼吸忽然加重了，不知道是因为疼痛，还是由于他触碰带来的战栗。

闻烟很害怕，与陌生男人的突然亲密让她害怕，但又因为这个陌生男人是出现在她梦里的人而隐隐有所期待。

梦里的男人是他，现在碰她的男人也是他，而他就在她眼前。

闻烟深吸一口气，眼睛里的热浪快要把她淹没了。

"还能走吗？"谭叙深用手托住她的腰，准备把她抱起来。

"可以。"闻烟的语调出奇地平静，和她内心的灼热有着天差地别。

出于本能的自我保护，闻烟紧张的时候会习惯性地伪装自己。其实她表面越是安静，心里就越害怕。

闻烟缓缓坐起，将脚上的高跟鞋脱掉，然后用那只没受伤的腿先站起来。

谭叙深在旁边虚扶了一把，看她的样子似乎要与自己划清界限。

谭叙深笑了笑，嘴角勾起微不可察的弧度，眼神意味不明。

他收回了放在她臂弯的手，不疾不徐地走到门禁旁边，刷卡打开门，然后转身，看着她赤脚一步一步走向自己。

脚踝传来钻心的疼，但闻烟察觉到他的注视，心里又是一阵热浪，他在等自己。闻烟不敢慢下来，低头着急地往门口走，但实际上走得还是很慢。

闻烟终于走到了门口，经过他身边的时候，两个人的衣服擦在一起，距离为零。

闻烟屏着呼吸从他身边走过。谭叙深低头注视着她，等到她出去才在后面关上了门。

他很绅士。

出去之后，两个人一起走进电梯间。

脱掉高跟鞋的闻烟，在谭叙深面前显得十分娇小。电梯地面是黑青色的大理石，光着脚站在上面很凉。闻烟蜷缩着脚趾，受伤的脚踝越肿越高。

"家住哪儿？"谭叙深望着电梯对面的镜壁。她站在角落，离他很远。

"谢谢，不用麻烦了。"闻烟还不知道该怎么和自己心生好感的陌生男人相处，"我叫车回去就好。"

一个她一无所知却又渐渐沉迷的男人。

既然如此，谭叙深就没再强求。一楼到了，她艰难地走出去，电梯门又缓缓合上，他乘电梯继续前往地下车库。

大厅里空荡荡的，灯光很暗，星巴克也已关了门。闻烟走出大厅用了将近五分钟，顺着旋转门终于走出了大厦。

然而她刚出来，就看到男人开着车从她面前疾驰而过。

谭叙深开了半边车窗，看到她站在台阶上，头发被风吹得凌乱。两个人的视线透过半开的窗户相遇，时间似乎被拉得漫长，但只有短暂的一秒而已。

晚上的风有点儿凉，闻烟提着高跟鞋站在外面，看着疾驰而过的车尾，突然有点儿委屈。

"痛不痛？来扶着我的肩膀。"星棠找了个车位把车停下，小心翼翼地绕到副驾驶，把闻烟扶下车。

"没事，不是很痛。"闻烟穿上星棠为她准备的拖鞋，缓缓往前走。

闻烟原本准备叫出租车，但正好接到星棠的电话。星棠听到她刚下班，说什么也不让她一个人回去，而让她在大厦里等着。

很多时候，星棠确实没有生活经验，显得很幼稚，但也有很多时候，闻烟会被她照顾，心里很温暖。

两个人乘电梯艰难地回到家，闻烟坐在沙发上检查脚踝的伤势。

"药箱在哪儿？"星棠穿着睡衣，边问边看向旁边的柜子。

刚才她都要睡了，想着睡前问候一下好朋友，这才知道她刚下班，等到了又发现她脚崴了。

"没有药箱。"闻烟是找到工作后才租的房子，住了还不到一个月，很多东西都没有准备。闻烟看着星棠坐立不安的样子笑了："有药你会用吗？"

"首先你得有药。"感觉受到了"内涵"，星棠瞪着她，但看到她脚踝的淤青又开始心疼，走了两步蹲在闻烟面前，"烟烟，要不我们去医院吧。"

"今天太晚了，明天吧。"闻烟轻轻动了动脚，疼得倒吸了一口凉气。脚崴得挺严重，她当时几乎是呈直角摔下来的。

"还是别拖了。"星棠不知道怎么办好，但觉得找医生不会错。

"没事，你休息会儿，我去洗个澡。"闻烟扶着沙发站起来。

"都这样了还洗澡，再摔倒了怎么办？"星棠不让她去。

"我就简单冲一下，十分钟。"夏天很热，工作到这么晚，闻烟身上不太舒服。

"那我跟你一起洗吧。"星棠跟在她后面。

闻烟笑了，顺便把她关在了门外。

说是十分钟，但半个小时都快过去了，闻烟还没有从浴室出来。

浴室内雾气弥漫，闻烟的头发完全被浸湿变成了一团黑色。闻烟闭着眼睛，任由温热的水流从眼皮、睫毛和绯红的脸颊上流过……

他为什么要碰她？

他向她走来的时候，闻烟本能地往后躲，因为总有预感下一秒就会被他按倒在地上。

在他的注视下，她好像一丝不挂。

闻烟不知道这是内心最深处的期待，还是预感到他会那么做。

总之那一刻，她感受到了危险。

"烟烟，洗好了吗？"

突然的敲门声让闻烟忽然睁开了眼睛，然后心虚地抿了下嘴唇："好了。"

"你再不出来我就要进去了。"星棠透过磨砂玻璃往里看，却什么都看不见。刚刚她躺在沙发上眯了会儿，醒了之后发现闻烟还没出来，心里瞬间一惊。

五分钟后，闻烟从浴室出来了，脸上染着浅浅的红晕。

"你先睡吧，我还有个方案要写。"闻烟将头发包起来，坐到桌子前。

"已经很晚了！"星棠扫了一眼墙上的挂钟，现在是凌晨两点十分。

"比较急，我写完就睡，很快的。"闻烟把房间的灯关掉，只留了书桌前的一盏台灯。

"干吗这么拼？"星棠小声嘟囔，知道劝不动她，索性一个人窝到了被子里。

除了书桌前的光晕，房间已经陷入了昏暗。

闻烟抬头望着窗外静谧的夜空。

市场部营销的是一个公司和品牌的形象，如果营销做得好，那销售将会事半功倍。而公司对外企业文化的体现，很多时候体现的是公司首席营销官的喜好。

FA 这几年的传播策略极富侵略性，潜移默化地将理念延伸到细枝末节，并强有力地渗透，在消费市场一骑绝尘。

闻烟又想到了那双昏暗中的眼睛。

办公室里，他是一个穿着衬衣的优雅绅士，而在今天晚上，闻烟看到了衬衣下隐隐涌动的野性……

安静的狂野。

闻烟在空白文档上打下这几个字，不知道在说车，还是在说人。

脚上的疼痛拉回了她的思绪，闻烟看着文档上的那几个字揉了揉眉心，不能再胡思乱想了。

上市后的线下活动，本质上是要带给客户独一无二的尊贵礼遇和极致体验，让他们感受到 FA 所彰显的身份和地位，而这是其他品牌的轿跑不能满足的。

线下活动可以和高端度假村合作，和豪华酒店合作，打造一个热血 F城……

安静的狂野，热血 F 城。

闻烟写完方案已经凌晨三点了。她把方案发给李明新，顺便说明了情况，申请在家办公。

房间内光线很暗，窗帘半拉着，能看见窗外的星空，而墙壁上投放的影片已经接近尾声。

谭叙深坐在沙发里，看着最后一帧画面定格，而后字幕滚动，电影结束。

他依然望着墙壁，不知道在想什么，过了片刻端起旁边的酒杯。杯里是麦卡伦威士忌，他很喜欢的一款酒，琥珀色的液体混合着冰块，静静地诱惑着人的唇舌。

今天晚上，他似乎不是很困，甚至还隐隐有些躁动。

或许是因为，一头匍匐在他脚下的稚嫩麋鹿不小心撞到了他。

第 三 章

暗恋星河

闻烟躺在床上望着天花板，房间内的摆设在夜灯的笼罩下投下阴影。

从第一次见到他到今天晚上，所有和他有关的画面一帧一帧地在她的脑海里回放，其实并没有多少，但每一帧都很清晰。

"烟烟，怎么还不睡？"星棠翻了个身，迷迷糊糊地睁开眼睛发现闻烟还没睡，她闭上眼睛往闻烟身边蹭了蹭。就在星棠将要再次睡着的时候，耳边传来模糊不清的声音。

"星棠，我好像喜欢上了一个人。"

"好……早点儿睡，明天去医院。"白星棠的声音含混不清，没过多久，呼吸声再次变得均匀绵长。

听着她均匀的呼吸声，闻烟笑了。

这件事藏在心里，像个不能说的秘密，不知道是因为太过暧昧，还是因为隐秘，总之闻烟不想告诉任何人，当然也不知道怎么开口。

然而随着情愫在心里慢慢发酵，汹涌的爱意变得越来越不可收拾，她快要承受不住了。

但明明什么都没发生。

第二天一大早星棠就醒了，看到闻烟还在睡，刚想叫醒她，忽然想到昨天她工作到很晚了才睡。

难道她的烟烟想当女强人？

星棠叹了口气，悄悄下床，走到另一边轻轻撩开被子，没感受过人间疾苦的温室花朵被眼前的景象吓到了。

"烟烟，快跟我去医院，回来再睡！"星棠本来心疼闻烟工作太累，但她的脚踝肿得实在太高了。

闻烟的睡眠很浅，她几乎在星棠下床的时候就醒了，但昨天晚上胡思乱想了很久，又做了很多梦，现在感觉脑袋昏昏沉沉的，不想睁眼。

"下午再去吧……"闻烟声音有气无力的。

"再晚你就要被截肢了。"星棠把她身上的被子掀开，强迫她起来。

往常怎么叫都不起床的人现在角色转换了，因为星棠确实很害怕。

由于血液流通不畅，闻烟的脚踝经过一晚肿得很吓人，平日里清晰的骨节现在已经完全看不见了。

身上没了被子，闻烟皱眉翻了个身，但刚一动就不小心碰到了脚，疼得她立即没了睡意。

"等我洗漱下，换件衣服……"闻烟从床上起来，眼睛还闭着，头发乱糟糟的，倒有几分可爱。

星棠这朵娇花，平常有点儿小问题都是爸妈或闻烟陪着去医院，或者直接去私人医院，这次陪闻烟来医院倒是锻炼了自己。虽然什么都不知道，但她不害羞，逢人就问。

可能因为是工作日，医院的病人不多，她们挂了号之后没排多久队就轮到了。

医生摸了摸闻烟的骨头，还算幸运，没错位。医生用梅花针扎闻烟的脚踝，无数浸了药的细针，一下一下地落在闻烟的皮肤上，被扎过的地方没过多久就开始往外冒血。

"疼就抓着我。"星棠捂着眼睛不敢看，但又不敢离开闻烟。

手被星棠抓着，闻烟自始至终没发出任何声音。

从医院出来，星棠开车送闻烟回家。

"要不我送你回家吧。"在路口，星棠停下来说，说的是回闻烟爸妈家。

"不用了，我租的地方离公司近一点儿。"脚伤虽然看起来很严重，但她慢慢走也没问题，这几天很忙，闻烟不想因为自己耽误了大家的进度。

"干吗这么拼？"星棠不满地撇了撇嘴，这句话昨天晚上已经问过了。

明明家庭条件差不多，到底是她太没用还是烟烟太不懂享受？昨天晚上她都睡醒一觉了，闻烟竟然还在工作，迷迷糊糊地还听到……

绿灯已经亮了，星棠刚起步，又重重地踩下了刹车："闻烟！"

由于惯性，闻烟虽然系着安全带，但身体仍然猛地往前倾。

"哪个男人？"星棠瞪着铜铃般的大眼睛。

闻烟的身体重重地弹回椅背，听到她的话有些不明所以，但很快又明白了，忍不住笑了，小白痴的反射弧未免太长了些。

"回家说。"闻烟说。

"不行！"不怪星棠反应过激，从小到大她就没见闻烟对哪个男孩子有过好感。再加上闻烟这安静的性子，星棠一直很担心她将来哪一天会削掉头发出家修行。

"听话，别闹。"闻烟坚持。把车停在路口太危险了。

在身后的一片鸣笛声中，星棠不甘心地发动车子。只不过半个小时的车程，她二十分钟就开到了。

"闻烟，你快点儿给我从实招来，一个标点符号都不能漏。"星棠关上门就开始逼供，这已经到了她好奇心的忍耐极限。

闻烟轻笑，星棠平常总是"烟烟""烟烟"地叫，很少听到她叫自己的全名。

闻烟坐在沙发上，望着窗外明媚的阳光，回想着和他的点点滴滴。

"我不知道他的名字。"闻烟的神色淡淡的。

星棠原本气势汹汹的，听到这句话后一愣，渐渐沉默了。

窗外的阳光很刺眼，房间里开着冷气，隔着一层玻璃，屋里的人感受不到太阳的酷热，一切显得很不真实。

闻烟忽然很伤感，这段隐秘的故事在她的梦里上演了千百回。然而在现实中，她甚至连他的名字都不知道。

有时候闻烟会分不清，到底和他进行到了哪一步？是梦里的难舍难分、互相纠缠，还是现实中疏离地平行着？

梦和现实，究竟哪个才是真的？

休息了一天，闻烟就去了凯扬，入职后在 FA 待的时间比在自己公司

39

还长。

他们公司和 FA 不一样，工位都是固定的。她好久不在，桌子上也没有落灰，应该是保洁阿姨每天都会打扫。

闻烟正在处理邮件，忽然感觉有人拍了拍她的肩膀。

"总监。"闻烟抬头发现总监站在自己身后。

总监 Jessica 穿着职业装，显得很稳重，波浪鬈发又透露出成熟女人的风情。

"你的方案我看了，很不错。"Jessica 手持咖啡杯，半倚着桌子。

"细节填充得不是很完整。"闻烟不好意思地笑了笑。

"安静的狂野……这个感觉很特别，也很准确。"Jessica 交叠的双腿从黑色包臀裙中露出来，高跟鞋衬得她的腿部线条修长。目光看向窗外，她好像在思考这句话的意境。

而闻烟听到这句话，脑海里率先想到的竟然不是车。

"热血 F 城的概念也很好。"Jessica 收回视线，低头看着闻烟笑了笑，"但是内容略显青涩。"

从闻烟的角度，恰好能看见她的脖颈和下颌线，很有女性魅力。

"好的，我今天再改一版。"闻烟说。

"慢慢来。"目光中透露着欣赏，Jessica 说完，端着咖啡回到了自己的办公室。

坐在办公桌前，Jessica 隔着透明玻璃望向外面的格子间，看见闻烟，总会不自觉地想到年轻时候的自己。

闻烟是她很喜欢却又很少见的那类女孩儿，聪明不张扬，有独特的见解，缺的只是工作经验。

当初面试的时候，她并没有觉得这个女孩儿有多特别。名校毕业、海归背景，漂亮的简历她见得多了，然而经过这段时间的接触，她发现闻烟安静的外表下似乎藏着很多惊喜。

这天工作结束后，Jessica 考虑到闻烟的脚走路不方便，就让她回家办公了。

接下来的半个月，闻烟都在家办公，没有去 FA。

晚上，谭易阳洗完澡用浴巾把自己擦干净，换上干净的睡衣后从浴室出来。这个四岁的小朋友似乎比同龄人懂事很多。

40

乖乖亲启

晚上好，烟烟：

　　现在是凌晨三点四十八分，月亮刚躲进云里，你说要加班，我便不打扰你了，但还是想问问你吃晚饭了吗？今天工作累不累？有没有认识新的朋友？出门在外冷不冷？

　　冷了就要多穿点衣服，小女孩儿不要只顾着漂亮，不然年纪大了容易得老寒腿，那我只能推着轮椅带你去游乐场了。

　　今天下午，爸说想去钓鱼，江女士说太冷了想去公园晒太阳，两个人吵了好久，我在旁边看着也笑了好久。

　　如果我们在一起，会不会也是这个样子？

　　早晨你说要煮粥，我说喝牛奶，我们争执几分钟，然后我向你妥协。

　　周末你想睡懒觉，我说起来跑步，我们争执几分钟，然后我和你一起躺回被窝里。

　　冬天你说想去冰岛旅行，我说想去南城，我们争执几分钟，然后一起去了南城的小院子。

　　你也得向我妥协一回是不是？我年龄大了，你得让着我。

　　烟烟，我想戒烟了，昨天晚上失眠了很久，我忽然想活得久一点儿，想陪着我的小女孩儿久一点儿，你说好不好？

谭叙深

一月三十一日

谭易阳来到客厅，发现谭叙深在沙发上坐着，正在看他今天画的画。

"爸爸，我们换了个美术老师。"谭易阳爬上沙发，坐在谭叙深身边。

"习惯吗？"谭叙深看着眼前的画，有树木草地、天空白云，水粉颜色很协调，但明度略高。或许在孩子眼里，世界就是这么鲜亮。

"老师很漂亮，就是有点儿傻傻的。"易阳刚洗过澡，脸上泛着可爱的红晕。

谭叙深笑了，把画卷起来放在旁边，看他的头发还滴着水，拿起旁边的毛巾帮他擦："有你傻吗？"

"我不傻。"易阳乖乖坐着，享受谭叙深帮他擦头发。

孩子头发短，稍微擦了一会儿就干了，谭叙深给他整理了下衣领："不早了，快去睡觉吧。"

"明天我去爷爷奶奶家，你去吗？"易阳跳下沙发看着谭叙深。

"明天爸爸要去公司加班，周日接你回来。"谭叙深摸了摸他的头。

小孩子藏不住心事，眼睛里的失落很明显："哦，好。"

易阳从谭叙深手上拿过毛巾，又回到洗手间，踮起脚把毛巾晾在架子上，路过客厅回房间的时候看着谭叙深说："爸爸晚安。"

"晚安。"

小小的身影随着关门的声音消失在门后，客厅里只剩下谭叙深一个人。他忽然觉得很疲惫，靠在沙发里揉着眉心。

易阳很懂事，在别的孩子还在撒娇要糖的年龄，他已经学会了照顾自己，也从来不跟谭叙深撒娇。

两个男人的家里，略显冷清。

第二天，谭叙深把谭易阳送到爸妈那里，然后开车回了公司。

门禁对 FA 的员工有人脸自动识别功能，谭叙深离门还有几步的距离，锁已经开了。他直接推门进去，路过休息区的沙发时，不由得多看了两眼。

仿佛那里还躺着一头受伤的小麋鹿。

这段时间没见到她，谭叙深倒是有点儿期待。

FA 的员工没有周末加班的习惯，连工作日加班也很少。但他到了一定位置，承担的责任越来越大，也就没有了工作日和周末的区分。

三十五楼和三十六楼两层办公区，只有谭叙深一个人。

他磨了杯咖啡，开始了一天的工作。

周六是闻烟和星棠的闺蜜日。星棠刚开始工作很兴奋，还没拿到工资就要请闻烟吃饭。

闻烟坐在副驾驶座上看着三环的夜景。

她们离目的地越来越近，窗外的景色也越来越熟悉，闻烟忽然有种不好的预感。

"怎么来这里？"闻烟望着对面蓝珀大厦前清晰可见的 FA 标志，不安地舔了舔嘴唇。

"订好的餐厅就在这里，怎么了？"星棠把车停好，解开安全带下车。

看到周围的建筑时，她忽然明白了闻烟的意思，笑着走过去敲了敲副驾驶座旁的车窗："没关系，周六没人上班。"

心思被看透，闻烟不由得笑了笑，最近没见到他，连做梦的时间都长了，从闭上眼睛到醒来全都是梦。

仅仅是看到和他有关的东西，她就感觉来到了他的势力范围之内，呼吸、皮肤……身体的各个部位都忍不住拘束起来。

周末，中央商务区的人并不多，周围都是写字楼，不是逛街的好去处。但这家意式餐厅在 A 市排名前三，星棠以前是这里的常客，不过最近因为参加了工作，已经好久没来了。

电梯在四楼停下，她们放眼望去，很多餐厅里只零星坐着几个人，但往前走一会儿，到那家意式餐厅，发现里面几乎坐满了人。

"您好，请问几位？"站在门外的侍者问。

"两位。"闻烟说。

"有预约吗？"侍者问。

"订的八点。"星棠说。

侍者查询确认后，对她们说："好的，两位里面请。"

闻烟和星棠被侍者带到窗边的位置。

这家意式餐厅的装修呈暗调，昏黄的光线使得氛围很浪漫。整面墙壁用酒瓶做装饰，桌子上摆放着高高的烛台。

"烟烟，你吃什么？"星棠坐下开始点餐。

"奶油培根意面。"闻烟以前和星棠来过这里，比较熟悉。

"每次都点这个，能不能换一下？"星棠完全是自言自语，还是帮她点了意面，然后又点了几道其他菜。

对于吃饭，闻烟不太挑剔，可能在其他方面也是，喜欢一道菜、一支笔，下次还会选择同款，没有太大的欲望去尝试新的东西。

这或许就是藏在骨子里的温和，她没有猎奇的嗜好。

"你的脚怎么样了？"星棠问。

"快好了。"闻烟的脚恢复得差不多了，但淤青还没有散尽，走路还会隐隐作痛。

"要不明天我陪你去医院复查一下。"白星棠边说边用手机发短信，屏幕上的光照亮了她的眼睛。

"大小姐照顾人上瘾了？"闻烟开玩笑。

她们从小认识，虽然一直联系，但最近几年她在国外读书，两个人在一起的时间很少。闻烟的记忆还停留在她哭闹撒娇的时候，所以对现在的星棠还不太习惯。

"人家是关心你。"星棠撇了撇嘴，带着几分娇嗔。

不一会儿，她们点的菜陆陆续续上来了。

"终于来了。"周寻在这里等了半个小时，听到对面的椅子被拉开立刻抬头。

"和西区的经销商谈了点儿事。"

闻烟拿着叉子的手突然顿在半空中，身后熟悉的声音让她浑身的皮肤紧绷起来。只要他一出现，她所有的感官和注意力都变得异常敏感。

闻烟忍不住向那边扭头，果然是他。在 FA 工作的时候，她听到旁边的同事在打电话，仅仅听到电话里传出来的微小声音，就知道电话另一端的人是他。

明明两个人说话的次数屈指可数，他的声音却像刻在了她的脑子里。

闻烟的视线还没收回，他突然毫无预兆地往这边看过来。两个人的目光在空中相遇，碰撞在一起，擦出无声的火花，有意外，有心悸，有意味不明的暧昧，还有不知道是谁的期待。

所有暗自涌动的情绪，都藏在了谭叙深微微勾起的唇角中和闻烟平静的神色之下。

"在看什么？"周寻顺着他的目光看过去，什么都没发现。

工作了一天的疲惫在看见她的那一刻忽然不见了，相反地，她还激发了他暗藏的兴致，谭叙深情不自禁地想起那天她匍匐在地上的画面……

他好久没见她，这种感觉原本已慢慢沉寂，现在却又浮了上来，似乎比之前更浓了，藏在表皮之下，随着血液慢慢流动。

"找我什么事？"谭叙深收回了目光，嘴角挂着微不可察的笑。

"我下周出差，明天把 Yellow 送到你那里。"周寻穿了一件白衬衫，戴一副银边眼镜，显得很斯文。

Yellow 是条金毛。

"有区别吗？"谭叙深夹了些冰块放入酒杯，抬头看着他，"我上班，没人帮你照顾。"

"易阳放学不是挺早？"周寻说得理所当然，也没有开玩笑的意思，仿佛这本来就是他想好的答案。

谭易阳作为一个四岁的孩子，承受了太多与这个年龄不相符的东西。

谭叙深本来没想答应，但转念一想这个办法似乎也不错。

爸妈年龄大了，路上车多他又不放心，所以今年请了阿姨每天去幼儿园接易阳放学，给他做晚饭。

但阿姨八点就下班了，而他有时候会加班到很晚。

让易阳跟 Yellow 玩，似乎也不错。

"明天晚上送过来，易阳今天在我爸妈那里。"谭叙深说。

闻烟与他们离得不远，但听不清他们在说什么。

"怎么了，烟烟？"看她心不在焉的，星棠倾身在她面前摆了摆手。

"嗯？"闻烟回过神。

"没有胃口吗？"星棠已经吃了一半的披萨，而闻烟盘子里的意面还有那么多。

闻烟看着星棠的眼睛，犹豫着要不要告诉她。

"他在那里。"闻烟脱口而出，心是诚实的，理智已经被远远甩在了后面。

"谁？"星棠好奇地往四周看。

"不要往那边看。"这就是闻烟担心的，怕告诉星棠，她会在下一刻指着他叫出来。

"是他？"星棠做贼似的收回了视线，试探地问。

"嘘……"闻烟竖起食指，缓缓点了点头。

随着闻烟点头，星棠眼睛瞪得像夜明珠似的。满溢的好奇心驱使她不断往四周看。

"星棠，别乱看。"闻烟刚落下的心瞬间又被提到嗓子眼儿。

平日里偷看男人星棠还会伪装一下，但刚刚太过震惊，完全像是在满餐厅找人。

"是那个穿黑色衬衣的男人吗？"星棠在听了姐妹的花花心事后，对这个男人充满了好奇。

"嗯。"闻烟抿了抿嘴唇。

"原来我们烟烟喜欢这样的男人！"星棠笑了笑，"从小到大把男人的所有属性排列组合，我都不知道你喜欢什么样的男孩子。"

她喜欢吗？好像是喜欢。

起泡酒在酒杯里冒着泡，粉的液体透露出禁忌的甜美。起泡酒的度数虽然很低，但闻烟的酒量更小，是稍微一沾酒就会醉的那种，不过她现在很想喝。

以前她也想过自己会喜欢什么样的男孩子，每个女生应该都会想吧，干干净净的、很阳光、成绩很好，会给自己买小礼物，会和自己一起学习，对自己很好……

但从小到大，闻烟的社交圈子很简单。她是老师眼里的好学生、家长眼里的好孩子，从来不需要操心的那种类型。她也遇到过想象中的那种男孩子，却没有心动的感觉。

闻烟没喜欢过谁，更没谈过恋爱，但她知道，自己对旁边的那个男人是喜欢的。

尽管她连他的名字都不知道。

周寻今天穿了件白色衬衣，和穿黑色衬衣的谭叙深坐在一起，总有人往他们所在的方向看，对此周寻已经习惯了。

但他觉得对面的人今天似乎有点儿反常。

"左边那个，还是右边那个？"周寻顺着他的目光看过去，笑得耐人寻味。

餐桌上的花瓶里插了几枝玫瑰，谭叙深没说话，轻轻摘下一片玫瑰花瓣，用手指慢慢揉捻，让红色的玫瑰汁液在指腹留下诱人的余香。

闻烟的位置靠窗，光线比较亮，而谭叙深和周寻的位置在角落。

她在昏黄浪漫的灯光下喝着粉色的起泡酒，他在昏暗的光线中打开了瞄准镜，不动声色地窥探着那只匍匐在地上的漂亮麋鹿。

闻烟浑身不自在，感觉后背好像被人盯着。

这到底是她自作多情的错觉，还是他的确在看她？

"哪个？"那两个女孩儿都很漂亮，不过是不一样的漂亮，周寻突然很好奇。

"猜猜看。"谭叙深用纸巾擦着手。

周寻也笑了，以自己对谭叙深的了解，还真猜不出："怎么认识的？"

谭叙深喝了酒，有点儿热。他解开两颗纽扣："代理商，不算认识。"

周寻刚才还在想可能是他公司的新人，但下一秒这个想法就被他的回答给否决了。FA不招工作经验少于三年的人，而那两个女孩儿看着都过于年轻了。

更重要的一点是，谭叙深不碰身边的人。

闻烟把碎发撩到耳后，目光往谭叙深那边偏了偏，看到他正轻轻摇晃着酒杯，半张脸被餐桌上的玫瑰挡住了，看不太清。

趁他没有发现，闻烟收回了目光。

等小麋鹿偷看完，谭叙深才笑着看过去，不想再吓她了。

"烟烟，不跟他说话吗？"星棠迫切地想帮她追求幸福。

"说什么？"闻烟没喝多少，但已经微醺了，"也不认识。"

他们之间好像没有关系，说什么都显得突兀。

"怎么不认识？他都抱你了还不认识？"星棠说。

星棠的话让闻烟又想起了那个夜晚脚上的触感，忍不住动了动脚，但刚一动就隐隐作痛。

"哎，烟烟，他们要走了。"星棠看到他们从椅子上起来，很着急，"要过去打招呼吗？"

他们要走了？

闻烟没忍住往那边看去，心里瞬间很失落，但过去打招呼似乎也做不到。

想抓住什么，然而什么都没抓住。

闻烟看到他离开餐厅，没有回头，也没有转身。

今天晚上，他们之间除了一个对视，什么都没有。

闻烟的心情忽然变得不那么明朗，他毫不犹豫地离开，什么也不留恋，什么也不在意。

闻烟知道他当然不可能在意，但是，这真的只是她一个人的梦吗？

没过多久，她们也吃好了。星棠去了洗手间，闻烟走到吧台去结账。

"你好，结账。"闻烟从包里拿出手机，打开付款的界面。

收银员在电脑上查询账单，过了几秒抬头说："您好，刚刚有位先生已经帮您结过了。"

有人结过账了？

"他是不是穿着一件黑色衬衣？"闻烟的心脏好像突然被什么击中，炸开了花。

"抱歉，我记不太清了。"收银员愣了愣，随即不好意思地笑了。

期待的答案没有得到印证，但闻烟并不失落，整个人沉浸在突如其来的惊喜中无法自拔。

不是他还会有谁，但为什么不告诉她？

"发生什么事了这么开心？"星棠从洗手间出来，就看到闻烟正站在吧台前傻笑。

嘴角的弧度不受控制，或许闻烟并不知道自己在笑，但从她心底散发出来的明媚让暗调的餐厅明亮了几分。

"刚刚去结账，收银员说已经有位先生帮我们结过了。"闻烟边走边说。

"结过了？"星棠自言自语，过了两秒才反应过来，立即停在原地，抓住闻烟的手，"我就说有戏！我们家烟烟这么漂亮，怎么会有男人拒绝得了？快走快走，他们说不定还没走远。"星棠拉着闻烟疾步往前走。

"离开挺久了。"被星棠拉着走得很急，导致脚很痛，但闻烟没出声。

"说不定在外面抽烟。"星棠拉着闻烟快步走进电梯。高跟鞋踏着地面发出有节奏的声响。

进入电梯后，闻烟靠着电梯壁缓了缓，用没受伤的那条腿支撑着身体的重量。电梯镜子映着她的脸，表情显露出她心里的期待。

然而，大厦外人来人往，并没有他的身影。

夜风吹拂着额前的两缕碎发，闻烟望着商场外闪烁的灯光，眼睛里也盈满了星星点点的碎光。

这一刻，风也温柔，人也温柔。

"竟然走了……"星棠嘟着嘴，双手抓着闻烟的手臂晃了晃。

闻烟感觉微微失落，但在今天晚上涌动的无边喜悦中，这点儿失落只是一朵小浪花。

"我们回去吧。"闻烟望着夜幕说。

两个人都喝了酒，所以还是叫了代驾。闻烟坐在后排抱着蓝色小鲸鱼抱枕，轻轻地活动了下脚。

47

星棠这才想起她的伤，一拍脑袋，连忙弯腰去看她的脚："怎么样？我刚刚一着急给忘了。"

"没事，不严重，再过几天就好了。"闻烟怕她担心，索性不动了，靠在靠背上休息。

星棠看到她的神情，忽然安静下来，注视着闻烟的眼睛："烟烟，你是真的喜欢他？"

窗外霓虹闪烁，闻烟的目光闪了一下，不知道是因为星棠忽然认真的表情，还是因为她说出的话语。

"嗯。"过了很久，久到她把这段时间发生的所有事情都回想了一遍，才缓缓应了一声，应完又笑了。

所以，这不再是她一个人的梦了吧。

回到家，闻烟洗了个澡。她没有吹头发的习惯，等自然半干就躺到了床上。

闻烟藏在头发里的耳垂泛着红，像是有人把谭叙深揉碎在指腹间的玫瑰花汁液一点点地涂抹到她的耳垂上。

闻烟自从脚受伤就没有再去 FA。这周一，她和李明新被叫过去开会。

闻烟从出租车上下来进入旋转门，心就开始狂跳，还是一样的感受，在他的所属范围内，她的感官格外敏感。

"明新哥，我们是下午三点的会吗？"现在将近十一点，已经过了上班时间，等电梯的人很少。

"没错，待会儿你把开会需要的材料准备一下。"电梯门开了，李明新刷卡，按下三十五楼。

"好的。"闻烟注视着地面，"要跟他们的市场部总监一起开会吗？"

"不需要，只是和罗文开会。"李明新以为她害怕，朝镜子里的她笑了笑，"不用担心，我们和总监开会的机会很少。"

闻烟不知道是开心还是不开心。

视线落在跳动的楼层数字上，闻烟点头轻笑："他看起来挺严肃的，不知道多大年纪了。"

内心的好奇就像不断涌出的泉水，她想要控制住，但已经问出来了。

"这个还真不知道，不过能坐到他那个职位，怎么说也应该四十多了。"

他四十多了？

平静的神情终于有了一丝破绽，闻烟愣了愣，眼里透着几分不可置信。

他四十多，是不是有点儿老了？

没有给闻烟太多时间去纠结男人的年龄，电梯发出叮的一声，三十五楼到了。

李明新率先走出电梯，闻烟愣了两秒，在电梯门即将关上的一刻反应过来，赶紧出去跟上李明新，但还是没有从"四十多"的冲击中缓过神。

他四十多岁吗？和她爸爸……

"停。"闻烟闭上眼睛长出一口气，不准自己再想了。

然而等她睁开眼，刚刚还只存在于脑海里的四十多岁的老男人，现在正迎面朝她走来，还在看她……

闻烟心虚得腿一软，差点儿绊倒自己。

但同样的蠢事她不能做两次。

闻烟稳了稳心神，眼神依旧闪躲，不敢和他对视。忽然想到周末餐厅结账的事，闻烟感觉脸颊发烫，正准备问他，抬头却发现他身边还站着其他人。

果然，在他出现的时候，所有人在她眼里都成了背景。

到嘴边的话又被咽了回去，闻烟看了他一眼。短暂的对视，浓郁的暧昧在两个人的目光中流转，闻烟听着自己的心跳声，目不斜视地从他身边走过去。

两个人擦肩而过，谁也没有停下脚步。

闻烟穿着白色的雪纺衬衣和牛仔裤，知性中透着清纯。

透过身上薄薄的雪纺面料，他仿佛能看见闻烟白嫩的肌肤。

不像闻烟似的目光闪躲，从她出现的那一刻，谭叙深的目光就锁定了她，眼神里带着微不可察的情绪。直到两个人擦肩而过，他才勾了勾嘴角。

闻烟不知道，对视中先移开视线的那个人注定会爱得很惨，也输得很惨。

因为对方永远胜券在握。

"闻烟，帮我定一个五点的闹钟，提醒我在测试环境里上线新的活动页面。"李明新边敲键盘边说。

"好的。"对于这种琐碎的事，闻烟并不抵触，力所能及的小事而已，只要不触碰到她的底线，她都会去做。毕竟李明新也是她的上司。

"你现在有时间吗？帮我做一个发送的排期。"李明新停下手中的工作，看着闻烟说。

"好的，有什么规则吗？"闻烟找到之前的排期表。

"就是说我们一个小时向多少客户推送上市的活动，你先按照一个小时三十万排。"李明新又开始盯着电脑了。

"为什么是三十万，有什么界定范围吗？"闻烟皱眉看着这些数据，不理解。

"你先照我说的做，等我有空了跟你解释。"李明新看了闻烟一眼，"不好意思，我现在有点儿忙。"

闻烟打开排期表，笑了笑："没关系。"

一个小时后，闻烟排完了，虽然并不懂为什么要这样排。

"明新哥，我排完了，这个要发给谁？"今天他们坐在三十六楼，两个人的座位挨着，闻烟做好后问李明新。

"你发给我吧，我来发。"李明新说。

闻烟愣了愣，随即说："好的。"

"谢谢。"李明新摘掉眼镜，揉了揉眼睛。

"不客气，请问这个是要发给哪个部门？"闻烟想知道整个工作流程是怎么运转的，然而现在只知道一个螺丝钉，并不清楚这个螺丝钉是在一辆跑车上还是在一架飞机上。

"这个也等我有空了再跟你讲。"李明新说完，已经把闻烟做的排期发出去了。

闻烟没有再继续追问，视线低垂。她现在对整个流程都很模糊，心里像是一团乱麻，没有头绪。

"好的，谢谢。"过了几秒，闻烟低低地应了一声，但声音中透着疏离。

她不排斥做琐碎的事，但想知道为什么这么做。她之前也问过李明新一些问题，但他口中的"等有时间""有空了"多半没有后续。

闻烟知道他不是故意藏着掖着，直白地说是因为他没有带人的能力，或者说他缺乏成为领导的能力。一个优秀的领导者知道怎么将工作分配出去，而不是让自己忙得团团转。

闻烟刚才确实有点儿不舒服，但过了片刻就好了。很多事她看得很明白，但不会说出来，也不会放在心上。

离下午三点的会还有一个小时，闻烟感觉有点儿困，准备下楼买杯咖啡。

"明新哥，我下楼买杯咖啡，你喝什么吗？"闻烟往旁边倾身。

"不用了，谢谢，最近在喝茶。"李明新笑了笑说。

"养生吗？"闻烟拉开椅子，从座位上起身。

"嗯，毕竟年龄大了。"李明新开玩笑说，其实才二十八九岁。

"那我先下去了，马上回来。"闻烟看了眼时间，笑着说。

"好的。"

咖啡店里人比较多，有的在谈事，有的正对着电脑办公。

闻烟点了杯冰美式咖啡，往里走了几步，准备找个位置坐下等，然而刚走过转角，就发现他在和一个德国人谈事，说着流利低沉的德文。

余光注意到旁边的人影，谭叙深边说话，边把目光转向她所在的位置。

腿上像是灌了铅，闻烟再也无法往前迈动一步，在他的注视下，又镇定地转了回来。

闻烟虽然很想多看他几秒，但蓝珀大厦里几乎都是 FA 的员工，就算不是市场部的，也是其他部门的，而他想必是所有人都认识的。闻烟不想因为自己的异常行为，给他造成一些不必要的麻烦。

闻烟取完咖啡，又往他的位置看了一眼，但他背对着她，只留给她一个深蓝色的背影。闻烟没再停留，走出了咖啡店。

闻烟的脚步很慢，被心里的人拉扯着，被梦里重叠的身影拉扯着，迷离的光影和滚烫的肌肤……

即使步伐再慢，闻烟还是走到了电梯间。她走进去，隐隐约约听见外面有脚步声，等电梯门快合上的时候，他进来了。

在情理之中，也在她的意料之外。

明明是预想过的场景，但闻烟还是忍不住紧张。她看了他一眼后，就强装镇定地移开了视线，直视着前方。

星棠让她主动一点儿，她没有喜欢过人，也没有谈过恋爱，主动对她来说有点儿难，但她会尽量让自己不往后退。

电梯门还开着，两个人都没有去按关闭的按钮，尽管彼此都有所期待，但谁也不愿先亮出心里的底牌。

闻烟没有像上一次那样走到角落，而是站在原地没动，想着该如何开口。

明明是再简单不过的一句话，到了嘴边却怎么也说不出口，整个电梯里似乎只剩下了她的心跳声。

两个人的距离很近，谭叙深用余光注意着那一抹白色，她安静温顺、落落大方。但在所有人看不见的深处，他却发现了一丝胆怯。

像是发现了有趣的事，谭叙深轻扬嘴角。

两个人的目光碰撞在一起，像是放入静止的时光隧道，被慢慢研磨，伴着涌动的暗流和暧昧的气息缓缓发酵。

然而现实中，只是短暂的几秒而已。

电梯门缓缓关上。

闻烟舔了舔嘴唇，看着镜子里的男人终于开了口："周末……"

闻烟刚说话，即将关上的电梯门又打开了，陆陆续续走进好几个人。暗暗涌动的氛围随即被撕开一个口子，有风灌进来。

闻烟被挤到了谭叙深身边，然而旁边的人还在往这边挤。

他们几乎贴在了一起，瞬间的触碰让她浑身变得敏感。闻烟在慌乱中抬头看了他一眼，在他的注视下，她的脸烫得厉害，心也乱得厉害。

二十二楼……二十四楼……三十楼……闻烟只想让时间走得慢一点儿。

距离很近，谭叙深似乎能闻到她淡淡的体香，能看见她白色雪纺衬衣下黑色的内衣肩带。

电梯门打开又合上，人们陆续下去，三十楼之后，又只剩下了闻烟和谭叙深。闻烟不动声色地往旁边移了移。

"想说什么？"

没想到他刚才听见了，闻烟微微侧着身体抬头："周六在餐厅……谢谢，我把钱转给你吧。"

闻烟是紧张的，因为随着她说出感谢的话，他的神情没有任何变化。

"什么？"谭叙深问。

他的反应在预料之外，闻烟一愣，忽然很紧张，难道不是他？

"周六，在VASARI餐厅。"闻烟尽量让自己的声音平静。

看着她脸色微变，谭叙深不忍心再捉弄她，笑着低头注视着她的眼睛："为什么是我？"

他的目光还是让她很想往后躲。闻烟抿了抿嘴唇，忽然觉得有些口干舌燥。

为什么是他？

因为闻烟从来没有想过其他答案，她期待的人是他，所以下意识忽略掉了除他以外的所有名字。

但这一刻，他的反应让她心虚，像是欢喜地跑向一条笃定的路，还没走到尽头，前方忽然变得云雾缥缈，而她一脚踏空身体坠落。

他目光专注，又似乎淡淡的，眼睛里好像只有她一个人，又好像空荡荡的什么都没有。

闻烟看不透。

她忽然发觉，在这场无声的感情中，自己所有的情绪都被他掌控着。

"叮"的一声，三十五楼到了。

所有慌乱的情绪在这一刻戛然而止，闻烟强迫自己平静下来。

在他的注视下，闻烟不动声色地往后退了一步，看着他笑了笑："不好意思，那是我弄错了。"

没等他说话，闻烟转身从容地走出了电梯。

望着她款款的背影，谭叙深不禁皱眉，这似乎……和预想的不太一样。

看似温驯的麋鹿并不像表面那么温顺。

接下来的一周，李明新有事回公司了，只有闻烟自己在 FA。

罗文有事就找她，知道她不熟悉工作背景也不会故意为难。闻烟遇到自己实在解决不了的问题就打电话给李明新，渐渐地也适应了这种节奏，一切都很顺利。

除了他。

他有时候会在自己的办公室里，有时候会在三十五楼或三十六楼的某个位置。

他们走在路上难免会遇到，但闻烟会刻意不去看他。远远看到他走过来，感受到他的注视，她也只是目不斜视或者低头走过去。

因为她没有勇气为之前的冲动和自以为是负责。

在餐厅替她结账的那个人究竟是不是他？闻烟纠结了好久，从最初的笃定到慢慢怀疑，现在已经不确定了。

想和他更进一步却不敢靠近，想和他对视又不敢抬头，她只能在角落里看着他和别人优雅谈笑。

这种矛盾在闻烟心里发芽扎根，压抑得让她难受。

周五，不知道大家都在计划周末的活动还是已经把工作做完了，闻烟没收到几封邮件，所以不是很忙。

她坐在一个角落，浏览着外网上汽车营销的相关动态，手机屏幕忽然亮了。闻烟拿起手机看了看，是星棠发来的消息：

"烟烟，最近怎么不理人家？"

闻烟笑了，上一条聊天记录显示的时间是中午十二点半。

"在上班，怎么了？"

"好朋友的日常慰问，跟老男人怎么样了？"

星棠回消息很快，好像专门在做这件事。她这个时间没课，正在校园树下的阴凉处荡秋千，想到好姐妹的感情，两眼忍不住冒星星，散落在外面的阳光都没她的眼睛亮。星棠如果不是担心闻烟上班不方便，按照她的性子早就打电话过去了。

而闻烟看着消息框里跳出来的消息，脸上的笑渐渐消失了。

她抬头往不远处望去，尽管知道他不在办公室，但还是看了好久。

"他说不是。"

星棠猛地从秋千上站起来，因为起得太突然差点儿摔在地上。她稳住身体后，双手捧着手机噼里啪啦地打字，但打了密密麻麻的两行又删掉了，只发了三个字过去：

"你问了？"

问？回想起电梯里的情景，闻烟似乎还能感觉到近距离下彼此不小心碰到手臂的温热触感。

"算是吧。"

星棠坐回秋千上，看着手机里的消息，脚没有离地，无精打采地荡着，替闻烟着急但又使不上力。

"能不能通过同事打听下他的八卦，兴趣爱好什么的？了解之后好下手。"

星棠按完发送后忽然意识到，这是烟烟，二十二岁了初恋还在的闻烟，"八卦"两个字好像不太适合她。

"要不我辞职去 FA 吧？"

闻烟扑哧笑了，心中的沉闷被扫去大半，但还没来得及回复她，消息框又跳出来一条消息：

"但我好像进不去，我爸在这种事上不会管我……"

白叔叔是一个没有原则又很有原则的人，他可以在自己设置的范围里尽情宠溺女儿，会花很多钱给她请老师、办画展，但不会花一分钱让她进好学校、好公司。

闻烟不好意思一直拿着手机，在客户这边还是要注意一点儿，于是安慰了星棠几句就把手机放下了。

闻烟继续浏览汽车营销案例，但心思已经不在上面了。她的确不是会主动打听别人的八卦的性格，但凡事都是关心则乱。

他今天在三十五楼，两个人到现在还没遇到过。

闻烟把电脑转了个角度，打开 FA 的官网。官网有个页面是"FA 风云"，里面有关于公司的一些活动纪实。闻烟像做亏心事似的，往周围环视了一圈，确定没有人注意才打开了那个页面。

没什么特别的，闻烟打开的三篇报道都是关于首席执行官参加峰会论坛和讲座以及车型上市改款的消息，暂时还没找到和他相关的内容。

就在闻烟继续往下翻的时候，罗文忽然打来了电话。她立即心虚地把正在浏览的页面关掉，仿佛罗文就在自己身后。

电话还没断，屏幕一直亮着。闻烟缓缓舒了一口气，接通了电话。

"喂，罗文。"闻烟的声音听起来和平常别无二致，像无波的水面一样平静。

"你好，你现在有时间吗？我们简单开个会。"罗文说。

"好的，我现在下去找你。"罗文在三十五楼，闻烟需要下去。

"好，我在 3512 会议室等你。"罗文抱着电脑往会议室走。

挂了电话，闻烟简单整理了可能需要的文件，抱着电脑去三十五楼。

从旋转楼梯下去，每次路过沙发这里，闻烟脑海里总会浮现出一些画面。那天的光线那么暗，但发生的一切在她心里无比清晰。

目光情不自禁地掠过沙发前的那片地毯，除了他，没有人知道她在这里摔倒过，也没有人知道他在这里温柔地摩挲过她的脚踝。

视线还停留在沙发旁边，稍不留神，电脑中夹的文件掉到了地上，闻烟弯腰准备去捡，视线中忽然出现了一双皮鞋，然后是裁剪精致的黑色西裤包裹着修长的双腿。

闻烟顿在原地，看着他弯腰捡起掉落的文件向自己缓缓走来。他只是淡淡地看了她一眼，目光并没在她身上停留，而是落向沙发旁边的地毯上……

闻烟瞬间呼吸一滞，似乎能听到自己的心跳声。

所以，他还记得那天晚上发生的一切，还是他知道她刚刚在胡思乱想？

闻烟还在微微发愣，而他已经走到了面前，并将捡起的文件放在她的电脑上。他只神色淡然地看了她一眼，然后没有丝毫停顿地离开了，仿佛两个人完全不认识。

但在旁人看不见的角度，闻烟发现了他眼中那抹微不可察的笑意。

闻烟有种心思被看透的赤裸感，忽然感觉脸很热。

"谢谢……"他已经走过去了，闻烟望着地面轻轻地开口。

不像是在向他道谢，更像是在喃喃自语。

走到楼梯转角，谭叙深一条腿已经踏上了台阶，隐隐约约听到她的声音，唇角向上勾了勾，既没回应她也没有转身。

开放区域有很多人在谈事、开会，但没有一个人注意到他们之间的异常。

因为他们确实只是路过而已，没有片刻的停留。

但在闻烟的世界里，一个擦肩就足以让她胡思乱想整个晚上。

闻烟推开会议室的门，罗文已经在等她了。

"我跟你说一下接下来的工作流程。"罗文把电脑连接到投影仪上。

"好的。"这是个小会议室，闻烟关上门，坐到罗文对面。

"关于6系敞篷车，我们把这几个重要的时间点捋一下。"罗文打开方案的第一页，全是英文，"从六月末我们开始见客户，这是我们第一次与客户沟通，在这个阶段进行了两轮预热，这个你知道吗？"

闻烟从七月初入职到现在已经一个月了，但罗文担心她不明白，所以解释得很详细，没有一点儿甲方的架子。

"明白，您继续。"闻烟的目光落在屏幕上，她很专注，尽管罗文说的这些她在之前已经有所了解了。

"所以接下来……别您了，怎么感觉我那么老呢？"罗文正说着，忽然转身看着闻烟。

闻烟扭头看见罗文一副别扭的神情，不禁笑了："好，你继续。"

"正式上市在九月中旬的北京车展，沟通阶段和上市之间隔了两个多月，时间有点儿长，但我们不能断了和客户的联系，要不然在信息爆炸的大环境中，客户很快就会忘了我们。所以在八月十日，我们会发布一个任务 6 的活动持续进行沟通，也就是 6 系敞篷车的特别行动，对于要发布的内容你有什么想法吗？"罗文解释完，突然把问题抛了过来。

屏幕上呈现着各个阶段的时间节点。

会议室的光线比较暗，投影仪发出的蓝光映在闻烟眼睛里，她认真地思考着罗文的问题。

"在沟通阶段我们主要沟通了车型外观、内饰、发动机和智能互联系统，"闻烟回想了下以前发布的内容，接着说，"在任务 6 阶段，6 系敞篷车已经从工厂运输到了授权经销商门店，所以我们可以结合车型信息，重点发布邀请消费者到店预约试驾的信息。"

罗文愣了愣，有些意外："不错，还有吗？"

闻烟在 FA 待的时间比在凯扬还长，直接和客户沟通让她成长得很快，而李明新又比较忙，很多经验是罗文教给她的。

"消费者对价格还是比较在意的。"闻烟想了想说。

"上市之前售价属于绝密信息，我们拿不到。"天色渐渐暗了，罗文打开会议室的灯，否定了闻烟的这个念头。

"没有人知道吗？"闻烟拿一次性纸杯接了点儿水。

"Jarod 知道，你去问他吗？"罗文玩笑着说。

"喀喀……"闻烟正喝着水，忽然听到这个藏在心里的名字，顿时呛到了。

"别害怕，我们总监不吃人。"罗文瞬间乐了，抽出两张纸放在闻烟面前。

他不吃人吗？

"谢谢。"可能因为心虚，闻烟不敢抬头看罗文，低头擦了擦嘴角。

"好了，继续说正事，总之售价不要想了。"罗文继续看投屏。

"好的，那能否跟金融部沟通一下，如果在任务 6 阶段，消费者去店里预约试驾、付定金的话，可以享受六十期超长贷款期限，或者降低百分之零点五的贷款利率？"闻烟边说边在笔记本上计算。

罗文看着投屏若有所思。

"刚才提到的期限和利率只是我初步估算的数值，具体数值可以找金融部的同事计算一下，看看哪个数值最合适。主要意思就是，在任务 6 特别行动中，我们会给交付定金的消费者一些特别礼遇。"闻烟简单概括了自己的想法。

"下周一我找金融部的同事问一下。"罗文皱着眉头若有所思，并不是闻烟的建议不好，而是涉及金融政策，这不是他们客户关系管理部门能做主的，但放弃又觉得很可惜。这种方式能刺激消费者的购买欲，并且可以提前圈住一部分忠实客户，"可以呀，闻烟。"罗文扭头朝闻烟眨了眨眼，眼神中带着欣赏。

"您教得好。"闻烟已经习惯了和他开玩笑。

"再说就给您扣月费了。"罗文关掉了投影仪，开始整理自己的东西。

闻烟合上电脑，这就是万恶的甲方，动不动就拿月费威胁人。

"刚才说的那些东西，下周二下班前给我一个详细方案，包括活动流程和发布的文案，有问题吗？"罗文抱着电脑起身。

下周二？现在已经是周五下午五点半了。

闻烟抿了抿嘴唇，片刻后摆出职业微笑："好的。"

这就是万恶的甲方，改不了剥削的本质。

"我下面还有一个会，先不跟你说了。"罗文抱着电脑往门口走。

"好的，你先忙。"闻烟也起身了，准备回三十六楼。

"对了，任务6的活动比较着急，所以之后你跟明新必须要有一个人在这里，当然，两个人都在更好。"罗文推开会议室的门，让闻烟先出去。

"好，我待会儿跟明新哥说一下。"

两个人抱着电脑出去了。

他们没走几步就到了前面的3513办公室门口。那里好像也刚开完会，会议室的门被推开，人陆陆续续地出来，最后一个走出来的是谭叙深。

"Jarod。"罗文喊道。

闻烟一愣，没想到罗文会突然叫住他。西装笔挺的身影就在眼前，她一时间不知道该继续往前走，还是停在原地。

谭叙深抱着电脑转身，先看到的是闻烟，视线在她身上停了一秒，然后很自然地转到罗文身上，仿佛在闻烟身上停留的那一秒根本不存在。

"什么事？"谭叙深问。

"凯莉休假了，关于任务6有些事情想跟你商量一下，有时间吗？"凯莉是罗文的直接领导，她不在，他只能越级找谭叙深了。

罗文想约时间把闻烟刚才说的方案简单提一下，看看能不能行得通。他得先得到老大的首肯，才能去找金融部的同事。

"下周一吧，待会儿我有点儿事。"谭叙深抬起手腕看了眼时间。

"哟，今天不加班了。"罗文跟谁都能开玩笑。

闻烟站在罗文身后，这样离开似乎不太好，但如果打声招呼再离开就更让人注意了，只能默不作声地降低存在感。

谭叙深笑了笑，抱着电脑继续往前走："看下我邮箱里的时间表，有合适的时间告诉我。"

"好的，我待会儿看看。"

总监的时间需要预定，晚了会安排不上。还没走到座位上，罗文就边走边打开邮箱查谭叙深的时间表，周一、周二、周三的安排已经密密麻麻了，周一下午两个会之间有三十分钟，罗文赶紧定了下来。

"没事的话，我先上去了。"男人的身影已经消失在了拐角，闻烟收回视线看着罗文说。

"上去吧，记得周二给我一版方案。"罗文不忘叮嘱道。

"好的。"职业假笑，闻烟越来越熟练了。

闻烟坐到离谭叙深的办公室不远的位置，将开会的内容传达给李明新后，就望着他的办公室发呆。

三十五楼和三十六楼那么大，她不知道什么时候还能再和他坐到一起。

而且最近几天，他几乎没怎么看她，虽然她不敢抬头，但也能感觉到他的视线没在自己身上停留。

闻烟单手撑着脑袋，无精打采地在笔记本上乱写乱画，不知不觉中，写下了无数个英文名字：

Jerrod、Jerold……

Gerrard、Gerard、Geralt……

闻烟突然感觉很委屈，同时又为自己的沉闷感到懊恼，如果主动一点儿，是否就不会是现在的局面？

闻烟再抬头，就看到他正从办公室出来，还锁上了门。

他今天不加班，是有约吗？

他的身影像是致幻剂，闻烟只要一看到就会止不住地胡思乱想，晚上还会一个接一个地做梦。

没过多久，闻烟也收拾东西下班了，走出大厦的时候恰好看见他开车从自己面前过去。

但他并没有看到她。

望着那早已经熟记于心的车牌，闻烟感觉自己要被失落淹没了。

但她不知道，车里戴着墨镜的男人，正通过后视镜看着旋转门外那一抹纤细的身影。大厦前的车速很慢，直到要转弯的时候，谭叙深才嘴角噙笑地移开了视线。

不知道是不是因为最近一个月总做梦，闻烟的睡眠质量很不好。她温了一杯牛奶放在床边柜子上，明天是周六，可以安心睡个懒觉。

她洗过澡后看了会儿书，夜已经很深了。

闻烟只留了一盏壁灯，然后拉上窗帘抱着平板电脑半躺在床上。昏暗的光线和密闭的房间，这样的环境可以让她安心地把心底的秘密释放出来。

打开 FA 官网页面，闻烟继续看白天没看完的消息，但一个小时过去，已经看到了四年前的消息，还是没有发现关于他的任何信息。

关掉官网，闻烟又打开 FA 中国的官方微博，从最新消息往下看，车企的官博无形中透露出高级感，大多是日常运营内容，也有节日营销活动。看了一会儿，闻烟已经忘了自己的目的，被官博有趣的内容吸引着，下意识地一条一条往下翻。

不知过了多久，闻烟端起玻璃杯抿了口牛奶，视线忽然捕捉到了她要找的内容，上下滑动的手指顿住了。

十二月二十五日，去年圣诞节，他们公司内部的活动照片。

好像在黑漆漆的地道寻宝，忽然发现了宝藏，闻烟立刻放下玻璃杯，把电脑抱得离自己更近一些，好看清这些图片。

九宫格照片，圣诞节主题，背景是三十五楼开放区的沙发，桌子上摆满了礼物，还有比萨和红酒。大家都穿着红色的毛衣、绿色的裙子，戴着麋鹿角的头饰……

第五张里，闻烟看见了他身穿墨绿色的衬衣。

嘴角的笑不知在什么时候已经扩散到了整个脸颊，像是偷偷发现了什么了不得的东西，闻烟把手放在电脑屏幕上，轻轻抚摸着他的脸、嘴唇、眉毛……

然而她的喜悦很短暂，闻烟望着照片里的某处，目光忽然凝滞，脸上的笑仿佛也瞬间被冻住，之后慢慢龟裂、破碎。

他端着香槟的手，无名指上戴着戒指。

心脏还来不及疼，眼睛已经有了反应，下一秒，眼泪从闻烟的眼角

60

滑落。

目光依旧落在电脑屏幕上的那张照片上，她安静地盯着，目光呆滞，甚至不知道自己已经哭了。

他已经结婚了吗？

"谢谢。"

"不客气。"

"家住哪儿？"

"谢谢，不用麻烦了……"

"谢谢……"

所有片段在闻烟的脑海里像潮水般涌现，这场无疾而终的感情在她心里经历了山崩海啸，但在现实中，只不过寥寥几句——

"谢谢。"

"不客气。"

心痛的感觉从四面八方袭来，渐渐将她淹没。她拼命想呼吸，却只能任由沉重的身体不停坠落。

闻烟没有放声大哭，也没有情绪崩溃，所有的难过都是无声无息的，像是在潮湿的梅雨季，树叶浸泡在路边的积水里慢慢腐烂。

所以这一切都是她一个人的无声电影吗？

闻烟忽然笑了，笑里带着苦涩。

屏幕上的男人端着酒杯，自信沉稳，无名指上的戒指在闻烟的视线里模糊了又清晰，清晰了又模糊……怪不得他从来都不主动，只是隔岸观火，看着她在一次又一次的对视中逐渐沉沦。

但是为什么，为什么她会这么难过？

情绪渐渐失控，电脑从被子上慢慢滑落到一旁，她双手抱着膝盖，将脸藏在黑暗里。

房间只有一盏光线暗淡的壁灯亮着，空气也渐渐凝滞。

室内安静极了，只有微不可察的抽泣声从闻烟胳膊下倾泻出来。她就是这样，连难过都是无声无息的。

闻烟在"壳"里藏了很久，直到感觉呼吸困难，才从床上下来打开窗户。夜晚的凉风呼呼地往里灌，她这才觉得舒坦了一些。

闻烟站在窗边，眺望着远处繁华的夜景。

她到底在难过什么？

难过他骗她吗？没有，他什么都没做过，也什么都没说过，所有的一切都是她自以为是的想象。

他只是给了她一个漫不经心的眼神，还随意地扶了她一把。

而她，就为他绽放了整个春天。

闻烟很想知道，他到底有没有察觉到自己对他的喜欢？如果察觉到了，是不是在嘲弄她的不自量力，事不关己地看着她越陷越深？

闻烟苦笑一声，抬头的瞬间泪光闪烁。

她爱上了一个连名字都不知道的男人。

是的，从刚刚看见戒指开始，闻烟真正看清了自己的心：她很喜欢他。

然而，这个每天晚上出现在她梦里让她心悸又期待的男人，已经有了家室。他每天晚上会抱着自己的太太入睡，或许他们还有一个可爱的孩子，而她，只有梦……不，从看见戒指的那一刻，闻烟连梦都不配拥有了。

他甚至不知道，有一个女孩儿在因为他难过。

闻烟鼻子一酸，感觉很委屈、很委屈。

"叮咚——"

第二天，闻烟是在门铃声中醒的。门铃声还在继续，闻烟皱着眉翻了个身，没有睁开眼睛。

她昨天晚上怎么都睡不着，牛奶已经解决不了问题了。凌晨三四点，她打开了一瓶酒。她平常都是一碰酒就醉，昨天竟然喝了两杯。

以至她现在还有些不清醒，头昏昏沉沉晕得难受。

她准备去开门，星棠已经进了卧室。她又顺势躺回床上，半张脸藏在被子里。

"打电话怎么不接，知道现在几点了吗？"星棠坐在单人沙发上，看了眼时间，已经十一点半了。

周六是她们逛街吃饭的好日子，往常是星棠睡懒觉叫不醒，今天却反过来了。

闻烟听星棠这么说，睁开惺忪的眼睛找到手机，按了两秒还没有反应："手机没电了。"

星棠愣了一下："你嗓子怎么了？"

闻烟的声音很沙哑，跟平常差别很大，星棠瞬间就听出来了。她起身往床边走，但刚走两步，忽然闻到淡淡的酒味。

床头的桌子上摆着酒瓶，透明的玻璃杯中还剩三分之一的酒。

"你喝酒了？"星棠觉得奇怪，烟烟平常很少喝酒，因为她酒量很不好，所以在这方面就比较自律。

"喝了一点儿。"头还是很沉，闻烟没有起床的意思。

"别睡了，说好的今天去逛街。"星棠掀开闻烟的被子，想把她拉起来。

星棠从小就被家里保护得很好，是温室里的花朵，从小到大什么都不缺，也不需要看别人脸色，所以很难看透别人的心事。

特别是闻烟这种向来很平静，不把情绪写在脸上的人，她更看不懂了。

"改天再去好不好？今天有点儿累。"闻烟睁开眼。

星棠看到闻烟的眼睛红红的，神情一滞，抬手在她额头上碰了碰，担心地问："身体不舒服吗？是不是工作太累了？"

脑海里又浮现出那枚戒指，闻烟抿了抿嘴唇，眼眶不知什么时候又红了。她的黑发散在枕头上有些凌乱，衬得素颜的脸很干净，也很苍白。

"他结婚了。"

"什么？"星棠一时间没反应过来，但愣了两秒后满脸震惊，"怎么可能？你是不是弄错了？"

闻烟睡不着了，干脆坐起来："我看见他手上戴了戒指。"

"在哪儿看见的？"星棠半信半疑。

"照片上。"闻烟下床把窗帘拉开，昏暗的房间瞬间变得明亮。

"照片呢？我看看。"星棠心里也没底，但看烟烟这样子，昨天晚上肯定已经一个人难受过了，所以不管真假都一万个不愿意相信。

昨天晚上电脑滑到床边一直处于睡眠状态，闻烟用指纹解锁，一打开，屏幕上还是那张照片。

"就这？"虽然语气不屑，但星棠在心里还是震惊了一下。

闻烟没说话，若无其事地把被子铺好，准备一会儿把家里收拾一下。

星棠看了一会儿把电脑放在一旁。虽然她很多时候都不太靠谱，但旁观者清，她觉得事情可能并不是闻烟看到的这个样子。

她的烟烟现在却看不出来。

"首先，戴戒指不一定就是结婚了，现在很多戒指都是装饰，你看我手上还戴着呢，但我连个男朋友都没有。"星棠把手伸到闻烟面前。

看着星棠无名指上的戒指，闻烟整理被子的动作顿住了，沉重的心门似乎被打开一条缝，有风吹进来。

是这样吗？

但闻烟并不觉得，一个成熟沉稳的男人无名指上的戒指会是装饰？

他事业有成、相貌英俊，也到了结婚的年龄，这种条件的男人不结婚或许才是不正常的。

闻烟低头，继续整理被子。

"就算不是装饰，那也可能只是女朋友，这种情况现在挺多的。"看出了闻烟在想什么，星棠继续往下说，"虽然这么说不太好，但只要没结婚，女朋友就有可能分手，你就有机会！

"而且，从你跟我说的那些情况看，天天加班到凌晨十二点的人，你觉得像是已婚有家室的人吗？女方肯定受不了。"

闻烟听星棠在那里分析得头头是道，忍不住笑着转身，坐在床上看着星棠："继续。"

"就按最坏的情况来说，他结婚了，但这张照片是去年十二月份的，最近你见他戴戒指了吗？说不定早离了。"

但这个可能性比较小，星棠自己在心里暗暗嘀咕。

处在爱情里的人总喜欢自欺欺人，闻烟从内心深处不愿意接受现在的结果，所以无论昨晚有多难过，现在只需要一点儿风，她的心思就可以死灰复燃。

更何况星棠的风吹了一阵又一阵。

闻烟坐在床边，整个人又一点点地恢复生机，神情里带着试探和期待："真的吗？"

"你下周上班多留意一下，看看他手上戴戒指了没有，还有多听听同事之间的八卦，总之我觉得我的分析没错。"星棠坐在沙发上双腿交叠，脸上的神采越来越盛。她突然有点儿佩服自己，刚开始确实是为了安慰烟烟，但说着说着，自己都开始坚信不疑了。

"但是烟烟，如果他真的结婚了，就不要再喜欢他了。"星棠怕闻烟受委屈，也觉得这个男人配不上她。

"好。"闻烟视线低垂，望着阳光在地板上投下的光斑。

爱情最让人疯魔，而暗恋会把这种病态发挥到极致。

他的一举一动都牵引着她的神经，她猜不透他若即若离的态度，也猜不透他每一个眼神里的信号，但就是盲目地越陷越深。

闻烟这几天的心情像是坐过山车，周五晚上悲伤难过，周六对星棠的推测将信将疑，周日似乎已经完全接受了星棠的说法。

但她周一再次踏进蓝珀大厦时，重建的信心又渐渐不复存在。

她乘扶梯到达三楼，心里越来越忐忑，脑海里的那枚戒指也越来越清晰。

仿佛她越靠近他，梦的余韵越会被削弱。无论梦里发生过什么，都会被现实击垮，在现实的疏离中，答案越来越清晰。

那么，答案是什么？

电梯到达三十五楼，闻烟心神不宁地走出电梯，随后刷开了门禁。

她依旧坐在原来的位置上。

工作的时候闻烟还是很专注的，但邮件的发送键就像一个开关，刚把邮件发出去，关于他的思绪就像洪水一样从打开的闸门倾泻而出，占据了她的脑海。

像星棠说的，闻烟很想知道他最近有没有戴戒指，但今天一直没有正面遇到他，没找到合适的机会观察。

闻烟看着他的身影从一个会议室移到另一个会议室，连在自己办公室的时间都很少。他的确很忙，忙得不像是一个有家室的男人。

下午三四点，晴朗的天空渐渐变得阴沉，铅灰色的云厚厚地堆积着，不一会儿就开始电闪雷鸣。

滂沱的大雨冲刷着三十六楼的落地窗。

"怎么回事，天怎么全黑了？"

"还挺害怕的……"

困意在这场突如其来的暴雨中消失了，听到旁边 FA 员工的聊天内容，闻烟也望向窗外。

天忽然之间全黑了，写字楼的灯亮起，路上的车也亮了灯，明明才下午三四点，却像是深夜的景象，整个 A 市被笼罩在黑幕之下。

对于打雷，闻烟不太害怕，想到家里的窗户在出门时都关上了，也就安心了，只是忽然有点儿口渴。

闻烟端着杯子走向茶水间，但刚进去，就看见男人穿着深蓝色的衬衣和黑色西裤，站在落地窗前望着黑漆漆的天幕。

闻烟愣了一秒，然后若无其事地收回视线，走到饮水机旁边洗杯子。

他举着手机，好像正在打电话，闻烟刻意放慢了动作。

洗好杯子，闻烟接了半杯冷水，又去接旁边的热水。

"下雨了，把家里的窗户关一下。"

闻烟微愣，他……在和谁打电话？

"嗯，朝南的窗户。"

男人的神态很温柔，和工作时冷峻的神情完全不同。闻烟依旧站在饮水机前，看着细小的水流，心忽然很痛。

"不要怕，我待会儿就回去。"

他无名指上的戒指又浮现在脑海里，闻烟瞬间觉得鼻子很酸，这么亲昵的语气，这句"不要怕"是在和他的太太说吧？

胸腔好像堆满了厚重的乌云，心脏也被窗外的大雨冲刷着，闻烟的眼眶不争气地偷偷泛红。

谭叙深挂了电话，在落地窗上看到了她的身影，或者说从她进来的那一刻，他就注意到了。

她身上的长裙盖过了膝盖，只露出纤细的小腿，裸色高跟鞋将脚衬得白皙，有种欲说还休的味道。

谭叙深从她身边走过，原本没想停留，然而余光扫到水快要从她的杯子里溢出了，而且是热水。

他皱了皱眉，手臂从她身侧绕过，关上饮水机的按钮，然后缓缓地把杯子从她手上拿开。

谭叙深："不烫吗？"

话音刚落，谭叙深把杯子拿在手里才发现不烫。他并不知道闻烟刚才接了半杯冷水。

窗外雷声大作，雨水顺着玻璃窗往下淌，两个人沐浴在暖黄色的灯光下，很安静。

外面的大雨和室内的静谧，让闻烟感觉这一刻的时光是偷来的。

她缓缓转身，看着他手里的杯子，慢慢伸出了手，一切动作似乎都被放慢了。

杯子里的水很满，映着闻烟的脸庞。

终于，她抬头注视着眼前的男人，只一秒，所有藏在心里的情愫全部涌到眼睛里，不受控制地往外溢。她想让他感受到她的情绪，想让这场暗恋不再是她一个人的事。

但想到他刚刚的电话可能是打给太太的，闻烟又把所有的感情藏了起来。

她移开了视线，在旁边的水池中倒掉半杯水，然后转身离开了。

这几秒钟是闻烟施舍给自己的。

谭叙深停在原地，脑海里全是她泛红的眼眶。他低头看着自己的手，微微皱眉，仿佛手心还有余热。

难熬的一下午，闻烟不知道自己是怎么度过的，"不要怕"这三个字仿佛成了魔咒，男人说话时温柔的语调在她心里一遍又一遍地重复播放。

她很羡慕电话另一端的女人。

半个小时后，天空逐渐恢复了明亮，仿佛刚刚那场狂风暴雨只在她的世界里存在。

现实世界的天晴了，她的世界却无法放晴。

闻烟尽量把注意力放在工作上，这样可以让时间过得快一点儿。终于到了下班时间，她和李明新一起乘电梯离开。

"明新哥……"电梯门合上，闻烟看着不断递减的数字开口。

"嗯，怎么了？"李明新看着镜子里闻烟的脸。

"这段时间我能回公司办公吗？"闻烟想了一下午，最后决定让自己冷静一段时间，说不定对他的喜欢会慢慢减弱。

想不到，她第一次喜欢的人竟然是一个已婚男人。

所以，她的喜欢注定不会有结果。

"怎么了，身体不舒服吗？"李明新扭头看着她，发觉她脸色不是很好。

"每周都待在这里，感觉有点儿压抑。"闻烟笑了笑，尽量让自己看起来轻松一些。

"不好意思，前段时间让你自己待在这里。"李明新很理解闻烟的感受，毕竟在甲方的眼皮底下办公很不自在，"那之后你就回公司吧，如果罗文有需要我再叫你。"

"谢谢明新哥。"闻烟看着李明新笑了笑，随后垂下视线，不想让其他情绪泄露出来。

闻烟租的房子就在公司对面，不去 FA 之后，她每天早上按时起床去上班，每天晚上也很早回家，按时吃饭，按时睡觉。

她尽最大可能让生活变得规律、平静、可控。

然而在一切变得平静时，水下的暗流越发不可收拾。

闻烟以为不去 FA，对他的感觉会慢慢沉淀。然而在这段见不到他的日子里，思念的滋味她体会得更深刻，从晚上闭上眼睛到早上醒来，全都是梦，全都是他。

所以，她失败了。

"他那天戴戒指了吗？"星棠坐在沙发上，手里拿着一块草莓蛋糕，随意地吃了两口。

星棠工作的幼儿园离闻烟住的地方很近，最近下课后经常过来，今天还顺路买了蛋糕店的新品，但口感不太好。

"没有。"

闻烟记得很清楚，听到他说话的时候，脑子里全是去年圣诞节照片里的戒指。然而那时他伸手过来，她没有看见戒指。

但当时的"不要怕"三个字已经完全占据了她的理智，她不想让自己的喜欢那么快终结，所以只想快点儿逃离。

"那现在到底是什么情况？"星棠坐在客厅的地毯上，双手向后撑着沙发。答案好像越来越扑朔迷离，已经不是她这种智商能看透的了。

"如果结婚了，为什么每天加班到凌晨？如果没结婚，那天的话是对谁说的？老夫老妻不至于说'不用怕'吧？"客厅的电视里放着综艺节目，但没有人看，星棠拿起遥控器关了电视，免得影响自己分析。

"别想了。"闻烟笑了笑，从冰箱里拿出做好的水果沙拉。有些事情她一个人烦恼就好了，不想让星棠跟着一起担心，"最近工作怎么样？"

"挺好的，不会很忙，跟小朋友相处很开心，虽然他们有时候比较磨人。"星棠挑着沙拉里的木瓜，"你说会不会是他妹妹？"

话题转得太快，生硬又突然，闻烟一时间没有反应过来。

"或者是爸妈？"木瓜拌着酸奶，口腔里一阵冰甜，星棠还在继续，"但爸妈的可能性小了点儿，没准儿真是妹妹。"

"为什么不能是太太？"闻烟靠着沙发，果盘里的樱桃刚洗过还带着水珠，她拿起一颗用牙齿轻咬，红色的汁液染到了唇上。

致命的一击往往都是自己给的，闻烟也想找一个合理、充分的理由，让自己彻底断了现在的念头。

她需要正视这个答案，这个可能性最大的答案。

没想到她问得这么直接，星棠顿时语塞："烟烟，你别这样……当然，首先，是我潜意识里不愿意相信电话那边是他太太；其次，我真的认为他的工作状态不像有家室。你相信我，我不是单纯地骗你开心，如果他真的结婚了，我第一个不同意你喜欢他。"

星棠说完，像只小猫似的在闻烟身上蹭了蹭。

连星棠都这样，闻烟心里更是如此。

人都是矛盾的，一边想着干脆一点儿，另一边又总是不愿相信对自己不利的结果。在不知道准确的答案之前，闻烟心底会情不自禁地浮现出千万种他没有结婚的理由。

或许，她真的应该痛快一点儿，问问他到底有没有结婚，但是该怎么问？

问同事吗？闻烟不想把私人感情和工作混为一谈。

当面问吗？她会预想无数种场景，但当真正遇到他时，可能会心悸得一个字都问不出来。

给他打电话吗？没有联系方式，闻烟甚至连他的名字都不知道。

可就是对这样一个一无所知的男人，闻烟已经泥足深陷了。

谭叙深依旧很忙，忙着在各个会议室间穿梭，忙得没有多余的精力想其他事，但停下来的时候也会意识到，已经很久没有见到她了。

最后一次见她，她用发红的眼睛看着自己。

像头受伤的、惹人怜爱的小麋鹿。

谭叙深拨开百叶窗帘，望着远处的高楼大厦，疲惫地揉了揉眉心。

不像闻烟每天恨不得有二十五个小时来想他，谭叙深属于自己的时间很少，或者说这个插曲在他心里并没有掀起太大的波澜。

但他从办公室去会议室的路上，目光会情不自禁地从外面的工位上掠过，看她是不是藏在哪个角落里。

闻烟已经二十多天没去 FA 了，对他的感觉却没有因此变淡，反而随着时间的流逝在心里堆积得越来越重。

她很想见他。

这种感觉似乎已经到了临界值，闻烟很想找一个突破口来结束这种状态，彻底失去或者得到。总之，目前这种很不自信又患得患失的状态，她不想再继续经历了。

就在闻烟胡思乱想的时候，她收到了一封罗文发来的邮件，开头是

"Jarod"。

邮件大致说了关于 6 系敞篷轿跑在北京车展上市的事宜，等闻烟看完了整封邮件，才忽然反应过来收件人是——

Jarod。

闻烟条件反射地坐直了身体，望着电脑屏幕上的那几个英文单词，心慌得不行。

是他吗？

不是 Jerrod，也不是 Gerrard，而是 Jarod。

在这段不知名的苦涩暗恋里，闻烟终于尝到了第一个甜头。

她知道了他的英文名。

邮件是罗文发给他的，抄送给凯莉、他们的总监 Jessica 和明新哥，还有她。

因为他的职位很高，一般各个部门内部的工作邮件不会抄送给他，因此这也是闻烟入职以来第一次和他出现在同一封邮件里。

收件人那一栏显示着他的名字和邮箱地址——

Jarod.Tan@FeintAurelio.com

他姓谈吗？或者是谭？

她像是在暗无天日的路上行走，忽然乌云散去，阳光普照，闻烟的眼睛里全是笑，怎么都藏不住。

她把鼠标移到他的邮箱地址处，自动显示出他的信息页面。

Jarod.Tan ‖ 首席营销官

电话号码 :157XXXXXXXX

闻烟的目光停在了这里，没有继续往下看，后面的信息对她来说已经不重要了。她望着那一串电话号码，久久移不开视线。

想了那么久的东西突然不经意地出现在自己眼前，闻烟仿佛听到心底有个声音在不停地蛊惑她：快点儿打电话给他，快点儿……

心跳得越来越快，闻烟忽然感觉有点儿口渴，伸手去拿水杯，却因为心神不宁差点儿把水洒在衣服上。

闻烟抽了张纸巾擦掉桌子上的水渍，依旧情不自禁地把视线停在那串电话号码上。

闻烟把电话号码存进了通讯录里。

或许这个举动有点儿多余，从看见那封邮件开始，这串没有规律的数字已经有了不一样的意义，她已经熟记于心。

每天晚上睡觉前，闻烟都会拿出手机看一眼，将每个数字输入。但当指腹悬在拨号键上方时，她又会犹豫不决，接着是临阵脱逃。

过了将近一周，这个电话还是没有打出去，闻烟很嫌弃自己。

谭叙深最近在家里加班，晚上十点发完最后一封邮件，宣告着今天工作的结束。他向后靠在椅子里，疲惫地捏了捏泛酸的肩胛骨。

具体多久不清楚，但谭叙深意识到已经很久没见到她了，不知道她发生了什么事。

广告公司的人员流动性很大，跳槽比较频繁，她是离职了吗？

他想到那天在茶水间，她的眼睛红红的，状态好像不太对。

FA 和她的公司不一样，在高强度的工作环境下每个人的压力都很大，因此有时候会影响到员工对乙方的态度，情急之下也有可能说话比较重。

她受委屈了吗？

暗色的立式台灯立在桌边，玻璃窗上映着他黑色的身影，谭叙深揉了揉眉心。

他对她很有兴趣，她纯洁稚嫩，无形中的吸引力往往让人心痒。如果她真的离职了，A 市这么大估计很难再遇到。

有点儿可惜。

闻烟……好像是这个名字。

谭叙深靠在单人沙发上休息，忽然听到身后传来窸窸窣窣的声音。

"爸爸。"谭易阳悄悄来到谭叙深身后。

"怎么还不睡？"可能是太累了，直到孩子走到身后谭叙深才发觉。他房间的门很少关，家里就他和孩子两个人，没有关的必要。

"马上就睡了。"谭易阳依旧站在谭叙深身后，微微踮脚才够到他的肩膀，然后轻一下重一下地为他捏着肩。

虽然他的力气对谭叙深来说微不足道，但这个举动还是让老父亲很开心。

谭叙深笑着睁开眼睛，但因为过度劳累，眼睛里充斥着血丝，不过在昏暗的灯光下不是很明显。

他转身，大手放在孩子腋下，将谭易阳从沙发后面凌空抱到身前，然后放在自己身边的沙发上。

谭叙深的性格注定了他不会跟孩子过分亲昵，而谭易阳从小受他影响，也很少和他撒娇，两个人在一起时像成年人之间的相处。

"最近在学校怎么样？"对于孩子，谭叙深是心存愧疚的，因为工作，自己很少有时间陪他。

"新学了一首歌，明天唱给你听！"谭易阳很兴奋，可能每个孩子都喜欢被爸爸举高高。

"好。"谭叙深摸了摸他的头，"头发有点儿长了，周末让奶奶带你去理发。"

谭易阳忽然安静了，微微嘟着嘴："爸爸……"

"嗯？"他个子太小，低着头坐在沙发上像个团子，谭叙深看不见他的表情。

"你什么时候能不这么忙？"谭易阳低着头，腿在沙发前荡着。

谭叙深愣住了，心里像平静的湖面被扔进了一颗石头，一圈一圈地荡着涟漪。

之前无论他做什么决定，孩子虽然会失落，但过不了多久就好了，所以谭叙深一直以为自己对易阳的关心处于及格状态，然而现在看来并不是。

"明天爸爸去接你放学，晚上我们和爷爷奶奶一起吃饭，好吗？"谭叙深说。

"好！"谭易阳高兴了，但忽然又想到一件事，"爸爸你最近怎么不戴戒指了？"

今天的小家伙和平常有些不一样，谭叙深揽着他的肩膀笑了："戒指不能乱戴。"

孩子最不会隐藏心事。谭易阳脸上的笑容消失了，过了很久，他问道："你想给我找新的妈妈了吗？"

不知道是不是大人说话的时候他听到了什么，单亲家庭的孩子一般比较敏感、早熟，谭叙深的戒指是去年谭易阳让周寻陪着买的，说是送给谭叙深的感恩节礼物，还非得让他戴在无名指上。

至于其中的小心思，谭叙深很清楚。为了不让孩子难过，他一般都戴着，然后到了公司再摘下来，当然有时候也会忘。

"想要新的妈妈吗？"谭叙深逗他。

"不……"谭易阳本能地拒绝，但又怕谭叙深不高兴，过了片刻抬头说，"她会打我吗？"

孩子的嗓音还很稚嫩，他说出来的话却让人心疼。

谭叙深眼底闪过轻微的诧异，随后把他从旁边的沙发抱进怀里，捏着他的脸："戴戒指会让人误会，爸爸不戴戒指，也不会给你找新的妈妈，安心了？"

他们父子间很少有这么亲昵的举动，只是谭叙深刚刚忽然想到，这个小不点儿才四岁。

"好！"谭易阳又高兴了。

"谁跟你说新的妈妈会打人？"谭叙深还在疑惑。

"幼儿园小朋友说的。"谭易阳在谭叙深身上闹了一阵子就滑下来了。

没想到是这样的答案，谭叙深笑了："新妈妈不会打人，还会给你买好多好吃的。"

"真的吗？"谭易阳半信半疑，但以前的观念在他心里根深蒂固，一时间还不太相信爸爸说的。

"真的。"谭叙深不想让孩子心里有这种错误的观念，毕竟自己不可能一直单身。

"那如果以后要找新的妈妈，爸爸要找一个会给我买好吃的、不打人的妈妈。"谭易阳还是不太相信，但也不想让谭叙深不开心，就开始谈条件。

"好。"谭叙深笑了笑，"快去睡觉。"

"周末爷爷奶奶带我去钓鱼，爸爸去吗？"谭易阳眼里充满期待。

"到时候我看下时间。"谭叙深说。

"好吧，那爸爸晚安。"谭易阳从沙发上下来，今天很满足，谈成了很多小条件，所以没有缠着谭叙深一起睡。

"晚安。"谭叙深看着他小小的身影消失在门口。

谭叙深又坐着休息了一会儿，之后把文件整理好，走进了浴室。

加班的人很晚才睡，不只是因为加班到很晚，还因为加完班还想空出时间过自己的生活。

从浴室出来，谭叙深倒了杯酒，沙发前有一张小巧的玻璃圆桌，上面摆着打火机和烟灰缸。

白色的墙壁上投放着旧电影。

烟被他吸进肺里，他吐出的烟圈在光影中散开。

午夜才是他自己的时间。

　　凌晨时分，天空忽然下起了暴雨，雨点敲着窗户，也轻轻落进了闻烟的梦里。

　　窗外的风夹杂着雨很凉爽，而被厚厚窗帘遮住的室内，黏稠的空气流动得很慢，诱人的香甜和情欲在被子里发酵，慢慢溢出来，弥漫到整个房间。

　　房间内只亮了一盏夜灯，闻烟的脸颊染上两片酡红，呼吸时而绵长时而急促，还从鼻子里漏出几声微不可察的嘤咛。

　　梦里也在下雨，下午三点钟的 A 市天忽然黑了，她从茶水间接了杯水，路过他办公室的时候被他拉进去抵在门上。

　　片段是破碎的。

　　随即又是他衬衣半敞的画面，诱人的人鱼线没入黑色的西裤中，他们之间的距离很近，闻烟似乎能感受到他皮肤的温度以及两个人交缠的呼吸。

　　她双腿发软，不对，是浑身都在慢慢变软，仿佛漂浮在海面没有着力点，只有他的胸膛是唯一的依靠。他用有力的臂膀将她托起，让她不至于溺死在这片欲望之海。

　　"为什么不打电话给我？"

　　意识已经变得迷乱，耳边是他低沉的声音，闻烟还在用仅存的理智思考：为什么不打电话给他？

　　为什么？

　　伴随着这个问题，梦里的画面越来越远，男人的气息也越来越淡，一切意乱情迷在下一刻戛然而止。

　　闻烟缓缓睁开眼睛，只感觉房间闷热，以及身上一片黏腻。

　　梦里的脸红心跳结束了，然而身体里的余韵还在继续。

　　闻烟反应过来刚才做了什么梦，瞬间羞红了脸，拿被子蒙住了头：我在干什么啊？

　　虽然她每天晚上都会梦到他，但这样的梦是第一次。

　　一场春梦。

　　闻烟藏在被子里，依旧心跳加速，还是不敢相信自己竟然会做这样的梦。她告诫自己不许想，那些画面却不受控制地全跳出来了。

　　没过多久，闻烟就从被子里探出了头。临睡的时候关了空调，可九月份的天还很热，她不知道身上的黏腻是因为夏末的闷热，还是他给的燥热。

　　谭叙深不清楚时间，但闻烟数得很清，今天是自己第二十九天没有去

FA，第二十九天没有见到他。

梦里的他在问：为什么不打电话给我？

是他已经成了她的执念，还是老天在暗示她要给他打电话？

梦里的画面一帧帧地在脑海里重现，她的身体还很热。窗外电闪雷鸣，室内一片静谧，这个风雨交加的夜晚，闻烟对那个许久未见的男人空前地思念，不顾一切地想拥有。

她想立刻见到他。

闻烟深吸了一口气，在枕边摸出手机，无论如何都该有个结果吧。

如果他结婚了，那她就在心里祝他幸福。而她心里的一切都不会有人知道，也不会对谁造成困扰。

闻烟的鼻子忽然很酸。

当然，如果他没结婚，她会尝试抓住机会和他更近一步。

没有去看通讯录，闻烟就在拨号界面输入他的电话号码，之所以这么熟悉，是因为这段时间已经输了很多次，但之前每次都会在按拨号键时停下。

而此时此刻，可能是闻烟魔怔最深的时候。她没有想太多，输入号码、摁下拨号键，一气呵成。

她把手机放在耳边，听着从里面传来的等待音，心开始狂乱地跳个不停，并且越来越快，几乎快要跳出来了。

等待是难熬的，她明明感觉已经过了很久，其实才过去五秒钟。

他为什么还不接电话，是睡着了吗？

闻烟这才想起来看时间，已经凌晨一点了。

闻烟瞬间变得心虚，勇气像一只被扎破的气球，从最初的饱满到干瘪，正在悄悄溜走。

就在她想退缩，打算挂掉电话的时候，电话忽然接通了："你好。"

男人熟悉的声音传来，闻烟的心脏顿时一紧。

房间里只有沙发旁的立式台灯亮着，电影还在继续。谭叙深接通电话的同时把声音调小了些，但久久没听到回应。

"你好？"过了几秒，谭叙深又问道。

而电话另一端，闻烟听着男人低沉的声音，心已经跳到了嗓子眼儿，不知道为什么忽然间一个字都说不出来。她好像突然失语，又好像突然失聪了，脑海里轰隆隆的，什么都听不清楚。

而谭叙深竟然也很有耐心地没挂断电话。

心快要跳出来了，闻烟捂着胸口不敢动，生怕心跳声顺着听筒传过去。而她心中的兵荒马乱，他感受到了吗？

白色的墙壁上有斑驳的光影，拼凑在一起形成了电影画面，弯曲的山道中，一辆辆赛车疾驰而过，而在发动机动感的轰鸣声中，谭叙深忽然捕捉到几声不属于画面里的呼吸，有些急促。

房间里的光线很暗，电话里也只有彼此的呼吸声，闻烟抿了抿嘴唇，尝试着说点什么，但还是发不出声音来。

手心不停地冒汗，在心脏骤停的前一刻，闻烟挂断了电话。

"啊——"

闻烟忍不住叫了一声，把手机扔在被子上，跳下床。她快步走到厨房，打开冰箱拿出一瓶冰水，一口气喝下去半瓶。剩下的半瓶被她贴在脸上降温。

她快要着火了，嘴巴、脸颊、额头、耳朵……身体的每一处都快要着火了。

闻烟站在冰箱前发愣，刚才真的是他吗？

脑子里乱糟糟的，她现在已经完全丧失了思考能力。闻烟一边冰着脸，一边往卧室走。

被子上的手机屏幕还亮着，她站在床前，想拿起来又不敢拿。

终于，闻烟把自己扔在床上，半撑着身体拿起手机，屏幕里显示着通话时长——

十三秒。

才十三秒吗？闻烟感觉已经过去了半个世纪。

所以她刚刚真的打电话给他了？不是梦，她也没有在拨号时停下，而他也接了……闻烟看着手机屏幕开始傻笑，同时又在心里骂自己没出息。

没关系，反正他不知道是谁打的电话。

这注定是个不眠之夜，闻烟躺在床上好久都平静不下来。

刚刚还满足于他接了电话，而现在闻烟又开始心痒，心里的贪婪隐隐作祟：就这么过去了吗？

那他到底结婚了没有？

她像在坐过山车，刚刚昂扬的心情已经开始极速下坠，闻烟脸上的笑也渐渐消失了。

她拿起手机看着那十三秒的通话记录。

时间仿佛凝滞了，她不知道看了多久，才顺着号码点开信息框，在编辑框里打字，打一句停好久，然后又全部删掉。

十几分钟过去了，闻烟已经在编辑框里打了密密麻麻的几行字。指腹离发送键只有五毫米。她再次停止，下一秒，又全部删掉。

"啊，怎么办？"闻烟把手机扔在一旁，无助又难为情地在床上翻滚。

她从床的左边翻到右边，再翻回来，然后重新拿起手机，在编辑框飞快地打下几个字：

"你结婚了吗？"

看见消息已送达，闻烟立即关机，把手机放得远远的，仿佛那是个定时炸弹。紧接着她把自己蒙在被子里，强迫自己睡觉。

"没关系，反正他不知道是谁，不知道是谁，不知道……不知道……"

闻烟躲在被子里，默念着入睡咒语。

电影接近尾声，谭叙深又倒了半杯酒，刚才的电话他并没有放在心上，然而放下酒杯的瞬间，玻璃圆桌上的手机屏幕忽然亮了，在光线昏暗的房间内显得特别刺眼。

"你结婚了吗？"

密闭的房间里充斥着淡淡的酒味，投影的光打在男人脸上。谭叙深看着短信微愣，随即又笑了。

是他的小麋鹿吗？

和闻烟想的不同，谭叙深看见这句话时，脑海里就浮现出了她的脸。

血液里的酒精似乎开始起作用了，谭叙深逐渐变得兴奋、愉悦，点了支烟，继续看那条短信。

他还以为她消失了，原来是在森林里迷了路，兜兜转转又回到了小溪边。清晨的阳光透过树叶间的缝隙打在她漂亮的皮毛上，谭叙深似乎可以看见她眼睛里的疑惑、胆怯和小心翼翼。

房间内的酒味被烟草味盖住了，谭叙深打开窗户，半张脸隐匿在阴影里，目光依旧落在那条短信上，却没有回复的意思。

闻烟几乎一夜没睡，好不容易在天快亮时才迷迷糊糊地睡着，但连梦里都是她打电话、发短信的场景。昨晚手机关机，她早上没起来，差点儿今天可能是闻烟入职以来工作最不认真的一天，她每隔几分钟就看一次手机，但一天下来也没有收到他的回复。

他没看到吗，还是不想回复她？

从心神不宁到慢慢失落，闻烟坐在工位上无精打采地看着工作报表，这时李明新忽然来了电话。

"明新哥。"闻烟接通电话。

"下午好，闻烟。"李明新把电脑放下，"是这样的，6系敞篷车后天就要上市了，明天你过来一下，我们和罗文再把所有的东西过一遍，千万不能出任何差错。"

"好的，没问题。"闻烟应下。

闻烟很清楚事情的重要性，然而她首先想到的不是工作，而是时隔一个月，整整三十天，终于又要见到他了。

但她昨天发了短信，再遇到他会不会尴尬？

闻烟头疼地揉了揉眉心，为当时挂掉电话而后悔，打电话只会紧张几分钟，而现在，每时每刻都在等待的心情更紧张。

第二天早上，闻烟比往常早起了半个小时，但到FA的时间比之前更晚。

她纠结了很久，不知道穿什么，几乎把衣柜里所有的衣服都拿了出来，试了一套不满意，另一套还是不满意……床上的衣服逐渐堆积成小山。

最后看时间来不及了，闻烟才挑了一条白色连衣裙，法式方领带着复古的味道，衬得锁骨很漂亮。

她没有再像之前那样穿玛丽珍鞋或高跟鞋，而是从鞋柜里取出一双黑色马丁靴，在单纯里添了几分活力。

6系敞篷车周五就要上市了，所以今天FA的人特别多，应该是在做最后的检查。

闻烟在三十五楼看了一圈，没有空位，准备再去三十六楼看看，但刚踏上台阶就忍不住紧张。

在时隔三十天后，她会不会遇到他？

三十六楼几乎也没有位置，最后闻烟在他的办公室附近找到一个空位，背对着他的办公室。

闻烟坐在这个位置很没有安全感，看不见他是否在办公室，而自己却暴露在灯光之下。脑海里毫无预兆地闪过那晚梦里的片段，脸颊逐渐染上红晕，闻烟心虚地坐直了身体。

谭叙深从会议室出来直接回了办公室，刚坐下就有人敲门。

"请进。"谭叙深扯了扯领带，解开一颗衬衣纽扣。

"谭总，这是几份比较符合您要求的简历，您看有没有合适的。"进来的是一个穿着职场通勤装的女人，公司的人事。

"好，先放这里吧。"谭叙深随意地翻了几下，放到了一旁。

最近工作很忙，还有那天孩子的话让谭叙深有了找个助理的念头。

"好的，有消息您告诉我。"人事笑着转身，并关上了门。

谭叙深靠着椅背轻揉眉心，将衬衣纽扣又解开一颗。过了片刻，他起身走到书柜前，准备拿一份文件，但余光忽然捕捉到外面格子间里一抹白色的身影。

他对她的身影似乎格外敏感，因为别人穿白色衣服没有这种味道——单纯中带着诱惑的味道。

办公室的玻璃上挂着百叶窗帘，谭叙深忽然想到前天晚上那通电话，还有那条短信，不禁勾了下唇角。

百叶窗帘微微合着，外面看不见办公室内的情景。

谭叙深注视着她的背影，拿出手机，翻出那条十三秒的通话记录，回拨过去。

此时此刻，男人像极了在等着猎物的捕食者，藏在树后打开了瞄准镜。

闻烟正在给罗文更新一个报表，对方要得比较急，下午两点之前就要。然而这时手机忽然响了，她没来得及看来电号码，直接滑动接听。

"你好。"闻烟拿着手机靠近耳朵，另一只手还握着鼠标。

但过了几秒，她也没听见声音。

闻烟又问了一遍："你好？"

电话那端的人依旧没出声。

闻烟终于察觉到一丝异常，拿着鼠标的手顿住。她屏住呼吸，一动不动，一点儿声音也不敢发出来，只觉得贴着手机的耳朵很热。

过了很久，她将手机慢慢移到面前……

闻烟看到那串熟悉的数字，脑子里瞬间一片空白。通话还在继续，她条件反射地挂断了。

呼吸变得急促，心脏的灼热似乎要把她烫伤，闻烟望着已经黑掉的手机屏幕，有种被揭穿的赤裸感。她察觉到身后有一束目光正落在自己身上。

办公室里风平浪静，他们衣冠楚楚、神色如常，而在看不见的蠢蠢欲动里，面具早已被彼此的眼神剥光。

不能回头，不能回头，不能回头……

从她接通电话的那一刻起，谭叙深的眼角就弥漫上了笑意，慵懒温柔，还有一切都在预料之中的得意。她的声音、动作，以及从背影都能看出来的惊慌失措，都让他很满意。男人眼眸深处的兴味越来越浓。

对于闻烟来说，今天又是度日如年的一天。直到下班回到家，她还没从那通电话的惊吓中回过神来。

晚上她躺在床上偷偷看通话记录。

十三秒。

十一秒。

两通没有交谈的电话，却让她慌乱了整个夏天。

闻烟躲在被子里打开信息，那条短信依旧没有收到回复，但再也不能骗自己他没看到了。

今天的电话是试探吗？但他怎么知道是她？难道她平常表现得太明显了吗？好像也不是。

男人精明得让闻烟害怕，也让她越来越不可自拔。

又是一个意乱情迷、无法入睡的夜晚。

周五，FA 的 6 系敞篷轿跑在北京车展正式上市。

今天办公室的气氛格外轻松，大家忙了三个月，一切按照计划顺利进行，各个部门也没有出现任何纰漏，很多同事已经在计划休假了。

闻烟今天还在 FA，但除了上午远远看见他一眼外，就没再遇到。

别人都能喘口气了，但谭叙深的工作还没有结束。中午他直接去了车展，有个环节需要致辞。然后他又和几个高层一起参观了几个竞争品牌的车型，之后又是饭局。

回到家已经九点多了，谭叙深洗了个澡，下身被深灰色的浴巾围起，肩膀上还泛着诱人的水光。

酒架上放着昨天没喝完的酒，谭叙深从冰箱里取出冰块，放入玻璃杯中，看着它们慢慢被浓醇的威士忌淹没。

夜色因为酒的气味而魅力加倍，谭叙深端着酒杯来到落地窗前，凝望着城市的无边夜景，忽然闲下来似乎还有些不习惯。

刚洗过的黑发被风吹动，显得有些凌乱，他血液里的酒精也开始蠢蠢欲动。

谭叙深拿出手机，唇角噙笑地看着那条短信，玻璃杯里的酒只剩下四分之一。随着时间的流逝，酒的味道被融化的冰块冲淡。

他仰头将剩下的酒喝完，将杯子放在一旁，迎着夜色编辑短信。

房间里只亮着一盏暖黄色的夜灯，而闻烟躺在床上怎么都睡不着，强迫自己不要去拿手机，但心还是静不下来。

和自己僵持了一个晚上没有结果，闻烟去客厅拿了瓶果酒，按照自己的酒量喝完应该很快就会醉吧。

坐在床边的地毯上，闻烟一个人喝得醺醺然，没过多久脸颊就染上了酡红，然而就在这时，静谧的房间突然响起了短信的提示音。

还以为是星棠，闻烟伸手拿过手机，当看到那串熟悉的电话号码时，心脏瞬间收紧。

"景华城 B 座 13 号楼 1701。"

"过来。"

第四章

夜色沦陷

闻烟看完短信愣在原地，随即迷迷糊糊的，有种眩晕感。

真的是他吗？

有股热气在胸腔发酵、往上涌，迫切地需要一个发泄口，却在喉咙卡住了。

"啊——"

闻烟躺在床上大笑，卷着被子翻来覆去，过了几秒又看了眼信息，然后跳下床奔向梳妆台。

两个小时前闻烟已经洗漱过了，但现在又涂上了粉底、眼影、腮红……往常上班她都没有化得这么认真仔细。

四十分钟后，闻烟看着镜子里的自己很满意。之后她走向衣柜，穿什么好呢？

姜黄色的法式连衣裙还是泡泡袖衬衣和牛仔裤？

她从衣柜里拿出一件，在身上比画后不满意，又去拿另一件……很快，床上就堆出很厚的一堆。

闻烟忽然不认识自己了，从读书到毕业，她从来没有过这么浮躁的状态。以前的她不会浪费时间在穿着上，看星棠总买衣服，还每天苦恼穿什么，很不理解。而现在，她终于懂了。

原来喜欢上一个人是这种滋味。

最后，闻烟还是挑了一条白色的短款连衣裙，裙长在膝盖以上，V领，露出一半的锁骨，收腰的设计将身体线条勾勒得纤细。她很少穿短裙，以前读书没有刻意在乎过穿着，而现在因为经常去FA，又不想太引人注意，所以白白埋没了一双漂亮的腿。

化妆、穿衣服已经过去了一个小时，但激动的心情还是难以平复，闻烟正穿衣服忽然停了下来，望着镜子里的自己微微发愣。

她真的要去吗？是不是太不矜持了？

闻烟忽然无力地坐在床上，拿起手机想再确认一遍自己是不是在做梦，信息显示距离他发送消息已经过去了一个小时零三分钟。事实证明她不是做梦，一切都是真的。

这应该是他家的地址吧，既然他让她过去，是不是说明他没有结婚，也没有女朋友？

闻烟为自己的新发现激动，黑亮的眼睛带着光，但下一秒眼皮又耷拉下来，凭什么他让过去她就要过去？

她看着短信微微嘟嘴，但还是走到玄关换了鞋，红色的高跟鞋和白裙交织出一幅纯洁而又热情的画面。

闻烟正准备出门，忽然想到了什么，又折回卧室。她在梳妆台前取出香水，红色的瓶身，依稀记得标语是——

为爱，全情以赴。

她喷在手腕上、锁骨上、脚踝上以及脖子的动脉处，清甜沉稳的花果香随着脉搏的跳动而扩散，举手投足间带着黑加仑和玫瑰的气息。

她真的要去吗？

闻烟望着镜子里的女孩儿，犹豫不决。

但只过了片刻，闻烟就鬼使神差地下了楼，鬼使神差地坐上出租车，鬼使神差地来到他家楼下。

啊——

站在楼下，闻烟忽然很想叫一声。

不是她想要来的，是心里有一只"鬼"把她带到了这里，她什么都不知道。

想着想着，闻烟忽然笑了，带着几分娇憨可爱，什么鬼理由，自己都不相信。

83

又看了一遍信息里的地址，13号楼，闻烟抬头，面前这幢楼的楼身上写着数字"13"。

想了那么久的人就在楼上的某个房间里，而她现在上去就能见到他。

意识到这一点，闻烟突然不由自主地紧张了，真的要上去吗？

她还在纠结，这时一个老奶奶从身边经过。闻烟看着她刷开门禁，不由自主地跟着进去了。

老奶奶在二楼就下去了，电梯里只剩闻烟一个人。她看着楼层数字往上跳，最后在十七楼停下。

心跳得越来越快，闻烟怀着悸动和忐忑的心情，缓缓走出电梯。

谭叙深刚挂了视频电话，孩子周末住在爷爷奶奶家，刚才他们在视频。

没有短信发进来，也没有电话打来，已经过去两个小时了，谭叙深看着信息里的"已读"回执笑了笑，是他太直接，吓到她了吗？

谭叙深坐在沙发上，目光掠向窗外。就在他以为她今晚不会来的时候，余光忽然在监控显示器里看到一抹白色的身影。

谭叙深端着酒杯的动作顿住，眼底的笑意以控制不住的势头越来越深。

他缓缓走到电脑桌前，观察着监控画面里略显娇小的身影。

因为易阳经常一个人在家，所以谭叙深在门外和客厅里都装了监控。

他不知道她到了多久，只见她往前走了两小步，停下看着房门，过了片刻又退回去，如此反复了十几分钟。

谭叙深也没有要去开门的意思，就这么隔着一道墙，饶有兴味地看着她，好像在观赏自己的小宠物。

但三十分钟过去了，她还没有敲门。谭叙深观赏够了，无奈地笑着走向玄关。

闻烟站在门外深吸了一口气，似乎永远在最后一步止步不前，手放在门铃上，终究缺乏按下去的勇气。

心跳一直处于加速状态，这样下去她害怕心脏会过早衰竭。

然而就在她尝试按下门铃的时候，门忽然开了。闻烟下意识地往后退了一小步，男人穿着深灰色的家居服站在门口。

"准备等多久？"

闻烟的脸忽然一热，心底有些发虚，他怎么知道她站了很久？好像什么事都瞒不过他似的。

皮肤微微发烫，闻烟没说话，只站在原地注视着他。时隔一个月，两个人第一次对视，这么认真地看着彼此。

两个人的目光在昏暗的光线中相遇，谁也没有问"怎么是你"，所有的答案都在平日的暗示中不言自明。

"回答我的问题。"这一刻，闻烟忽然平静了下来。

这个问题困扰了她一个多月。她虽然心里相信他没有结婚，但那只是没有依据的猜想。如果答案是另一个，闻烟会转身就走。

她站在门外，他们之间不过一米的距离。谭叙深倚在门边注视着她，她的黑发披在脸颊两侧，清纯的外貌暗暗勾起了他的欲望。

"离婚了。"谭叙深淡淡地开口，不动声色地观察着她的反应。

闻烟微愣，猜了无数种结果，却没想到是这个答案，紧接着狂喜漫上心头，很快蔓延到眼睛和嘴角。

这下轮到谭叙深疑惑了，如果没看错，他在她的眼睛里看到了喜悦。

他当然不知道闻烟在想什么，以前闻烟和星棠说过，她的男朋友一定不能有过很多女朋友，要爱她，要对她好……然而后来遇到谭叙深，闻烟推翻了之前设想的一切。

仅仅知道他是单身，爱他不受道德和法律约束，闻烟就把之前所有的规则都抛在了脑后。

"进来吗？"谭叙深问。

闻烟还没有从他是单身的消息中缓过神，脸上挂着微笑，缓缓往前走了两步。

然而谭叙深站在门边没动，随着她往前走，他们之间几乎没有距离。他甚至闻到了她身上淡淡的香味。

谭叙深低头看着她："知道进来意味着什么吗？"

闻烟微愣，视线从他胸口的位置缓缓上移，不知道为什么心跳又变快了。她不敢直视他的眼睛，缓缓地移开了视线。

他们都是成年人，闻烟明白他的潜台词，但感情一片空白的她又不是一个合格的成年人。

谭叙深却没有给她太多思考的时间，抓着她的手腕把她拉了进来，然后关上了门。

这不是他第一次碰她，但闻烟还是悸动，熟悉的灼热触感在记忆里加深。

闻烟进门之后，谭叙深从鞋柜里拿出一双新的拖鞋，放在她脚边。闻烟扶着旁边的柜子，脱掉脚上的高跟鞋，拖鞋是新的，是中性款式，看不出是男式还是女式。

房子的装修是简单的灰白色调，确实很符合眼前男人的风格，闻烟粗略地扫了一眼，跟着他一起去了卧室。

"会喝酒吗？"谭叙深走到窗边，把窗户关上了。

随着窗户被关上，卧室成了一个密闭的空间，闻烟尽力控制着自己的心跳，镇定自若地坐在沙发上："太烈的不会。"

这倒是给谭叙深出了个难题，家里很少有不烈的酒。他低头看了她两秒，而后走出卧室。

他出去的那一刻，闻烟长长地舒了口气，在家喝的果酒的酒精作用似乎已经消失了。她很紧张，神经一直紧绷着。今天晚上的事太梦幻了，比做梦还要不真实，她到现在还反应不过来，为什么会出现在他的房间里。

就在闻烟愣神的时候，谭叙深拿着一瓶酒回来了，是前两个月买的起泡酒，度数比较低。

他倒酒的动作很优雅，闻烟看得赏心悦目，但还是很后悔说会喝酒。

"一点儿就好，我酒量不太好。"闻烟看着高脚杯里漂亮的液体低声说。

"两杯？"谭叙深笑了笑。

闻烟不好意思说一杯，模棱两可地开口："差不多。"

起泡酒的度数只有九度，谭叙深倒了半杯，缓缓地放在她面前。

闻烟端起酒杯，抿了一口。

现在已经接近午夜十二点，而他们似乎都没有困意。房间内暗流涌动，他们的每一个动作都搅动着空气、牵引着彼此的神经。

很巧，谭叙深房间里的是张双人沙发，闻烟坐在最右边，在有限的距离中离他最远。

闻烟很矛盾。其实她最想做的是贴着他、抱着他的手臂。但想和做是两回事，中间可能隔着鸿沟。

他离婚了，闻烟很想知道是什么时候离的、他前妻是什么样的性格、因为什么离婚，以及他们在一起多长时间……

这些让她微微泛酸的问题还有很多，但她现在问似乎不太礼貌。

"那次在餐厅，是你帮我付的账吗？"闻烟努力寻找话题，其实对她来说，现在已经坐在这里了，答案是不是他已经不重要了。她只是想打破此刻诡异的气氛。

"你觉得呢？"谭叙深嘴角噙着笑，没想到她还在想这个问题。

闻烟扭头看了他一眼，他的侧脸线条分明，帅气有型。

他好像永远都是这样，不承认也不否认，不主动也不拒绝。闻烟很讨厌他这种飘忽不定的态度，但又不可自拔地被他的态度牵动着情绪，且越陷越深。

"可能是其他喜欢我的男生吧。"闻烟郁闷地喝了口酒，但刚喝完就后悔了，刚刚那一大口喝掉了酒杯里的三分之一，而再喝两口可能就要醉了。

"看来闻小姐有很多追求者。"谭叙深似笑非笑地看着她。

而闻烟却是一愣，他怎么知道自己的名字？

不知道是不是酒精的作用，闻烟脸上染上了浅浅的红晕，心中的欢喜慢慢翻涌。她扭头看着他，原来在她对他心心念念的时候，他也在注意她……

这场暗恋并不只是她一个人的秘密。

但闻烟也不想告诉他在此之前自己对他的迷恋有多疯狂。如果他知道了，自己的感情肯定会被他完全控制，同时在这场感情中，她永远处于下风，没有翻身的机会。

"好看吗？"谭叙深的眼中有了笑意，他望着她呆滞的表情，玩味地开口。

闻烟这才回过神，脸更红了，强装镇定地端起酒杯："还可以。"

房间只有沙发旁的立式台灯亮着，光线昏暗，但谭叙深隐约看见她脸颊上的酡红。他忽然笑了，没想到她安静的外表下还有有趣的灵魂，似乎还有很多未知的领域等待着他发现、探索。

虽然现在她整个人看着安安静静的，但从她紧靠着沙发右边的姿势和他们之间的距离，谭叙深能看出她很紧张。

闻烟不喜欢此时此刻的沉默，密闭的房间加上暗调的灯光，还有淡淡的酒味以及酒精带来的微醺感，空气中弥漫着的暧昧气息越来越浓。

沉默就像催情剂，闻烟很怕自己脑子一热，做出不可挽回的事。

比如，她真的很想靠在他的怀里。

但因为彼此不了解，所以他们之间没有共同话题，闻烟干坐着，又开始心悸。

和闻烟不同，谭叙深很享受这份安静，在这种环境中能体会到彼此身上散发的气息，引而不发，或者悄悄隐藏。

"你……几岁了？"闻烟打破了沉默，这应该是一个比较安全的问题，而她也很好奇。

谭叙深端着酒杯笑了笑，修长的双腿交叠在一起："过来一点儿，就告诉你。"

随着他的话音落地，闻烟的心跳顿时漏了半拍。

看得出来她很紧张，谭叙深也一直和她保持着安全距离，然而现在忽然起了逗弄的心思。

"如果我不过去呢？"闻烟的思绪已经乱得开始语无伦次了，并不知道自己在说什么。

谭叙深勾了下唇角，放下酒杯，抓住她的手臂往他身边拉了拉，接着慢条斯理地开口："可以吗？"

他忽然做出的动作让闻烟心弦紧绷，再紧一点儿似乎就要断了，手臂上的触感依旧灼热。闻烟微微喘息，接着端起玻璃圆桌上的酒杯，想以此来掩饰此刻的慌乱，但再这么喝下去马上就要醉了。

这个男人，她招架不住。

"所以是多少岁？"闻烟强装镇定。

她身体很轻，以至谭叙深刚刚的动作毫不费力，但由于刚才的拉扯，她身上的白色短裙好像往上卷了几分，白皙修长的双腿斜斜地摆着，在深灰色沙发的衬托下，有种别致的美感。

谭叙深喉结微动，喝了口酒："三十五岁。"

闻烟微愣，这是今晚继他单身后听到的第二个好消息。

"比你想的多还是少？"看着她的反应，谭叙深有些想笑。

"他们说你四十几岁了。"闻烟眼睛里的笑藏不住。

谭叙深往她的方向侧了侧身，饶有兴味地开口："对我这么好奇？"

闻烟瞬间语塞，稍不留神就跳进了他设下的陷阱。她又控制不住地喝了口酒，然后大言不惭地说："一点点。"

闻烟回想着过去三个月"一点点"的好奇，心虚得不敢抬头。

谭叙深笑了笑，没有戳穿她，见她的酒杯见了底，拿起酒瓶准备给她倒酒。

"不要了，我酒量不太好。"闻烟很清楚自己的酒量有多少，再多喝一口就会醉。她现在已经醺醺然得有些恍惚，只想往他身上倒。

"不是两杯吗？"谭叙深没再为她续酒，将酒瓶放在了一旁。

"一杯……"闻烟不好意思地说。

仿佛听到了很新奇的事，谭叙深不禁看着她笑了。他没见过酒量比她更差的人，而对他来说，喝惯了烈酒，这种度数的酒喝多少都不会醉。

谭叙深这才发现，她似乎有些醉了，脸上弥漫着酡红，单纯中透着可爱。她的身体微微向后靠在沙发上，不再像刚才坐得那么拘谨。

双人沙发并不大，两个人之间虽然还有距离，但随着谭叙深刚才的动作已经缩短了一半，两个人的双腿几乎可以有意无意地碰到。

"还能走吗？"谭叙深又起了逗弄她的心思。

"可以。"闻烟从沙发上起身，像是要证明自己还能走。

她确实已经半醉了。如果在完全清醒的状态下，她不会做这么傻的动作，更不会谭叙深说什么她就做什么。

然而她刚站起来迈开步子，感觉脚步虚浮，身体前倾，就要往地上倒。谭叙深不慌不忙，顺势抱住了她。

一切好像都在意料之中。

闻烟虽然脚步虚浮，但意识还算清醒，酒精很好地消除了她一半的紧张和慌乱。她半躺在他怀里，纤长的睫毛微动，只安静地望着他，像一个听话的乖宝宝。

闻烟还是紧张，但心跳已经不像最初那么乱了，两个人的身体毫无距离地贴合在一起。她被他温热的体温包裹，身体渐渐变得燥热。

谭叙深放在她腰间的手微微使力，近距离下，她身上的气息越来越浓，散发出很清冽的甜，果味混合着雪松和香草的余韵，让他有种伏在她的颈窝轻嗅的冲动。

安静的房间内，空气慢慢流动，缓慢到极致就变成了慢条斯理的暧昧和蠢蠢欲动的欲望。

闻烟半躺在他的腿上，抬头望着他，而谭叙深低头注视着她的眉眼，两个人的目光就这么落在彼此脸上，无声无息地对视。

"想看电影吗？"谭叙深伸手，指腹在她的嘴唇上轻轻摩挲，眸光变得越来越深。

"好。"闻烟静静地望着他，唇上的轻触让她的身体越来越软，嗓子奇怪得想发出声音。

凌晨一点，两个人都没有丝毫困意。

《西西里的美丽传说》看过吗？"谭叙深手上的动作还在继续。

"看过。"闻烟的眼睛里充斥着水光，她本能地想用舌头去碰他的手指。

《五十度灰》？"谭叙深低头看着她脸上的红晕，似乎越来越浓郁。

纯真女大学生和英俊企业家的偶遇，以及隐晦难言的秘密。闻烟回想着电影片段，鬼使神差地摇了摇头："没有。"

她唇上涂了口红，谭叙深用指腹在她唇瓣上轻轻摩挲，颜色沾在他手上，很像此刻她眼底涌动的诱惑。

闻烟极力控制着自己，才没有伸出舌尖去舔他的手指，只是呼吸越来越重。

她刚才没站稳被谭叙深抱住，一侧的衣服滑落，露出半边肩膀和锁骨。衣服半遮半露，让人有种想要扯下来的冲动。

白皙的皮肤和他深灰色的家居服贴在一起，透露出难以言说的诱惑。然而闻烟丝毫没有察觉到自己形成了一幅怎样的画面，只是神色平静地望着他的眼睛。

目光落在她光洁的肌肤上，男人的眸光晦暗不明。时间仿佛静止了，谭叙深放在她腰间的手仿佛受到了蛊惑，缓缓抬起，不由自主地靠近她的肩膀。

房间内的氧气好像越来越少，他的手越来越近，闻烟只想大口呼吸，胸膛也跟着微微起伏。

然而他的指尖只在她的肩膀上停顿了几秒，接着，不疾不徐地将滑落的衣领提起，为她整理好衣服。

所有的暗流和蠢蠢欲动随着他的动作被按下了暂停键，一切戛然而止。

紧绷的弦忽然松了，闻烟暗暗舒了一口气，但眼底闪过几分遗憾。没过多久，闻烟从他身上起来，坐到了旁边的沙发上，虽然很贪恋他怀抱的温度，但现在的距离也很近。

"你不困吗？"闻烟看了下时间，已经凌晨一点了。

谭叙深将电影投在墙上，扭头看着她，这个角度他的下巴恰好能碰到她的耳朵："想睡了？"

今晚太多次掉入他的陷阱，闻烟一时间不知道他说的是哪种意思的睡……

心又开始乱跳，她有点儿害怕，还有隐隐的期待。由于他刚才的碰触，身体异样的感觉还没有消失，脸颊好像还在发烫，闻烟呆滞地摇了摇头。

"每天都这么晚睡吗？"闻烟心虚地换了个话题。

"有时候加班，就比较晚。"在电影片头悠扬的音乐中，谭叙深又倒了杯酒。

"经常晚睡对身体不好。"闻烟下意识地说。

谭叙深端着酒杯微愣，偏头看见她正低头玩着裙角，很专注，仿佛刚刚那句话只是随口一说。这种感觉很熟悉，他脑海里不自觉地浮现出易阳玩橡皮泥的画面。

谭叙深笑了，不自觉又起了逗弄的心思："心疼了？"

酒精带来的眩晕感越来越明显，但闻烟的意识还很清醒，只不过动作有些迟钝。她望着谭叙深，缓缓点了点头："嗯。"

她的眼睛黑亮。在他的定义里，她是那种一眼就能看透的女孩儿，但现在，他竟然看不出她的心思有几分是真的。

身体慢慢前倾，谭叙深笑着贴近她的脸："想要什么奖励？"

闻烟下意识想往后躲，但酒精作用下身体的反应很迟钝，没有跟着大脑做出反应。

如果在一周前，闻烟肯定会说，想要他的联系方式，然而现在她已经坐在了他身边……

闻烟想让他做她的男朋友。

但是她不敢说。

"我有点儿醉了。"闻烟看着他，眼睛里充斥着点点水光。

"嗯？"谭叙深注意到了她迷离的眼神，以及酡红的脸颊。

"想靠在你肩上。"半醉的状态下，闻烟已经完全卸下了伪装，单纯得像只不谙世事的小麋鹿。

她的声音隐隐带着撒娇的味道，谭叙深听着心弦微动，心头有几分躁动。在她直勾勾的眼神中，他伸出手臂，抚摸了下她的头发，将她的头轻轻靠在自己的肩头。

她总是能把清纯和诱惑糅合得那么好，那双干净的眼睛不知道有多迷人。

电影片头的音乐结束，影片开始了。

昏昧的光线下，闻烟无力地靠在他的肩头，不知道是酒精让她恍惚，还是他身上的气息让她无法思考。

闻烟很想顺势抱住他的手臂，但在昏暗的光线中，她的手慢慢举起来，在碰到他的前一刻又无奈地落下。

她还是不敢。

悸动和心跳加速又回来了，连酒后的微醺都淡了几分，闻烟靠在他肩上，两个人的手臂碰在了一起。闻烟很害怕在这么近的距离下，不小心泄露出心底炽热的秘密。

电影正片开始，因为朋友生病，大四女生代替朋友去采访了 GREY 集团的总裁，因缘际会，两个人由此擦出爱的火花。

谭叙深又倒了杯酒，酒杯放在玻璃圆桌上发出轻微的声响。这部电影他看过，清纯女孩儿和年轻企业家的故事，浪漫得不真实，因为现实中没有几个首席执行官有时间过杯酒人生、随时驾驶私人飞机和游艇娱乐的生活，也没有大学生能直接采访到一个企业的掌舵人。

所以对谭叙深来说，这部电影并没有重温的价值，只是觉得她可能会喜欢，以及那个电影名字突然出现在脑海中，他也不知道自己想试探什么。

这部电影，闻烟不仅看过，还看过两遍。

她很清楚每个时间节点会发生什么，比如下一刻，男主人公 Christian 和女主人公 Anastasia 会在酒店的电梯里拥吻。

闻烟靠在他的肩头，情不自禁地抿了抿唇，感觉嘴唇上还留着他的触感，不禁想起以前和他单独乘电梯的场景。

虽然没有感情经历，但她是个成年人了，对于今天晚上可能发生的事很清楚。

以及，不可置否的，她在隐隐地期待。

因为在无数次的梦里，在无数件凌乱的衬衣下，她渴望他。

这也许不是故事最好的开始方式，但或许是于他们而言最好的方式。

谁知道呢？

房间内只有电影的声音，他们依偎在一起，像极了一对亲密的恋人。

"你们公司的首席执行官好看吗？"闻烟忽然想打破室内的安静，因为她知道电影里接下来会发生什么。

"好看。"谭叙深笑了，换了个坐姿，玩味地开口，"一位五十三岁的女士，你没机会了。"

他竟然夸别的女人好看，闻烟吃醋了。她从他的肩膀上直起身子，目光落在电影画面上："那等你升职到首席执行官，我可以有机会吗？"

谭叙深的视线飘向她："你现在就有机会。"

心跳忽然加速，闻烟抬头看着他，很想看清楚他的眼睛，但不知道是不是灯光太暗了，什么都看不出来。

"我想……"声音有点儿颤，闻烟似乎又回到了当初偷偷给他打电话的时候，紧张得什么都说不出来。

"想什么？"谭叙深慢慢靠近，将她鬓边的碎发撩到耳后。

我想和你在一起。

闻烟望着他的眼睛，已经深深陷了进去，但这几个字还是没有勇气说出口。

"没什么。"闻烟心虚地移开了视线。

明明两个人已经以这么亲密的姿势坐在一起，闻烟不知道自己为什么不敢问出口，好像先问出来就输了。

但她不知道，她早已经输了。

在她不小心看见他换衬衣而慌忙逃离的时候，在她看见他手上的戒指而伤心难过的时候，在她主动给他打电话的时候，在她踏进他家门的时候……

"不乖。"谭叙深揉了揉她的头发。他看得出她的犹豫，却没继续问。

他不是什么都知道吗？他这时候怎么看不出来了？

电影还在继续，男女主人公乘坐私人飞机来到男主人公的别墅，走进他的玩具室，成功企业家不为人知的秘密是他的癖好。

闻烟忽然感觉口干舌燥："你喜欢吗？"

视线依旧落在墙上的电影画面上，谭叙深想去拿烟，但闻到她身上淡淡的香味，又打消了这个念头："你呢？"

没想到问题会回到自己身上，闻烟哑然，心里渐渐产生了一种无力感。如果不是他想说，她好像从他的口中永远都问不到答案。

但今天她已经得到了太多，还是不敢相信，自己现在正坐在他身边，靠在他的肩上。

闻烟看着眼前的男人，回忆着从最初到现在的点点滴滴，心里的爱意控制不住地往外涌。

"我……"闻烟眼神闪躲，呼吸有些不稳，"我不知道。"

谭叙深端着酒杯顿了顿，"不知道"这个答案，可以有很多含义。

她可能是真的不知道，也许是可以为了某个人试一试。

谭叙深没有这种癖好。

但他记得那天晚上，看到她扭到脚匍匐在地上的身影，他的身体产生

93

了很陌生的冲动，一种难以抑制的兴奋。

也是在那天晚上，谭叙深记住了她。

公司三十五楼的门是玻璃门，有点儿重，后来他看见她推不开玻璃门的时候就在想，力气这么小，在床上挣扎的时候一定很有趣吧。

久久没有听到他说话，然而这时电影里忽然响起让人面红耳赤的声音，闻烟愣了愣，下意识伸手挡在他眼前。

"嗯？"谭叙深回过神，抓住她调皮的手，扭头看她。

"少儿不宜。"闻烟的脸好像红了。

当然，她也没有注意到男人眼里的猩红，以及渐渐沙哑的声音。

她娇憨得让人怜爱，谭叙深忽然笑了，慢慢向前倾着身体，在她唇上轻吻："这样呢？"

闻烟突然忘了呼吸，这是……她的初吻。

然而男人并没有给她太多反应的时间。

谭叙深将她的每一个细微的表情看在眼里，然后缓缓撩开了她遮住耳朵的黑发。她小巧的耳垂露出来，红得仿佛被抹上了玫瑰汁液，诱惑着人的唇舌。

谭叙深缓缓靠近，眼看就要吻上，但在距离耳垂几厘米的地方停下了。

闻烟要疯了，他温热的气息细细密密地洒在她的耳郭上，她的整个世界里只有他呼吸的声音，那么轻，又那么重。

闻烟情不自禁地仰起脖颈，墙壁上她的影子看起来像只垂死的天鹅。

"这样呢？"

她的身体像风中摇摇欲坠的树叶，仿佛下一秒就会脱离树枝被风吹落。闻烟无力地倒在他的怀里，右脚的拖鞋也不知道什么时候掉在了地上。

她的脖子很细，似乎稍微一动就能拧断。谭叙深的手轻轻放在她的动脉处，感受着她皮肤下脉搏的跳动。其实比起闻烟，谭叙深对她的呼吸听得更清楚。她仿佛溺水后刚被救上岸的人，沉重压抑，想贪心地吸掉所有氧气。

电影还在继续，斑驳的画面和声音与现实纠缠，一时间竟然分不清哪个是现实，观影的人似乎早已变成了影中人。

从他发地址的那一刻开始，从她进门的那一刻开始，他们很清楚今天晚上会发生什么，但都按兵不动。

闻烟是不敢，而谭叙深是在打量和试探。

但现在涌动的暗流已经到了临界值，就要冲破最后一道虚掩的门了。

"现在，"谭叙深看着她的眼睛，她眸子里的水光很让人怜爱，"要进入成年人的世界了。"

他似乎是在回应她的"少儿不宜"，两个人的鼻尖碰在一起，闻烟望着他的嘴唇，仿佛稍稍往前就能吻到，但她不敢再靠近："已经在了。"

谭叙深轻勾唇角，没再说话，抱着她去了浴室。

浴室的门是黑色的磨砂玻璃，从外面只能看见两个重合的身影，而随着水汽的氤氲，磨砂玻璃越来越模糊，渐渐地，什么都看不到了。

没过多久，谭叙深抱着闻烟从浴室出来，两个人身上围着浴巾，闻烟脸上弥漫着绯红，双手无力地勾着谭叙深的肩膀。

闻烟微微抬头，从这个角度恰好能看见他棱角分明的侧脸和锋利优雅的下颌线。他的头发还在滴水，水顺着鬓角滑落到下巴，然后流入她身上的浴巾里……

闻烟想到刚刚浴室里发生的一切，脸更红了。

房间里，电影已经结束，谭叙深把她放到床上，看着她略微呆滞的神色笑了笑，然后扯下了她的浴巾。

虽然房间里的灯光很暗，他们刚才也已经坦诚相见，但闻烟还是不好意思地慢慢躲进了被子里。

谭叙深的手撑在她的身体两侧，他玩味地看着她一点儿一点儿地移动，好像要等小兔子藏好了，再一口吃掉。

好的捕食者往往都很有耐心，捉迷藏的游戏，他也很喜欢。

"藏好了吗？"谭叙深笑着将她脸上的头发撩到耳后，显得极有耐心。

闻烟动了动唇瓣，从他的神情中看出自己的动作很傻。脸上很热，她干脆把脑袋也藏了进去。

然而下一刻，谭叙深笑着一把扯开被子。他手臂扬起的弧度很优雅，好像在无声地说她刚才的动作是多么多此一举。

身体忽然失去遮挡，心脏也瞬间被提了起来，闻烟不由自主地抬手捂住了眼睛。然而下一秒，他的身体就靠了过来。

被他熟悉的气息包围，闻烟闭着眼睛深深呼出一口气，心弦一直紧绷着仿佛要断掉，很害怕、很紧张，紧张到失语。

窗帘一角没有拉好，月光从缝隙里漏进来，在地板上投下光影，隐隐约约照亮了散乱在地毯上的衣服，朦胧、静谧、凌乱的画面无声无息地演绎着美好。

房间内的温度越来越高，仿佛下一秒，不知道谁就要被吃掉。

稚嫩和青涩，谭叙深从未有过这样的感觉，但越往后越发觉哪里不对。

谭叙深缓缓抬起头，目光在她潮红的脸上游移，带着疑惑和微微的审视。

闻烟察觉到他停下了动作，也缓缓睁开了眼睛，她干净的眼神里满是水光和善意，仿佛天使落入凡尘初尝人间烟火，微微凌乱的黑发沾了汗水，贴在脸上，所有的画面都在演绎四个字——

意乱情迷。

他的眼睛有些红，仿佛看不到底。闻烟知道他在疑惑什么，但不知道该怎么开口。

房间内很安静，时间仿佛凝滞了，只有他俩彼此对视着。

"我……是第一次。"闻烟声音沙哑，目光有些闪躲，不敢看他。

她的话音落地，谭叙深脸上的表情没有丝毫变化，像是波澜不惊的海面，然而在最深的心底，早已因为意外掀起了浪。

谭叙深依旧凝视着她的眼睛，这双充满情欲的眼睛。

最初，谭叙深被她的清纯和年轻的身体吸引，被她无形中散发出的欲望吸引，从来不认为清纯和性之间有什么必然联系。

清纯是一种感觉，和是否有经验无关。

当然，它也是很表面的东西，可能是一副皮囊，谁也不知道一个人清纯的外表下藏着什么。

而且在现在的社会，谭叙深从来不觉得会有真正单纯的人，年轻人往往更会玩，因为有大把的时间和年轻的身体去消耗。

所以，他从来没想过她是第一次。

但是，闻烟接下来的话让他彻底震惊了。

"以及刚才的吻……也是第一次。"闻烟轻轻咬着唇瓣，鼓起勇气看着他的眼睛。

"知道你在做什么吗？"谭叙深瞳孔骤然一缩，眉头紧锁，声音沉得不可思议。

"知道。"闻烟承受不住他的目光，移开了视线。

身上的热度已经退去了一半，谭叙深从她身上起来，拿起床边柜子上的打火机，点了一支烟。

指间的火星明明灭灭，飘散的烟和室内的暧昧互相交融，谭叙深又抽了口烟，缓缓地吐出来，望着对面墙上的画："那我有孩子，你知道吗？"

闻烟视线低垂，抿了下嘴唇："知道。"

她的声音很轻，也很平静，谭叙深愣住了，心仿佛被什么触动，忽然不知道该怎么办。

已经很久没有这种感觉了，他不知道该怎么办。

闻烟依旧平躺着，和刚才的姿势一样。她把身上的被子往上拉了拉，神色平静。

刚进门，路过客厅的时候，闻烟看到了墙上挂的照片，一个跟他很像的男孩儿，那时心里就有了隐隐的猜测。

虽然感觉不太舒服，但只要和他在一起没有道德和法律层面的障碍，闻烟就觉得可以接受。

她第一次喜欢一个人，很想和他在一起。她所做的一切都是不受控制的，包括现在躺在他床上。三个月前她无论如何都不敢相信，做出这一系列疯狂举动的人会是自己。

然而事实证明，爱会让人疯狂，会让人失去理智，变得不像自己。

如果理智有反义词，那一定是爱情。

闻烟知道，他或许没有那么喜欢自己，但今天，她发现他们之间的距离也没有她想象中那么遥远。

他知道她的名字，在餐厅里替她付款，在茶水间怕她被热水烫到手……

闻烟忽然发觉，之所以对他陷得那么深，他有很大的责任，因为他屡次向她传递出让她继续深陷的信号。

闻烟能感觉到他对自己的好感，想让这种好感在以后的日子里变成巨大的喜欢，想让梦不止仅仅是梦，想让这段感情不再是她一个人的期待。

她甚至很动容，在刚进门时，他坦白自己离婚了；而现在，他说自己有孩子。

他所做的一切都让她陷得越来越深，也越来越坚定。

然而闻烟不知道——

在一个男人听到你是第一次却没有表现得很高兴，反而犹豫时，他并不是心疼你，而是怕你陷得太深，他不好脱身。

"多大了？"第二支烟已经燃到了头，谭叙深依旧望着对面墙上的画。

"二十二。"

谭叙深把烟掐灭放进烟灰缸里，转身躺回床上，把闻烟抱在怀里。

他们在极近的距离下，彼此凝视着对方，谭叙深伸手轻轻抚摸着她的头发，原来真的有这么清纯的女孩儿，干净得像一张白纸，和他完全不是一路人。

但无论怎样，谭叙深很清楚自己内心真实的想法：不想放她走。

轻柔的吻带着怜爱落在闻烟的额头、眼睛和鼻子上，最后落在嘴唇上。

唇上轻柔的吻让闻烟渐渐迷失。她能感觉出这个吻和之前的似乎有所不同，但具体哪里不一样，她不知道，因为很快又沉溺在了他给的世界里。

"这一次不会再停下了。"谭叙深吻在她的唇角，让她直视自己的眼睛。

闻烟心头微颤，他的目光和声音都很霸道，但也是今晚第一次，她在他眼里看见了温柔。

"我害怕。"或许是他不经意流露的温柔，让闻烟泄露了真实的想法。

"看着我的眼睛。"谭叙深捧起她的脸。

闻烟看着他的眼睛，他黑色的眼眸像星河，像深渊……这一刻，她清楚地听到一个声音——

"沦陷吧。"

室内的温度再次升高，彼此的身影以黏稠的空气为媒介，在墙壁上投下模糊的影子。

时间缓缓流逝，以爱之名，以欲望之火，此消彼长，直至彼此被完全吞噬。

"你……叫什么名字？"在烟花最绚烂的那一刻，闻烟望着身上的男人，眼里是从前三个月到往后余生的热切和执念。

谭叙深抬起她的下巴，想把她所有的表情看清楚，女孩儿眼里的干净已经不见了，完全被欲望吞没。

谭叙深笑了，他很满意。

在最后的狂欢中，谭叙深贴近她的耳朵，声音沙哑："谭叙深，记住了吗？"

听见他名字的那一瞬，闻烟被彻底淹没，像一池碎萍随波逐流，再也没有力气说一个字。

谭叙深，她记住了。

一切归于平静的时候，闻烟已经累得睡着了。谭叙深注视着她潮红的脸，身体和心里的满足慢慢发酵，随之而来的还有隐隐的罪恶感。

这张白纸已经被他画上了第一笔。

当然，"坏人"就算知道自己在做坏事也不会停下。

她不喊停，他当然也不会拒绝。

汗水浸湿了她鬓角的头发，她身上还带着黏腻，谭叙深担心她这样睡觉不舒服，抱着她去浴室简单冲洗了一下。

而闻烟真的累惨了，浑身没有力气，整个过程中像没有骨头似的挂在谭叙深身上。

从浴室出来，谭叙深把她轻轻放在床上，为她盖好被子，然后拿着烟和打火机去了窗边。

凌晨三四点是一天中最寂静的时候，外面的霓虹灯亮着，却没有任何声音，整座城市都睡着了。谭叙深把窗户拉开一条缝，让凉风吹进来。

今天的事，在他的预料之中也在预料之外。预料之外的，是她的干净。

谭叙深缓缓转身，看着床上的身影，那么小一只，躺在床上几乎没有起伏。

初吻吗？谭叙深忽然很想知道她以前的生活，如果在这之前知道她是这样，会不会停手？

他想他不会的。她身上有股莫名的吸引力，无论是年轻的身体还是样貌都让他有种莫名的冲动，不仅仅是欲望带来的冲动，还有种很陌生的兴奋在骨子和血液里隐隐作祟。

第二支烟快抽完了，谭叙深的视线依旧落在她身上，就这么望着她，目光晦暗不明。

过了几分钟，他掐灭烟，等烟味散尽了才关上窗户，然后掀开被子躺到床上。

感受到旁边的下陷和男人身上的温度，闻烟在半睡半醒间往他身边移了移，几乎在他刚一躺好就窝进了他怀里。

昏昧的光线里，谭叙深笑了笑，然后收紧手臂，抱着她睡了。

第五章

默认关系

清晨的光透过窗帘的缝隙照进来，闻烟刚一动，身体就传来一阵异样，很不舒服。她皱着眉头睁开了眼睛，意识渐渐清醒，发现身边的男人正在看她。

"啊——"闻烟惊呼，条件反射地做出习惯的动作，慌乱地躲进被子里。

然而脸不小心贴到了他的胸膛上，睡意瞬间没了，闻烟心里不由得一阵懊恼，不知道他什么时候醒的，也不知道他看了多久，更不知道自己刚睡醒的样子丑不丑。

"怎么了？"谭叙深以为她刚醒来意识不清，不记得自己昨晚在哪里而吓到了。

她这个反应，像只受到惊吓的小动物，有点儿可爱。

"害羞。"闻烟窝在他怀里，不想让他看到自己的脸。

听着她躲在被子里闷闷的声音，谭叙深情不自禁地笑了。她伏在他胸口，温热的呼吸带来一片细密的痒。谭叙深手环在她腰上笑着问："害羞什么？"

"就害羞。"闻烟一时间想不到好的答案，就开始耍无赖。

但下一秒，她就像只小鸡崽儿似的，没有丝毫抵抗力地被谭叙深从被子里揪了出来。

"还害羞吗？"谭叙深把她放到自己的臂弯里，防止她再溜走。两个人的脸近得几乎要贴到一起。

闻烟还想挣扎着往后躲，却被谭叙深禁锢得死死的。她伸手挡住自己的脸，从手指缝隙里看他，小心翼翼地问："丑吗？"

还以为她在害羞什么，谭叙深笑着把她的手从脸上拿开，在她唇上轻啄："好看。"

闻烟逐渐安静下来，脸上又泛起了淡淡的红晕，比起夜晚的意乱情迷，清晨的轻吻和他的温柔，让她更身不由己地沉溺。

而谭叙深对她这个样子简直没有办法招架，环着她的腰让她又贴近自己一分："怎么这么爱脸红？"

"就脸红。"被他抱得太紧，闻烟有点儿呼吸不过来，但已经不自觉地爱上了撒娇。

谭叙深很受用，用手轻轻抚着她的后背，眼睛里忽然闪过一丝精光："嗓子怎么了？"

"嗯？嗓子……"闻烟疑惑地开口，但刚说话就发现自己的声音沙哑得厉害。她不好意思地闭嘴，可能是昨晚哼唧得太厉害了。

就在不知道怎么回答他的时候，余光不经意间捕捉到男人嘴边的坏笑，闻烟瞬间反应过来，不客气地用拳头砸他的胸口："你……讨厌。"

闻烟从来没想过有一天会在男人怀里毫无底线地撒娇，而这一切似乎都出于本能。她快要被甜蜜淹没了。

谭叙深任她闹了一会儿，眼里满是宠溺，然后顺势握住她的手，现在的她声音也软，身体也软，哪儿都软……

原谅他实在没有抵抗力。

谭叙深分开她的手指，两个人十指相扣，又荒废了一上午。

"饿吗？"谭叙深看了眼时间，已经下午一点了。

"不饿，我要再睡一会儿……"闻烟说话的时候眼睛都没睁，现在累得连眼皮都不愿意抬一下，只想离身边的男人远远的。

闻烟下意识地拉着被子往旁边移了移，但刚移开一点儿，就又被男人拉了回来。

"乖乖睡觉。"谭叙深伏在她耳边说，声音里带着宠溺。

闻烟不情愿地哼了一声，但也没再动，身体很疲惫，稍微一动就觉得难受。在极度疲惫的状态下，意识也变得昏昏沉沉的，她很快又睡了过去。

她红扑扑的脸蛋像半熟的果子，散发着香甜，引诱着人来品尝。只等一阵秋风吹过，它就要熟了，而现在好像已经熟了。

过了片刻，听到她发出均匀的呼吸声，谭叙深下了床。

闻烟再次醒来，已经不知道几点了，有种醉生梦死的如梦如幻之感，只感觉窗外的光线很亮。床上只有她自己，不知道他去了哪里。

闻烟从床上坐起来准备穿衣服，但过了几秒钟才反应过来，昨天穿的衣服脏了……

谭叙深刚进房间就看到她半坐在床上，迷迷糊糊香肩半露的样子。他走到床边："怎么了？"

闻烟不动声色地把被子往上拉了拉，声音很轻："不知道穿什么。"

把她的小动作看在眼里，谭叙深转身走向衣柜，拿了一件白衬衫："裙子放进洗衣机里了，先穿这个。"

衬衣的料子滑过胳膊，凉凉的，闻烟忽然想到那天在他的办公室门口，他换衣服被自己撞见，当时他穿的好像就是这件白色衬衣。

"嗯，就是这件。"仿佛知道她在想什么，谭叙深率先为她解惑。

又被窥探到心事，闻烟心里一热，看着站在床边的男人："谭叙深。"

第一次听她叫自己的名字，倒是有些新鲜，谭叙深站在床边俯视着她："嗯？"

"不要欺负我。"闻烟坐在床上，一本正经地说。

但房间现在的情景让她的这句话不太有说服力，她瘦削的肩膀露在外面，白皙的肌肤和深色的被子形成鲜明的对比。卧室内暧昧的气氛还没有散尽，在感官和嗅觉的双重作用下，她说着不要欺负她，此情此景却让人很想欺负她。

"要是欺负呢？"谭叙深忽然来了兴致，又坐到床边。

闻烟顿时语塞。她好像永远都不是他的对手，于是恼羞成怒地推开他的肩膀："我要换衣服，你先出去一下。"

"我在也能换。"谭叙深的视线沿着她的锁骨往下移，眼里的玩味之色毫不隐藏。

他做什么都是明目张胆的，即使是现在的情形，也全都明晃晃地表现在脸上。嗯，他不屑隐藏，也不屑假装正经。

"不要。"在他的注视下，闻烟非常警惕地用被子把身体遮得更严了。

在这个房间里，在这个男人面前，闻烟无论说什么都带着点儿撒娇的味道。她不知不觉已经习惯了，而谭叙深也十分受用。

"起床吃饭。"厨房灶上还煮着饭，谭叙深从床上起来，不再逗她。

望着他的背影，闻烟忽然想起来还有件事："那个……"

"什么？"谭叙深转身。

"内衣……"闻烟的目光有些闪躲，她刚说完话，被子里的内衣顺着床边滑落到地毯上，她不敢看他，脸又开始发红，"脏了。"

他以前没发现，她真的很爱脸红。谭叙深眼底闪过一丝意味深长的情绪，他轻笑："我下去买，待会儿就回来。"

坏男人还是有点儿善良的，闻烟不好意思地点了点头："谢谢。"

谭叙深换了件衣服，出门了。

听见关门声后，闻烟才开始穿衣服。他的衬衣很宽大，穿在她身上空荡荡的，没有安全感。

不知道他多久回来，闻烟洗漱后把房间收拾了一下。可能因为刚刚她在睡觉，所以窗帘只拉开一条缝。她把窗帘完全拉开，阳光瞬间铺满了房间。

这个房间的采光很好，闻烟打开窗户，在窗边待了一会儿。但风吹进来，她忽然感觉身上只穿了这件衬衣，站在这里很没有安全感，于是往里走了几步。

但刚转身，目光掠过沐浴在阳光下的衣柜时，闻烟停住了脚步。

刚刚他打开衣柜拿衬衣的时候，闻烟不由自主地往衣柜里扫了一眼，里面清一色的衬衣、西裤，以及男士家居服和几件休闲服，没有女人的衣服。

衣柜像一个藏着秘密的魔盒，引诱着闻烟一步一步上前，而等她反应过来时，手已经放在衣柜的门把手上了。

她要打开吗？这好像在侵犯他的隐私。

闻烟犹豫不决，但身体是诚实的，意识还在挣扎的时候，手已经打开了衣柜门。

目光扫过每个角落，和她刚才看到的一样，没有任何和女人有关的东西。

他到底离婚多久了？

闻烟很好奇，但知道如果不主动问，他或许永远也不会主动提及。

而如果她问了，他肯定不会隐瞒。

这个男人，真的让她不知道怎么办才好。

103

闻烟从卧室到客厅，打量着这套房子，两室一厅的格局，但目光所及之处没有任何与女人有关的东西，也没有任何他前妻的照片。

只有客厅沙发后面的墙上，挂着他和孩子的照片。

这是一张在向日葵花田里的照片，金黄的向日葵为灰白色调的房间增加了一抹亮色。

他们笑得很开心，孩子的眉眼和他如出一辙，闻烟很想在孩子脸上看到那个女人的影子，但看不出来。

谭叙深一进门就看到闻烟站在客厅，他的衣服穿在她身上很宽大，衣服里面的春色若隐若现。

没想到他忽然回来，闻烟瞬间感觉浑身不自在，因为衬衣里面没有穿内衣。趁着他在换鞋，闻烟快走了两步躲到墙后，然而等回过神来又觉得自己蠢……

闻烟深吸一口气，无奈地望着客厅的吊灯。

谭叙深不疾不徐地从玄关走过来，转过墙壁的直角来到她身前："喜欢捉迷藏吗？"

"不喜欢。"闻烟不动声色地往后躲了躲。

其实她没这么害羞，但是现在衣服里没穿内衣让她很不自在。

随着她往后躲，谭叙深又往前移，她退一步，他进一步。

看着她脸上的红晕，谭叙深将买来的内衣拿出来递到她面前。

而当闻烟看到内衣的款式时，藏在黑发里的耳垂又红了。她抿了抿嘴唇，感觉有点儿口渴。

他一定是故意的，但她也只能收下。

闻烟缓缓伸出手，在刚要接过的时候，听到他说：

"需要帮忙吗？"

"不需要。"闻烟看了他一眼，男人眼里全是笑意，却是坏笑。

她好想打人。

他的神情总让闻烟感觉自己被捉弄了，很想打他，但是她一抬胳膊就会走光……

闻烟去他手里拿，谭叙深却使坏地抬高了手臂。

"给我。"闻烟不知道该怎么办，索性扑进他怀里开始撒娇。

她的脸贴在他的胸口上，谭叙深感受着腰上越缠越紧的手臂，情不自禁地笑了，没想到她对付自己的方法倒是用得越来越熟练了。

谭叙深拿她没办法，只能抱着她让步："穿哪套？"

闹够了，也得逞了，闻烟从他怀里起来，看着他手里的两套内衣：一套是很正常的款式，法式蕾丝的，淡淡的杏色，甜美中带着性感；但另一套……极少的布料让闻烟看不出来是什么款式。

"这个。"

对闻烟来说，这并不是个选择题，她毫不犹豫地把手放在了那套法式内衣上，然而拿不动。

闻烟抬头，他还是那副气定神闲的样子，但手上在暗暗用力，耐心地和她玩耍。

"你不要吓到我。"闻烟控诉他，同时还露出楚楚可怜的表情。

谭叙深微愣，渐渐反应过来她才初尝情爱的滋味，而昨天这个时候，她还是个什么都没有经历过的小女孩儿。

但不知道为什么，谭叙深总想带她更深入一点儿。

"好。"谭叙深揉了揉她的头，答应得很爽快。

果然男人都喜欢会撒娇的、楚楚动人的女孩儿，闻烟满意地拿着内衣回卧室换了。

但闻烟不知道，内衣已经买回来了，他迟早要给她穿的，只是时间早晚的问题。

闻烟换好衣服后，两个人一起吃饭，已经下午四点多了，分不清是午饭还是晚饭。

但不论是伴着朝阳还是夕阳，或者是晚上的月亮，两个人醒来能一起吃饭的感觉真好。

"你待会儿做什么？"餐桌上，闻烟坐在他对面，试探地问。

"没什么事，你呢？"谭叙深问她。

"我应该也没……"

就在闻烟以为还能和他待一天的时候，手机屏幕忽然亮了。

是星棠。

闻烟不知道为什么很心虚，看着来电显示发愣，直到快断了才接起："星棠。"

"你在哪儿呢？一直不接电话！"

果然，电话刚接通，闻烟就听到星棠的咆哮和质问，声音太大，让闻烟不由得把手机拿得离耳朵远一点儿，不知道对面的男人听到了没有。

闻烟抬眼，只见他优雅地撕了一块面包，嘴角挂着一丝笑。

他应该听见了吧。

"我在……"闻烟咬了咬嘴唇，不知道该怎么撒谎，"我在家。"

"你在家？不好意思小姐，我正在你家，还有你家是被抢劫了吗？床上这一堆衣服是怎么回事？"星棠已经在这里待了一个小时，闻烟的电话从昨天晚上就打不通。星棠还以为她工作太累睡着了，但今天也一直没消息。星棠很担心，就直接来了她家里。

星棠的声音控制不住地越来越大，闻烟连忙把音量调小了一些，但电话里的声音还在继续。

"电话也不接，都学会夜不归宿了？"

"星棠，"不想再被对面的男人看笑话，闻烟需要立即安抚住电话里这位大小姐，因此特意放柔了声音，认真地说，"我待会儿就回去。"

星棠顿了顿，慢慢安静下来："哦，好，回来的时候给我买点儿好吃的。"

"嗯，待会儿见。"闻烟挂了电话。

除了在他面前会不知所措，会慌乱，会被他牵着情绪走，闻烟在生活中是一个很冷静的人，星棠对这一点体会最深。

因为从小到大她没什么主见，几乎所有的事都会问闻烟。她很听闻烟的话，所以很清楚闻烟的语调和潜台词。闻烟一认真，她就不敢再闹了。

"要回去了？"谭叙深放下餐具。

"嗯，怕我妈打电话过来。"星棠还可以糊弄过去，但在妈妈那边撒谎她会被一眼看穿的。

"怕什么？"真是个乖女孩儿，谭叙深饶有兴味地看着她，在心里暗叹。

"怕你被我爸妈打。"闻烟嘴角沾了点儿牛奶。

"哦，是吗？"目光落在她嘴角上，他抽了张纸巾，抬手帮她擦掉嘴角的牛奶。

他忽然的动作让闻烟愣了愣，然后一动不动乖乖地等他擦好。

"是。"等他收回手，闻烟继续低头吃面包，虽然不挑食，但男人准备的东西实在不好吃，"你不会做饭吗？"

餐盘里是煎蛋、烤面包、午餐肉，还有一杯牛奶。

"平常有阿姨做。"他很少做饭，也没有时间做。

"阿姨呢？"从昨天到现在，家里只有他们两个人。

"周一到周五过来。"谭叙深说。

闻烟点了点头，视线落在盘子里的面包上，其实她很想问孩子在哪儿，难道和妈妈在一起吗？

但那间儿童房明显经常有人住。

"孩子没在家吗？"闻烟假装不经意地问，视线从他脸上一扫而过，然后低头继续吃饭。

"周末会去我爸妈那里。"谭叙深已经吃完了，靠在椅子上看着她吃，所以她的每个表情都能看清楚。

"嗯。"闻烟淡淡应了一声，不知道接下来该问什么。

后来闻烟没再继续问，谭叙深也没提，一顿饭就这么结束了。闻烟把餐桌收拾干净，他去洗盘子。

这种感觉像是在过日子。

闻烟难以抗拒这种细水长流的温柔，很想走过去从后面抱住他的腰。

"在看什么？"谭叙深从厨房走出来，顺便关上了推拉门。

"没什么。"闻烟往后退了退，很心虚。

谭叙深也没继续追问，笑着从她身边走过，到洗手间用洗手液又洗了一遍手。洗过碗的手总感觉会沾上油渍，所以谭叙深一般很少做饭。

谭叙深回到卧室的时候，闻烟正在换衣服。

"干吗不敲门？"闻烟正在拉裙子后面的拉链，听到声音吓了一跳，连忙背过了身。

"需要帮忙吗？"他没有进自己房间敲门的习惯。

"不要。"刚才拉链只拉了一半，闻烟看到他一步一步走来，往后退了退，每次让他帮忙都是自己吃亏。

谭叙深站在她面前，她不算特别矮，但也不是很高挑，脑袋刚好到他的下巴，这个高度抱起来很舒服。

谭叙深撩开她的头发，注视着她的眼睛，手伸到她背后，摸索着把拉链慢慢拉到最上面。

整个过程他都看着闻烟，直到最后拉好拉链才绅士地移开手。

这个姿势闻烟刚好被他抱住，然而他的神情和动作分明是在笑她，闻烟被他看得内心火热，索性移开目光不再看他。

"那……我先回去了。"说出这句话的时候，闻烟很不舍。

"等会儿我送你。"谭叙深说。

"挺近的，我自己回去就好。"闻烟从小就没有麻烦人的习惯，在国外生活了几年更独立了。

但她不明白，会哭的女孩儿有糖吃，这种独立会让她在感情里很吃亏。

视线在她脸上停了几秒，独立不黏人的性格，他很喜欢。

毕竟他工作很忙，没有太多时间照顾对方的情绪。有时候她撒娇、闹闹小性子是一种情趣，他很喜欢，但过多就不好了。

谭叙深唇角轻扬，看着女孩儿的耳朵微微泛红，总之，她让他越来越满意。

"等一会儿我去送你。"不容她再拒绝，谭叙深把她拉到了沙发上。

"为什么要等一会儿？"闻烟怕再晚回去，星棠会再闹。

"有个朋友过来。"谭叙深说。

"嗯？"闻烟猛然坐直了身体，"我……"

太突然了，闻烟没有心理准备，也不知道合不合适。

"他送点儿东西过来，送完就走。"看出了她的紧张，谭叙深笑着安抚她。

他的话刚说完，门铃就响了。

谭叙深起身去开门。

闻烟坐在沙发上，不知道要不要跟过去。

门刚被打开，一条大金毛率先破门而入。

"不说是玩具吗？"谭叙深站在门边皱眉。

"易阳的玩具，"周寻强词夺理，移开了谭叙深挡在门边的手，非常自然地进来了，"我又要出差，一个月后回来取。"

谭叙深关上了门，如果知道他口中的玩具是狗的话，绝对不会让他进来。

听到外面的说话声，闻烟还在犹豫着要不要出去，贸然出去好像不太好，但不出去好像也不太礼貌。

周寻路过谭叙深的卧室，余光忽然捕捉到一个人影。他首先是惊讶，随后笑着看向谭叙深，目光有些意味深长。

发现周寻看到自己的那一刻，闻烟身上的忸怩就不见了，笑着落落大方地走过去。

"你好，我是周寻。"这个女孩儿怎么看着有点儿眼熟？周寻暗自寻思。

"叫我闻烟就好。"闻烟笑了笑，没人看见她藏在头发里的耳朵已经红透。

"我要去机场了，先走了。"周寻知道现在不是问的时候，所以很识时务地走了，从进来到出去不到五分钟。

谭叙深送闻烟回家的时候已经是傍晚了，闻烟跟他来到地下车库，坐到副驾驶座上。

"家住哪儿？"谭叙深启动车子。

"日月湾。"闻烟说。

谭叙深微愣，却没有多问，很快开车从地下车库出来。不得不说景华城无论是地理位置还是住宅设计都属于精品典范。闻烟坐在副驾驶座上，望着窗外的景色，思绪有点儿乱。

昨天这个时候，她做梦也不敢想会坐在他的车里，但现在他们是什么关系？他应该是喜欢她的，也愿意把她介绍给朋友，但总感觉少了点儿什么。

谭叙深从后视镜里看她，看得出来她有心事，但也没说话。

半个小时后，车停在了日月湾，住宅楼染上了夕阳的颜色，树叶随微风作响，悄悄地搅动着暮色。

车已经停了一会儿，但闻烟没下去，谭叙深也没催她，两个人的目光都落在夕阳上。

"谭叙深。"闻烟深吸一口气，纠结了一路还是想问他。

"嗯？"谭叙深扭头。

"你会找别的女人去家里吗？"

谭叙深似乎料到了她会这么问，脸上的表情没什么变化。他将半开的车窗缓缓合上，车里顿时和外面隔绝了，形成一个密闭的空间。

"烟烟。"谭叙深扭头看着她。

虽然接下来的话对她来说有些残忍，但这就是事实，他必须让她清醒地意识到，一个成年男人不像她想的那么美好。

"我比你大很多，也比你经历的多很多，所以不管在结婚前还是离婚后……"

"我知道。"预感到他要说什么，闻烟连忙打断了。

她做过很多心理准备，但还是不想听到他亲口说之前有很多女人，这很残忍，委屈和难过要比想象中来得猛烈。

怪只怪她没有早点儿遇到他。

"我的意思是，在昨天晚上之后你还会叫其他女人去家里吗？"闻烟直视着他，眼睛酸涩，尽量让自己的声音平稳。

但谭叙深还是从她声音里听出了一丝颤抖。他看着她的眼睛："不会。"

他知道她的潜台词是什么。他没有那种癖好，更没有时间去玩这些。而且他只是对感情吝啬，私生活还是很自律、很干净的。

从某种意义上来说，谭叙深并不是纯粹的坏，说是小众精英的缩影，或者成年人的精明更准确。

他不会隐瞒，更不会欺骗，只是冷漠地看着她一个人越陷越深，而自己永远置身事外。

一个精致的利己主义者。

"好。"闻烟松了一口气，"那你以后也没机会了。"

他说不会，闻烟就相信他不会。或许是因为他的风度和涵养，也或许是因为他骨子里暗藏的某种高傲，闻烟知道他不屑说谎。

没想到她情绪转变得这么快，谭叙深笑了，倾身靠近她，在她唇上留下一个安抚性的轻吻。

而闻烟顺势勾着他的肩膀，让这个吻变得绵长深入，仿佛这样才能忘掉刚才的难过，以及让自己在他心里的位置越来越深、越来越重要。

"不想下去了吗？"谭叙深被她勾出了欲望之火，连声音都暗哑了几分。

"不想。"闻烟的鼻子和他的鼻子轻碰在一起，眼睛里的委屈和不安还没有消失。

"那好，跟我回家。"谭叙深轻刮了下她的鼻子，说着就准备重新启动车子。

"朋友还在家等我，"虽然闻烟也想每时每刻都和他在一起，但还要安抚星棠和她爸妈，"明天还要回家和我爸妈一起吃饭。"

谭叙深却从她的话里捕捉到其他信息："自己住？"

闻烟微愣，然后点了点头。

"那我以后过来很方便。"谭叙深笑得意味深长。

"不给你开门。"闻烟口是心非地笑了，然后解开安全带下车，"你路上小心。"

"好。"透过车窗，谭叙深看到她脖子上若隐若现的红痕，"回家好好休息。"

"知道了，拜拜。"

谭叙深启动车子离开，闻烟站在原地看着车影在拐角消失，这才上楼。

闻烟回到家,床上那一堆衣服还在,星棠大小姐不擅长做这些事,窝在沙发上睡着了。

闻烟开始整理衣服,每一件好像都在无声地告诉自己昨天晚上有多冲动。

"回来了?"听见声音,星棠揉了揉眼睛从沙发上起来,刚才来到家里只顾着担心闻烟,没顾上帮她收拾衣服。

"嗯,去床上睡吧。"闻烟已经快收拾好了。

"去哪儿了?"星棠的意识忽然清醒。

闻烟目光闪躲,拿着衣服绕开她走到衣柜旁。她不会说谎,索性就不说话。

"说实话,闻烟烟。"星棠不依不饶地跟了过来。

闻烟挂完衣服,又开始整理衣柜,整张脸都快藏在衣柜里了。

"脖子上是什么?"星棠看着闻烟脖子上的草莓印,目光凝滞了。

闻烟往后退了一步,立即心虚地捂住脖子:"星棠……"

"去哪儿了?"星棠脑子发蒙,还没从她脖子上的红痕中回过神。

"去……找他。"闻烟知道瞒不住了。

"睡了?"星棠死死地盯着闻烟。

闻烟忽然语塞,没想到星棠这么直接,而且小公主现在看起来一点儿都不好糊弄。闻烟脸上的红晕一直蔓延到耳根,她最后才缓缓点头:"嗯……"

"闻烟!"星棠大喊一声,然后转身就往外走。

"你去哪儿?"闻烟立即追上她。

"狗男人!狗东西!狗男人!别拦我!"心里有一股怒气直往脑袋上冲,顶得脑袋突突地疼,星棠感觉自己快炸了,恨不得立即和谭叙深拼命。

"星棠,你先冷静听我说。"星棠现在力气大得很,闻烟根本拦不住,所以率先走到玄关把门堵住。

"有什么好说的?闻烟,你的智商被狗吃了吗?"星棠满肚子火,一时间消不下去。

闻烟知道这件事是自己太冲动,所以站在门边乖乖地任星棠骂。但如果再来一次,她还会这么做。

站着生气太累了,星棠走了几步坐同沙发上,继续生气。

"之前跟他出去过吗?"星棠喝了口冰水,消消火。

111

"没有。"闻烟摇了摇头，看她不打算走了，才慢慢回到沙发旁边。

星棠刚缓过一点儿来，听到她的话脑子又是一片空白，无力地靠着沙发，开始掐自己的人中。

"闻烟，第一次约会就把你骗上床的男人，他安的什么心，你能想想吗？还有，你了解他吗？"星棠边掐人中边说。

或许她在人情世故方面比较白痴，但在感情方面肯定要比闻烟懂得多。然而她清清白白的烟烟，才一会儿没看住就被猪拱了。

"虽然不是特别了解，但比之前了解的要多一点儿。"闻烟拿起桌子上的水果，讨好地往星棠嘴边送。

"没结婚？"星棠偏了偏头，不接受她的讨好，主要是得掐人中没空吃东西。

闻烟犹豫了片刻，坦白道："离婚了。"

"为什么离？"星棠步步紧逼。

"不知道……"由于心虚，闻烟的声音越来越弱了。

"这叫了解？"星棠的嗓门儿再次提高。

"这不是刚开始，我不好意思问嘛。"闻烟拽着星棠的胳膊，试着撒娇。

"那他刚开始就好意思这么对你？"

星棠从沙发上站起来，总之现在非常自责，没想到最后会变成这个局面。烟烟没有感情经历，第一次喜欢人肯定会非常盲目，更何况是一个三十多岁的男人。

她现在只想穿越到一个月前，把那个给闻烟把他是单身分析得头头是道的白星棠掐死。

"星棠，我是真的喜欢他。"闻烟忽然很认真地看着她。

闻烟总是有种让人安静下来的力量，星棠渐渐平静下来注视着她。

"不管怎样，至少现在有了交集，不会再像以前那样只有我自己胡思乱想了。星棠，我不想第一次喜欢一个人就错过，或许他现在还没那么喜欢我，但我能感觉到他对我是有好感的。"闻烟说给星棠听，同样也说给自己。

她的烟烟好傻，星棠慢慢坐回到沙发上，眼眶突然红了："我还不是怕你吃亏……"

"不会的，到时候我就跑。"闻烟安慰她。

"还不是因为我谈恋爱总被人骗，才不想让你被骗嘛……"星棠坐在沙发上，不掐人中了，开始擦眼泪。

最后，又变成了闻烟安慰小公主，不过看这个情况，不到万不得已一定不能把他有孩子的事情说出来。

新车上市之后就没那么忙了，闻烟也不用再去 FA。她周一很早就去了公司，到了之后发现他们组还没人。

打开电脑后她看了眼手机，没有电话也没有消息，聊天记录还停留在昨天晚上的"晚安"。

他可能在忙吧。

"早，闻烟。"

听到有人和她打招呼，闻烟扭头："明新哥早。"

"来得挺早。"李明新笑着说。

"今天不太困，起早了。"闻烟从包里拿出一盒饼干，"昨天在家闲着没事，烤了点儿饼干，你尝尝。"

"你烤的吗？谢谢，我拿一块就好了。"李明新不太好意思。

"拿着吧，家里还有。"闻烟说。

"你家住哪儿？没听你说过。"前段时间太忙，他们都没时间聊这些。

"就在公司对面，日月湾。"闻烟边看邮件边说。

"是吗？"李明新看着闻烟愣了愣，眼里闪过一丝惊讶。

在寸土寸金的 A 市，他们公司在三环，而日月湾又属于很高档的小区，公司给他们老板租的房子就在日月湾，一个月的租金是三万五千元，这还是三年前的价格。

脸上的笑渐渐消失了，李明新拖着鼠标在电脑屏幕上来回移动，有些心神不宁。

"闻烟，是这样的，罗文说虽然车上市了，这段时间不会太忙，但还是让我们过去一个人，方便交流工作，要不你去吧，锻炼下自己。"李明新笑着说，但是笑意明显不达眼底。

"还需要过去吗？"闻烟一想到以后要经常在办公室遇到他就觉得脸很烫。

"对，从明天开始你就过去吧，不要有太大的心理压力。"李明新扶了下黑框眼镜。

"嗯，好的。"闻烟若无其事地点了点头。

对于他们来说，谁都不愿意去客户那里办公，去那里就意味着在压抑的氛围中进行高强度的工作，每天紧绷着神经肯定没在自己公司待着舒服。

想到闻烟是新人，担心她在那里不习惯，李明新原本打算自己去。但是刚刚听到她住在日月湾，再联想到她平常的衣服牌子，他突然就改变了主意。

因为无论他们在 FA 多忙，总监是看不到的，而且长时间去客户那里和公司的同事慢慢就疏远了，对以后升职加薪肯定会有影响。

而这些本身家境就好的人，他们得到一些东西太容易了，工作可能只是个消遣而已。

李明新喝了口咖啡，当作什么事都没发生过。

闻烟还不知道暗地里发生了什么，满脑子都在想明天遇到他了该怎么办。

晚上，闻烟站在浴室的镜子前，看着镜子里被水汽模糊的身影，有些地方的红痕还没有完全消下去，刚洗过澡似乎更明显了。

从浴室出来闻烟拿起手机，看到他半个小时前回消息说快忙完了。虽然每时每刻都想打电话给他，但怕打扰到他工作，闻烟已经很克制了。

然而现在这么晚了，不知道他下班没有，闻烟犹豫了一会儿，还是打了过去，他很快接通了。

"下班了吗？"电话接通的那一刻，闻烟的心跳开始变快。

"刚到家。"谭叙深从易阳的卧室退出来，看到他睡着了，关上了门，"怎么了？"

"明天要去你们公司。"闻烟围着浴巾坐在床上，脸上带着浓浓的笑意。

谭叙深倒没有意外，笑着回到卧室："要来我办公室玩吗？"

"不去……"仅仅想到这个画面，闻烟就忍不住红了脸。她一定不会告诉他，自己不止一次梦见和他在办公室的场景。

"脸红了吗？"听着她的声音，谭叙深似乎能看到她发红的脸颊和耳垂，让人忍不住想咬。

闻烟微愣，他怎么什么都知道？她都怀疑他是不是在她身上装监控了。

"当然没有。"闻烟摸着自己微热的脸，否认得很没有底气。

只听电话那端传来一声轻笑，然后忽然挂断了，闻烟疑惑地看着手机屏幕，是自己刚才不小心挂断了吗？

通话时间还不到一分钟，闻烟懊恼地皱着眉，但还没来得及沮丧，他的视频电话忽然打了过来。

闻烟瞬间一惊，拿起旁边的镜子。镜子里刚洗过澡的素颜好像不是太丑，但也不是很好看，头发还湿着，她把散下来的几缕碎发放在脸侧，这样显得脸小一点儿……

视频的提示音还在响，预感到他快要挂断了，闻烟才慌忙接起来。

"我看看。"谭叙深左手拿着手机，另一只手在解衬衣的扣子。

"看什么？"闻烟小心翼翼地将手机靠近自己，还以为脸上有东西。

谭叙深看着她脸上的红晕，满意地笑了："还说没脸红，学会骗人了？"

他打视频电话过来竟然只是为了看她有没有脸红，闻烟立即把手机拿得离自己远一些，牵强地解释道："刚洗过澡，浴室有点儿热……"

谭叙深也不说话，只是饶有兴味地看着她，看她怎样想那些没有说服力、连她自己都不相信的理由。

"你干吗脱衣服？"他刚才在解衬衣的扣子，等闻烟回过神后他已经上身赤裸了。她一时间有点儿不好意思，拿手挡住脸，堪堪把眼睛从手指缝隙中露出来。

是"正确"的捂眼姿势。

"洗澡，要看吗？"谭叙深将脱下来的衬衣扔到床上，不知道为什么，总想逗她。

"不要。"闻烟看着他肩膀流畅的线条，摇了摇头。

"真不要吗？"她露在浴巾外面的皮肤很白，谭叙深看了一眼，继续诱惑道。

"嗯……"心里挣扎了一番，闻烟不太坚定地点了点头。

虽然很想看，但面子还是要的，闻烟不想让他感觉自己就是个色眯眯的痴汉。

"不看就早点儿睡。"谭叙深的眉眼藏着笑意，他不再和她开玩笑。

"好，那明天见。"闻烟其实不想挂，感觉还有好多话没和他说，虽然也不知道说什么，但就是不太想挂断。

"嗯，晚安。"

"晚安。"

已经挂断电话很久了，闻烟心不在焉地吹干头发，看了眼时间，猜想他现在应该洗完澡躺在床上了。

闻烟胡思乱想了一会儿，脸上挂着满足的笑进入了美梦。

第二天到 FA，闻烟依旧在三十六楼找了个位置，一抬头就能看到他办公室的位置。她只要远远看他一眼，就觉得很甜。

闻烟刚坐下没多久就接到了罗文的电话。

"早上好，闻烟，有空吗？我们一起开个会。"罗文说。

"好的，你稍等，我现在下去。"闻烟应下，把一封刚编辑完的邮件发了出去。

FA 每天都有开不完的会，但其实有些是完全没有必要的。

闻烟抱着电脑起身，路过他办公室的时候脚步不由自主地变慢了，用余光往里看了看，里面没有人。

闻烟刚从楼梯下来，就看见罗文正往这边走，她走过去问道："我们去哪个会议室？"

"不好意思，我忘了预约会议室，我们看看哪个会议室没人就进去。"罗文说。

"好的。"从他这随性的态度，闻烟猜应该不是什么要紧的事。接下来，他们就开始在三十五楼找会议室，但连着三个会议室都有人在开会。

"我们去开放区域的沙发也可以。"闻烟感觉能找到的可能性很小，FA 的会议室很多，但用的人更多，如果不提前预约的话一般不会有空的。

"有文件需要连接投影仪展示，再看看。"罗文抱着电脑往前走，走了几步来到另一个会议室，"这个小会议室是谁在用？"

会议室的玻璃门的中间部分是磨砂的，但上面和下面是透明的，能看见里面。

罗文鬼鬼祟祟地趴在会议室的玻璃门上。

还没等罗文说话，闻烟已经从玻璃门的缝隙中看到了熟悉的半截衬衫，不由得顿住了脚步……

"竟然是 Jarod，快走……"罗文心虚地低下脑袋，抱着电脑快步往前走。

"不是说你们总监不吃人吗？"闻烟笑了，离开的脚步不自觉地变慢，忍不住往里看了一眼，但隔着磨砂玻璃门，除了模糊的轮廓什么都看不见。

"让老板看到我偷窥他面试不好吧。"罗文似乎还惊魂未定。

"面试？"闻烟疑惑地看向罗文。

会议室里，谭叙深看着罗文离开，接着那双熟悉的红色高跟鞋也跟着过去。男人的眼底闪过一丝轻笑，他继续看桌上的那份简历。

"嗯，Jarod最近在招助理。"罗文终于找到一个会议室。他们抱着电脑进去。

"太忙了吗？"其实闻烟最想问的是男助理还是女助理。

"职位越高责任越大，忙是肯定的。"罗文边连接投影仪边说。

"有办公室为什么还要占用会议室面试？"闻烟有点儿不开心，助理是和他在工作上接触最多的人。

"这两层楼都是他的，他愿意用哪个用哪个。"罗文笑了笑，"其实我觉得你挺合适的。"

"我？"闻烟手指着自己，不由得心虚，罗文不会是看出什么在试探她吧？

"跟在Jarod身边肯定要比你现在能学到的东西多，成长也会更快，而且你英文、德文都很好，助理不需要太硬性的条件，只要对FA的工作流程熟悉就可以……"罗文说着抬头看向闻烟，"怎么越说越觉得你合适，要不你去试试？成了之后还能在Jarod身边替我美言几句，让他顺便再给我升个经理。"

闻烟笑了："开始畅想未来了？我看你也挺合适。"

"我不行，我走了谁来做我现在的工作？而且如果我是Jarod，我肯定用你不用我。"罗文朝闻烟眨了眨眼，一副"你懂的"的表情。

虽然这句话有点儿绕，但闻烟还是听明白了。

"刚刚是开玩笑，但单从发展前景来看，我觉得挺适合你，考虑一下？"罗文说，"有意愿的话我给你内推。"

"谢谢罗老板认可，"虽然是半开玩笑的语气，但闻烟从心底很感谢罗文，"但考虑到我目前的工作能力，还是凯扬比较适合我，来你们公司压力有点儿大。"

"这个看你自己，你在客户关系管理部门也能帮我很多忙，我还不愿意放你走呢。"罗文玩笑说。

闻烟笑了笑，两个人又聊了一会儿才开始今天的会议内容。

闻烟如果知道李明新暗地里做了什么也不会怪他，只会觉得他目光短浅。

在客户这里驻场确实比较累，但如果和客户处好关系，他们会想办法把你留下，或者为你推荐更好的职位。

很多乙方的员工，工作好几年也不过是为了跳槽到甲方而已。

其实她不应该拒绝罗文的。

如果没有喜欢上谭叙深，如果不是爱他到不能自拔，闻烟一定不会拒绝这个机会。

她当初选择进凯扬广告公司，是想以第三方的角度来观察 FA 和服务机构之间的工作有哪些可取之处或者不足，以及更了解 FA 的内部流程。

现在，第一点她已经了解得差不多了，但是第二点，FA 的保密工作做得非常好，她作为乙方，对他们公司内部的流程只能了解个大概。

按照她的职业规划，她不该拒绝的。

但是她喜欢谭叙深。

如果和他走得太近，她怕别人发现他们之间的关系，那样他们将不可避免地成为同事们茶余饭后的谈资。闻烟不想让他陷入这种局面。

和罗文开完会已经快中午了，闻烟把电脑放到三十六楼的座位上，抬头刚好看见他走进办公室。

不知道他吃饭了没有，闻烟坐在工位上不动声色地张望，犹豫了片刻，给他发了条消息：

"记得吃午饭。"

过了几分钟，闻烟没收到他的回复，却接到了罗文的电话。

"我们组新来了个实习生，一起吃个午饭吧？"罗文说。

"好，我现在下去。"闻烟收拾了下桌子，从椅子上起身。

"不着急，我们在电梯这里等你。"

挂断电话，闻烟准备下楼。其实她今天的位置顺着另一个方向下楼更近，但还是不由自主地朝他办公室的方向走过去。

闻烟知道他在办公室里，随着距离越来越近，视线不自觉地往里飘，嘴角的笑也控制不住。

还有四五米距离的时候，他忽然从办公室出来了，身边还跟着一个德国人。

没想到他忽然出来，闻烟看见他的背影心里一紧，不由得停住了脚步……

谭叙深的视线在她身上停了两秒，眼底闪过不经意的调笑，然后他和身边的同事继续往前走，仿佛只是掠过。

虽然很短暂，但闻烟还是看清了，心跳莫名加速，连忙低下头，怕脸上控制不住的表情被别人发现。

这种有点儿禁忌的感觉很奇妙。

他们边走边谈事，闻烟跟在他们身后下楼，一起来到电梯口。

"闻烟，这里。"罗文朝她招了招手。

闻烟从谭叙深身边路过，几步走到罗文旁边。

"来，给你们介绍下，这是我们新来的小朋友 Cassie，这是闻烟。"罗文向两个人互相介绍。

"闻烟姐姐你好，我是 Cassie。"女孩儿很热情。

"你好，叫我闻烟就可以。"闻烟笑了笑。

她们年龄应该相仿，但 Cassie 属于活泼可爱的类型，有点儿胖，气质软萌，一看就是那种还没有经历过工作磨炼的小朋友。

电梯来了，闻烟进去之后刚转身就发现他站在身边，熟悉的气息让她的心弦慢慢紧绷，人还在陆陆续续地往电梯里进，他们之间的距离越来越近。

"Jarod 中午吃什么？"罗文和他打招呼。

"林栖餐厅。"谭叙深说。

"好，那我们就不去了。"罗文玩笑道。

谭叙深不动声色地低头，笑着看了眼闻烟，没说什么。

和罗文打过招呼后，谭叙深继续和那个德国男人说话，听起来是工作上的事情。闻烟沉浸在他有磁性的嗓音中，眉眼不自觉地往上扬。

中午的电梯里有点儿挤，他们站在最后，手臂不小心碰到一起，身体也微微贴在了一起。闻烟心里一紧，怕别人发现连忙往右边移了移，想离他远一点儿。

但这时电梯里又进来一个人，Cassie 不小心往她身上歪了一下。闻烟没站稳，就在以为自己要倒在他身上的时候，腰上突然传来一片温热……

闻烟连呼吸都屏住了，身体僵硬得一动不动，生怕被别人发现。

"不好意思，闻烟姐姐，你的手好软哦！"Cassie 站在闻烟右边，不知道什么时候拉住了她的手。

身体所有的感觉被腰间的温热酥麻夺走了，闻烟心不在焉地笑了笑："没关系。"

119

但话音刚落，闻烟忽然感觉左手被他握住了，微凉的触感从手腕缓缓传至手心，吓得她连忙抽回了手。

他在闹什么？她的心脏都快要跳出来了。

手中的柔软转瞬即逝，谭叙深眼底闪过若隐若现的笑意。

闻烟小心张望着，还好电梯里的每个人都在小声说话，不会注意到他们这边。在闻烟的煎熬难忍又心痒中，电梯终于到了一楼。

走出电梯后，闻烟深深呼出一口气，手心也跟着出了一层汗。

但她刚走出大厦就听到手机振动，有一条信息发进来。闻烟在滑开屏幕的瞬间就愣住了，脸上的酡红迅速往耳后蔓延。

"确实很软。"

"闻烟，你怎么了？"罗文走出去几米发现她没跟上来，表情似乎还很反常。

"嗯？没什么。"闻烟回过神，觉得浑身燥热，立即把手机收起来往前走。

然而她刚抬头，就看见刚才发信息的男人从自己身边若无其事地走过去。他还在和身边的德国人交谈着，视线只从她身上快速掠过，仿佛一切都是她的错觉。

胸腔内有股气在慢慢膨胀，闻烟郁闷极了，为什么总是被他欺负？

他走在她前面，两个人之间差不多有四五米的距离，闻烟悄悄注视着他的背影，他今天穿了件黑色衬衣，整个人显得成熟沉稳，走起路来风度翩翩的，为什么连欺负人都这么好看？

闻烟拿出手机回了条消息：

"你也很软。"

脸颊上的热度一路上都没有消退，直到和罗文到了餐厅，闻烟才后知后觉地发现，这条消息好像哪里不对。

闻烟慌忙拿出手机，但想撤回已经来不及了。她真不是那个意思，只是习惯这么赌气地说话。

闻烟懊恼地看着消息框，准备跟他解释，但这该怎么解释呢？说什么都有点儿欲盖弥彰的意思，闻烟删删减减，还没编辑完，消息框里忽然跳出他的回复：

"试试？"

闻烟愣愣地看着那两个字，身体像暴露在四十摄氏度高温的室外，仅仅坐着就感觉浑身发烫。

"闻烟是不是交男朋友了？"罗文倒了两杯水放在她们面前，看着闻烟的表情，开玩笑道。

"怎么会？"闻烟笑了笑，连忙把屏幕摁灭，仿佛里面藏着不可告人的秘密。

她最近是不是太不会管理自己的情绪了？她不仅总被谭叙深捉弄，连罗文都能看懂她。

闻烟可能意识不到，恋爱中的女生身上总会透露出一些信号：喜怒无常、脸上总弥漫着傻笑，他简单的一句话就会牵动她所有的喜怒哀乐。

到了下班时间，闻烟的工作已经结束了，但是谭叙深还在忙。怕打扰到他，闻烟没有发消息给他，就坐在位置上默默地等，顺便把明天的工作准备了一下。

但闻烟还没等到谭叙深下班，先等来了星棠。

"下班了吗，烟烟？"星棠坐在自己的爱车里，双腿搭在方向盘上，嘴里噙着棒棒糖，好不悠闲。

"快了，怎么了？"办公室已经快没人了，闻烟的声音在空旷的办公区显得很亮。

"好饿，我们一起吃晚饭吧。"星棠拿着平板电脑搜索附近的餐厅。

"你不是减肥吗？"闻烟笑了笑，抬头往他办公室的方向看了一眼。

"明天再开始。"星棠说得理所当然，这已经是她减肥的常态了。

看着他办公室的方向，闻烟犹豫不决，不知道他几点下班，但好像等不到他了。

"你稍微等我几分钟，我现在下去。"闻烟关了电脑，整理好桌子上的文件。

"我在路边临时停车的地方，到了打电话给我。"星棠怕她找不到。

"好，知道了。"闻烟挂了电话，其实星棠的担心是多余的，毕竟那辆粉色的 Evens 太过招摇。

从他的办公室旁路过，闻烟穿着高跟鞋，脚步不自觉放轻，他好像在开视频会议，办公室的门没有关严，声音从缝隙里隐隐约约传出来。

他真的好忙，就连吃饭也在谈工作，一天下来，消息框里也只有那几个让她脸红心痒的字……

121

五指不自觉地收紧，无论她走得多慢，还是得从他的办公室前过去。

闻烟从大厦出来，果然一眼就看到了星棠的车。她走到车前敲了敲车窗，随后坐在了副驾驶座上。

"今天怎么这么晚？"天色已经暗了，星棠把双腿从方向盘上收回来。

"加了会儿班。"闻烟整理了下裙子的下摆，泰然自若地开口。

"是吗？"星棠把脸凑了过去，眼睛像雷达似的在闻烟的脸上扫来扫去。

"不然呢？"闻烟笑了笑，脸上看不出一点儿心虚的表情，对付星棠还是可以的。

"不是在等人吗？"星棠不再拐弯抹角，挑明了问。

她才不信什么加班，虽然她比较白痴，但也是谈过恋爱的。就像在上学的时候她早恋怕被老师发现，放学了总是假装写作业等他，然后两个人偷偷摸摸一起去地铁站。

"又在想你的小学生恋爱了吗？"闻烟轻笑，但调侃的话刚说出口，就愣住了。

这种感觉很熟悉，她忽然后知后觉地意识到，谭叙深捉弄她的时候不就是这种感觉吗？她像是一张白纸，无论在想什么，他一眼就能看透。

难道自己在他面前就像星棠这么傻吗，不会吧？

"成年人的恋爱很骄傲吗？"星棠噙着棒棒糖，不满地撇了撇嘴。

闻烟还没从打击中缓过神，扭头看着星棠，试图从两个人身上看出点儿不一样来。

"吃什么？"闻烟放弃了思考，因为从星棠身上只能看到傻。

"别着急，再等个人。"星棠让眼睛从墨镜后露出来。

"等谁？"闻烟疑惑地看着她。

"那谁还没下班吧？"星棠嘴角一挑，很邪气地笑着。

"你要做什么？"闻烟问道。

"吃个饭而已，别紧张。"星棠又把墨镜往上推了推。

"他很忙，不知道什么时候才能下班，我们先去吧，我都饿了。"闻烟直觉大小姐今天心情不太好，还有点儿作妖的势头。

"再忙能没有时间吃饭吗？"星棠想起那个男人就牙痒痒。

"你猜对了，他吃饭也在和同事谈工作，改天再约他，好不好？"闻烟半骗半哄道。

"不行，我就在这儿等他！"星棠不走，这件事不能就这么算了，要不然她的傻姐妹以后会被他欺负得更惨。

"还去吃上次那家日料吧，"闻烟转移话题，怕她乱来，还拔了车钥匙，"你休息一会儿，我来开。"

闻烟提到日料，星棠就饿了，但今天不见到那个男人又不甘心，挣扎了两秒："那行，明天我再来堵他。"

周五，罗文来找人事提交休假单，半年没休假了，得缓一缓。玻璃门是开着的，他刚抬手准备敲门，发现人事在打电话。

"不好意思，我们总监周二临时外出，所以面试时间可能要推迟一天，您下周三上午十点方便吗？

"好，那我们下周见。"

罗文等她打完电话才进去。

"应聘助理的吗？"罗文把休假单放在她桌子上，随手拿了颗花生糖。

罗文在公司跟谁的关系都很好，尤其是女同事。

"面试的人倒是挺多，但 Jarod 的时间定不到，邮箱里的日程安排都是满的。"人事打完电话喝了口水。

"那更得快点儿招人了，"老板整天这么忙，罗文很心疼，"这周不是面试了一个吗？"

"Jarod 不满意。"人事往后靠在椅子上，疲惫地摇了摇头。

"不满意？"罗文疑惑地皱眉，但随后又露出一个意味深长的笑，放低声音问，"Jarod 看颜值吗？"

"应该不看吧，你看你还没被辞退。"人事撩了下耳边的头发，打趣道，然后从抽屉里抓出一把零食塞给罗文，"不过那个人的简历确实不太出彩，下周这个还可以。"

"我这张脸在公司肯定在食物链顶端好吗？"罗文不允许别人诋毁他的颜值，但零食还是拿着了，"待会儿还有个会，走了。"

"晚上一起吃饭？"人事看着他的背影笑问。

"请先预约我的时间。"罗文的造作劲儿又上来了。

"吃的给我放下。"

"不放。"

罗文刚从人事的办公室出来，恰好看见谭叙深从外面回来。

"Jarod。"罗文叫住他，猜想他应该是抽烟刚回来。

谭叙深转身："怎么了？"

"人事姐姐给你招助理招得脑袋疼，我直接给你推荐个人怎么样？"罗文两步走到他身边，两个人一起往前走。

"简历给她，我这几天比较忙。"公司内推也可以，但谭叙深现在没时间看。

"就是我们的代理商，凯扬的那个女孩儿，不知道你有没有印象。"罗文说。

谭叙深微愣，脚步慢慢停下来，看向罗文的目光里多了一层审视："嗯？"

"你可能不记得，但确实挺优秀的，在凯扬做现在的工作发挥不出她的优势。"罗文对闻烟的印象很好，也想给她争取一个机会。

谭叙深暗暗打量着罗文，直到发现没什么异常才开口："尽量是男生吧。"

几乎没有思考，谭叙深直接拒绝了。

罗文猜想过很多被拒绝的理由，但没想到竟然卡在了性别上。罗文讪笑道："那就让人事姐姐招个帅的，让大家都养养眼。"

其实罗文想说都什么年代了还搞性别歧视，但是不敢。

回到办公室，谭叙深望着窗外若有所思。

远处的港丽大厦和蓝珀大厦遥遥相望。

关于助理他确实更倾向选择男性，可以避免很多不必要的麻烦。之后他的目光回到电脑屏幕上，过了片刻，他看完邮箱里的简历，给了人事回复。

谭叙深不会同意闻烟来做他的助理，理由和闻烟拒绝罗文的理由一样，但闻烟是为了他，而谭叙深是为了自己。

他不会和同事或者下属产生任何工作以外的关系，也永远不会给别人留下任何把柄。

现在她只是代理商，和他没有工作对接，也没有直接的利益关系，一切还在他的可控范围之内。

但如果越过这个界限，当私生活和工作混在一起的时候，谭叙深就需要考虑舍弃一个了，而具体舍弃哪一个，答案不言而喻。

所以现在是最好的局面。

第 六 章

溺于爱河

可能是周五，大家下班特别早，闻烟结束工作之后看了会儿书，时不时抬头往他办公室的方向看看。

尽管现在已经没人了，但她还是不敢过去。

窗外的天色越来越暗，谭叙深从电脑前抬起头，捏了捏泛酸的肩膀，今天的工作已经结束了，看了眼时间，刚八点半，似乎很久没有这么早下过班了。

他关掉电脑，余光忽然注意到外面空荡荡的格子间，两台电脑的显示器中间露出一个脑袋。

谭叙深笑了笑，将桌上的合同文件放在架子上，随后拿出手机拨出电话，站在百叶窗后饶有兴味地看她的反应。闻烟正在看书，看到来电显示，一惊，心虚地往四周看了看，确认没人才接通。

"怎么了？"闻烟声音很小，头也往下低了低。

"怎么还没走？"她的声音带着几分小心翼翼，谭叙深不由得笑了。

"还没忙完。"隔着电话，闻烟说谎倒也不怕被他看出来。

谭叙深修长的双腿往前迈了一步，拨开百叶窗，嘴角噙着笑："是吗？"

"嗯，你结束了吗？"知道他在办公室，闻烟心虚地又把头往下低了低。

"刚结束。"谭叙深说。闻烟微顿，没想到他今天这么早就忙完了，一时间不知道该怎么圆"还没忙完"的谎。她随意翻着书，装作不在意地缓缓开口："你要回去了吗？"

"嗯。"谭叙深抬眼，轻飘飘的目光锁住她，"准备带一只小猫回家。"

嘴角的弧度以控制不住的势头往上扬，心里逐渐升温发热，闻烟抿了抿嘴唇，偷偷抬头往他办公室的方向看。

"喵……"闻烟捏着鼻子发出软软的声音，耳垂瞬间红透了，刚叫完就后悔得想把自己藏起来。

谭叙深愣了愣，不由得笑出了声，心脏被那细软的声音勾着，泛起一层细密的痒，正蠢蠢欲动地向身体四周蔓延。

"过来。"谭叙深压低了声音，带着一丝不易察觉的诱哄。

"不要。"闻烟趴在桌子上，把脸藏起来，这下更不敢抬头看他了。

"听话。"谭叙深继续诱哄。

"会被人看到。"闻烟小声说。

办公室临着走廊的那面是玻璃墙，谭叙深往周围看了看："没人了。"

平复了心情，闻烟直起腰缓缓吐出一口气，心里那根坚定不移的弦，仿佛他再轻轻吹一口气就要断了。她虽然很想去，也无数次梦见过和他在办公室脸红心跳的场景，但她不能。

她经常听到一些办公室的风流韵事，在小公司可能大家闭口不谈就过去了，但在 FA 这样的国际化外企，这样的事会直接影响到他的事业。

这周来上班的时候，闻烟就暗暗在心里定好了一条规矩：如果没有工作上的事，无论周围有没有人，她一定不能进他的办公室，一步都不能。

她很清楚，流言蜚语可以轻松毁掉一个人。

"我去车库等你。"趁自己的意志还坚定，闻烟连忙挂了电话，因为自己对他一点儿抵抗力都没有。

谭叙深看着忽然挂掉的电话，虽然觉得有点儿遗憾，但也很满意，她比自己想象中懂事、有分寸。

关了电脑放进柜子里，闻烟提着包从他办公室的门前经过。灯还亮着，他应该也在收拾东西，闻烟往里看了一眼就低下了头，准备若无其事地走过去。

然而她刚走过去两米远，就听到身后的门打开又关上。闻烟停了下，接着又加快了步伐，但是因为穿着高跟鞋走路不太方便，身后的脚步声始终很近。

看着她渐渐加快的步伐，谭叙深笑了笑，然后不疾不徐地跟在她身后。

两个人一前一后来到电梯间，闻烟不满地看了他一眼。

谭叙深笑了笑，假装看不懂。

电梯很快到了，闻烟望着缓缓打开的电梯门，却没有进去的意思。她想等下一部。

千万不能低估格子间白领们灵敏的嗅觉，八卦对于他们来说，是工作中必不可少的调味剂。

这栋楼都是 FA 的，这个时间不排除楼下的其他部门还有人，虽说在一个电梯里没什么，但次数多了难免让人怀疑。

感情这种事，总会不自觉露出些马脚，所以在能注意的地方还是多注意点儿比较好。

闻烟站在原地没动，然而下一秒，谭叙深路过她身边时直接将她拉进了电梯。

"不是说要错开吗？"闻烟皱着眉头，站在离他最远的角落。

"我没说。"谭叙深笑着看向镜子里的她。

闻烟顿时不知道说什么好，他好像确实没说。

他站在电梯中间倒是坦坦荡荡的，闻烟气恼地拿包打在他的后腰上。

谭叙深向后退了一步，站在她身边微微低头："为什么要错开？"

面对他突然靠近，闻烟又往里躲了躲，停了两秒才抬头看他："被别人看到……对你不好。"

目光微滞，谭叙深一直以为是她害羞，才不肯在办公室和他亲近。

对面的镜子里，站在角落里的女孩儿有些瘦，目不斜视一副要跟他划清界限的模样让谭叙深微微触动。视线落在她轻抿着的嘴唇上，谭叙深忽然产生了渴望。

懂事的女孩儿应该得到一个吻。

谭叙深还没有思考周全，身体先做出了反应。他将她拉到身边，低头在她的嘴唇上轻吻。

突如其来的靠近让闻烟意外地睁大了眼睛，她望着男人近在咫尺的俊颜，连呼吸都忘记了。

反应过来后，闻烟用力往后推他，谭叙深却抱着她的腰，越来越深入。

"谭……有人……"闻烟明显感觉到电梯下降的速度变慢了，右上角的数字"9"停住不变了，她却挣脱不开他的禁锢。

闻烟不停地捶打他的后背，在最后一秒，谭叙深终于放开了她。

电梯在九楼停下，门缓缓打开。

"Jarod，刚下班？"那个人进来后，电梯门关上。

"嗯，你今天也挺早。"谭叙深若无其事地扭头。

"回家陪孩子，总不能天天加班。"男人笑着说。

听到他们说话，闻烟要窒息了，把头低得不能再低，生怕那个人发现什么异常。

电梯很快到达一楼。

"我先走了。"男人提着公文包。

"没开车吗？"谭叙深问。

"今天限号，打车回。"男人笑着跟谭叙深告别，"下周见。"

随着男人出去，电梯门缓缓合上继续往地下三层的停车场，闻烟强忍着动手的冲动跟在他身后，一句话也没说。

"还生气？"坐到车里，谭叙深倾身为她系好安全带。

"谭叙深，你怎么这么不懂事？"本来走了一段路，闻烟的气已经消了，但被他这么一提，刚才提心吊胆的禁忌感又拼命往上涌。

听着她教训小孩子的语气，谭叙深笑了："你教教我？"

"能不能不要在公司动手动脚？还有周二那天在电梯里，被人看到了怎么办？"由于给她系安全带，他的身体还在她身前，闻烟忍不住气恼地揉了揉他的头发。

"好。"谭叙深抓住她的手，应下了。

"刚才那个人是谁？"闻烟担心那个人看出什么。

"售后的。"谭叙深启动车子，抬起手臂刮了刮她的鼻子，"别乱想，没事。"

闻烟拍掉了他的手，他不知道公司里的人都认识他吗？他还总爱乱来。

谭叙深带她去了一家经常去的餐厅，吃过饭两个人才一起回家。

第一次走这条路，闻烟满心的期待和忐忑。而她也从来没想过，第二次走这条路是和他一起。

走出电梯，谭叙深来到门前准备输入密码，闻烟忽然想到了什么连忙抓住了他的手。

"孩子，没关系吗？"闻烟抬眼，抿了抿嘴唇才开口。

手上的触感很轻，谭叙深的目光在她脸上停了几秒："这周住在他妈妈那里。"

闻烟顿时愣住，一时间连伪装都忘了，回过神才连忙低下头，想遮住眼睛里的黯然："好。"

下班后的浪漫晚餐，一起回家的甜蜜，本该是个圆满的周五，但闻烟的心情在这一刻突然不受控制地低落。

他结过婚、有孩子，这些她是知道的。但不知道为什么，在他说出那句话的时候她忽然很失落。

跟着他进门，被他抱进浴室，无论闻烟多么想把情绪藏起来，整个人还是无精打采。

或许之前还沉浸在和他在一起的喜悦里，刻意把他结过婚的事压在心底最深处，然而他刚刚的话将她藏在心里不愿意提及的事唤醒了。

这一刻，闻烟清晰地意识到，他和前妻之间有孩子，而因为孩子的缘故，他们永远不可能断了联系。

或许他们会一起去给孩子开家长会，周末带着孩子去游乐场……

但是，她现在连问他的资格都没有，因为他并没有明确说过他们之间的关系。

"怎么了？"谭叙深吻着她的锁骨慢慢停下，在昏昧的光线里看着她的眼睛。

他在浴室就感觉到了她的心不在焉，更确切地说是在进门时他说完那句话后。谭叙深很清楚她在想什么，所以最初没有隐瞒，原本打算让她自己慢慢想，继续还是结束都尊重她。

但他还是忍不住问了。

"谭叙深。"闻烟眼睛里没有一丝感情，却把这个名字说得深情。

"嗯？"谭叙深看着她。

"我们是在谈恋爱吗？"

谭叙深的神情平静得没有丝毫波澜，像是阳光常年照射不到的海底深处，过了很久他才开口："你觉得呢？"

房间里的光线很暗，他们的姿势也很暧昧，气息浅浅交融，甚至他们的手都还放在对方腰上，亲密的姿势让他们可以清晰地看到彼此的眼底。

"我不知道，但我想。"闻烟鼓起勇气，望着他的眼睛也没有逃避。

"好。"几乎没有犹豫，谭叙深就答应了。

或许自始至终谭叙深都很清楚她想要什么，只看自己愿不愿意给。而对于这种表面的东西，谭叙深从来不吝啬，也不在乎。

"不许反悔了。"闻烟没想到答案来得这么容易，心情激动之下立刻扑进谭叙深怀里，勾着他的脖子在他下巴的胡楂儿上轻蹭，"谭叙深，好好珍惜我，我将是你最后一任女朋友。"

闻烟不知道该怎么形容此刻的心情，像是陷入了甜甜的棉花糖里，身体有点儿轻飘飘的，幸福来得太快以至很不真切。

很少见到她这个样子，谭叙深笑着低头，在她唇上轻啄："好。"

此刻闻烟全身都散发着满足的光芒，这个男人比她想象中更让人沉迷，仿佛她要什么他就给什么。

胳膊环着他的腰越来越紧，身边的男人是她的男朋友，是她第一次喜欢的人，也是她的第一个男人……心中的甜蜜越积越浓，闻烟控制不住地吻上他的唇。

感觉到她全身心都向自己敞开，谭叙深抱着她翻身，加深了这个吻。

他喜欢容易满足的女孩儿。

两个缠绵悱恻的夜晚，闻烟第一次是在拥有他的喜悦中沉沦，第二次在他的承诺中深深沦陷，每一次都全身心地把自己交给他。

一场情事结束，闻烟窝在他怀里一根手指都不愿意动，仿佛所有的力气都在刚才用尽了。

"想洗澡。"闻烟闭着眼睛在他身上蹭着。

"走不动了吗？"谭叙深捏着她身上的软肉轻笑。

"想让你抱着我去。"不知道是因为惬意，还是被他挑明了关系的满足，闻烟撒起娇来越来越娴熟。

两个人贴在一起，身上被汗水浸得有些滑腻，谭叙深受不了她撒娇的模样，在她的脖子上狠狠咬了一口，然后抱着她去了浴室。

"谭叙深，你总欺负我。"闻烟不满地开口。

"不喜欢吗？"谭叙深轻而易举地把她拉到怀里。

"不喜欢……"口是心非，闻烟也是很会的。

谭叙深笑了笑，把她放在床上之后倒了两杯酒。

"我喝一杯就醉了。"闻烟看着玻璃杯想拒绝。

她这么一说，谭叙深忽然想起那天她微醺的模样，心里有点儿痒，很想把她灌醉。

"度数低，不会醉。"谭叙深把酒杯拿到她面前，声音带着诱哄。

"欺负我酒量不好吗？"闻烟坐在床上扫了一眼柜子上的酒瓶。这款酒她认识，度数的确不是很高，但对于她来说足够了。

没有骗到小白兔，谭叙深端着酒杯坐在床边，将她拉到怀里，喝了口酒对着她的嘴喂了下去。

"嗯——"没想到他会这么做，闻烟感受着口腔里的辛辣和甘甜，渐渐失声。

酒液顺着彼此的唇角往外溢，顺着下巴缓缓滴落到丝质睡衣上，但酒喝完了，他们依旧没有停下来。

"喜欢吗？"看着她浸着酒渍的红唇，好像和脸上的酡红一个颜色，谭叙深满意地笑了。

"有点儿醉了……"闻烟目光害羞地闪躲。

和他在一起的每一刻都在经历新鲜和刺激，有些她听过，有些她连听都没听过，只能被他带着一起沉浮。

酒精的作用没有这么快，闻烟知道，她是被他弄醉了。

"还要喝吗？"谭叙深轻轻摇晃酒杯，浸了酒的声线稍微低沉，但还带着一丝让人不易察觉的诱惑。

"不喝了。"闻烟摇了摇头，她的酒量可能真的就两口。

"不好喝吗？"谭叙深又耐心地一步步编织陷阱。

"那再喝一点儿也可以。"闻烟回味着刚才的味道，甘冽浓醇，似乎比想象中好喝。

谭叙深笑了，身体前倾慢慢靠近她，饶有兴味地问："怎么喝？"

"啊——我不喝了！"闻烟快要被他弄疯了，干脆从床边滚到最里面，还用被子蒙住头。

她翻转的过程中，丝质睡衣被卷到了腰上，内衣和修长的双腿完全暴露在空气中。

"回来。"谭叙深站在床边端着酒杯，目光落在她的腿上。

"你总欺负我，想把我灌醉做什么？"闻烟藏在被子后面，并不过去。

既然她不过来，谭叙深就放下酒杯上了床。闻烟总喜欢躲，谭叙深又喜欢霸道地拥有，彼此之间的拉扯追逐倒也很有情趣，对于把她拉到怀里这种事谭叙深也已经得心应手了。

"想看看安静的女孩儿喝醉了是什么样子。"两个人侧躺着，谭叙深将她脸上的散发撩到耳后，轻柔地抚摸着她的脸。

"喝醉了会睡觉。"闻烟回想着自己为数不多的醉酒经历，被星棠带回家后睡一觉就好了。

"只是睡觉吗？"谭叙深笑了笑，果然很乖。

"嗯，而且我一般不会喝很多。"闻烟清楚自己的酒量，所以不会多喝。

"上次喝醉怎么偷偷吻了我？"谭叙深抚摸着她的长发，视线却落在她脸上，观察着她的每一个微表情。

"什么时候？我不知道。"闻烟心里一紧，开始装傻，那天晚上的画面却纷纷浮现出来。

"所以是在装醉吗？"谭叙深不疾不徐地开口，看似漫不经心，却掌控着整个节奏，耐心地看着她的每一个反应。

"我没有。"闻烟很想从他怀里挣脱，却被他的手臂禁锢得死死的，明明没感觉到他用力，自己却动弹不了分毫。还有他身上淡淡的酒味和清冽的雪松气息，对她来说仿佛是软筋散。

那天她在装醉吗？好像是，人在半醉的时候胆子最大，光线、氛围，还有电影中的音乐，一切都刚刚好，所以闻烟情不自禁地偷吻了他。

"你快放开我。"闻烟哼着。

"说实话。"谭叙深饶有兴味地看着她挣扎。

闻烟挣不脱，也渐渐没力气了，索性破罐子破摔地抱着他，在他唇上咬了一口："现在还光明正大地吻了，怎么样？"

她微抬着下巴，颇有股匪气。

"小色鬼。"谭叙深不由得笑出了声。

窗帘拉了一半，窗户开着，凉爽的晚风徐徐吹进来。夜已经深了，房间内的两个人却没有睡意，至少闻烟是这样。

"我想听你之前的事。"闻烟在谭叙深怀里闹了一会儿，抬头望着他。

"想听什么？"喝了酒后，身体完全放松下来，谭叙深躺平闭上了眼睛，似乎在酝酿睡意。

"嗯……从读书的时候开始吧，你在哪儿读的书？"很多都想听，但是她错过的这十几年肯定一时间说不完。

"大学在 T 大，读研在……"

"T 大？"闻烟震惊了一下，然后忍不住自恋地傻笑，"不愧是我男朋友。"

T 大是国内最好的大学，没有之一。

谭叙深忍不住笑了，轻轻地掐了下她的腰。

中年男人喜欢年轻的女孩儿，不仅因为她们年轻的身体、清纯的脸，更重要的还有她们身上散发出的活力。

谭叙深经常被她的情绪感染，感觉忙了一天的疲惫都消失了。

"还没说完呢，读研在哪儿？"闻烟眼睛里带着光，脸上全是期待。

"在美国。"谭叙深又说出一个人尽皆知的学校的名字。

"是吗？我还收到了这个学校的录取通知书，但我拒绝了。"闻烟一脸得意之色。

这所学校属于常春藤联盟之一，不仅在美国，在世界排名也很靠前。

谭叙深倒是有些诧异，低头问："那你去了哪儿？"

"德国，海德堡。"闻烟说。

一时间，谭叙深也不知道该说她聪明还是傻，虽说海德堡不差，但和前面的那所比还是逊色了些。

"在想什么？"谭叙深点了点她的小脑袋。

"当时没想太多，就觉得海德堡的氛围更吸引我。"那座学府和城市的底蕴让闻烟无法抗拒，"但我现在很后悔怎么办？"

要知道他在 T 大读书，闻烟肯定不会拒绝那里的录取通知书。

"去了也遇不到。"谭叙深笑她，他们之间差了好几年。

"那至少现在可以叫你一声学长。"闻烟在他耳边轻蹭。

"现在可以叫其他的。"谭叙深眼底浮现出几分不怀好意。

"不叫。"闻烟隐隐察觉到他在暗示什么，心跳加快，赶紧换了个话题，"读研之后呢？"

"毕业后就回国工作了。"谭叙深说。

"那你怎么会德语？"闻烟听他讲过，很好听。

"在 FA 总部待过两年。"谭叙深又闭上了眼睛，继续酝酿睡意。

"男朋友好优秀。"闻烟忍不住傻笑。

谭叙深的家境很好，他从读书到工作再到步入婚姻，所有事情顺风顺水、水到渠成。

他太容易得到一些东西，就会对很多东西失去兴趣。他从小到大生活在教条里，按照自己规划好的路线做到极致，成为所有人眼中的佼佼者。然而表面多优秀，骨子里那份压抑的野性就有多张狂。

他的骨子里是有叛逆、野性的暴力因子存在的。而这份野性最后毫不保留地施加在了闻烟身上，让她遍体鳞伤，几乎死掉。

她问过了学业、工作，还剩下婚姻。

"那我继续问了。"闻烟小心翼翼地开口。

"好。"谭叙深虽然闭着眼睛，却没有睡着，她铺垫了一晚上，也不过是为了接下来的问题。

"什么时候结婚的？"

他闭着眼睛，闻烟看不透他在想什么，忽然很害怕听见下面的答案。

如果时间久远，她的嫉妒心会隐隐作祟，羡慕那个女人可以那么早遇到他，但如果时间很短，闻烟又担心他忘不了那段婚姻。

无论是什么，她都很害怕。

"五年前。"谭叙深依旧闭着眼睛，声调没什么起伏。

"什么时候离婚的？"闻烟顺势问。

谭叙深睁开了眼，眼底一片清明。他微微侧身，将她脸上每个细微的表情都看得很清楚："两年前。"

一段三年的婚姻，似乎很长，也似乎很短。

闻烟忽然松了一口气，这个答案好像也没有想象中那么难以接受。

"你从今往后的时间都是我的。"闻烟笑着宣示主权，然后在他的唇角轻吻，"晚安。"

谭叙深愣了愣，没想到她这么早停下，笑着说："不问了？"

"以后慢慢问，现在困了。"闻烟抱着他的一条手臂，心满意足地准备睡觉，但无论脑袋还是眼睛都没有丝毫睡意。

今天已经了解了很多他以前的事，到目前为止她都很满意，也很知足。但如果继续问下去，闻烟不知道会不会破坏现在这种美好的氛围。

说她胆小也好，总之她珍惜和他在一起的每分每秒。

"好，晚安。"谭叙深笑了笑，揽在她腰上的手臂微微收紧。

自从和谭叙深在一起后，闻烟周六和星棠的约会就变得时有时无。星棠化完妆后看着发过去的一排消息没有回复，一个视频电话就打了过去。

听到手机振动，闻烟睁开惺忪的睡眼，在枕边摸到手机，看到是星棠就迷迷糊糊地接通了电话。

"怎么了？"闻烟按了接听又闭上了眼睛。

听到旁边的动静，谭叙深也从睡梦中醒过来，皱着眉头翻了个身，顺势把闻烟禁锢在怀里。

"闻烟！后面那只手是谁的？"星棠望着手机屏幕震惊得瞪大眼睛。

星棠的声音从扬声器传出来，闻烟和谭叙深瞬间清醒。

闻烟望着手机屏幕愣怔了一秒，怎么会是视频电话？她慌忙将谭叙深蒙在被子里，然后拿着手机去了客厅。

"闻烟！又夜不归宿是不是？"星棠还没从刚才的震惊中缓过来。

闻烟惊魂未定地坐在沙发上，连按音量键将声音调小，有气无力："大早上的，干吗这么大声音？"

"大早上？你看看现在几点了！"星棠化身时钟报时器，"北京时间九点三十八分，以前这时候你已经来叫我起床了。"

闻烟以前确实没有睡懒觉的习惯，不过九点半好像也不算太晚，但没想到谭叙深竟然也没起床，这个一向自律的男人今天有点儿反常。

闻烟笑了笑，软绵绵地躺在沙发上又闭上了眼睛。不知道为什么就是很困，她怀疑昨天晚上的酒里被老男人下了安眠药。

"想什么呢？"星棠看着她一副春梦未醒的样子，很想从屏幕钻过去把她晃醒。

"让我睡一会儿好不好？"闻烟半睁着眼睛，举着手机的那只手无力地往下垂。

"闻烟，你现在跟我说话，十句里有八句都在撒娇。"星棠非常郁闷，明明自己才是小公主好吗？

以前都是她撒娇，烟烟哄的！

闻烟被她的话乐醒了，仔细想想好像是这样。她打起精神坐起来，像之前那样哄大小姐："听话，明天陪你逛街，今天有点儿累。"

"刚起床就累，昨天晚上干什么了？"星棠探究的目光恨不得把手机戳个洞。

"没干什么，就是睡得太晚了。"闻烟心虚地把手机往旁边移了移。

"为什么睡得晚？"星棠步步紧逼。

"看了会儿书，还看了部电影。"闻烟没看屏幕，装作若无其事地打量

135

着房间。

"我才不信！不管，你把那个老男人给我叫出来！"星棠的火气急速往上升。

她的烟烟现在越来越爱说谎了，还用这么白痴的理由来搪塞她，这都是因为那个老男人！

谭叙深准备去厨房简单弄个早餐，可刚从卧室出来就听到有人叫自己，而且是从扬声器里传出来的。

老男人？

谭叙深笑了笑，不疾不徐地走过去坐到闻烟身边，手非常自然地搭在闻烟的肩膀上，抱着她往沙发后背靠。

"叫我？"谭叙深看着屏幕，美人在怀，好不悠闲。

"你做什么？"闻烟没想到他忽然出现，连忙拍掉了他的胳膊并往旁边移了移，她在星棠面前还是有点儿不好意思的。

但看他的样子，刚才星棠说的话他似乎听到了。

星棠看着屏幕里突然出现的人愣了一秒，不知道为什么，从他的神态中感觉出他很不好惹。气焰在他的注视下不自觉地变弱，但看到旁边的烟烟，星棠立即重燃斗志："就是你吗？你还敢出来！"

听到小公主的怒吼，闻烟连忙把手机往旁边移："星棠，听话。"

在闻烟的安抚中，星棠深吸了一口气，刚刚是有点儿泼妇了，不能给烟烟丢脸。她平复好情绪换了副面孔："我跟他说几句。"

"说什么？"闻烟怕他们吵起来。

星棠用眼神朝闻烟飞出一记刀子，胳膊肘往外拐的女人。

小公主从小娇生惯养，大多数情况下有些"欺软怕硬"，以前跟同学吵架吵不过的时候都是躲在闻烟身后，所以闻烟没想到她刚才敢和谭叙深大喊。

看她好像平静了，闻烟把手机递给谭叙深，小声威胁他："好好说话。"

谭叙深坐在沙发上耐心地从闻烟手里接过手机，闻烟顺势坐在了他身边，以便第一时间做调解员。

"你好，谭先生，"星棠乖巧地笑了笑，仿佛这样就可以把刚才那个疯女人的形象从谭叙深的脑海里踢出去，"我是烟烟的好朋友，星棠，不知道你今天有没有时间，我们一起吃个饭？"

"不好意思，"谭叙深此刻已经换上商业谈判的腔调和姿态，似乎在为

"老男人"三个字耿耿于怀，"今天没空，你需要预约我的时间。"

星棠嘴角微微抽搐，心里藏着的暴躁泼妇似乎马上就要撕破这层乖巧的面具，但被强行按住了："那请问谭先生什么时候有时间？"

谭叙深思索了片刻："一个月后吧。"

他们虽然没吵起来，但听着他俩说话，闻烟不知道为什么想笑。她连忙把手机抢了过来："星棠，明天我们两个出去不带他，等下周再和他一起。"

"如果下周他没有时间的话，我就去蓝珀大厦楼下挂横幅——FA 的首席营销官谭叙深欠我一顿饭，不知道您今天有时间吗？"星棠很暴躁。

"好，"真是个喜怒无常的小孩儿，闻烟笑了，"我继续睡了，有点儿困。"

"去吧，养精蓄锐，明天和我一起逛街。"星棠已经把谭叙深忘在了脑后。

小公主还是很好哄的。闻烟笑着把电话挂了，随后转身睨了谭叙深一眼："干吗欺负星棠？"

谭叙深没有回答，而是伸手把闻烟抱在了怀里："还困吗？"

经过星棠这么一闹，闻烟似乎没有那么困了："还好，今天有什么安排吗？"

"去爬山吗？"谭叙深似乎已经有了安排。

"不要。"闻烟毫不犹豫地拒绝了，"明天还要和星棠去逛街，会很累的。"

谭叙深捏着她细瘦的胳膊，轻笑道："太瘦了，体力也不好。"

"你在说什么？"闻烟从他腿上起来，脸颊微热，隐隐感觉到他在暗示什么。

"平常没事多锻炼下身体。"谭叙深的手移到了她盈盈一握的腰上。

"不要乱动。"闻烟的肚子和腰很敏感，见状连忙起身躲开了他的手，"饿了，你快去做早餐。"

谭叙深捏了捏她发红的脸，这才满意地起身进了厨房。

"不吃烤面包和午餐肉。"上次的早餐闻烟还记得，不是不好吃，而是她不喜欢吃西式早餐，"喝粥，要甜甜的。"

闻烟来到他身后，指挥监督作业。

从昨天晚上到现在，谭叙深感觉她的心敞开了很多，身心好像完全被打开了，虽然还是会脸红，但在一些事上没有之前那么生疏了。

"出去等着。"谭叙深往平底锅里倒了油，怕她被油烟呛到。

"好，你加油。"闻烟从后面环着他的腰，闹了一会儿出去了。

闻烟把房间和客厅简单收拾了一下，把脏衣服扔进了洗衣机，二十分钟后，又进到厨房监督作业。

当闻烟看到盘子里的食物时，五官皱在了一起："不是说不吃这些吗？"

谭叙深把煎好的午餐肉和鸡蛋放进餐盘里。他很少进厨房，一切都是怎么简单怎么来："煮粥时间会很长，怕你饿。"

闻烟的不情愿在他后面的三个字中慢慢消失了："那下次不吃这些了。"

"好。"谭叙深从冰箱里取出牛奶倒进玻璃杯中，早餐就算完成了，"把这个盘子端到餐厅。"

白色的餐盘里有煎蛋、午餐肉，还有烤面包，闻烟其实不挑食，但是有喜好。

"吃过饭我们去商场吧。"闻烟不小心把花生酱蹭到了嘴角上。

"要买衣服吗？"谭叙深抽了张纸帮她擦掉。他不是很喜欢陪女人逛街。

"不是，买几盆花，买块桌布，再买副窗帘。"闻烟往四周张望。

第一次来的时候不好意思打量，但闻烟刚刚收拾房间，发觉整个房子的装饰太沉闷了，窗帘是灰色的，桌布也是黑白的，缺少烟火气。

"好。"谭叙深看她兴致很高的样子，好像已经把这里当成了家，这种感觉似乎也不错。

景华城在 FA 附近，中央商务区的黄金地段，闹中取静很有格调。

闻烟刚刚说的那些东西，附近的商场都有。但闻烟私心想走得远一点儿，这样更有逛街的感觉。

"谭叙深，你喜欢运动吗？"闻烟坐在副驾驶座上，往他那边偏了偏。

"哪种运动？"谭叙深开着车。他今天穿得比较休闲，依旧是深色系的衣服。

但闻烟还是喜欢他穿衬衣的样子。

"都可以，极限运动喜欢吗？"闻烟将窗户打开一条缝。

"以前喜欢，不过现在很少做了。"以前工作没这么忙，谭叙深的生活还比较自由。

"那过段时间我们去蹦极好不好？"闻烟转过身来，期待地看着他。

谭叙深开着车愣了愣，余光从她脸上扫过，感觉她不像是喜欢极限运动的性格："喜欢极限运动？"

闻烟确实不喜欢，以前去游乐场连过山车都不玩，她的骨子里没有猎奇、追求刺激的因子。但她昨天晚上看了一段一对男女一起蹦极的视频，突然想试试。

"就想试下……被你抱紧的感觉。"闻烟声音很轻，用余光偷偷瞄他，脸又不自觉地红了。

车在路口的红绿灯前停下，谭叙深笑了，年轻女孩儿的思维似乎都很跳跃。他将她被风吹乱的几缕碎发整理好："晚上抱得不够紧吗？"

顿时，闻烟的脸颊更红了，她说出那句话已经需要很大的勇气了，还被他调笑！

晚上抱得也很紧。

他正在为她整理头发，闻烟一把抓住他的手，干脆脸红到底："两个都要。"

她害怕蹦极，也害怕一切极限运动，但很想体验临死前被他抱紧，两个人用最后的力气紧紧相拥的感觉。

"好。"她一撒娇，谭叙深就没办法了，只能无奈地笑了笑，"但在这之前，先跟我一起健身吧。"

结婚之前，谭叙深有很多爱好，有家庭和孩子后生活质量难免降低，但就算现在工作很忙，他也依然保持着健身的习惯。

"不要了吧？"闻烟不情愿地抬头。她对运动的定义只是晚上吃过饭后散散步，或者哪天心血来潮跑两圈。像他一跑就是一个小时的这种运动，闻烟不想答应。

"嗯？"谭叙深又握起她纤细的手腕，不是很满意。

"那偶尔一次也行，但你快答应我。"闻烟很懊恼，每次都被他牵着鼻子走。

"好。"绿灯亮了，谭叙深笑着刮了刮她的鼻尖，启动了车子。

到了商场，谭叙深把车停在地下车库，两个人乘电梯到达一楼。

"碰到熟人有关系吗？"原来和喜欢的人逛街是这种感觉，闻烟笑着揽着谭叙深的手臂。

"没有。"谭叙深笑了，她总是考虑得很周全。

"假如是同事呢？"闻烟有些担心。

谭叙深沉默了两秒："没事，别多想。"

出了办公室，每个人都有自己的生活，穿西装、打领带的人脱了那身衣服，谁也不知道其他人内里藏着什么，没什么好探究的。

"好。"闻烟安心了，抓着谭叙深手臂的手又紧了一分。

这个商场闻烟不熟悉，来到一楼看了索引导航，发现家居家纺在四楼，但下一秒又被电影院的字眼吸引了。

"那个，谭先生。"闻烟揪着谭叙深的衣角轻轻摇晃，"我们先去看个电影好不好？"

为了配合谭叙深，闻烟今天穿了件比较成熟的衣服，清纯和活力却从眼睛里流露得更盛。

谭叙深对女人还是不够了解，按照他的想法，她说的那几样东西一个小时内就可以买完回家。

"最近有好看的电影吗？"谭叙深也很久没来电影院了，对她期待的眼神实在不忍拒绝。

"走，我们去看看，带你走进我们年轻人的世界。"闻烟抓住谭叙深的手直奔六楼，鲜花、窗帘已经被抛在了脑后。

周末电影院的人很多，有家长带着孩子，更多的是朋友和情侣，闻烟和谭叙深混在其中也很和谐。

最近上映的电影还好，但动画片居多，还有几个看着就不会好看的文艺片。

"这个怎么样？"闻烟指着那部正在热映的迪士尼真人童话电影。

谭叙深抿着嘴唇，接着无奈地笑了，好像有点儿后悔出来。他把正在热映的电影片单看了一遍，发现没有特别感兴趣的："好。"

谭叙深才是隐藏情绪的高手，几乎不会把情绪表现在脸上，永远是淡淡的，闻烟要什么就给什么，让人觉得无限温柔。

然而他的心有多硬，闻烟终究是看不清的。

还有十几分钟入场，闻烟取了票和谭叙深找了个沙发坐着等。沙发是由四个休闲型的单人沙发连在一起的，但他们坐下后，就没有其他人再过来坐了。

"看你把别人吓成什么样。"闻烟忍不住嘴角上扬，抱着谭叙深的胳膊，心里像有糖在融化。

"不是你吗？"谭叙深玩笑说。

"我很丑吗？"闻烟顿时坐直了身体。

小女生的情绪总是变得很快，谭叙深被她带起了兴致，故意在她脸上细细打量了几秒："好看。"

"需要看这么久吗？"闻烟微微嘟嘴，表达着不满。

谭叙深唇角上扬，往周围扫了一眼："烟烟。"

"干吗？"闻烟的声音软软的。

"人多的时候不要撒娇。"谭叙深收回视线，笑着在她唇上有意无意地扫过。

"为什么？"闻烟的语气弱下来，她只需要他的一句话，就会脸红。

"不方便。"视线在她眼睛和嘴唇之间流连，谭叙深眼角藏着笑。

虽然没明白他具体在说什么，但闻烟感觉皮肤很热。那个眼神她太过熟悉，是在他……闻烟轻咬嘴唇，不自觉地往旁边移了移。

"躲那么远做什么？"谭叙深饶有兴味地看着她。

"人多，你不要乱来。"闻烟的脸颊已经爬上了酡红。

周围时不时有人向他们这边看，谭叙深身上沉稳的气质掩藏不住，在这嘈杂的环境中愈发明显，而闻烟外表看起来也很安静，这样的组合难免引人注意。谭叙深早已习惯了暗处的注视，对于他来说，那些只是背景而已，但闻烟很不习惯。

"喝奶茶吗？"闻烟想找个借口走开一点儿。

"不喝。"谭叙深的世界里只有咖啡和酒。

"好，我去买了。"闻烟笑了笑，才不管他说什么。通过这段时间的接触，她似乎已经找到了和他相处的方法。

谭叙深望着闻烟的背影，她今天穿了件衬衣，黑色的，前面的扣子系得规矩，但从后面看，衣服料子有点儿透，走起路来腰间的线条暗暗勾人。

视线始终没有从她身上移开，谭叙深看着她在柜台前点单。他从来没有接触过这样的女孩儿，忽然发觉这种感觉还不错。

几分钟后，闻烟拿着两杯奶茶走过来。

"你喝这个。"闻烟把奶味没那么重的一杯放在他手里。

谭叙深皱了皱眉，看着奶茶并没有喝的想法。

"想吃爆米花吗？"闻烟服务得很周到。

谭叙深笑了，眼睛里隐隐透露出些无奈，总感觉是带着另一个孩子在玩："下次应该让你和易阳出来。"

喝奶茶的动作微顿，闻烟看着谭叙深，试探地问："易阳是你的孩子吗？"

谭叙深还是刚才的表情："嗯。"

没想到他会主动提及，闻烟很开心，笑着往谭叙深身边坐了坐："孩子几岁了？"

"四岁。"谭叙深说。

四岁的孩子应该挺可爱的，闻烟很害怕不被孩子喜欢，但谭叙深刚才说的话又让她很期待。

让她和四岁的小朋友一起出来吗？

在闻烟的遐想中，他们开始排队入场了。排队的大都是女生，像谭叙深这样的老男人确实有点儿格格不入。

但耐不住老男人心理素质好，他面不改色地被闻烟拉进去了。

每个女孩儿心里都住着一个公主，闻烟专心地看着电影，头轻轻靠在谭叙深的肩膀上。

"你怎么不喝？"闻烟发现给他买的那杯奶茶还没被打开，担心再放下去就不好喝了。

"可以不喝吗？"谭叙深对这类高度含糖的饮品不是很喜欢。

"很好喝的。"闻烟拿起自己喝了一半的奶茶放到他唇边，"你尝尝。"

他们坐在后排，昏暗的光线下，谭叙深看着眼前吸管上浅浅的口红印，唇角上扬。他抬头看着她的眼睛，嘴唇缓缓地贴在吸管上她唇印的位置，视线始终没有从她的眼睛移开。

"好喝。"

闻烟舔了舔嘴唇，不知道为什么看着他喝竟然觉得口干舌燥。

"那我帮你打开。"闻烟拿起他那杯。

谭叙深却拉住了她的手，嘴唇轻轻靠近她的耳朵："你的好喝。"

呼吸倏然重了，闻烟情不自禁地偏头躲开那股温热。

明明自己不愿意喝，还说得这么冠冕堂皇，闻烟心里的甜却渐渐四溢。

两个人看完电影去买东西，但买回来的远远不止闻烟说的那几样，还买了抱枕、地毯、餐具……

谭叙深看着后备厢里满满的东西，有些头疼。他虽然结过婚，但这对他来说也是从未有过的体验。

他们回家后，天已经快黑了，闻烟把新买的餐具放进厨房，之前的餐具有纯白色的和墨绿色雕着暗纹的两种。闻烟新买了几个小猴子、大熊猫形状的盘子，很可爱，孩子应该会喜欢。

客厅的书架旁放了一个大的茶色玻璃瓶，里面放了几枝百合和向日葵，闻烟耐心地一枝一枝插着。

客厅和阳台之间有一道窗帘，深灰色太过沉闷，闻烟指挥谭叙深把新的换上。

一切弄好后，闻烟坐在客厅的沙发上，感觉很有成就感。整体还是原来的样子，但每个小细节的填充都让整个客厅明朗了几分。

"饿了。"闻烟看着谭叙深。

"出去吃？"谭叙深把刚刚用的工具收起来。

"都可以。"闻烟看出来了，他不太喜欢做饭。

谭叙深收拾好，拿起手机看到有一条短信，是二十分钟前的。他打开看了看，不禁皱了下眉。

他还没回复，电话打进来了。他接通。

"嗯，在家。

"好。

"我现在下去。"

电话挂断了。

闻烟只听到这简短的几句话："怎么了？"

谭叙深看着闻烟："易阳回来了，我下去接他一下。"

"那我……"闻烟猛然从沙发上站起来，心里有些慌乱。

知道她在想什么，谭叙深看着她沉默了片刻后，缓缓开口："没事，别多想，我几分钟后就回来。"

谭叙深说完出去了，闻烟坐在沙发上失神地望着茶几，不知道孩子会不会抵触。太突然了，她没有一点儿准备，第一次见面连礼物都没有。

刚才的电话是他前妻打来的吧。

谭叙深走到小区门口，恰好看到易阳从一辆车上下来。车窗摇下半面玻璃，谭叙深望着那边点了点头。

等易阳走到谭叙深身边，黑色的轿车才缓缓离去。谭叙深领着易阳转身进去了。

"玩得开心吗？"谭叙深问。

"开心，不过妈妈突然有工作，要去机场了。"四岁的孩子个头还很小，易阳拉谭叙深的手有些费力。

"嗯。"谭叙深从刚才的电话里已经知道了。

"爸爸想我了吗？"见到谭叙深，孩子明显很开心。

"想了。"谭叙深笑了笑。

"我也想你了。"易阳高兴地仰着脸，但他的身高看谭叙深实在不方便。

谭叙深笑着摸了摸他的头，想到家里的闻烟，沉默了片刻，然后弯腰把易阳抱在怀里："爸爸有件事要跟你说。"

"爸爸说。"被谭叙深抱着，易阳笑得更开心了。

看着他天真烂漫的笑，谭叙深停顿了两秒，一时间不知道怎么开口，不仅闻烟没准备，这也不在他的计划之内。

"家里有个……姐姐，待会儿回家后要礼貌一点儿。"谭叙深想了下两个人之间的称呼。

"什么姐姐？"易阳疑惑地抬头。

"一个你会喜欢的姐姐。"谭叙深看着他的眼睛。

易阳没说话，但脸上的笑慢慢不见了，取而代之的是浓浓的疑惑："知道了，爸爸。"

闻烟心神不宁地坐在沙发上，已经过去十几分钟了。

她来到阳台往下看，但十七楼太高，天色又暗，什么也看不清。

就在这时，门铃忽然响了，闻烟的心瞬间一紧。她快步走到玄关，握着门把手犹豫了一秒才打开门。

闻烟只看了眼谭叙深，随即把视线移到了小孩子的身上，紧张得不知道说什么。

谭叙深拉着易阳进屋，看向闻烟的目光里带着安抚。

易阳同样也在看闻烟。

闻烟鼓起勇气尝试和他打招呼："你好，我……"

"你是谁？为什么在我家？"易阳平静地开口，却没有想象中那么友好。

闻烟要说的话瞬间卡在喉咙里。孩子的话还带着奶音，但眼睛里满满的抵触和敌意，她感受到了。

"易阳。"谭叙深皱眉。

"呃，我……"闻烟抿了抿嘴唇，一个字都说不出来，余光掠过客厅的窗帘和向日葵，忽然感觉眼睛很酸。她看向谭叙深，"要不今天我先回去吧。"

说完不等谭叙深回应，闻烟就去开门。下一秒，谭叙深握住了她的手腕，把她拉回来关上了门。

"抱歉，你先回房间。"谭叙深看着她，眸光深邃，"等我几分钟。"

闻烟眼圈泛红，看着谭叙深说不出话，但最后还是点了点头："好。"

谭叙深把闻烟送回房间，然后拉着易阳回了他的房间。

"今天不听话了。"谭叙深坐到椅子上。

易阳坐在床边，书包还没摘，低着头不说话。他不说话，谭叙深也没开口，两个男人都沉默着。

四岁正是玩闹的年龄，委屈的情绪在沉默中越积越重，过了几分钟，易阳终于抬起头："爸爸是不是喜欢这个姐姐？"

谭叙深目光微滞，停了几秒，他淡淡地应了一声："嗯。"

"那她会打我吗？"易阳说着，声音里已经有了颤音。

没想到这个想法在他心里刻得这么深，谭叙深走过去坐到床边，揽着他的肩膀："不会，姐姐很好的。"

"幼儿园的小朋友不是这么说的！"易阳的眼角滑落两行泪。

"姐姐今天还给你买了可爱的碗还有玩具。"谭叙深拿纸巾为他擦干眼泪，又把他抱在了怀里。

易阳不相信地抬头："真的吗？"

"嗯。"谭叙深看着他，"但你把她弄哭了。"

易阳渐渐不哭了，但低着头不说话，也不看谭叙深。

"把你新买的糖送给姐姐一个，好吗？"过了两分钟，谭叙深摸着他的头说。

孩子的小脸上全是泪，他委屈极了，但也知道自己刚刚做错了，缓缓抬头说："好。"

"去洗脸，一会儿我们和姐姐一起出去吃饭。"谭叙深拉着他往外走。

"好，我要吃鱼。"

"问问姐姐想吃什么。"

两个人从易阳的房间出来边走边说。

谭叙深拉着易阳的手推开主卧的房门，一下子愣住了。

房间里没人。

看着空荡荡的房间，谭叙深面无表情，过了片刻眼神微不可察地沉了沉。

"爸爸，姐姐走了吗？"谭易阳也看见里面没人。

"嗯。"谭叙深淡淡应了一声，拉着他去洗手间。

"那我们还去吃鱼吗？"谭易阳自己洗了把脸。

"去，先把脸擦干净。"谭叙深把毛巾递给他。

他们没走太远，就在家对面吃的，易阳很喜欢那家餐厅的饭菜。

谭叙深点完餐，桌子上的手机屏幕亮了，一条消息发进来：

"怕孩子心里不舒服，我先回去了。"

谭叙深看着这条消息，停了片刻回了几个字：

"好，路上小心。"

随后，他把手机息屏，放下了。

在谭叙深的计划里，还没有安排闻烟和易阳认识的打算，因为搞不好会很麻烦。

他不喜欢麻烦的事，因此也尽力避免事情变得复杂。

但今天，他没想到叶漫会突然去机场，易阳被提前送回来，而恰巧闻烟在家里。

事实证明，他原来的打算是对的。

一个年轻女孩儿，对他离过婚有孩子肯定是介意的，所以谭叙深从不隐瞒。她可以随时喊停，他会尊重她的决定，如果她有了喜欢的人，谭叙深也会放她走。

但不是现在。

一切才刚开始，他不想这么快结束。

闻烟躺在床上看着他回复的那条短信，不知道为什么，感觉比听到孩子说的那句话更委屈。

一个"好"字，仅此而已吗？

对于孩子那些话闻烟已经缓过来了，孩子对她抵触和戒备很正常。但当时看到客厅刚布置好的花、窗帘还有桌布，闻烟控制不住自己。是她努力想要进入他的生活，然而孩子的话，把她所做的一切打回了原形。

那一刻，她清晰地认识到自己是个局外人，一切只是她一厢情愿。

闻烟现在很想听谭叙深的安慰，想让他哄哄她，告诉她不是这样。

然而这天晚上，闻烟再也没收到谭叙深的消息。

包括周日，他一通电话都没有打来。

这算是吵架了吗？

闻烟一整晚都心神不宁，和星棠逛街的时候也心不在焉，看了无数遍手机，但还是没有消息。

才一天没说话，闻烟就好难受。她受不了这种无声无息的冷战，甚至不知道哪里出了问题，他是怪她离开了吗？

闻烟很想他，想听他的声音，想被他抱进怀里。

闻烟好几次拿起手机，在消息框里输入信息，又删掉，最后把手机关机放进了包里。

闻烟无力地望着周围来来往往的人，眼睛红红的，不想爱得这么卑微。

她没有错。

"烟烟，怎么了？"星棠忍了好久才问，自己再神经大条也看出烟烟今天的反常了。

"没什么。"闻烟摇了摇头，将眼里的泪忍了回去。

"吵架了？"星棠从包里抽出一张纸巾递给她。

闻烟轻轻擦掉眼角的泪，没有说话。

"要我明天去 FA 挂横幅吗？"她们从小一起长大，星棠很少见她哭，"我坐在旁边拿大喇叭喊怎么样？"

"可能会被保安赶走。"闻烟笑着把眼泪擦干，"没事，我们继续逛。"

"不舒服一定跟我讲，说不定我还能帮上忙呢。"星棠说得很没底气。

"知道了。"闻烟拉着星棠往前走。

她不能告诉星棠具体发生了什么，因为星棠还不知道他有孩子。

入秋之后天渐渐凉了，两个人买了几件秋装。逛了两个小时，星棠看她实在没逛街的心思，但放她回家又不放心。

"去喝酒吗？"星棠揽着闻烟的肩膀，"希凡前段时间心血来潮盘了个酒吧，我去了一次还不错，要去看看吗？"

林希凡是星棠的大学同学。

"你是什么时候去的？"闻烟以前怕她出事，一般不让她一个人去酒吧。

"就上周你为了老男人放我鸽子那天！想起来了吗？"星棠敲了下她的小脑瓜。

"下次不要一个人去。"闻烟不放心她一个人去。

"没事，希凡在呢。"星棠还是有分寸的，闻烟不在身边的时候一般都很胆小，不敢乱来，"待会儿去看看吗？"

闻烟沉默了几秒，还是摇了摇头："有点儿累，明天还要上班。"

星棠若有所思地点了点头，不知道该怎么办了。

"不然我今天去你那里睡，我们买一堆零食回家看剧，好不好？"星棠不放心她一个人待着。

"好。"闻烟摸了摸星棠的头，心里暖暖的。

她们回到家，除了买的零食，星棠又点了外卖，茶几上放不下，有些零食被扔在了地毯上。

"好幸福哦！"星棠坐在地毯上，被零食包围着。

电视里放着她们最爱的美剧，闻烟看着星棠的笑，心情好了很多，但又不自觉地拿起了手机。

没有任何消息，脸上刚浮现的笑瞬间消失了，闻烟将手机扔到沙发最远的角落里，坐在地毯上和星棠一起看剧。

"烟烟，我想谈恋爱了。"星棠啃着鸭脖，嘴上沾满了诱人的红油。

"有合适的人吗？我帮你看看。"闻烟笑着说。

"没有，而且我害怕再被骗。"星棠打开一瓶可乐，若无其事地看着电视。

星棠已经从那段日子里走出来了，但闻烟听见这句话心里很不是滋味。

星棠从小被家里宠着长大，没经历过世间险恶。她喜欢一个人的时候更是失去理智，把自己认为好的东西百分之百全给对方。她傻得单纯，所以容易被骗。

她前两个男朋友都是这样，骗她的钱还出轨。

"这次不会了，坏男人已经被你提前经历完了，以后遇到的都会是好人。"闻烟安慰她，说完后却不由自主地低下了头。

她呢？第一个喜欢的人，会不会和她走到最后？

"希望是这样。"星棠忍不住大笑，然后穿上地毯旁的拖鞋，"我去拿瓶酒。"

看闻烟的状态还不是很好，星棠想把她灌醉，虽说明天是周一，但起不来就请天假，没什么大不了的，任何事都没有姐妹的心情重要！

如星棠所愿，以闻烟的酒量，确实一杯她就倒下了。

也如星棠所愿，第二天她们醒来已经中午了。

闻烟睁开惺忪的睡眼，看到从窗帘缝隙透进来的阳光很明媚，忽然有种不好的预感："几点了？"

星棠迷迷糊糊地摸到手机："十二点半……"

随着星棠说完，两个人同时猛地坐了起来。

"我今天上午有一个会。"

"完了完了完了，我上午有一节课。"

两个人坐在床上慌忙找衣服，但找了一会儿闻烟笑了，没想到衣食无忧的大小姐有一天也会因为迟到而慌张。

"职业操守不错。"闻烟笑着看向星棠。

"你也是。"星棠找衣服的同时不忘回夸一句。

两个人慌乱地穿好衣服后，反而慢慢停下了动作。反正现在已经耽误了，再赶过去也弥补不了上午的工作，给各自的领导发过消息后，她们把客厅收拾了一下。

"我送你。"星棠今天就那一节课，现在也不着急了。

"不用了，你回去跟园长解释一下，我打车过去。"闻烟怕她那边处理不好，"路上小心点儿。"

"知道啦。"

星棠开车离开后，闻烟也打车去了 FA。

不知道为什么，闻烟每次从大厦前绕过，在旋转门下车的时候，心就不由自主地被他全部占据。

是因为知道离他越来越近，她的心脏就情不自禁地加快跳动了吗？

喝酒只是暂时忘掉那些不快，闻烟心里的结还在那里。她想立刻看到他，一天的冷战似乎已经到了她承受的极限，心里的沉郁已经堆积成了高山。

但闻烟又很怕看见他，担心自己控制不住情绪。

为什么他一天都不理她？

她的委屈像关在笼子里的猛兽，只要他一个眼神就会破笼而出，或者是被乖乖驯服。

这么想着，眼圈又红了，她强忍住，踩着高跟鞋走上扶梯。

电梯到三十五楼，她刷门禁进去后，忍不住向周围环视，之后先找到罗文，跟他打了个招呼。

"不好意思，我今天来晚了。"闻烟站在罗文的工位旁边，"开会有说什么吗？"

"没什么，明新把资料给我了。"罗文拉过来一把椅子，"今天旁边没人，你坐在这里吧。"

"好。"闻烟倒不排斥坐在罗文身边，恰好也不用去三十六楼了。

"你怎么了？不舒服吗？"罗文看她脸色不太好。

"没什么，朋友有点儿事。"闻烟掩饰性地轻笑，打开了笔记本电脑。

"罗文。"

"Jarod，什么事？"听见熟悉的声音，罗文把椅子转过去。

闻烟听见他的声音心里一紧，手不自觉地握紧了鼠标，但没扭头。

"待会儿凯莉来了让她找我一下。"谭叙深看着罗文，视线往他身后的方向延伸。

"好，她应该下楼买咖啡了。"罗文往凯莉那边看了看，位置上没人。

"嗯，我在办公室。"谭叙深用余光注视着她的身影。

"好的，没问题。"罗文笑着应下。

临走前，谭叙深又看了她一眼，但她始终没回头。

直到他离开闻烟才松了一口气，扭头看着他的背影还是感觉很委屈，明明思念泛滥，但还是不想理他。

谭叙深回到办公室，不知道是不是他的错觉，发现她今天的情绪似乎不太对。

闻烟这两天心情不好，昨晚又宿醉，化了妆都遮不住黑眼圈，整个人显得有些憔悴，快下班的时候，她去洗手间补了个妆。

又是一天没有说话，虽然看见他了，但闻烟心里的情绪更难以疏解。

真的要让她先开口？

闻烟心神不宁地走出洗手间，可刚出去就看到他从电梯里出来……

他去抽烟了吗？

此时电梯旁的走廊没人，两个人对视着，好像谁也没想到会意外遇见。闻烟看见他那张熟悉的脸，情绪已经控制不住了，很想过去抱他。

目光落在她身上，谭叙深缓缓停下了脚步，但闻烟只看了他一眼，就低头走过去了。

谭叙深站在原地微微皱眉。

等闻烟回到座位，她收到一条短信：

"怎么了？"

两天来的第一条消息，闻烟看了却气得想笑，难道不是他不理她的吗？这两天她在跟鬼闹别扭吗？

闻烟纠结了几分钟，不知道怎么回复，也不知道待会儿下班要不要等他。

"闻烟，走吗？"罗文开始收拾东西了。精神小伙儿上班积极，下班也一样积极。

"好的。"闻烟也放下手机整理文件。

闻烟、罗文还有实习生 Cassie 一起走到电梯间，到的时候谭叙深也在，正和一个女人说话。

不会又要和他乘一部电梯吧，闻烟心有余悸。

谭叙深看到她了，视线落在她身上，但闻烟没有回应。

她现在没有赌气，是怕被人发现。

电梯到了，五六个人一起进去，闻烟站在离他最远的角落。

"Jarod 今天不加班？"罗文笑着问。

"嗯，有点儿事。"谭叙深说。

听到他们说话，闻烟偷偷从对面的镜子里看他，但刚抬头就和他的目光撞个正着。

他也在看她……

闻烟心虚地收回了视线，好像已经没有那么生气了。

她为什么这么好哄？

不，他还没哄，甚至一个字都没说，只是一个眼神，闻烟的心就开始动摇了。

按键上除了"1"，还有"B3"亮着，他要去地下停车场吗？闻烟暗想。

很快，电梯到达一楼，闻烟在后面跟着人往外走，但一条腿刚迈出电梯，就被人拉了回去。

闻烟吓得差点儿叫出声，却被他从后面捂住了嘴。

电梯门再次缓缓合上。

闻烟惊魂未定地从电梯的镜子里看着她身后的男人，愣了两秒，反应

151

过来后用力掰他的手。

然而谭叙深的手移到闻烟的腰上，他将她往怀里拉近一分，低头咬在了她白皙的脖子上："别动。"

闻烟瞬间不动了，仰着脖颈，像是献祭给吸血鬼的少女。她的后背紧紧贴着他的胸膛，一如第一次在餐厅洗手间外被他扶起的悸动。

闻烟身体渐渐软下来，靠在他怀里。

电梯内的气息变得浓郁，却怎么都无法散发出去，只能在密闭的空间内积聚、发酵。

脖子上鲜红的印记以及她软下来的身体，让谭叙深很满意，他还是喜欢她乖一点儿、没有抵抗力的样子。

电梯到达地下三层，门打开的瞬间，闻烟缓缓睁开眼睛，眼里满是春潮涌动。

为什么意志这么不坚定？闻烟忽然很恼火，气身边的男人，更气自己心软。

闻烟站在原地没动，但谭叙深牵着她的手走出了电梯。

地下停车场虽然很安静，但现在是下班时间，闻烟怕被人发现，还是挣脱了他的手。

到车前，谭叙深打开车门进去，而闻烟绕过副驾驶坐在了后面。谭叙深眉头微皱，从后视镜看她，但闻烟低着头躲开了他的视线。谭叙深打开车窗点了支烟，没有启动车子的意思。车内光线很暗，只有微弱的灯光照进来。

两个人都没有说话，闻烟看着他周围烟雾弥漫，气氛莫名沉闷。

一支烟抽完了，谭叙深又看了眼后视镜，她依旧坐在后面没动。他将烟捻灭扔进烟灰缸里，这才拧动车钥匙，离开了地下车库。

夜色降临，车窗外一片灯红酒绿。

谭叙深打着方向盘左转，绕过十字路口又慢慢转回方向。他喜欢方向盘擦过手掌的感觉，那是一种隐藏的游刃有余和掌控感。

闻烟看着窗外的风景和建筑，这是回她家的路，然而没走多久，他忽然右转换了个方向。黑色轿车在一条幽静的巷子停下。

谭叙深停车熄火，解开安全带下了车，然后走向后面。

"怎么了？"闻烟看他忽然停车，不明白发生了什么，扭头往窗外看了看。

谭叙深打开车门进来，伸出长臂将她扯到身边："闹什么？"

"你轻点儿，弄疼我了。"他的动作很突然，闻烟没有丝毫防备被他拽到了怀里。

谭叙深却没有放轻力度，闻烟的胳膊被他握着的地方很快出现了几道红痕。

原来他忽然停车不是因为外面发生了什么，而是看出了她不高兴。闻烟望着他的眼睛，渐渐平静了下来。

"你昨天在忙什么？"闻烟语调平静，鼻子却忍不住泛酸。

其实她最想直接质问他的是为什么一天都不联系自己，但不想问得这么直白，不想把自己完完全全敞开让他一眼看透。

谭叙深沉默了几秒，想不通这和她生气有什么关系："昨天带着易阳去了我爸妈那里。"

"为什么不联系我？"闻烟还是忍不住问了，眼里已经有了泪光。

谭叙深愣住了，她黑亮的眼睛里有倔强，有隐忍，还有楚楚可怜的委屈。

只是因为他没有联系她吗？

在谭叙深的意识里，这是没有必要的事，两个人是不需要每天联系的。

"不许哭了。"谭叙深抽了张纸替她擦干眼泪。

然而不擦还好，谭叙深的手刚靠近闻烟的眼睛，她隐忍的泪水就溢出了眼眶。

"还哭？"声音沉了沉，谭叙深直接吻上了她的唇。

但闻烟心里的气还没消下去，她用力地把他往外推。谭叙深直接禁锢住她，将她的双手反剪在身后。

闻烟挣扎，却没有力气和他抵抗，只能任由他乱来。

谭叙深的吻并不温柔，甚至比往常还多了几分暴戾。此刻的他，像个想用暴力快速镇压一切的掌权者。

直到听见她口中的挣扎变成温软的嘤咛，谭叙深才将她慢慢放开。

闻烟躺在他怀里，没了力气。

车内只有闻烟沉重的呼吸声，而谭叙深坐在那里，除了深蓝色衬衣上出现了褶皱，似乎连呼吸都没有乱。

过了很久，车内才又出现了说话声。

"易阳的话你别放在心上。"谭叙深没回答闻烟的问题，反而先提了这件事。

"我知道。"闻烟的声音有点儿哑。对那个孩子，她讨厌不起来。

谭叙深将闻烟的脸转过来，轻轻摩挲着她红肿的唇瓣。他喜欢听话的女孩儿，就比如现在的她。

"我以为你昨天和朋友逛街，就没打扰你。"谭叙深不擅长解释，这种事情让他觉得很麻烦，也很没有必要。

眼神微动，闻烟似乎觉得他的话有点儿道理，但又没那么容易释怀。

"谭叙深。"闻烟轻轻开口。

"嗯？"谭叙深看着她。

"你之前戴的戒指是婚戒吗？"闻烟的眼神很平静，也很认真。

闻烟最近沉浸在和他在一起的快乐中，将那枚困扰了她一个月的戒指完全抛在了脑后，但昨天他不理她的时候，她的脑海中又有无数猜测冒出来。

他离婚两年了为什么还要戴着戒指？

他是不是带着孩子和前妻在一起？他在一家人团聚的时刻不方便联系她吗？

闻烟承认，那一刻心酸得想把谭叙深逐出她的世界。

但下一秒她又舍不得。

"不是。"谭叙深摇下车窗，让风徐徐吹进来。他望着窗外的人行道，淡淡地开口，"易阳送的。"

"怎么会？"出乎意料的答案让闻烟不由得坐直了身体，她想听他解释。

而谭叙深从她的话里捕捉到另外的信息，微微低头："什么时候看见我戴戒指的？"

这半年他很少戴戒指，几乎到公司就摘了。

闻烟微愣，不知他察觉到了什么，但想到自己去官网翻照片就一阵心虚，莫名不想让他知道。

"无意间看见的。你还没回答我的问题，易阳送你的戒指为什么戴在无名指上？"闻烟把问题抛了出去，他的敏锐让她招架不住。

不知道她在紧张什么，谭叙深笑了笑："怕我往家领女人。"

对这个答案闻烟不知道作何反应，怪不得小孩儿昨天那么抵触她。闻烟怔怔地望着谭叙深："那你昨天为什么不打电话给我？"

问题又回到了原点。

谭叙深无奈地摇了摇头，又把闻烟拽到怀里，将她的腿分开，呈跨坐

154

的姿势坐在他腿上。

"你可以打给我。"谭叙深不知道怎么回答这个问题。

"我以为你在生我的气，怪我没有和易阳相处好。"闻烟语调很平静，但眼睛还是忍不住泛酸。

谭叙深呼吸一滞，原来女孩儿的心思可以这么细腻，放在她后腰上的手微微用力，让她的身体更贴近自己。

"烟烟，我永远不会怪你。"谭叙深轻轻吻了下她的眼睛。

这并不是一句情话，不在乎何来怪罪？

闻烟心里的冰块却融化成了一泓清水，爱意更加汹涌。

"谭叙深，你哄哄我。"闻烟在他怀里轻蹭，眼睛里的倔强和隐忍在他说出那句话的同时已经完全消失了。

楚楚动人的眼神带着水光，撒娇的语调温温软软，她说出这句话的时候哪儿还需要哄？

谭叙深唇角轻扬，温柔地摩挲着她脖子的动脉。他不会哄人，能动手解决的事情，不会多说一个字。

刚才的红肿还没消失，谭叙深再次低头吻住她的嘴唇。

这次闻烟情不自禁地勾住他的脖子，让自己完全躲进他的胸膛。谭叙深的手放在她的背后。

闻烟察觉到他的意图，上身连忙往后躲了躲。

谭叙深却没停下。

这条巷子不是主干道，很安静，但也有很多车时不时地路过，昏黄的路灯下，旁边的人行道甚至有人在散步……

闻烟慌乱地推开谭叙深，想从他的身边离开，却被他一把按进怀里。谭叙深一边关窗户，一边把她拉回身边。

窗外一辆辆车疾驰而过，隔着一面玻璃，车上车下是两个世界，闻烟渐渐在安静的喧嚣和光影迷离中沉沦。

不知过了多久，车内安静下来。

闻烟的裙子半挂在腰间，头枕着谭叙深的腿，皮肤上冒了一层细密的汗。

而旁边的男人，依旧是刚才端坐的姿势，身上的衣服整整齐齐，除了深蓝色的衬衣被解开了两颗纽扣，丝毫看不出刚才经历了什么。明明刚才他也沉迷其中。

车内弥漫着挥之不散的味道，混合着成熟男人的荷尔蒙气息。

谭叙深将车窗稍微打开一条缝隙。

"不要！"闻烟蜷缩着身体，将裙子往身上遮了遮，又把车窗关上了。

谭叙深笑了笑，任她半躺在自己的腿上，抚摸着那漂亮的锁骨，从旁边拿出一支烟："介意吗？"

闻烟的手环着他的腰，摇了摇头。

她耳朵两侧的头发散开了，有些凌乱，隔着衬衣谭叙深都能感觉到她皮肤的温热。谭叙深看着她的眼睛，情不自禁地想起她绊倒在地的那个夜晚。

"会抽吗？"谭叙深的眼神暗了暗。

"不会。"闻烟声音沙哑。

谭叙深拿起打火机点燃烟，吸了一口，让薄荷味的凉烟顺着喉咙蔓延。

"抽多了不好。"闻烟伸手去夺他的烟。

"习惯了。"谭叙深微侧身体，躲开了她的手，然后将车窗打开一半，弹了弹烟灰，又合上了。

"不要开车窗。"闻烟慌乱地往谭叙深怀里躲，怕窗外有人看见。

"没有人。"谭叙深安抚地刮了下她的鼻尖。

闻烟稍微起身，视线悄悄掠向窗外，看到有人牵着狗走过去："那是什么？鬼吗？"

谭叙深笑着将烟掐灭："看见她过去我才开的。"

闻烟的视线带着探究，在他脸上游移："是吗？"

微微嘟起的唇像熟透的樱桃，分明在引诱人去采撷，谭叙深低头在她唇上蜻蜓点水："嗯。"

承受不住他侵略性的吻，也抵挡不住他温柔的眼神，闻烟脸上的潮红还没有退去，下一轮的滚烫又升了上来。

"我先穿好衣服。"闻烟从他身上起来。

"我帮你。"谭叙深笑着伸手。

"不要。"闻烟躲开了他的手，让他帮忙可能得再过一个小时才能穿好。

谭叙深双手交叠在胸前，很有兴致地看着她自己穿。

闻烟今天穿了条连衣裙，后面的拉链有点儿紧，拉到一半突然头发缠在了上面，顿时上下两难。她僵持了一会儿，把目光转向谭叙深。

"男朋友……"闻烟轻咬嘴唇，可怜兮兮地望着谭叙深。

"嗯?"谭叙深双臂依旧抱在胸前,嘴角上扬,看着她卡在那里无动于衷。

"帮帮我。"闻烟往他身边移了移。

"不是不需要吗?"她的身体已经贴着他了,谭叙深还是没动。

"刚才不需要,现在需要了。"闻烟仰起脸,甜甜地笑了笑,然后转身把后背露给他。

拉链只拉上一半,背部大片肌肤还露在外面,谭叙深看了几秒才伸出手。

"你小心点儿,夹着头发了。"感受到后背微凉的触感,闻烟忍不住缩了缩身体。

"好。"谭叙深放轻了动作,将夹在中间的头发抽出来,然后拉上拉链。

闻烟有些意外,他竟然没有动手动脚。

等她整理好后,谭叙深打开一半窗户,等车内浓浓的情欲和烟味散去,下意识地又拿起了烟。

但是下一秒,烟就被闻烟抢走了:"为什么抽烟?"

谭叙深被她问住了,不是所有问题都有答案,抽烟只是他的习惯:"有时候会困。"

烟、咖啡、酒,是谭叙深的提神方式。

"那以后困的时候可以想我,不要抽烟了。"闻烟笑着揽住他的肩膀。

"好。"谭叙深轻笑。

他们已经在这里逗留了两个多小时。

"你下班的时候是不是说今天晚上有事?"闻烟忽然想起他回答罗文的话,"现在晚吗?"

"没事,有个朋友在家。"谭叙深看了眼手机里的留言。

闻烟眉头微蹙,撒娇的语调里带着不满:"男性朋友还是女性朋友?这么晚了,去家里做什么?"

"跟我回去看看?"谭叙深关上车窗,然后扭头揉了揉她的头发,"小醋坛子。"

小醋坛子?

"快说,不要逃避。"闻烟的脸有点儿热。

"还是周寻,出差提前回来了,去家里领他的狗。"谭叙深笑了。

"那现在回去晚吗?"闻烟安心了,但又为自己刚才的醋坛子行为感到

157

不好意思。

"没关系，他正好在家里陪着易阳。"谭叙深将她凌乱的头发整理好，"我送你回去。"

"好。"虽然舍不得和他分开，但闻烟还是点了点头。

谭叙深打开车门绕到前面，闻烟也从后面移到了副驾驶座上。感受到他的目光，闻烟也不看他，自顾自地系好了安全带。

半个小时后，谭叙深的车停在了闻烟家楼下。

闻烟看了眼时间，还不到十点，莫名地不想放他走。

谭叙深也不催她。

"不想让你走。"闻烟看着他说。

"跟我回去？"谭叙深笑了笑，单手放在方向盘上。

闻烟很想答应，但想到易阳在家又摇了摇头："下次带你上去。"

透过车窗，谭叙深往上看了看："在几楼？"

"十三。"闻烟顺着他的目光向上看，还用手指指，"那里，看到了吗？"

"可能没有机会翻窗进去了。"谭叙深玩笑说。

"想做采花贼吗？"闻烟轻笑，双手抓着他的手臂轻轻摇晃。

"想。"谭叙深倾身环住她的身体。

"不要。"闻烟的脸往旁边偏了偏，嘴角的笑藏不住。

勾着闻烟的腰，谭叙深在她唇上落下一个深吻，漆黑的瞳仁里只有她："晚安。"

闻烟的手还放在他的肩膀上，恋恋不舍："晚安。"

闻烟下车后，站在楼下和他挥了挥手。谭叙深等她上去才开车离开。

景华城。

客厅里，茶几上摆着各种玩具和酒杯，周寻和易阳玩累了，分别瘫在沙发的两端，Yellow在地上安静地趴着。

"爸爸怎么还不回来？"易阳爬到周寻身边，扯了扯他的衣角。

"给你找妈妈去了。"周寻闭着眼睛开玩笑。

易阳的动作顿住了，嘴角不自觉地往下耷拉。

平常周寻这么跟他开玩笑，他都会大喊着否认，而这次……

久久没听到他出声，周寻不由得睁开了眼，然后就看到他眼泪汪汪的样子。

"宝贝，怎么了？我跟你开玩笑的。"周寻连忙把他抱进怀里，捏了捏他软乎乎的脸，"你爸在加班，马上就回来了。"

易阳坐在周寻腿上，撇了撇嘴："上次我看到他带回家一个姐姐。"

姐姐？周寻忽然想到上次那个女孩儿，看着年龄确实挺小的。

"然后呢？"周寻若有所思，声音有点儿低，脸上的笑却不见了。

"我把她气走了。"易阳低着头，闷闷不乐。

"你还挺厉害，你爸骂你了吗？"周寻乐了。

"没有。"易阳摇头，自顾自地玩着手指。

"所以说，你爸最爱的还是你，别多愁善感了知道吗？"周寻亲切地摸着他的小脑袋。

易阳眼珠转了转，终于笑了："知道了。"

"乖。"周寻捏着他肉乎乎的脸。

"爸爸要是再不回来我们就睡觉吧。"易阳仰着小脸。

"跟你一起睡吗？"因为谭叙深跟他规定过睡觉时间，这孩子有时候乖得让人心疼。

"好呀，让你睡我的床。"

"我要跟你爸一起睡。"

"不行，我要和爸爸一起睡。"

就在两个人争宠侍寝的时候，房门被打开了。易阳听见声音快速跳下沙发，连鞋都没来得及穿，吓得地上的 Yellow 连忙往旁边躲了躲。

"爸爸！"易阳跑到玄关，抱着谭叙深的腿。

"你周寻叔叔呢？"谭叙深把皮鞋放到鞋架上。

听到声音，周寻懒洋洋地从沙发上起来，靠墙看着他们，一副昏昏欲睡的样子："再晚一会儿我就睡着了。"

谭叙深看了眼时间，十点半了，然后低头看向易阳："洗脸刷牙了吗？"

"还没有。"易阳摇了摇头。

"去洗漱，不然明天早上又起不来了。"谭叙深拉着他走进客厅。

"明天早上你送我去幼儿园吗？"易阳学会讨价还价了，毫不掩饰眼睛里的期待。

"那你得起早一点儿。"谭叙深笑着说。

"好，没问题！"易阳高兴地去洗手间了。

来到客厅，谭叙深坐到沙发上，目光不经意掠过茶几上开的那瓶酒："挺自觉。"

"帮你照顾儿子，总得有点儿酬劳。"周寻重新瘫回沙发上，无精打采的样子和趴在地板上的 Yellow 很像。

嗯，周寻开了谭叙深最贵的那瓶酒。

谭叙深笑了，倒了半杯。

洗手间，易阳正在踮着脚刷牙，周寻的视线一直落在他身上，刻意放低声音问："你认真的？"

谭叙深微愣："什么？"

"你让闻烟和易阳见面了？"周寻忽然想起来了。他说上次怎么觉得闻烟有点儿熟悉，原来是在餐厅里见到过的那个女孩儿。

"意外。"谭叙深视线低垂，手里拿着玻璃杯轻轻转动，琥珀色的酒液在灯光下很诱人。

"这也是意外？"目光落在他脖子上，周寻笑着问。

谭叙深顺着他的视线摸了摸脖子，再抬手，指腹上染了淡淡的口红印。

谭叙深到了这个年龄，物质上不缺什么，该经历的也都经历过了，能给他精神上带来满足的似乎只有工作。

所以周寻听到他带闻烟来家里还恰巧让易阳碰见，有点儿惊讶。

男人之间不擅长谈那些语重心长的话题，嘱咐的话周寻也不用说，都是成年人，相信谭叙深比他缜密、清楚。

但为朋友两肋插刀他还是可以的。

"你要是不方便，可以把易阳放在我那里。"周寻懒洋洋地起来，也倒了杯酒。

"你？"谭叙深笑了，斜斜地看着他，眼神里充满不信任。

两个人是多年的朋友，彼此是什么人再清楚不过。

谭叙深的生活极为自律，有时候他也只有成年人的需求，而周寻完全是放浪不羁，玩得很花的那一类人。

周寻是个导演，平常工作很忙，在片场连轴转，一出差就是两三个月，闲下来就完全扎在温柔乡里。

"那算了。"周寻也不太相信自己，不知道刚才为什么脑袋一热说出这种话。

"爸爸，我刷好牙了。"易阳从洗手间出来，刚洗过脸头发上还沾着水。

"把鞋穿上。"拖鞋东一只西一只，谭叙深怕他着凉，弯腰捡起来放在他脚边。

周寻喝完最后一杯酒，把玻璃酒杯放在茶几上："我走了。"

"不是要和我一起睡觉吗？"拖鞋上印着两只大熊猫，易阳穿好后来到周寻身边。

"改天再和你睡，叔叔今天有事。"周寻低下头，指着自己的脸，"亲一个。"

易阳踮脚在周寻脸上亲了一下，然后又坐在地上，轻轻地梳理着狗狗的毛："Yellow 再见，改天再去找你玩，要记得想我哦！"

Yellow 的年纪不小了，站起来比易阳还高很多。周寻工作忙，和易阳在一起的时间还没 Yellow 和易阳待在一起的时间长。

Yellow 乖乖趴着，享受着易阳的抚摸。

"Yellow，走了。"周寻站起来给狗拴上了绳子。

谭叙深送他们到门外："跟叔叔再见。"

"叔叔再见，Yellow 再见。"易阳站在谭叙深身边，抱着他的腿。

"晚安，快去睡吧。"

周寻领着狗走了，谭叙深和易阳回到客厅。

"爸爸，今天晚上我能和你一起睡吗？"易阳双手抓住谭叙深的胳膊。

"好，等爸爸洗个澡。"谭叙深能感觉到孩子最近格外黏他。

"那我先回房间了。"易阳开心极了。

"等我出来你要睡着知道吗？"谭叙深看了眼墙上的挂钟，已经十一点了。

"知道啦。"易阳松开他的手，欢快地跑进谭叙深的卧室。

客厅的茶几上还摆着各种玩具和空了的酒瓶，谭叙深简单收拾了一下，随后走进了浴室。

深蓝色的衬衣有点儿皱，他解开纽扣，露出精壮的胸膛和臂膀，脖子上的口红印格外明显，肩膀上还有几道抓痕。

男人的手放在口红印的位置，慢慢摩挲，不知道是想擦掉还是想晕开。

谭叙深笑了，今天的她好像格外敏感。

和谭叙深相反，今天闻烟的身上没有那么多的印记。她洗完澡，将头发吹了个半干，从浴室出来。

161

　　不知道他到家了没有，闻烟拿起手机看了看，发过去一条信息，然后围着浴巾坐在床边，等了两分钟没有收到回复，就把房间收拾了一下，去厨房温了杯牛奶。

　　但闻烟回到卧室还是没有收到他的消息，已经过去了十几分钟，心里忽然一阵不安，不会是出车祸……想到一半闻烟连忙打住了，给他拨了电话。

　　易阳今天晚上和周寻玩得太兴奋了，躺在床上怎么都睡不着。他怕谭叙深一会儿回来发现他还没睡，于是拿被子蒙住了脑袋。

　　但过了片刻，安静的房间里忽然响起了手机铃声。

　　易阳从被子里探出头，不知道要不要接，但电话一直响。

　　手机在床头的柜子上，易阳从被子里爬出来拿起手机。屏幕上的名字他不认识，犹豫了两秒，还是接了。

　　"喂，你好。"

　　闻烟愣住了，听着电话里熟悉的奶音突然紧张得不知道说什么，想到上次见面的场景和孩子对她的抵触，不敢发出声音，连呼吸都放轻了几分。

　　"你好？"电话里没有回复，易阳还以为对方挂断了。他又看了看手机，发现通话还在继续，于是继续说，"爸爸在洗澡，您找他有事吗？"

　　闻烟抿了抿嘴唇，话卡在喉咙里却说不出来，想挂断又怕小孩子多想。

　　易阳等了几秒钟，发现还是没有声音就挂断了，但刚把手机放在桌子上就听到浴室门打开的声音。易阳连忙回到被窝里把自己藏起来，装作睡着的样子。

　　谭叙深轻轻推开卧室门，床头的壁灯亮着，光线很暗。他走到沙发旁边换上睡衣，然后擦着未干的头发。

　　他的视线落在床上，孩子的身体很小，盖着被子几乎看不见。谭叙深忽然意识到易阳和闻烟都喜欢蒙着被子睡觉，不由得笑了。

　　不经意间，他发现床上的被子动了动，过了几秒又动了动，随后还从被子里露出一个小小的脑袋。

　　"怎么还没睡？"谭叙深把头发擦了个半干，随手把毛巾挂在衣架上，走到了床边。

　　被发现了没睡着，易阳干脆坐了起来："睡不着。"

　　谭叙深掀开被子："闭上眼睛就睡着了。"

"爸爸，刚刚有人打电话给你。"易阳往旁边移了移，为谭叙深让出半边床，"电话一直响，我就接了。"

"说了什么？"谭叙深半坐半躺着拿起了手机。

"不知道是谁，没有说话，很奇怪。"易阳又躺了回去，手臂放在被子上，躺得规规矩矩的。

打开通话记录，谭叙深看到了最近打来的那通电话，是她。

还有好几条消息。

"快睡吧，明天早点儿起，我送你去上学。"谭叙深帮他把被子盖好。

"好，爸爸晚安。"易阳乖乖的。

"晚安。"

易阳听话地闭上了眼睛，谭叙深把手机屏幕的亮度调暗，看着那几条消息微微失神，过了片刻回消息过去：

"刚刚在洗澡。"

闻烟躺在床上准备睡觉，但又因为没收到他的消息而久久睡不着。就在这时，手机屏幕亮了。

闻烟拿起手机，屏幕里的光照亮了她的脸，还有嘴角无意识的笑。她侧躺着，捧着手机给他回信息：

"抱歉，刚刚打电话易阳接到了。"

头发还没干，但谭叙深没有吹头发的习惯，他低头看了一眼易阳：

"没关系。

"身体有不舒服吗？"

尽管身边没有人，但闻烟看着那条消息还是红了脸。

刚刚洗澡的时候，谭叙深后知后觉地意识到今天似乎有点儿狠了。本来他没有其他意思，只是担心她身体不适应，但看到消息框上面正在输入的提示出现了又消失，忍不住嘴角上扬，隔着屏幕都能看到她脸上的酡红。

"没有。"

最后只是简单的两个字，谭叙深笑了笑：

"好，早点儿睡吧。"

已经到了睡觉时间，闻烟虽然并不满足于只说了几句话，但又不想让自己看起来太黏人。太矛盾了，闻烟揉了揉自己乱糟糟的头发。

"晚安。"

"晚安，明天见。"

他最后的三个字让闻烟情不自禁地嘴角上扬，看了好久才摁灭手机。

闻烟从来没想过能有这样一场恋爱，白天在办公室偷偷看他，晚上下班一起约会。

脸上挂着笑，闻烟甜蜜地睡着了。

第 七 章

兽皮绅士

时间不快不慢地过了一个月，闻烟的恋爱平平淡淡，又充满很多惊喜和浪漫。

这周五又下起了暴雨。

闻烟端着一杯热咖啡站在茶水间的落地窗前，看雨水像瀑布一样从玻璃窗上淌下，这时身后突然传来细微的脚步声。

落地窗上映出来人的身形轮廓，闻烟一眼就辨认出是他。

谭叙深左手抱着电脑，右手拿着手机，似乎也没想到能在这里看到她，有点儿意外。

刚从会议室出来还没来得及回办公室，谭叙深把电脑放在茶水间的吧台上："不要怕，我一会儿就回去。"

然而他刚说完，天空就劈下几道闪电，随之而来的还有轰隆隆的雷声。

天空乌云密布，暗得让人害怕。

闻烟身体不由得一抖。

"好……"易阳正说着，突然忍不住哭了，声音越来越大。

闻烟和谭叙深的距离很近，就隔着一张桌子，她隐隐约约听到了电话里的哭声。现在想来，上次暴雨天他站在这里打电话，也是打给易阳的吧。

"乖，别哭，爸爸现在就回去，害怕就把灯打开。"谭叙深望着窗外的

165

雨，脸色不是很好。

阿姨今天有事，把易阳送到家就请假回去了。爸妈年纪大了，谭叙深不愿意让他们下雨天出来，而周寻又在片场……

"打开了……"易阳躲在房间的角落里，怀里紧紧抱着玩偶，眼泪不停地流。

"你看两集动画片爸爸就到家了，好吗？"谭叙深抬起手腕看了眼时间，话语里带着从未有过的耐心。

"好，爸爸路上小心……"

谭叙深挂了电话看着闻烟："下班不送你了。"

余光扫过走廊外的人来人往，闻烟放低声音说："没关系，你快回去吧，路上注意安全。"

谭叙深点了点头，转身离开了茶水间，闻烟也跟在他身后出去了。

但他们刚出去就迎面碰上了谭叙深的助理。

"Jarod，十分钟后有一个远程的视频会议。"男助理带着黑框眼镜。

"能推迟吗？"谭叙深抬起修长的双腿，继续往前走。

"恐怕不行……Steven 在三十分钟后要登机了。"

谭叙深慢慢停下脚步，头疼地揉了揉眉心。

Steven 是总部的首席执行官，行程比谭叙深还要忙，能约到合适的时间很不容易，而且这件事又比较紧急。

闻烟跟在他身后，他们的谈话听得很清。她从谭叙深身边路过的时候，顿了下，之后边走路边给他发消息：

"要不然我过去吧。"

看完发来的消息，谭叙深把视线落在她的背影上，犹豫了片刻抱着电脑回办公室了。

"834051。"

"门上的密码，路上注意安全。"

离下班还有一个多小时，闻烟回到座位收拾好东西，和罗文打了声招呼就下楼了。

外面的雨很大，她站在旋转门外，衣服被淋湿了一点儿，还好现在不是下班晚高峰，还比较好叫车。

闻烟坐在车里，目光看向窗外，虽然还是很害怕孩子会抵触，但刚才听到电话里的哭声又很心疼，而且和他在一起，这个问题总是需要解决的，不能一直逃避。

中途路过一家甜品店，闻烟让师傅停下，进去买了几块蛋糕。

出租车很快到达景华城，闻烟乘电梯上楼。她站在门外刚要输密码，手举到半空中又顿住了，最后还是敲了门。

听到声音易阳连忙跑过来，但看到监控里的人不是谭叙深，眼里立即又泛起了泪光。

"易阳，你爸爸突然有个会走不开，让我过来陪你，"门后似乎有声音，但门迟迟没有打开。闻烟知道易阳在门后，又轻轻敲了两下门，"我可以进去吗？"

两只手不自觉地握在了一起，闻烟很紧张，害怕孩子不让她进去。

而确实像她预料的一样，门一直没有打开。

闻烟没再说话，也没输入密码，只站在门外静静地等。

过了很久，门后渐渐传来微弱的动静，随后，门缓缓被打开了。

而门一打开，闻烟就看到了站在门里的那个满脸泪痕的小家伙。

门只打开一条缝隙，露出孩子半张小脸。易阳躲在门后看了闻烟很久，脸上害怕和犹豫的表情很明显。闻烟也不催他，直到他主动把门完全打开。

"你爸爸今天有点儿忙。"闻烟进门后换了双拖鞋，然后低头看着他微笑，"不过马上就回来了。"

易阳站在旁边眼睛一眨不眨地注视着她，似乎想看清楚闻烟到底是个好人还是个坏人，所以始终没有接闻烟的话。

两个人互相对视着，闻烟站在原地，一时间不知道该往客厅走还是就这样站着。在这个四岁大的孩子面前，她总是不自觉地紧张，所有动作都是小心翼翼的，怕一不小心就会引起他的抵触。

过了几秒钟，易阳还是没说话，自己回了客厅。

闻烟跟在他身后，看他坐在沙发上，脚连地板都碰不到，嘴角忍不住上扬，心里也不由得松了口气。无论怎样，他也只是个孩子。

"饿不饿？"闻烟坐在沙发上，没有离他太近，也不是很远。

易阳微微往旁边偏了偏头，偷偷看着闻烟，过了很久才摇了摇头。

"这个是草莓蛋糕，还有杧果班戟，还有抹茶的。"闻烟把买的蛋糕分别拿出来，笑着递给他，"你喜欢吃哪个？"

在闻烟拿出那些蛋糕的时候，易阳暗淡的眼睛忽然亮了几分，但那亮光很快又消失不见了，他还是没有和闻烟说话。

"那我们先吃一个草莓的好不好？"闻烟打开蛋糕的包装盒，拿了个叉子递到他面前。

没想到闻烟忽然靠近，易阳吓得连忙往后躲，惊恐地看着她。

闻烟举着蛋糕的那只手僵在那里，嘴角的笑也凝滞在脸上，他仿佛把她看作白雪公主的后妈了。孩子本能的反应不知道是讨厌还是害怕，但不管哪一个都让闻烟很茫然，心里也很不是滋味。

手臂在半空停了好久，最后闻烟缓缓收回把蛋糕放在了茶几上，怕再刺激到他，就没再说话，手也不自觉地轻握着放在膝盖上。

看到她不说话，易阳渐渐意识到刚才自己的行为好像很不礼貌。但他以为她刚刚伸手是要打他……易阳委屈地撇了撇嘴，慢慢坐正了身体，但还是没说话。

隔着半米的距离，两个人安静地坐着，都像小学生似的坐得很端正。

而窗外电闪雷鸣，暴雨还在下，丝毫不见雨势减弱，在狂风的肆虐下雨点打在窗户上发出没有节奏的响声。

突然一道闪电劈过，客厅瞬间被照得明亮，两个人都吓得一哆嗦，手臂不小心碰到了一起。

易阳被吓得往闻烟身边移了移，偷看闻烟："姐姐你也害怕吗？"

没想到易阳会主动跟自己说话，闻烟笑了笑："不害怕。"

她的胆子没这么小，刚刚是因为想事情太投入才被吓到了。感受到了孩子的不安，闻烟尝试着伸出手臂，轻轻搂着易阳的肩膀。

而这次，易阳没推开也没躲避。

他抬头看着闻烟，看了好久才缓缓开口："爸爸还有多久才回来？"

现在还不到七点，他工作应该还没有结束，闻烟低头安慰他："应该快了，过一会儿我们给他打个电话。"

易阳点了点头，目光落在了茶几上的蛋糕上，看了好一会儿才抬头望向闻烟："我可以吃那个吗？"

闻烟笑了："都是你的。"

看到闻烟笑了，易阳愣了愣，她好像没有幼儿园的小朋友说的那么可怕："谢谢姐姐。"

"不客气。"闻烟摸了摸他的头，暗暗松了口气。

沙发和茶几隔着一段距离，易阳的胳膊和腿太短够不到蛋糕，他把旁边的小矮凳搬过来，坐在茶几前看着那几个蛋糕不知道先吃哪个，不过最终选了草莓的。

闻烟看着他吃，嘴角也不自觉地上扬。上次见面的经历并不美好，她还因此和谭叙深冷战了两天，所以这次过来更担心，但好在孩子还是很乖的。

"姐姐你吃吗？"易阳扭头看着她，嘴角还沾着奶油。

"我吃一点儿。"闻烟上半身往前倾了倾，抽了张纸帮他擦掉嘴角的奶油，又从旁边拿了个叉子，两个人一起吃那块草莓蛋糕。

窗外的雨好像越来越大，噼里啪啦地敲击着窗户，房间内全是雨拍打窗户的声音。

闻烟走到阳台看了看，窗户已经被关好了。她又走到厨房、卫生间和谭叙深的卧室，窗户也全被关好了。

"你房间的窗户关了吗？"闻烟没去易阳的卧室。

"关好了。"易阳边吃边抬头。

"阳台的窗户也都是你关的吗？"闻烟坐回沙发上。

"嗯，是我踩在凳子上关的。"易阳笑着说。

"真棒。"孩子比她想象中懂事，笑容也很阳光，不过脸上还遍布着泪痕。

闻烟起身去了洗手间，将毛巾用温水打湿又拧到半干，然后回到沙发旁："来擦擦脸。"

易阳对闻烟的戒备在不知不觉中消失了。他把脸扭向她，还很配合地闭上了眼睛。

"还有手。"闻烟动作很轻。

易阳把叉子放下，伸出两只小爪子："谢谢姐姐。"

"不客气。"尽管外面乌云密布，闻烟心里的阴云却一层层散开，眼角满满都是笑意。

为易阳擦干净脸和手后，闻烟把毛巾洗干净重新挂回洗手间。

"晚上想吃什么？"闻烟坐回到易阳身边。

"等爸爸回来一起吃吧。"易阳抬头看了眼墙上的时钟，吃了蛋糕，没有刚才那么饿了。

"好。"闻烟望着窗外的雨，很担心谭叙深一会儿回家开车不安全。

"姐姐，你看动画片吗？"易阳打开了客厅的电视。虽然窗外依旧电闪雷鸣，他却没那么害怕了。

"你喜欢看什么？"闻烟没有看动画片的习惯。

"喜欢看很多，我们先看这个。"易阳一边吃一边搜索。

易阳坐在茶几前，闻烟靠着沙发，注意力并不在动画片上。她出神地望着面前的小孩儿，到底是怎样的教育，能让孩子在父母离异的环境下成长得这么好？

那个女人，是闻烟藏在心底最深处的好奇。

"平常放学后就你一个人在家吗？"闻烟回想着谭叙深电话里的哭声，还有刚打开门他满脸是泪的画面，有点儿心疼。

"爸爸请了张阿姨给我做晚饭，我们一起吃过晚饭张阿姨就回去了。"易阳闷闷不乐地说，"但是今天张阿姨有事请假了。"

闻烟摸了摸他的头："以后有事你可以给我打电话。"

易阳扭头看着她："你工作不忙吗？"

"我还好，不是很忙。"闻烟在工作时间确实很忙，但还是可以按时下班的。

"爸爸妈妈的工作都好忙，还有周寻叔叔，他们都没有时间陪我玩。"奶声奶气的声音里透着委屈，易阳的视线落在蛋糕上，他不是很开心。

听到他说"妈妈"两个字，闻烟愣了一下，视线低垂："你妈妈很忙吗？"

但话刚问出来，闻烟就觉得自己很卑鄙，竟然向一个孩子问话来解答自己的好奇。

"嗯，很忙，好久才见一次。"易阳用叉子在蛋糕上轻轻捣着。

"想妈妈吗？"闻烟控制不住自己。

"想。"易阳说着忽然扭头看着闻烟，"但是更想爸爸。"

闻烟笑了，拿起手机看了眼时间，已经七点多了，不知道他忙完没有。

"那我们给爸爸打个电话。"闻烟翻到谭叙深的号码。

"好呀！"易阳高兴地坐到闻烟身边，但笑容很快又消失了，"会打扰到他工作吗？"

孩子懂事得让闻烟心里很不是滋味，她揽过他的小肩膀："没关系，我们问问。"

闻烟拨通了谭叙深的电话，开了免提，但是过了很久都没有人接。

谭叙深从茶水间回到办公室，发现手机在振动，拿起来看了看，很快点了接听。

"爸爸！"易阳每次和谭叙深打电话都有种难以抑制的高兴。

没想到是易阳的声音，谭叙深愣了一下："乖，怎么了？"

"你什么时候回家？"手机放在茶几上，虽然不是视频电话，但易阳的脸快凑上去了。

"大概还有一个小时。"谭叙深看看时间，又看了眼邮件，"饿了吗？"

"不饿，姐姐买了蛋糕。"易阳笑着说，顺便往嘴里塞了一小口蛋糕。

手机前面不止易阳一个脑袋，闻烟也在听他说话，但没有出声。

听起来两个人相处得还不错，谭叙深转了转椅子，望着雨幕中的城市笑了："要听姐姐的话，知道吗？"

闻烟的嘴角情不自禁地上扬。

"知道了，我们等你回来。"易阳声音很大。

"好。"往常这个时候电话应该挂断了，但谭叙深知道旁边还有一个人，在等她开口。

"雨很大，开车小心。"闻烟的声音很温柔，和她眼睛里的笑一样。

"嗯，知道了。"办公室的玻璃窗上映着谭叙深淡淡的笑。

电话挂断了，闻烟收起手机。

北方的十一月份已经很冷了，还没供暖又逢下雨，天气格外阴冷。

"冷不冷？"闻烟看着易阳身上单薄的衣服。

"不冷。"易阳摇了摇头。

闻烟把沙发上的毯子披在他的身上："我先去做晚饭，你自己看会儿电视好不好？"

"姐姐还会做饭？"易阳惊讶地问。

"会一点儿。"闻烟在国外生活了几年，自理能力还是有的，但做的饭味道比较一般，"今天天气不好，我们随便吃一点儿，明天再让爸爸给你做好吃的。"

"爸爸做的饭不好吃。"易阳难得说谭叙深的不好，说明是真的不好。

"那我们明天出去吃。"闻烟笑了笑，想起那些早餐，确实没什么食欲。

"好，张阿姨把买的蔬菜放进冰箱里了。"易阳脱了鞋，坐在沙发上，把腿藏进毯子里。

"有事叫我。"闻烟说完，起身走进了厨房。

对于食物，闻烟并没有很高的要求，所以做出来的饭菜也仅限于填饱肚子。但今天第一次给谭叙深做饭，她想用心一点儿。

窗外狂风暴雨，厨房内灯光温柔，锅里的水沸了，往上冒着热气，抽油烟机也发出声响，一切都很有烟火气息。

四十分钟后，房门传来输入密码的声音，闻烟在厨房没有听见，而易阳却像是受到了召唤一般飞快地冲向玄关，又忘了穿上拖鞋。

"爸爸！"易阳立即抱住了谭叙深的腿。

"宝贝乖。"谭叙深进门换了拖鞋，却没看到闻烟的身影，"姐姐呢？"

"在厨房做晚饭。"

她在做晚饭？

谭叙深愣了愣，接着闻到一股饭菜的香味。他脱下西装挂在玄关处的衣架上，缓缓走向厨房。

而随着谭叙深往前走，易阳依旧没有放开他，像个腿部挂件似的挂在他腿上。

"好好走路，一会儿摔倒了。"腿上像绑了个沙袋，谭叙深弯腰把易阳抱下来，拉着他往前走。

"爸爸，你饿吗？我们还给你留了小蛋糕。"每次被谭叙深拉着，易阳的胳膊都伸得很直，像是在做引体向上。

"不饿，待会儿吃饭。"谭叙深已经戒糖很久了，咖啡里都不会放糖，更不要提蛋糕了，还有上次闻烟硬塞也没有成功的奶茶。

易阳回客厅继续看动画片，谭叙深拉开了厨房的门。

相比室外和客厅的冷，厨房内温度很高。她穿着围裙，正往锅里放调料，看样子并没有发现他。

谭叙深伸手环住她的腰，下巴抵着她的肩膀："好香。"

突然的触碰和声音把闻烟吓了一跳。她惊慌失措地扭头："你什么时候回来的？"

谭叙深没有说话，只是笑着抱得她越来越紧，嘴唇在她颈间轻轻摩挲。

他身上还带着外面的凉气，冰凉的嘴唇印在她的皮肤上，闻烟情不自禁地仰起了头："不要闹……"

谭叙深像是没听见，埋头在她的脖子上越吻越重。

"易阳过来了，快起来。"闻烟用余光看到易阳从客厅往这里跑，连忙推开了谭叙深。

在易阳进来的前一刻，谭叙深才意犹未尽地起身。

"我们可以吃饭了吗？"易阳抱着一个大熊猫玩偶，踮着脚往锅里看，但是什么都看不见。

"饿了吗？马上就好了。"闻烟的额头上冒了细细密密的汗，脸也很红，不知道是厨房的温度太高，还是身边的男人太坏。她扭头看着谭叙深，"出去等着。"

谭叙深看着她脸上的酡红还有身上的围裙："我帮你。"

"不用了。"闻烟毫不犹豫地拒绝。孩子好不容易不再抵触她，她可不想让易阳看见心里不舒服，"易阳，带着你爸爸出去。"

"爸爸，你不要捣乱了嘛，跟我去客厅。"易阳拽着谭叙深的胳膊往外拉扯，谭叙深却纹丝不动。

他看着闻烟笑了好一会儿才抱起易阳往外走，并随手关上了厨房的门："小叛徒。"

"我们明天去爷爷奶奶家吗？"易阳几乎每个周末都要去爷爷奶奶家。

"这周天气不好，先不去了。"谭叙深把他放在沙发上，"吃过饭记得给爷爷奶奶打个电话。"

"知道啦。"易阳在沙发上高兴地翻滚，脚不小心碰到了谭叙深的腿。

"去穿上袜子。"谭叙深摸了摸他的脚，很凉。

"我不冷。"易阳不想穿袜子。

平常家里只有他们两个人，男人之间的交流注定不会太亲昵，而今天多了个人就显得热闹。易阳对闻烟放下芥蒂之后，整个人都很兴奋。

谭叙深去他房间找到一双袜子，给他穿上："以后天冷了，不能光脚了，知道吗？"

"知道了。"易阳拿起桌子上吃了一半的草莓蛋糕去喂谭叙深，"爸爸你尝尝，很好吃。"

蛋糕离谭叙深的嘴唇只有几厘米，他闻着奶油的甜腻，没有张口，甚至往后退了退："你吃吧，爸爸不喜欢吃甜的。"

易阳的手还举着，表情不是很开心："就一小口。"

谭叙深笑了，有些画面浮现在眼前，忽然觉得他们两个磨人的样子很像，而易阳之前不是这个样子。

谭叙深妥协了，嘴唇往前凑了凑。

"好吃吗？"易阳迫不及待地问。

"好吃。"口腔里全是香甜，谭叙深不喜欢这种味道。

"那再吃一小口。"易阳又用叉子取了一小块蛋糕，举到谭叙深唇边。

谭叙深无奈地笑了笑，把他的小手拿开："待会儿再吃，马上吃晚饭了。"

谭叙深话音刚落，厨房的门就被拉开了，闻烟端着盘子出来："吃饭了。"

谭叙深把趴在他腿上的小家伙移开，走向餐厅，看到餐桌上的菜时满足地笑了。

"好久没做了，味道可能不太好。"闻烟看不透他在想什么，有种交作业被老师检查的紧张感。

"紧张什么？"谭叙深抽了张纸巾擦掉她鼻尖的汗，然后笑着捏了捏她的鼻子。

"不管好不好吃你都得吃光。"被他捉弄，闻烟凶了起来。

"好。"谭叙深绕过她，走进厨房盛饭。

只是几个家常菜，太复杂的闻烟也不会做。她知道谭叙深不吃辣，也不吃太腻的，所以连排骨都做成了汤。

谭叙深盛好饭出来和易阳坐在一边，闻烟坐在他们对面。

易阳胳膊太短，谭叙深就夹了菜放在他面前的盘子里。

"姐姐，我喜欢这个碗，还有这个勺子。"易阳笑着看向闻烟。

他面前的碗、勺子和盘子是一套的，边沿都有两个可爱的大熊猫耳朵，还是闻烟上次和谭叙深一起逛街时买的。

"喜欢的话要多吃点儿饭。"闻烟哄他。

"好。"易阳很听话地吃了一大口米饭。

谭叙深听着他们说话，脸上始终挂着淡淡的笑，又往易阳盘子里夹了点儿青菜。

"别吃那个，有点儿煳了。"闻烟不好意思地看了眼谭叙深，要不是他突然出现在厨房对她动手动脚，菜也不会煳。

谭叙深夹了根青菜，慢条斯理地嚼着，对着她意味不明地笑了笑："好吃。"

闻烟刚刚做饭时将头发扎起来了，在他赤裸裸的注视下，她的耳朵透着红。她瞪着谭叙深："不许剩。"

"好。"她眼睛瞪得很圆，没什么威力倒有几分可爱，谭叙深轻飘飘地应了声。

然而最后，饭菜还是剩了一半还多。

"吃饱了吗？"易阳早早地就放下了碗筷，闻烟还以为自己做的饭菜不合他的胃口。

"吃饱了，和张阿姨做的一样好吃。"这在易阳这里算是最高评价了。他很喜欢吃张阿姨做的饭，但刚刚蛋糕吃多了不饿，不过还是很给闻烟面子，把谭叙深夹到盘子里的菜吃完了。

闻烟笑了笑，看着谭叙深："去洗碗。"

谭叙深往后靠着椅子，看着她干净的脸笑了："好。"

平日里他很少进厨房，一是不喜欢，二是很少有这样的机会，但今天乐意被她指使。

坐着休息了一会儿，谭叙深端着盘子进了厨房。

他回到家后没换衣服，还穿着工作时的深蓝色衬衣。闻烟坐在餐桌前没有动，出神地望着男人的背影，眼神不自觉变得温柔，她很想从背后轻轻抱住他。

如果以后他们结婚了，他不喜欢做饭，她就学做很多好吃的，然后让他去洗碗，说不定他们还会有两个孩子……

"姐姐，我们去客厅玩吧。"

易阳的声音打断了闻烟的思绪，她回过神后，看着易阳的脸，忽然很不好意思。

"好，等我把桌子擦一下。"闻烟把桌子收拾干净，和易阳一起去了客厅。

自从招到助理，谭叙深回家的时间基本控制在九点之前，但还是会错过晚饭，所以很少有和孩子一起吃饭的机会。

除了和前妻刚在一起的那段时间，他已经很久没有这种感觉了——下班回家后有人在等他，会给他留晚饭。

盘子上的泡沫被水流冲刷干净，谭叙深将盘子上的水沥干放在架子上。

他背着光，眼睛里的情绪看不清楚。

谭叙深第一次犹豫了。如果先前知道她这么好，他还会不会碰她？

他没想过一个主动打电话问他是否结婚的女人，会这么纯洁、这么好。

然而现在，就算他收手似乎也晚了。

她年龄很小，他们之间也不应该是这种状态，但无论怎样，就当是平淡生活的调味剂，谭叙深很喜欢她的听话。

至少今天，她又给了他很多惊喜。

谭叙深从厨房出来，走进洗手间又用洗手液洗了两遍手，这才觉得洗干净了。

客厅的电视里放着动画片，但并没有人看。

闻烟坐在沙发上和孩子玩，时不时地看眼时间，有些不安。她不知道孩子对她的接受程度到了哪一步，如果今天留下，会不会伤到他的心？

"姐姐，你今年几岁了？"易阳把自己的毛绒玩具分享给闻烟。

"比你大很多。"闻烟笑了笑。

"那我是不是该叫你阿姨？"易阳疑惑地抬头。

"不可以，只能叫姐姐。"闻烟说。

"好的，姐姐。"易阳听话地答应。

谭叙深从洗手间出来慢慢走向客厅，看着他们的身影若有所思。

易阳这么快接受她，也是谭叙深没有想到的。他原本以为会很麻烦，然而无形之中这个问题也解决了，现在这样似乎也不错。

"爸爸，我们明天去游乐场吗？"易阳扭头看着谭叙深。

"上周不是刚去过吗？"谭叙深缓步走过去，坐在闻烟身边。

闻烟忍不住笑了，不知道他们之间是怎么相处的，而谭叙深不喜欢逛街不喜欢去热闹的地方已经写在了脸上。

"那我们下周去好不好？"易阳没有放弃。

"好。"谭叙深应下。

"那我今晚可以跟你睡吗？"易阳笑得露出了小虎牙。

闻烟的目光落在地板上，有一瞬间凝滞，她不知道要不要回去。

"不可以。"谭叙深看着易阳，"姐姐要跟爸爸睡。"

闻烟没想到他说得这么直接，连忙转身看向易阳，只见孩子嘟着嘴巴，一副闷闷不乐的样子。

闻烟不知所措："没关系，我……"

"玩游戏吗？爸爸陪你打两局游戏。"谭叙深将游戏机连接到电视上。

他不是偏爱谁，既然事情已经到现在的局面了，总要往下一步走。

易阳愣了两秒，想了想说："我想玩马里奥。"

"好，把手柄拿过来。"谭叙深摸了摸他的脑袋。

易阳穿着大熊猫拖鞋，走进房间去拿手柄。

"没关系吗？"闻烟还是很担心。

"总要慢慢适应。"谭叙深看着孩子的背影，脸上没什么表情。

但是他无意的话让闻烟内心一阵温热，她抬头看向谭叙深："谢谢。"

谭叙深目光微滞，没有看她，只是轻轻地握了握她的手。

"天冷了，明天把地毯铺上吧。"闻烟看着沙发上的袜子，易阳好像很不喜欢穿袜子，不知道什么时候又脱下了。

"好。"谭叙深顺着她的视线看过去。

易阳拿着手柄回来了，他们玩游戏，闻烟坐在旁边给星棠还有她爸妈回消息。

"爸爸，我困了。"半个小时后易阳揉着眼睛说。

"睡觉吧，明天再玩。"谭叙深把游戏关掉。

"你明天还和我一起玩吗？"易阳还没有玩够，但今天晚上一直很兴奋，精力好像用尽了。

"嗯，先去洗脸刷牙。"谭叙深疲惫地靠在沙发上。

易阳从沙发上跳下来，去了洗手间。

"累了吗？"闻烟往谭叙深身边移了移，抬头看着他。

"不累。"谭叙深缓缓睁开眼睛，眼角的笑意味深长。

现在几乎很快就能听懂他的潜台词，闻烟脸颊微热："老不正经。"

嘴角挂着淡笑，谭叙深的视线在她的唇瓣上流连，却没有更亲密的动作，只是单纯又极具侵略性地注视着她。

他们肩膀靠得很近，暧昧的气息在流转，闻烟被他看得浑身不自在，连忙推开他站了起来。

"爸爸，我刷好牙了。"易阳从洗手间出来，走到谭叙深面前。

"去睡吧。"谭叙深将他撸上去的袖子放下来。

"爸爸、姐姐晚安。"易阳看着闻烟笑了笑，刚才的争风吃醋已经被他抛在了脑后。

"晚安，盖好被子不要着凉。"闻烟嘱咐。

"好，我去睡了。"易阳转身回了房间。

谭叙深拉着闻烟也回了卧室。

刚回房间，谭叙深就把闻烟压在了床上，方才暧昧又极具侵略性的视线终于变成了吻，重重地落在她的唇上。

"不要，还没关门。"闻烟生怕易阳突然进来，不敢发出声音，也说不出完整的话，"先把门关上……"

从回到家的那一刻开始，谭叙深就很想吻她，因为今天，她又给了他不一样的新鲜感。

"谭叙深……关门。"闻烟挣扎着想推开他，却推不动。

谭叙深禁锢着她的双手，对她的话无动于衷。

房间内没开灯，客厅的光透过敞开的门照进来，房间内只有衣服的摩擦声和他们的呼吸声。

过了片刻，感觉她好像要呼吸不过来了，谭叙深才起身，看着身下呼吸紊乱的女孩儿笑了："易阳在家，我很少关门。"

易阳在不是更应该关门吗？

闻烟眉头紧皱着在内心大喊，却没有力气再和他辩驳，用手无力地捶着他的肩膀，把他推开了。

"一起洗澡吗？"谭叙深站在床前，边解衬衣纽扣边注视着她，无论声音还是身体都向她发出了邀请。

此刻的画面和第一次相遇那天晚上的画面重合，卧室和办公室的背景变幻交叠，闻烟一时间竟然分不清在哪里。望着男人衬衣下紧实的腹肌和诱人的人鱼线，闻烟微微失神，看得入了迷。

在她的愣怔中，谭叙深将衬衣扔在一旁，俯身，手臂撑在她身体两侧："要一起洗澡吗？"

他的靠近终于让闻烟回过神来，脸上很热，她连忙把自己藏在被子里，只露出一双眼睛："不要。"

在她身上，谭叙深总能得到追捕的快乐。她每次的脸红和躲藏，都像极了跨越溪水躲进丛林里的小麋鹿。

而且，谭叙深发现她对他的衬衣有一种深度迷恋，就像上次在车里。

"胆小鬼。"谭叙深笑着将被子往下拉了拉，手轻轻贴在她的脸上，很热。

她的确是胆小鬼。闻烟也不反驳，都这么久了还是容易被男色诱惑，每次失神都会被他抓个正着。脸上火辣辣的，她很想找个缝隙钻进去。

闻烟又躲进了被子里，这次连头也一起藏了进去，谭叙深笑了，从她身上起来去了浴室。

感觉房间安静了，闻烟才缓缓把头露出来，将他脱下的衬衣扔进洗衣机里，又把客厅简单收拾了一下。

没过多久，谭叙深围着浴巾走进卧室，胸膛上的水珠正慢慢汇聚往下淌。

闻烟笑着走到他面前，修长的手指在他的心口轻点："不要睡着。"

谭叙深去抓她的手，闻烟却先一步离开了，只给他留下酥酥麻麻的痒，从皮肤渗透到心里。

"调皮。"谭叙深看着她的背影。

闻烟才不理他，傲娇地走进了浴室。

窗外还下着雨，虽然没有先前那么狂暴，但也淅淅沥沥地下着。谭叙深换上家居服，倒了杯酒站在落地窗前。

直到闻烟从浴室出来，他还站在那里。闻烟围着浴巾悄无声息地走到他身后，环住了他的腰。

谭叙深微愣，扭头看着她："洗好了？"

"嗯。"闻烟转到他身前，"冷不冷？"

窗户是关着的，但会透风，闻烟握住他的手，很凉。

"不冷。"谭叙深将酒杯放在她唇边，"喝吗？"

闻烟有些犹豫，但还是缓缓将唇凑近，抿了一小口："有点儿烈。"

浓烟、烈酒，谭叙深这辈子都离不开的东西。

他笑了笑，又续了半杯，还加了少许冰块，又递到闻烟唇边。

"不喝了，再喝一会儿要醉了。"闻烟摇了摇头，这种酒不用半杯她就会醉。

"醉了不好吗？"谭叙深也没有勉强她。

"醉了有什么好？"闻烟还环着他的腰。

"可以忘记很多事情。"谭叙深摇了摇酒杯，将杯底的酒喝尽了，只剩还没有融化的冰块在昏暗的光线下散发着凉意。

可惜他很少醉。

闻烟忽然觉得这一刻的谭叙深自己看不懂，有些暗藏的情绪在他眼底若隐若现。她踮脚攀上他的肩膀："如果有不开心的事，要告诉我。"

动作微顿，谭叙深低头看着她近在咫尺的脸，许久后伸手将酒杯放在身后的架子上。

"我不喜欢说。"谭叙深的手指轻轻穿过她的长发。

"嗯？"闻烟不明白他的意思。

"我喜欢做。"

随着话音落地，谭叙深抬手掀开了闻烟身上的浴巾。

"谭叙深！"

身上突如其来的凉意吓得闻烟连忙躲到窗帘后，用窗帘裹住了赤裸的身体。夜晚的凉意和刺激的燥热使皮肤上冷热交替，闻烟用窗帘将自己裹紧了。

而谭叙深却步步紧逼。

"不要在这里。"闻烟很紧张。

谭叙深只微微笑着，没有回答她。

"窗帘还没拉好。"心悬在了半空中，闻烟在他怀里挣扎。

谭叙深笑了笑，抱着她扭头，让她面向窗外："没有人。"

窗外是辽阔的夜景，没有住宅楼。闻烟的后背贴在冰凉的落地窗上，身上泛起一层层战栗。

窗户半开，冷风吹进来带着清洌的空气，淅沥的雨声在他们耳边无比清晰。

"乖。"谭叙深轻轻吻着她，直到她的身体完全放松下来。

雨中的夜晚格外阴沉漆黑，像是邪恶降临人间，黑夜是最好的保护色，一切都在悄然肆意地滋长。

谭叙深绝对是一头有着绅士外表的野兽，不会把自己的任何欲望表现在脸上，像是雪后白茫茫山峰上的松柏，永远都冷冷清清的，但压抑的私欲只有闻烟知道。

在极致的欢愉中，谭叙深很想拉着她一起下地狱。

夜很长，闻烟躺在谭叙深的臂弯里，每次都被他带着体验不一样的快乐，每一次都完全忘记自己，这让她越来越沉迷。

"谭叙深，我想跟你出去玩。"闻烟的手放在他胸口，轻轻挠着。

"去哪儿？"有点儿痒，谭叙深抓住了她乱动的手。

"出去旅行好不好？"闻烟挣脱他的手，蹭着他的胡楂儿。

床头壁灯开着，谭叙深不由得笑了，感觉自己像是养了两个孩子，一个闹着要去游乐场，一个闹着要出去旅行。

"工作忙，没有时间。"谭叙深委婉拒绝。

闻烟不高兴地看着他，就是因为知道他忙，所以从来没提过，但每次看到朋友和男朋友出去玩她都很羡慕。

"你总该休假是不是？"闻烟不依不饶地追问。

"跟你在一起就是休假。"谭叙深抱着她的腰，低头看着她轻笑。

被他突然的情话击中心脏，闻烟竟不知该如何反驳，愣了几秒开始撒娇："好不好？想带你去看看我大学生活过的地方。"

谭叙深看着她脖子上的红痕，过了很久才开口："好。"

没想到谭叙深会答应，闻烟笑着在他唇上轻吻，但很快，另一个问题又浮上心头。闻烟垂着头，不知道该怎么开口。

"那……只有我们两个可以吗？"迎着他的目光，闻烟还是鼓起勇气说了出来。

闻烟不是圣人，她喜欢易阳，但还是会想到他是谭叙深和别人的孩子。

谭叙深已经和另一个女人经历过所有了。

他没有说话，室内一片静默。在他的注视下闻烟越来越忐忑，就在她以为他不会答应的时候，他说话了。

"好。"谭叙深低声应下。

不知道为什么心里竟然充满了委屈和愧疚，闻烟勾住他的脖子轻声说："我很喜欢易阳，也会对他好，但第一次……我想只有我们两个。"

她的不安谭叙深看得很清楚。

"我知道。"谭叙深在她的额头上轻吻，"睡吧。"

闻烟往他怀里靠了靠，似乎这样才能安心。在男人熟悉的气息中，闻烟闭上了眼睛，意识渐渐变得模糊。

"烟烟，你很好。"静谧中，谭叙深看着她的脸。

耳边的声音朦胧遥远，闻烟迷迷糊糊地在他怀里蹭了蹭："你也很好。"

昏昧的光线下，谭叙深目光深沉，轻轻抚摸着闻烟的脸："或许我不是你想象中的样子。"

和往常一样，闻烟周六晚上就回去了。因为易阳在家，她就没让谭叙深送自己。

"星棠，你说我们先去欧洲，还是在国内？"谭叙深答应后，闻烟就开始做旅行攻略，挑了好几个很想去的地方，但知道谭叙深的时间不允许。

"应该先跟我吃个饭！"星棠拿起手边的毛绒玩具朝闻烟砸过去，"这都'鸽'我多久了？"

闻烟心虚地笑了，把玩偶放在沙发旁边："那下周好不好？"

"两个月前就说下周，我该信你吗？"星棠躺在沙发上，不满地喝着鲜榨果汁。

"下周一定。"闻烟搭着星棠的肩膀讨好。

181

每次想跟谭叙深提，见他太忙，闻烟就不好意思开口了，以至拖到了现在，令星棠对他的不满也越来越深。

"我们出去逛逛好不好？明明是周末，我都快要憋疯了。"星棠很狂躁。她的朋友不少，但晚上她只想和闻烟一起出去。

"想去哪儿？"闻烟问。

"希凡的酒吧……"星棠偷偷瞄了闻烟一眼，刚刚还在狂躁，现在瞬间变成了一只小奶狮，声音也不自觉地弱下来。

闻烟看了眼墙上的时钟，几秒后合上电脑："好。"

"真的？"没想到她会答应，星棠惊喜地扭头。

"真的。"闻烟无奈地笑了笑，"不过不要玩太久，明天我还得回家。"

"知道啦，一点前回。"星棠说完就开始收拾，现在才八点多，满足了。

看着她风风火火的架势，闻烟有些愧疚："不好意思，最近没有陪你。"

星棠正在低头整理裙子，愣了愣，傲娇地睨了闻烟一眼："哼，知道就好。"

闻烟在闺密和男朋友之间很难做到平衡。星棠原本以为闻烟回国后她们能天天在一起，谁知道彼此都有工作，闻烟又交了男朋友，两个人在一起的时间就越来越少了。

小公主虽然平常大大咧咧的，但内心很敏感，好几次委屈得直掉眼泪，但她没跟闻烟说，只是在心里暗暗骂那个老男人。

"快起来换衣服，穿得好看一点儿，你现在是被老男人同化了吗？看看你身上穿的这是什么？"星棠想起那个男人就生气，感觉自己的公主被他祸害了，所以连带着看闻烟也不满意。说完，她抓着闻烟走到衣柜前。

闻烟不知所措地看了看自己身上的衣服，是米白色的睡衣，还是两年前买的，认识谭叙深之前她就这么穿，明明前段时间还被大小姐夸好看。

"穿这件，还有这个。"星棠取下两件衣服塞进闻烟怀里。

"太薄了，会冷的。"闻烟拎起怀里的衣服，单薄清凉的布料并不是这个季节该穿的。

"你去酒吧见过穿羽绒服的吗？还是跟老年人在一起学会养生了？"大小姐现在很咄咄逼人。

"什么老年人？"闻烟乐了，知道她说的是谭叙深。

"就老，很老，快去换衣服！"星棠不想多提那个男人，把闻烟推到了床上，"我去补个妆。"

闻烟站在床前看着那件衣服头疼，这还是去年和星棠逛街买的，但一次也没穿过。今天晚上的温度趋近于零摄氏度，她穿上肯定会冷。

但闻烟不想扫星棠的兴，最后还是换上了，然后来到镜子前。

深蓝色的丝绒面料，V领恰好到心口的位置，衬得锁骨很漂亮，五分的袖子露出半截白皙的手臂，腰部的线条也微微收着，不是很紧，松松垮垮的有些慵懒，有点儿像睡袍的样式，但裙长只到大腿的一半。

她像是深夜里迷人的蓝色妖姬。

"来，再化个妆。"星棠从梳妆台前起身，兴致盎然地给她让了位置。

闻烟简单打了个底，化了下眉毛，涂个口红，结束了。

"烟烟，你现在的心理年龄有三十岁。"星棠很不满，强硬地给她补上眼影、眼线和腮红。

"哪有？"闻烟想到回家那么晚了还要卸妆就觉得很麻烦，"又不是去见谁。"

一个简单的淡妆，让星棠顷刻间给弄成了浓妆艳抹。星棠打量着她很满意，但总觉得少了点儿什么。

"有了。"星棠高兴地拍手，然后打开她的饰品盒，从里面拿出一条红色丝绒的项链，"姐姐帮你戴上。"

V领衬得闻烟的脖子纤细修长，暗红色的项链没有任何的烦琐装饰，系在脖子上显得皮肤很白，让人忍不住想对着动脉咬下去。

"九点了。"闻烟提醒她。

"马上就好。"怕夹到她的头发，星棠小心地给她戴好，还不忘欣赏一番，"不错不错，真漂亮，要不是时间晚了我该帮你卷下头发。"

"快走吧。"闻烟忍不住笑了。

"走吧，走吧。"星棠自己没怎么收拾。她实在是受不了闻烟现在的状态，果然人是会被传染的，自己一定不要找那么老的男朋友。

闻烟穿了双马丁靴和星棠出门了，但刚出去就冷得打哆嗦。

"你不冷吗？"闻烟看着星棠，星棠同样穿着短裙，料子似乎比她的还薄一点儿。

"不冷，我们年轻人不怕冷。"星棠暗暗地揶揄闻烟，挺起胸膛强忍着不抖。

闻烟笑了笑，没戳穿她。

她们到了酒吧，已经将近十点了，但对于这里来说正是热闹的时候。星棠找停车位都很费劲，找了十几分钟才把车停好。

"走吧。"

粉色的 Evens 不管在哪里都很抢眼，闻烟和星棠解开安全带下车，时不时有人往她们身上看。她们已经习惯了，径直走进去。

酒吧在负一楼，很吵，她们还没进去就听见了音乐声。

"你朋友在吗？"闻烟还记得星棠说这是她朋友开的。

"不知道，只顾着给你化妆了，没提前告诉他。"星棠和闻烟穿过人群走向吧台。

"晚上好，丹尼。"星棠坐在吧台前和调酒师打了声招呼，这里面的工作人员几乎都认识她。

"来了，喝点儿什么？"丹尼笑了笑，目光随后落在闻烟身上。

"跟你介绍下，这是我最好的朋友，闻烟。"星棠勾着闻烟的肩膀，"丹尼是这里的调酒师。"

闻烟抬头打量他，白色衬衣外套着深灰色的马甲，留着胡子，虽然背后是花花绿绿的酒瓶，但整个人透出几分严谨，有点儿像日本人。

"晚上好。"闻烟笑了笑。

"初次见面，送你一杯酒。"丹尼看着闻烟，拿起了旁边的雪克壶。

"随便来点就行，度数别太高，当然我们也可以为你试酒。"星棠忍不住叮嘱。

闻烟看着他往雪克壶里添加各种辅料，没有太花哨的动作，看起来行云流水、赏心悦目。几分钟后，一杯深蓝色的鸡尾酒被缓缓推到她面前。

"蓝色夏威夷。"丹尼轻笑。

鸡尾酒的锥形杯里，冰块和酒混在一起，颜色很漂亮。闻烟端起酒轻轻抿了一口，口感没有想象中那么烈，椰奶和菠萝汁的味道很浓，作为基酒的朗姆酒的味道倒是淡了许多。

闻烟端着酒杯朝丹尼微微一笑："谢谢。"

"我也要一杯。"星棠向四周环视了一圈，没找到好看的人，"希凡今天不在吗？"

"好像有点儿事，没有过来。"丹尼边给星棠调酒边说。

"那下次再介绍你们认识。"星棠撩着闻烟的头发，无聊地玩起来。

"别闹。"闻烟微微偏头躲开了。

"烟烟，以后多和我去年轻人的娱乐场所好吗？当然，你也可以带他来我们年轻人的世界瞧瞧。"星棠忍不住乐了，觉得吐槽谭叙深的时候乐趣格外多。

"下次吃饭的时候不要打起来。"闻烟端起了酒杯，她的这个顾虑并不多余。

"我们要是打起来你帮谁？"星棠眯着眼睛，像只蓄势待发的小狮子，但凡闻烟说出其他答案就准备挠她。

"你。"闻烟看着星棠的眼睛很认真地说，"因为你比较傻。"

"烟烟，你跟他学坏了！"星棠气得喝光了杯子里的酒，将闻烟的手机没收，"从现在开始不准再看手机，你要好好弥补我！"

"知道了，小醋坛子。"闻烟举起酒杯，和她的杯子轻碰，莫名觉得这句话有点儿熟悉。

她不想让谭叙深知道自己来了酒吧，总感觉在做坏事，所以让星棠拿着手机也好。

酒吧里的确年轻人居多，深秋和初冬交替的季节，温度已经很低了，但来来往往的女孩儿都光着腿，一具具年轻的身体随着音乐晃动。

当然，年轻人的天堂也总会混进几个在星棠看来不伦不类的老东西。

来酒吧的人本来就是来寻找快乐的，因此没有一个人的眼睛是安分的。周寻和朋友坐在舞池周边的散台上，目光落在吧台前那个女孩儿的身上很久了。

从她进来周寻就注意到了，但她背对着他，他只能隐隐约约看到她的半张侧脸。但周寻越看越觉得熟悉，终于，在她扭头的时候看清了她的脸。

周寻不由得笑了，拿出手机，放大焦距，拍了张照片给谭叙深发过去，还不忘附上文字：

"真漂亮。"

哄完易阳睡觉，谭叙深刚从孩子的房间出来就收到了周寻的信息。他边回卧室边解锁手机，走到客厅看清发过来的图片时，不由得顿住了脚步。

昏暗斑驳的光线下，她举着酒杯的动作很迷人，谭叙深的目光却落在她脖子上的项链上，且久久没有移开视线。

周寻一直没有收到回复，于是起身往吧台的方向走，又给谭叙深发了条消息：

"过来喝一杯吗？"

周寻端着酒杯走到闻烟身边，轻轻碰了下她的酒杯。

闻烟正在和星棠说话，听到声音后扭过头来，不由得惊讶道："周寻？"

"晚上好。"周寻笑了笑。

"好巧，你刚来吗？"闻烟和周寻并不熟，只在谭叙深家里见过一次。她下意识地向周寻旁边看了看，没有看见谭叙深。

"有一会儿了。"周寻的目光落在了闻烟身后的星棠身上，当然，星棠也在看他。

"这是我好朋友，星棠，这是……"闻烟介绍两个人认识，但声音忽然弱下来，先抓住星棠的手，"这是谭叙深的朋友，周寻。"

星棠愣住了，眼神瞬间凶起来。闻烟连忙用力握了握她的手，星棠这才将心中的不满收起来。

"叫我星棠就好。"大小姐笑得很甜。

"你好。"周寻隔着空气和星棠遥遥举杯，刚才那一瞬间应该不是他的错觉。他推着眼镜笑了笑，又看向闻烟，"叙深知道你过来吗？"

仿佛被抓到了把柄，闻烟看着周寻，不好意思地开口："你不要告诉他。"

周寻在片场待了这么多年，同事也好，演员也好，他们在想什么他几乎一眼就能看出来。

眼前的女孩儿虽然脸上化了妆，眼睛却很干净，还有提到谭叙深时的娇羞和腼腆，周寻瞬间就明白了，无论谭叙深什么态度，她是认真的。

"偷跑出来玩？"周寻笑着看向手机，不动声色地将酒吧的位置发给了谭叙深。

"没有，很久没和朋友出来了。"闻烟一直握着星棠的手，怕一不留神她就挣脱自己的掌控。

"丹尼，再来杯酒。"星棠暗暗翻了无数个白眼。

"好的，稍等。"

听着他们之间的谈话，丹尼笑了笑，没问她喝什么。

这时，周寻收到了谭叙深的回复："不去了。"

周寻看着手机屏幕，表情没什么变化，只是觉得有点儿无趣。他扶了下眼镜，若无其事地给谭叙深打电话。

"巧了，他来电话了。"周寻笑着把手机递给闻烟。

"什么？"闻烟端着酒杯愣住，等回过神，手机已经在手上了。她心虚地把手机放在耳边，"喂？"

谭叙深坐在沙发上，双腿交叠："喝酒了？"

"你说什么？"酒吧里太吵，闻烟听不清他讲话。她抬头看向周寻，"不好意思，我出去接一下。"

"没关系，去吧。"周寻轻笑。

闻烟扭头看了眼星棠，示意她乖一点儿，然后穿过人群从酒吧出去了。

周寻慢慢收回视线，缓步来到星棠身边，身体轻轻倚着吧台："星棠小姐。"

想着闻烟刚才离开时的眼神，星棠虽然不情愿，但还是扭头笑了笑："周先生。"

"你之前见过我吗？"周寻抿了口酒。

"大概没有。"星棠想了想说。

"截止到上一秒，今天晚上你对我翻了七次白眼。"周寻饶有兴味地看着星棠。

傻白甜小公主瞬间愣住了。

到了一楼，初冬的冷气瞬间袭来，闻烟光着腿站在路边瑟瑟发抖。

"星棠朋友开的酒吧，就陪她过来玩一会儿。"站在绿化带旁边，闻烟抱着膝盖蹲下来。

"易阳刚睡，我就不过去了。"谭叙深倒了杯酒。

"好。"闻烟有点儿失落，虽然刚不想让他知道，现在却很想见到他，明明今天傍晚才从他家离开，分开还不到四个小时。

"别玩得太晚，早点儿回去。"谭叙深脑海里还是她脖子上的那条项链，挥之不去。

"好，等你什么时候有空和星棠吃个饭。"闻烟笑了笑，"再不答应她可能真的要去你们公司挂横幅了。"

谭叙深闭着眼睛揉了揉眉心，沉默了片刻后说："等哪天下班早，我告诉你。"

"好。"闻烟知道他工作忙，就没有再问，"等回去再跟你说，外面太冷了。"

隔着手机似乎能听到她微微发颤的呼吸，谭叙深忽然想到周寻发过来的那张照片，修长的双腿从吧台的椅子上垂下。

"裙子好看。"很少见她穿深色的衣服，谭叙深幽幽的目光掠向窗外。

闻烟低头看着身上的衣服愣了愣，在谭叙深面前好像从来没有这么穿过，因为每次都是下班后和他一起回家，上班没有这么穿的机会。

"以后穿给你看。"眉眼挂着笑，闻烟不好意思地开口，但因为外面太冷，她感觉不到脸颊的温热。

"好。"谭叙深嘴角轻扬，"快进去吧，别着凉。"

"知道啦，你早点儿休息。"闻烟站起来往回走。

闻烟回到酒吧，周寻还在吧台坐着。

"谢谢，他说易……今天有点儿晚，不过来了。"闻烟心虚地看了眼星棠，把手机还给周寻，差点儿说漏嘴。

"好，你们接着玩，我先过去了，朋友在叫我。"周寻将手机放进口袋。

"没关系，你先去忙吧。"闻烟不好意思地笑了笑。谭叙深的朋友她只见过周寻，而且还不太熟悉。

视线在星棠身上停留了两秒之后，周寻端着酒杯离开了。

闻烟的眼底闪过一丝疑惑之色，她看看周寻的背影，又扭头看星棠，忽然觉得气氛很微妙。

"你们说什么了？"闻烟重新坐回到原来的位置。

星棠猛地喝了口酒，将杯子放下，尽管酒吧的音乐震耳欲聋，还是没有盖住玻璃杯碰到吧台发出的脆响。

星棠扭头看着闻烟，似乎想说什么，但欲言又止，只是一言不发地看着她。

音乐和人群都成了背景，闻烟不由自主地心虚，难道周寻刚才和她说了什么？

"有东西吗？"闻烟摸着自己的脸，试探地开口。

"你和谭叙深是怎么相处的？"星棠还保持着刚才的姿势一动不动。

"嗯？"前言不搭后语，闻烟摸不清喜怒无常的小公主在想什么。

"他们是不是都长了十双眼睛？我们想什么都能被他们猜到。"星棠朝周寻离开的方向不满地扫了一眼，却没看到他。

这句话说得没错，每次在谭叙深面前闻烟都像个透明人，但她注意到星棠说的是"他们"，不由得松了口气。

"周寻说了什么？"闻烟端起酒杯轻抿了一口，玻璃杯壁留下淡淡的口红印。

"他说我今天晚上对他翻了七次白眼，有这么多吗？"说完星棠又朝周寻的方向瞟了一眼，尽管没看清哪个是他。

"不止。"闻烟笑弯了眉眼，原来是这样。

"讨厌，你跟他们一样！"星棠拽着闻烟的手臂晃来晃去。

笑过之后，闻烟也往周寻的方向看去，他们之间隔着舞池，视线穿过晃动的人影，只看见一张若隐若现的侧脸。

虽然戴着眼镜，但周寻看起来没有那么斯文，闻烟担心看得太久被发现，缓缓收回了视线。

过了片刻有人过来搭讪，闻烟微笑着没说什么，倒是星棠和对方喝了一杯。

"不早了，该回家了。"闻烟从星棠手里夺过酒杯，不让她再喝了。

"才十二点……"可能太久没出来了，星棠今天晚上喝了不少，说话已经含糊不清了。

"改天再陪你来，今天先回家。"知道现在说话她听不进去，闻烟直接扶着她从椅子上下来。

"你骗人……"星棠委屈地皱着眉头，忽然有了哭腔，"现在你每周都和老男人待在一起，都不陪我。"

手上的动作顿了顿，闻烟知道最近自己和星棠在一起的时间很少，但星棠没闹脾气……

"好，我从现在开始就陪你。"闻烟无奈地拍了拍她的背，然后扭头看着丹尼，"丹尼，我们先走了。"

"好，路上小心。"丹尼把刚调好的酒放在客人面前。

"拜拜，丹尼……明天见……"星棠说话咬字不清。

闻烟扶着星棠往外走，代驾刚刚打电话说已经到了。幸好星棠没有完全失去意识，要不然闻烟很难把她扛回家。

午夜十二点，这条路依旧在堵车，灯光明亮，人来人往，有刚从酒吧出来站在路边抽烟的，也有喝醉趴在花坛边吐的……这些人都是繁华都市的缩影，不知道是真的开心热闹，还是本质上寂寞。

回到家，闻烟把星棠扔在沙发上，累得气喘吁吁地坐在地毯上。

休息了一会儿闻烟翻出手机，想打电话给谭叙深，又怕他睡着了，最后发了条信息过去，告诉他自己到家了。

几分钟后，他回了消息：

"早点儿休息，晚安。"

他竟然还没睡，闻烟准备给他回拨电话，但星棠忽然从沙发上掉了下来。闻烟连忙护住她的头以防磕到茶几上。

"到家了？"星棠这一摔，醉意没了只剩下困倦了。

"快起来卸妆洗脸。"虽然铺着地毯，但地上还是很凉，闻烟尝试着把她扶到沙发上。

"不想洗脸，我要睡觉……"星棠抱着茶几腿，嘟着嘴又闭上了眼睛。

闻烟无奈，简单给她卸了妆擦完脸，用最后的力气把她扶上床。等闻烟自己收拾完，已经累得睁不开眼睛了，谭叙深自然也被她抛在了脑后。

时间不紧不慢地过着，转眼到了十二月，圣诞节和新年的气息很浓，蓝珀大厦一楼大厅挂起了小彩灯，外面草坪上也架起驯鹿、雪橇和圣诞老人形状的艺术灯。

五点多，天色刚暗，小彩灯就亮了，流光溢彩，给寒冷的冬夜增添了几分浪漫和温暖。

但闻烟并不快乐，在星棠无数次的威胁和谭叙深的反复推辞中，她很想离家出走。

"Aaron，Jarod 今天有时间吗？"

闻烟和罗文从会议室出来，迎面碰上谭叙深的助理，罗文叫住了他。

Aaron 的目光先从闻烟身上扫过，再落到罗文身上："Jarod 今天不是很忙，刚才和销售的负责人下楼了，应该在星巴克谈事。"

"等他回来麻烦你告诉我一声，找他谈点儿事，十分钟就可以。"罗文懒得去预定会议室了。

"好，没问题。"Aaron 笑着推了推眼镜。

"谢了，么么哒。"罗文拍了拍 Aaron 的背。

闻烟站在他们旁边不自觉地往后退了一步，脸上的表情耐人寻味，但更多的是对罗文的嫌弃。

"别客气。"来了几个月，Aaron 已经习惯了罗文的玩笑，"不过 Jarod 下周要出差，有什么事记得提前安排。"

"出差？"罗文疑惑地抬头。

闻烟几乎和罗文同时看向 Aaron，之前没听他说要出差，有点儿突然，但惊讶的表情又不敢表现得太明显，于是赶紧低下了头。

"下周海市车展他得去两天。"Aaron简单地解释。

"好，那我这里还有两份文件需要他确认，待会儿找他一起看了。"

闻烟跟着他们往前走，步伐却不自觉地慢了下来。她后知后觉地意识到，下周不就是圣诞节吗？

视线落在地板上，闻烟眼中忽然浮现出一丝委屈。

"你下周要出差？"闻烟躺在浴缸里，皮肤泛着淡淡的红。

"嗯，去海市两天。"谭叙深刚从跑步机上下来，呼吸声有点儿重。

"不陪我过圣诞节了吗？"闻烟眉眼低垂，平常轻轻柔柔的声音里多了几分委屈，她无意识地玩着膝盖上的泡沫。

这是他们在一起的第一个圣诞节，她计划了很久，礼物都已经买好了。

谭叙深能听出她的失落，笑里带着歉意："抱歉，元旦陪你。"

不要说星棠想去FA挂横幅了，闻烟此刻都很想去。

"不要，就想一起过圣诞节。"闻烟声音很低，手指一下一下地戳着膝盖。

"听话。"刚运动完，有点儿热，谭叙深站在窗前，脸上没什么表情，声音也和平常无异。

闻烟还沉浸在自己的小情绪里，突然间想到什么，暗淡的双眼瞬间充满神采："要不然我休假，和你一起去海市吧。"

"最近工作有点儿累，原本也打算休息两天。"没等他说话，闻烟继续说，"圣诞节那天恰好是周五，等你工作结束，周末我们还可以在海市待两天。"

谭叙深沉默着解开衣服的纽扣，似乎在思考这个方案的可行性。

"不会耽误你工作的，好不好？"久久没听到他说话，闻烟习惯性地撒了个娇。

"好。"谭叙深笑了笑，听着她柔柔的声音心情很好。

"真的吗？"闻烟高兴得忽然坐直了身体，带起一片水花。

"真的。"电话那端的水声很清晰，谭叙深脱掉身上的衣服放在一旁，"在做什么？"

话题转变得太快，闻烟还沉浸在惊喜中，视线不经意掠过自己沾满泡泡的身体，脸上被水汽晕染的酡红似乎又深了一度。闻烟不好意思地慢慢躺了回去："在洗澡，你呢？"

谭叙深笑着打开花洒："准备洗澡，要看吗？"

"不要，又不是没看过。"闻烟抱着膝盖，唇角悄悄上扬。

耳边传来花洒喷水的声音，浴室内每个摆设她都很清楚，眼前已经有了画面，似乎能看到他站在花洒下，紧实的臂膀和胸膛上沾着水珠，以及他们以前在浴室嬉闹的画面……

"在想什么？"谭叙深嘴角噙着淡淡的笑，听着花洒和电话里的水声融为一体。

闻烟脸上的笑瞬间凝滞，然后往周围看了看，他真的没有在自己身上装监控吗？

"手机不怕进水吗？你快洗，洗完给我打电话。"闻烟颇有些恼羞成怒的意味，忍不住命令道，然后率先挂断了电话。

一起洗澡和看他洗澡，还是有很大区别的，闻烟脸上微微发烫，拿起旁边的玻璃杯喝了口水。

谭叙深看着挂断的电话，在他的印象里这好像还是第一次。他笑着将手机放在一旁，走向对面的花洒。

男人和女人洗澡永远不是一个速度也不是一个温度。闻烟已经在浴缸里泡了半个多小时，浴室的窗户玻璃上起了雾；而谭叙深这边，温凉的水沿着脸颊往下流淌，十几分钟就洗完了，浴室内的雾气很快散尽，磨砂的窗户玻璃上只有薄薄的一层雾，很快也消失了。

闻烟边玩身上的泡泡，边想去海市的行程，这时放在旁边的手机响了。她甩了甩手上的泡沫拿起手机，一下子愣住了。

他打来的视频电话？

他洗得这么快吗？还不到二十分钟，而且为什么要打视频电话？

闻烟望着屏幕上的名字有些不知所措，但过了好久对方也没挂断。闻烟的身体不由自主地往下滑，直到再往下就要喝自己的洗澡水了，她才慢慢按了接听键。

"怎么是视频啊？"接通后，闻烟又不自觉地往下潜，随着她的动作，水面在她下巴的位置晃动。

谭叙深上半身赤裸着，围着浴巾坐在沙发上擦头发，看到屏幕里那张干净的小脸，不由得微微皱了皱眉："往上一点儿，危险。"

192

脚已经顶着浴缸最右端了，如果稍微不小心可能真的会呛到洗澡水，但在他的注视下闻烟又很不好意思，纠结了两秒，还是听话地往上坐了坐。

"你下周几去海市？"可能泡得太久了，闻烟觉得喉咙很干，又拿起了旁边的水杯。

"周三过去，待两天。"谭叙深的视线落在她身上，刚露出的肩膀和锁骨挂着泡沫，在水的浸润下皮肤呈现出淡淡的粉色，好像甜甜的蜜桃。

"太好了，圣诞节那天恰好是周五，你可以陪我。"闻烟开心地坐了起来。据她了解，外企在圣诞节那天都会放一天假，但对于谭叙深这种工作狂她不是很有信心，脸上带着狐疑，"你们公司圣诞节休息吗？"

像是漂浮在海面的冰川，水面露出的只是零星一角，而水下隐隐约约的春色却让人无限遐想，蠢蠢欲动。欲望随着荡漾的细波，一圈一圈扩散开来。

而沉浸在单纯快乐里的女孩儿，并没有发现自己有多诱人。

"休息。"谭叙深缓缓收回了视线，笑着倒了杯酒。

"那我们圣诞节去迪士尼好不好？"海市的迪士尼闻烟还没去过，一想到可以和谭叙深一起去心里就甜得直冒泡。

"那天人会很多。"谭叙深不喜欢人多的地方。

"早点儿去排队就好了。"闻烟忽然又想到一件事，"你和同事一起出差还是你自己？"

"还有其他部门的两个同事。"谭叙深站起来，将毛巾挂在旁边的架子上。

"那……会不会不方便？"闻烟刚才没考虑那么多，现在有些迟疑。

"没关系，我让 Aaron 分开订机票。"谭叙深重新坐回沙发，画面中她已经躺回去了，只露出纤细白嫩的锁骨，有点儿遗憾。

"谢谢男朋友。"闻烟眼角的笑意向脸上蔓延，目光悄悄落在他的胸膛上。

谭叙深看着屏幕里她的脸，没有化妆，很舒服，好像有种让人平静的力量。

"别泡太久，容易缺氧。"她脸上带着红晕，头发也湿了，谭叙深担心她一个人在家出事。

"没关系，窗户开了一条缝，现在就起来。"闻烟确实感觉身体有点儿软了，又拿起水杯，"在我们去海市前要跟星棠吃个饭，不能再拖了。"

圣诞节不能陪小公主一起过，闻烟怕她杀到家里去。

谭叙深看向窗外，停了两秒说："下周一可以，那天不是很忙。"

"好，我待会儿告诉她。"一切都很顺利，闻烟忍不住晃起了小脚丫，但忽然想到什么，把手机拿近了一些说，"我没告诉星棠关于易阳的事……见面的时候你先别提。"

声音越来越小，眼神还有些闪躲，闻烟怕谭叙深心里不舒服，没等他说话又忍不住解释："我很喜欢易阳，但星棠比较小孩子脾气，我怕她不理解所以还没告诉她。"

谭叙深的表情没什么变化，他不是很在意这些："嗯，我知道了。"

"还有我爸妈那边，等有合适的机会我会告诉他们。"闻烟一直没告诉爸妈谭叙深的存在。预料到局面不会很好，每次他们问她周六在哪里，闻烟也只能用星棠搪塞回去。

谭叙深端着酒杯的动作顿了顿，过了片刻，抬头望着屏幕里认真的女孩儿："没关系，顺其自然就好。"

"很快就会让你名正言顺的。"闻烟眼睛里有歉疚。

"别多想，快起来吧。"谭叙深拿出打火机，点了一支烟。

"好，那先这样，拜拜。"闻烟手上还沾着泡沫，笑着跟他挥了挥手。

随着她坐起来，身体的美好也露了出来，谭叙深饶有兴味地看着她："晚安。"

察觉到他异样的目光，闻烟低头看了看，然后脸上一红，连忙滑下去将身体藏起来："坏人！"

随着最后一声控诉，闻烟挂断了视频电话。

周五上班，Aaron敲开了谭叙深办公室的门。

"Jarod，下周出差给您订周三中午十二点的机票可以吗？和开发团队的同事一起。"Aaron拿着平板电脑查询航班信息。

"晚一点儿吧，上午我还有事。"谭叙深从电脑屏幕前抬头。

"好的，那下午四点可以吗？但您到海市可能就比较晚了。"Aaron问。

目光掠向窗外，谭叙深沉默了片刻说："我自己订吧，开发团队的可以让人事先订。"

指尖在平板电脑上顿住，Aaron推了推眼镜抬头："好的，那酒店要一起吗？"

"我自己订就好。"谭叙深没解释太多。

"好的，那我让人事尽快安排。"Aaron笑着收起平板电脑，然后又提醒谭叙深，"您半个小时后有个会议，在3503。"

谭叙深看了眼邮箱里的会议安排："好，我知道了，谢谢。"

"不客气，没有其他事情我先过去了。"Aaron带着黑框眼镜，年龄不大，二十七八岁的样子，严谨中还有几分阳光。

"等一下，周一下午六点四十的会，帮我安排在上午。"谭叙深看着密密麻麻的工作安排，揉了揉眉心，"六点后不要安排事情了。"

"好的，我现在去调整一下。"Aaron说完走出了办公室。

担心遇到FA的同事，闻烟订的餐厅离蓝珀大厦很远，订好后给谭叙深发了位置。怕人多眼杂以及小公主等不及，闻烟提前过去了。

因为是周一，又恰逢下雪天，餐厅的人不是很多，闻烟一进门就看到小公主垂头丧气地坐在窗边。

看见窗户里闻烟的影子，星棠连忙扭头，但发现只有她一个人的时候，语调忍不住上扬："他呢？不会又要'鸽'我吧？"

"没有，为了跟你吃饭，他推掉了两个会，马上就到了。"闻烟坐在星棠身边，将风衣脱下放在一旁。

"最好是这样。"星棠将信将疑，抬手拂掉闻烟头发上的雪花。

闻烟安抚好大小姐，又给谭叙深发消息：

"外面下雪了，路很滑，注意安全。"

谭叙深来到地下车库，空气很冷，呼出的气在灯光下起了雾，听到手机振动拿起来看了看。

"好，大概二十分钟。"

"烟烟，你真的要和他一起过圣诞节吗？"星棠想从眼里挤出几滴泪，但是没有成功。

"回来以后陪你。"闻烟摸了摸星棠的头。

"我们在一起十年，这是你第一次不陪我过圣诞节。"星棠说得楚楚可怜。

"今年恰好碰上他出差，以后的圣诞节我们一起过，好不好？"喜欢的人和朋友都在身边，闻烟很向往这个画面。

"谁要跟他一起过？"星棠喝了口酒，越想那个男人越生气。

195

闻烟笑了两声就停下了，很担心两个人待会儿见了面会让餐厅的温度骤然下降。

星棠今天涂了个大红唇，还反常地穿了件很成熟的衣服，俨然已经进入了战斗的状态。

过了十几分钟星棠放下酒杯，玻璃杯碰到桌面发出一声脆响，声音里透着不满："怎么还不到？再不来本小姐就要走了，我的时间也是很难约的。"

星棠的话刚说完，门边的侍者就说了句"欢迎光临"，穿着黑色风衣的男人朝她们信步走来。

餐厅的人不多，星棠的声音不大，却很清晰。

黑色风衣还夹杂着风雪，谭叙深身上带着室外的寒气，走到餐桌边拉开椅子："抱歉，来晚了。"

现在是北京时间晚上七点半，对于谭叙深来说，已经很早了。

"没关系，冷不冷？"感受到了他身上的冷气，闻烟往他面前的杯子里倒了热水。

"还好，谢谢。"暖色的灯光下，谭叙深面部的线条很柔和，看着闻烟笑了笑。

窗外飘着雪，杯子里冒着袅袅的热气，看似温馨的画面实际上并没有表面看上去这么和谐。

星棠面无表情地看着谭叙深，谭叙深嘴角轻扬，回以微笑。

感受到了两个人之间的暗流涌动、剑拔弩张，闻烟连忙放下茶壶向两个人介绍彼此："这是我最好的朋友，星棠。这是谭叙深。"

"谭先生好，叫我星棠就可以。"星棠笑了笑，还算友好。

"你好，我是谭叙深。"标准商业精英的微笑，不过于热情，也不过于冷淡，疏离中带着浑然天成的风度。

星棠的嘴角情不自禁地扯了扯，他是认真的吗？中年人果然无趣。

谭叙深见过很多人，也参加过很多饭局，无论是工作上的还是朋友间的。但今天，对面的两个女孩儿在他看来都是小孩子，他不知道具体该聊些什么。

"先点餐吧。"闻烟把菜单放在星棠的面前，努力调节着他们之间的氛围。

星棠点了一份牛排，又点了份闻烟喜欢的意面，最后把菜单推到了谭叙深面前。

"喝酒吗？"谭叙深翻着菜单。

"不要喝了，一会儿还得开车。"他们两个开车过来的，而且今天天气又不好，闻烟担心待会儿回去不安全。

"好。"谭叙深听闻烟的话没有点酒，随后叫来服务员点了餐。

星棠低头喝着水，一直在暗暗打量谭叙深。她本来准备了很多问题要问，现在却不知道怎么开口，因为他看起来很不好惹的样子。

"谭先生平常工作很忙吗？'鸽'了我三个月。"星棠笑着看向谭叙深，虽然笑容温柔，说出的话却不怎么和善。

以及，此时此刻星棠身上的二百五气息完全不见了，坐在那里像个不好接近的高冷美人。

"不好意思，经常加班到很晚，怕星棠小姐的时间不合适。"虽然不知道该和二十多岁的女孩儿聊什么，但谭叙深脸上永远是那副泰然自若的表情。

借口，难道周末也加班吗？星棠忍不住在心里吐槽。

闻烟和星棠坐在一排，谭叙深坐在闻烟对面，只要他们没有吵起来，闻烟就不打算说话，以免引起小公主的不满。

"谭先生平常在周末喜欢做什么？说不定以后我们可以一起出来玩。"这句话是认真的，星棠也不想总让烟烟为难。

"爬山、攀岩。"谭叙深将风衣挂在一旁，露出里面的深色衬衣，今天没有打领带，扣子随意地解开了两颗。

爬山？星棠愣了愣，本来是她抛出去的问题，现在却答不上来了。

余光看到星棠的表情，闻烟忍不住笑了，看着谭叙深说："星棠喜欢美容、美甲、买衣服，你们可能没有一起玩耍的机会了。"

"我还会画画好吗？"星棠不禁为自己辩驳，知道谭叙深职位很高，她不想让他觉得自己这么没用，也不愿意在他面前丢面子。星棠看着谭叙深笑了笑，"明年春天我有一个画展，希望你和烟烟能一起过来。"

面前的女孩儿谈吐举止很正常，但谭叙深对她的印象停留在两个月前的视频里，感觉还没易阳成熟懂事。

老男人？她似乎是这么叫的。

"好的，我尽量抽时间过去。"谭叙深笑着应下，从表面来看，她确实不像能办画展的人。

谭叙深把目光移到闻烟身上，若有所思，她们这个年龄的女孩儿，是像她朋友这种性子的比较多，还是像她这样恬静的比较正常？

但毫无疑问，谭叙深还是喜欢安静懂事的女孩儿。

一问一答的流程，把星棠所有的脾气磨没了，她原本还打算质问他，但对这种像公关稿一样的问答失去了兴趣，不知道烟烟是怎么跟这种无趣的老男人相处的。

吃完饭，谭叙深去结了账，走出餐厅的时候，星棠很有自知之明地没有问闻烟坐谁的车。

"我先走了，去希凡那里拿点儿东西。"星棠穿上羽绒服，站在台阶下把围巾裹紧。

"这么晚了还去喝酒？"闻烟忍不住皱眉。

"上次落在他店里点儿东西，我今天顺路取了，不是喝酒。"星棠解释说。

"好，慢点儿开车，到家给我打个电话。"路上有雪比较滑，闻烟不放心。

"知道了。"星棠说完看向谭叙深，"谭先生开车小心点儿，好好照顾我们烟烟。"

雪花落在身上，呼吸间全是白色的气息，谭叙深黑色风衣微微敞着，没有系纽扣："好，你也注意安全。"

三个人分开了，星棠率先离开，谭叙深开车送闻烟回家。

"星棠比较小孩子脾气，你别介意。"闻烟坐在副驾驶座上扭头看着谭叙深。

虽然有几句话比较有攻击性，但今天的星棠已经很乖了，闻烟低头暗自笑了笑。

"没关系。"谭叙深没有放在心上，但余光掠过她的身影，嘴角不由得上扬，"你比她成熟很多吗？"

"那当然，难道不是吗？"这些认知闻烟还是有的，微微扭头反问道。

"表面上是这样。"红绿灯路口，谭叙深停下车揉了揉她的头发，眼里带着漫不经心的笑。

他忘不了她撒娇时的样子，让人无奈，但又无法抗拒。

星棠离酒吧比较近，从林希凡那里取回东西后直接回了家。

她想和闻烟说几句话，犹豫着该打电话还是发信息，但打电话又不太好意思说，在消息框里来来回回打了很多字，最后又删了。

发消息有聊天记录，不是更难为情吗？

星棠还在纠结，闻烟的电话已经打过来了，吓得她手一抖，差点儿把手机摔在地上。

"喂？"星棠接通后躺在了床上。

"到家了吗？"闻烟刚进门就给她打了电话。

"刚到。"星棠撒了一个小小的谎，"你们回去了吗？"

"我刚到家，他回去了。"闻烟给自己倒了杯水。

"哦。"他们没住一起，非常好，星棠笑着在床上打了个滚儿，"烟烟，我有几句话想跟你说。"

"嗯？"闻烟察觉到一丝奇怪，小公主一向是想说什么说什么，现在竟然学会了提前预告，闻烟不太习惯。

"就是……我知道这段时间你很为难，我不是真的讨厌他，也不是非得跟他吃饭，我也知道他忙，但是再忙也要跟女朋友的好朋友见一面吧？而且我总得知道是什么样的男人把我们家宝贝骗走了。他总这么拖，说实话我心里很不踏实，不知道他是真忙还是没有把你放在心上，但我又怕跟你说这些惹你伤心。今天见了他，感觉还是挺体贴的，虽然离过婚但挺有风度涵养，总之你遇到喜欢的人我很开心，只要他对你好我就放心了。而且我对好看的男人一向宽容，只这一张脸，我就大人不记小人过，原谅他之前的所作所为了。其他的我也不唠叨了，我自己的感情还想不明白呢，好了，我明天也要去找男朋友了，晚安。"

不等闻烟回答，星棠一鼓作气说完就把电话挂了。她可以像个小孩子似的肆无忌惮地和闻烟撒娇，但是一本正经谈心还是很不习惯，似乎有一点儿矫情……

星棠这段时间闹脾气，有很大原因是对谭叙深不放心。她也想要小孩子脾气引起闻烟的注意，因为她还不习惯闻烟有了男朋友的这种状态。

她脑子平常是不太好，但恋爱经历肯定要比闻烟多，尽管今天见过了也看不出什么来，还有点儿被他的气势压倒，但总归放心了一点儿。

星棠原本就胆小，要不是为了闻烟，才不想和谭叙深这样的男人打交道。她愿意 辈子当个快乐的小公主。

窗外寒风凛冽，闻烟抱着暖水袋窝在沙发里，忍不住傻笑，没想到小

199

公主的心细了不少。

　　"放心吧，如果以后我受欺负了，需要你给我当打手。"

　　"早点儿睡，晚安。"

　　星棠在床上翻滚着，听见手机振动，连忙拿起手机。她看到闻烟的消息，眉眼情不自禁地笑弯了，飞快地打下几个字，然后把手机扔在了一旁。

　　"她在洗澡，不是本人。"

第 八 章

浓情圣诞

周三中午，闻烟仔细检查行李箱，看有没有忘带东西。

几天前她就开始收拾去海市的行李了，从纠结带几件衣服到带什么衣服，最后竟然装了满满一大行李箱。她下午化完妆，谭叙深发消息说他已经到了，她检查了下家里的电源后下楼。

谭叙深坐在车里，看到她拖着一个大行李箱从电梯间出来，眼底浮现一丝笑意，然后下车。

"带了什么？"谭叙深从她手里接过行李箱，拉着往前走。

"我也不知道，零零碎碎就装了一箱子。"闻烟挽着谭叙深的手臂，眼睛里光芒四溢。

闻烟才不告诉他，自己偷偷买了两件情侣装——圣诞主题的毛衣。

谭叙深打开后备厢，将她的箱子放好。而闻烟看到他小小的登机箱，忽然有点儿不好意思。

"走了。"两个人回到车上，谭叙深偏头看着她。

看他拧动车钥匙，闻烟忽然靠近，抱着他的肩膀在他唇上轻吻，然后飞速地离开，像一只偷吃了香蜜的小老鼠。

刚才还白皙的脸瞬间染上红晕，闻烟若无其事地系好安全带，偷偷瞄了眼谭叙深："走吧。"

谭叙深挑眉，饶有兴味地看着她，心情跟着一起愉悦。

闻烟端坐着尽量不看他，脸颊微微燥热，但在数次偷看中发现他唇角沾了她的口红。

迎着他的目光，闻烟不好意思地笑了笑，从包里拿出一张纸，身体向前倾："来擦一擦，像个采花贼。"

她羞怯地靠近，在他的唇上轻轻擦拭，还带着几分调皮。

谭叙深用目光将她娇小的身体完全笼罩，嘴角还带着若有若无的轻笑，不知道为什么突然心痒。

"好了。"

闻烟用手指在他的唇上轻点，正准备起身，却被谭叙深一把抓住了手腕。他微凉的唇瓣瞬间轻覆下来。

调皮的女孩儿终于勾起了男人的兴致。

谭叙深把手放在她的腰上，将她唇上的口红一点儿一点儿地吞食干净。不知过了多久，氧气在无声的厮磨中被耗尽，谭叙深放开她，两个人的鼻尖微微错开碰在一起，呼吸交融，眼睛里只剩下彼此的影子。

"走了。"轻轻摩挲着她嫩红的唇瓣，谭叙深满意地起身。

"好。"周围有人路过，闻烟的呼吸久久没有平静下来，脸上的酡红让人无限遐想。

黑色轿车缓缓启动，向机场的方向驶去。

晚上八点，飞机穿过乌黑的云层在机场缓缓降落，两个人拉着行李箱从机场出来直接去酒店。

闻烟拉着谭叙深的小箱子，谭叙深拉着闻烟的大箱子。

本来谭叙深落地后公司安排了司机来接，但他和闻烟在一起，又自己订了酒店，索性拒绝了。

机场回市区的路段很偏，远远望过去，高速公路上的路灯连成了一条线，在水面倒映出一片光影。

A市到海市乘飞机也就三个小时，但闻烟感觉很疲惫，坐在出租车后排，靠着谭叙深的肩膀。

"你在海市有朋友吗？"闻烟闭着眼睛，声音有气无力。

"有几个。"谭叙深望着窗外闪过的夜景。

"要去见他们吗？"闻烟睁开眼，带着几分困倦，目光落在他棱角分明的侧脸上。

"不去了，没告诉他们。"出租车后排的空间很狭窄，谭叙深修长的双腿无处安放，坐得很不舒服。

"那可以把全部时间交给我，我还嫌时间不够呢。"闻烟笑容明媚，生怕他再有个突然的饭局，那她的计划就要被打乱了。

视线从窗外漆黑的夜色中收回，谭叙深笑着低头："怎么这么有精力？"

"嗯，还是小时候来过一次海市。"他的眼眸黑亮，闻烟不好意思地躲开了他的视线。

这和第几次来海市没有关系，重要的是和他一起来，重要的是第一次和喜欢的人旅行，更重要的是和谭叙深一起过圣诞节。

但这些小心思，闻烟不好意思告诉他。

"困了吗？"谭叙深注意到她无精打采的。

"有一点儿。"长时间坐着，腰微微有些累，而且她睡眠很浅，在飞机上从来睡不着。

"睡吧，还有半个小时才到。"谭叙深伸出手臂抱着她，让她靠在自己的肩膀上。

"好。"闻烟顺势抱着他的手臂，安心地闭上了眼睛。

闻烟再次睁开眼，已经到了酒店，出租车在酒店外缓缓停下。

不知道是太困了，还是他身上有无形的魔力，她竟然真的睡着了。闻烟从谭叙深身上起来，揉了揉眼，感觉浑身乏力。

"到了。"谭叙深看着她迷糊的样子笑了笑。

"没有睡够。"闻烟双手捧着脸，想让自己清醒点儿。

"到酒店再睡。"谭叙深打开车门出去，司机已经帮他们把行李搬了下来。

两个人到酒店前台办了入住，拿着房卡乘电梯上楼，刷开房门，房间里一片漆黑。

"好冷。"闻烟裹紧了衣服。

"是不是感冒了？"谭叙深将房卡插进卡槽，明亮的光线瞬间充斥了房间每个角落，手覆上她的额头。

体温正常。

"没有，可能不太习惯南方的天气。"她身体没有这么虚弱，闻烟笑着拉住他的手，示意他安心。

海市今天刚下过一场雨，天气湿冷，晚上风一吹就更冷了，闻烟刚下飞机就觉得寒气扑面而来。她从小在北方长大，冬天已经习惯了室内的暖气，南方室内没开空调的时候和室外好像一个温度。

"待会儿洗个澡，早点儿睡。"谭叙深把空调打开，调到合适的温度。

"还是先吃晚饭吧。"闻烟无力地坐在沙发上，感觉又累又困。

"好。"谭叙深走到闻烟身边，脑海里闪过她出门时的兴致和现在的萎靡不振，"身体太虚了。"

闻烟今天穿了件白色的短款羽绒服，下身搭配着黑色百褶裙和马丁靴，此刻脸色看起来确实不太好。

"路上的时间太久了。"闻烟握着他的手轻轻摇晃，在他面前总是忍不住撒娇。

"休息一下，待会儿下去吃饭。"谭叙深拿着电脑走到右边的办公桌前，有几件事需要现在处理。

他还没打开电脑，手机先响了，是 Aaron 发来的具体行程。

"我先收拾下行李。"闻烟打开行李箱，把两个人的衣服挂好，收拾到最后发现了几袋零食。

她拆开一袋饼干，走到谭叙深身边去投喂："很好吃。"

谭叙深从屏幕前抬头，看着闻烟白皙的手指忽然察觉到，好像从来没有见过她涂指甲油，她的指甲永远是干干净净的。

谭叙深低头，湿润的唇瓣有意无意地掠过她的指尖，然后注视着她，将口中的饼干慢慢咬碎："太甜了。"

微微的酥麻很快从指尖传到心脏，闻烟心里痒痒的，收回手："那我自己吃。"

谭叙深嘴角噙着笑，关上电脑："下去吃饭。"

由于时间比较晚了，他们就在酒店的餐厅随便吃了点儿，回来后闻烟洗了个澡，热水漫过身体，体内所有的疲惫似乎都浮了出来，洗完简单吹了吹头发，回床上准备睡觉。

"我要睡了。"闻烟躺在床上，困意沉沉地望着办公桌前的男人，眼神迷离得有了虚影。

"好，我安排好这件事。"谭叙深浏览着 Aaron 帮他筛选的邮件，因为是工作日出差，FA 的同事还在正常工作，有些项目需要他确认推进。

十几分钟后，谭叙深处理完工作关上了电脑。等走到床边，发现闻烟不知道什么时候已经睡着了，谭叙深缓缓地倾身靠近，她也没有反应。

看来她是真的累了。

早上七点，谭叙深在生物钟的作用下自然醒来，而旁边的女孩儿还在睡。谭叙深不由得皱了皱眉，再次将手放在她的额头上。

体温依然正常。

她的脸颊被几缕头发遮住了，在酒店白色的被子下无端添了几分缠绵的性感，谭叙深的嘴角挂着笑，以前也没发现她这么嗜睡。

十点要到车展中心，谭叙深掀开被子准备去浴室，然而刚起身手臂就被缠住了。

"再睡会儿。"闻烟睁开惺忪的睡眼，声音带着刚睡醒的沙哑和轻软。

她抓住谭叙深的手臂，身体缓缓往他怀里蹭，将他整个人重新拖回床上然后环住他的腰。整个人像条八爪鱼似的黏在谭叙深身上，闻烟这才安心地再次闭上了眼睛。

这一系列动作行云流水，让谭叙深愣住了，而她做得那么自然，像是他们已经在一起生活了很久。

但谭叙深不知道，闻烟确实在梦里经历过很多次这样的场景。

他们几乎每次都是周末在一起过夜，像今天早上的情况从来没有过。她还在睡觉，而他需要去上班，这种状态让闻烟有种幻觉，自己好像是在家等他下班回家的妻子。

"睡多了头疼。"早上是男人欲望最盛的时刻，而昨晚她睡着了，谭叙深没碰她，随着闻烟的腿攀附在他身上，谭叙深的手已经放在了她腰间轻轻摩挲。她腰上的皮肤滑得像温热的丝绸，无声地引诱着他，让他想更进一步。

"不要，想睡觉。"闻烟真的没睡够。腰上的皮肤又很敏感，被他触摸着泛起一片痒，她抓住他乱动的手，"现在几点了？再陪我睡一会儿。"

"七点。"声音喑哑，谭叙深的手没有停下来，而是掀开她的睡裙慢慢探索着。

很久之前谭叙深就发现，她身上带着淡淡的奶味，似乎是天生的，早上起来的时候尤为明显，比香水还能激发他的兴致。

谭叙深低头咬在她的脖子上。

"嗯——"闻烟忍不住闷哼，这一咬终于把她彻底弄醒了。她捂着脖子移到床的最里边，"好疼。"

她的轻哼唤回了谭叙深的理智，刚才确实失了分寸。他注视着她脖子上的红印，像是要渗出血。

"抱歉。"谭叙深将她拉回身边，手抚摸着她的脖子，又落下一个轻柔的吻，为他刚才的粗鲁表示歉意。

"没关系，只疼了一下。"闻烟没有了睡意，但手还轻轻环在他腰上，"你几点结束？"

"下午四点。"谭叙深将她脸颊的碎发撩到耳后，掀开被子下了床。

"需要跟其他人吃饭吗？"他起床后，闻烟顿时觉得被窝里很冷，裹紧了被子。

"中午有个饭局。"谭叙深拉开窗帘，房间内瞬间变得明亮。

"那结束之后早点儿回来，晚上我们一起吃饭。"闻烟还是觉得冷，过了片刻也起床了。

"好。"谭叙深站在窗前向远处眺望，天空灰蒙蒙的，好像又要下雨。

闻烟走到他身边，打开一扇窗户，让冷空气慢慢涌进房间："海市的空气真好。"

"小心着凉。"谭叙深看着她单薄的睡衣，把窗户关上了。

"不会的，我就在房间里等你回来。"原本闻烟还有和他去车展的念头，但细细想了想，怕给他添麻烦，还怕遇到爸爸的朋友，所以还是乖乖在酒店待着吧。

"下午可以出去逛逛。"谭叙深说完走进了浴室。

"知道了。"

等他进去后，闻烟又偷偷打开了窗户，确实有点儿冷，但清冽的空气让人感觉很舒服。过了片刻她穿上了羽绒服。

白色的窗帘随着微风摆动，她站在落地窗前，俯视着酒店下面的公园，虽然天空阴沉沉的，但放眼望去一片绿色，心情也变得舒畅。

洗完澡，谭叙深换上深蓝色的衬衣，感受着旁边若有若无的视线，不动声色地继续系纽扣，只是嘴角藏着隐隐的笑。

但他刚系上两颗，她就走了过来。

"我帮你。"闻烟的耳朵有点儿红。

闻烟的手轻轻抬起，时不时地触碰到他的胸膛。谭叙深注视着她藏在发丝间泛红的耳朵，眼神意味深长："喜欢吗？"

"嗯？"闻烟疑惑地抬头。

"衬衣。"

随着他说出那两个字，闻烟的手停住了，不知道该继续还是怎样。他的视线像是催熟剂，将她的脸颊渐渐催红。

闻烟从来没有告诉他自己喜欢他穿衬衣的样子，也不知道为什么，似乎难以启齿。直到那天在车里，他衣冠楚楚，而她溃不成军，闻烟终于隐隐约约明白了。

她对衬衣的执念，在于那无数个日日夜夜纠缠着她的，穿衬衣的男人。

不是穿，是想，是梦，是纠缠。

在梦里，她穿上了他的衬衣，和他风花雪月、厮磨缠绵、爱意深浓。

"喜欢。"闻烟迎着他的视线。

她穿着拖鞋，身高只到他的下巴，谭叙深的视线可以毫不费力地将她的身体完全笼罩。从纤长的睫毛到颈间的红痕，男人的眼眸越来越深沉："要晚了。"

谭叙深提醒闻烟，也提醒自己。

"哦，好。"闻烟回过神，继续帮他系纽扣，但心跳越来越快。

系好纽扣后，闻烟踮脚帮他打好领带，谭叙深提着公文包往外走。

"早点儿回来。"闻烟还穿着睡衣，送他到门口。

"好，记得吃早餐。"谭叙深换好鞋出去了。

谭叙深到达海市国际车展中心时，另外几个同事已经到了。

各个展厅陈列着不同品牌的车，从顶级豪华版到未来概念版车型，各品牌都在争夺市场。但 FA 这次并没有新车上市，只是 4 系双门和 4 系四门的车型改款。

FA 作为豪华汽车品牌的佼佼者，谭叙深上去致辞时，介绍了此次 4 系改款后的优越性能。4 系最基本的定位是豪华商务车，但也具备了 FA 品牌独特的运动风范，从极富设计美学的外观和黑色高光的双肾型进气格栅，到印有 FA 标志的鲨鱼腮进气口，每个细节都展现了汽车极其精湛的工艺。

来车展中心的不仅有工作人员和爱车人士，还有媒体和记者，在相机不断闪烁的白光下，谭叙深致辞结束，伴随着掌声走下台。

"去那边看看吗？"一个脖子上挂着 FA 工牌的同事走到谭叙深身边。

"好。"谭叙深看了眼手机，回了几个比较重要的消息。

FA 永远是车迷爱好者不会错过的品牌，展厅人很多，四门的是黑色，双门的是银灰色，两辆车并列在一起很有气势。

谭叙深在旁边停了片刻，听了几句记者和路人的评价，然后和两个同事继续往前走。

"Evens 最近两年动作挺多的。"开发部门的同事看向不远处。

FA 旁边就是 Evens 的展厅，两个品牌在各个领域上演着相爱相杀，媒体也最爱拿这两个品牌做文章。

"只有这一款吗？"谭叙深注视着面前的这台未来概念款跑车，车头和车尾之间趋近于直线，只有微微的弧度，很有压迫感。

"好像是，他们近几年没少在这上面下功夫，从最新研发的这款车来看，我们在这方面有点儿落后了。"开发部门的同事拿手机拍了几张照片。

"他们的管理层最近有没有变动？"这个风格跟他们之前的风格不太像，谭叙深走近看了看。

"这个倒没听说。"明白谭叙深的意思，开发部门的同事摇了摇头。

FA 一直以来的定位都是运动豪华，追求磅礴澎湃的运动性能，而 Evens 在消费者心中更多是商务沉稳的风格，但这辆未来概念版跑车，在灯光下闪着银灰色的金属光泽，仅仅停在那里，就像头蓄势待发的野兽。

这是 Evens 未来概念系列的第一次亮相，看得出记者和爱车人士都非常感兴趣，正对着车不停拍照。谭叙深站着观望了一会儿，和同事继续往前走了。

中午和同事以及行业内的几个熟人一起吃了饭，下午谭叙深又和开发部门的同事一起去了工厂。

FA 中国市场的办公部门设立在 A 市，但工厂设立在海市，这里有 FA 在中国最大的工厂。

经过层层身份验证，谭叙深和同事来到车间。

车间干净明亮，充满了高科技的气息，工作人员大多数还比较年轻，年轻的人员由三四十岁的前辈带着，一个个都戴着眼镜，显得既斯文又很专业。

"近几年提高了车间的自动化流程，之前很多人工的切割和焊接现在都交给了机器，目前车间大概有七百个机器人。"车间环境研发部门的同事向谭叙深介绍道。

"每年能生产多少台车？"谭叙深去过 A 市郊区的工厂，但海市的工厂还是第一次来。

"去年全年生产了四十九万台。"研发部门的同事边往前走边说。

"最近听说 Evens 要建新的工厂？"谭叙深正走着，忽然停下了脚步。

"我也只听到一点儿风声，目前应该还在选址阶段。"研发部门的同事笑了笑，还有点儿摸不着头脑，"他们最近的动作是挺多的。"

建立工厂不是件小事，从精密先进的仪器到人才的选拔培养，光投资就得花费几十个亿。

他们从工厂出来，其他同事直接去机场，当天晚上就回了 A 市，而谭叙深则回了酒店。

闻烟一个人在酒店房间待着感觉没意思，于是下楼到附近的公园走了走。

这个时间公园的人很少，空中飘着毛毛细雨，鹅卵石地面有些湿滑。空气湿度很大，闻烟总感觉手上很潮，一下午洗了很多次手。

回酒店后，闻烟洗了个澡，天已经黑了，谭叙深应该也快回来了。等他的同时闻烟精心化了妆，还穿上了先前买的情侣毛衣。

考虑到谭叙深的喜好，闻烟没有买红色的，虽然觉得红色更好看并且应景，但谭叙深肯定不会穿的。以防万一，闻烟最后买了棕色的，上面印着麋鹿角的图案。

女版的是小 V 领，宽松可爱，长度直接盖过了大腿，闻烟换上后感觉脖子有点儿空，拿出了一条项链，也是圣诞主题的，细细的链子上悬着一个红色的圣诞老人。

但闻烟怎么系都够不到后面，这时门锁磁条响了一声，谭叙深回来了。

"回来了，帮我扣一下。"闻烟穿上拖鞋，笑着走到他身边。

房间开着空调很暖和，但一时间还抵消不了谭叙深身上的寒气，他将公文包放在一旁，端详着手里的这条项链。而闻烟正背对着她，露出了纤细白嫩的脖子。

他忽然想到了那条红色丝绒的项链。

他的手指很凉，触碰到她的脖子时，闻烟忍不住往后缩了下。

"好了。"谭叙深帮她扣好，但视线还是没有移开。

闻烟把头发放下来，转身抱住他："男朋友上班辛苦了。"

她想了一天，等谭叙深下班回来一定要先给他一个拥抱，但刚才忘了。

"不冷吗？"谭叙深清晰地看到她宽松的衣服里空荡荡的，腿上也是光着的，随着她踮脚抬起手臂，衣服不断往上缩，两条修长的腿完全露在空气中。

"不冷，我们现在出去吃饭？"闻烟依旧攀着他的肩膀。

谭叙深望着对面镜子里她的背影，毛衣松松垮垮地挂在身上，脖子上那条项链很显眼，不知道为什么，他想把它收得再紧些。

"谭叙深……"闻烟不好意思地躲了躲。

在陌生的城市，人的本性更容易暴露，之前处在熟悉的环境和熟悉的人际关系中，内心深处的喜好和人性的另一面往往会被压抑着，然而在陌生的环境，只需要一个小小的契机，这些就会被点燃。

又恰逢雨夜，一切似乎都刚刚好。

"想玩游戏吗？"在闻烟的目光中，谭叙深脱掉西装外套。

"什么游戏？"闻烟是个成年人了，大概意识到谭叙深说的不是寻常游戏，但他脱西装的动作让她沉迷。

谭叙深笑着扯开领带，将衬衣也脱下，之后在她的注视中，轻轻抚摸着她的眼睛。

"什么？"闻烟忽然想到早晨他问自己喜不喜欢衬衣，脸颊开始泛红。

房间内很安静，谭叙深没有说话，而是在她的疑惑中，用解下来的领带蒙住了她的眼睛。

"谭叙深？"闻烟不安地叫了一声。

忽然的黑暗让她很没有安全感，而闻烟在没有安全感的时候，首先想到叫的是谭叙深的名字。显然她没有意识到，她的不安就是这个男人给的。

谭叙深再也没有开口说一个字，但目光掠过她脖子上的印记时，忽然停住了动作——那印记是他早上留下的。

她伏下身子的时候，后背的脊骨突出明显，从脖子延续到尾椎，干净、漂亮。

谭叙深目光痴迷。

"谭叙深……"闻烟有些迷茫，不知道该怎么办，只是一遍又一遍叫着谭叙深的名字。她像风中飘零的树叶，无依无靠。接着，她听见身后传来打火机的声音。

谭叙深点了一支烟，朦胧缥缈的轻烟在视线中弥散，轻飘飘的很不真切。他从背后冷冷地看着她，明明是主导者，然而高高在上俯视的目光又让他冷漠得像个旁观者。

痛苦中夹杂着欢愉，但闻烟看不到背后男人的表情有多薄凉。

她的一声声呼唤，谭叙深都没有回应。他好像终于明白了自己面对她时的陌生感是什么，这一刻，它们得到了解释。

最初在 FA 遇见，她的脚扭伤，像只小麋鹿似的躺在地上沐浴着月光，楚楚动人。

那是谭叙深对闻烟心底最深的执念，连他自己都没有意识到的阴暗面。

在闻烟身上，谭叙深似乎永远看不到底，不清楚她还能带给他什么，但他很期待。

躺在床上，闻烟对今天晚上的经历心有余悸，一波一波的浪把她推向湮灭的境地。她在无可比拟的快乐中几乎失去自己，很快乐，也很害怕。

"谭叙深，我害怕……你会伤害我吗？"闻烟眼角泛红，手轻轻缠上他的手臂。

谭叙深夹烟的动作微顿，沉默了片刻，吻了吻她的唇角，将抽了一半的烟放到闻烟唇边："床上的不算。"

他的好与坏永远掺半，闻烟永远也分不清。

现在闻烟或许会相信，但以后会明白，人在欲望面前是最坦诚的，所有的本性都会暴露出来，或压抑隐忍，或面目全非。

如果谭叙深爱上一个人，那对方一定不是他生命里的那道光，而是那个他想与之共沉沦的人。

当然，他爱上那个女孩儿的同时会把她弄伤。

她知道他所有的好，所有的坏，所有的缱绻温柔，所有的阴暗卑劣。

平安夜的晚上，闻烟最终还是没有按照计划和谭叙深出去逛街。窗外的节日氛围很浓，而对于闻烟来说，这一夜是特别的。

她好像隐隐约约察觉到了什么，但游离的思绪没有抓住那一闪而过的瞬间。

最后，她累得睡着了。

清晨，闻烟迷迷糊糊地睁开眼睛，已经六点了，摇了摇谭叙深的胳膊："起床了。"

谭叙深睡眠很浅，几乎在闻烟刚碰到他的时候就醒了。他看了眼时间，随即又把手机放下，抱着闻烟再次闭上眼睛："再睡会儿。"

"去晚了得排好长时间的队。"按照计划，他们今天要一起去迪士尼，已经错过了昨晚，闻烟不想再错过今天。

昨天夜里，闻烟睡着后谭叙深久久没有入睡，抽了很久的烟，看了很久的雨，又站在床边看了闻烟很久，直到天快亮了才睡着。

闻烟的手指在他的胸前轻轻点了点。

在她的不断嬉闹下，谭叙深无奈地睁开了眼睛，闻烟也立刻停住了动作。

"没休息好吗？"闻烟看着他眼睛里的血丝，忍不住有点儿担心。

"嗯。"谭叙深抱着闻烟，似乎这样能睡得安心点儿。

"那要不然我先起床，待会儿再叫你。"闻烟声音很轻，怕吵到他。

谭叙深没说话，闭着眼睛。就在闻烟以为他睡着了要悄悄起身的时候，谭叙深又把她拽了回来："抱一会儿。"

"好。"嘴角情不自禁弯起一个弧度，闻烟乖乖待在他怀里不再乱动。

不知道是不是她的错觉，闻烟感觉今天的谭叙深有些不一样，不像往常那么自律，他也会赖床，也会黏着她。

闻烟虽然想早点儿去迪士尼排队，但如果谭叙深想抱着她睡，那就等他睡好了再过去。

经过昨天晚上的陌生和害怕，今天清晨的温暖和静谧，闻烟看到了不一样的谭叙深。虽然昨晚她也隐隐恐慌，但无形之中，也更爱他。闻烟甚至能感觉到他们的感情在慢慢变深。

十几分钟后，谭叙深睁开了眼睛，发现闻烟在看他。

"好看吗？"谭叙深眼里还带着睡意。

"好看。"闻烟抚摸着他的脸轻笑，没有以前那么害羞了。

"今天去哪儿？"谭叙深昨天听了她满满的安排，当时没有记下来。

"去迪士尼，人应该很多，但我们离得不远。"闻烟又看了下手机，不到六点半，时间还很充足。

"好。"谭叙深掀开被子下了床。

女人出门永远要比男人麻烦，闻烟洗了个澡，准备化妆的时候谭叙深已经收拾好了。看他拿出一件墨绿色的衬衣，闻烟虽然很喜欢，但今天不想让他穿这件。

"我给你准备了衣服。"闻烟走到衣柜前拿出了那两件毛衣，边往谭叙深身边走，边打量着他的反应，"穿这件好不好？"

谭叙深的眉头微不可察地皱了皱，如果他没看错的话，那是两件情侣装："可以不穿吗？"

闻烟期待的神情瞬间低落下来，她抱着他的腰，委屈巴巴："好不容易出来玩，还是圣诞节，我在商场挑了很久，这个颜色也不扎眼，就今天穿好不好？"

闻烟用手指在他的腰上轻轻地戳着，谭叙深握住她使坏的双手，不由得笑了。

不要说离婚后，就是婚姻中、结婚前，甚至追溯到学生时代，谭叙深也从来没和别人穿过情侣装。他不喜欢这种形式上的感情，觉得也没有必要把两个人的事公之于众。

但她声音一软，谭叙深不禁想到昨晚她害怕的样子。他低头注视着闻烟，许久后说："好。"

闻烟不敢相信地抬头，没想到他这么容易就答应了，还以为得说好久才能说服他。

"谢谢男朋友。"闻烟跳起来亲了下他的下巴。

"快去收拾。"谭叙深双手虚扶着她，怕她摔倒。

"知道啦。"最担心的事情解决后，闻烟整个人都放轻松了。

八点半开始检票入园，他们到的时候才八点，但队伍已经排了很长。

闻烟在毛衣外面套了件薄款羽绒服，还是那件白色的，还特意穿了双比较舒适的马丁靴。

"没关系，应该挺快的。"闻烟说得没有底气，担心谭叙深不耐烦，毕竟对他来说，这确实很浪费时间，"你今天有工作上的事吗？"

"抽空回就好。"无论工作日还是节假日，每天都有人找他，对此谭叙深已经习惯了。

清晨的空气有些凉，闻烟的羽绒服敞着，谭叙深为她拉好拉链："小心着凉。"

闻烟笑着将手伸到他的口袋里，还将他的手也一起放进去。两个人冰凉的手在一起慢慢变暖。

两个人好不容易进了园，每个项目都要排队，闻烟特意带了小本本和笔。

"一会儿我跟唐老鸭要签名，你帮我拍照。"闻烟挽着谭叙深的手臂，讨好地笑了笑。

"多大了？"谭叙深总觉得自己领着孩子出来了，但易阳还比较听话，不让玩就不去了。

"多大也要拍照。"闻烟笑了笑，拉着他穿过熙熙攘攘的人群。

谭叙深虽然那么说，但还是帮闻烟拍了。

闻烟也偷偷拍了谭叙深，他不用刻意摆姿势，仅仅是一个抓拍，就让周围背景里模糊的人影全部暗淡。

"在做什么？"谭叙深转身，发现她正举着手机在笑。

"没干什么……"偷拍被发现，闻烟心虚地收起了手机。

谭叙深手伸到她背后，将她藏着的手机拿过来，从最新的那张往回连续翻了七八张，都是他。看了一会儿，谭叙深将手机递到她面前，嘴角挂着隐隐的笑，饶有兴味地注视着她。

"再帮你拍张好看的。"被发现后闻烟索性不再畏畏缩缩，反而拿着手机向旁边走了几步，"谭先生，看我。"

谭叙深坐在那里，注视着她脸上明媚的笑。她整个人像是蒙了一层淡淡的光辉，让他移不开视线。

最后，不管谭叙深愿不愿意，闻烟还是给他拍了很多照片，还有两个人的自拍。

从清晨到夜晚，天空中的太阳变成了月亮，他们去了米奇大街，去了探险岛，去了梦幻世界……

夜幕降临，睡美人城堡前的广场上挤满了人，闻烟轻轻靠在谭叙深的肩膀上。天空中烟花绽放，夺目的光芒照亮了每个人的眼睛。

闻烟抬头看着谭叙深棱角分明的脸，他也像童话般梦幻。闻烟情不自禁地踮起脚勾着他的脖子，谭叙深察觉到她的动作，也微微低头——

人潮中浪漫的亲吻。

后来闻烟回忆起这一天，总感觉那一定是场梦，像是无边黑暗里唯一的一束光，美好得让她不敢触碰。

乘坐周日下午的航班，闻烟和谭叙深一起回了 A 市，是周寻开车来接的他们。将闻烟送回家，谭叙深和周寻才离开。

第二天要正常上班，但当天晚上闻烟还是花了很长时间，将所有的照片都整理出来，修图并制作成电子相册，打算下周有空了将照片洗出来。她喜欢纸质的东西，翻阅起来更有感觉。

闻烟好久没回家了。十二月三十一号跨年那天晚上，她是和星棠还

214

有爸爸妈妈，以及星棠的爸爸妈妈一起过的，两家人在闻烟家里一起吃了晚饭。

这个冬天过得格外快，好像也没有闻烟记忆里那么冷，一眨眼，草长莺飞，就到了春天。

周五下班，还是和往常一样，晚上闻烟跟着谭叙深一起回家。她站在门外心血来潮地敲了敲门，只听里面传来一阵飞快的脚步声，然后停了两秒，门打开一条缝。

"闻烟姐姐、爸爸！"小脑袋从门里探出来。

"在玩什么？"闻烟摸了摸易阳的脑袋，将买的零食递给他。

"画了一幅画，但还剩一点儿没画完。"易阳的衣服上都是水粉颜料。

"待会儿记得换衣服。"谭叙深弯腰去擦他脸上的颜料，却发现已经干了，擦不掉。

"知道啦。"易阳跟着闻烟回了客厅，吃了一袋小饼干后接着画画。

"先来吃饭吧。"阿姨刚走没多久，饭菜都还是热的。闻烟盛好米饭放在餐桌上。

"好。"谭叙深将茶几收拾干净，看着易阳的背影说，"去洗手。"

"我画的好看吗？"易阳转身指着画板问谭叙深，心里却打着小算盘。

孩子眼中的世界似乎永远都是那么明艳灿烂，谭叙深看着画板，不是很复杂的画面，但构图和色彩搭配都很舒服。

重要的是画面中的摩天轮和过山车。

"还有进步的空间。"视线从画板移到易阳身上，谭叙深看着他不停转动的眼珠笑了。

易阳的嘴角立即耷拉了下来。

餐桌上，三个人一起吃饭，但闻烟发现易阳无精打采的，米饭也没有动几口。

"怎么了？"怕易阳够不着，闻烟将他喜欢的菜夹到他面前的盘子里。

"我们明天去游乐场好吗？"话是问闻烟的，易阳的视线却偷偷移到谭叙深身上。

这不是闻烟可以决定的，她也悄悄地打量着身边男人的反应。

而谭叙深像是没听到，毫不在意旁边两个人的目光，慢条斯理地吃着晚饭，浑身透露着优雅。

上次和闻烟去了迪士尼，谭叙深近一年都不想再去游乐场。

"我们去郊外野餐好不好？人不多，最近天气也挺好的。"闻烟知道谭叙深不会答应去游乐场，但也不想让易阳不开心，现在正是小孩子出去玩闹的季节。

"好！要带好多好吃的！"谭叙深还没说话，易阳先激动地应下了。

谭叙深还是没什么反应。

这时，易阳的手机忽然响了，他拿起手机，看着视频电话的备注说："是妈妈。"

闻烟拿着筷子的动作顿住了，米饭从筷子上缓缓掉落到了碗里。

余光注意到她细微的动作，谭叙深低垂视线，没说什么。

"妈妈。"易阳微笑着向手机挥了挥手。

"宝宝乖，想妈妈了吗？"

这是闻烟第一次听到这个女人的声音，该怎么形容呢？闻烟想得脑袋发疼，也没找到一个合适的形容词。此时此刻，她只知道这个女人是谭叙深的前妻。

闻烟甚至刻意不去了解关于她的一切，只把她当作一个真实存在却又虚拟的人。不是不想知道，闻烟很想知道，但怕控制不住自己的嫉妒，怕和谭叙深争吵。

她忽然感觉透不过气来。

"想了。"易阳乖乖地应着。

"吃晚饭了吗？"

"正在吃，阿姨做的饭可好吃了。"易阳将手机对着桌子上的菜。

"那宝宝多吃点儿。"

闻烟收回思绪，装作若无其事地继续夹菜吃饭，舌尖却蔓延出一丝苦涩。

"爸爸不陪我去游乐场，就知道工作。"易阳不满地控诉，说着把手机的摄像头转向谭叙深。

镜头从闻烟身上一晃而过，虽然很短暂，但叶漫还是看见了，视频两端顿时陷入了沉默。

易阳还不知道发生了什么，依旧举着手机对着谭叙深，似乎要让妈妈帮他讨回公道。

"吃饭了吗？"过了几秒，谭叙深抬头看向视频里的人。

而视频似乎静止了，没有任何声音，过了很久才听到女人的回复："还没。"

一问一答，再也没有其他的话题，他们的谈话似乎已经结束了。

仿佛看不到他们一家三口的互动，也听不到他们之间的谈话，闻烟面色如常地吃着饭，却味同嚼蜡。

而这时，易阳举着手机的手也累了，慢慢收回了胳膊："妈妈。"

"宝宝乖，你先吃饭吧，等有时间妈妈再打给你。"

"好，妈妈再见。"

"拜拜。"

随着电话挂断，餐厅也变得格外安静，谁也没有先开口说什么。

而过了几秒，谭叙深放在餐桌上的手机忽然振动，餐厅凝滞的氛围被打破了，一条消息进来：

"等方便了给我回个电话。"

手机的振动像是一道咒语，顺着餐桌传到闻烟的手臂，她不知道是谁发来的，也不知道里面是什么内容。

这一刻，她很想让自己变成一个不会思考的人。

"我们明天去郊外野餐好不好？"易阳并没有察觉到大人之间微妙的氛围，继续看着对面的两个人说。

"好。"不像先前那么犹豫，谭叙深答应了，然后扭头看着闻烟，"需要准备些什么？"

刚才不停地吃饭，闻烟已经吃饱了。她放下筷子看着易阳："需要准备一块野餐垫，还有帐篷，如果有烧烤架的话也可以带上，但这周太仓促了，我们下周去好吗？"

闻烟需要用一周的时间来平复心情。

"好呀，我们还可以带上周寻叔叔和Yellow！"易阳并没有因为野餐时间推迟到下周而不开心，在他心里闻烟比谭叙深讲信用，说好去就一定会去。

"好。"闻烟笑了笑，笑意却没办法到达眼底。

听着他们将事情推向另一个走向，谭叙深没说话，低头继续吃饭。

闻烟一直以为自己是个很会隐藏情绪的人，但和谭叙深在一起的大半年时间，她习惯了跟他撒娇，习惯了毫不掩饰地向他敞开心扉，导致现在把自己的情绪藏起来很困难。

这件事不怪谭叙深，不怪任何人，从按照他发的地址走进他家里的那

217

一刻开始，闻烟就知道，后续的这一切她都得承受。

然而现在，她觉得喘不过气。

洗过澡后，闻烟躺在床上背着谭叙深。

她刚才忽然明白了，或许自己根本就不想隐藏心思，就是在等谭叙深来哄她。

而谭叙深并不想惯着她的小情绪。

现实就是如此，这也是永远存在的问题，他不想把事情推到麻烦的境地，也不喜欢解释没有意义的问题。

在他看来，闻烟不问、他不说，一切都保持在平衡的状态，而随着今天的视频电话，平衡似乎被打破了。

但如果她问，他会说。

"谭叙深。"闻烟依旧背对着他，唤了声他的名字。

听到她终于开口，谭叙深缓缓合上手里的书，放在床头柜子上。

"嗯？"谭叙深躺下，伸手将她抱到身边。

"你们经常联系吗？"被他抱着的那一瞬，闻烟眼睛忽然酸涩。

"没有。"谭叙深注视着她的脸。

"她在 A 市吗？"

"不在。"

"在哪儿？"

"欧洲。"

闻烟愣了愣，没有想到是这个答案。

"你们上一次见面是什么时候？"

"两个月前。"

"做了什么？"

"她来接易阳。"

闻烟的声音很轻，但温和的语调问出一个接一个的问题时就有了几分咄咄逼人。然而针对她的每个问题，谭叙深的回答都没有丝毫犹豫。

闻烟忽然觉得自己在无理取闹。

他的眼眸漆黑，闻烟在他的眼睛里看见了自己的影子，这一刻里面全都是她。

"对不起，我就是……有点儿嫉妒她。"在他的注视下，闻烟终于从那通视频电话里缓了过来，从可怕的嫉妒中找回了自己。

指腹抚过她温热的眼皮，谭叙深沉默地抚摸着她的眉眼，动作很轻。

闻烟没有像之前那样藏在他的怀里。在某些事情上，她是没有办法撒娇的。

她抱着谭叙深，双臂逐渐收紧，很害怕在谭叙深心里留下无理取闹和善妒的印象。

"明天还去野餐吗？"谭叙深任由她抱着。

"时间可能有点儿紧，"闻烟从他怀里抬起头来，看着谭叙深说，"需要准备很多东西，我们下周去吧，周日早晨还能一起看日出。"

同样的答案，但闻烟这次是发自内心的。

月色如水，谁也没再说起刚才的话题，这或许就是聪明人的交流方式。但在感情里不需要聪明人，这个问题即使现在跳过去了，以后还会出现，而每次还是会像刺一样扎在肉里，越扎越深。

周六，闻烟像往常一样在傍晚时分回了家。

然而她刚走没多久，谭叙深的电话就响了。他看着来电显示，沉默了片刻才接通，习惯性地等着对方先开口。

"不好意思，方便吗？"沉默了几秒，听筒里传来一个熟悉的女人的声音。

"什么事？"谭叙深站在落地窗前，看着窗外的雨。

电话那端的人又沉默了几秒。

"离婚的时候说好的，如果我交男朋友，或者你有女朋友了，要告诉对方。"女人的声音很平静，是沉淀了一夜后的结果。

谭叙深望着窗外没说话，也没否认，离婚的时候确实这么说过。

"你是认真的吗？"因为那一晃而过的瞬间，叶漫整个晚上都没睡好，不禁疲惫地揉了揉眉心。

他已经带她到了家里，并和易阳见了面，不可能只是玩玩而已。

但视频画面闪得太快，叶漫只看见一个虚影，不清楚样貌，猜不出年龄。

"易阳很喜欢她。"谭叙深知道她问这些的潜台词，却没回答她的问题。

"我不相信。"平静的语调，但语气很坚定，叶漫起身走到落地窗前，巴黎现在是中午，阳光很刺眼。

她不相信这个世界上有女人能够对男朋友和前妻的孩子敞开心扉，女人是贪婪的，也是极其容易嫉妒的。

既然她不相信，谭叙深也就没有必要再解释。

"多长时间了？"这个问题，叶漫好像不是完全为了易阳，连自己都没意识到声音缓和了几分。

地板上倒映着男人的身影，谭叙深依旧站在窗前，脸上没什么表情，过了很久才开口："别问了。"

叶漫视线低垂，微微顿住了。

隔着几个小时的时差，隔着千万里的距离，两个曾经关系最亲密的人都站在落地窗前，窗外一个晴天、一个下雨，窗前的两个人神情各异，言谈之间也全是疏离。

"你的感情我不问，但无论我们之间怎么样，希望你永远把易阳放在第一位。"落地窗映着女人姣好的身材，西裤和高跟鞋显得知性利落，但眉眼之间难掩倦色。

因为知道了闻烟的存在，叶漫过去的一整天都在担心易阳。

"好。"谭叙深转身回了沙发，目光掠过沙发上的围巾时愣了愣，是她落下的。

他坐下，无意识地抚摸着围巾，神情始终没有变化。

"我下周回趟国。"不亲眼见到孩子，叶漫始终放心不下。

谭叙深皱了皱眉，语调没什么变化："你想弥补什么？"

脸上闪过一丝受伤的神情，叶漫微微低下头，转身回到办公桌前，声音平静冷淡："我知道我是个不称职的妈妈，但你我之间，就不用互相指责了。"

第 九 章

温柔假象

闻烟下班时，星棠也恰巧下班，于是星棠顺路来接她，两个人一起吃了晚饭。

"星棠，你周末有空吗？"闻烟放下木筷，用纸巾擦了擦嘴。

"要出去玩吗？"星棠的眼睛忽然亮了，她期待地看向闻烟。

"准备和谭叙深去郊外野餐，你如果有时间的话，和我们一起吧。"闻烟想借着这个机会，把易阳的存在告诉星棠。

她和谭叙深在一起已经八个月了，感情也比较稳定，星棠也慢慢接受了他，所以没有再瞒下去的必要了。而易阳本身性格就讨喜，闻烟相信星棠会很喜欢他的。

等说服了星棠，闻烟再让星棠陪着自己一起去过爸妈那关。

"一定要带烧烤架。"星棠对野餐很有兴趣，但忽然又想到什么，抬头看向闻烟，"周末什么时候？"

"周六下午，有时间吗？"闻烟拿起旁边的茶壶，往对面的木质杯子里续了半杯大麦茶。

"周六恐怕不行，有个朋友过生日。"星棠遗憾地嘟着嘴，跟闻烟解释，"关键这个朋友属于半生不熟的，不太好拒绝。"

"没关系，你去吧，等下次有机会我们再一起。"闻烟低下头若有所思。

没想到时间这么不凑巧，或许是还不到合适的时机。

周五，闻烟收好电脑准备下班。路过谭叙深办公室的时候，他的助理 Aaron 迎面走来，闻烟眼睛就没敢向他的办公室乱瞟。她目视前方，余光察觉到 Aaron 的视线好像有意无意地落在自己身上。

闻烟微微偏头，两个人目光相遇的那一瞬，Aaron 朝闻烟点头轻笑。闻烟微愣，随即也朝他淡然一笑。

然而错过身的一刹那，闻烟不禁五指收紧，脸上的笑也消失不见。

难道 Aaron 看出什么来了吗？

他们同处一个公司办公，平常低头不见抬头见，虽然没有说过话，但也知道彼此是谁，具体负责什么业务，这么说来打个招呼也正常，但闻烟就是忍不住心虚，手心也冒了一层冷汗。

谭叙深让她在地下车库等他，但因为 Aaron 那不明所以的眼神，闻烟还是打车回去了。

吃过晚饭，易阳跑去客厅玩游戏，谭叙深在厨房洗碗，闻烟将餐桌收拾干净后也进了厨房。

"今天下班时遇到了 Aaron，他看了我很久。"闻烟皱眉回想着那个微笑，很想知道他出于什么目的，"他是不是看出什么来了？"

谭叙深的目光微微一沉，他把盘子上的泡沫用水冲洗干净。白瓷盘在白炽灯下很亮，映出男人的眼眸。他抬起手臂，将干净的盘子放到碗架上。

"兴许是觉得你漂亮。"谭叙深低头看着闻烟轻笑，仿佛刚才的狐疑不曾存在。

闻烟意外地抬头，是这样吗？但无论真假，因为他的这个解释，闻烟心中的疑虑渐渐消失了，随之而来的是藏不住的笑。

"所以我还是很有市场的，对我好点儿，知道吗？"闻烟轻轻戳着谭叙深的后背，然后情不自禁地从后面抱住了他的腰，"忽然想起来，你好像都没有说过我漂亮。"

"别闹，衣服脏了。"她的手在他腰间不停地乱动，谭叙深感觉腰间有些痒。

但闻烟不仅没有停下来，反而把手伸进了他的衬衣里面。两个人在一起这么久，闻烟很清楚他腰上的皮肤很敏感，一边使坏一边威胁："漂不漂亮？"

谭叙深手上还沾着水，微微转身，用臂弯搂着闻烟的脖子将她转到身前，手臂禁锢着她的身体，以无比亲密的姿势伏在她耳边轻声说："漂亮。"

望着她近在咫尺小巧的耳垂，谭叙深缓缓靠近，咬了一口。

"谭叙深，你总爱咬我。"痛感和温热让闻烟不由得瑟缩了一下，转身不满地控诉道。

"喜欢。"谭叙深将最后一个盘子放好，笑着弯腰，在刚才咬过的地方轻轻吹气，"疼吗？"

随着他身体前倾，闻烟的腰不自觉地往后仰，身体抵着洗碗台的大理石边缘，她摇了摇头："不疼。"

海市的旅行，圣诞夜的前夕，仿佛为他们打开了另一扇门，体会到痛感中的温柔与欢快，闻烟不得不承认，他真的很坏，她却爱得无法自拔。

怕她磕到腰，谭叙深把手伸到闻烟背后将她扶好："明天要准备什么？去收拾下。"

"我已经准备得差不多了。"闻烟顺势抱住他，脸上扬起的笑和易阳画完画等谭叙深表扬时的神情如出一辙。

"不错，很乖。"谭叙深捏着她的小鼻子，"我待会儿跟德国那边还有个会，你要是累了就先休息。"

"那我和易阳再检查下明天需要带的东西。"他应该是要开视频会议，闻烟想尽量避开。

从厨房出来，谭叙深先回房间了。客厅里，闻烟和易阳一起把食材装到收纳袋里。

周六下午三点，谭叙深开车从家出发，闻烟和易阳坐在后排，两个人中间摆满了零食。

"周寻叔叔和 Yellow 呢？"易阳戴着黄色的棒球帽，手里捧着一盒酸奶。酸奶是闻烟最喜欢的牌子。

"已经在等你了。"谭叙深看着后视镜里的画面，目光恰好和闻烟的对上，他的脸上弥漫着愉悦。

"好好开车。"他们现在正在高速公路上，闻烟往外看了看，提醒他。

"那我们快点儿过去和他们会合，好想 Yellow 呀。"如果不是系着安全带，易阳可能要冲到谭叙深身边去了。

他们去的是郊外的一个开放的露营公园，谭叙深到的时候周寻已经在等着了，一人一狗躺在树荫下，很舒服。

"Yellow！"易阳下车就朝金毛飞奔过去，两只小可爱在地上抱作一团。

周寻伸手把易阳腾空拎起来："没看见我是不是？"

"看见啦。"挣扎中易阳的帽子掉在了地上。

"看见了还先去抱狗？"周寻吃醋了，捏着易阳脖子后的软肉。

"Yellow 离得近。"易阳狡辩得很不自然，然后讨好地抱了抱周寻。

他们玩闹间谭叙深和闻烟也缓缓走过来。

"这个位置不错。"闻烟眺望远方，满眼的绿色让人瞬间忘了所有烦恼。

他们所在的位置地势较高，视野非常开阔，可以清楚地看到山脚的河边也有很多人在野餐。

"你们还可以一起看个日出。"周寻从地上坐起来玩笑说，"你朋友没来吗？"

这么长时间里，闻烟和周寻已经见过很多次了，虽然渐渐熟络，却没谈论过"她的朋友"。

"星棠有个朋友今天过生日，她去参加生日聚会了。"闻烟笑了笑说。

"那很可惜。"虽是这么说，但周寻眼底并没有多少遗憾。

谭叙深往山坡边走了走，摘下墨镜看着周围的景色。四五月份的阳光明媚却不刺眼，是最舒服的时候。

"爸爸，我们什么时候吃烧烤？"易阳跑过去抱着谭叙深。

闻烟看着他跑过去，心里一惊。

"不要乱跑。"谭叙深拉着易阳往回走，"你和姐姐坐在这里休息。"

谭叙深和周寻去车里拿帐篷和烧烤用的东西。

"易阳，这里山很高，不能乱跑知道吗？"本来想去帮他们，但易阳经常自己待在家，好不容易出来玩显得很兴奋，闻烟很不放心地陪着他。

"知道啦。"易阳听话地坐在闻烟旁边，开始和金毛玩。

后备厢里有很多东西，易阳带了画板，还有很多玩具。谭叙深刚取出他的水粉颜料，手机忽然振动了，他拿出手机解锁。

"我刚下飞机，易阳在家吗？"

阳光下，手机屏幕显得很暗，谭叙深的视线停在那条短信上，没有动作。过了片刻，他扭头望着树下玩闹的两个人。

担心山路不好走，闻烟今天穿了双运动鞋，橘色的毛衣搭配牛仔裤，还扎了束马尾，整个人显得清纯温柔。

察觉到了谭叙深的视线，闻烟笑着向他挥了挥手。易阳看到闻烟的动作，也学着她的样子向谭叙深挥动手臂："爸爸！"

相隔大概十米的距离，谭叙深能看到他们脸上纯粹的笑，而闻烟，却看不出谭叙深眼底的其他情绪。

谭叙深将手机收起来，拿着画板和颜料走到易阳身边："小心别把衣服弄脏。"

"知道啦，谢谢爸爸！"易阳站起来接过装着水粉的塑料袋。

"待会儿我帮你们一起搭帐篷。"闻烟接过画板。

"好，先休息会儿。"谭叙深和闻烟一起帮易阳把画架放在合适的位置，并架上了画板。

弄好后，谭叙深又回到车旁，拿出手机回了一条消息：

"在外面，晚上吧。"

周寻今天开了辆房车过来，里面的东西应有尽有。他和谭叙深一起搭好帐篷后开始支烧烤架。

树荫下，Yellow躺在易阳身边摇尾巴，闻烟看着易阳用图钉将画纸固定好，由于力气太小，感觉五官都在用力。

"我现在去帮叔叔和爸爸准备东西，你在这里乖乖画画，不要去悬崖边知道吗？"闻烟边说边帮他固定画纸。

"那我可以帮忙吗？"易阳现在的心思并不在画画上。他很想过去和他们一起玩，但又怕添麻烦。

"当然可以。"易阳有时候懂事得让闻烟心疼，她轻轻摸了摸他的头。

"那我们快去！"易阳迅速从凳子上起来，将调了一半的颜料放在草地上，拉着闻烟的手就往谭叙深的方向跑。

易阳的两条腿捯得很快，闻烟大步才能跟上："慢点儿，别摔倒了。"

易阳听话地慢了下来，两个人很快来到谭叙深身边。

谭叙深和周寻将烧烤架放在了树旁，帐篷在几米远的位置，准备晚上休息用。闻烟和易阳将野餐垫拿出来铺在树荫下，白绿色的格子很有春天的气息。

铺好后，易阳就躺在上面翻滚，满脸的兴奋和惬意。

"还想去游乐场吗？"闻烟笑着问他。

"不想啦。"易阳滚来滚去停不下来。

翻滚中他的卫衣卷了上去，闻烟帮他放下后笑了，孩子真容易满足。

易阳滚到垫子最右边，扭头发现旁边有一朵野花，白色的花瓣，黄色的细蕊。他伸手摘下那朵花，然后插在闻烟的头发上："姐姐真漂亮。"

"谢谢宝贝。"闻烟眉眼间的笑比那朵花还要明媚。她拿起手机自拍了一张，又和易阳一起拍了很多照片。

听到声音，谭叙深向他们看过去，闻烟抬头恰好和他的目光撞上，不由得白了他一眼，神情中难掩可爱和娇嗔。老男人还没有孩子懂事，要不是自己昨天威胁他，从他口中还听不到"漂亮"这两个字。

"这么小就知道讨女孩子欢心，比你爸强。"周寻在给食物刷酱料，一句话损了两个人。

谭叙深如此精明绅士，不会讨女孩子欢心是假的，只看他愿不愿意而已。可能对于聪明人来说，这是一种与生俱来的能力，他不用做什么，就有同样优秀的女人出现在身边。

"周寻叔叔最厉害！"易阳抱着他的大熊猫玩偶。

童言无忌，孩子的夸奖，却噎得周寻哑口无言："谢谢。"

"什么时候可以吃，我饿了。"易阳从垫子上起来，走到烧烤架旁边。

"不要靠太近。"谭叙深戴着一次性手套将食物穿起来，担心他烫到。

"我也想把肉肉穿起来。"易阳走到谭叙深身边。

"容易戳到手，手破了就不能画画了。"谭叙深将穿好的食物放到盘子里。

易阳依旧站在那里，目光始终落在谭叙深的手上，嘴巴越噘越高，满脸的不情愿。

看着易阳那张小脸，闻烟心都软了，不知道谭叙深的心是什么做的。她起身走到烧烤架旁。

"可以小心一点儿，先试试这个蘑菇。"闻烟蹲在易阳身边，"来，先戴上手套。"

易阳接过一次性手套，忍不住抬头看谭叙深的脸。

"别戳到手。"谭叙深今天穿了件驼色羊毛衫，相比较往常深色衣服视觉上的冷峻，今天莫名多了一丝温和。

"哼。"易阳轻哼一声，不再看他，在闻烟的指导下开始穿蘑菇。

乖宝宝也有情绪了。

夜幕悄悄降临，站在山顶可以看到山脚下一顶顶帐篷都亮起了灯，山坡上也是，每隔一段距离就有一顶亮灯的帐篷。

烧烤用的是燃气，比木炭要方便些，加热也很快。

周寻把烤好的鸡翅递给易阳："叔叔好不好？"

"周寻叔叔最好了！"易阳笑着接过来，他吃了一下午的零食，一点儿都不饿，只是馋而已。

"小心烫。"闻烟抽了张纸巾，让易阳垫着手。

易阳小心翼翼地凑上去，但还是烫到了，小嘴飞快地移开："好烫好烫。"

"不然先放一放，等稍微凉一点儿再吃？"闻烟将他嘴上的油擦掉。

"那我先喝酸奶。"易阳回到野餐垫上，上面摆满了他的玩具和零食。

"不要喝太多，不然一会儿吃不下了。"闻烟手里还拿着他只碰了一下的鸡翅，跟着他走到垫子旁。

谭叙深点了一支烟，注视着暮色下他们的背影。

"比你有耐心。"周寻的目光从闻烟身上收回，扭头看着谭叙深打趣。

烤得差不多了，周寻端着烤好的食物走过去，四个人坐在垫子上，晚风徐徐，很惬意。

"那个蘑菇是我穿起来的。"易阳盯着周寻手上的蘑菇，眼睛亮得像夜空中的星星。

"真好吃。"周寻将最后一个放到他嘴边，"来尝尝自己的劳动果实。"

"真好吃。"蘑菇还没碰到嘴唇，易阳就忍不住夸道。

易阳坐在周寻和闻烟中间，闻烟时不时为他擦嘴："冷不冷？"

"不冷。"易阳摇了摇头，嘴巴上泛着油光。

晚上，山里的温度有点儿低，虽然易阳说不冷，但闻烟还是去车里拿了件外套，给他穿上。

"最近在忙什么？"谭叙深打开一罐啤酒，话是问周寻的。

"在忙一部过不了审的片子。"周寻笑着拿起酒和谭叙深碰了一下。

闻烟和易阳喝酸奶。

"烟烟，我看你挺符合我下部戏里的一个角色，要试试吗？"周寻半开玩笑地说。

"要捧红我吗？"闻烟笑着将视线移到谭叙深身上。

"我可没这个能力。"周寻眼里都是笑。

周寻是个很有个人风格的导演，拍的题材要么很艳，要么就是完全现

227

实的小人物小故事。虽然他拍的电影题材很小众，却吸引了部分小众影迷，所以一般也不缺投资。

反正他也没想过赚多少钱，拍着玩完全可以。

"你朋友也可以。"周寻还念着没见过几面的星棠，扭头看向闻烟，"可以把你朋友的电话给我吗？"

他非常直接。

"我得征求下她的意见。"和周寻越来越熟，闻烟倒也经常和他开玩笑。她边说边拿起手机给星棠发消息：

"周寻想要你的电话，给吗？"

星棠像是守着手机似的，很快回了：

"周寻是谁？"

看到消息框里的这几个字，闻烟愣住，不愧是粗线条的大小姐。她看了眼周寻，心虚地把手机往身边收了收，然后继续回她：

"谭叙深的好朋友。"

星棠很快又回过来：

"不给，一看就不是什么好人。"

"星棠让你亲自去问她。"闻烟的笑容里没有一丝破绽。

"好，有意思。"周寻并没觉得很遗憾，似乎料到了这个结果，只是眼睛里多了些玩味。

山里很寂静，旁边的音响放着舒缓的音乐，这样的时光，闻烟只希望过得慢一点儿，再慢一点儿。

谭叙深正和周寻喝着啤酒，手机突然亮了。他看到显示的名字，不露声色地将手机拿起来。

"回去了吗？我现在去接他方便吗？"

谭叙深仰头将手里的啤酒喝完。

"易阳，你妈妈今天回来了，我待会儿送你过去。"谭叙深看着易阳，棱角分明的侧脸被昏暗的灯光衬得模糊。

随着谭叙深的话音落下，周寻和闻烟同时愣住。周寻端着酒杯缓缓仰头，目光不动声色地落在了闻烟身上。

而闻烟始终没抬头，若无其事地整理着乱掉的餐布。

"现在吗？"时间不早了，易阳也渐渐困了，听到回去有些不情愿。

谭叙深和叶漫离婚的时候，易阳才两岁，所以对"妈妈"这个称呼没什么概念。

易阳对叶漫的态度，只是孩子性格里本能的乖巧，并没有像对谭叙深似的那么亲切又崇拜，毕竟没有经常待在一起。

叶漫工作忙得分身乏术，但还是努力抽出时间陪孩子，每三个月就回国一趟。她不想让孩子在童年缺失母爱，也不想自己在他成长的过程中成为空白。

但尽管如此，易阳对她还是没有特别深的感情，三个月对叶漫来说，已经是拼尽了全力，但对易阳来说，太久了。

"小没良心的，你妈妈那么辛苦回来看你，你还不乐意。"周寻原本就没打算在这里过夜，摸着易阳的头，"再玩半个小时，叔叔送你回去。"

"那以后还能出来烧烤吗？"易阳不想离开。

"可以。"谭叙深说。

听他们聊天，闻烟只微笑着看向易阳。她现在最好不要说话，因为说什么都不合适。

半个小时后，易阳还是不想离开，却也没吵着必须留下来，因为他也知道，妈妈回来一次很辛苦。

"走了宝贝，你妈妈给你准备了小礼物。"周寻帮他把衣服整理好。

"妈妈这次怎么这么快就回来了？"上次见面是一个月前，易阳记得很清楚。

"当然是想你了。"周寻拉着易阳的小手往车边走。

周寻让易阳坐在后排，并给他系好安全带，这才走到驾驶位拧动车钥匙。

"慢点儿开。"谭叙深站在车旁边。

"知道了。"周寻笑着说。

"回家了给爸爸回个电话。"闻烟弯腰趴在窗边看着易阳。

"知道了，爸爸、姐姐再见。"易阳朝他们挥了挥手。

"拜拜。"

周寻开车和易阳回去了，这个开放的露营公园修建得很好，路直通到山顶，还比较安全。

山风习习，夜色笼罩着山林，舒缓的音乐混合着山野间的虫鸣鸟叫，山顶只剩下谭叙深和闻烟两个人。

闻烟轻轻靠着谭叙深的肩膀，眺望着远方的夜色。

郊区到市区比较远，有些路段隔很远才有一个路灯，所以周寻没开那么快。

一个多小时后，周寻把车子停在了叶漫家楼下，她已经在楼下等着了。

"妈妈。"易阳扒着车窗往外看。

"想妈妈了吗？"好久没见孩子了，叶漫笑着打开车门，将易阳抱在怀里吻了吻他的额头。

"想了！"易阳抱着叶漫的脖子没撒手。

周寻解开安全带，从车上下来走到叶漫身前。

"麻烦你了。"叶漫看着周寻笑了笑。

"今天刚回来？"周寻看她身上穿着家居服，只在外面披了件外套。

"下午五点多到的。"他们认识很多年了，见面也不需要寒暄。

"快回去休息吧。"看着她眼底的疲惫，周寻摸了摸易阳的头，"我走了。"

"叔叔再见。"见到叶漫，易阳还是很开心的，原本刚才在车里都快睡着了，现在又变得神采奕奕。

其实叶漫有很多话想问周寻，但她看了眼怀里的孩子，想了想，转而望着他："你也快回去吧，改天一起喝杯咖啡。"

"我这几天都有空。"周寻明白她的意思，从某方面来说，叶漫一直是他很佩服的那种女人。

然而，让男人佩服的女人，很难让男人心疼。

"好，路上注意安全。"叶漫嘱咐他。

"知道了，快上去吧。"周寻从车后面绕回驾驶位。

看着他开车离开，叶漫才抱着易阳乘电梯上楼。

这个房子是谭叙深和叶漫的婚房，里面还有易阳小时候的婴儿房，但他那时候太小，没有印象。

离婚之后房子就留给了叶漫，景华城的房子是谭叙深后来又买的。

"我给爸爸打个电话，告诉他我到家了。"易阳累得瘫坐在沙发上。

"好，今天去哪儿玩了？"叶漫给他倒了杯温水，里面放了蜂蜜。

"去山里烧烤了，周寻叔叔烤的食物很好吃，我们还搭了帐篷，下次妈妈和我们一起去好吗？"虽然小家伙已经累得不行了，但说起来还是满脸兴奋，明显没有玩尽兴。

"好呀。"叶漫看着孩子的笑脸，感觉所有的疲惫在这一瞬间都消失了。

即使只有一天的时间，这一刻也值了。

很快，电话就接通了。

"爸爸，我到家了。"易阳开了免提，明明不是视频电话，他却专注地看着手机屏幕。

"好，洗个澡，早点儿休息。"谭叙深知道他到家了，几分钟前周寻刚来过电话。

听着男人熟悉的声音，叶漫没说话，而是将沙发上的衣服叠了起来。

"帐篷睡得舒服吗？"孩子对没有尝试过的东西都很好奇，易阳还挂念着。

"没有床上舒服。"谭叙深笑着说。

"那以后能在家里搭帐篷让我睡吗？"小孩子总有很多奇奇怪怪的想法。

"好。"把手指插在闻烟发间，谭叙深敷衍着回答。

"真的吗？谢谢爸爸！"易阳的声调忍不住提高，他是个很好骗的小孩儿。

"早点儿休息，晚安。"谭叙深将闻烟的头发撩到耳后，露出白皙小巧的耳垂。

"爸爸、姐姐晚安。"易阳也累了。

姐姐？

叶漫脸上闪过一丝疑惑，手上的动作也停下了，这时手机里紧接着传来一个温柔的女声。

"易阳晚安。"

电话挂断的同时，叶漫把衣服也叠好了，将衣服放在一旁，坐到易阳身边。

"姐姐是谁？"叶漫看着易阳的眼睛，其实她隐约已经有了答案。

"是闻烟姐姐，经常去我们家里……"易阳看着叶漫的脸，声音不自觉地渐渐低了下来。

五岁的孩子关于大人间的事可能明白得没那么透彻，但易阳从小在单亲家庭长大，与同龄的孩子相比要敏感很多。

"爸爸喜欢她？"叶漫握着易阳的手，给他剪指甲，仿佛这些问题只是随口提起。

231

她漫不经心的态度让易阳没刚才那么紧张了，想起闻烟第一次来家里的时候，他也问过爸爸这个问题。

"喜欢。"易阳想了想，说。

"姐姐多大了？"发现他手背上有两个蚊子咬的包，叶漫从茶几下拿出宝宝花露水，轻轻为他涂上，"痒不痒？"

"现在不痒了。"易阳看着那个红红的包，掰着指头开始算，"姐姐比我大十八岁，我今年五岁，那姐姐……二十三岁？"

"真聪明。"叶漫笑着捏了捏他的鼻子，但笑意不达眼底。

她忽然发觉那句话说得很对，无论多大年龄的男人都喜欢十八岁的姑娘。

她并不是还有其他想法，只是每个人听到前夫有了新的女朋友，心里可能都会有一种说不上来的滋味。

"姐姐对你好吗？"不疾不徐的语调，问题却一个接着一个，叶漫心里的忧虑掩藏不住，要不然也不会急忙从欧洲赶回来。

"姐姐很好，每次都会给我买小蛋糕，还给我买衣服、鞋子，爸爸不带我出去玩的时候姐姐就带我去游乐场，还教我烤小饼干……"

叶漫边听孩子说话，边帮他剪指甲，忽然红了眼圈。她俯身抱住易阳，下巴放在他小小的肩膀上，眼睛酸涩得厉害。

"妈妈怎么了？"易阳待在叶漫怀里没动，手臂缓缓抱住她。

"妈妈没事。"在易阳看不见的角度，叶漫迅速擦掉眼角的泪，然后放开他，轻轻抚摸着他的脸，"以后在家里嘴要甜一点儿，不要和姐姐吵架，姐姐在家的时候也不要跟妈妈打电话，知道吗？"

叶漫说着，眼睛又不自觉地红了。

她不是个爱哭的人，这么多年一个人在外面，无论多难都没告诉过任何人，上次哭，还是和谭叙深结婚的时候。

嘴甜的孩子招人喜欢，说到底，叶漫对孩子放心不下。

不是不相信闻烟，她只是太相信人性。

没有一个女人能够对男朋友和另一个女人的孩子真心实意，除非不爱他。既然如此，为了孩子，叶漫会尽量减少自己的存在感。

"知道了妈妈，你不要难过了。"易阳轻轻擦掉她眼角的泪。

"阳阳，你愿意和妈妈一起去欧洲吗？"这个想法忽然出现在叶漫的脑海里。

"爸爸也会去吗？"易阳问。

"不会。"叶漫蹲在孩子面前，视线和他的平齐。

"爷爷奶奶呢？"易阳轻声问。

"也不会。"叶漫摇头。

易阳低着头久久没有说话，似乎在思考。

"好了，没关系，妈妈再想想办法。"叶漫将易阳从沙发上抱起来。刚才只是一瞬间的冲动，她不想让孩子做这些选择，"妈妈帮你洗澡，然后一起睡觉好不好？"

"好，妈妈身上香香的！"易阳很喜欢被叶漫抱着。

"明天想去哪里玩？"叶漫笑着走向浴室。

"在家里看动画片！"易阳又变得神采奕奕的。

浴室的门被关上，里面隐约传来两个人轻快的笑声，从磨砂玻璃中透出暖黄的灯光。

夜深了，叶漫躺在床上，却无法入眠。

十个小时的飞行，她只在下午睡了一会儿，甚至明天晚上还要赶回去。

有时候她忍不住会想，值得吗？

叶漫心里没有答案。

事业和家庭之间，她选择了事业。

结婚前叶漫以为她可以平衡，但她错了。而无论选择哪个，她都得承担后果。

她三个月见一次孩子，不能陪伴他成长，甚至刚从欧洲回来的那次，孩子都不认识她，见了她直往后躲，从那以后她无论多忙，每三个月都会回来一次。

山上的夜晚很静，晴朗的夜空密布着繁星。月亮弯弯的，旁边飘着一朵铅灰色的云。

已经凌晨一点了，帐篷里，闻烟窝在谭叙深怀里睡不着。

"谭叙深，你们是怎么认识的？"闻烟知道他没睡。这么美好的夜晚，她其实不想问，但又忍不住心里的好奇。

"在美国读硕士的时候。"谭叙深缓缓开口，依旧闭着眼睛。

"一个学校的吗？"闻烟接着问。

"嗯。"

闻烟黑亮的眸子微微暗淡，和他一个学校，一定是个很优秀的女人吧。

"跟你同年吗？"闻烟继续问。

"小我两岁。"谭叙深翻了个身，找了个舒服的姿势将闻烟抱在怀里。

他们在美国认识，但当时仅仅是认识而已，没有进一步的发展，回国后在某次活动上因缘际会，才擦出了火花。

优秀的人总会惺惺相惜，但不适合长厢厮守。

恋爱一年，结婚三年，然后桥归桥，路归路。

尽管如此，也足够闻烟心酸羡慕了。

"她是个怎样的人？"他依旧闭着眼睛，闻烟静静地望着他，想透过他温热的眼皮看到深沉的眼底。

昏暗的光线中，谭叙深缓缓睁开眼睛，平躺着面无表情地看向上方，似乎在思考和回忆。

叶漫是个怎样的人？

谭叙深是什么样的人，叶漫就是什么样的人。

他们没有感情破裂，之间也没有第三者，离婚只是因为他们在彼此的世界里都不再是最优先的选择。他们都更爱自己。

爱情和婚姻的新鲜感退去，两年的婚姻生活让叶漫的工作陷入停滞状态。终于在第三年她做出了决定，但又不想耽误谭叙深，所以提出了离婚。

谭叙深听到的时候并不惊讶，只是说，让她再考虑十天。

十天后，叶漫给出了一样的回答。

自始至终他们都没有任何争吵，都是冷静、死要面子的人，在叶漫说出那句话的时候他们之间已经结束了，比拿到离婚证更正式的结束。

离婚已经是深思熟虑的结果，而两个人都那么骄傲，谁都不会开口挽留。

叶漫提出了离婚，谭叙深答应了，就这么简单。

"一个很骄傲的女人。"

骄傲？

谭叙深独自沉思，又沉默着闭上了眼。这一刻明明在他怀里，闻烟却感觉看不透他。

第二天清晨，他们一起看了日出，金黄色的光芒洒在他们脸上。闻烟轻轻靠在谭叙深的肩头，很想让这一刻停下来。

"谭叙深，好想嫁给你。"闻烟转身抱着他，眉眼间全是明媚的笑，比太阳光还要耀眼。

而谭叙深，目光微不可察地停顿了一下，转而笑着说："你还小。"

"不小了，可以领证了。"闻烟在他怀里扭动，轻蹭着他新长出来的硬硬的胡楂儿，用手在他突出的喉结上调皮地点来点去。

玩闹间，谭叙深身体被她弄得发痒，没坐稳，两个人一起往后躺倒在白绿格子的垫子上，一瞬间天旋地转。

天地间，仿佛只有他们两个人。

她起身趴在谭叙深身上，谭叙深笑了笑，双手将她托起，像举着易阳那样。

"要摔下去了！"闻烟吓得连忙抱住他。

清晨的山谷回荡着闻烟纯粹快乐的笑声，旁边，易阳的画架还在，原本画布上该是五颜六色的水粉画，现在却是一片空白。

周日下午，叶漫不像以前那样将车停在景华城外，而是亲自把易阳送进去。她有必要见一次谭叙深。

站在门外，叶漫敲了敲门。

"妈妈，我知道密码。"易阳抬头。

"没关系，等爸爸开门。"叶漫拉着易阳的手。

过了两分钟，谭叙深穿着家居服出来，看见门外的女人愣了愣。

"方便进去吗？"叶漫看着他问。

谭叙深侧身让他们进来。

这个房子，叶漫来的次数屈指可数，但她马上要去机场，也来不及找个咖啡店了。

"你先回房间，妈妈和爸爸有事要说。"叶漫摸了摸易阳的头。

"哼，又背着我讲小秘密。"易阳轻哼一声，还是乖乖地回房间了。

客厅里，谭叙深和叶漫坐在沙发上。叶漫打量着客厅的装饰，跟上次来的时候不太一样，然而目光掠过谭叙深的卧室时，一下子凝滞了。

他的房间门没关，地上扔着一件情趣内衣。

"她在？"叶漫扭头看着谭叙深。

"刚走。"谭叙深为她倒了杯水，将玻璃杯缓缓推到她面前。

叶漫的思绪有些混乱，她久久回不过神，虽然知道离婚后什么情况都会发生，但想象和亲眼看到还是不一样的。

这是叶漫第一次意识到，他有别的女人了。

235

本来有很多事想问他，但忽然间好像想不起来了，叶漫抿了抿嘴唇，说："我想明年把易阳带到欧洲。"

两个人坐在沙发上，距离不是很远，但也不近，无形中透露着疏离。

"为什么？"谭叙深偏头看着她。

"我不相信你。"叶漫将刚才的情绪收起来，又变得冷静如常，"这样你交女朋友或者以后结婚，也会方便点儿。"

谭叙深沉默了片刻，目光落在她尖瘦的下巴上："先照顾好你自己，再谈易阳。"

叶漫迎着他的视线，不疾不徐地开口："我会想办法，总之你也考虑一下。"

时间过得很快，转眼两三个月又过去了。

晚上，闻烟躺在床上，望着头顶的吊灯。她最近总在想，该怎么向爸妈介绍谭叙深，但想了好久都没有特别好的办法，脑海里只有棒打鸳鸯的画面。

苦思冥想没有结果，闻烟拨了星棠的电话。

星棠正往脸上涂面膜，黑色的"泥"逐渐把整张脸覆盖。听到手机在床上振动，她从梳妆台前起身，但刚站起来就把她家的狗吓跑了。

"胆小鬼。"星棠看着躲在角落里的狗，故意做了个鬼脸，然后才接通电话，"美女晚上好。"

"在干什么？"闻烟听她的声音很有精神。

"吓狗。"星棠慢慢走到狗身边，但狗看见她就跑，和她在房间里你追我赶。

"有件事你帮我想想办法。"闻烟心里有点儿乱。

"什么事？你说。"星棠跑累了，瘫在了床上。

"该怎么向我爸妈介绍谭叙深？今年生日我想让他来家里一起过。"闻烟苦恼得在床上翻来覆去。

"这你可真为难我了，我只能在你爸准备打断你两条腿的时候，救下其中一条。"星棠乐了。

"你快帮我想想办法。"

"知道了，待会儿睡觉肯定能梦见一个绝世妙招。"

236

"Jarod，Evens 的李总临时有事，所以今天他们总经理过来。"Aaron 在谭叙深办公室，向他汇报最新的行程变化。

谭叙深皱了皱眉，若有所思："是新上任的那个吗？"

"是的，之前一直在 Evens 德国总部，上个月刚被调到大中华区。"Aaron 拿出一沓资料，沿着办公桌边缘滑到谭叙深面前，"这是他的详细资料。"

傅铭川，总经理，三十七岁……

"他什么时候过来？"谭叙深随意翻看了几眼就放在了一旁。

"按照约定的会议时间，还有一个小时。"Aaron 抬起手腕看了眼时间。

"提前十分钟提醒我。"谭叙深每次进入会议室，总是把时间偏差控制在一分钟之内。提前十分钟，可以看出他很有诚意了。

"好的。"Aaron 和谭叙深说完，出了办公室。

竞争对手之间，不止有竞争，偶尔也会有合作。

FA 和 Evens 占据了全球豪华汽车百分之七十的市场，不断有人买车，也不断有人换车，谁都想把车主牢牢地掌握在自己手里，然而那几乎是不可能的。

比如有些人买了 FA-6，过了几年可能想换成 Evens-G，这时候会涉及置换政策，而其中的利率是通过大数据严密计算的。

如果是同品牌置换还好说，但这次是 FA 和 Evens，一分一厘都需要谈判。

虽然利率的问题是金融部门的同事负责，但谭叙深需要对媒体宣发和市场潜在的风险进行整体把控。

会议地点定在了 FA。

在三十五楼开放区域，罗文和闻烟坐在沙发上谈事。

"就这些问题，待会儿再稍微调整下。"罗文将旁边散落的文件整理好。

"好，下午给你。"闻烟在旁边做了标注，修改起来很快。

"你工作是不是快一年了？"罗文把电脑合上，端起喝了一半的咖啡。

"快了，怎么了？"闻烟抬头，不明白他为什么突然问这个。

"听说你们在广告公司一般到一年了就会跳槽。"罗文微微向后靠着沙发，言语和目光中都带着试探。

闻烟正在修改方案，听到他的话愣了一下，然后笑着抬头："怕我走？"

"你这一年进步很大，继续留下当然最好，但如果要跳槽也可以先告诉我，说不定我还能给你介绍份好的工作。"罗文将咖啡喝完，把纸杯扔进了旁边的垃圾桶里。

作为乙方，无非就是帮甲方解决问题，处理好关系，积累人脉和客户资源。

目前看来，闻烟似乎已经做到了。

"谢谢，不过不用怕，暂时没这个打算。"闻烟开玩笑说。罗文是个很好的客户，也教会了她很多东西，她都记在心里了。

闻烟的位置对着楼梯，她和罗文说着话，余光忽然捕捉到正在下楼的男人，笔挺的身形，衣服永远是深色系，不会随着季节改变，只模糊的一眼就知道是他。

他今天穿了件黑色的衬衣，银灰色的领带散发着点点光泽，是闻烟送的。

然而此刻她看着那条熟悉的领带，忍不住浮想联翩，手腕似乎还传来一阵灼痛感。

闻烟看着他和 Aaron 一起出去，他没看见她。

"看什么呢？"罗文顺着她的视线看过去。

闻烟心里一惊，连忙收回了视线："没什么。"

"Jarod？"罗文只看见谭叙深的背影，扭头笑着问闻烟，"喜欢我们总监这样的？"

"没有，你别乱说。"心跳越来越快，闻烟低着头不敢看罗文，生怕眼睛泄露出什么。

"没关系，随便看，我们公司女同事都喜欢看他。"罗文笑着打趣，"闻烟，你有男朋友吗？"

同事客户之间很少聊家庭和感情，但罗文今天工作量好像不太饱和，有点儿闲。

"有。"还是你们女同事都喜欢看的那位，闻烟暗暗吃醋。

"别紧张，我没其他意思。"罗文看着她脸红，忍不住笑了，紧接着起身，"不逗你了，我先去开会。"

"好，我下午发给你。"闻烟想快点儿绕过那个危险的话题。

罗文走后，闻烟坐在沙发上平复了下心情，刚才的确是大意了，目光毫不掩饰，赤裸裸的。

过了片刻，闻烟抱着电脑准备回三十六楼，刚起身就听到身后的门禁被刷开，非常细微的声音。她潜意识觉得是谭叙深，但吸取了刚才的教训，没有扭头。

"会议室在楼上，这边请。"谭叙深带着 Evens 的总经理进来。

"办公环境不错。"傅铭川扫了一眼三十五楼的公共区域，玩笑说。

"有机会去 Evens 拜访。"谭叙深嘴角上扬，商业精英的标准笑容，并不过分热情。

"一定欢迎。"

职场的寒暄客套话，谁也没放在心上，Evens 一共来了五个人，跟在谭叙深和 Aaron 身后。

听见他的声音，闻烟走在前面不由得笑了，对谭叙深，她的第六感格外准。但另一个声音也让她觉得有些熟悉……

"烟烟？"

闻烟还在分辨那个声音，忽然听到有人叫她，转身看到谭叙深旁边穿白衬衫的男人，脸上露出意外和惊喜："铭川哥？"

"你怎么在这里？"傅铭川也很意外，但当看到她手里的电脑时，心里已经有了答案。

随着傅铭川停下脚步，身后的人也停住了。谭叙深站在一旁，目光落在闻烟身上，嘴角的弧度和刚才没什么变化。

"工作。"惊喜过后，闻烟忽然意识到谭叙深也在旁边，心虚地抬头看了他一眼。

傅铭川看着闻烟的时候，声音会不自觉地变温和。或许他比闻烟还要意外，但他会隐藏。

"中午一起吃饭。"傅铭川往前走了几步，来到闻烟身边。

开放区域有很多人在谈事，而几乎所有人都知道站在谭叙深身边的是 Evens 的总经理。

闻烟进退两难，不想成为众人的焦点，也不想被人问一个小小的职员为什么和 Evens 的高层认识。

她没说话，傅铭川就当她答应了，然后继续和谭叙深往前走。

闻烟站在原地心虚地看向谭叙深，两个人的目光碰到一起，但只有短暂的一秒，他就上楼了。

果然和闻烟猜测的一样，周围若有若无的打量很快就落在了自己身上。

"刚才的方案有点儿问题，你来看一下。"罗文忽然出现在闻烟身边。

罗文的出现拉回了闻烟的思绪，她扭头："你不是去开会了吗？"

"取消了。"罗文说，"跟我过来一下。"

"好的。"闻烟抱着电脑和罗文走进会议室。

会议室的门刚关上，罗文放下电脑就开始问："怎么和傅铭川认识的？"

"不是方案有问题？"闻烟的语调中透着无奈。

"没看到外面那群人八卦的样子吗？还不如来这里躲躲。"这是个小会议室，罗文边办公边跟她闲聊。

闻烟知道他是好意，但她的心理承受能力也没那么弱。

"我爸的朋友，那时候我在德国读书，我爸让他照顾我。"闻烟笑着，用三言两语解释清楚了。

"关系还挺硬。"罗文笑着说，"那你可以跳到 Evens，肯定要比你在凯扬轻松一点儿。"

"目前还没考虑过。"闻烟笑了笑，继续修改刚才讨论过的方案。

"反正车企就这几个，圈子挺小的，我们有几个同事跳到了 Evens，现在公司的同事也有从其他地方跳过来的，论薪资待遇还是 FA 和 Evens 好一点儿。"热心小伙儿罗文，以过来人的身份持续给闻烟灌输经验。

"好，说不定以后可以做同事。"闻烟笑着说。

会议结束，已经中午了。

"傅总，我订了餐厅，中午一起吃个饭吧。"会议是在 FA 开的，谭叙深需要尽地主之谊，面子上还是要过得去。

傅铭川迟疑了两秒，刚才见到闻烟太过意外，忘了中午和 FA 有饭局。但他也不好拒绝谭叙深，毕竟 FA 是强有力的竞争对手和接下来的合作伙伴。

"好，那就麻烦谭总了。"傅铭川看着谭叙深轻笑。

谭叙深看出了他的迟疑，轻扬唇角："客气了。"

傅铭川给闻烟发了信息，说晚上再和她一起吃饭。

吃过午饭后，Evens 的其他同事先回公司了，傅铭川上午是自己开车过来的。他似乎和谭叙深没聊尽兴，吃过饭后也没有着急离开，两个人站在 FA 楼下的公共区域边抽烟边聊天。

"中国市场和欧洲那边区别很大。"傅铭川刚回来没多久,对整个行业背景都不太熟悉,但发现把总部的那套经验用在现在的市场上,会很吃力,且没有效果。

"潜力也很大。"谭叙深知道他的意思。他在FA总部待过三年,刚回来时也是这个感觉,"听说你们在建新的工厂?"

"选址定在了滨城,下个月会动工。"傅铭川如实说,这没什么好隐瞒的,反正过段时间媒体也会报道。

"看来傅总想做出点儿业绩。"谭叙深笑着弹了弹烟灰。他看人很准,虽然眼前的男人稳重中稍显温和,但绝对不是个好对付的角色。

"说不定今年市场销量第一就不是FA了。"傅铭川顺着谭叙深的话开玩笑。

谭叙深笑了笑,没说话,拿出打火机又点了一支烟。他穿着黑色衬衣给人一种距离感,而嘴角弯起的弧度,显得那么自信沉稳。

去年国内豪华车市场销量,按照品牌算的话,Evens是第一,但按集团销量来算FA是第一,显然FA更胜一筹。

谭叙深的手机传来振动,显示刚收到一条消息,但他看到名字有些意外。

星棠:"烟烟快过生日了,你准备买什么?"

谭叙深看着星棠的短信,隐约记得闻烟是七月份过生日。

"谭总先忙,我过去一下。"傅铭川看着另一个方向,将烟捻灭,插在白色细石中。

谭叙深顺着他的视线望过去,看到闻烟和罗文沿着大厦前的路缓缓走来,好像刚吃完饭回来。

"好。"谭叙深缓缓吐出一口烟,语气淡淡的。

隔着很远,闻烟就看到了谭叙深,能把黑色衬衣穿得那么好看的,只有他了。还有旁边的铭川哥,两个人一黑一白站在一起,属于国宝级风景线了。

现在是午休时间,周围路过的人比较多,闻烟明显感觉到女同事的视线都在往那个方向聚集。

"你觉得哪个好看?"罗文笑着问她。

"你比较好看。"闻烟已经习惯了罗文的不正经。

"眼光不错。"罗文笑眯眯的。

"烟烟。"

就在闻烟想悄悄溜过去的时候，傅铭川叫住了她，罗文非常有眼色地自己先进去了。

"铭川哥。"闻烟不动声色地看了眼后面的谭叙深，心虚地走到傅铭川身边。

"在这里做什么工作？"傅铭川神情中多了几分严肃。

"在凯扬，服务他们客户关系管理组。"闻烟简单地解释道，但从声音听来，她并不是很有底气。

傅铭川低头注视着闻烟，微微皱眉："这就是不告诉我的原因？"

闻烟毕业后，傅铭川一直想让她留在德国，但她拒绝了。

傅铭川对于她来说，就像是一个哥哥，闻烟以前隐约跟他提过自己的职业规划，但他不太认同，想让她直接去 Evens。

闻烟也知道如果跟在他身边，自己会少走很多弯路，但那终究不是她自己走过来的，可能以后遇到问题首先就会想到他，对他产生依赖，这并不是真正的成长。

所以后来他问起，闻烟总是糊弄过去。

"过段时间我给你推荐一份新的工作。"傅铭川觉得现在的工作发挥不出她的优势，很多工作内容对她来说是无用的，而她完全可以避开这些。

"以后再说吧。"闻烟笑了笑，目光时不时地掠向他身后，内心忐忑不安，很怕谭叙深误会。

有个开发部门的同事走到谭叙深身边，两个人抽着烟闲聊。

闻烟他们和谭叙深离得不远，只有四五米的距离，他们说的话谭叙深听得很清楚，但他的眼睛看向别处，神情也没什么波动。

"快过生日了，今年想怎么过？"目光中含着温柔，傅铭川很久没见她了，也不着急回公司了。

"还没想好……"闻烟悄悄看了眼身后穿黑色衬衣的男人，想和他一起过。

闻烟打算过段时间将她和谭叙深的事情告诉铭川哥，虽然回国后联系不太密切，但他和星棠都是她身边最亲近的人，相信他们可以帮她一起说服爸妈。

"晚上有时间吗？"傅铭川想和她一起吃个饭，了解下她的近况。

"晚上约了一个朋友，周末吧，顺便带你见见星棠。"闻烟眉眼间弥漫着笑意。

"好。"傅铭川笑着摸了摸她的头。

闻烟愣了愣，连忙微微躲开了。她看向后面的谭叙深，目光正好和他的目光对上……

"铭川哥，"闻烟往周围看了看，放轻了声音，"好多人呢。"

傅铭川的脸上闪过一丝不易察觉的落寞，他微笑着说："知道了。"

没过多久，傅铭川就回公司了，而闻烟往旁边看去，不知道谭叙深什么时候已经上楼了。她一直在偷看他，怎么没注意到？

下午回到公司，总感觉有人在暗暗打量自己，闻烟很不自在，但也没放在心上。

晚上下班，谭叙深乘电梯到地下车库，来到车旁才发现有个人。

"不是约了朋友？"谭叙深看到她有些意外。

果然他全听到了，闻烟连忙讨好地抱住谭叙深的手臂摇了摇，笑得明媚："约了男朋友。"

谭叙深笑了笑，手指轻轻刮了下她的鼻子，然后两个人一起上了车。

还以为他会吃醋生气，闻烟还想着立刻跟他解释，但现在看来，等晚上再和他解释也不迟。

他们在外面的餐厅吃了饭，然后一起回家。

"一起洗澡？"谭叙深把手臂撑在墙上，低头看着她。

"不要。"这个姿势很有压迫感，闻烟靠墙乖乖站着，但还是拒绝了。

上次他们一起洗澡，由于在浴室待得太久，他又迟迟不肯放开她，闻烟差点儿因为缺氧昏过去。

从那以后，她就再也不和他一起洗澡了。

谭叙深注视着她涂了口红的唇瓣，缓缓向前倾身，咬了一口，然后看着她泛红的脸颊，满意地走进了浴室。

男人洗澡总是很快，闻烟进入浴室的时候，似乎还能闻到他身上淡淡的古龙水味道。

闻烟打开花洒，刚刚散去的水蒸气又重新汇聚，将她的皮肤染成粉色。

去年这个时候，她还在单纯又狂热地迷恋他。已经一年了，时间过得好快。

或许他真的没有生气，也许是藏在心里没说出来，但闻烟不想让两个

243

人之间有隔阂，打算待会儿出去和他解释铭川哥的事。

闻烟围着浴巾走进卧室，发现房间只亮着一盏落地灯，暖黄的光线铺在地毯上。他站在落地窗前喝酒，影子随着窗帘微微浮动，让她的心也泛起了涟漪。

闻烟慢慢停在了原地，不知道从什么时候开始，好像是从去年圣诞节开始，每次和他亲密，她变得既抗拒，又期待。

他坏得无与伦比，她爱得不可救药。

起初她因为羞涩放不开，但后面就会沉浸在他给的无边欲海里。

像是春风吻了桃花，又好像夏天暴雨下了一整夜。有时候闻烟会很害怕，害怕眼前这个突然陌生的男人，但每次害怕的时候他又会给她无比满足的安全感，抱着她轻轻亲吻。

那一刻，闻烟所有的恐惧消失了，他还是那个自己熟悉又深爱的男人。

"在想什么？"谭叙深走到她身边，将酒杯放在她的唇边。

"没什么。"闻烟害羞地摇了摇头，轻轻抿了口酒。

可能是闻烟心虚，喝得有点儿急了，酒从她的嘴角慢慢溢了出来，谭叙深用手帮她擦掉，又贴着她的唇线轻轻摩挲。

闻烟的呼吸不由自主地变得急促，谭叙深又喂了她一口酒。

"谭叙深，我……"

闻烟准备对他说傅铭川的事情，但还没进入话题，就被谭叙深抱到了床上。闻烟眉头微蹙，心里忽然生出一股沉闷，难道他就没有什么要问她的吗？

还是他在暗暗生气？

闻烟抬头看他，但是昏暗的光线中，他的半边脸隐匿在黑暗里，她看不清楚。

随着他的动作，房间内的温度不断升高，闻烟将疑惑藏在了心里。

不知道他要做什么，闻烟的心始终悬在空中："谭叙深……"

谭叙深抚摸着她的脖子："乖。"

由于紧张，闻烟屏住了呼吸，过了几秒，才缓缓呼出一口气。房间内光线昏昧，像无人的私人影院，墙壁上映着两个人的身影，像是播放的默片电影。

凌晨，汗水几乎打湿了额角的碎发，闻烟久久缓不过神。

等到意识渐渐清醒，闻烟偏头望着旁边的男人，心里的阴云堆积得越来越厚，甚至随着这场亲密变得更压抑。

他并没有生气。

谭叙深点了一支烟递给她，闻烟看着那猩红的火星，忽然感觉房间内的气氛让自己透不过气。

每次结束后他都会递来一支烟，闻烟没有接过，当然，他也不强迫她，每次都收回去自己抽。

而此刻，闻烟心乱如麻，接过来抽了一口，目光沉静地看着谭叙深："你没有什么想问我的吗？"

谭叙深微愣，看着烟雾中她朦胧的脸："什么？"

闻烟的目光凝滞，她忽然觉得心脏变得沉重，并往下坠，接着鼻子泛酸。她连忙转开脸不想让他看见。她又抽了一口烟，由于抽得急，不由得咳嗽了几声。

"看到我和别的男人动作亲密，你就不想问什么吗？"闻烟眼睛泛红，又重新扭头看着他，想把他眼底深藏的情绪看清楚。

以前也有相似的情况，闻烟也会不舒服，但每次都找借口安慰自己，认为他工作忙，他很成熟，所以不会把这些事放在心上。

然而今天，他明明听到了她和傅铭川的所有谈话，连 FA 的同事都暗暗打量她，连罗文都问了她很多……

然而她喜欢的男人、她的男朋友，却一个字都不曾提及。

亏她还担心他生气，提前去他车旁边等他。闻烟的嘴角扬起一丝苦笑，她忽然觉得自己像个小丑。

"傅铭川吗？"谭叙深看着她泛红的眼睛，抬手去擦她的眼泪，闻烟却偏头躲开了。

闻烟嘴角挂着苦笑，他知道，他明明什么都知道。

"如果我不提，你是不是永远不会问？"闻烟不想和他闹。这一年来，她几乎很少和他吵架，不想让谭叙深觉得她麻烦，认为自己无理取闹。

然而现在，所有的情绪堆积在胸口，如果不说出来，闻烟觉得自己会慢慢闷出病来。

谭叙深望着她的脸，清纯在这一年的时间被染上妩媚，眼角的泪让人心疼，微微拧着的眉毛却透出几分倔强。

谭叙深没说话。

沉默是最好的答案。

胸口闷得厉害，又钝钝地疼，闻烟将烟掐灭扔进烟灰缸里，没再看谭叙深，跳下床捡起地上凌乱的衣服，在背过去的一刹那，强忍的泪水终于控制不住流了出来。

"闹什么？"谭叙深看着她穿衣服的动作，皱了皱眉头。

"你觉得我在闹吗？"闻烟转身，嗓音带着颤音，声调忍不住扬高。

以前不穿衣服站在他面前，闻烟会不好意思地藏起来，然而现在，愤怒和心酸已经战胜了理智。

在他的沉默中，闻烟再没说一句话，再说就自取其辱了。她穿好衣服转身离开。

凌晨一点，闻烟站在景华城外的路边泣不成声。她慢慢蹲在地上抱着膝盖，听着路上的一辆辆车疾驰而过。

然而她在外面站了半个小时，谭叙深还是没有追过来。

七月，夜间的风很清凉，吹着闻烟耳边的头发，也吹干了她脸上的眼泪。她从地上站起来，望着天空缓缓舒了一口气，想要把心里堆积的沉闷、压抑舒散。

这时手机振动。明明心痛得要命却还是忍不住期待，闻烟从包里拿出手机，看到那个名字时，刚止住的眼泪又流了出来。

想听他解释，但闻烟呆呆地看着来电显示，直到自动挂断都没有接。

她不知道自己在执拗什么，可能他们都需要冷静一段时间。

过了几秒，闻烟拿出手机叫了辆出租车。

路灯都亮着，一辆辆车从闻烟面前疾驰而过，车灯的光快速掠过她的脸，又很快远去。

闻烟目光落在手机屏幕上，他再也没打过来。

泪水又无声无息地在眼眶里汇聚、打转，闻烟深深地吸了一口气，抬头望着明亮的路灯，想把这股脆弱和委屈压下去。

这时，出租车到了，闻烟向师傅招了招手，朝出租车走过去，但离车门还有一米的距离时，她的脚步顿了顿。

不过闻烟没有回头，只是停顿了两秒，然后头也不回地坐了上去。

车内放着舒缓的音乐，她靠着车窗闭上了眼睛，但车刚起步没开多远，师傅就狠狠地踩了刹车。由于惯性，闻烟的身体重重地撞在了前面的椅背上。

闻烟本来心里就藏着事，心烦意乱地揉了揉眉心，紧接着听到司机师傅暴躁的声音："你会不会开车？"

闻烟挑眉看向窗外，只见一辆熟悉的黑色轿车斜停在出租车前面，随后男人修长的腿迈了出来……

闻烟瞬间鼻子一酸。

司机师傅看到从车上下来的男人以及车尾的标志，到嘴边的话又咽了下去。

谭叙深缓缓走到出租车旁，站在窗外没说话，只是隔着车窗沉默地望着她。

和他的目光对上，闻烟轻轻咬着下唇。他背对着光，看不清脸上的表情，闻烟很快移开视线："师傅，麻烦开车。"

"姑娘，你还是下去吧，我赚个钱不容易，大晚上的，就别为难我了。"司机师傅叹了口气，语气不是很好。

这时，谭叙深上前一步，敲了敲车窗："下来。"

隔着车窗，他的声音很轻，闻烟视线低垂着僵持了片刻，最后还是下了车。

闻烟刚下来，出租车就往后倒，顺着另一条车道离开了，像是躲麻烦似的瞬间加速，跑出去很远。

昏黄的路灯下，两个人相对站着，谁都没说话。

"跟我回去。"谭叙深低头注视着她，她头发有些凌乱，脖子上的红印也很明显。

闻烟摇了摇头，没看他。

过了几十分钟，她似乎已经冷静下来了。闻烟不想承认，看到他从车上下来，已经没有刚才那般难过了。

她对他一如既往地心软没有底线，但心里的那道隔阂没有办法这么快消失。

这时，马路上响起了鸣笛声，虽然晚上车很少，但谭叙深的车因为刚刚拦出租车停在了两个车道中间。

谭叙深扭头看了一眼，拉着闻烟的手走到旁边的树下，过去将车移开，之后又走到闻烟身边。

日月湾到景华城开车半个小时就能到，谭叙深算着时间给她打了电话，却没打通。

暖黄的壁灯照着地上散乱的衣服，谭叙深沉思了几分钟，然后穿上衣服出了门。

"回去吧，晚上不安全。"谭叙深站在她面前，声音竟然有几分轻柔。

谭叙深每说一句话，闻烟心里筑起的城墙就不自觉地瓦解一分。

但她还是执拗地没说话。

站了片刻，谭叙深去拉她的手想让她回去，但刚碰到她的手臂，闻烟就微微侧了侧身，躲开了他的碰触。

谭叙深的眉头微不可察地皱了皱，闻烟低着头，没有看见。

"谭叙深，我不想跟你吵架，也不想无理取闹，但我今天好难受。"闻烟抬头望着他，说到最后一句，声音还是发颤了。

谭叙深清楚她在难过什么。他点了一支烟，看着路上的车缓缓开口："中午吃饭，他说你们在德国认识的，我没多想。"

闻烟落在地上的目光顿住，是因为铭川哥的话，所以他没有想太多？

不知道他们中午聊了什么，闻烟脑袋胀得发疼。她真的很不喜欢吵架，明明那么喜欢却要互相伤害。

她在难过，他在解释，并不坚固的城墙正扑簌簌地往下掉墙皮。闻烟不想再因为这件事僵持，也不想让难过隔夜。

"谭叙深，你喜欢我吗？"闻烟抬头，眼睛通红。

她仰起的脸上明明有眼泪在流，谭叙深却看出了倔强，忽然想起了去年她扭到脚的那个夜晚。

"喜欢。"谭叙深想了想，是喜欢她的。

"那能不能再多喜欢一点儿？"闻烟上前抱住他的腰，将头深深埋进他怀里。

隔着衣服传来一阵温热，谭叙深的目光落在她颈间的红痕上，他顺势伸出手臂抱住了她："好。"

人本质上是贪婪的，世界上没有容易满足的人，所有的满足都是阶段性的。

最初，闻烟不在乎他离婚有孩子，只要能和他在一起，就已经是最大的幸福了。后来，她却不止一次因为他前妻难过，跟他闹别扭。

或许想想以前，她会快乐一点儿。

"谭叙深，你是不是觉得我很麻烦？"闻烟平躺着，没有丝毫睡意。

"没有。"谭叙深侧身抱住了她，"别多想，睡吧。"

他的怀抱似乎可以治愈一切，闻烟此刻觉得很安心，不由得往他怀里蹭了蹭。

快一年了，他们在一起经历过很多，彼此互相陪伴，偶尔小吵小闹他也从来不和她置气，他们之间更没有不相干的人出现。

现在他们躺在床上拥抱彼此，他对她一直也很宽容，或许，真的是她不知足了？

昏暗的光线中，闻烟轻轻勾着他的脖子，吻上他的唇，想追寻那丝温热和内心深处的安全感。

"不睡了吗？"谭叙深睁开眼睛笑了，抓住她不安分的手。

"睡不着。"闻烟声音很轻，摇了摇头。

"明天还要上班。"谭叙深看了眼时间，已经是凌晨三点多了。

"不去了。"闻烟把手放在他腰上，又收紧了一分，现在只想和他没日没夜地腻在一起。

"明天上午九点还有一个会。"谭叙深找了个舒服的姿势抱住她，觉得头有些沉。

"不要去了。"闻烟也不知道自己怎么了，很想什么都不顾地和他待在一起。

她的身体不停地扭动，谭叙深无奈地睁开眼，握住她的手："想做什么？"

"今年我生日……和我一起回家好不好？"昏昧的光线下，两个人的呼吸交融在一起，闻烟抬头望着他的眼睛。

谭叙深沉默地注视着她，神情没什么变化，但心里渐渐起了波澜。

"你爸妈不会同意的。"谭叙深说。

"迟早要告诉他们的，我找个合适的时间和他们说。"其实闻烟很没把握，但不想一直拖着。

"现在这样不好吗？"谭叙深眼底的笑意渐渐消失了，但光线太暗，不是很明显。

"我们在一起也快一年了，我想把你介绍给我最重要的人。"闻烟以为突然和他提见父母，吓到了他。

"顺其自然就好，不要为难。"谭叙深抚摸着她的头发，黑色的眼眸看不到底。

"知道了。"闻烟笑了笑，蹭着他的胡楂儿。

闻烟说出这件事，心里轻松了很多，没过多久就睡着了。

谭叙深却因为她的话渐渐清醒。

他无声地注视着她恬静的睡颜，过了片刻，起身下床。谭叙深将窗户拉开一条缝隙，站在窗边点了一支烟。

这座城市似乎永远没有沉睡的时候，凌晨三四点，外面的霓虹还在闪烁。

猩红的烟头在昏暗的室内显得鬼魅，轻烟袅袅，渐渐散开。

谭叙深转身望着床上的女孩儿，她很漂亮、很乖，偶尔的小情绪也都在他的承受范围之内。

但最近的事，他感觉越发不受控制。

她想要的情侣关系，对谭叙深来说是可有可无的。表面的东西他从来不吝啬，既然她想要，他可以给。

但谭叙深没想到她会陷得这么深。

而他，不喜欢麻烦。

风顺着缝隙吹进来，烟被吹散了，谭叙深拿起手机看了一眼。

她的生日，七月二十七日。

第二天早上闻烟醒来，床的另一边已经没人了。她摸出手机看了看，已经过了上班时间，索性向罗文请了半天假。

简单洗漱后，闻烟走到餐厅，发现餐桌上摆着一份早餐。她端起玻璃杯，牛奶还是温热的，不由得扬了扬嘴角，不知道他什么时候起床的。

早上的会延长了二十分钟，谭叙深回到办公室刚坐下，就收到一条信息，他滑开屏幕。

"烟烟过生日，你到底买了什么？"

手指在屏幕上停住，谭叙深看着备注里"星棠"两个字若有所思，过了片刻，打开了几个珠宝饰品的官网。

"咚咚——"

谭叙深刚浏览了几分钟，办公室的门就被敲响了。

"请进。"谭叙深说。

"Jarod，待会儿在卡尔顿酒店有个研讨交流会，现在要出发了。"Aaron推门进来，将另外一沓文件放在办公桌上。

"好。"谭叙深扫了一眼，目光又回到电脑屏幕中的项链上，"待会儿有

250

事吗？"

"嗯？没有。"Aaron 有些不明所以。

"帮我去商场买条项链。"

Aaron 从谭叙深办公室出来，一时间还有点儿摸不着头脑。

茶水间是公司最八卦的地方，像是白领们的自助产粮地，关于 Jarod 的话题当然不在少数。Aaron 之前好几次去磨咖啡，都听见女同事在讨论 Jarod 今天穿了什么颜色的衬衣之类的话题。但这么久了，他只知道总监离过婚，有一个孩子，其他的一无所知。

所以，总监这是又交女朋友了？

Aaron 迷茫地回到工位上，看着手机里谭叙深发过来的图片愣神。

就算离过婚，像总监这样的男人，身边肯定也不缺女人吧。想到这里，Aaron 笑着叹了口气，这条项链比他两个月的工资还多，还是好好工作吧。

中午吃过饭，Aaron 趁午休时间到附近的商场专柜看了看，按照谭叙深给他的图片买了那条项链，回到公司已经过了下午的上班时间。

他从电梯出来，迎面碰上刚从洗手间出来的罗文。

"刚吃过饭吗？"罗文笑着和 Aaron 打招呼，低头注意到他手上提的袋子，"哟，给女朋友买礼物？"

"对，快生日了。"Aaron 笑着推了推眼镜，心虚得没敢看罗文，低头继续往前走。

如果他说是 Jarod 买的，可能半个小时内就能在公司传遍了，不知道会不会对 Jarod 造成困扰，所以下意识地应下了。

"助理待遇这么好吗？ Jarod 还缺不缺助理？"罗文玩笑说，和 Aaron 并肩往前走。

"改天有空帮你问问。"Aaron 脸上挂着笑，但心里的悲伤已经逆流成河。

他没有女朋友，也买不起这么贵的礼物，这是什么人间疾苦？

走到公共区域，罗文顺着另一个方向回工位了，Aaron 加快脚步回了三十六楼，他很怕再碰到其他人。

Aaron 先提着礼物袋去了谭叙深办公室，办公室的门开着，却没有人，应该是去参加交流会还没回来。担心待会儿有人进来，Aaron 把礼物放在架子上一个不起眼的位置，左看右看确定没问题了，才关门出去。

他刚关上门，扭头就看到有人路过向办公室里看。

"找 Jarod 吗？"Aaron 笑着看向对面的女孩儿。

"嗯？"闻烟慌乱地收回了视线，强装镇定地笑了笑，"没有。"

她找谭叙深干什么？他们中间隔了无数级，她连罗文的老板凯莉都很少接触到，表面上他们怎么都不会认识。

五指不自觉地收紧，闻烟担心地看着 Aaron，只见他笑着看了她一眼，没再说什么走过去了。

她刚才很明显吗？他不会真的看出什么了吧？

闻烟的心几乎快被后悔淹没了，以后一定不从谭叙深办公室外路过了。闻烟魂不守舍地往前走，视线落在地板上没有焦距。

幼儿园下午放学很早，星棠下课后就开车过来接闻烟，但到了之后才发现她还有一个小时才下班。

星棠无聊地刷着手机，一个个消息框滑得很快，忽然间捕捉到了什么，停住往上翻，直到看见谭叙深的名字。

星棠心里的火瞬间上来了，发的两条消息他都没回，他不会真的没给烟烟准备礼物吧？

星棠恼火地打开车窗，将腿搭在方向盘上，手扇着风给自己降温消气。

不生气，不生气，大老板很忙的，有无数的会要开，连饭都没有时间吃……

星棠扇了会儿，发现一点儿用都没有，拿起手机啪啪打字。

"烟烟最近喜欢一个作者的书，但是绝版了，在大陆找不到，二手的也找不全，你有什么途径可以买到吗？

"还有些小女生喜欢的东西……

"算了，你买什么她应该都喜欢。"

星棠叹了口气，自暴自弃地将手机扔在副驾驶座上，开始闭目养神。

为了方便闻烟找到，她在路边临时停车的位置等着。突然有辆车停在她的前面，星棠扫了一眼又闭上了眼睛，但不一会儿车窗就被人敲响了。

"星棠小姐，好巧。"

听见声音，星棠缓缓扭头，透过墨镜，眼睛向上抬："周先生，好巧。"

周寻站在车外笑了笑："来找闻烟吗？"

"嗯，等她下班。"看到他很意外，星棠礼貌地微微一笑，将脸上的烦躁收起来。

"巧了，我来找叙深，"周寻抬起手腕看了看时间，"到他们下班可能还得一段时间，去喝杯咖啡吗？"

这一年来，星棠跟着烟烟也和他吃过几次饭，虽然刚开始对他的印象不太好，但接触下来也还不错。星棠看着他的脸，还算挺好看的……

"好。"星棠摘了墨镜下车。

写字楼附近的咖啡厅永远有很多人，有人在谈事，也有人抱着电脑在办公。

他们点了两杯咖啡并排坐在一起，看着窗外形形色色的人。

"男人到了一定年龄，对一些节日是不是就不太注意了？"星棠很好奇，到底是只有谭叙深这样，还是成熟的男人都是这样。

按照常理来说，女朋友过生日，男人不该求着闺密问女朋友的喜好吗？难道谭叙深非常了解烟烟，不需要问她？

"分人，比如我就不是。"周寻低头看着星棠，言语间的暗示很明显。

"那谭叙深呢？"星棠心里藏着事，没接收到周寻暗送的秋波。

"怎么了？"周寻无奈地笑了笑，心生挫败感。

"烟烟快过生日了，你知道他买了什么礼物吗？"星棠偏头看着他。

"前几天有聊到，但具体买了什么我不清楚。"周寻不假思索地开口，连眼神都没有变，"烟烟什么时候过生日？"

"下周六。"星棠喝着咖啡。

"叙深就是忙了点儿，对烟烟还是很用心的。"周寻扶了扶眼镜，看着从大厦陆陆续续走出来的人，眼角的笑很浅。

"好……"星棠迟缓地点了点头，就算不相信谭叙深，也应该相信烟烟的眼光，"烟烟想生日的时候把谭叙深介绍给她爸妈，但我觉得叔叔阿姨可能不太容易接受，你有什么好办法吗？"

玻璃窗上映着两个人的虚影。

周寻的眼底闪过一丝意外，不过很快就不见了，他端起杯子，若无其事地问："叙深怎么说？"

"不知道。"星棠垂着头，很苦恼，"其实让谭叙深去挨一顿打就好了，哈哈哈……"

顾及周寻是谭叙深的朋友，星棠说话还是注意了点儿，但脑海里幻想着画面，忍不住自娱自乐。周寻也跟着她笑了起来。

"明天有空吗？出来吃个饭？"周寻收回视线，嘴角的笑倒是温柔。

"不知道烟烟和谭叙深有没有时间？"星棠说。

"就我们两个。"身体稍向旁边倾斜，周寻眉眼间挂着笑，目不转睛地注视着她。

星棠拿着咖啡勺子，微微发愣，这么说再不懂她就是真的白痴了。

"我……有时间。"星棠的目光有些躲闪，她朝他笑笑，忽然变得淑女。

"明天下班我打电话给你。"眼镜折射着咖啡厅暗调的光，周寻望着对面的大厦轻笑，"他们应该快下班了，我去下洗手间。"

"好。"星棠点头。

周寻起身，星棠悄悄打量着他。从背影来看。他的身材很好，脸也好看，人也很温柔……直到周寻消失在转角，星棠才收回视线。

而这时，桌子上忽然传来一声振动声，周寻的手机落在桌子上了。星棠的眼睛往旁边一扫，表情瞬间僵住了。

小野猫："老公，好想你呀，今天穿了吊袜哦。"

星棠还没回过神，那边连着又发过来几条消息。

小野猫："在家洗澡等你。"

…………

星棠失神地望着手机屏幕，直到它再次自动锁屏才缓过神来，接着睁大双眼，满眼错愕。

什么？

小野猫？

在家等他？

不是她乱看，而是两个人的座位离得太近，而他的手机又放在她手边。星棠的脑子里乱糟糟的，已经控制不住想象那张照片了，她越想越火大，火气顺着胸腔直往上涌。

果然她对他的第一印象是对的，什么垃圾，狗东西。

星棠提起包就往外走，高跟鞋踩在地上发出嗒嗒的响声，还没走出咖啡厅就把周寻的手机号码、微信全拉黑了。

过了几分钟，周寻从洗手间出来，远远地看到座位上没人了，往周围看了看，也没发现人影。周寻走到位置前，望着桌子上喝了一半的咖啡，拿起手机。

看到显示的消息，他笑了，接着解锁手机，查看收到的图片，脸上挂着意味不明的笑。

收起手机，周寻透过玻璃看向窗外来来往往的人，表情中似乎有几分可惜，再细看好像又有些无所谓。

天色渐渐暗淡，晚高峰也过去了，周寻在大厦外的公共吸烟区抽了两根烟，终于等来了谭叙深。

"这个？"谭叙深把一个黑色U盘放到他面前。

"嗯，找了好几天没找到。"周寻今天不是来找谭叙深喝酒吃饭的，是前几天有个U盘落在他家里了。

"吃晚饭了吗？"谭叙深摸了摸口袋，发现没带烟。

"还没，回去吃。"周寻笑了笑，毕竟家里还有只小野猫在等他。

"那我先上去了。"谭叙深工作没处理完，大概还要一个小时。

"等等。"周寻弹了弹烟灰，扭头看着他，"听说闻烟要带你回家？"

修长的双腿被黑色西裤包裹，谭叙深刚迈出去半步，听到周寻的话又缓缓转身，从他手里抽走一支烟。

有风，打灰机冒出的火苗有些飘，碰到烟草发出微弱的烧焦声。谭叙深抽了一口，猩红的烟头在昏黄的光线下明明灭灭。

"嗯。"他淡淡应了一声。

"去吗？"周寻饶有兴味地看着他，摆明了看戏的姿态。

太阳刚落下没多久，天边飘着几缕灰蓝色的云，谭叙深望着，若有所思："现在的女孩儿谈恋爱都考虑那么远吗？"

"我交的那些女朋友应该不会。"周寻笑了笑，将烟插灭在白色的细石粒中，抬头的同时推了推眼镜。

周寻和谭叙深永远不会喜欢上同一种女人。

周寻没想过结婚，但身边的女人从来没断过。说白了，他喜欢自由。

但谭叙深不一样。

想到这里，周寻扭头看了谭叙深一眼，至于谭叙深喜欢什么样的女人，他具体描述不出来，但脑海里会不自觉地浮现出几张脸……

比如叶漫，比如闻烟。

"快一年了吧。"说实话，周寻也看不清谭叙深用了几分真心，但知道，绝对没到见父母的程度。

"快了。"大厦前的灯是暗调的黄色，光线落在谭叙深身上，有几分不真实。他掐灭烟，呼吸间还带着淡淡的烟草味，"我上去了。"

"好。"周寻看着他的背影，停了几秒，拿着U盘离开了。

255

周五晚上，易阳洗过澡和闻烟在沙发上玩，谭叙深在厨房洗碗，闻烟的视线总是不自觉地往他身上飘，有些心绪不宁。

离生日还有一周，但她还是和爸妈开不了口。

"姐姐，我困了。"易阳抱着他的大熊猫玩偶躺在沙发上，眼睛眨得缓慢，迷迷糊糊地看着闻烟。

"今天怎么困得这么早？"闻烟往旁边移了移，手轻轻放在他额头上，还以为他生病了。

"中午在幼儿园没有睡午觉……"易阳的声音变得越来越低，眼睛也闭上了。

看着易阳安静的脸，闻烟嘴角上扬，很羡慕这个年龄的孩子，心灵和眼睛都那么清澈，困的时候可以肆意地倒头就睡。

怕把他吵醒，闻烟小心翼翼地抱起易阳，准备送他回房间。四五岁的孩子，她抱起来竟然还有点儿吃力，但她刚转身，就看到谭叙深走了过来。

"怎么了？"谭叙深走到闻烟身边，轻轻接过易阳。

"睡着了。"闻烟顿时感觉胳膊一阵轻松，看易阳脚上的拖鞋快掉了，连忙接住。

闻烟把他的拖鞋放在床边摆好，谭叙深将易阳放在床上，给他盖上被子，虽然动作已经很轻了，但易阳刚刚入睡，睡得还很浅，迷迷糊糊地又睁开了眼睛。

"爸爸……"孩子的声音含糊不清。

"睡吧，晚安。"谭叙深在易阳额头上落下一个轻吻。

闻烟站在旁边微微失神，嘴角也情不自禁地扬起，如果和谭叙深有了孩子，会不会也这么听话懂事？家里四个人，会很幸福吧。

闻烟沉浸在幻想中，但脑海里忽然又闪过爸妈的脸和其他画面，嘴角的笑很快又消失了。

"走吧。"谭叙深看着闻烟。

"好。"房间只留了一盏小夜灯，闻烟跟在谭叙深后面，轻轻关上了房门。

回到卧室，谭叙深到电脑前处理工作，闻烟将床单换了，来到他身后抱着他的脖子。

"我爸妈看到你这么优秀，是不是就不会说什么了？"闻烟弯腰，下巴蹭着他的肩膀。她沉迷于他工作的每一个瞬间。

谭叙深敲击键盘的动作停了一秒，眼里映着电脑中的白光，然后像什么都没有发生过似的继续写邮件。

直到点了发送键，他才幽幽地开口："很为难吗？"

"不为难。"怕谭叙深多想，闻烟连忙否认，还不自觉地抱紧了他。

谭叙深关了电脑缓缓起身，面无表情地注视着闻烟："既然为难，为什么要强迫自己？"

闻烟的否认，谭叙深好像没有听到。

抬头注视着他，闻烟眉眼间的笑意渐渐消失。已经很久没有这种感觉了，在他面前，她好像是一张白纸，可以完全被他看清。

"我们的感情……可能要比其他人的难一点儿，但也没有想象中那么难以跨越，我们在一起快一年了，"闻烟组织着语言，像是在努力说服自己，却有些语无伦次，最后还是决定跟着心走，"谭叙深，我想和你有以后，想嫁给你，所以想把你介绍给我最爱的家人，让他们知道我有一个很好的男朋友。"

以后？

她轻柔的语调、她脸上的笑……

垂在身体两侧的手有些沉，谭叙深沉默地望着她，黑色的眼眸意味不明，负担或负罪感一时分不清楚。

"简单一点儿不好吗？"谭叙深低头看着她。

简单？闻烟忽然语塞。

她似乎永远看不透他的眼睛，被他的视线完全笼罩的时候，会情不自禁地想去抱他，想要寻求安全感，想让两颗心靠得更近。但她刚抬手，就被他脸上的淡漠击回现实。

他接连的几个问题让闻烟脸上的笑渐渐消失，不知道是不是她的错觉，刚才她在谭叙深的眼睛里看到了几分冷漠，还有最深处的一丝不耐烦，很浅，一闪而过……

是她的错觉吧？他的风度和涵养怎么会让他流露出这种神情？

"简单的意思是？"闻烟忽然有些不知所措，又有些茫然，但心脏不受控制地摇摇欲坠，渐渐被裹上了一层冰霜。

闻烟突然想到，每次谈论到这件事，谭叙深都没有给过明确的答复。

是她刻意地选择忽略了他眼中的淡漠吗？

谭叙深依旧低头注视着她，她的神情变化落在他眼里，嘴唇抿成一条直线，沉默不语。

两个人无声无息地对视着，闻烟心里乱得厉害，无数暗藏在心底的画面刹那间全部涌现出来，但被她不顾一切地快速压下去，又变回风平浪静、一片空白。

"两个人的事，牵扯到太多人就会变得复杂。"余光掠过柜子上的礼物盒，谭叙深视线停了几秒，终于还是放轻了语调。

"但爱一个人，不就是想把他……"

话说到一半，闻烟忽然停住了，嗓子像被塞了裹着玻璃碴儿的棉花，再也说不出一个字。从内心深处生出的无力和恐惧感，直接逼红了她的眼睛。

怕被他发现，闻烟连忙绕过他走向沙发，呆滞地整理着沙发上的衣服："如果你还没有准备好的话，那我们就先不去了，生日那天我中午回家和爸妈吃饭，晚上再来找你。"

谭叙深双腿交叠坐着，目光依旧落在她身上："好。"

看着她将衣服一件一件叠整齐，谭叙深起身走到落地窗前，望着闻烟的背影，她的声音还和刚才一样轻柔。如果没有注意到她眼角那一抹绯红的话，他一定可以当作什么都没发生过。

恋爱可以，但是以后和她结婚？

他没想过，也不可能。

"要有蛋糕哦，我喜欢吃草莓味的。"闻烟的嘴角用力向上扬，滚烫的泪水却顺着脸颊直接砸在衣服上，瞬间便消失了。

"好。"谭叙深点了一支烟。

"不要忘了买生日礼物，不然罚你买十个。"闻烟机械地重复着手上的动作，浑然不觉手里拿的这件衬衣已经叠了三遍。

"已经买好了。"目光始终不曾从她身上移开，谭叙深弹了弹烟灰，但烟灰落在了烟灰缸外面。

"是那个蓝色礼物盒吗？你先收好，到生日那天再给我。"闻烟的声音听不出丝毫异样，带着微微撒娇的语气，和往常如出一辙。

"好。"谭叙深声音低沉，还有点儿沙哑。

谭叙深将一支烟抽完了，闻烟还在叠衣服。

谭叙深将烟头捻灭扔进烟灰缸里，走到闻烟身边，从背后抱住她。他落在她脖子上的吻，从温柔到越来越狠。

闻烟没有发出任何声音，甚至没有闭上眼睛。

她清醒地感受着他的温柔和粗暴，还有自己被慢慢撕开的心。

两个人的眼底没有任何欲望，一个是伤痛，一个是安抚。

"我先去洗澡。"手臂环着她的腰，谭叙深注视着黑色衬衣上突兀的深色斑点。

他知道，那是她的眼泪。

"好，我收拾下房间，待会儿再去。"闻烟笑了笑，不动声色地挣脱了他的怀抱，弯腰抱起叠好的衣服。

谭叙深摩挲着她颈间的红痕，片刻后转身走向浴室。

而在他关上门出去的一刹那，闻烟像只断了线的风筝，身体轻飘飘地跌落在沙发上，叠放整齐的衣服全部散落。

眼泪控制不住地往外涌，闻烟用最后的理智捂着嘴不发出声音，往日所有被她压至心底的疑虑纷至沓来，仿佛要将她淹没……

他从来没跟她提过他的爸妈。

他从来不主动说些什么。

他从来不和她谈以后。

…………

第十章
爱意太薄

周五，闻烟生日的前一天，谭叙深刚回到办公室就看到手机在办公桌上振动，等走到跟前，电话却挂断了。

七个未接来电，谭叙深看着备注皱了皱眉。

坐到办公桌前，谭叙深望着手机沉默了片刻，刚要回拨过去，对方又打了过来。

"叙深哥，对不起，我不想打扰你，但不知道打给谁……漫漫在片场晕倒了，检查出来是胃癌……怎么办？我该怎么办？"

钢笔在文件上猛然留下一道划痕，写了一半的签名终究无法再继续下去，任由黑色的墨水在纸页上洇开，谭叙深听着电话里的哭声，有些缓不过神。

过了很久，他从文件中抬头："别着急，慢慢说。"

语无伦次的话混杂着哭声，让谭叙深的目光渐渐变得凝重。他面无表情地走到落地窗前，蓝珀大厦三十六楼几乎可以俯瞰 A 市的全景，汽车如同玩具一样在高架桥上穿梭。

电话已经挂断了，谭叙深依旧保持着刚才的姿势，仿佛不曾动过，阳光斜照在他身上，在地板上投下一道影子。

"咚咚——"

办公室的门被敲响了，谭叙深回过神来，眼睛微动："请进。"

"Jarod，五点和凯莉有个会，关于客户关系管理部门和凯扬要不要续约的问题。"Aaron把一沓资料放在桌子上，"这是之前的比稿文件，电子版同步发你邮箱了。"

"好。"谭叙深的手指从文件边缘滑过，他刚打开，还没看到里面的内容就又合上了，转身看着Aaron，"下周有什么重要的安排？"

"西南区置换的活动在下周三，周一、周二还好。"Aaron仔细回想着他的行程。

"这两天的安排往后推迟，有事打电话给我。"谭叙深回到办公桌前，打开抽屉，拿出护照和其他证件。

"好，您要休假吗？"Aaron看着他的动作，感觉很突然，还有点儿摸不着头脑。

"嗯，和凯莉的会也暂时推迟吧。"谭叙深将钱包、证件放在一旁，浏览了一遍未读邮件，然后关了电脑。

"好的，我去安排一下。"Aaron先一步离开谭叙深的办公室。

谭叙深开车回家简单收拾了几件衣服，但打开衣柜的那一瞬，目光忽然变得暗淡，抬起的手也渐渐垂下。

衣柜里所有衣服都是她叠好挂上去的，井井有条。

这一刻，谭叙深不是很想碰。

男人高大的身形挡住了阳光，衣柜里光线昏暗。他沉默地注视着，然后缓缓转身。

谭叙深走到沙发边坐下，修长的双腿交叠，然而抬头的瞬间，余光不经意掠过窗边柜子上的蓝色礼盒，黑色的眼眸忽然凝滞。

夏天的傍晚，晚霞浓烈，房间没开灯，男人半边脸映着光，半边脸隐匿在昏暗里。

他很清楚，待会儿自己走了是什么结果。

忽然觉得领带和衬衣很紧，束缚得他喘不上气，他抬手扯开领带，又随意地解开两颗纽扣，动作很粗鲁。

咔嗒一声，打火机发出的声音很清晰。

指间夹着烟，谭叙深环视着房间内的摆饰和一些小物件，后知后觉地发现，卧室不知道什么时候已经变成了另一种风格。

烟缓缓燃烧，烟雾向上袅袅飘散，谭叙深没抽几口，只是失神地望着暗红的烟头，在燃尽的前一刻，把它掐灭扔进了烟灰缸里。

然后他收拾行李，转身出门。

坐在去机场的出租车里，谭叙深望着窗外迅速后退的景色，拨通了周寻的电话。

"喂。"周寻正在开车，车窗半开着，头发被吹得凌乱。

"这几天帮我照顾下易阳。"谭叙深说。

"好，要出差吗？"这种事对周寻来说已经见怪不怪了，就像他经常出差会把 Yellow 放在谭叙深家一样。

"叶漫病了，我去看看。"身体微微向后靠，谭叙深疲惫地闭上了眼睛。

"怎么回事？"周寻眉头紧皱，握着方向盘的手不自觉地用力。方向忽然偏了，他又连忙转回来。

能让谭叙深过去的，一定不是简单的头疼发热。

"不太好。"谭叙深很累，不想说太多。

小涵是叶漫的助理，在国内就一直跟着她，和周寻一样，是见证了谭叙深和叶漫所有感情阶段的人。她今天情绪很不稳定。

周寻长叹一口气，突然不知道说什么。他很尊重女人追求自己的事业，但是这么拼命的他没见过几个："劝劝她，回来吧。"

谭叙深依旧闭着眼睛，不知道在想什么。

"易阳是不是快放学了？我直接去学校接他吧。"周寻调了个头。

"应该到家了。"谭叙深抬起手腕看了眼时间。

"那我现在去家里。等一下……"周寻脑海里忽然闪过一个画面。他望着前面的红绿灯，微微失神，"闻烟，明天生日？"

那次在咖啡厅，他听星棠说是这周六。

谭叙深握着手机的动作微顿，眼眸深得看不透："嗯。"

"哥，你这有点儿狠了。"眼前闪过闻烟的脸，周寻忽然有些不忍心，"但我这两天还有事，替你去不了。"

出租车缓缓停下，谭叙深打开车门下去："我到了，待会儿再说。"

整个下午，闻烟没有看到谭叙深，发的消息也没回，难道他还在忙吗？

说好不会再从他办公室前路过，但下班的时候，闻烟还是路过了他的办公室，门没锁，只是虚掩着。她透过磨砂玻璃向里面张望，但什么都没看见。

因为明天过生日，所以闻烟今天晚上要回家。她看着手机里未回的消息，对话框里的上一条，还是一天前的。

这一周，闻烟刻意和他保持距离。

有些东西只隔了一层薄薄的纸，脆弱得她不敢碰。闻烟知道自己在逃避，在自欺欺人，但如果真的能骗到自己也好……

她无法做到彻底清醒，也没有办法完全糊涂。

所以就这么半醉半醒地痛苦着，不想放手，她拼命抓住手里最后一根稻草，死死攥住，但心里已经产生了隔阂，再也没有办法和他像以前那样亲近。

登机后，谭叙深接了几个电话，都是工作上的，处理完之后看着通话记录里闻烟的名字。

天已经完全黑了，谭叙深失神地望着那个名字，深色的眼眸看不出任何情绪，但脑海里浮现出很多画面。

这么快已经一年了，而一年来的点点滴滴，堆积起来竟然有这么多，这么重。

时间仿佛静止了，男人如同雕塑般一动不动，只有目光落在闻烟的名字上，在心里一笔一画无意识地描摹着。

但直到飞机起飞，他都没有拨出去。

闻烟心里装着事，吃过饭，没陪爸妈看电视，借口工作累就回了房间。她解锁手机，依旧没有收到回复，也没有电话。

闻烟疲惫地向后仰，无力地躺在床上，脸上的苍白不及心里的一半。

她想好好过个生日，和喜欢的人一起，和谭叙深一起。

房间很安静，内心无数的猜疑顺势疯长，闻烟拿出耳机戴上，将音量开到最大，想把那些不受控制的念头全部赶走……

明天就要过生日了，她不要乱想。

闻烟拿着衣服走进浴室，水流顺着她的脸颊往下淌，她双手捧着脸，想洗得久一点儿，可以消磨时间，但又怕错过他的消息……

最后闻烟穿着睡衣回到房间，比平常快了十分钟，但手机里还是没有他的消息。闻烟忽然察觉到一丝不对劲，心里涌上阵阵不安，他不会出事了吧？

想到这里，闻烟毫不犹豫地拨了他的电话号码，但是直到自动挂断都没有人接。不安越来越重，她接着又打了第二个，还是没有人接。

闻烟呆滞地站在床前，痛苦和压抑早已被害怕取代，脑海里忽然闪过什么。她连忙打开同城新闻，快速地浏览了一遍，没有发现车祸的信息，这才松了一口气。

瘫坐在房间的单人沙发上，闻烟拨通了周寻的电话。

周寻去客厅倒了杯水，手机放在茶几上，看到屏幕上的来电显示时，手突然一哆嗦，水溅到了手机屏幕上。

他不敢擦，不敢接，也不敢挂。

周寻等着闻烟挂断，但低估了她的耐心，手机振动了很久，最后是自动挂断的。

周寻喝了杯水压压惊，之后擦干净手机屏幕回了房间。他刚打开卧室门，就看到易阳举着手机在傻笑。

"闻烟姐姐。"

周寻很想退回客厅。

"我在周寻叔叔家。"易阳坐在床上抱着他的大熊猫玩偶，对面的电视里还放着动画片。

周寻退出去半步，又回来了。

"周寻叔叔刚刚去客厅了，刚回来。"这段时间易阳很少见到闻烟，接到她的电话很开心，乖乖回答她的问题，然后把手机送到了周寻面前，"闻烟姐姐要跟你说话。"

面前的手机像个烫手山芋，周寻看了两秒才接过来，面无表情的脸瞬间爬上笑意："刚刚去客厅接了杯水，没看到你打电话。"

"没关系，易阳怎么在你那里，谭叙深呢？"闻烟想让自己平静，但声音还是出卖了她。

"叙深……叙深好像出差了，把易阳丢在了我这里。"说出这句话的时候，周寻都想咬掉自己的舌头。他已经很久没有这种负罪感了。

出差？

闻烟所有的害怕、不安和难过，在这一刻忽然戛然而止，归于平静。

她的男朋友，在她生日的前一天出差了？没有一通电话，也没有一条信息。她感觉自己的身体在不停坠落，没有底，也没有依靠。

心里的酸涩和愤怒在无声无息地乱窜，闻烟不受控制地握紧了手机，手指骨节泛着森森的青白。

电话那端陷入寂静，过了很久周寻都没有听到闻烟的声音。他抿了抿嘴唇，硬着头皮开口："烟烟……"

"好，我知道了，晚安。"

她声音平静得没有丝毫破绽，周寻一时间竟然想不出她是以什么表情说出的这句话，但总之，电话挂了。

"姐姐说了什么？"易阳好奇地凑到周寻身边。

"小麻烦。"周寻捏着易阳脖子后的软肉，就是担心会碰到闻烟，才慌忙把他接到了家里，但还是没躲过去。

"我很听话的。"易阳嘟着嘴。

"那叔叔问你几个问题，乖乖回答。"周寻把动画片的声音调到最小。

"好！"易阳抱着他的熊猫玩偶。

"喜欢闻烟姐姐吗？"周寻撑着脑袋，侧躺在床上。

"喜欢。"易阳坐在被子上。

"喜欢妈妈吗？"周寻接着问。

"喜欢。"易阳笑了笑。

周寻不用像和成年人交流那样观察易阳的表情，因为孩子的话和他的眼神一样干净。

"那喜欢妈妈还是喜欢姐姐？"周寻问。

不像前几个问题回答得那么果断，易阳脸上闪过几分迟疑，好像认真思考了很久，看着周寻小声说："都很喜欢。"

周寻笑了笑，难得易阳在缺少爸妈陪伴的单亲家庭中还能这么童真可爱。而这一年来，不知道是因为长大了一岁，还是因为家里多了闻烟，周寻能感觉到他比之前开朗了很多。

但接下来的问题会很残忍，他想想该怎么组织语言。

"那如果，要选择一个人跟你和爸爸一起生活，你选谁？"这次，周寻注视着易阳的眼睛。

"呃……"易阳和刚才一样犹豫，抱着他的大熊猫玩偶，低头暗暗思索。过了很久，他抬眼看着周寻，"想要妈妈。"

谭叙深下飞机直接去了医院，小涵在医院外等他。

"叙深哥！"小涵看到谭叙深后向他挥了挥手，朝他快步走过去。

"现在怎么样？"谭叙深和往常一样穿着衬衫、西裤，但眉眼间难掩疲惫。

"中间醒了一次，又睡着了。"小涵跟在他身边往医院走，抬头看向谭叙深的时候忽然充满愧疚，"对不起，叙深哥，麻烦你了。"

谭叙深还拉着黑色的行李箱："没关系，走吧。"

小涵的眼睛很红，一方面是哭的，另一方面是累的，她不眠不休地忙了几天工作，又直接陪叶漫来了医院。给谭叙深打完电话她就后悔了，再怎么说两个人已经离婚了，但她当时很害怕，这边的朋友大多数是工作上认识的，私交很少，脑海里第一个想到的人就是谭叙深。

"怎么会突然晕倒？"谭叙深和小涵一起等电梯。

"离杂志发行还有几天，约好的艺人突然临时爽约不拍了，漫漫亲自去找对方谈，那边也没答应，然后这几天一切都得重新部署。漫漫两天没合眼，最后在棚里摄影的时候就晕倒了。"小涵的声音里渐渐带了哭腔。

电梯紧闭的门映着两个人的虚影，谭叙深皱了皱眉。

"她的性格你也知道，从采访到现场布置一切都要跟进把关，明明这次时间都这么紧了，还因为桌布和花的颜色不搭临时把花全换了，就在换的时候晕倒了。"小涵无奈地叹了口气。

《MEMORY》在法国是很有影响力的时尚杂志，这些年创造了很多经典，并且不断追求突破，而叶漫是《MEMORY》的主编。

这份工作表面上看起来光鲜亮丽，但几乎没有周末，一年下来也没有几天休息时间，不过叶漫还是想尽办法，每三个月抽出一周时间去陪易阳。

"医生怎么说？"电梯到了，谭叙深跟在小涵后面进去。

"医生说她是早期，治愈的可能性很大，但一听到癌症，我就害怕了……叙深哥，待会儿你一定要劝劝她。"小涵抬头看向谭叙深。

电梯门开了，谭叙深走出去看了看："在哪边？"

"这边。"小涵带着谭叙深往右边走。

医院消毒水的味道很浓，这层很安静，人也很少，谭叙深跟着小涵走了两分钟，在一个病房前停下。

"到了。"小涵轻轻推开门。

贵宾病房里只有她一个人，房间不人却很整洁。

谭叙深放轻脚步走到病床前，她还在睡，脸色苍白得像白纸，身上没有很多奇怪的仪器，只是简单地挂了个吊瓶，不知道的还以为是小感冒。

"叙深哥，你饿不饿？要不你先坐着休息会儿，我去给你买点儿吃的？"谭叙深到了，小涵仿佛有了主心骨。

"好，谢谢。"谭叙深在飞机上没怎么吃东西。

小涵今年二十八岁，从毕业就一直跟着叶漫，比谭叙深先认识她，两个人之间早已超过了同事关系。她看了眼床上憔悴的女人，出去了。

谭叙深疲惫地坐在沙发上，望着不断滴落的液体，眼中的情绪被疲倦掩盖了。

闭着眼睛休息了一会儿，谭叙深去找医生了解了下情况。

医生是个法国人，很详细地为谭叙深介绍了叶漫的病情，由于她工作忙、压力大，加上长期作息饮食不规律，从而诱发了胃癌，但发现得很及时，早期的治愈率可以达到百分之九十。

谭叙深听到这个数字之后，提着的心终于放下，跟医生道谢后回了病房。

她还没醒，但点滴已经快输完了，谭叙深按了铃，没过多久，护士过来换了吊瓶。

小涵推开病房门，看到谭叙深坐在沙发上，手微微撑着头在休息。她放轻了动作，将买的饭放到他旁边的桌子上。但她刚放下，谭叙深就睁开了眼睛。

"不好意思吵醒你了。"小涵轻声说。

"没事。"谭叙深并没睡着，抬头看着小涵通红的眼睛，"你去休息吧，我在这里就好。"

"公司还有事没解决，我过去看看，晚点儿再过来。"小涵扭头看着病床上的叶漫，有些犹豫。

"好。"谭叙深说。

小涵说完，提着包又匆匆离开。

谭叙深没什么胃口，随便吃了点儿就放下了，床上的人没有醒的迹象。他拿出手机看了看，落地开机后，有她的两个未接来电，是十几个小时之前的，之后再也没有消息。

谭叙深看着那串红色的数字和她的名字，它们红得刺眼，透过手机屏幕，似乎能看到她发红的眼睛，还有不肯哭出声的倔强表情。手指在上面停了很久，他是太累了吗？心里好像有什么东西压着，很沉。

过了很久，屏幕自动黑了，谭叙深回过神，沉沉地叹了口气，输入密码解锁，准备拨过去。

然而这时忽然传来咳嗽声，他愣了愣，收起手机走到床边。

"醒了？"谭叙深看着她。

叶漫咳了两声，眼神迷离地看着病床前的男人，还以为是自己的幻觉，直到视线清晰才发现真的是他。

"跟小涵说了不要告诉你们……"叶漫皱了皱眉，声音轻得几乎听不见，浑身没有一点儿力气。

"感觉怎么样？"两个人在一起生活了三年，谭叙深从来没有见过她如此脆弱的一面。他拉来旁边的椅子坐在病床前。

"没事……"眼皮很重，叶漫强撑了一会儿又闭上了眼睛。

目光落在她的嘴唇上，那里干得泛起了白皮，谭叙深倒了杯温水放在旁边的柜子上："医生说治愈率百分之九十以上，这几天会安排手术。"

刚醒来意识还不清醒，叶漫仿佛已经忘了自己得病，但谭叙深的话把她拉回了现实。

"如果我是那百分之十呢？"叶漫睁开眼睛望着他，不害怕是假的，恐惧让她彻底清醒。

谭叙深目光微滞，迎着她的视线，沉默了片刻，端起旁边的杯子喂她喝了点儿水："把工作辞了吧。"

叶漫失神地看着滴落的液体，面色重归平静："别告诉我爸妈。"

出门在外，报喜不报忧，这么多年她已经习惯了。

往年的生日，闻烟都是在学校和同学一起过。今年和爸妈在一起，还有星棠和铭川哥，她却没有以往快乐。

她最期待见到的人不在这里。

七月二十七日晚上，闻烟还是去了谭叙深家里，仿佛什么都没有发生过一样如期而至。她不喜欢爽约。

没有人为她开门，她输入密码进去，家里一片漆黑，安静得仿佛要把她吞没。开了灯，闻烟慢慢往里面走，客厅空荡荡的，似乎还回响着她的脚步声。

没有蛋糕，没有礼物，没有谭叙深。

闻烟坐在沙发上，明明是夏天，却感觉自己置身冰窖，浑身冰冷。

过了片刻，她打开谭叙深房间的门，一眼就看到了窗边柜子上的蓝色礼盒，说好的他今天亲手送给她，现在只能自己拆开了。

但拿着盒子的时候，闻烟竟然还是忍不住期待，苦笑一声，然后面无表情地打开。

一条钻石项链静静地躺在那里，简约优雅，即使在昏暗的光线下依旧璀璨夺目。

闻烟轻轻抚摸着吊坠上那两个相互交织的圆环，强忍着泪意，对着旁边的镜子，自己戴上。

戴好后她回到客厅，打开电视，家里的电视一般是易阳在看，这时候放着《大头儿子和小头爸爸》。

闻烟没有切换频道，一个人就这么看了几个小时。

法国。

这两天叶漫好像把所有的觉都睡够了，醒来看到谭叙深心不在焉地看着手机。

"不好意思，麻烦你了。"叶漫连声音都透露着憔悴。

"没事。"谭叙深回过神，停了几秒走出了病房。

天色已经暗了，谭叙深站在楼道里，透过窗户望着外面的景色，然后拨通了闻烟的电话。

闻烟坐在沙发上，电视里依旧放着动画片，当看到来电显示的名字时，原本的心如死灰瞬间被委屈和愤怒覆盖。

电话接通了，谁都没有说话，仿佛只有彼此的呼吸声在耳边回荡。

"生日快乐。"最后，还是谭叙深先开了口。

他不提还好，一提闻烟眼睛就红了。她听着他的声音，抬头看向客厅的挂钟——零点十五分。

她的生日已经过了。

"在哪儿？"闻烟努力让自己的声音平静。

谭叙深从口袋里拿出烟，但看到墙上贴的禁烟标志，又收了回去："法国。"

闻烟心中剧痛，平静的眼眸仿佛被利刃缓缓割裂……

他前妻在法国。

手指不自觉地握在一起，指甲在手心留下深深的痕，所有的委屈、愤

269

怒和不甘在身体里流窜，闻烟忽然觉得喘不过气来。

她的男朋友，她深爱的男人，在她生日的时候去找了他的前妻。

闻烟低头看着自己的胸口，感觉那里被砸了一个窟窿，正在流血。但她目光所及之处，只有钻石项链微微晃动，两个圆环相依，依旧光彩四溢。

眼泪滴落在项链上，钻石的切面好像更亮了，闻烟深吸了一口气，眼神空洞地看着电视："谭叙深。"

"嗯？"谭叙深声音很轻。

"回来给我补过个生日吧。"眼中的光渐渐暗淡，闻烟闭上眼睛抚摸着自己滚烫的眼皮。

"好。"谭叙深低着头，低垂的睫毛掩盖了眼里的情绪。

不等他再说什么，闻烟就把电话挂了。压抑的情绪终于控制不住，空荡的客厅，除了动画片的声音，还有女孩儿的心脏支离破碎的声音。

在窗边停了很久，谭叙深才回病房，但推开门就看到叶漫在打电话。

"帮我收拾一下东西吧，工作方面这段时间也可以问我……"叶漫看到谭叙深进来，声音低了些，"嗯，先这样。"

叶漫挂断了电话。

谭叙深缓步来到床边，目光沉沉地注视着她，脸色不是很好看，过了片刻，抬手将她的手机摔在地上。

"别折腾了。"谭叙深的声音很沉，不知道在发泄什么。

叶漫瞬间红了眼。

两个人的婚姻里，她很少看到谭叙深这个样子，他绅士、宽容，工作上给她建议，尊重她的想法和决定。她在外面工作累得生病了，回家有他照顾，极少数的吵架他也从来不生气……

然而现在，她没照顾好孩子，没照顾好他，也没照顾好自己。

"复婚吗？"叶漫抬头，眼睛通红。

突如其来的三个字让谭叙深愣住了。

两个人对视着，叶漫不知道是在回忆还是在思考。或许人在生病的时候都很脆弱，现在的她看上去很不像她。

谭叙深没说话。

"不好意思。"在谭叙深的沉默中，叶漫意识到了自己的荒唐。她收回了视线。

谭叙深给她倒了杯温水，两个人谁也没有继续刚才的话题，仿佛那个

270

问题不曾存在。

"家里的钥匙，你去休息会儿吧。"输完液，叶漫的手自由了很多，她从旁边的包里拿出钥匙，递到谭叙深面前。

"有点儿远，我在医院附近订了酒店。"谭叙深接过钥匙，放在了一旁。

"好……"叶漫的表情有些不自然，"你回去休息吧。"

谭叙深注视着她苍白的脸："自己可以吗？"

"可以，有护士，小涵待会儿也会过来。"叶漫眉眼间全是憔悴，但她不想再给他添麻烦。

"不急。"谭叙深看了眼腕表，是当地时间晚上七点。

躺了太久感觉身体都僵了，叶漫侧着身，手肘撑床想坐起来，但浑身没有力气，刚起来就又躺下了。

"不睡了？"谭叙深扶着她的肩膀，往她背后放了两个枕头。

"睡一天了。"叶漫无力地笑了笑，好久没有睡过这么长时间了，身体除了没有力气感觉不到任何异样。她摸了摸胃的位置，几乎感觉不到疼痛，"我想易阳了。"

看着她的动作，谭叙深知道她在想什么。他端起旁边的玻璃杯放到她手里："别多想，明天可以打个电话。"

"你说……"叶漫双手捧着杯子，目光呆滞地看着水面上自己模糊的倒影，"易阳以后会不会恨我？"

"不会。"暖黄的光线下，谭叙深脸部的棱角都变得柔和了。

"如果这次手术不成功，过几年孩子可能连我长什么样子都忘了。"叶漫说着红了眼，连忙喝了口水，想掩饰心里的恐惧和酸涩。

但她喝得太急，手控制不住地发抖，水流顺着嘴角滴落，滴在了被子上。

谭叙深沉默地注视着，把她的脆弱、害怕、内疚全看在眼里。他很少见到她哭，印象最深的两次是结婚和易阳出生的时候。

谭叙深抽了几张纸巾，起身将她嘴角的水渍擦干净，准备去擦她眼角的泪时，顿了一秒，停住了动作，然后拿过她手里的杯子放在了一旁。

"明天让周寻把易阳送过来。"谭叙深声音很轻。

叶漫抬头，眼里暗含期待。她担心孩子会累，但更害怕以后见不到他："好。"

将近九点，小涵过来了，谭叙深又待了半个小时才回酒店，长时间的

271

飞行，落地后也一直在医院，感觉头有些沉。

从浴室出来，谭叙深看到手机上有一个未接来电，是周寻打来的。

他边擦头发边给周寻拨了过去。

"喂？"周寻的声音含糊不清，显然是正睡着。

"易阳呢？"谭叙深站在窗前，将窗户微微打开了一条缝隙。

"在睡觉……"周寻扭头看了看旁边的小包子。

而随着周寻说话，易阳翻了个身，似乎是被吵到了。周寻无奈地掀开被子，拿着手机走向客厅。刚才起来去洗手间，他想到谭叙深去了之后还没消息，于是打电话想了解下情况。

"叶漫怎么样？"周寻打开了客厅的灯，给自己倒了杯水。

"后天做手术。"谭叙深穿着灰色浴袍站在窗前，窗户上映着他模糊的身影。

"手术，这么严重吗？"周寻愣了愣。

"胃癌。"谭叙深视线低垂。

"喀喀……"周寻正在喝水，瞬间被呛到了，咳了两声，眼睛里全是震惊，久久说不出一句话。

"早期，治愈率很大。"谭叙深疲惫地揉了揉眉心，安慰他。

周寻双眼无神地望着对面的影视墙，过了很久端起玻璃杯，将剩下的水全喝完了。

"她情绪怎么样？"怕易阳听到，周寻往阳台走了走。

"不太好。"谭叙深眼前浮现出她苍白的脸，停了片刻，将窗帘拉好，转身，"明天把易阳带过来吧。"

"好。"周寻的睡意彻底没了。

"就这样，我先睡了。"谭叙深躺到床上，闭上了眼睛。

"等一下。"周寻从震惊中缓过神，"闻烟前天给我打电话问你在哪儿，我说你在出差。"

黑暗中，谭叙深睁开了眼，眼眸仿佛看不到底。他回想着电话里她的声音和语调，缓缓开口："她知道。"

"知道什么？知道你在叶漫那里？"周寻一时间没明白过来。

"嗯。"谭叙深低低应了一声。

"你告诉她的？"周寻挑眉，那岂不是露馅儿了。

"没有。"谭叙深起身，拿起旁边的打火机点了支烟，又走到了窗边。

她很聪明又很傻。

周寻没有再问，从谭叙深的态度，差不多已经猜到了。电话挂断，周寻看了下时间，凌晨四点。他彻底睡不着了，心烦意乱地点了支烟，之后订完机票开始收拾行李。

易阳没有睡懒觉的习惯，早上醒来后看到周寻不在床上。他揉着眼睛走出卧室，刚出去就闻到一阵饭香。

"周寻叔叔，你今天好勤快。"易阳笑着跑到厨房。

"哪天不勤快？"周寻正在煎蛋，怕油溅到易阳身上，把他往身后藏了藏。

"昨天都没有我起得早。"易阳乖乖地藏在周寻身后，只露出一个脑袋。

周寻笑了笑，孩子不知道像谁，每天都起得很早。往常都是他带易阳出去吃饭，但今天不知道怎么了，觉得这个小家伙很让人心疼。

没过多久，周寻做好了一顿简单的早餐。两个人坐在餐桌前，他看着易阳干净稚嫩的脸，心里突然很不是滋味。

"今天带你去找妈妈好不好？"周寻笑着说。

"真的吗？"易阳眼睛一亮。

"真的。"周寻喝了口牛奶。

"但是妈妈在好远的地方，我明天还要去幼儿园。"易阳有些苦恼。

"叔叔帮你请假，中午我们就过去，但是待会儿先去趟爷爷奶奶家。"周寻要过去和二老解释下情况。

"好！"易阳高兴地加快了吃饭的速度。

六个小时的时差，法国这边也到了早上，谭叙深这一觉睡得很沉，起来后就去了医院。

早餐是医院提供的，叶漫吃完后下床走了走，昨天浑身没有力气，可能是身体超负荷后的反噬，今天她的状态好了很多，但没走多久就累了。

"他们什么时候过来？"叶漫半坐半躺在床上，看着谭叙深。

"下午六点左右。"谭叙深刚刚收到周寻的消息，已经登机了。说完他从旁边拿了几本书给她。

"谢谢。"叶漫接过来。

单人沙发旁边有个小圆桌，谭叙深坐在那里打开了电脑，有些工作需要处理。

几本时尚杂志还有小说，叶漫翻了几页，余光掠过窗边办公的男人，这个画面很熟悉，让她的记忆一下子回到了几年前。

那时候她身体不舒服在家休息，他也是这样，把工作带回家陪她。

昨天的相处，他还是那么绅士，那么无微不至，让叶漫不禁产生幻觉，仿佛他们没有离婚。无形之中的疏离却又告诉她，现在不是三年前了。

下午六点多，谭叙深去医院外面接周寻，叶漫站在窗边不断张望，工作中再雷厉风行的女人，家庭也是她永远的软肋。

没过多久叶漫听见了脚步声，连忙往门边走，但还没走到，他们就从外面推门进来了。

"妈妈！"易阳一进门就跑向叶漫，猛地扑进她怀里。

"小心点儿！"周寻看到叶漫憔悴的样子，不由得心里一紧。

果然，叶漫被易阳撞得身形不稳，往后退了两小步，眼看就要摔倒，谭叙深连忙上前扶住了她。

"对不起，妈妈。"易阳眼睛里满是愧疚。

"没关系，宝宝，想妈妈了吗？"叶漫稳住身体，想把易阳抱起来却没有力气，只能蹲下抱住他。

"想了！"易阳笑着在叶漫脸上亲了一口，"妈妈是不是没有好好吃饭，都抱不动我了？"

"那今天你和妈妈多吃点儿。"叶漫拉着易阳往里面走。

"好！"

"麻烦你了。"叶漫回头看着周寻。

"怎么弄的？"周寻看见她这副样子，不由得紧皱眉头。

叶漫偏头看了一眼易阳，朝周寻摇了摇头。

晚上，周寻坐了一会儿就离开了，易阳和叶漫坐在床上玩，谭叙深还在办公。

叶漫的视线从易阳身上移到谭叙深身上，她失神地望着他，忽然鼻子一酸，发现最近自己总爱多愁善感。躺在病床上的这两天她想了很多，而病床上的想法往往又是最真实的。

人都是失去了才知道珍惜。

她忙忙碌碌好几年，最后守在她病床前的，还是这几个人。

"妈妈，你和我一起看动画片好不好？"易阳摇了摇叶漫的手。

"好，我们戴上耳机，爸爸在工作。"叶漫收回了视线。

"爸爸和我们一起看吧！"易阳朝谭叙深喊。

谭叙深从电脑屏幕前抬头，看着眼前的情景不禁有些动容，在他的记忆里，从来没有过这种画面的存在。

他们离婚的时候易阳才两岁，只会说几句简单的话，离婚后他们都忙，几乎没有一起陪过孩子。

愣了片刻，在他们期待的目光中，谭叙深合上电脑走到床边。

"想看什么？"谭叙深问易阳。

《大头儿子和小头爸爸》！"易阳坐在谭叙深和叶漫中间，眼睛笑得眯成了一条缝。

谭叙深在手机上搜索，然后投到房间内的电视上。

夜色越来越重，病房里时不时传出笑声，一家三口的画面，很温馨。

过了两天，叶漫手术的时间到了，周寻也回到医院。

护士推着叶漫的病床走向手术室，周寻抱着易阳在旁边，谭叙深在另一侧。

叶漫在进入手术室的前一刻，眼角噙着泪，紧紧抓住了谭叙深的手。说她胆小也好，自私也好，但这短暂的几天，她很清楚以后的日子自己想要什么，但也知道可能晚了。

"别怕。"感觉到她在发抖，谭叙深弯腰离她近一些，反握住她的手。

"答应我。"叶漫眼圈泛红，目不转睛地望着他。

谭叙深微愣。

感受到两个人之间微妙的气氛，周寻大概猜到了他们在说什么。易阳虽然很好奇，但在周寻怀里乖乖的，没动。

时间仿佛凝滞了，只有他俩彼此对视着。这一刻，谭叙深脑海里浮现出很多画面，一张张清晰又模糊的脸，最终拼凑成那个在等他回去补过生日的女孩儿……

喉咙好像被什么卡着，谭叙深沉默了很久，最后喉结微动："好。"

穿你的衬衣入睡

下册

孟宋 著

青岛出版社
QINGDAO PUBLISHING HOUSE

第十一章

杀死玫瑰

谭叙深说，回来以后给她补过生日。

那天之后，闻烟再也没有给他打过电话，也没有发信息，只不过每天晚上都会去他家里等着，因为不知道他什么时候回来。

她已经等了四天了。

"烟烟，怎么了？"星棠察觉到她最近的情绪很不对，但问什么她都不说。

"没什么。"这几天总是不自觉地失神，闻烟朝星棠笑了笑，笑容很浅。

"我们晚上出去吃饭好不好？"担心闻烟的情绪，星棠这几天下班都来接她。

"好，想吃什么？"闻烟系上了安全带。

"希凡说酒吧那条街有家烤肉很好吃，我们去试试？"星棠启动车子。

"好。"闻烟往后靠着，目光空洞地看着窗外的人来人往。

"吃完饭，我们再去希凡的酒吧喝点儿酒？"车子驶入主干道，星棠笑着扭头看她，"正好希凡今天也在，介绍你们认识。"

"改天吧，明天还要上班。"闻烟没什么精神，缓缓闭上了眼睛。

星棠皱了皱眉，在一个红灯路口停下，扭头悄悄打量着闻烟。

闻烟最近太不正常了，除了偶尔答应晚上约个饭，其他时间都不出来，逛街也拒绝了，给她介绍新朋友也没兴致。她像是把自己封闭起来了，不让任何人看到她的伤口。

其实星棠隐隐约约能猜到原因，因为除了谭叙深没有人能让她这个样子。

"烟烟你怎么了？连我都不告诉吗？"声音里透着委屈，星棠问得小心翼翼，"是不是和谭叙深吵架了？"

他的名字仿佛刻在了闻烟的心脏上，听到的那一瞬间，她就睁开了眼睛。

"没有。"闻烟语调平静，唇角不自觉地勾了一抹苦笑。

他没有给她吵架的机会。

"他去哪儿了？这几天都没见他。"星棠很生气，但是又拿那个男人没办法。

"出差了。"闻烟笑了笑。

既然他说出差，那她就当作是出差吧。

"有不开心的事情一定要告诉我，要不然我会担心的。"看她不愿意提，星棠就没有继续问。

"没事，等过几天我想好了再跟你说。"难过的时候有人在身边陪着，闻烟心里很暖，但不知道该怎么告诉星棠。她甚至自己还没有反应过来，为什么和谭叙深突然变成了这个样子。

"好。"绿灯亮了，星棠开车穿过十字路口，余光不经意扫过闻烟脖子上的项链，简约漂亮很适合她，好像是谭叙深送的。

和星棠吃完饭，闻烟和前几天一样来到谭叙深家里，把家里打扫了一遍，洗过澡便早早地上床睡觉。

她躺在床上却睡不着。

房间里本来全是他的气息，现在随着他不在的时间越长而他的气息变得越来越淡，闻烟紧紧裹住被子，蜷缩着身体，隆起的棉被随着她压抑的哭声不停颤抖。

原来爱一个人会卑微到尘埃里。

洒脱是假的，逞强是假的，大道理也是假的。

闻烟拼命忍住，不打电话给他，也不发短信给他，但真的好难受。

以前星棠对她说，初中第一个喜欢的男孩子提分手的时候，感觉天都要塌下来了。

闻烟笑她小孩子脾性。

星棠还和她说，自己交的好几任男朋友不知道为什么都骗她，但她总是察觉不到，还一心一意地对他们好，想把自己最好的东西全都给他们。

现在，闻烟体会到了，全都体会到了。

闻烟哭了很久，终于停下来，下床从酒柜里拿出一瓶酒，最烈的那一瓶。一个人喝得天昏地暗。

闻烟正喝着，忽然觉得反胃，连忙放下酒杯捂住嘴，但只是干呕，什么都吐不出来。

他们在做什么？

为什么这么久他还没回来？

只要稍微一想，心里的猜疑就像野草一样疯长，闻烟连忙喝了口酒，冰凉的液体顺着喉咙流下。她的酒量还是很差，才喝了一杯意识就已经不清醒了。

很好，这样她就没有力气再去乱想了。

闻烟倒在沙发前的地毯上睡着了。

FA 三十五楼开放区域的沙发上，闻烟和罗文正在调整下个月的工作计划。

"你最近怎么了？"说得差不多了，罗文抬头看了她一眼。

"怎么了？"闻烟抬头，扬起一个职业化的假笑，难道最近她的情绪管理得很差吗？不仅罗文，连星棠都看得出来。

"脸色那么难看，是不是丢钱了？"罗文看她不愿意多说，于是玩笑道。

"丢了不少。"闻烟顺着他的话接了一句，然后合上笔记本电脑，"没什么事我就先上楼了。"

"等一下。"罗文叫住她。

"怎么了？"闻烟刚起来，又坐下。

"跟你说件事，内部消息。"罗文身体微微向前倾，离闻烟近了些。

"什么？"闻烟看他一副神秘的样子。

"我们和你们的合同快到期了，凯莉的意思是不续约……"罗文刻意压低了声音，"现在还不知道 Jarod 的意思，但我估计有点儿悬。"

迎着罗文的视线，闻烟若有所思，甲方、乙方都是利益相关，甲方高

279

层的争权夺位会直接影响到乙方的业务，合作三年，双方也没有什么新鲜感了，不续约很正常。

"所以你们要比稿吗？"闻烟的目光里多了一丝探究。

"这个暂定，但我要说的是，假如凯扬丢了 FA 这个项目，你在你们公司可能要被调到其他组，这是理想情况。但如果其他组没有空余职位，你就会面临失业，所以还是赶紧跑路吧。"罗文担心闻烟初入职场，不了解这么多弯弯绕绕。

"好。"闻烟很感激罗文告诉自己，这些绝对是机密了，"不瞒你说，我最近也在找合适的工作，目前凯扬对我来说已经快饱和了。"

"看来也不傻，有需要的话说一声，我帮你推荐。"罗文话已经传到了，很快抱着笔记本电脑起身。

"好，谢谢。"闻烟跟着罗文起身。

两个人一起往楼梯的方向走，恰好看到 Aaron 从楼梯下来。

"Aaron，"罗文叫住了他，"Jarod 什么时候回来？"

闻烟视线低垂，想装作毫不在意地过去，但所有的注意力都在他们的声音上，每次听到他的名字，她的心都会痛一下。

"这个我也不太清楚，按说昨天就该回来的。"Aaron 笑着看向罗文，但视线掠过闻烟脖子上的项链时，不禁睁大了眼睛。

"那有消息了麻烦告诉我，谢谢！"罗文碰了下 Aaron 的肩膀，转身离开了。

闻烟也上楼了。

但 Aaron 还愣在原地，不会吧？不会吧？不会吧？

最初的惊讶过后，Aaron 的理智又很快回来了，总监在休假，应该是和女朋友在一起，而这款项链虽然比较贵，但有钱人也很多……

自我疏解后，Aaron 抱着电脑去了会议室。

叶漫的手术很成功，周寻因为工作的原因在手术结束后就回国了，谭叙深和易阳一直在这里陪着她。

"公司还有事，我明天回国。"谭叙深看她这几天恢复得不错，不过还需要进一步治疗。

"好，等过段时间差不多了我再回去。"叶漫很清楚他有多忙，所以愈发觉得这几天的时间弥足珍贵。她从包里拿出一个红色丝绒包装的小盒子，放在了谭叙深的西装口袋里。

这是他们的结婚戒指，她一直留着。

谭叙深低头看着她，没说话。

"又背着宝宝偷藏好东西。"易阳从旁边探出了头。

"爸爸要回国了，你和妈妈在这里好不好？"叶漫想趁着这段时间陪陪孩子，其实更多的是想让孩子陪她。

易阳犹豫了几秒钟，抬头看着谭叙深。

"和妈妈在这里吧。"谭叙深说。

"好，我会乖乖听妈妈的话，好好照顾妈妈。"易阳抱着谭叙深的胳膊晃来晃去。

周五，谭叙深落地后已经下午六点了。他叫了车回家，路过蛋糕店时，让师傅停了车。

那天晚上过后闻烟再也没有来过电话，也没有消息，谭叙深注视着蛋糕店闪烁的灯牌，嘴巴紧抿成一条直线，然后缓缓走进去。

闻烟坐在客厅，往常这个时候谭叙深可能在刷碗，易阳和她在客厅玩，然而现在，只有她自己。

她也不知道自己还在执拗什么。

她的心还不够痛吗？明明已经痛得快死了。

闻烟想找他问清楚，而等一切清楚的时候，他们之间就再也没有可能了。

就在闻烟沉浸在无边无际的痛苦中时，门口忽然传来输入密码的声音，接着门被打开了。

心脏瞬间被提到半空中，闻烟情不自禁地坐直了身体……

是他吗？

他们七天没见，时间仿佛过了一个世纪那么长，她想立即扑到他怀里抱他、质问他，又想立刻藏起来。

脚步声越来越近，闻烟从沙发上起来，想走去玄关，腿却僵硬得无法动弹。

她看着谭叙深缓缓出现在视线里，委屈、难过和压抑齐齐地冲向脑海，觉得脑子快要炸了。

但闻烟还是静静地站在那里，平静地望着他。

她不知道怎么开口。

仿佛她一说话，最后的那层纸就会支离破碎。

谭叙深的手还放在行李箱的拉杆上，打开门看到客厅的灯亮着，忽然感觉腿沉得迈不开步。

她哭过，眼睛很红，还有点儿肿。她好像更瘦了。

两个人遥遥对视，视线在空中交会，谁也没有移开，世界安静得仿佛只剩下他们两个人。

闻烟的目光在他脸上贪婪地注视着，他看起来很疲惫，长出了新的胡楂儿，衬衫也多了几条褶皱，不是去见前妻了吗？他为什么会这个样子？

"吃饭了吗？"谭叙深声音沙哑。

"吃过了。"

闻烟目光平静，然而扫过他手里的蛋糕时，顿时鼻子一酸。所有的防线逐渐崩塌，无数的质问被压在心底，眼泪模糊了视线，她走了几步，狠狠地扑进他怀里，搂着他的腰紧紧抱着，想要以此填充心里的空洞，缓解心里的疼痛。

闻烟很讨厌现在的自己，有多爱谭叙深，就有多讨厌自己。

她不爱哭的，以前还总笑星棠，但这段时间似乎要把这辈子的泪流干了。

她的身体在微微颤抖，哭声很轻，轻得几乎听不见。谭叙深低头，望着她的黑发，目光深沉。他想像以前那样抱她，但手刚抬起，又在离她后背几厘米的地方顿住了。

谭叙深的手臂很沉，沉得不应该抬起，又无法放下，不想放下，但最后还是缓缓放下了。

"对不起。"谭叙深的声音很沉，他已经很多年没有说过这三个字了。

"别说话。"闻烟埋在他怀里，摇了摇头，声音很闷。

她怕一开口，那些猜疑、质问就会不受控制地脱口而出。

今天晚上，她只想好好过一个生日。

"吃饭了吗？"这次是闻烟问他。

"还没有。"谭叙深低头注视着她。

"那我去煮碗面。"闻烟准备去厨房，但刚迈开步子，手腕就被谭叙深抓住了。

"我去吧。"终于，谭叙深还是抬起手臂，摸了摸她的头。

"好。"闻烟看了他一眼，很快又垂下视线，不想让他看到眼睛里的脆弱。

谭叙深将行李箱放在客厅的角落，把蛋糕放到餐桌上，然后走向厨房。

闻烟坐在沙发上，视线跟着谭叙深移动，从他出现的那一刻，她的所有感官都被他夺走了。她看不到其他东西，也听不到其他声音，眼里、脑海里全都是他。

闻烟不敢想以后没有谭叙深的日子。

没过多久，谭叙深从厨房出来，端了两碗面放到餐桌上。

"再吃点儿。"谭叙深看向沙发上的女孩儿。

桌子上摆着两碗简单的素面，闻烟缓缓走过来。她其实不饿，但意识到下次吃不知道是什么时候，于是强扯出一个笑容："好。"

餐桌上摆着新鲜的花束，闻烟每天都会换，头顶悬挂着暖黄色的吊灯，他们面对面坐着，灯光照在身上，彼此之间有化解不开的浓稠情绪。

谭叙深打开蛋糕盒子，还记得她说喜欢吃草莓味的。

"要戴吗？"谭叙深拿出金黄色的皇冠。

"要。"闻烟笑着接过来，戴在头上，"待会儿要帮我录下来。"

"好。"谭叙深笑了笑，脸部线条很柔和，拿出两根蜡烛插在蛋糕上，"现在点？"

"等一下，我把灯关了。"闻烟起身，把餐厅的灯关了。

谭叙深把她的动作看在眼里，觉得她有时候幼稚得像个孩子一样："好了吗？"

"好了。"闻烟连忙坐回去。

她头上的皇冠歪了，很可爱，谭叙深帮她扶正后拿出了打火机，点燃了数字蜡烛。

一个是数字"2"，一个是数字"3"，这是闻烟二十三岁的生日。

谭叙深记得她刚才说要录下来，于是拿出手机，打开录像功能："许个愿。"

人们说许愿要闭着眼睛在心里默念，否则就不灵了。

"想和谭叙深在一起一辈子。"闻烟缓缓抬头，在烛光中贪婪地注视着他，唇角上扬，一字一句无比清晰。

谭叙深目光凝滞，拿着手机的手臂也慢慢变得僵硬。屏幕里，女孩儿的眼睛逐渐泛红，衬得脸更加苍白。

时间仿佛静止了，过了片刻，谭叙深缓缓抬头。

两个人隔着跳动的烛火对视，彼此的脸庞被模糊了轮廓，很温柔但很虚幻。闻烟脸上始终挂着淡淡的笑，在烛光的映衬下，显得无限美好。

此刻的沉默却像冰凌，将这一份温柔浪漫缓缓割裂。

在谭叙深的沉默中，闻烟笑着收回视线，吹灭了蜡烛。

浪漫瞬间沦为黑暗，空气也变得冰冷，只有客厅的光照过来，闻烟走了几步重新打开餐厅的灯。

"好大一颗。"闻烟从蛋糕上面拿了颗草莓，咬了一口。

"旁边有叉子。"谭叙深把蛋糕切开，几乎将所有的草莓都放在了她的盘子里，然后送到她面前。

"谢谢。"闻烟拿起旁边的叉子。

那个愿望，谁也没再提。

知道他不爱吃甜食，闻烟没有强求，只自己低头大口吃着。等她抬头抽纸巾的时候，却看到他也拿着叉子，面前的盘子里也放着一小块蛋糕。

闻烟连忙低下了头，忍住了眼中的热泪。

他为什么要这样？为什么不给她希望又让她有所期待？

闻烟永远看不透他……

一顿饭，他们还和往常一样聊天，一样笑，结束之后谭叙深去洗碗，闻烟将餐桌擦干净。

一切都和往常的周五一样。

"我去洗个澡。"谭叙深从厨房出来。

"一起。"离他一米的距离，闻烟注视着他，眼睛里带着执拗。

他们在一起一年的时间，闻烟第一次提这样的要求，往常都是谭叙深强行把她抱进浴室。

谭叙深望着面前的女孩儿，喉结微动："烟烟……"

谭叙深刚唤出她的名字，闻烟就上前抱住了他，踮脚勾着他的脖子，不顾一切地亲吻他。她的吻凌乱而热烈，仿佛要急切地填补内心的害怕和空荡。

闻烟抱得有多紧，心里就有多害怕。她想要嵌入他的身体，化为他最痛的那根肋骨。她有多痛，他就得加倍疼痛……

谭叙深任由她吻着，身体微微僵硬。像是石子落入湖心，逐渐下沉到越来越深的湖底，没有声音，湖面的涟漪却一圈一圈荡着，男人平静的眼

284

眸渐渐起了波澜，眼里暗潮涌动。

五指不由得收紧，终于，僵持中有一条弦好像断了，谭叙深反客为主将闻烟拥进怀里，让她清醒地承受着他所有的力度。

感受着熟悉的温软和她唇间香甜的草莓味，谭叙深抱着闻烟走进浴室。

浴室的水汽很快模糊了磨砂玻璃，从外面只能看到两个人的身影，一室暧昧，一室荒唐。

没过多久，谭叙深抱着闻烟回到卧室，两个人的身上还挂着水珠，不过这些水珠在急剧上升的温度中很快蒸发了。

不知道是不是闻烟的错觉，还是她已经习惯了他以往的方式。今天的谭叙深格外温柔，比以往的每一次都要温柔，轻轻的抚摸又带着专属于他的狂热。

闻烟痴迷地注视着身上的男人，他下巴滴落的不知道是水还是汗，他的黑发、胸膛、臂膀，以及他近在咫尺的脸，每一个角度都让她不可自拔。

闻烟深深地望着，想印在脑海里。

"谭叙深，对我好一点儿，好不好？"闻烟眼里泛着水光，伸出手想去抚摸谭叙深的脸，却碰不到。

他的体温像是良药，闻烟感觉自己冰冷受伤的心正逐渐回温痊愈。

她真的爱惨了他，爱得卑微，爱得失去自己。她不敢想以后没有他的生活，仅仅是想象一下，心脏就像被挖去似的疼。

察觉到她眼角的湿润，谭叙深刻意低下身吻住她的眼、她的唇，温柔得不可思议。

光线昏昧，空气也逐渐稀薄，像是宇宙中两条相交的直线，他们都预感到了璀璨的相遇后就要归于寂静，狂热却稍纵即逝，于是两个人用尽了所有。

然而在她痛苦的目光中，谭叙深却越发觉得压抑难忍，好像有一丝欲念游离在悬崖边缘，渐渐挣脱，不受控制。他愤怒、发狠，想把一切撕成两半。

谭叙深双眼猩红，在烟花绽放最盛的那一刻，他注视着闻烟的眼睛：

"宝贝，我要复婚了。"

世界在这一刻失声，所有画面都瞬间失去颜色，沦为铅灰色。

死寂、空白、黑暗、冰冷。

油尽灯枯，熊熊跳动的烛火逐渐变弱，最后熄灭了。

闻烟眼里的光彻底灭了。

第一次，她问了他的名字。

最后一次，他告诉她，他要复婚了。

身体里还残留着刚才温存的热意，闻烟用被子遮住眼睛，止不住地颤抖，屈辱像潮水般将她淹没，这房间里所有的东西仿佛都要把她摧毁。

哭着哭着，闻烟忽然感觉胸口很闷、很想吐，一刻也待不下去了。她慌忙下床捡起地上的衣服，但去拿衣架上的外套时不小心把他的西装外套碰掉了，有什么东西从西装口袋里滚了出来……

目光落在那个精巧的盒子上，闻烟的世界安静了。她的动作顿住，平静地望着，然后慢慢弯腰捡起来，打开——

是一枚戒指。

"谭叙深，你把我当什么？这一年你把我当作什么？我和你在一起的这一年又算什么？"闻烟把戒指狠狠地砸在他身上，歇斯底里地吼着。

刚才的温柔旖旎，现在像绳索一样勒住她的喉咙，让她几乎窒息。

所有的幻想都在看见这枚戒指后消失了。

谭叙深沉默地注视着她，内心平静，在她愤怒的目光中，拿过旁边的衬衣穿上，之后走到她面前。

"到现在了，能和我说句实话吗？"闻烟抬头，愤怒超过理智。她已经流不出眼泪了，只是死死地看着他，"你爱过我吗？"

这个深埋在心里不敢触碰的问题，闻烟终于问出来了。

那天铭川哥去 FA，所有人都盯着她看，而谭叙深回家却只字未提。

在路边，他拦下出租车，闻烟问他：你喜欢我吗？

闻烟不傻，但卑微和盲目的爱让她心甘情愿装傻。在外面等了半个小时他都没有追出来，闻烟不敢问爱这个字。

谭叙深抬手擦掉她脸上的泪，泪却越擦越多，好像永远擦不完。这一刻，谭叙深忽然很想吻她，抚摸着她的脸。他情不自禁地低头。

闻烟却移开了脸，声音中带着哽咽："不要在这个时候吻我，我很傻，会分不清。"

她眼睛通红，却倔强得让人不敢直视，往常温顺的女孩儿现在浑身是刺，谭叙深很不习惯，不习惯她的拒绝。

"你爱过我吗？"闻烟执拗地看着他，已经痛到麻木，已经什么都不怕了。

那层虚掩的纸，终究是被捅破了。

谭叙深沉默了几秒，眼里映着她的影子，此刻，他的眼里全都是她："如果你有喜欢的人，我可以放你走。"

"啪——"随着谭叙深说完这句话，闻烟扬手狠狠地打在他的脸上，谭叙深脸上顿时出现五个鲜红的指印。闻烟这辈子唯一一次打人，打的是她最爱的男人，往常小心翼翼放在心尖上不舍得碰的男人。

闻烟抬头，眼泪止不住地流，她甚至不知道自己哭了。

她想要一辈子在一起的男人，竟然随时想放她走。闻烟一时间竟分不清他到底是仁慈还是残忍。

"我喜欢谁，难道你不知道吗？"所有力气仿佛被耗尽了，闻烟的声音苍白无力，她像个失去灵魂的木偶，"告诉我，我哪里不好？"

"你很好。"谭叙深喉结微动。

就是因为她太好，所以他没有办法再继续下去。脸上的痛感很清晰，她可能用了十二分的力气，三十几年来第一次被人打，谭叙深却没想象中那么生气。

这是他应得的。

"为什么要复婚？"闻烟仿佛素描纸上即将枯萎的玫瑰，眉眼的悲恸让人心疼。

让她最难以接受的是，他竟然要复婚。

闻烟的嘴角挂着一丝苦笑，或许他爱上别的女人都不会让她这么难过，但他为什么要复婚？他们在一起经历的那些事他一点儿都不留恋吗？那她这一年存在的意义又是什么？

屈辱，无尽的屈辱，闻烟感觉自己像个小丑，卑微地爱着他，自己却活得像个笑话。

谭叙深依旧沉默，脑海里闪过无数片段，这一年他们经历的那些事，很多以前没有尝试过的事，不知不觉已经过了这么久。

"每次和我上床，你心里都在想她吗？那为什么要离婚？为什么要和我在一起？"心里的怒气不断往上涌，顶得闻烟脑子发胀，突突地疼，瘦弱的身形忽然站不稳。

谭叙深去扶她，闻烟却扬起手臂甩开了他的手："别碰我！"

谭叙深的手僵在半空中。

"一年了，腻了是吗？"闻烟的脸上挂着笑，她心如死灰，从来不知道自己有一天可以这么咄咄逼人。

"不是。"谭叙深喉结微动,从来没觉得说话这么困难。

两个人之间的新鲜感有多久谭叙深不知道,但到现在为止他都很喜欢她。然而她想要的以后,他给不了。

经历过感情所有阶段的男人,对爱情不会有太大的期待,他的温柔中带着淡漠的疏离,永远好坏掺半,像是对小猫、小狗的轻抚,又像是对情人的体贴,还有像对爱人的温柔。

谭叙深对闻烟的好,永远被控制在一定的尺度里,像是一杯凉开水,永远没有太浓烈的时刻。

无论什么时候,对他最重要的永远都不是闻烟。

闻烟把这当作了爱情,谭叙深却没想更进一步。

闻烟笑了笑,没有再纠结于这个话题,因为已经没有意义了。

"和我在一起的这一年就想着怎么和她复婚吗?以前我还总觉得自己无理取闹,总是嫉妒她,明明你们没怎么联系,我却总是闹脾气。后来怕你觉得我小气,所以不管多难过都藏在心里……"闻烟说不下去了。

"没有。"谭叙深动了动嘴唇,想解释,但除了这两个字不知道还能说什么。或许不该解释,但他想。

"谭叙深,我说过想嫁给你,想和你在一起一辈子,都是真的。"闻烟眼睛通红。

这段感情好像没有理由地突然结束了,就像当初没有理由地开始。十天前一切都好好的,现在突然变得面目全非,他们之间的关系果真脆弱得不堪一击,闻烟忍不住笑了。

"我离过婚,还带着一个孩子,你爸妈不会让你和我在一起。"谭叙深目光深沉,不知道该怎么说才能不进一步伤害她,让她没那么疼。

"两个人在一起不就是要一起克服遇到的困难吗?"每段感情都不容易,闻烟不懂,为什么不试试呢?因为他根本没想尝试。

"你才二十多岁,以后还会遇到很多人,我不会是最后一个。"谭叙深语调平缓,和闻烟的失控比起来显得冷静极了,但心里什么滋味,他自己知道。

他的每一个字都在把她往外推,闻烟的心脏明明已经麻木了,但还是感觉到了疼。

"你和一个女孩儿在一起难道不是为了以后吗?"声调忍不住扬高,但说完她苦笑一声，"不好意思我忘了，你不爱我，所以规划的未来里也没有我，你心里只有你的前妻，你只想和她结婚生子、离婚再复婚。所以，谭叙深，你筹划多久了？她知道你在想和她复婚的同时还和我在一起吗？"

失控的情绪不断膨胀，闻烟正说着，忽然感到腹部传来一阵尖锐的疼痛，身体控制不住地往旁边倒……

"烟烟。"谭叙深连忙扶住她，把她抱在怀里，轻拍着她倔强又瘦弱的脊背，忍不住心疼，"这一年，我们之间没有其他人。"

"疼……"闻烟顾不上听谭叙深说话了，捂着肚子神色痛苦，气若游丝。

"怎么了？"谭叙深疑惑地看着她，然而低头，目光瞬间凝滞。

白色裙子上的大片血迹红得刺眼，血顺着她的腿流下来，滴落到地板上，越来越多。

"烟烟！"谭叙深的瞳孔骤然一缩，平静的脸上终于出现了慌乱之色。

第十二章
黑白世界

站在手术室外，谭叙深无力地靠着墙，深蓝色的衬衣被血加重了颜色，手上也都是血，整个人看起来狼狈极了。

他望着手术室的门，目光空洞，仿佛还没有从刚才的震惊慌乱中回过神，但那些画面在眼前纠缠着不肯散去，他的五指不自觉地握成了拳头。

她流了很多血，很多，裙子上和腿上都是……他把她弄伤了。

时间漫长得好像感觉不到流逝，谭叙深闭上眼睛又睁开，眼睛里遍布着血丝。

这时，走廊里忽然传来一阵匆忙的脚步声，越来越近。

星棠从电梯下来，转角看到谭叙深不由得加快了脚步，最后着急地小跑过去，林希凡跟在她身后。

然而走近看到谭叙深身上的血后，星棠呆滞地愣在原地，双腿忽然发软。

"你把她怎么了？她怎么了？"星棠把包狠狠地摔在谭叙深的身上，包里的口红、钥匙散了一地，掉在地板上发出刺耳的声响。

看星棠情绪激动没站稳，林希凡微微扶住了她，目光顺势落在了对面的男人身上。

星棠的动作似乎没有激起他的半点儿情绪，谭叙深依旧靠墙站着，嘴巴抿成一条直线，眼睛仿佛看不到底。他不知道该怎么回答她的问题，好像说什么都过于苍白。

狼狈和愧疚让谭叙深身上所有的光芒此刻都变得暗淡，任谁都很难将他和往日职场上永远从容沉稳的男人联系在一起。

"你倒是说话啊！"眼泪夺眶而出，星棠死死地看着谭叙深。

安静的走廊回荡着星棠失控的声音，林希凡拽着她到一旁的椅子上坐下："冷静一点儿。"

"我怎么冷静？她在手术室里，我连她出了什么事都不知道，你告诉我怎么冷静？"星棠抬手动作粗鲁地擦掉眼角的泪，眼线晕染，已经哭花了妆。

她望着谭叙深身上的血，害怕和愤怒不断堆积。

星棠到现在也不知道闻烟发生了什么事，知道她这几天心情不好，所以每天晚上都会打电话给她，但今天打了好几个都没人接，消息也没有回。

星棠没有办法，最后拨了谭叙深的电话，而他说，他们在医院。

星棠正在希凡的酒吧玩，听说后就连忙赶过来。她以为闻烟只是简单的发热感冒，但看到谭叙深身上的血时，她慌了。

冗长的沉默伴随着星棠的哭声，突然，手术室的门打开了。谭叙深僵硬的身体终于动了，星棠率先跑过去。

"医生，她怎么样？她怎么了？"星棠脸上的妆全花了，眼线、眼影和泪水混在一起。

谭叙深站在星棠身后，视线也落在医生身上，眼里竟不自觉地流露出几分紧张。

"胎儿没保住，第一个月正是危险的时候，加上剧烈运动和情绪不稳定……"

"你让她怀孕了？"星棠的大脑一片空白，她不可置信地望着谭叙深。

一颗心不断往下沉，谭叙深感觉胸口发堵："她呢？"

"患者情绪不太稳定，打了镇定剂，接下来需要好好休养。"目光从眼前的三个人身上扫过，医生似乎也察觉到了不对劲，就没多说什么。

接着，护士推着闻烟从手术室出来。

星棠还想质问谭叙深，但看到躺在病床上的闻烟后立即噤了声。闻烟安静地躺在那里，脸色苍白，星棠的眼泪像断了线的珠子不停地往外流。

男人的眼神有了波动，他想碰碰她，但手臂终究没有抬起，脑海里还回荡着她歇斯底里的哭声和质问，但此刻她安静得像是睡着了。

凌晨一点，闻烟被安置到病房后，谭叙深刚来到病床前就被星棠一把推开了。

"出去！"怕吵到闻烟，星棠压低了声音，但也藏不住愤怒。

谭叙深皱了皱眉，面色冰冷地看着星棠，但星棠现在一点儿都不怕他。她狠狠盯着谭叙深毫不让步，两个人僵持不下。

隔着星棠，谭叙深的目光落在闻烟身上，脸上的冷意瞬间褪去，眼神变得暗淡。她柔顺的头发现在很乱，嘴唇也很苍白，脆弱得让人心疼，即使睡着了也依旧紧锁着眉头。

星棠看着谭叙深，眼里的怒火不知不觉变弱，眼前的男人没有了往日的风采，神情落寞，脸上的愧疚和痛苦都很明显。星棠微微失神，以致回过神之后才发现他已经坐在了病床前。

星棠被自己气到了，他不该愧疚吗？他不该痛苦吗？她想让他走开，但刚迈开腿就发现谭叙深抓住了闻烟的手，动作轻柔，小心翼翼的。

星棠眼圈瞬间红了，连忙抬头看向别处，强迫自己冷静下来。

谭叙深凝视着闻烟苍白的脸，想用手把她紧皱的眉头抚平，但刚碰到又收回去了，怕把她吵醒，怕她醒了之后把他推开。

谭叙深将她两颊的碎发整理好，从旁边抽出湿纸巾，轻轻擦掉她手上的血，又仔细地把她脸上的泪痕擦干净。

即使他自己再狼狈，也要先把闻烟收拾干净。

林希凡双臂交叠靠墙站着，视线不经意地从谭叙深身上扫过，最后又落在病床上，没有说话。

"谭先生，我想和你谈谈。"星棠的声音打破了病房的安静。她深吸了一口气，让自己冷静下来。

而谭叙深似乎没有听到她的话，目光始终落在闻烟的脸上，注视着她的眉眼，眼里的愧疚像墨一样浓得化不开。

停了片刻，谭叙深俯身，在闻烟额头轻轻落下一吻，随后走出了病房。

星棠看了一眼闻烟，跟在后面出去。

病房的门关上，房间里只剩林希凡一个人。他靠着墙没动，神色淡淡地看着闻烟，这样的事，不是第一次见了。

凌晨一点多，住院部走廊亮着微弱的灯光，没有一点儿声音，这是星棠约谭叙深最爽快的一次，没想到竟是在这种场合。

"烟烟最近情绪很不好，我不知道为什么，你们在一起的一年，她也很少跟我分享你们的事，"星棠红着眼调整自己的情绪，"那段时间我还很不高兴，后来我就在想为什么。

"去年圣诞节你们从海市回来，她拉着我讲了好久你有多好多好，给我发了很多你的照片，还把照片洗出来做成相册……"星棠哽咽得说不下去了，"谭叙深，但凡你对她好一点儿，让她多点儿可以讲的，她都不至于变成这样。"

星棠说的每一个字谭叙深都听清了。他低垂着眼眸，半边脸隐匿在昏暗里。

"以前的事我不问了，至于烟烟为什么现在躺在这里我也不问了，但求求你以后离她远一点儿。我们不是一路人，她很傻，跟你玩不起。"星棠抬头望着谭叙深，一字一句道，"求你了。"

和她结束关系，这不正是他想要的结果吗？但最后三个字传到耳边时，谭叙深的胸口控制不住地发闷、发疼。

谭叙深抬眼望着对面的女孩儿，这么久以来，这是他第一次认真地看星棠。在他的印象里，她一直不太聪明，比闻烟还要单纯，但现在她说出的话让他无从招架。

谭叙深沉默着，没有答应，转身要回病房，而星棠却抢先一步伸出手拦在他面前。

"走吧，别来了。"星棠目光坚定。

她的手臂直直地拦在那里，谭叙深伸手就可以拨开，但他没有动。

谭叙深站在病房外，顺着小窗往里看，她还保持着刚才的姿势，不曾动过，眉头也还皱着。

"让我陪她一会儿。"谭叙深不能离开，也不想离开。

"她看到你只会心痛难过。"星棠冷笑一声。

谭叙深握紧五指，却说不出一个字，最后又无力地放开，无声地望了病床上的女孩儿好久，然后转身看向星棠："我明天早上过来。"

说完，谭叙深离开了，只剩下星棠愣愣地望着他的背影，眼神逐渐凶狠，刚才的话他听不懂吗？

车停在急诊楼外，谭叙深疲惫地瘫坐在副驾驶座上，从前面储物格里拿出烟和打火机。

他打开车窗，晚上的风很舒服，但车里浓浓的血腥味挥散不去。谭叙深看向后视镜，虽然光线很暗，但还是看见坐垫上有一块地方比周围的颜色重。

她到底流了多少血？

烟抽了一根又一根，车窗外的地上落了一层烟灰，直到谭叙深发现烟盒空了，才把打火机扔在了一旁。

他顺着车窗往医院里面看，她在住院部，中间隔着门诊楼。谭叙深什么都看不见，但还是看了好久。

过了片刻，谭叙深开车离开了医院。

凌晨三点，路上的车很少，谭叙深开得很慢，仿佛所有的力气在刚才去医院的路上已经用完了。

他从来没有那么慌过。

回到家，谭叙深刚进门就看到了地上的血，血迹顺着玄关延伸到卧室。他顺着血迹往前走，腿灌了铅似的发沉，浓浓的血腥味充斥在鼻尖。谭叙深来到卧室，地上有血迹，旁边散落着一枚戒指。

深黑的眼眸闪了两下，谭叙深无力地坐到沙发上。他伸出五指，借助月光凝视着手上已经干了的血迹，眼眸中流露出浓浓的疲惫和愧疚。

他们之间，即使在她安全期，谭叙深也从来没有放肆过，那百分之几的概率，还是被他们遇到了，而所有的痛苦，全部让她一个人承受了。

谭叙深不知道在沙发上坐了多久，天色已经亮了，才去洗了个澡。之后他将房间收拾干净，把那枚戒指捡起来重新放到盒子里，换好衣服，又开车去了医院。

昨天十几个小时的飞行，回来后一晚上没合眼，谭叙深开车行驶在路上，头昏昏发沉。终于到了医院，谭叙深直接去了住院部。他在病房外停下，顺着小窗往里看。

她已经醒了。

谭叙深把手放在门上，忽然很犹豫，过了很久才轻轻推开。

而闻烟看到进来的男人，脸色立即变得惨白，眼睛里还有深深的恐惧。

星棠坐在床边，看到闻烟的反应立即顺着她的视线看过去，不由得怒了。

"你……"星棠站起来刚想发火，随即又忍住了，扭头去看闻烟。

闻烟看见他，所有的记忆都被唤醒了，脑袋一阵阵地抽着疼。

他不爱她。

他要复婚了。

她怀孕了。

她的孩子没了。

目光落在谭叙深身上，闻烟眼眶通红，却强忍着没掉一滴眼泪，被子下的手情不自禁地移到腹部。

原来那里有一个小生命，属于她和谭叙深的孩子，然而她还没意识到他的存在就已经没了。

闻烟忽然很愧疚、很心痛。她没有照顾好他，和谭叙深之间唯一的纽带，没有了。

闻烟还是没忍住，眼泪瞬间压弯了睫毛，顺着脸颊流下来。

谭叙深注视着她，她很虚弱，眼里的悲恸和排斥却很明显，他每往前走一步，她的脸色就苍白一分。

腿越来越沉，终于，谭叙深在病床前停下了。

星棠抽出几张纸巾，帮闻烟轻轻擦掉脸上的泪，一边擦自己一边哭，从昨天晚上到现在她不比闻烟哭得少。

她太难受、太心疼了，她的烟烟明明那么好。

虽然星棠很想把谭叙深赶出去，但知道现在不是撒气的时候。帮闻烟擦干净眼泪后，星棠走出了病房。

"饿不饿？"谭叙深坐在病床前的椅子上，抽了一晚上的烟，嗓子干疼，声音也很哑。

视线从她憔悴的脸庞下移，缓缓落到她小腹的位置，谭叙深忽然不知道该说些什么，只是目光停留了很久。过了片刻，他身体前倾，想把她露在外面的手放进被子里。

但谭叙深刚抬手，就被闻烟甩开了。

"不用可怜我。"心脏疼得麻木了，最后只剩下一片冰凉，闻烟语调平静，这是她留给自己最后的尊严。

虽然闻烟很嫉妒叶漫，但这一年里，有好几次都觉得他们之间的感情也不是那么难以跨越。他们在一起三年，那她就和谭叙深在一起五年、十年、一辈子。总有一天她会取代那个女人在谭叙深心里的位置。

然而现在闻烟知道自己错了。

她错得离谱。

虽然是个意外，但当闻烟得知自己身体里曾经有个小生命时，体会到了那种感觉。

如果一个女人愿意为一个男人生孩子，那她一定爱惨了他。他前妻那么骄傲的女人，一定很爱他。他们之间有三年的婚姻，最重要的是还有易阳，属于他们婚姻和爱情的结晶，一个真实存在永远不会断掉的情感纽带。

这份感情，她永远无法逾越。

"如果这个孩子没有发生意外，以后你是不是会亲口告诉我……打掉？"闻烟微微坐直了身体，最后两个字带着颤音。

这个念头刚从脑海里冒出来的时候，闻烟心里已经有了答案。可她偏偏要问出来，要为自己和这个孩子宣判死刑。

昨天晚上，她疼得失去知觉，但模糊的意识中感觉到了他的紧张和慌乱，他惊慌失措地抱着她下楼，开车到医院。他紧紧地抱着她，不停地吻她的额头，在她耳边说别怕。

闻烟感觉到了他的害怕，但那一刻她是不怕的，在他怀里什么都不怕。

这是闻烟第一次见到他那么志忑无措，意识朦胧间，闻烟想，他也是在乎自己的，或许也是爱自己的吧。

然而现在，她清晰地看到，他的眼里充斥着愧疚、疲倦、担心、关切……唯独没有爱。

唯独没有爱。

"怎么不说话？"闻烟眼眶发红。她不是在逼谭叙深，而是在逼自己。

对于谭叙深来说，沉默就是最好的答案。

"烟烟……"谭叙深喉头发紧，后面却说不出一个字。

他没想过。

他从来没想过他们之间会到这一步。

"你走吧。"闻烟扭头看向窗外，不想再在他面前掉眼泪了。

她脸上没有丝毫血色，整个人脆弱得像一张纸，仿佛一碰就碎。谭叙深抽了张纸巾，想要为她擦掉脸上的泪。

但他刚碰到闻烟的脸，她就条件反射地往后躲，情绪也变得激动："别碰我！"

谭叙深的手停在半空中，神色黯然。

"也对，你马上就要复婚了，一家三口那么幸福，怎么会让不相干的女人怀孕给你添麻烦？但不爱我为什么要和我在一起？不爱我为什么要碰我？"

闻烟说的话逐字逐句地像图钉一样被按入谭叙深的心脏。

闻烟的情绪渐渐失控,脸色苍白,唯独额头青筋暴起。但忽然,她无力地倒向一旁,腹部又传来一阵绞痛。

"烟烟!"谭叙深连忙扶起她,小心翼翼地抚着她的后背,"别生气了好吗?等身体好了我们谈谈。"

"没什么好谈的。你走吧,我不想看到你。"闻烟气若游丝,但情绪依旧激动,身下传来一阵温热,额头上也冒出细密的汗。

星棠一直站在门外,听到闻烟的叫喊连忙进来,抬手把谭叙深推开:"谭叙深,你想让她死吗?求求你快走吧,别折磨她了!"

谭叙深睫毛微颤,望着床上虚弱的女孩儿,眼底的光越来越暗,浑身的肌肉紧绷却用不上力。

"好好休息,我明天来看你。"谭叙深说完,视线又在闻烟身上停了几秒,随后转身离开了。

走出病房,谭叙深疲惫地靠着走廊外的墙,深深的无力感席卷了全身。

有些错,是无法弥补的。

他不能给她未来,出于愧疚的弥补会让他们越来越牵扯不清,对她来说只会是一种伤害。

谭叙深走后,闻烟哭了很久,直到哭累了,仿佛把所有的泪流干了才停下来。

他们之间没什么好谈的,所有的问题被明晃晃地摆在面前,那么痛苦,那么难堪。

他们分手,没有情敌,没有误会,没有第三者。只不过是谭叙深不爱她,而她却爱得卑微,无法自拔。

不过才半个月,一切面目全非。

闻烟和谭叙深,在感情里像是宇宙的两极。

闻烟对爱情懵懂,憧憬热烈;而谭叙深已经经历过所有,波澜不惊。

谭叙深以为年轻的女孩子只是玩玩;闻烟以为他的温柔就是爱情。

后来,谭叙深察觉到她的不同,却贪恋她年轻的身体,在可控的范围内不主动、不拒绝,而闻烟以为只要付出就会得到他的爱情。殊不知,有些人遇到了就注定是飞蛾扑火。

他们之间像是两极,永远有恒定的距离,无法同步,无法共情。

周一上午，闻烟跟总监请了假，顺便提了离职，说完之后，就把手机调成静音继续睡了。

但没过多久，她在睡梦中隐隐约约听到推门的声音，还有微不可察的脚步声。闻烟缓缓睁开了眼睛，看到面前陌生的脸后立即变得清醒。

"星棠说学校有点儿事，待会儿过来。"林希凡把水果放到桌子上，没想到她睡眠那么浅。

"你是？"闻烟往旁边看了看，两侧的病床没有人。

"星棠的朋友，叫我希凡就好。"林希凡看着床头柜上空空的水杯，"喝水吗？"

"不用了，谢谢。"闻烟笑了笑，脸色比前两天好一点儿，但还是很苍白，"星棠经常跟我提起你。"

"说我坏话吗？"希凡打开旁边的保温杯，给她倒了杯水。

从闻烟的角度，恰好能看见他的侧脸，他的嘴角挂着淡淡的笑。

"没有，总是夸你。"闻烟接过他递来的水杯，"谢谢。"

那天希凡待了一会儿就回去了，星棠总说介绍两个人认识，闻烟没想到会在这种情形下认识。

"你接着睡，星棠马上就来了。"林希凡怕她不自在，坐到了另一张空的病床上。两个人隔了一两米的距离，不是很近，也不远。

"睡了很久，不太困了。"闻烟看着他笑了笑，他穿着纯色白T恤和牛仔裤，视觉上很舒服。

"那我睡会儿。"林希凡说着躺下了。昨天晚上朋友生日玩到很晚，现在他整个人没什么精神。

果然，闻烟过了很久都没听到他说话，病房里很安静。她渐渐放松下来。虽然林希凡是星棠的朋友，但她现在不想和陌生人接触。

过了将近半个小时，病房门再次被推开，室内的安静被打破了。

"学校的事刚忙完。"星棠进来看到闻烟半坐着，神情呆滞，连忙解释道。

"没关系，你忙你的。"闻烟回过神，扫了一眼旁边的病床，压低了声音。

星棠顺着她的视线看过去，不由得皱了皱眉，还没等说话，林希凡就起来了，眼里并没有太明显的睡意。

"让你照顾烟烟，你睡得倒挺好。"星棠睨了他一眼。

"有点儿困。"希凡伸了个懒腰。

星棠不理他，转身坐在了闻烟床边，脸上全是关切："今天感觉好点儿了吗？"

"好多了，我想下午出院。"闻烟眼里像是蒙了一层灰，再也没有了以前的光采。

"再多待几天吧。"这件事不能跟家里人说，全是星棠自己拿主意，但又什么都不懂，所以对医生很依赖。

"一样的，走廊里有时候很吵。"待在医院无所事事，闻烟总是不自觉地回忆过去，然后整夜整夜地失眠。

医院的环境确实不太好，让人很压抑，星棠犹豫了片刻："好，那我们下午回家，我请几天假在家陪你。"

"我住酒店。"闻烟垂着眼皮。

"怎么能住酒店？"星棠皱了皱眉。

"我妈最近总去我那里。"闻烟说着，眼圈忽然红了。

她不想让爸妈知道，不想让他们伤心。

星棠随即也沉默了，自己家里肯定也不能去。爸妈都是人精，她不觉得能骗过他们。

听着她们说话，林希凡从游戏里抬头，视线在闻烟身上停了几秒，片刻后说："去我那里吧，我在学校外租了房子，不常去。"

"我觉得可以。"星棠想不到更好的方法了。

闻烟愣了愣，刚认识不到两个小时的男生，现在要住到他家里，总感觉有些不自在。

"你还在读书？"闻烟岔开了话题。

"混日子，避免我爸念叨。"希凡无所谓地笑了笑。

大四不知道做什么，他也没什么喜欢的，索性就考了研，再开学就研二了。学生身份能逃避很多责任和麻烦。

"你是不是放暑假了？"星棠问他。

"嗯，刚放没多长时间。"希凡说。

"那我们先去希凡那里待段时间可以吗？"星棠抓着闻烟的手，"待会儿我再去问问医生有哪些注意事项，办了出院手续我们就回去。"

"好。"沉默了几秒，闻烟答应了，扭头看着希凡，"谢谢。"

"别客气。"希凡轻笑，拿出手机打下一串数字，"密码发你们了。"

"谢谢大哥，改天请你吃饭！"星棠最近觉得希凡非常靠谱。

"没什么事，我先回去了。"希凡拿起桌子上的车钥匙，视线从星棠身上扫过，最后落在闻烟身上。

"不送了。"星棠跟他太熟了，不用讲那些客套话。

希凡走出了病房，房间只剩闻烟和星棠两个人。

"没有关系吗？"闻烟担心会麻烦别人。

"没事，自己人，他回家、去酒吧睡都行。"星棠来的时候买了很多零食，说着拆开一袋酸梅。

"他女朋友不会介意吗？"闻烟眼皮低垂，她比较担心这个问题。

"他哪儿来的女朋友？"星棠笑了，往闻烟嘴里塞了一颗酸梅。

闻烟没再说话，半躺着望着窗外明媚的阳光，嘴巴里的苦涩被酸梅的味道盖过，而心里的阴郁不知道什么时候才能散开。

闻烟缓缓闭上了眼睛。

星棠在旁边看着，鼻子忍不住泛酸，连忙低下头。最近两天烟烟总是这样，不吵不闹，有时候只是安静地望着窗外就毫无预兆地哭了，无声无息地流泪，木讷得像个失去灵魂的木偶。

知道闻烟心里不舒服，她不愿意说话的时候星棠就保持沉默，只坐在一边陪着她。星棠看闻烟闭上了眼睛，就为她盖好被子，悄悄出去了。

星棠向医生咨询了注意事项，医生边说，她边在备忘录里记，哪里没听明白就再问一遍，几乎把医生说的话一字不落地记了下来，高三备考的时候都没这么认真过。

办完手续，星棠开车和闻烟一起离开医院。粉色的 Evens 行驶在高架桥最外侧的车道，速度不是很快。

感觉车里有点儿闷，闻烟打开了半扇车窗。风呼呼地灌进来，吹乱了两个人的头发。她望着窗外疾驰而过的景色，车窗玻璃映着她的脸，脖子上的项链在阳光下格外耀眼。

闻烟呆滞的神情终于有了一丝反应，接着冷笑一声，手放在胸口上方，细细摩挲着那两个相依的圆环，眼睛酸涩得发疼。

过了片刻，闻烟摘下项链，毫不犹豫地从车窗扔了出去。

刹那间，她仿佛听到了轰隆隆的声音，她的爱情和她自己都在车轮下被辗得粉身碎骨。

下午七点，FA。

"Jarod，现在要下班吗？"Aaron 刚推开办公室的门，就发现谭叙深合上了电脑。

"嗯，有事吗？"谭叙深摘下衣架上的西装外套。

"您中午和凯莉约好了，待会儿要谈客户关系管理部门和凯扬的合同。"Aaron 笑着提醒。

谭叙深微愣，短暂的停顿后继续穿衣服："明天上午吧。"

"好的。"Aaron 应下，视线从谭叙深的脸上扫过。

Aaron 总觉得总监这次回来很奇怪，总监不是和女朋友去度假了吗？为什么他似乎很疲惫？而且今天上午开会时，他还有点儿心不在焉。

带着疑惑，Aaron 走出了办公室。

谭叙深开车先回了趟家，刚打开门，就闻到了一股鲜香。他换了鞋走进厨房。

"回来了？刚熬好，稍等一下我装起来。"张阿姨看到谭叙深笑了笑，将奶白色的鱼汤盛进保温桶里。

本来已经有半个月没过来了，但张阿姨今天忽然接到谭叙深的电话，让她过来熬汤做饭。她还以为易阳回来了。

"我还煮了粥，现在吃吗？"张阿姨笑着将保温桶递给谭叙深。

"不用了，您忙完就先回去吧，我待会儿回来吃。"谭叙深说着走出了厨房。

"唉，好。"张阿姨看着谭叙深的背影愣了愣，最后还是嘱咐了一句，"多注意身体。"

谭叙深开车来到医院，从电梯到病房的这段距离，他的脚步越来越慢，手也握紧了保温桶。

还记得上次来，她看到他的那一刹，眼睛里的害怕和抵触那么明显，那么强烈……谭叙深视线低垂，目光落在地板上有些无神，胸口发闷，很不舒服。

脚步在病房门外停下，他靠墙站了一会儿，听着里面的动静，但没有捕捉到他想要的声音。

她睡了吗？

过了几秒，谭叙深推开病房的门，等看清楚里面的状况，瞬间愣在了原地。床上的被子叠得整整齐齐的，柜子上也没有她的东西，整个房间没有任何她的气息。

"你好，请问看见这里的人了吗？"谭叙深看向旁边的病床，声音里竟然透出几分慌乱。

"不知道，我们来的时候就是空的。"孩子的妈妈压低了声音，女儿在输液，睡着了。

病床上没有一丝褶皱，没有人住过的痕迹，谭叙深无措地望着，眸光越来越暗。

"谢谢。"停了几秒，谭叙深走出病房来到护士站，"你好，九号床的病人出院了吗？"

值班的小护士正在犯困，听到声音后连忙睁开了眼睛："稍等，我帮您查一下……闻烟是吗？下午办了出院手续。"

心里已经有了答案，但谭叙深还是不愿意听到。他站在医院的走廊，看着来来往往的病人和家属，忽然不知道要去哪儿。身形高大的男人像是一缕游魂，在海里失去了方向，只剩下无措、迷茫。无法疏解的心痛和无力，在他心里越积越重。

过了片刻，他望着医院走廊昏暗的灯，深深吸了一口气，然后去了停车场。

谭叙深打开车窗，鱼汤还是热的，在车里散发出鲜香。他拿出打火机点了一支烟，猩红的烟头在昏暗中明明灭灭。

谭叙深看着手机通讯录里闻烟的名字，久久没有移开视线。以前他一出现，她就跑着扑进他的怀里，小小的身体全部藏在他怀里，摸摸他的胡楂儿，再踮脚吻他的唇……而现在，他眼前只剩下她苍白的脸、哭红的眼睛，还有对他深深的抵触和厌恶。

这一切都是拜他所赐，很好，谭叙深笑了笑，猛地把手机砸在了副驾驶座上。

车里鱼汤的味道被烟味遮盖，直到烟盒里仅剩的几根烟被抽完，汤也凉了，那个电话谭叙深也没有拨出去。

星棠去上班了，闻烟待在希凡的房子里，没有人打扰她，这里安静得仿佛与世隔绝。

希凡租的这个房子是一室一厅的格局，和她在日月湾的住处差不多。二十楼很高，下面走动的人像玩具，闻烟站在窗边望了一会儿，又回到沙发上。

她随便翻开一本书，但过了很久都没有翻页。

谭叙深再也没有打来电话，也没有发来短信，也不曾问过她的身体怎么样……

闻烟笑了笑，嘴角弥漫着苦涩，他要复婚了，好不容易摆脱了她，怎么会再联系？

房间内没有丝毫声音，连闻烟的呼吸声似乎都消失了，而这时，门外突然传来输入密码的声音，门被打开了。

闻烟看着进来的男生微愣，今天是她在这里住的第六天，但是第一次看见他。

"下午去学校打了会儿球，我回来洗个澡。"希凡身上还穿着球衣，浑身是汗，手腕的腕带都湿了。

"好。"闻烟神情恹恹的，没有多说什么。

希凡看了她两眼，她的状态似乎比上次见面时还要差。他收回视线，换了鞋，拿了身干净的衣服走进浴室。

闻烟坐在沙发上，听着浴室传来的水声，始终没动。如果是以前，她可能会回房间避一避，但现在，她好像对什么都失去了兴趣，对什么都提不起精神来。

十几分钟后，希凡穿好衣服从浴室出来，发现她还保持着刚才的姿势，天已经黑了，客厅的灯没开，她完全融入夜色，被黑暗吞没。

希凡打开灯，坐在她右边的单人沙发上擦头发。

两个人坐着，隔了一米的距离，过了许久，谁也没有说话。

"你会不会觉得我这样的女生不自爱，很廉价？"暗哑的声音打破了室内的宁静，这是闻烟今天说的第二句话。她缓缓合上书，抬头看着希凡。

希凡擦头发的动作停了一下，接着又若无其事地继续，迎着闻烟的视线："没有，错的不是你。"

从第一次看见闻烟，希凡就觉得她是家长和老师都很喜欢的那种乖女孩儿，在其他人眼里，她和这样的事似乎怎么也搭不着边。

他身边的那些朋友中，星棠是最单纯的，被保护得很好，胆子小、没主意、不敢乱玩。而他自己多脏多乱的都了解，也只是看看，没兴趣玩。

闻烟这样的女孩儿他也见过，看似安安静静的，但骨子里很倔，喜欢一个人就一头扎进去，不撞得头破血流不会回头。爱一个人没错，但总会受伤。

"没有什么是忘不了的。"希凡收回了视线，将头发擦了个半干，把毛巾搭在旁边，"下个月去海边冲浪，一起去吗？"

闻烟摇了摇头。

"一直闷着会生病的，多出去走走就没空想其他的了。"希凡从茶几上拿了个苹果，今天出奇地有耐心。

闻烟看着他身上的白 T 恤，空气里弥漫着淡淡的男士沐浴露的味道，笑了："我不会。"

"我教你。"希凡啃了一口苹果，看着她，"怕水吗？"

"会游泳。"闻烟已经很久没有去过了。

"那等身体好了去游泳？"希凡扬起一抹笑，看着她。

闻烟好像掉入了圈套，但他的笑很明朗，是属于这个年龄的男生独有的阳光。就在闻烟准备答应的时候，手机传来振动，收到一条消息：

"烟烟，什么时候回家？爸爸妈妈想你了。"

闻烟看着妈妈发来的消息，突然间很想哭，又很想笑。爸妈对她那么好，她却在外面把自己弄成了这副样子。

希凡看着她的表情，脑海里不由得浮现出那天在手术室外的男人的形象，虽然当时很狼狈，但气质这种东西变不了，看着不像简单人。

"我明天要回家了。"闻烟把手机收起来看着希凡说。

"好。"希凡抬头看了眼墙上的挂钟，快八点了，"吃晚饭了吗？"

"还没有。"闻烟没什么胃口。

"学校食堂的饭还挺好吃的，要去试试吗？"希凡说着站起来，将半湿的毛巾用衣架挂好。

望着他的背影，闻烟犹豫了两秒。这六天里她没有出去过，在房间里待着不想和外面接触，但一时间又对国内大学的食堂充满了兴趣。

"好。"闻烟答应了。

希凡租的房子就在学校对面，走路十几分钟就到学校了，其实他在学校吃饭的次数屈指可数，今天也是一时兴起。

这个时间，学校食堂的人不多，但他们刚坐下，就有人有意无意地往这边看。

"那边的女生是在看你吗？"闻烟收回视线。

"可能是在看你。"希凡没扭头，对于这种情况习以为常。

吃过饭，希凡带着闻烟绕着篮球场转了转，有人在打球，好几个人希凡还认识。但闻烟在身边，他没往那边走。

晚上的风很舒服，他们走得很慢，时不时有人骑自行车从身旁过去，闻烟抬头望着满天星光。

她突然很怀念在德国的那段纯粹的时光。

第二天，闻烟把床单和用过的东西洗干净，整理好就回家了，为了不让爸妈看出来，还特意回日月湾化了妆。

"爸，妈。"闻烟打开门，还没见到人就习惯性地先喊，不过声音依旧没什么力气。

"烟烟回来了？"一个温柔的女声响起。过了几秒，林瑜穿着拖鞋走到玄关。

"妈。"闻烟笑了笑，换了鞋往里走。

自从在家过了生日，闻烟就再也没回来过，中间发生的这一系列事，把她的世界弄得天翻地覆。此刻闻烟很想躲在妈妈怀里要个拥抱，但不能。

"买了什么？家里什么都有。"林瑜接过闻烟手里的袋子。

"随便买了点儿水果，我爸呢？"闻烟亲昵地挽着林瑜的手臂往里走。

"在客厅。"被女儿缠着，林瑜很受用。

"你又练瑜伽了？"闻烟看着她身上的衣服和额头上的汗。

"在家闲着也没事，好几天没动了。"林瑜扶了扶滑落的眼镜，又看了眼闻烟细弱的手臂，"待会儿和我一起练吧？"

"我看着你练。"闻烟调皮地笑了笑。

林瑜无奈地睨了闻烟一眼，但脸上的宠溺藏不住。

两个人的身高差不多，林瑜今年五十岁了，但从样貌和身材完全看不出年龄，岁月在她身上没有留下太多痕迹，年轻时的美貌在时光中转变成了温和内敛的气质。

客厅地上摆着瑜伽垫和瑜伽球，电视里的视频暂停了，茶几上的茶还冒着袅袅的热气。

沙发上坐着的男人，背对着她们始终没说话。

闻烟绕过瑜伽球，一把抱住男人的手臂，视线落在平板电脑屏幕里花花绿绿的股票曲线图上："这位先生，你女儿回家了，为什么不说话？"

"女儿好久没回来，忘了长什么样子。"闻奕城依旧看着平板电脑，任闻烟抱着也没扭头，但言语间有一股怨气。

闻烟不由得笑了，他怎么跟个小孩子一样？她强行没收了他的平板电脑，把脸伸到他面前："那你看我像不像？"

林瑜看着那两个幼稚鬼，笑着把瑜伽垫收了起来。

闻奕城推了推眼镜，扭头看了闻烟两秒："怎么瘦了？"

闻烟微愣，鼻子瞬间一酸，连忙心虚地转过身，拿起茶几上的零食："最近在减肥。"

"减什么肥？都瘦成这个样子了。"林瑜坐在旁边的单人沙发上，看着闻烟皱了皱眉。

"女孩子瘦点儿好看。"闻烟低头撕薄荷糖的包装袋，却怎么都撕不开，眼角又不争气地湿润了。

爸妈总是一眼就能看出她瘦了，家里的温暖让她愧疚，让她痛恨自己。

察觉到女儿的异常，林瑜和闻奕城对视了一眼，然后从旁边的单人沙发上起身，坐到闻烟身边。

"是不是最近工作太累了？"林瑜的声音很温柔，她轻轻捋着闻烟柔顺的黑发。

闻奕城也把平板电脑放下，听她们母女说话。

被他们看出来了，闻烟索性也不强撑着了。她抽了张纸巾擦掉眼角的泪，再抬头，眼圈还微微发红。

"刚把工作辞了。"闻烟低声说。

闻奕城愣了愣："怎么了？和同事发生矛盾了吗？"

说完，闻奕城就否定了这个猜测，女儿的性格他清楚，应该不会出现这种情况。

"没有，凯扬现在的工作内容对我来说已经没有进步的空间了。"闻烟靠在沙发上，不敢抬头看他们。

闻奕城点了点头。孩子向来有自己的想法，他也不干涉："那接下来……"

"烟烟？"林瑜打断了闻奕城的话，眼里满是担心。

"嗯？"闻烟扭头看着她。

女人总是更细腻一些，林瑜了解自己的女儿，工作上这点儿事不会让她掉眼泪。林瑜试探地开口："是不是交男朋友了？"

闻烟脸色微变，喉咙像是忽然被棉花堵住了，什么都说不出来。

爸妈知道了吗？

306

"你们什么时候知道的？"闻烟目光呆滞，心里忽然涌起浓浓的不安和害怕。

"你觉得你的那点儿小心思能瞒住我跟你妈？什么时候带来让爸妈看看？"闻奕城笑着打趣道，端起茶杯放在鼻尖闻了闻。

"不好意思告诉爸妈吗？"林瑜笑了笑，孩子大了，有自己的心事。她不说他们就不问，但今天闻烟确实让人很担心。

把他带来？

谭叙深的脸浮现在眼前，闻烟的手指不自觉地蜷起来，指甲深深陷进肉里，他不愿意见她爸妈，他说他要复婚了。

"分手了。"闻烟声音平静，她俯身从茶几上端了一杯茶，若无其事地喝着，眼睛却酸涩得发疼。

林瑜和闻奕城同时一愣，隔着闻烟对视了一眼。

"为什么分手？他是做什么的？"林瑜小心翼翼地问。

"欺负我们烟烟了是不是？把他的电话给我，我找他聊聊。"闻奕城皱眉。

脑海里的每一个画面都让她那么心痛，眼泪终于控制不住，闻烟低垂着视线，直摇头："别问了……"

看到女儿哭了，林瑜和闻奕城都有点儿手足无措，只能面面相觑，跟着心疼。

"多大了还哭鼻子？来，老爸给你擦擦。"闻奕城抽了两张纸巾，擦掉她脸上的泪，紧皱的眉头一直没舒展开，"接下来有什么打算？"

闻烟接过纸巾自己擦干眼泪，稳住呼吸："去 Evens 吧。"

"什么时候去？爸爸给你内推。"闻奕城说。

"给我三个月的时间。"闻烟望着窗外。

她需要一段时间来疗伤，忘记过去，忘记谭叙深。

林瑜是国内知名大学的副教授，闻奕城现在是 Evens 的董事。

他在 Evens 工作了三十年，几乎从中国分部建立的时候就在了，从普通职员一步步晋升到高层，见证了 Evens 从无到有以及迅速壮大的过程。闻奕城现在拥有 Evens 的股份，虽然不多，但公司里很多人是他曾经的下属，比如傅铭川，就是他带起来的。

周一，林瑜有课去学校了，闻奕城约了朋友谈事。他现在几乎不去公司，因为要解决的问题不是坐在办公室能解决的。

家里只剩闻烟。她昨晚又是整夜失眠，现在越来越怕黑，黑暗中所有的感官都很敏锐，她控制不住自己疯长的念头。

直到天亮了闻烟才睡着，醒来后看了眼时间，已经快中午了。

爸妈为她留的早饭已经凉了，闻烟拿到厨房热了热，然后一个人坐在餐桌前发呆。

她失神地望着窗外的景色，半个小时过去了，碗里的粥依旧没动一口。

谭叙深去法国的那段时间，她也是这样一个人坐在餐桌前吃饭。

闻烟笑了笑，但那笑好像是透明的，薄薄的一层，一碰就碎了。

这时，门铃响了，将深陷在回忆里的闻烟拉了回来。她走到玄关，顺着猫眼看向外面。

"铭川哥？"闻烟打开门，看着外面的人有些意外。

"刚睡醒？"傅铭川看着她凌乱的头发，笑得温柔。

"嗯。"闻烟让他进来，"有什么事吗？"

"听说你辞职了。"傅铭川往里走，坐在客厅的沙发上。

"消息挺快。"闻烟知道肯定是老爸跟他说了。

"有什么想做的吗？"傅铭川望着她无精打采的样子，脸上的神情忽然变得复杂。

"目前还没有。"闻烟笑了笑，脸色还是很苍白。

傅铭川沉默了片刻，她还是那么漂亮，那么乖巧，眼睛却暗淡得失去了神采。

"失恋了？"傅铭川抿唇，看着她。

闻奕城昨天担心闻烟，问遍了她身边所有的朋友，问了星棠，但星棠这次什么都没说，所以闻奕城又问了傅铭川。

"我爸怎么什么都跟你说？"闻烟愣了愣，接着不好意思地笑了，"吃饭了吗？我去给你盛碗粥。"

闻烟不想听见谭叙深的名字，不想回忆有关他的一切，逃命似的站起来，但起得太快，身体像被吹落的树叶一样无力地倒向地面。

"烟烟！"傅铭川连忙接住她，把她抱在怀里，"烟烟，怎么了？"

傅铭川叫了好几声，声音里全是焦急和不安，然而闻烟紧皱着眉头，失去了意识。

傅铭川焦急地唤着她的名字，但闻烟还是昏迷不醒。他不再犹豫，抱着她慌忙往外走。

闻烟听到有人叫她，很近又很远，身体仿佛陷落在一片黑色的海里，头一阵阵眩晕。她轻飘飘地不断坠落，想答应，却发不出任何声音。

傅铭川抱着她走到玄关处，闻烟蹙着眉头缓缓睁开眼睛。

"烟烟？"傅铭川察觉到她睫毛轻颤，停住了脚步。

"放我下来……"走路的颠簸让闻烟很难受，视线清晰了又模糊。

"什么？"傅铭川只看到她嘴唇动了动，但她的声音太小，他没听见，他连忙靠近闻烟的脸。

"没事，放我下来。"闻烟的意识逐渐清醒，但心悸伴随着无力。她想回沙发上缓一会儿。

这次傅铭川听清楚了，抱着闻烟小心翼翼地回到沙发上，但没有马上把她放下，而是仍旧把她抱在怀里。傅铭川凝视着她额头上的细汗和痛苦的表情，坐立难安。

闻烟闭着眼睛，脸色苍白，过了很久那种无力感才消失，身上也冒了一层虚汗。她缓缓睁开眼睛，但看到近在咫尺的男人时，茫然的目光不由得愣怔了。

身体的亲密接触让闻烟很不自在，她不动声色地从他身上下来。

"谢谢。"闻烟看到了他的担心。

"怎么回事？"傅铭川眉头紧锁，眼睛里的怒火和心疼分不清楚。

"没什么，可能早上没吃饭，刚才又起得着急。"这几天晚上整夜失眠，强撑着到天亮了才能睡会儿，闻烟不想说太多，怕被他们察觉到。

她在隐瞒什么，傅铭川不知道。但这才过了多久，她就变成了这副样子，以前的神采全都不见了，整个人就像素描纸上枯萎的铅灰色玫瑰。

她是因为那个男人吗？

"把早饭吃了，我们去医院。"傅铭川望着她，选择不问。

"不用那么麻烦，我吃过饭休息一会儿就好了。"闻烟心虚地低下头，不想去医院。

"别任性，万一出事你爸妈该担心了。"傅铭川了解她，知道说什么能打到她的软肋。然而通往她心里的那扇门，他总是不敢去敲。

闻烟低头沉默着，这段时间身体虚弱得可怕，不知道是不是完全因为手术。

她为了一个不爱她的男人，值得吗？

闻烟想到这里，嘴角扬起了笑，目光也变得冷硬。

不值得。

"下午我自己去就可以，今天不是周一吗？你快回公司吧。"闻烟不想麻烦他，也不想让他知道。

"今天不忙，走吧。"傅铭川看她没有继续吃的意思，拉着她就往门外走。

"铭川哥……"闻烟拗不过他，只能被他拉着往前走，"真的不用麻烦了。"

想起刚才她晕倒的一幕，傅铭川现在还心有余悸，想到她身体里可能潜伏着什么病，一分钟也坐不住了。

傅铭川强行拉着闻烟到了医院。

一路上，闻烟一直忐忑不安，在她心里傅铭川就像自己的家长一样，被他知道的话会很难为情。

但不同科室，医生可能不知道吧？

就在闻烟心神不宁、胡思乱想的时候，他们已经到了门诊室。

"您好。"傅铭川敲门进去，让闻烟坐在医生对面。

"你好，请坐。"一位四五十岁的女医生坐在办公桌前，看着闻烟笑了笑，"哪里不舒服？"

"今天中午忽然晕倒了，身上冒虚汗。"闻烟简单回想了一下。

"吃早饭了吗？"医生问。

"没有。"闻烟说。

傅铭川坐在旁边的沙发上，听着她们一问一答，目光落在了闻烟身上。

"血糖偏低，睡眠怎么样？"医生继续问，在系统里新建了一个页面。

"容易失眠。"闻烟声音很轻。

医生又问了一些情况，开始在键盘上敲敲打打，然后通过闻烟的证件信息调出之前在医院的就诊情况，看到页面上的内容后，愣了愣。

"上周做了人流？"医生偏头看着闻烟，眼中的惊讶转瞬即逝，显然对这种情况习以为常了。

傅铭川靠着沙发的身体僵住了，平静的眼眸忽然涌出错愕和茫然……医生刚刚说什么？

闻烟所有的幻想在这一刻都破灭了。她没有扭头看他，只淡淡地应了一声："嗯。"

"人流后的半个月内一定要注意，不要碰冷水也不要剧烈运动，前几天最好卧床休息。"医生简单嘱咐了几句，又偏头看向傅铭川，"还有一点，一个月内不能同房。"

这次，每一个字傅铭川都听清楚了。

男人坐在沙发上的姿势和刚才没什么变化，但手在看不见的地方紧握成了拳头，漂亮的骨节此刻泛着森森的青白，目光紧锁在闻烟身上，眼里的温柔正慢慢凝结成冰凌。

傅铭川似乎听到了自己的心跳声，每一次跳动都伴随着心痛和隐忍的愤怒。医生再说什么，他已经完全听不见了。

两个人从医生办公室出来，拿了药走出医院，一路上谁也没说话。直到来到停车场，闻烟打开车门准备上车的时候，傅铭川抓住了她的手腕。

"是谁？"傅铭川低头看着闻烟，面色阴沉，声音里全是压抑的愤怒。

"你抓疼我了。"被他抓住的手腕，很疼，但闻烟没有挣脱。

傅铭川回过神，缓缓松开了她的手，但脸上的线条依旧紧绷着，很锋利："是谁？"

"别问了。"眼里爬上痛苦，闻烟深吸一口气，扭头望着路边的人来人往，视线却越来越模糊。

看着她难过，因为别的男人难过，傅铭川感觉很无力，却也不敢再刺激她。他无奈地仰头，眼里的醋意和心疼混在一起："之前为什么不告诉我？"

闻烟也仰起头，让眼泪倒流回去。她是准备把谭叙深介绍给身边所有人的，但这段感情没给她机会。

她现在提及，也只成了笑话。

"别告诉我爸妈。"闻烟看着傅铭川的眼睛，很认真地说。

现在除了怕爸妈难过，其余的，闻烟什么都不愿意想了。

傅铭川看着她通红的眼眶，沉默了好久，说："好。"

第 十 三 章

思念入魔

A市，两千一百万人。

有些人明明住在同一个城市，同处一片星空下，但转身的一刹那，就消失在了茫茫人海中，或许这辈子都不会再遇见。

偶遇都是童话里才会有的。

一个多月了，闻烟没怎么出过门，很快到了和希凡、星棠约定好去海边的日子。

除了他们三个，希凡还叫了两个朋友，最后五个人一起开车去了离A市最近的冲浪地点。

夏天还剩一个尾巴，下午两三点还是很晒，星棠和闻烟在沙滩上看着男生们在海里玩。

"哇，好酷！"星棠穿着漂亮的泳衣，远远看到希凡踩着冲浪板在海面上驰骋。

闻烟躺在椅子里嘴角上扬，很想试试。

"烟烟，你真要去？"星棠扭头，这么久了还是第一次看她笑得这么开心。

"想试试。"闻烟拿起旁边的饮料喝了一口。阳光刺眼，她戴上了墨镜。

"那我就不陪你了，但可以负责给你拍美美的照片。"星棠说着，拿出相机对准闻烟拍了一张。

"泳衣白穿了。"闻烟看着她身上漂亮的小裙子，笑了笑。

"不行，我真的害怕……"星棠害怕一切极限运动，非常惜命。

就在两个人闲聊的时候，希凡走了过来，黑色的长袖泳衣湿透了，手臂上的肌肉线条很明显，整个人在阳光下显得朝气蓬勃。

"去试试吗？"希凡拿起水喝了几口，看向闻烟。

"好。"闻烟笑着起身。她已经等很久了。

两个人一起走向海边，星棠朝他们大喊："喂！你们忽略我是不是？"

"快过来。"闻烟扭头朝星棠招手。

星棠拿着相机连忙跟上，但看着他们划得越来越远，不敢往前了，只能留在海边踩水。

这个海湾水质很好，浪也不大，很适合初学者。

闻烟也穿了件黑色的泳衣，湿了不会透，但属于修身款，白皙修长的双腿露在外面，身体柔美的线条展露无余。

希凡在她身上打量了几眼，又暗暗收回了视线："害怕吗？"

"不怕。"闻烟笑着摇了摇头。

现在海面还很平静，希凡和闻烟分别坐在两个冲浪板上，但靠得很近。

"这个是脚绳，需要绑在脚踝上。"希凡边说边帮闻烟绑上，手微微碰触到她的脚腕。

"谢谢。"闻烟不自觉地蜷缩脚趾。

"大部分时间是在等浪，这时候需要趴在板上，让板头稍微翘起来一点儿。"希凡耐心地教她。

"是这样吗？"闻烟照着他说的趴下，然后扭头看着他。

"嗯。"希凡看着她半湿的头发笑了，"等浪来了需要站起来，手撑着板沿或者平放在板上都可以，看你习惯。"

闻烟按着板沿站起来，左脚在前。

"站起来后，身体重心尽量放得低一点儿，然后利用后腿和肩膀控制板的走向。"希凡在旁边为她演示。

星棠站在沙滩上，把相机的焦距不断放大，都快失真了，还是拍不清。她扭头看着另一个朋友："大松，我要去希凡和烟烟旁边。"

"你不是害怕吗？"大松笑了。

"我要帮烟烟拍照，快点儿。"星棠迫不及待，"我就坐在板子上划水，应该掉不下去，万一掉下去了你赶紧救我。"

星棠坐在冲浪板上，像乘着一叶小舟，慢慢飘向闻烟。

第一次浪来的时候，闻烟重心不稳，刚站起来就掉进了水里，希凡连忙跳下去游到她身边。

"没事吧？"希凡把手放在她背后，将她托起。

"没事，刚才没站稳。"闻烟笑着拂去脸上的水，眼里没有害怕，反而有隐隐的兴奋。

她脸上的神采让人移不开视线，希凡不自觉地扬起唇角："没想到……"

"什么？"闻烟扭头，忽然发现两个人之间的距离很近，姿势很暧昧。

"胆子很大。"希凡注视着闻烟，眼睛里透露着欣赏。

"你也是。"闻烟忽然不知道说什么。

在水里身体不受控制，闻烟稍微离他远了一点儿，希凡察觉到了她的不自在，笑了笑，然后将她扶到旁边的板子上。

在第三次浪来的时候，闻烟终于成功了，板子的前端像一把利刃，将海面划开。闻烟与碧蓝的海面融为一体，体验着驰骋的快感。

这一刻，她所有的烦恼都消失了。

晚上他们回到酒店。

"烟烟！我的大宝贝，你真的好美，好酷，好漂亮！"星棠将照片一张张导出，本来还想修一下、加个滤镜，但现在感觉完全没有必要。

"划水开心吗？"闻烟躺在床上笑了，知道星棠在冲浪板上害怕得不行还帮自己拍照。

"开心，美滋滋。"星棠笑得像个孩子，注意力完全没有在闻烟的话上，只顾着看照片。

"我先睡了，你也早点儿休息。"闻烟下午玩累了。

"好，马上。"星棠应得敷衍，但脸上的笑藏不住。

一个小时后，星棠从无数张照片里挑选了九张。

第一张，闻烟和希凡戴着墨镜在椅子上躺着聊天。

第二张，闻烟和希凡并肩走向海边。

第三张……

最重要的是第五张，九宫格中间的那一张，闻烟和希凡在水里对视，脸上还挂着笑，连溅起的水花都变得梦幻。

314

第六张、第七张、第八张，全是闻烟冲浪的漂亮瞬间。

最后，星棠精心编辑好图片顺序发了朋友圈，仅谭叙深可见。

按发送的那一刻，星棠很想仰天长笑，但扭头看见床上已经睡了的烟烟，笑着笑着就想哭了。

一个多月以来，谭叙深在晚上总觉得无所事事。他以前最喜欢独处，最近却觉得身边空荡荡的。

一瓶酒，一盒烟，可以让他消磨整个晚上。

谭叙深没有看社交软件的习惯，对他而言，那只是方便工作的工具，然而最近，总会不自觉地看看，看看有没有错过什么。

电影里播放着熟悉的片段，谭叙深打开手机，消息列表的置顶还是她。当初刚在一起，他回消息的时候她顺势把自己设置在最前面，后来再也没动过，但消息框的时间仿佛停止了，永远不会再有她的新消息了，永远停留在了那天下午。

最后一条消息，是七月二十六日下午，她生日的前一天。

她问：晚饭想吃什么？

那天晚上，他去了法国。

关于凯扬合同的会议，谭叙深拖了很久，之前这个答案是毫无悬念的，因为从公司各方面考虑都不会续约。不是凯扬不好，而是两个公司合作太久，再续约也不会产生太多火花，彼此都需要注入新鲜血液。

但这段时间没有见到她，谭叙深迟迟没有做决定。

直到上周，和罗文对接的人换成了一个他没见过的男人。从他们的谈话中谭叙深隐隐约约听到，她离职了。

她真是消失得彻底。

卧室的光线暗淡，以前她在家的时候，因为怕黑，每次睡觉都会留一盏夜灯；每次情动，也会因为害羞把所有灯关了，只留一盏夜灯。

然而现在，房间内灯光昏暗，很暧昧又很落寞，冷冷清清的。

随意浏览着朋友发的动态，谭叙深的手指机械地滑过，有些索然无味。就在他准备关掉的时候，几张照片忽然闯入视线……

谭叙深的动作一顿。

谭叙深好像从来没有见过她这个样子，目光被她脸上的笑吸引，很迷人，很耀眼。已经很久了，谭叙深没有见过她这么纯粹烂漫的笑，梦里全是她惨白的脸和通红的眼眶，还有裙子上的血，以及最后失去意识轻飘飘地倒在他怀里的样子。

隔几天谭叙深就会梦见这样的场景，除了前几次的惊醒和心悸，到后来，已经知道了这是个梦，会自动醒来，然后再也无法入睡。

谭叙深看到是星棠发的，但目光掠过后面几张照片，不由得一沉。

刚刚所有的注意力都被她占据，谭叙深没有看到旁边的男人。他沉默地看着那九张照片，迟迟没有点开。

过了很久，谭叙深从第一张慢慢往后翻，但越往后翻神色越黯然，嘴巴也不自觉地紧抿成一条直线。不知道滑到第几张，谭叙深停下了。

碧海蓝天，两个人浸在水里，冲浪板静静地漂浮在一旁。他们对视着，笑着，身体靠得很近。

视线落在放在闻烟背上的那只男人的手上，谭叙深的眉头皱得越来越紧，心脏好像也被什么紧紧攥住。

不知道呆滞地看了多久，谭叙深终于挪开了视线，心里很烦躁。他站起来缓缓呼出一口气，倒了杯酒，加了很多冰块。

那个男生看着年龄不大，脸有点儿熟悉，但他想不起来在哪里见过。

谭叙深端着酒杯走到落地窗前，遥望着 A 市繁华的夜景，黑色的眼眸微微透露出几分不解和茫然。

他们分开，她开始新的生活，接触不同的人，这都是谭叙深之前期望的。她这么快就走出前段日子的阴影了，按理说谭叙深应该安心，应该为她高兴。

然而刚才心里的沉闷和烦躁清晰地告诉他：不是这样的。

看到她和别人在一起，他不舒服；看到她和别人靠得那么近，他的眼睛被刺痛了。

谭叙深仰头，冰凉的烈酒漫过喉咙，烧得他胸腔发疼。酒喝完了，玻璃杯里只剩下未融化的冰块，碰在一起发出清脆的声响。

或许，他也需要一段时间去适应，去适应没有她的生活。

谭叙深又打开手机，刚解锁的屏幕里依旧是那张照片——她泡在海里。谭叙深看得直皱眉，胸腔内堆积的沉闷很快被担心覆盖。

她的身体可以下水了吗？

往下看，谭叙深注意到星棠发这条动态的时间，是一天前。

他返回消息列表，打开置顶的消息框，目光落在她发的最后一条消息上很久，只是越看，呼吸越沉重，眼里的怒火也越来越盛。

他在气什么？他在气自己。

谭叙深从来不知道自己这么懦弱，不敢面对这个深爱他却被他弄得遍体鳞伤的女孩儿，每次想打电话过去，想问问她的身体状况，但那浑身是血的画面总让他退却。三十多年来他没做过这么混蛋的事，遇到闻烟之前，他是克制的，对所有事游刃有余，然而遇到闻烟之后，他把所有的冲动都放纵在了她身上，她的乖巧让他变本加厉。原本他想在一切还来得及之前收手，她却意外怀孕了。

她怀孕了，她还那么小……

她比他小十三岁，本该被他呵护、照顾，却被他伤得最深。

男人站在落地窗前，高大的身影沐浴着清冷的月光，在地板上投下长长的影子。

他该怎么办？谭叙深望着夜空，眼里遍布血丝。

他连发一条短信都不敢，因为不知道这条短信对她来说是安慰还是痛苦。

应该是痛苦吧，现在能给她快乐的人已经不是他了，看到他，她只会难过得脸色惨白。而能让她快乐的人，现在是不是正陪在她身边？

刚才的照片在眼前一闪而过，谭叙深眼眸低垂，揉了揉眉心。

夜空里，月亮在云里藏了又出来，星星灭了又亮起，不知过了多久，谭叙深终于对着那个不会再有消息的对话框，缓缓打下一行字：

"身体好点儿了吗？"

手指落在发送键的上方，迟迟没有落下，时间仿佛静止了。就像他这个月无数次从梦里醒来一样，简单的几个字永远寻不到属于它们的归宿。

谭叙深犹豫时，门口忽然传来输入密码的声音，紧接着，门被打开了。

"爸爸！"

谭叙深意外地抬头，从思绪中抽离，看了一眼未发送的短信，把手机锁屏后往外走。但他刚走出卧室，易阳就扑到了他的腿上，叶漫提着行李箱在后面关上了门。

"怎么这么晚回来？"好久没见易阳，谭叙深把他抱了起来。

墙上挂钟的时针已经指向"10"了。

"妈妈说要给你个惊喜！"易阳搂着谭叙深的脖子亲了一口。

叶漫站在玄关换鞋，听着他们说话，脸上挂着笑。但她刚打开鞋柜，表情就变了。

317

鞋柜里整齐地摆着两双女士拖鞋，粉色的兔子棉拖，还有凉拖，不像新的，也不是她的尺码。

愣了两秒，叶漫拆开一双新的拖鞋，穿上走向谭叙深和易阳。

"累不累？"叶漫摸了摸易阳的脸。

"不累。"声音听起来还很有精神，易阳赖在谭叙深怀里不撒手。

"吃晚饭了吗？"谭叙深尝试把他放下，但小家伙像粘在了他身上。

"吃过了，和妈妈下飞机吃的，法国的饭一点儿也不好吃，没有张阿姨和闻烟姐姐做的好吃，我都饿瘦了。"易阳捏着自己脸上的肉扯了扯。

听到易阳口中的名字，谭叙深和叶漫同时愣住，平静的眼眸下隐藏着不同的情绪。

"那明天让爸爸给你做好不好？"叶漫笑着看向孩子。

"虽然爸爸做得不好吃，但是我很喜欢。"易阳仰起小脸朝谭叙深甜甜一笑，没有察觉到大人之间的情绪。

谭叙深捏了捏易阳的鼻子，眼里藏着其他情绪，随后垂下了视线。

"下来，妈妈帮你洗澡，待会儿早点儿睡觉。"叶漫伸手，想从谭叙深怀里接过易阳。

"自己去洗。"谭叙深把易阳放下了。

"妈妈别担心，我自己可以的。"易阳仰头看着叶漫。

叶漫欣慰地摸了摸他的头，笑着说："那有事叫妈妈。"

"好的，知道啦。"易阳脱下外套，迈着轻盈的步子进了浴室。

易阳一直很懂事，知道叶漫生病了从来不让她抱，洗澡也自己洗，但有时候叶漫不放心，也会帮他洗。

易阳走进浴室后，客厅就剩下谭叙深和叶漫，气氛突然变得沉默。叶漫身体还很虚弱，神色间也藏着病态，回国后还需要去复查调养。

"我把那边的工作辞了。"叶漫站在谭叙深面前，抬头看着他。

叶漫归心似箭，边养病边交接工作，用最快的速度把那边的事情处理完。这已经是她能压缩的最短时间了。

"接下来有什么打算？"谭叙深的声音低低的。

叶漫眼神闪了一下，不知他指哪方面，工作还是感情？而按照原来的约定，他们是要复婚的。

"先休息一段时间。"叶漫轻笑。

"好。"谭叙深低头看着她，想说什么，但看到她病态的脸，最终咽了回去。

谭叙深要回卧室，然而刚转身，叶漫就从背后抱住了他的腰："我们搬回以前的房子吧。"

刚才被压下去的情绪又浮了上来，谭叙深的身体顿住了，视线定格在客厅的窗帘上，他还能想起那天和她一起挂上的画面。一切明明好像就在昨天，但已经过去很久了。

什么都变了。

黑色的眼中不知藏了什么情绪，过了很久，谭叙深缓缓松开腰上那双手，转身走到旁边的储物格，拿出那个精致的戒指盒。

原本他想等她病好一点儿再提，但好像拖不了了。

"抱歉。"谭叙深把盒子递到叶漫面前。

叶漫平静地望着那个熟悉的盒子，他是还给她，而不是为她戴上。

"在手术室外面都是哄我的吗？"叶漫笑了，眼底竟然一片释然。

女人是很敏感的，自从他回国后，只会在和易阳打视频电话的时候问一下她的状况，很少单独打给她，这并不像要复婚的状态。

"不是。"谭叙深声音低沉。

不可否认，在一些瞬间，谭叙深动过这个念头：她和易阳坐在床上叫他一起看动画片，以及易阳乖乖地喊"爸爸妈妈"时。

然而，他把另一个女孩儿伤害了，伤得很彻底，无法弥补。

谭叙深这辈子没有对不起谁，但想起闻烟，他有种深深的无力感。

"该说抱歉的是我，当时是我草率了，叙深，从孩子的角度，以及我自己的想法，我确实想复婚，但如果这是你深思熟虑后的答案……我不强迫你。"叶漫知道自己强迫不了。

况且当年是她执意要走的，没有人可以一直等她。

叶漫转身缓缓呼出一口气，心里的失落和沉闷慢慢堆积，并不像表面那么洒脱。

"今晚我陪易阳睡，明天再回去。"叶漫走了几步，把行李箱放在一个角落。

"好，早点儿休息。"谭叙深望着她的背影。

"下周易阳过生日，我把爸妈叫过来，一起给孩子过个生日吧。"这也是叶漫着急回来的另一个原因。

"好。"谭叙深说。

两个人藏着心事，之后也没有什么可说的了。

等一切归于平静，谭叙深回到卧室，打开手机时微愣，屏幕页面还停留在那条没发出去的消息上。

"身体好点儿了吗？"

目光在那行字上停了很久，姿势没有动过，手机屏幕的微光照亮了他的脸。

最后，谭叙深缓缓删掉了这行字，和之前一样。

没有工作，也没有学业的压力，闻烟很久没这么清闲过了。

她最大可能避免独处，努力让自己的生活变得充实、热闹，也尽量不待在封闭的空间里。以前周末，闻烟最喜欢一个人待在房间里看书，但这段日子，她连一页书都没翻开过。曾经喜欢但不敢尝试的事，也被她排上了日程。

因为不爱社交，再加上在国外读书，闻烟在 A 市的朋友寥寥无几，关系最好的就是星棠了。

但最近陪伴闻烟最多的，并不是星棠，而是希凡。

星棠在幼儿园有课，经常走不开。开学后希凡就研二了，但好像无论什么事都不能对他构成约束，他随时随地都有大把的时间。

闻烟几乎每天都能从他身上看到不同的东西，从最初的冲浪，到游泳、打篮球、打棒球、赛车……好像没有他不会的。

棒球馆里，闻烟穿着黑色的百褶裙，运动鞋将腿衬得修长。随着她挥棒和跑动，裙摆也微微掀起，和她脸上的笑一样，欢快灵动。

过了一会儿，两个人都玩累了，希凡看她的动作越来越慢，就朝闻烟走来。

"累吗？"希凡看着她额头上细密的汗水，从旁边的包里拿出了纸巾。

"有点儿，这段时间的运动量比我过去两年的都多。"闻烟笑着接过纸巾擦了擦脸，最近每天晚上回去都很累，几乎躺下没多久就睡着了。

但闻烟很喜欢这种状态，身体疲惫的时候，心里就不会乱想。

目光落在她绯红的脸颊上，希凡的嘴角挂着隐约的笑，她最近的状态确实比之前好了很多，但也没有那么好。他总会看到她毫无预兆地陷入沉思，就比如现在。

女孩儿表情呆滞，仿佛刚才的神采奕奕是假象、是幻影。

闻烟的这种状态，希凡已经习惯了，无论上一秒是在吃饭、聊天、游

320

泳，还是开车、走路，下一秒她可能就会愣愣地发起呆。

"喝点儿水。"希凡从包里拿出一瓶常温的矿泉水，拧开放到闻烟面前。

面前突然出现的手，拉回了闻烟的思绪。她笑着接过水："谢谢。"

"待会儿陪我去商场买个礼物吧。"希凡看了眼时间，才下午四点。

"朋友？"闻烟抬头。

"我姐快过生日了，不知道送什么。"希凡懒懒地往后靠着，手臂随意地搭在一旁。

对于别人的邀请，闻烟以前都是习惯性地拒绝，但现在都会习惯性地答应。

"好。"闻烟轻笑，将瓶盖拧紧，把瓶子放在了一旁。

运动过后，两个人身上的衣服几乎湿透了，在棒球馆里洗了个澡，希凡开车去了经常去的商场。

"买什么类型的？"闻烟远远望过去，一楼是奢侈品和珠宝专柜。

"你们女生喜欢什么？"希凡没有头绪，随意扫过去感觉眼花缭乱。

"这你不应该很清楚吗？"闻烟玩笑道。

"不清楚。"希凡低头注视着闻烟，嘴角微微上扬，装傻。

像他这么耀眼的男生，虽然不乱玩，但身边的女生肯定少不了。闻烟笑了笑，没再说什么，继续往前走了。

"喝什么吗？"希凡望着对面的奶茶店。

顺着他的视线看过去，闻烟眼神微动，脑海里闪现出一些画面，原来并不是所有男人都不喜欢喝奶茶……

她又毫无预兆地发起呆来，希凡没等她回答直接走向了奶茶店。

看着他的背影，闻烟缓缓回过神，整理了下思绪朝希凡走过去。

"想喝这个。"闻烟的指尖点在一杯招牌推荐的奶茶上。

"两杯一样的，一杯冰的，一杯常温的。"希凡付了钱。

过了几分钟，希凡将那杯常温的递到闻烟面前。

"谢谢。"闻烟温和地笑笑。

两个人捧着奶茶边走边聊，看着并不像要买东西。

"要买衣服吗？"希凡低头，按照他以往的经验，女生来商场没有不买衣服的。

"不买了，前段时间和星棠买了很多。"闻烟笑了笑，"你要买吗？"

希凡摇了摇头："不了。"

321

闻烟打量着他，在她的印象里他似乎永远穿着 T 恤，大多是白色，偶尔是其他颜色，搭配牛仔裤或者工装裤。像大多数男生一样，希凡对着装好像没有太高的要求，但鞋几乎都是限量版。

两个人逛得很随意，看见熟悉的店铺或品牌就进去看看。

"喜欢这个吗？"希凡指着的项链在灯光的照耀下，亮得让人睁不开眼。

"好看，这条手链也好看。"闻烟的视线从每件首饰上移过，不知道他姐姐喜欢什么类型。

"你好，把这条项链和手链拿出来。"希凡看向旁边的导购。

"好的，您稍等。"这种店里的导购眼力都很准，但她暗暗打量着他们的穿着和手里的奶茶，纠结了很久也没有结果。

导购将项链和手链拿出来，轻轻推到希凡面前："这条项链是我们本季的新品，设计简约温和，与这位小姐的气质很搭。"

听着导购的介绍，希凡拿起项链戴到闻烟的脖子上。

闻烟愣了愣，抬头，恰好能看见他低垂的睫毛。他或许只是想让自己帮他姐姐试试？

就在闻烟暗自猜测的时候，希凡又撩开了她的头发。闻烟有些蒙，不知道是因为项链碰到了皮肤，还是因为他轻柔的动作，不自觉地往后瑟缩了一下。

"喜欢吗？"希凡的目光落在她的脖子上。

闻烟看向镜子，这条项链很细，温柔灵动，像是在脖子上留下了一道星河。

"挺好看的。"闻烟动了动脖子，视线还停留在镜子里。

"麻烦包起来。"希凡扭头看着旁边的导购。

导购忽然愣了，刚才以为他们只是看看，所以懒得详细介绍，没想到他们竟然这么爽快。

"好的，您稍等。"回过神后，导购连忙帮闻烟取下来，动作快得好像怕希凡反悔。

闻烟站在柜台前，低垂着眼眸，目光落在那些首饰上。

"希凡。"闻烟语气平静，但眼角的笑不见了。

"嗯。"希凡的声音也低低的。

"我现在没有能力去开始一段新的感情。"闻烟的脸色突然变得苍白。

他们并肩站着，彼此都没有看对方的眼睛，剔透的玻璃柜面映着他们的影子。

希凡沉默了片刻，忽然笑了，望着柜面上映出的她紧抿的嘴唇，抬手放在她的影子上，作势将她的唇角往上提："那什么时候可以？"

他的动作很幼稚，闻烟却忍不住笑了。她转身看着他，摇了摇头："不知道。"

"那就等知道了再说。"希凡将导购包装好的盒子顺势放在闻烟手里。

他没有给她拒绝的机会。

希凡好像已经忘了来商场的目的，他并不着急，从店里出来后慢慢悠悠地往前走。

"去那里看看吗？"希凡看着另一家店。

"哪里……"

还没问完，最后一个字的尾音被吞噬，闻烟望着那几个熟悉的字母停住了脚步，嘴角的笑也僵住了。而那些记忆像混着冰凌的海水向她涌来。

她心里钝钝地疼。

"怎么了？"希凡慌了神，清晰地看到了她眼里的痛苦。

明明很疼，但闻烟像和自己过不去似的，依旧目不转睛地看着那几个字母。过了很久，她稳住呼吸："我不喜欢这个牌子。"

"那我们去其他地方看看。"希凡换了个位置，站在她面前，挡住了她的视线。

"改天吧，今天有点儿累了。"

闻烟低垂着眼皮，身上的力气仿佛瞬间被抽干了，感觉身体很沉重，又感觉有些恍惚。

以她的性格，从来不会说不喜欢什么，也很少拒绝，但这段日子，时间压在她身上的沉重，让她不知不觉有了棱角。

"好。"希凡将她的失魂落魄看在眼里，没再说话。

回去的路上，闻烟再也没开口说一句话，像是和夜色一同陷入了沉寂。

路口的红绿灯前，希凡用余光掠过她的侧脸，她仿佛变成了一个没有灵魂的躯壳。不知道他们在一起经历过什么，为什么无论在哪里都能勾起她的回忆？

已经过去两个多月了，她还没有走出来吗？

车停在了日月湾，闻烟和希凡简单打了一声招呼就下了车。希凡望着路灯下她的背影和落在车上的饰品袋子，等她上去后，又停了一会儿才掉头离开。

闻烟回到家后的第一件事是洗澡。

身上的衣服还没脱完，她就匆忙打开了花洒，仿佛一刻也等不了。

衣服半湿，有些透明，闻烟费力地脱下，闭着眼睛面向花洒，想让水把脑海里所有乱七八糟的画面冲刷干净。

她并不是好了，只是看起来好了。

这段时间，闻烟像个重度的精神病患者，白天会若无其事地和朋友玩闹，骗朋友、骗爸妈，最重要的是骗自己。她告诉自己已经把他忘了，可以毫不费力地开始新的生活了。

然而夜幕降临，她一个人回到房间的时候，黑暗会残忍地将所有的面具扯下，伤心酿成的毒药更加猛烈，弥漫在密闭的房间，流窜在她的四肢百骸。

她和他分开了仿佛有几个世纪那么长，但那些痛、那些争吵、那些欺骗，还有流的那些血，又像发生在昨天一样那么刻骨铭心。

和他之间的最后一句话，是闻烟嘶吼着说不想见到他。

而这么久以来，他果真消失得干净，没有任何消息和电话，不在乎她的身体，更不在乎那个还没成形的孩子。

闻烟忍不住冷笑，努力想走出他的阴影，努力想开始新的生活，但每天都深陷在沼泽中痛苦挣扎。

他一定很快活吧，已经复婚了吗？

他终于摆脱了她，一家三口一定很幸福吧。

闻烟的嘴角挂着笑，浓浓的嘲讽以控制不住的势头向两边拉扯她的嘴角，像是要把她撕成两半。但笑着笑着，她就哭了，眼泪和水混在一起顺着脸颊流下。

爱情里没有自我，或者全是自我，她读了那么多书，懂得那么多道理，和朋友讲起来头头是道，但自己一碰到，就什么都顾不上了。或许恋爱本身就是最不理性的，所有道理在爱情里都会变成悖论，仿佛只有脱离了一段感情，人们才会后知后觉地明白什么。

以前闻烟最期待的就是周五，不是因为周末休息，而是因为可以见到谭叙深。

但最近她忽然意识到，他们在一起的时间很有规律：周五晚上，她和他一起回去，周六晚上她离开。

这是恋人之间的相处模式吗？

不，这是情人之间的。

他从来不主动问她什么，也从来不主动告诉她什么，不愿意见她的朋友，不愿意见她的父母，最后，连她也不想见了。

脑海里的画面控制不住地翻飞，闻烟的心脏疼到麻木。浴室弥漫着水汽，氧气越来越少，她感觉快要呼吸不过来了。

终于，闻烟用最后的意识，胡乱地围上浴巾走出浴室。

打开客厅的窗户，闻烟凝望着无边的夜色，呼吸急促但目光呆滞，头发上的水滴落到地板上。

家里很安静，所有的装饰和几个月前如出一辙，但茶几上多了个烟灰缸，里面的烟头已经满了。

谭叙深坐在办公桌前，隐约听到身后传来脚步声，刚扭头，易阳就爬到了他腿上。

"爸爸。"易阳看了眼显示屏里密密麻麻的英文，"明天我就要过生日了哦！"

谭叙深笑了笑，滑开椅子把他抱到身前："想要什么礼物？"

"不知道。"易阳笑得露出了牙，"明天你会去幼儿园接我吗？"

"嗯，然后一起去妈妈家里，爷爷奶奶还有外公外婆都在等你。"谭叙深看到他额头上有些白点，凑近了看，发现是没有涂匀的宝宝霜，笑着帮他涂抹均匀。

"闻烟姐姐也会去吗？"

谭叙深的动作忽然停住了，同时僵住的，还有他脸上的笑。

"好久没有见到闻烟姐姐了。"易阳的声音低低的。孩子很聪明，或许也明白些什么，但对大人的事总归没那么通透。

"闻烟姐姐有事，就不去了。"谭叙深继续帮易阳涂抹，但黑眸失去了焦点。

"你惹姐姐生气了吗？"易阳抬头，小心翼翼地问。

"嗯。"谭叙深喉咙发紧，再也说不出其他字眼。

"那我是不是再也见不到姐姐了？"易阳的嘴巴微微嘟起，眼睛里全是失落。

谭叙深喉结微动，如果不出意外，以后确实见不到了。但他无法将这个答案告诉易阳，因为自己都不想接受这个结果。

"回去睡觉吧，晚安。"谭叙深摸摸孩子的头，却没看他的眼睛。

易阳愣了愣："好，爸爸晚安。"

易阳的脚步声越来越远，房间只剩谭叙深一个人。屏幕里的文件他再也看不进去一个字。

他沉默地坐了很长时间，之后起身走到酒柜旁，打开了那瓶最烈的酒。

又是天亮了才睡着，闻烟醒来已经下午三点了。她拿起手机看了看，有一条星棠的消息。

"宝贝醒了吗？"

"我的车今天限号，但有些东西要拿回家，来接我一下好不好？"

半个小时前的消息，时间还早，闻烟起床喝了杯牛奶，还耐心地烤了两片面包。最近她每天都自己做饭，虽然不准时，但一定会吃。

闻烟从衣柜里挑了件衣服，精心地化了妆才开车出门。

幼儿园放学很早，闻烟到的时候刚下课，很多学生在排队等家长。她坐在车里等了十几分钟，看到星棠拎着四个大袋子出来了。

闻烟下车走到她面前："是什么？这么多。"

"学生送给我的画。"星棠笑得眼睛眯成了一条线，很有成就感。

"看来星棠老师很受小朋友欢迎。"闻烟从她手里接过两个袋子。

"那当然。"星棠笑着轻抬下巴。

两个人说笑着往车旁边走，但没走几步，身后忽然传来一个熟悉的声音："闻烟姐姐！"

闻烟下意识地回头，看到几米外的人时，心脏猛然一颤，连呼吸都停了。

心脏同时被紧紧攥住的，还有谭叙深。

"谁叫你？"星棠听着声音有点儿熟悉，也跟着转身，"小谭同学……"

话没说完，星棠就看到了易阳旁边的男人，脸上的笑忽然凝滞了，刹那间脑海里闪过很多画面，有个念头一瞬即逝，马上又呼之欲出。

他们都姓谭，这么巧吗？

"他们什么关系？"星棠望着对面的三个人，呼吸沉重，已经分不清心里翻涌的是愤怒还是心疼。

闻烟愣着没说话，这一刻仿佛置身于月台，列车呼啸而过，周围人声鼎沸，而她的世界安静极了。她不知道列车把她带到了将来，还是带回了过去。

来来往往那么多人，但扭头的瞬间，她还是一眼就看到了他。

她看到他的这一刻，两个月的努力仿佛都化成了泡沫。她努力忘掉他想要开始新的生活，但随着他的出现，过往所有的回忆、疼痛、不堪和卑微通通涌入她的脑海。她的脑袋疼得快要裂开了。

"爸爸，闻烟姐姐为什么不理我？"易阳被叶漫抱在怀里，扭头看着谭叙深。

而旁边的男人，目光紧紧锁在对面的女孩儿身上，带着不易察觉的贪婪和小心翼翼。他还以为以后再也不会遇到她了，但刚才听到易阳的叫声，谭叙深清楚地感觉到了内心的狂喜和忐忑。

他转身，真的是她，是她。

好久没见，她还是那么漂亮，但下巴尖得让人心疼。

周围人来人往，车的鸣笛声和说笑声混在一起，很嘈杂。但他们几个人沉默地站在那里，暗流涌动。

叶漫抱着易阳，手有点儿酸了，她的目光在闻烟和星棠之间游移，但最后还是落在了闻烟身上。虽然有两个人，但直觉告诉她，是眼神和情绪看似更平静的那位。

就是这个女孩儿吗？

很年轻、很漂亮，原本叶漫以为谭叙深会找一个漂亮但可能没那么正经的女孩儿，毕竟男人都喜欢刺激。但她好像想错了，一个人的气质不会骗人，那个女孩儿明显不是她曾经想象的样子。

在叶漫打量闻烟的同时，闻烟也在打量她。

之前闻烟很想知道，到底是怎样的一个女人，能让谭叙深心甘情愿地入了围城，并且即使离婚这么长时间也能毫不费力地占据他的心，让自己的存在完全沦为笑话。

一个活在她假想里的女人，一个让她深刻体会到嫉妒是什么滋味的女人，闻烟今天终于看见了。

她确实不错。

星棠忽然笑了，笑得那么明媚，又那么悲伤。她把手里的两个袋子放在地上，朝对面的几个人走过去。

七八米的距离，她几步就走到了。

"易阳同学，要回家吗？"星棠站在叶漫面前，摸了摸易阳的头。

"是的，星棠老师。爸爸妈妈要接我回家过生日，今天是我五岁的生日哦！"

易阳在叶漫怀里很兴奋，星棠嘴角的笑却越来越冷。她看看叶漫，又将视线落在谭叙深身上。

爸爸妈妈，是吗？

星棠缓缓吐出一口气，忍住眼里的酸涩。她伸手捂住易阳的耳朵，然后抬头，笑着对叶漫说："谭叙深的前妻？哦，不好意思，忘记你们已经复婚了。"

女孩儿虽然在笑，但语气很没礼貌，叶漫微微皱眉没说话，却见她又忽然靠近。

"谭太太，告诉你一个秘密……"星棠眼里带着几分神秘，扫了一眼谭叙深，又笑着将视线移到叶漫身上，"前段时间我朋友怀孕了，你不用怀疑是谁的，我们烟烟很乖，从初恋再到初夜只有谭叙深一个人。但后来谭叙深不小心让烟烟流产了，就是他从法国回来那天。嘻，可惜了一条小生命。当时烟烟满身是血，就是不知道谭叙深晚上和你同床共枕的时候，会不会想到烟烟和那个孩子。你老公应该不会把这件事告诉你吧？"

叶漫愣住了，惊讶在眼里不断蔓延，他从来没有说过，甚至很少跟她提那个女孩儿，再者，他不是那么没有分寸的人。叶漫不可置信地看向谭叙深，却发现他的目光落在对面。

仅仅在星棠走过来的时候，谭叙深看了她一眼，除此之外，他的视线自始至终没有从闻烟身上移开过，从头发到眉眼再到消瘦的身体。

他来来回回，那么贪婪、那么小心翼翼地注视着她。

但随着星棠说出每个字，那些血淋淋的画面就在谭叙深眼前循环播放。他不自觉地握紧了拳头，眼底浮现出痛苦和愧疚，心脏也跟着麻木了。

她明明就在他眼前，他们之间只有几步的距离，却似乎遥不可及。

闻烟失神地望着对面的三个人。许久不见，他果然过得很好，怪不得毫不犹豫地甩掉她，可爱的孩子、漂亮的妻子，幸福的一家三口。

她和那个流掉的孩子算什么？根本不值一提，除了她也不会有人记得。他们恨不得快点儿摆脱她这个麻烦。

看到他们的表情，星棠畅快极了，脸上还挂着纯真的笑容："复婚快乐！"

星棠说完，移开捂在易阳耳朵上的手，转身离开，但刚背过身，嘴角的笑就消失了，眼圈也红了。

"又背着宝宝说什么小秘密？"一直被星棠捂着耳朵，易阳什么都没听见，但感受到了大人之间紧张的氛围。

易阳看看谭叙深，又看看叶漫，但他们谁都没有回答他。

谭叙深的嘴巴紧抿成一条直线，喉结上下滚动，她今天穿着玫红色的针织吊带，宽松的牛仔裤，微微露出肚脐，很艳丽，又有点儿调皮。

他想和她说话，想知道她最近在做什么，想和以前一样听她在身边碎碎念个不停……

身体比理智先一步做出反应，但谭叙深的腿刚迈出去，就看到她勾唇朝他盈盈一笑，转身离开了。

"烟烟！"谭叙深情不自禁地喊出那个许久不曾提过的名字。

闻烟扭头，目光落在谭叙深的身上，随着心被慢慢撕扯，缓缓勾起一抹冷笑。

女孩儿的眼底再也不似先前那般波澜不惊，黑眸里涌现出浓烈的情绪，那是恨。

谭叙深顿在原地，她已经转身了，但他脑海里全是她最后的那抹笑。

沉稳的表情终于有了一丝破裂，谭叙深忽然意识到很多东西在不知不觉中已经变了，她不再站在他身边，不再对他笑，不再闹来闹去和他撒娇……但无论这个世界怎么变化，他希望她永远保持原来的样子，可爱、单纯、温柔、善良。

后悔和心痛在胸腔里弥漫，最后，谭叙深无力地垂下了手臂。

弥漫着雾气的原始森林里，小麋鹿拖着沉重的身躯仓皇逃离，一枚子弹深深嵌进骨缝。她越过溪水，地上留下鲜红的血迹。而始终漫不经心的猎人，愣怔地望着走火的猎枪，终究还是掉入了自己设下的陷阱。

回到车里，星棠坐在副驾驶座上阴沉着脸，再也没说一句话。

这段时间成长的不只是闻烟，星棠也在慢慢改变。

朋友之间，是需要彼此照顾相互支撑的，闻烟身上发生了这些事，星棠就担任起了那个保护她的角色。按照星棠以往的做法，今天面对谭叙深和叶漫可能只会大喊大叫，会生气地将手机砸在他们身上，最后被路人指指点点沦为笑话。

包括现在，星棠都在拼命控制自己的情绪不去骂闻烟，因为骂解决不了问题，更何况，闻烟比任何人都难受。

黑色的Evens平稳地行驶在公路上，闻烟面无表情地看着前方，但眼前不是红绿灯，而是他们一家三口站在一起的画面。

那么温馨美满的家庭，她只配站在对面远远看着，毕竟她是个多余的人。

闻烟这么想着，嘴角又不自觉地扬起冷笑，那笑是对自己的可怜和深深的嘲弄。

车内很安静，谁都没有说话，星棠还在气头上，而闻烟怔怔地望着前方，眼底的一潭死水终于泛起涟漪，有刻骨的痛，但更为浓烈的是被激起的恨意。

"烟烟！"

星棠忽然尖叫一声，望着前面越来越近的大卡车，以为闻烟会刹车减速，然而随着距离不断缩短，车速没有丝毫变化！

眼看就要追尾，星棠连忙转动方向盘，车嘭的一声撞在旁边的花坛上。在惯性的作用下，她们的身体往前冲，又被安全带和安全气囊用力弹回去。

闻烟猛地回过神来。

车熄火了，星棠惊魂未定，大声地喘着粗气。片刻后，她慌忙扭头去看闻烟，却发现她安静地坐在那里，目光呆滞，不悲不喜。

心里的火瞬间蹿到头顶，星棠解开安全带，用力地关上车门，绕到另一边把闻烟从车里拽出来。

星棠想把她骂醒、把她打醒，但看到她苍白的脸，还没开口，眼泪就控制不住地往外流。

"烟烟，不值得，真的不值得！"星棠抚摸着闻烟的脸，话语中带着哽咽。

刚才的画面，闻烟想起也一阵后怕。但她好像失去了表达情绪的能力，眼睛里全是木讷，只有嘴唇白得厉害。

闻烟的眼角挂着泪，她抬手擦掉星棠脸上的泪痕："对不起，星棠……"

"不要再为他做傻事了，不值得。"星棠擦掉闻烟脸上的泪。

"嗯，我知道。"闻烟笑了笑，脸上依然没有血色。

晚上，闻烟回到家的第一件事还是洗澡。这种人不人鬼不鬼的样子，她厌倦了。

她躲在暗处难过，整夜失眠，他们不会知道她有多痛，就算知道了，他们会可怜她吗？不，没有人会可怜一个不相干的人。

闻烟仰起脸面对着花洒，这一次，没有再像以前一样强迫自己忘记，既然忘不掉，那就记在心里吧。

记住他带给她的那些痛苦和不堪。

记住他们一家三口的幸福画面。

记住她一个人血淋淋地躺在手术台上。

闻烟吹干头发从浴室出来，到厨房做晚饭。粥慢慢熬着，她拿起水壶走到阳台，茂盛的绿萝有两片叶子已经黄了，小心地浇水，过段时间应该会好起来吧，毕竟它的生命力很顽强。

浇完水，闻烟坐在沙发上给傅铭川发信息：

"下周可以入职。"

易阳的生日宴上，谭叙深坐在沙发上听爸妈聊天，听到关于自己的问题，就回一句，然后看易阳坐在地毯上玩玩具。

厨房煲的汤往外冒着浓香的热气，叶漫透过推拉门的缝隙看着外面的场景，曾经拥有却没有珍惜的画面，现在想挽回却已经没有机会了。

她后悔吗？肯定会有，但如果再来一次，她可能还会做同样的决定。

人生的每个阶段想要追求的东西是不一样的，每一段未知的经历也是冥冥中注定的，对她而言，可能真的要撞上南墙才会回头。

目光落在谭叙深身上，虽然他脸上挂着笑，在陪孩子玩、陪爸妈聊天，叶漫却总觉得隔了一层什么，他脸上像是蒙了一层东西，心也不在这里。

晚上吃过饭天色已经很晚了，易阳留下没走，谭叙深送爸妈回家，叶漫也跟着到了楼下。

从幼儿园回来，他就一直心不在焉的，叶漫想说什么，但视线掠过坐在车后面的谭家爸妈，又忍住了。

"路上小心，开车的时候专心点儿。"叶漫暗暗提醒他。

"嗯，知道了。"谭叙深拧动车钥匙。

"漫漫，快回去吧，天有点儿凉了。"谭叙深妈妈说。

"好，您跟爸有空再过来玩。"叶漫看着车缓缓离开。

车行驶在高速路上，公路绵延不绝向天边延伸，最后没入无边的夜色，仿佛看不到尽头。

谭叙深开着车，再没有说一句话。

"叙深最近工作压力大吗？"江淑因的声音打破了车内的安静，是那种被岁月打磨过的温和。

"还好。"谭叙深回过神，往后视镜里看了一眼。

工作不会让谭叙深有压力，无论多有挑战性的项目他都游刃有余。

"漫漫回国了，你们有什么打算？"

谭叙深的爸妈六十岁了，面容却并不老气，虽然头发白了几缕，但更显得神采奕奕，透露出淡淡的风骨和韵味。

听到谭母的话，靠着椅背休息的谭父也睁开了眼睛。他推了推眼镜，看向谭叙深。

而谭叙深直接断了他们的念头："没有。"

两个人扭头对视了一眼，没再说什么，虽然复婚看起来是最好的结果，对孩子好，他们做父母的也放心，但如果谭叙深不愿意，他们也不会强求。

又过了二三十分钟，车子到达目的地。

"这么晚了，今天住下吧。"谭父下车后，发现谭叙深没有要下来的意思。

谭叙深刚工作就搬出去住了，他爸妈还住在以前的房子里。那是一栋独院的别墅，这些年一直没有翻修过，看着有些年岁了，谭叙深的房间还一直保持着原来学生时期的样子。

"改天吧，待会儿还有点儿事。"谭叙深犹豫了片刻，眼底闪过一丝暗淡之色。

"不要太晚。"谭母有些失落，这些年，一家人在一起的时间越来越少。

"好，你们快回去休息吧。"看着他们进去，谭叙深掉头离开了。

夜幕低垂，黑色的轿车行驶在公路上速度越来越快，像一支利箭划破黑夜，又迅速与黑夜融为一体。他在隐忍什么，又像是在宣泄什么。

谭叙深心里乱得厉害，像有无数条线缠绕在一起理不出头绪，最后越缠越紧，连呼吸都变得困难。

最后，车停了，停在了闻烟家楼下。

谭叙深熄了火打开车窗，视线顺着楼层往上看。这一年接送过她很多次，但他从来没上去过，依稀记得她说自己住在十三楼。

秋天的昼夜温差很大，夜已经深了，风很凉，整栋楼仿佛陷入了静谧，但十三楼的一个房间的灯是亮着的。

谭叙深无力地斜靠在椅背上，目光幽幽地落在唯一的光亮上，满眼疲惫。

不知过了多久，谭叙深拿出打火机点了一支烟，烟头明明灭灭，缥缈的烟雾瞬间被风吹散。第一支烟仿佛是个开关，打开了就收不住，他抽完一支又点了一支，随着夜色越来越深，地上的烟灰也越来越多。

烟抽完了，天也快亮，然而半昏半暗中那个房间的灯始终亮着。

谭叙深皱了皱眉，不知道是不是她，但莫名地不想离开。他抬腕看了下时间，已经凌晨五点了，却没有丝毫睡意，只是头昏昏沉沉的，有些累。

谭叙深闭着眼睛揉了揉眉心，耳边什么声音都没有，仿佛能听见自己的心跳声。眼前又不自觉地浮现出白天的场景，那几步的距离，他却不敢往前迈。两个人中间像是有一条线将他们永远隔开。

他没有这么小心翼翼过，从来没有。

过了很久，谭叙深像是睡着了，脑海里不停闪现的画面却让他的意识更清醒。他缓缓睁开眼睛，眼里遍布着血丝，看着有些可怕。

谭叙深还想去拿烟，但发现烟盒已经空了，目光再次投向十三楼，但抬头的瞬间忽然愣住了……

刚才还亮着灯的房间，灯灭了。

周末，易阳闹着要回家找谭叙深，临近傍晚，叶漫开车来到景华城。

"爸爸！"车缓缓停下，窗户是关着的，易阳看见谭叙深，趴在玻璃窗上高兴地喊。

谭叙深刚从楼上下来，身上还穿着深灰色的家居服，看到易阳贴在玻璃上扭曲的脸，笑了。

"怎么回来了？"谭叙深打开车门，把他抱下来。

"好几天没回家，想爸爸了！"易阳抱着谭叙深的脖子不撒手。

易阳这段时间一直住在叶漫那里，只在生日那天和谭叙深见了一面。

叶漫将车停好，从驾驶座上下来，几步走到谭叙深和易阳身边。当看清面前的男人时，她愣了愣，眸光微闪。

"一起出去吃个晚饭吧？"叶漫注视着谭叙深。

"改天吧。"谭叙深将易阳放在地上。他没什么胃口。

"因为她吗？"

叶漫望着他下巴上浓密的胡楂儿，脱口而出。她从来没见过这个样子的谭叙深，落寞、无精打采，才两天没见，他就成这副样子了吗？

谭叙深没说话，视线低垂着。

叶漫笑了笑，心里忽然生起一阵酸楚和嫉妒。

"抱歉，我以为……"她以为谭叙深不是认真的，但现在说这些太迟了。叶漫顿住，缓缓舒了一口气，"如果有需要，我可以去和她解释。"

"不用了。"谭叙深心不在焉地捏了下易阳的脸，一开口，嗓子像是被酒浸泡了一整夜，嗓音沙哑得厉害。

他们之间不是解释就可以挽回的，当错误赤裸裸地出现，解释已经没必要了，就像谭叙深现在。

他曾经对她做的事很过分，像是乱糟糟的桌面，不知道该怎么整理，因为是他亲手把所有东西弄乱摔在地上的。他们之间差了太多，阻力太大，要面对的现实太多，而对她最好的方式就是像原来想的那样，让她离开，等伤口慢慢愈合，走向下一个男人的怀抱。

想到这里，谭叙深突然收紧了五指。

叶漫将他的神情看在眼里，女人最懂女人，但要帮前夫向新的女朋友解释，还真的不知道说什么，而现在的结果确实有她的责任。回想着星棠的话，叶漫那晚失眠到很晚。她是做妈妈的人，知道那些伤害对一个女孩儿意味着什么。

"妈妈，你们在说什么？"他们说得很隐晦，易阳仰脸好奇地看着他们。

"没什么。"叶漫笑着蹲下身。他们从来不在孩子面前说这些，但刚才看到谭叙深的样子，她一时没忍住，"跟爸爸上去吧，让爸爸给你做好吃的。"

"好，妈妈不吃吗？"易阳想让叶漫和他们一起上去。

"不了，妈妈待会儿还有事。"叶漫笑着摸了摸易阳的头，既然没有复婚的打算，那就尽量不打扰彼此的生活。

谭叙深看着她："路上注意安全。"

"好，快上去吧，天凉了。"

叶漫亲了亲易阳的额头，转身回到车里，离开了景华城。

周一，闻烟开车来到港丽大厦，但没有门卡进不去。傅铭川说要来接她，闻烟拒绝了，现在正站在一楼大厅等人事。

"你好，请问是闻烟吗？"

闻烟转身，看到一个脖子上挂着 Evens 工牌的女人，黑色的短发显得知性干练，但脸肉肉的，有点儿可爱。

"你好，我是闻烟。"闻烟笑了笑。

"我是之前联系你的 Kathy，欢迎加入 Evens！"Kathy 热情地和闻烟握手，"我们先上去吧。"

港丽大厦几乎所有楼层都是 Evens 的，就像提起蓝珀大厦就能想到 FA 一样。傅铭川的办公室在二十九楼，Kathy 直接带着闻烟去了傅铭川的办公室。

"傅总，闻烟来了。"Kathy 敲门进去，微微侧了侧身体让闻烟进来。

"好，谢谢。"傅铭川从位置上起来，目光不受控制地落在闻烟身上。

"好，那我先去忙了。"Kathy 知道闻烟是傅铭川内推的，但具体关系不清楚，也不敢多问。

她转身看着闻烟笑了笑："下午有时间找我办下入职手续。"

"好的，谢谢。"闻烟温和地笑了笑。

Kathy 出去了，办公室只剩傅铭川和闻烟两个人。

望着闻烟，傅铭川好像还没有回过神，印象里她一直都穿着 T 恤加牛仔裤，还有简单的小裙子，而眼前的女孩儿，白色的法式衬衣介于正式和休闲之间，还有黑色开衩包臀裙，很职业，也让人移不开视线……

他心里的女孩儿已经长大了。

"在想什么？"闻烟走到他面前，伸手在他眼前晃了晃，顺势打量着他的办公室。

"在想烟烟长大了。"傅铭川笑着转身，给她倒了杯水放在沙发前的茶几上，"坐吧。"

"说好了，我是来工作的，要注意公私分明。"闻烟捧着水杯朝他笑了笑，有点儿狡黠调皮。

傅铭川愣了愣，扭头看向闻烟，神色有些复杂："但是烟烟，你要做好准备，接下来无论你做什么都会有不好的声音。"

闻烟捧着杯子，表情淡淡的："嗯，我知道。"

她从打算来 Evens 的时候，就想到了这些。

闻烟的职位是傅铭川的助理，但不是负责他行程安排的，而是会直接接触到各部门的工作内容。

和 FA 一样，Evens 也不招工作经验少的员工，大公司会尽最大可能降低错误率，不愿意花费精力去培养新人。

所以闻烟一个只有一年乙方工作经验的人，年轻、长得漂亮，出现在傅铭川身边，流言蜚语可想而知。

虽然闻烟是傅铭川内推的，也经过了三轮面试，但人性本恶，他们只会看到表面的东西，然后说些风言风语。

闻烟承受得住这些，天下没有免费的午餐，想要得到一些东西，就必须舍弃一些东西。

如果从某个部门的基础做起，她需要熬很多年，而且每天的工作大多数是做些无用的表格，很多人只是花心思讨好上级。但闻烟不想讨好谁，只想做有意义的事，而毫无疑问，跟在铭川哥身边能让她快速成长。

第一天不会有太多工作，闻烟熟悉了下工作流程，办好入职手续后。Kathy 向公司的人员发了邮件，欢迎闻烟加入 Evens。

这并不是她的特殊待遇，而是 Evens 的传统，不论职位高低，只要有人入职或者有人离职人事都会发邮件通知，还会在周五的团建时间开一瓶酒，小小的仪式无形中为员工增添了归属感。

无论夜晚多难熬，闻烟总能在太阳升起时恢复成自己想要的样子。

她化上淡淡的妆，搭配好得体的衣服，营造出最好的状态去开始新一天的工作。

她除了晚上人不人鬼不鬼的样子，一切都在往前走。

以前闻烟总是偏爱浅色的衣服，但像所有刚毕业的女孩儿一样，无论她怎么故作成熟，无形中总会透出骨子里的单纯。

但现在闻烟打开衣柜也不会再看那些衣服一眼，因为以后要跟公司所有部门的人打交道，也会被所有八卦的人盯着。闻烟不想被他们看轻，因此衣服都挑黑、白、灰等比较成熟的颜色。

而她这次的故作成熟很成功。

这一年来，心境早已不像从前那么纯粹轻松，她承受了太多超负荷的东西，心脏很沉，又破得千疮百孔。

她已经不用刻意扮作大人了。她已经长大了，但成长的代价沉重又惨烈。

闻烟的工位在傅铭川的办公室附近，和其他同事在一起。

早上到公司，碰到迎面走来的同事，有打招呼的闻烟就笑着点头回应，不亲切也不疏离，一切保持在正常范围内。

她是来工作的，又不是来交朋友的，没必要刻意讨好谁。讨厌你的人不会因为你的退让喜欢你，你软一分他会认为你是个软柿子，只会捏得更厉害。

刚在座位上看了几封邮件，闻烟就收到了傅铭川的消息，让她过去一下。

几米的距离，闻烟抱着电脑来到傅铭川办公室，站在外面轻轻敲了敲门。

"请进。"

闻烟进去关上门，坐在傅铭川对面的沙发上："今天有什么可以替傅总分忧的？"

两个人认识太久了，闻烟在他面前不需要伪装成特别能干的样子，身心都很放松。

"还习惯吗？"傅铭川笑着倒了杯茶，习惯了她的古灵精怪。

"挺好的。"闻烟刚入职两三天，正在慢慢进入状态。

"同事之间呢？"傅铭川每天除了开会、待在办公室，就是外出参加活动，对工作之外的事情不是很了解，但还是担心有不好的声音。

"别担心，同事之间也不用推心置腹，公事公办就挺好的。"闻烟视线低垂，落在电脑屏幕上，笑了笑没多说。

能进入 Evens 的人，情商、智商都不会太低，谁也不会把这种事情摆在明面上说，但她永远也想不到背后捅刀子的，可能就是刚才笑着跟她打招呼的人。

昨天早上闻烟拿着咖啡刚到公司，有个女同事笑着和她说早上好，她微笑回应。但过了几分钟闻烟去洗手间，就听到那个女同事和另一个女人说她是不是傅铭川包养的情人。

无所谓，闻烟不在乎。

"最近客户关系管理的项目我都用邮件发给你了，有什么想法吗？"闲聊结束，傅铭川进入了工作状态。

"这方面我们没有 FA 做得好。"闻烟向后微微靠着沙发。

傅铭川微愣，这方面不如 FA 他知道，但公司里很少有人会直接说出来。他看着闻烟笑了笑："具体怎么说？"

闻烟的视线落在墙上挂着的画上，她若有所思："只说中国市场，你觉得最近几年的销量有什么问题吗？"

"Evens 的品牌市场销量连续五年蝉联第一，FA 集团所有品牌的车型在这五年也是第一。"傅铭川回忆着最新的销量趋势图，停顿了几秒，"但前者的距离不断缩小，后者的距离在不断拉大。"

"Evens 的品牌我们做得很好，但从去年开始，FA 所有子品牌都有上升趋势，这说明他们内部一定是有了整体改善。"闻烟知道 Evens 这两年来很有危机感，所以才会有新建工厂等一系列动作，"去年 FA 成立了数字化的子公司，我觉得跟这个有关系。"

"所以他们数字化的子公司驱动了数据库的完善，使各个部门都能对接起来，但我们现在只做到了监测，没有进一步的追踪。"傅铭川看着闻烟说。

闻烟笑了笑，和聪明人交流就是轻松，她还没说完他就想到了。

"是这样，他们市场部每次发送项目都要去数据库提取精准的目标受众信息，会精确到车主潜客以及具体年限，如果这部分受众中有人打电话咨询，他们会进一步在系统中将这部分买车意向高的人群标记，之后会把相关信息转到销售和当地的经销商，这样就形成了一个闭环。"闻烟客观地分析完 FA 的整个流程。

女孩儿的声音清脆动听，傅铭川的目光落在闻烟身上，渐渐移不开视线。

她穿着白色的西装外套，耳边的碎发散下来几缕，说话时不疾不徐，沉稳中透露着淡淡的自信。

她这种状态，很迷人。

"所以对比 FA，我们在第一阶段数据库做得不完善，在后面阶段衔接得也不是很紧密。"傅铭川收回思绪，掩饰性地喝了口茶。

"简单来说是这样。"闻烟点了点头。

"交给你做可以吗？"傅铭川笑着看向她，眼睛里透露着期许，她比他想像的更聪明。

"你高估我了。"闻烟愣了下，接着微微一笑，稍微坐直了身体，"据我所知，我们现在的客户咨询是外包出去的，如果想要做好，数据库是公司最机密的信息，所以从数据库到下游客户咨询，我们都需要建立自己的团队，除了人力的投入，还需要很大一笔资金。"

"资金不是问题。"闻烟的顾虑傅铭川想到了，但公司发展日趋成熟，每个上升的机会都要尝试。

闻烟不是怕压力，相反很喜欢这种挑战，但刚入职不久就负责这么大的项目，就算做好了，下面的人也会不服。

"或者……我们可以从 FA 挖一个人。"闻烟思索了片刻，忽然笑着看向傅铭川。

傅铭川看着她，想到了狡黠的小狐狸："你可以跟 Kathy 聊聊。"

"好的，没什么事我先回去了。"闻烟嘴角上扬，准备待会儿去慰问一下罗文。

"下周五晚上有个酒会，你跟我一起去吧。"看她起身，傅铭川淡淡开口。

"什么酒会？"闻烟收拾文件的动作顿了顿。

"几个车企办的，有很多经销商过去，和他们处好关系，以后会方便很多。"傅铭川简单解释，"你爸爸应该也会去。"

本来还有些顾虑，听到老爸也会去，闻烟就打消了暗生的念头："好，知道了。"

傍晚的十字路口，霓虹闪烁，车流不息，斑马线上人来人往，但每个人都行色匆匆，不知道在追赶什么，最后都悄悄走进了夜色里，只有红绿灯依旧沉默伫立，静静变换。

浴室弥漫着水汽和淡淡的清香，闻烟躺在浴缸里，目光平静地望着吊灯，而旁边的地毯上，凌乱地散着一地的碎布，还有一把剪刀。

从面料看，是她白天穿的那件白色衬衣，但已经破碎得完全看不出样式。

闻烟不知道今天是怎么过来的，明明一切都相安无事，但下午去洗手间，看到镜子里自己身上那件白色衬衣时，忽然感觉透不过气……

曾经让她脸红心跳的深蓝色衬衣和镜子里的白色衬衣交叠，在她眼前混乱地晃过，还有黑色的、灰色的……所有他穿过的衬衣不停地变换。闻烟的双手和身体好像被捆绑住了，动弹不得，曾经的那些画面在眼前翻涌，让她头晕目眩。

闻烟望着镜子里的自己，呼吸不知不觉中越来越急促，控制不住想将那张脸打碎。

闻烟努力撑到下班时间，因为上次的教训没敢开车，而是叫了出租车。

回到家，她立即找来剪刀，把那件衬衣剪得稀巴烂。

直到看见那一地碎布，她好像又活了过来。

浴室的灯是暖黄色调，闻烟怔怔地望着吊灯，仿佛看到了朦胧的幻影。

闻烟突然笑了笑，没想到曾经最迷恋的东西，现在几乎要了她的命。

浴室很安静，仿佛能听到水滴落在地板上的声音，声音很细微，但又像要刺穿她的耳膜。闻烟紧紧皱着眉头，感觉头痛欲裂，最后猛地没入了水底。

黑色的长发在水底晃动，像一根根剪不断的情丝，过了很久，她闭着眼睛躺在那里一动不动，只有眉眼间的痛苦证明她还有知觉。

闻烟从浴室出来，穿好衣服出了门。漫长的夜，她总觉得今天无法独自熬过去。

黑色的 Evens 缓缓停在了希凡的酒吧前。十月底，天已经冷了，高大的梧桐纷纷扬扬地往下掉着黄叶，有几分萧瑟。

以前闻烟习惯了挤地铁，但不知道从什么时候起，看到黑压压的人群就控制不住地胸口发闷，所以后来无论去哪里都开车。

闻烟和星棠的车型是一样的，都是 Evens 的 G 系列，是爸妈送给她们的二十岁生日礼物。

闻烟还没有到，希凡就在门外等着了。看到她，他立刻往前走了几步："冷不冷？"

"有一点儿。"深灰格子的鱼尾裙堪堪遮住闻烟的膝盖，里面只穿了一条丝袜。

希凡的眼里漫上淡淡的笑意，他握住她的手走了进去。

酒吧里仿佛永远都是热情似火的夏天，喧嚣的音乐、清凉的穿着和躁动不安的身体，所有的烦躁似乎都能被音乐声盖过去。

希凡刚才在和朋友喝酒，回来的时候卡座上零零散散的已经没几个人了，闻烟坐在他旁边的位置上。

"想喝什么？"希凡偏头看着她。闻烟今晚穿的是黑色修身的高领毛衣和鱼尾裙，身体的线条被展现得柔美至极。

"就这个吧。"闻烟目光落在桌子上的半瓶酒上。她只是想喝，喝什么不重要。

希凡拿了个干净的杯子，只倒了个杯底递给她，像是在哄小孩子。

闻烟的嘴角挂着浅笑，她没说什么，接过来仰头就喝光了，然后自己又倒了满满一杯，没过多久又喝完了。

希凡坐在旁边平静地看着她，脸上的笑不知何时已经消失了，表情在昏暗的光线下显得有些阴沉。借着斑驳的光，希凡看着她嘴角溢出的酒，看着她无处宣泄的阴郁悲痛，她像是深陷在沼泽中，越挣扎越无法脱身。

就在闻烟再次去倒酒的时候，希凡挥手将酒瓶滑推到了桌面边缘，再往前一分，酒瓶就会掉下去。

闻烟愣了愣，把杯子放下了，然后无力地靠着沙发闭上了眼睛。她好像听不见嘈杂的音乐，她的世界被裹上了坚硬的壳，只有空白和黑暗交替，其他什么都无法进入。

"醉了？"看她好久没反应，希凡靠近了些伏在她耳边问。

"没有……"闻烟摇了摇头，声音有些含糊。

闻烟酒后微醺，像是醉了，意识却很清醒，以前一杯就醉，不知道什么时候连醉酒都变成了一件奢侈的事。

随着摇头的动作，闻烟身体不稳，斜斜地倒向希凡。

希凡顺势抱住她，让她靠在自己的肩膀上。

"希凡，爱为什么会变成恨？"

听到她的呢喃，希凡低头注视着她，发现她还闭着眼睛，嘴唇却在颤抖。他忍不住皱眉："忘不了他？"

"忘了。"

清冷的声音不含醉意，她回答得那么干脆，是真的忘了吗？

希凡忽然意识到她很清醒，没有醉。

酒吧的气氛在不断上升，希凡沉默地注视着她苍白的脸，在灯光晃过来的一刹那，低头吻在了她的唇角，然后控制不住地越来越深。

而闻烟，没有拒绝。

蓝珀大厦，FA。

工作结束已经晚上十点了，Aaron 伸了个懒腰，抬头发现谭叙深办公室的灯还亮着，准备过去打个招呼然后下班。

办公室的门是敞开的，Aaron 刚想敲门，但看到里面的画面不由得顿住了。

不知道是不是他的错觉，他发现总监最近总喜欢发呆。好几次他来办公室总监都是这样，连他站在门外都没有察觉，也不像是在思考工作上的事。

"咚咚——"

Aaron轻轻地敲了两下门。

并不明亮的灯光下，男人的身影显得清冷落寞。

谭叙深望着星星点点的霓虹，面对无边的夜色时，心脏好像格外空，仿佛在被心里那抹身影不断蚕食。

"什么事？"谭叙深收回视线，身上透出浓浓的疲惫。

"下周五在半岛酒店的酒会，用帮您安排司机吗？"Aaron问。

"不用了，我自己开车过去。"

周寻到酒吧的时候，谭叙深面前已经空了几个酒杯了。

"喝酒也不叫我。"周寻坐到谭叙深的旁边，还以为他没下班，打电话过来才知道他在酒吧，"最近忙什么呢？"

谭叙深已经很久没来过酒吧了，但刚刚下班后突然想喝一杯，就来了这个清吧。

"没忙什么。"酒很凉，顺着喉咙浇下去却烧得心脏发烫，谭叙深不耐烦地扯开两颗衬衣扣子。

看他没有聊天的兴致，周寻也不说话了，只是看着他心事重重地一杯接着一杯地灌下去。面前的酒不知不觉只剩下最后一杯，谭叙深伸手的时候，周寻先一步拿走了。

一个小时过去，谭叙深眼里的醉意已经很重了。他看着落空的手，又缓缓收回来。

"周寻，我们……可以在一起吗？"谭叙深醉醺醺地撑着头。

他们可以在一起吗？

他们为什么不能在一起？

"你和我，还是你和闻烟？"周寻笑了笑，亏自己现在还有心思开玩笑。他看着谭叙深颓然的表情，"你和我，很难；你和闻烟，更难。"

面前无数空掉的酒杯在灯光下闪着暗光，周寻如实说。

谭叙深迟钝地笑了笑，把刚才周寻夺走的那杯酒拿回来，喝了。

周寻这次没拦他，一直觉得谭叙深很有分寸，没想到这次竟然栽进去了。

A市这么大，这么繁华，每个人都衣着光鲜、走路生风，看似活得潇酒，但几乎都活在枷锁之下。

以谭叙深的家庭和自身条件，周寻从来不觉得他配不上谁，但站在闻烟爸妈和所有正常人的立场上，他的确又配不上闻烟。而周寻这位亲爱的好朋友，出于无知也好，无情也好，提前斩断了那些麻烦，现在也尝到了苦果。

说是来陪谭叙深喝酒，但周寻滴酒未沾，得负责把这个烂醉如泥的男人送回家。

公路上，周寻看着后视镜里的谭叙深，还好他酒品比较好，喝醉了只是睡觉，如果吐在车上就把他扔在路边。

费尽力气把谭叙深扔到床上，周寻累得坐在地毯上直喘气。他看了眼时间，已经凌晨四点了。

帮谭叙深盖好被子，还贴心地倒了杯水放在床头的柜子上，一切弄好之后周寻才离开，这时天也快亮了。

天色大亮又逐渐暗淡，床上的男人一直沉睡不醒，但不知道梦见了什么，嘴角挂着浅笑。他在梦里想去拥抱她，想把她藏在怀里，但刚伸手就醒了。

谭叙深愣愣地看着空荡荡的怀抱，冰冷得没有温度。

宿醉后的头痛一阵阵袭来，谭叙深揉了揉眉心，重新躺回去。

窗外一片黑暗，谭叙深忽然觉得很恍惚，日夜颠倒，不知道现在是什么时间。

谭叙深走到窗边，夜空中挂着一轮弯月，拿起手机看了看，是晚上九点。他竟然睡了一天。

梦里有人劝他戒烟、戒酒，但现实中没有。回想着刚才的梦，谭叙深点了支烟打开相册，那里有一段录像，是她生日时候录的。

浪漫的烛光下，她戴着皇冠，笑容甜美，像所有易碎的东西一样，很美。谭叙深看着她的脸，按下播放键：

"想和谭叙深在一起一辈子。"

谭叙深又按下播放键：

"想和谭叙深在一起一辈子。"

谭叙深凝视着她的脸，自虐似的一遍又一遍地按着播放键：

"想和谭叙深在一起一辈子。

"想和谭叙深在一起一辈子。

"想和谭叙深在一起一辈子。

"想和谭叙深在一起一辈子。"

…………

隐忍的眼眸越来越暗淡，突然，谭叙深抬手，将手机狠狠地砸在对面的墙上，手机顿时四分五裂。

然而手机摔出去的瞬间，谭叙深就后悔了。他连忙走过去，但手机已经被摔得不成样子。

谭叙深立刻换衣服拿着车钥匙出门，到最近的商场买了一部新手机，装上卡登录以前的账号。漫长的云同步让他等得不耐烦，心头又涌起一阵后悔。

最后同步完成，他打开相册翻了翻，照片都在，那段录像也在。

谭叙深小心翼翼地按了播放键：

"想和谭叙深在一起一辈子。"

谭叙深听着女孩儿的声音，眼睛忽然酸了。

第十四章

别来无恙

周五晚上的酒会，闻烟提前下班回家准备了一下。

"这是谁家孩子，这么漂亮？"闻奕城换上西装从房间出来，看到客厅里的闻烟，玩笑着说。

"主要像我。"林瑜站在镜子前，笑着帮闻烟整理好裙子。

"烟烟，穿这么少冷不冷？"闻奕城看着她露在外面的两条胳膊。其实老父亲更想说是不是太露了。

"不冷，会场里面应该挺暖和的。"这种场合对衣着要求还挺高的，闻烟低头看了看感觉没什么不妥。

"我看挺好的，多漂亮，再说现在也来不及换了。"林瑜看了眼墙上的挂钟。

闻奕城看着闻烟，她的胳膊露在外面，脖子也露在外面，再往下……哦，是长裙，长裙挺好的，最后嘟囔了一句："还是穿白色好看。"

"知道啦，走了走了。"闻烟笑了笑，挽着闻奕城的手臂往门外走。

"真不错，跟你妈年轻的时候一模一样。"玄关有一面镜子，闻奕城拉着闻烟站在镜子前又照了照。

"还是我妈比较漂亮。"闻烟笑了笑，"走啦，要晚了。"

"等一下，披件衣服。"林瑜把事先放在沙发上的风衣披在闻烟身上。

"谢谢妈。"闻烟感觉穿上风衣确实暖和很多。

"看着你爸,别让他乱喝。"林瑜睨了一眼闻奕城。

"我不喝酒。"闻奕城讪笑了两声。

闻烟看着他们拌嘴,嘴角忍不住上扬。爸妈是在大学里认识的,也是彼此的初恋,后来结婚成家,有了她,二十多年免不了吵架,但还是能从他们身上感受到那种平静的温热。

她对爱情那么沉迷偏执,可能就因为习惯了爸妈之间的感情,但后来发现,原来这只是弥足珍贵的少数。

"那我们先走了。"闻烟打开门,裹紧了衣服。

"早点儿回来。"林瑜站在门内,看着他们出去。

到达酒店顶层,谭叙深将邀请函递给酒店的侍者,然后被领进去。

谭叙深来得不算早,虽然还没开始,但会场的气氛已经很热闹了,很多人三三两两地聚在一起攀谈。他随意扫了一眼,看到几个公司的同事,有销售部的负责人,副总也在。

谭叙深还没过去,他们已经看到他了,端着酒杯朝他走过来。

"又加班了?"副总笑着问他,已经见怪不怪了。

"临时开了个会。"谭叙深从路过的侍者的托盘里拿了杯酒。

他们虽然在一个公司,但不在同一楼层,工作上没有对接的话也很少见到。而且谭叙深的工作不汇报给副总,而是直接汇报给首席执行官,无形中就拥有了很多权力。

"老板下周要跟你商量点儿事,你猜是什么?"副总表情神秘。

谭叙深闻言收回了视线:"什么?"

"要升职了吧,谭总?"旁边销售部的负责人大笑。

谭叙深喝了口酒,嘴角的微笑让人看不出真假:"是吗?"

几个人又闲聊了几句,谭叙深用余光看到了西南地区的经销商,于是过去聊了几句,随后又看到傅铭川正走过来。

"谭总。"傅铭川看着谭叙深,微微举起酒杯。

"刚来吗?"谭叙深端着酒杯和他轻碰。

看到傅铭川,谭叙深眼前不自觉地浮现出闻烟的脸。

那天晚上,他第一次见到她乖巧可爱以外的样子,那么倔强,凌晨和他吵架离开。那也是谭叙深第一次感觉事情脱离了他的掌控,她要的东西他给不了。

也是那天晚上，他想结束了。

"嗯，刚到没多久。"傅铭川望着眼前来来往往的人，低声感慨，"圈子真小。"

谭叙深举着酒杯，目光落在厚实的地毯上，但没有焦点，仿佛还没有从思绪中缓过神。

"老师，烟烟！"傅铭川看到门口的身影，叫住了刚进来的两个人。

谭叙深听到那两个字，心头一紧，顺着傅铭川的视线看过去，心脏狠狠地疼了一下，手里的杯子也险些掉在地上。

人声鼎沸，那些感情被压抑着悄然滋长，谭叙深的世界瞬间安静了，又乱了。

闻烟跟着爸爸转身，第一眼看到的不是傅铭川，而是他身边的男人。

和以前一样，她总能在茫茫人海中一眼就看到他。他穿着黑色西装，笔挺地站在那里，奢华的吊灯流光溢彩，灯光打在他身上，很梦幻。不得不承认，他永远都那么好看。但闻烟脑海里忽然闪过那天他们一家三口在一起的画面，刹那间，身体僵硬地停在原地，再也无法往前迈一步，指甲也慢慢地陷进手心。

他们四目相对，不安、愧疚和冰冷的恨意在空气中相遇，不知道谁伤得更重一些。

"怎么了，烟烟？"闻奕城发现她停在原地不动了，疑惑地转身。

"没事，不小心绊了一下。"闻烟收回视线，害怕眼睛里那些淬了毒的、已经变质的爱和恨不小心泄露出来。

"没事吧？"闻奕城低头看她的裙子。

"没事，我们过去吧。"闻烟再抬头，嘴角已经挂上了盈盈的笑。

距离越来越近，谭叙深看着她袅袅婷婷地走过来，心脏仿佛也跟着一点儿一点儿地往上提。她以前总喜欢穿白色、米色的裙子，而今天身上的黑色礼服优雅迷人，将身体的线条勾勒得很优美。她每走一步，修长的双腿就从开衩的裙摆处隐隐约约露出来。

她让人移不开视线。

闻烟挽着闻奕城的手臂慢慢走过去，而对面的两个男人，很难分清到底是谁的目光更热切一些。

"铭川。"闻奕城走过去，看到谭叙深也笑着打了声招呼，"谭总也在。"

而谭叙深的目光还落在闻烟身上，无法移开，他举着酒杯和闻奕城轻碰："闻总。"

年轻一辈中的翘楚就那几个，活动酒会上有时候会遇到，虽然不熟，但闻奕城知道谭叙深这个人，同时，谭叙深也知闻奕城。

"来介绍一下，这是 FA 的谭总，"闻奕城向闻烟介绍着谭叙深，看向闻烟的时候满眼都是疼爱和骄傲，"这是我女儿，之前在凯扬工作，经常去你们公司驻场，不知道谭总见过没？"

"爸爸说笑了，谭总工作那么忙，应该不会记得我。"闻烟轻抬下巴，直直地看向谭叙深，嘴角的嘲弄却藏不住。

还没从她突然出现的震惊中缓过来，谭叙深又被另一个消息击中——

她的爸爸是闻奕城？

望着女孩儿嘴角的笑，冰冷中带着刺，谭叙深忽然觉得喉咙发涩，她说生日那天想带他见爸妈，他拒绝了，而所有的伤害好像就是从那时候开始一发不可收拾的。

"见过，很聪明。"谭叙深看着闻烟，目光落在她身上不曾移开。

闻烟脸上的笑顿时凝滞。她没想到他会承认，但下一秒又反应过来，酒会上的客套话而已，也只有她这个傻瓜会当真。

傅铭川在旁边眉头微蹙，闻烟看起来好像没什么奇怪的，但又觉得哪里不对。

"就会使小聪明捉弄人。"闻奕城客套地说。说完，他看向闻烟："先去吃点儿东西，待会儿带你去见爸爸的几个朋友。"

"好，知道了。"闻烟知道他们要去谈事，正好刚才在车里已经饿了。

"谭总，那我们先过去了。"闻奕城看向谭叙深。

"好，您先忙。"谭叙深说。

"只能喝一杯，知道吗？"傅铭川习惯性地摸了摸闻烟的头。

谭叙深端着酒杯，瞳孔微缩，不自觉地皱眉。

"知道啦。"闻烟轻笑，没有像那次在 FA 时躲开。

傅铭川就像哥哥，这样的动作并不奇怪，闻烟上次在 FA 躲开是怕谭叙深心里不舒服，然而自始至终只是她自作多情。

现在想想，她真可笑。

闻奕城和傅铭川离开了，只剩下谭叙深和闻烟。三个月来，两个人第一次离这么近。隔着一米的距离，谭叙深贪婪地注视着她的眉眼，视线将她完全笼罩。他抿了抿嘴唇想说什么，闻烟却转身走向了旁边的自助糕点。

除了刚才说话寒暄，闻烟再也没有在他身上停留一下目光，仿佛他根本不存在。

璀璨的欧式吊灯呈现出暖黄的色调，光线洒满了会场的每个角落，谭叙深望着她的背影，觉得她像只孤傲的黑天鹅。

时不时有人从身边走过和他打招呼，但谭叙深只是心不在焉地微微举下酒杯回应，因为他所有的注意力都被不远处的身影吸引。

看着她夹了些食物坐在一个圆桌旁，谭叙深双腿不受控制地走过去，坐在了她对面。

闻烟慢悠悠地吃着甜点，望着不远处来来往往的人。他们西装革履、礼服优雅，举手投足都透露着风度，嘴角的笑像是用精确的仪器量好的，每一个弧度都恰到好处，自信却又虚伪。谁知道那身礼服下藏着什么，谁又知道西装下是不是禽兽。

看着对面西装革履的男人，闻烟淡然一笑。

"冷不冷？"谭叙深看着她身上单薄的礼服，想给她披件外套，更想把她抱进怀里。

"要给我暖手吗？"闻烟笑着把手伸到他面前，饶有兴味地看着他。

她的语调和样子都像是在撒娇，竟然让谭叙深产生了错觉，仿佛那些声嘶力竭只是他做的一场梦，醒来后她还在身边，乖巧地笑着向他撒娇。

但是，一切都不一样了。

以前她的眼睛很干净，现在却藏了很多事。谭叙深不喜欢她现在的笑，明明和以前一样明媚，但不知道为什么，他很不喜欢，觉得很刺眼。

谭叙深看着她，放下酒杯去握她伸在外面的那只手。闻烟微愣，不过很快反应过来，在他碰到的前一秒把手收了回去。

如果她没猜错的话，周围有很多他们公司的同事，就算不是同事，很多人也认识他，他不怕吗？

闻烟同时收回了视线，在低头的刹那，眼中闪过一丝狠戾，为什么到现在了还忍不住为他考虑？

"最近……还好吗？"谭叙深发现自己问这句话的时候喉咙发紧。其实他更想说很想她，但这是句很不负责任的话。

谭叙深拿起酒杯喝了口酒。

"很好，但也比不上你快活，一家三口很幸福吧？"像是两个朋友叙旧一样，闻烟用最平静的语调说出最伤人的话。

谭叙深垂下视线，招架不住她的问题和眼神。他望着不远处的闻奕城的身影："我不知道你爸爸是……"

"你也没问过。"闻烟笑着打断了他，不需要声嘶力竭，也不想再把自己弄到难堪的境地，只要平静地把过去摆在眼前就好了。

这个方法对谭叙深确实奏效，谭叙深端着酒杯的手颤了一下，再也说不出一个字。

闻烟切着甜点，嘴角的笑有些漫不经心："换房子了吗？还是在我们睡过的那张床上和她一起睡？"

"烟烟，我们出去谈谈。"谭叙深今晚本来要和几个人聊合作，但现在工作全被他抛在了脑后。

他知道她心里有伤，也知道她恨他，但现实摆在他们面前，他们之间差了太多，她爸妈不会同意她嫁给一个离婚有孩子的男人。

以后她会遇到很多人，可能他是最不适合的那个……想到这里，谭叙深眼里闪过一丝颓败，仰头喝了口酒。

无论如何，他希望她能快乐。

"你妻子知道你戴着其他女人送的领带出来应酬吗？"闻烟不理会他的话，目光落在他脖子上那条深灰色领带上。它在灯光下呈现出高级的哑光质感。第一眼看见他的时候，闻烟就看到了这条领带。

那是她送的。

为什么要戴她送的领带？

为什么？

脑海里刚要升起什么念头，那个女人的脸就浮现在了眼前，闻烟的嘴角忍不住勾起一抹冷笑："她知道你的每条领带都绑过我的手吗？她喜欢和你玩那些游戏吗？哦，不好意思，我忘了，你们结婚那么多年，该玩的早玩过了……"

"烟烟。"谭叙深捏着杯子的手泛着青白，他沉声打断了她。

"怎么了，我哪里说得不对？"语调透露着淡淡的慵懒，闻烟不疾不徐地说完，看着他的眼眸轻扬唇角。

原来真的有人可以把优雅和咄咄逼人结合得这么好。

闻烟的嘴角噙着温和的笑，她优雅得体、落落大方，然而胸口传来钻心的疼。她说出的每一句话、每一个字，都是把刚结痂的伤口再次揭开，让伤口汨汨地往外流血。

她总爱做这种自残的事，但真的很痛快。

"和我出去。"谭叙深不再顾及她的拒绝，拉起她的手就要往外走。

但这时闻烟的手机屏幕亮了，她狠狠地甩开谭叙深的手。

希凡："我到了，在酒店外的路边。"

闻烟收起手机，逃一样地从他身边离开，往会场外面走。谭叙深起身紧跟在她后面，然而这时忽然出现了一个人。

"谭总，您在这儿呢，找了您好久。"一个男人拦在了谭叙深面前，往另一个方向指了指，"彭先生在那里，刚才说要跟您喝一杯。"

彭先生是谭叙深先前约好要谈事的人。

谭叙深顺着来人的视线看过去的时候，彭先生恰好也看见了他，端着酒杯朝他走来。

谭叙深皱了皱眉，目光看向刚才闻烟离开的方向，已经看不见她的踪影。但他刚准备去追，彭先生已经到了跟前，不得不停下脚步应酬。

高跟鞋踩在地毯上没有声音，闻烟提着裙摆慌忙走进电梯。

刚才的几句话仿佛已经到了她的极限，她怕控制不住自己，控制不住那些狠毒的话脱口而出，这样一点儿都不洒脱。闻烟不想在他面前表现出任何异样。

她要让他看到，没有他她一样过得很好。

电梯直达一楼，闻烟直接走出酒店。外面刮着风，十月底的夜晚很冷，室外接近零摄氏度，但闻烟穿着单薄的礼服，仿佛察觉不到冷，从见到谭叙深的那一刻开始，她的身体就一直紧绷着，像是一直处于战斗状态，准备随时把谭叙深和不争气的自己打个粉碎。

希凡的车停在路边，闻烟走到跟前直接拉开了后面的车门。

希凡正坐在后排玩游戏，应该等了有一会儿了。

她在来酒店的路上收到希凡的信息，问她在哪儿。她说半岛酒店，希凡说来接她。在看见谭叙深的那一刻，闻烟答应了。

她不想和他待在同一个地方，觉得无法呼吸。

"冷不冷？"希凡看着她身上的礼服，脱下自己的外套披在她身上。

闻烟斜倚着车窗，闭上眼睛无力地摇了摇头。

看着她这副样子，希凡皱了皱眉，目光往窗外扫了一眼，听星棠说过，那个男人是 FA 的高层，而今天的酒会是他们几个车企办的。

"见到他了？"除了那个男人，希凡想不到还有什么人可以让她这么失魂落魄。

闻烟睁开眼望着希凡，自己表现得有这么明显吗？

"想忘掉他吗？"像是拿着糖在哄骗孩子，希凡看着她的嘴唇轻笑，余光扫过不远处刚从酒店出来四处张望的男人。

"想……"闻烟声音有点儿哑，双眼无神地看着希凡，像是受到了蛊惑，仿佛他手里有可以治她病的药。

希凡听见她的回答笑了笑，眉眼间竟带着几分邪气，下一秒猛地掀开了她的裙摆，将头埋了下去。

"希凡？"闻烟被希凡突然的动作吓到了，"希凡，别这样……"

他的短发碰到她大腿内侧娇嫩的肌肤，有些微刺，闻烟挣扎着把他往外推，却推不动分毫，挣扎的力气逐渐变小，车内的空气也渐渐升温，耳边的呼吸分不清是谁的，像轻盈的薄纱一样一层层堆积，终于沉重得承受不住。闻烟情不自禁地仰起脖子，然而耳边传来一句来自地狱的声音：

"宝贝，我要复婚了。"

路边的车一辆辆飞速驶过，车灯从她脸上一闪而过，几米开外，谭叙深看清了她泛着潮红的脸。

夜空像一块巨大的黑色幕布，阴沉得没有一丝光亮，黑压压的，像是要塌下来。

男人的身影融进夜色里，分不清哪个更沉一分。

谭叙深望着不远处的车，眼眸像寒冬的湖面一层一层凝结着冰凌，冷漠和寂静在薄薄的眼皮下不断翻搅。

灯光已经暗了下去，隔着车窗谭叙深什么都看不见，她刚才的表情却像是刻在了他的脑海里，每一个细微的表情都在不断放大。

谭叙深忽然想起曾经的无数个夜晚，她躺在自己身下意乱情迷的模样，然而现在，她却躺在别的男人怀里。

闻烟无助地蜷缩着身体，捂着脸颊，神色呆滞又痛苦。

身体的感觉瞬间被冰冷的屈辱淹没，那句话、那个声音，无数次在闻烟梦里回响，深深地镌刻在她的心里，成了让她不寒而栗、避之不及的噩梦。

"烟烟，你可以忘记他的，只是你不想。"希凡帮她整理好裙子，看着她蜷缩在角落，轻轻抚摸着她的头发，"他带给你的东西，别人也能给。你可以开始新的感情，可以满足心理需求，同样也可以得到身体上的快乐，所以还有什么忘不了？"

希凡说的每句话都是对的，但他每说一个字，闻烟的心就控制不住地往下沉一分。

他不知道，那一瞬间她耳边响起的是谭叙深的声音。

欢愉也成了噩梦，伴随着无尽的回忆，那些她想尘封埋葬的屈辱，全都翻涌了出来。

那她以后该怎么办？难道永远活在他的阴影里吗？永远没有办法像个正常人一样开始新的生活，和其他人在一起吗？

谭叙深……谭叙深……

他真的好狠。

闻烟在心里一遍又一遍默念着他的名字，胸腔里的懊悔和痛恨不断膨胀，连带着眼神也愈发冰冷。

她紧靠着车窗没有说话，希凡以为刚才把她吓到了，沉默了一会儿，把抚摸着她头发的那只手也收了回来。

"抱歉，烟烟，我只是想让你明白，没有什么是忘不了的。"希凡将旁边的毯子轻轻披在她身上，眼里带着歉疚和温柔，"以后你不同意，我绝不碰你。"

"为什么？"闻烟声音暗哑，抬头看向希凡，"没有男人能接受自己的女朋友为别的男人做过人流，你不介意吗？"

希凡微愣，然后迎着她的目光，开口："介意。"

"那为什么还要和我在一起？"闻烟直直地看向他。

"想对你好。"希凡望着她红红的眼圈，毫不犹豫地回答，有的女孩儿给人的感觉淡淡的，但不知不觉中已经把他的心偷走了。

听见他的回答，闻烟缓缓垂下视线。她也很想开始新的生活，但刚才的尝试告诉她——她没有重新开始的资格和能力。

眼眶渐渐起了雾，伴随着巨大的心酸和无助，她该怎么办？

希凡看着她依旧沉默不语，眼神渐渐暗淡了，只陪她安静地坐着，余光落在不远处的男人身上。谭叙深还在那里。

光线很暗，希凡看不清他的五官和表情，对他的印象还停留在三个月前在医院碰到的那次。成熟稳重的男人加上事业有成，对年轻女孩儿确实有致命的吸引力。

过了一会儿，希凡收回视线看了一眼闻烟，回到了前面的驾驶位。

夜色和空寂都很漫长，男人像是茫茫雪山上的松柏，风吹来，扑簌簌地掉落了一层冰霜。他一动不动地站在那里，清冷孤傲，除了微微起伏的胸膛和越来越沉重的呼吸，好像完全隐匿在了黑暗里。

当一个人在感情里始终处于上风时，他永远无法看清自己的心。

但这一刻，谭叙深看着她在别的男人怀里，心中涌出说不上来的滋味，就是很想抽烟，一根接着一根地抽，把烟狠狠吸进肺里来麻醉心里的痛。

以前他说，她父母不会答应她和一个离婚有孩子的男人在一起。

他说，他们不合适，走不到最后。

他还说，如果她有喜欢的人，他可以放她走。

很多人都说感情沉淀一段时间就忘了，那是因为那些人没看到她和别人在一起。

她和别人拥抱、亲吻、结婚、生子，做他们曾经做过的事，也做他们不曾做过的事，总之往后余生通通都和他没关系了。

望着那扇车窗，男人嘴巴紧抿成一条直线，忽然"咔嚓"一声，漆黑的眼底搅动的波澜终于突破了冰层，冰碴儿碎了一地。

不，他不想看见她和别人亲吻拥抱，不想往后余生和她没关系。谭叙深迈开修长的双腿朝那辆车走过去，然而刚抬腿，车子就启动了。

车子缓缓开走，闻烟目光呆滞地看向窗外，但下一秒忽然愣住了，目光终于有了焦点。时间仿佛静止，过了两秒，闻烟望着谭叙深的身影扬起一抹冷笑，带着残忍的快感。

如果她一直活在痛苦里，那她一定会让谭叙深和她一起痛不欲生。

谭叙深愣在原地，好像看到了她的脸，那个笑很熟悉，在易阳生日那天她也是这样，但今天似乎更冷了。

看着后视镜里她扭头的动作，希凡刻意地没有加速。

隔着玻璃，隔着沉重到无法化解的伤害，两个人的视线在冰冷的秋夜交会，像两条直线慢慢相交，又缓缓地渐行渐远。

谭叙深的目光落在不断远去的车尾上，心好像也跟着空了，如同这段时间下班回到家的空荡感和心烦意乱。

抬头深吸了一口气，谭叙深拿出手机叫了辆车，屏幕的光瞬间照亮了他的脸，黑色的眼睛阴沉得厉害。

坐在车上，谭叙深拨通了闻烟的电话。时隔三个月，他终于又拨打了她的电话。然而直到电话自动挂断，她都没有接。

窗外不断闪过的路灯和霓虹照亮了男人的脸。昏暗的光线下，谭叙深面无表情地注视着手机屏幕，下颌的线条愈发冷硬。

停了片刻，他打开微信，点开置顶的那个消息框，打下几个字：

"在家等我。"

时隔三个月，他终于又给她发了消息，但是过了很久，她也没有回复。

脚丫藏在毯子里轻轻摩擦，闻烟看着那几个字笑了，带着浓浓的嘲讽和得逞的意味。

电话响起的瞬间，她第一反应是挂掉，但手指在红色的按键上方停了很久，忽然不想挂了，也要让他好好体会一下等待的滋味。

三个月了，她也不知道为什么还没有把他删掉，或许是因为这是她的第一段感情，不想留下那么多恨，尽管已经难堪破碎到了极限。闻烟忍不住苦笑了一声。

虽然她难过愤恨，被害得遍体鳞伤，但只把晚上人不人鬼不鬼的样子留给自己，在这之前从来没想过伤害谁。她只想离他远远的，等过段时间疗好了伤，就开始人生的下一段旅程。

但现在，闻烟清晰地意识到谭叙深在自己身上留下了怎样难以磨灭的印记，他让她沉溺在过去的屈辱和伤痛中，无法开始新的感情。

凭什么他已经复婚了，每天沉浸在一家三口的快乐中，而她只能每天晚上像个精神病患者一样抑郁痛苦，没有这样的道理。

谭叙深为了复婚迫不及待地推开她，杀死了那个孩子。他们一家三口现在所有的幸福都建立在她的痛苦之上，都沾着她和那个孩子的血……

眼里的偏执越来越盛，闻烟看着那条消息，随后深深吸了一口气，笑着把手机收了起来。

还记得他去法国的时候，她也是这样，发短信、打电话都得不到回应。

车停在了日月湾，希凡看着后视镜里的闻烟，她沉默了一路，不知道在想什么，连车停了都没有察觉。

"到了。"停了几秒，希凡提醒她。

"谢谢。"闻烟提着裙摆下车。

望着她的动作，希凡皱了皱眉，不是因为她的冷漠，而是刚才对视的那一眼，看到了她眼里的心事重重。

天冷了，晚上散步的人很少，楼下很安静，希凡望着她的背影，却见她忽然停住了。

闻烟缓缓转身，重新回到车边，看着希凡的眼睛，感觉喉咙发涩："希凡，我很想像你说的那样，开始新的感情，我也在尝试，但是……"

但是他们不知道谭叙深对她做过什么，闻烟永远也不会说出来。

看着她脸上痛苦的表情，希凡拿起车后面的外套，下车披在她身上，细心地帮她把拉链拉好。

他越是温柔，闻烟越是愧疚，抬头望着他："我没有办法回应你，有太多比我好的女孩儿……"

"别想了，快上去吧。"希凡打断了她的话，摸了摸她的头，"有什么事以后再说。"

"好，路上小心。"闻烟抿了抿嘴唇，相信希凡明白她的意思。

回到家，闻烟接到了闻奕城的电话，她编了个理由说不舒服已经回家了，但刚挂断，又接到了谭叙深的电话。

漆黑的客厅里，闻烟躺在沙发上没有开灯，把自己完全沉入黑暗，平复着一晚上起伏的情绪。客厅里手机不停振动，响了一遍又一遍……

闻烟始终没有接，在一声声振动声中，不疾不徐地走进了浴室。

谭叙深站在楼下，十三楼没有一个房间亮灯，电话没人接，消息也没有回，难道她和那个男人在一起吗？

脸色瞬间变得阴沉，谭叙深下颌的线条紧绷着，目不转睛地望着十三楼的某一扇窗。忽然，他的眼底又爬上深深的愧疚……

以前她是不是也这样等他？

谭叙深发了一会儿呆，又发出去一条消息：

"烟烟，你在哪里？"

暖黄的灯光下，浴室里水汽弥漫，闻烟眉眼间带着浅笑躺在浴缸里，往胳膊上撩着水，耳边是客厅茶几上手机的振动声。这一刻，手机的振动声仿佛成了最动听的声音。

慢慢悠悠地洗了一个小时，直到累了，闻烟才披着浴巾出去。

她拿起茶几上的手机，有十一个未接来电、三条消息。闻烟躺在沙发上笑得花枝乱颤，但笑意不达眼底，看着他发的最后一条消息，缓缓打下一行字：

"日月湾 A 座 7 号楼 1302。"

"过来？"

整栋楼零零星星还有几个房间亮着灯，不知道她究竟在哪一个房间，谭叙深出神地望着，目光没有焦点，也不知道在看些什么。

这时手机传来振动声，谭叙深回过神，拿起手机解锁，简单的动作比以往多了很多期待和不安。

但看见那两条消息时，他愣住了。

莫名的熟悉，仿佛一切都回到了原点，但又不是原点，谭叙深忽然想到在酒店外的路边，她隔着车窗的笑容——

她在报复他。

心脏好像被刺了一下，这个认知让谭叙深的心不断往下坠。他无力地抬头，发现十三楼有个房间的灯亮了，是上次看了一整夜的那个房间。

她在那里吗？

周围所有的光都暗了下去，此刻在谭叙深眼里只有那一处是亮着的，像是来自心底的光源。他情不自禁地回想着过去一年发生的点滴，目光越来越复杂、暗淡，到最后一个月，竟不忍回忆。

谭叙深知道，无论她现在做什么，都是他应该承受的。他内心深处甚至还在期盼：报复我吧，好好报复。

又看了眼手机里的地址，谭叙深走了进去。

和往常一样，闻烟温了杯牛奶放在茶几上，但今天不太想喝，心里有些腻烦。

牛奶在玻璃杯上留下一条鲜明的线，闻烟坐在沙发上面无表情地望着，过了片刻，拿出打火机点了一支烟。

而这时，门铃响了。

闻烟扭头朝玄关看了一眼，却没着急过去，直到响了第二声、第三声，才不紧不慢地走过去。

透过猫眼看到男人熟悉的脸时，闻烟笑了，原来等人上钩是这种感觉，当时他一定很得意吧。

她忽然发觉连最初的那两条短信都是屈辱。

畸形的开始怎么会有好结果呢？或许当时她的心和眼睛都瞎了吧。

爱情果真让人盲目。

闻烟身上只围了条浴巾，头发没有吹，还湿着，她靠在墙上听着门铃的响声，迟迟没有开门。

细长的烟在两指间缓缓燃烧，冒出的烟向上飘的轨迹弥散出几分病态的美，最后只剩下了烟蒂，闻烟回到客厅，将烟头摁灭扔进烟灰缸里，把希凡的外套叠起来放在沙发上，然后不疾不徐地走向卧室，徒留身后一阵阵门铃声。

闻烟站在衣柜前，该穿哪件睡衣呢？只犹豫了两秒，她拿起那条黑色的冰丝吊带睡裙，刚穿上还有点儿凉。

门铃声隐隐约约地传过来，闻烟坐在梳妆台前敷了个面膜，然后又不慌不忙地涂上身体乳，像每天晚上睡觉前那样。

手机振动的声音和门铃声交替响着。

一切收拾好，闻烟看了眼时间，好像已经过去了半个小时。

她从卧室出去走到玄关，往外看了看，他还在门外，不由得笑了。

几个月不见，他倒是比以前有耐心了不少。

"烟烟，开门。"听见门里细微的动静，谭叙深知道她在门后。

"为什么？"闻烟倚着门，声音轻飘飘的，双手交叠望着客厅厚厚的窗帘。

谭叙深哑然失声，望着门愣住了，她确实没有理由为他开门，他们已经分手了，而她可能还和别的男人在房间……目光无力又沉重，谭叙深深深地吸了一口气。

但就在谭叙深想要再次按响门铃的时候，门开了。

"进来吗？"闻烟靠在门边，侧着半个身体饶有兴味地看着他。

想了整个晚上的人终于出现在眼前，谭叙深用视线将她完全笼罩，心脏仿佛忽然有了温度，心里也不再那么空荡荡的了。

沉默地注视了她片刻，担心她反悔，谭叙深缓缓推门进去，然后关上了门。

两个人站在玄关处谁都没动，只是静静对望着。

密闭的房间内，对面是喜欢的人，这种无声无息的氛围会催发人本能的欲望，很久不见，谭叙深很想把她抱在怀里，吻她、爱她。

但不经意间，他忽然闻到了一丝烟味。

"你抽烟了？"谭叙深不由自主地皱了皱眉。

闻烟微愣，随即嘴角勾起一抹毫不掩饰的冷笑："不是你教我的吗？"

这个男人好奇怪，从他的表情和语调来看，抽烟并不是一件好事，但他忘了是谁把这一切教给她的吗？

黑亮的眼眸被划开一道口子，谭叙深喉结微动，却无法反驳一个字。

他当了三个月的逃兵。

在她身上谭叙深深刻体会到了这辈子都不曾有过的感觉，后悔无助、小心翼翼，想靠近她，却又不敢往前迈一步。

从来没见过他受挫的样子，闻烟心里乐开了花，从鞋柜里拿出一双新的男士拖鞋放在他面前。

"以前让你来你总是拒绝，穿吧，新的。"闻烟说完回到沙发上，悠闲地点了支烟。

或许现在说的每句话都在自揭伤口，实际上闻烟已经感觉不到痛了，但要让这些话，字字句句都像刀一样扎在谭叙深心上。

脸上挂着淡笑，闻烟惬意地吐了口烟。

毫无疑问，她的目的达到了，谭叙深发觉她说的每个字都像图钉一样，按入自己的胸口，心疼到麻木。

"别抽了。"谭叙深坐到她旁边，将她手里的烟夺走掐灭，紧紧地抱着她，像梦里那样抱着她，贪婪地吸着她身上的气息。

是她的错觉吗？怎么感觉分手后他忽然爱上她了？

他穷追不舍，步步紧逼。

闻烟没有挣扎，任由他抱着，不主动，不拒绝，也不回应。

抱了很久，谭叙深终于放开了闻烟，手指摸着她瘦削的下巴，眼里的心疼那么浓，但不经意间，余光忽然扫到她背后的那件男士外套……

酒店外的画面、她的脸，齐齐涌现在眼前，男人的脸瞬间变得阴沉，眼底慢慢结了一层冰霜。

"他是谁？"谭叙深声音低沉。

"你说希凡吗？酒吧的老板、星棠的同学、我的追求者，你想听哪一个？"闻烟顺着他的目光看着沙发上的那件外套，笑了笑。

"他对你做了什么？"谭叙深喉结微动。他不想问这个问题，但还是不受控制地问了。

闻烟的脸上忽然涌现出几分烂漫，她乖乖地仰起头："吻了嘴巴，还有……"

闻烟的话没说完，因为尾音被谭叙深吞没了。

谭叙深对着她一张一合的唇瓣狠狠咬了上去。她现在说的每个字都像往他身上捅刀子，他不想听后面的答案。

他的怀抱让闻烟从心底感到窒息，她用力地挣扎却挣不脱，过了几秒，索性顺从地瘫在他的怀里，眼中的笑意明艳动人："谭叙深，男人是不是都很喜欢在外面偷情？你跟我在一起的时候也经常出去睡别人吗？是不是很刺激？当初为了复婚那么决绝地和我分手，还杀死了一个孩子，现在又来找我，你妻子知道吗？"

"没有复婚。"

所有的咄咄逼人和暗流涌动在这一刻戛然而止，闻烟望着他猩红的眼睛，表情出现了一瞬间的凝滞。

"为什么？"闻烟平静地望着他，转而又自嘲地笑了，"不会是因为我吧？"

闻烟笑得停不下来，仿佛听到了什么天大的笑话。

看着她的笑，谭叙深胸口闷得厉害。他忽然明白过来，这段时间他们谁都不好过。

是因为她吗？是。

但这个答案谭叙深无法说出口。他现在没有办法跟她说重新来过，甚至不知道该怎么说一个爱字。

面对那么沉重的伤，自己亲手造成的伤疤，谭叙深不知道怎么开口。

"之前我确实结过婚、交过女朋友，但是烟烟，认识你之后，我只有你一个。"听到她说那个孩子，谭叙深眼前一片恍惚，连带着眼睛都红了。

"你觉得我信吗？"闻烟忽然笑了，"在我生日的时候连夜飞到法国去找你前妻，去做什么？不接电话、不回消息，在喝茶、吃饭、盖着被子聊天吗？"

"她患了胃癌，需要做手术。"

闻烟的表情再次僵住了。

伤害已经造成了，无法消除，谭叙深不奢求她能原谅，只希望她心里能舒服一些。

无声的沉默，两个人对视着，好像要把对方深深地刻在眼睛里。

"所以呢？"闻烟嘴角轻扬，看着他笑了，"所以你现在是想要跟我和好吗？还是继续之前的情人关系？"

闻烟不知道过去的一年里恋人和情人究竟哪种关系更准确。

他竟然没有复婚，她感觉今晚对他一家三口的恨意像是打在了棉花上，但那又怎样呢？

他不接电话、不回消息是真的。

他在她生日的时候去见他前妻是真的。

他不愿意见她爸妈是真的。

他不爱她是真的。

她的孩子没了是真的。

所以，那又怎样呢？

"烟烟。"从心底深处生出无力感，谭叙深揽住她的肩膀，"这一年，我对你所有的感情都是真的，我只是……没做好结婚的准备。"

"出去！"闻烟突然站起来打断了他的话，再也不想听他说一个字。

爱一个人怎么会不想和她结婚？闻烟不懂，只知道他没有资格提他们之间的感情。

人都是自己把自己弄脏的，都是自己把自己弄得廉价的。

她爱得卑微，所以才能让他随意地践踏。

看到她忽然激动，谭叙深愣住了，她那么用力地看着他，连呼吸都变得沉重急促，仿佛下一秒就要晕倒。

谭叙深连忙站起来抱住她，想说什么，却又不知道说什么。他忽然意识到她病了，是他把她折磨病的。

闻烟僵硬地站在那里，一动不动，眼睛呆滞无神，缓了片刻，又平静地开口："谭叙深，这段时间我想了很多，想在一起的这一年里你教会了我什么。你教我抽烟、教我性，除了这些，我想不到其他的了。"

谭叙深的喉结上下滚动，她的每一句话，都是对他过去的控诉，让他清楚地认识到过去一年里他有多过分。他们的曾经被她沉重地判了死刑，再封上一道道枷锁。

这种什么都抓不住的游离感让他很无助，谭叙深又情不自禁地抱紧她一分，仿佛这样才能安心。

或许连谭叙深自己都没意识到为什么面对闻烟会控制不住自己，控制不住伤害，也控制不住爱，所有事情都处于脱离他掌控的状态，一切好的、不好的，不为人知和难以启齿的事情，都完完全全暴露在她面前，施加在她身上。

可能，爱情的本质是放荡。

每一次更深一步，谭叙深都觉得更喜欢她，她知道他所有的阳光与阴暗，带给他前所未有的荒唐和快乐。在她面前，谭叙深是最真实的、最完整的自己。

"烟烟，"除了叫她的名字，谭叙深不知道还能说什么，一切都那么难以开口，"让我弥补你，好不好？"

窗户开了一条缝，窗帘微微飘动，闻烟的头只到谭叙深的下巴，两条手臂直直地垂下。她被他抱着，身上还散发着淡淡的清香。两个人的身影沐浴在暖黄的灯光下，如果不说话，这幅画面倒显得静谧美好，但只要一开口，只需要一个字就可以把这脆弱的假象击得粉碎。

"什么？"闻烟用力推开谭叙深的身体，"你打算怎么弥补我？用钱吗？"

这么多年，闻烟从来不知道自己还有如此伶牙俐齿的一面，真要谢谢眼前这个男人。

"不是。"谭叙深不知道该怎么弥补，但知道不想让她难过，更不想放她走。

"你觉得我需要你的弥补吗？"闻烟扬起唇角笑了，"我已经开始了新的生活，有新的朋友和工作，也有很多追求者，说不定会遇到一个真正疼我、呵护我的人，我们会结婚生子，像我爸妈那样幸福地过一辈子……"

"我不允许。"谭叙深面色忽然阴沉，心脏逐渐疼痛难忍，曾经预想的所有画面都被打碎，现在只是一件外套都让他难以接受，更不要说她和别人结婚生子了。谭叙深只知道，不想往后和她没有关系。

"我需要你同意吗？你是谁？"闻烟的嘴角挂着浅笑，声音不疾不徐。

"烟烟，我不会让你和别的男人在一起。"谭叙深声音冷硬，那么蛮不讲理，说完，他抱着闻烟走向卧室。

"你做什么？放我下来！"闻烟用力踢着双腿，挣扎中拖鞋掉在了地板上，但这也没能阻止男人的脚步，"谭叙深，晚上我和希凡在车里玩了一会儿，你要是不介意的话，我完全没问题。"

闻烟的话说完，谭叙深阴沉着脸把她扔在床上，不想从她口中听见其他男人的名字，想好好教训她，但又怕把她摔疼……

动作看似用力，她却一点儿都不疼。她躺在床上笑着看向他，随着刚才的动作，她睡裙的裙摆被撩了上去，但她没发现。

目光落在那件熟悉的内衣上，谭叙深忽然笑了，俯身撑在她肩膀两侧，在她耳边轻声说："不要穿着我给你买的内衣和其他男人上床。"

闻烟微愣，在他强烈的压迫感下，不慌不忙地扫向睡衣下露出的一角，然后若无其事地将裙子整理好："不好意思，忘了扔。"

谭叙深的眼神立即阴沉了几分。

就像当初总是知道怎么用撒娇来拿捏他的软肋，现在她也很清楚怎么惹他生气。一个了解他所有的好与坏的女孩儿，知道把刀戳在哪里会让他最痛。

谭叙深躺到闻烟身边从背后紧紧抱住了她，不让她动弹分毫。

谭叙深忽然很想再看看当初那个一说话就脸红的女孩儿，但现在被他弄丢了。

她像一枝玫瑰，所有的刺都张开了，连柔软的花瓣上都带着刺，弄伤自己的同时也狠狠地刺伤采摘她的人，鲜红的颜色分不清沾着谁的血。

闻烟还以为他要做什么，但过了很久他都没有动，只是静静地抱着她。

窗外，星光温柔，月光也温柔，房间内是一片温暖恬静，一切都很美好，让人一不小心就沉溺其中。

"抱够了吗？什么时候走？"闻烟的嘴角始终挂着冷笑。她都要埋怨自己不解风情了。

谭叙深没说话，只是抱着她的手臂又收紧了一分。

"或许从前我很喜欢被你抱着，但是谭叙深，现在我只感觉窒息。你知道刚才这段时间我是怎么忍受的吗？"闻烟转身面无表情地推开他，额头竟然已经冒出了细密的汗。

看着她苍白的脸，谭叙深忽然愣住了，黑沉的眼眸透露出深深的茫然和挫败。他不想接受，也不敢相信，原来他的靠近会让她这么不舒服。

"你以为还是以前吗？你现在每次靠近我、碰我，我都呼吸不过来，想躲得远一点儿知道吗？出去！"闻烟说着情绪又忽然失控，用力地把他推到一旁，"出去！"

这些话都是真的，闻烟的忍耐已经到了临界值，胸闷心慌得仿佛下一秒就要失去呼吸。

"好，我出去。"谭叙深站在床边，目光落在她苍白的嘴唇上，不敢再往前一步。

"快点儿出去！"除了眼睛泛红，闻烟脸上的每寸肌肤都很苍白。

谭叙深还想说什么，动了动嘴唇，却什么都说不出来，喉咙里像是混入了沙砾。他最后看了闻烟一眼，走出卧室，无力地瘫坐在客厅的沙发上。

谭叙深闭着眼睛揉了揉眉心，她比想象中病得要严重。

过了好久，谭叙深才睁开眼，眼睛里遍布着红血丝，疲惫混合着复杂的情绪。他刚才进来的时候注意力全在她身上，都没来得及看室内的摆设。

和想象中一样，房间整洁又温馨，米色的窗帘忽然让谭叙深想起了当初她在家里帮他一起换客厅窗帘的场景。

"为什么还没走？"

突然出现的声音打断了谭叙深的思绪，他扭头，发现她站在卧室门口，情绪虽然比刚才稳定了很多，但脸色还是很难看。

"明天早上想吃什么？"谭叙深从沙发上起身，不敢刺激到她。

"不想见到你，走吧，别来了。"闻烟已经平静了下来，推着他走到玄关，然后关上了门。

沉重的关门声同时击打在谭叙深的心上，他靠在墙边站了很久，脑海里她明艳可爱的样子和刚才的枯萎苍白不断变换。

那张干净的白纸像是被人潦草地泼了墨，胡乱地涂上几笔，现在被扔在破旧的墙角里落灰腐烂。

而他，就是那个潦草泼墨的人。

谭叙深抬头缓缓呼出一口气，想要疏解心里的酸涩，藏在最深处的后悔和无助却无法疏散。

"烟烟，我走了，明天再来看你。"谭叙深站在门外喉结滚动，但很久都没有听到门内有任何动静。

他不想走，她那副样子他不放心，但又是他造成了她这副样子，像是陷入了死局，无路可走。

一个人的心疾，正转移到另一个人身上，他们要么成为彼此的解药，要么一起病入膏肓。

闻烟靠着门缓缓滑落在地上，听到门外走廊越来越远的脚步声笑了，但笑着笑着又哭了。她无力地坐在地板上，蜷缩着双腿趴在膝盖上泣不成声。

过了片刻，她浑浑噩噩地起身走到客厅，余光不经意地掠过茶几上的烟灰缸和打火机。

闻烟愣了愣，红肿的双眼已经看不出情绪。她将烟灰缸和打火机以及旁边的烟盒，全部扔进了垃圾桶。

抽烟对身体不好，她以后都不会再抽了。

谭叙深带给她的无论是美好还是伤害，她都会一点儿一点儿地戒掉，到最后把这个人也一起戒掉。

今年的秋天来得格外早，谭叙深笔直地站在路灯下望着面前的居民楼，在地面上投下寂寥的影子。他过了很久才离开，回了那个空荡荡的家。

周一到公司，闻烟看了看邮箱发现没有特别着急的事，就拿着杯子去了茶水间。

"早上好！"Kathy 看到迎面走来的闻烟打了声招呼。

"早。"闻烟笑了笑，洗干净杯子启动了咖啡机，接着忽然想到一件事，然后转身看向 Kathy，"Kathy，上次罗文的事怎么样了？"

"放心吧，没问题。"Kathy 胸有成竹。

"入职时间定了吗？"当时她想直接和罗文联系，但最后还是让 Kathy 和他谈了。

"说是等那边交接完，大概三周后可以入职。"Kathy 笑着说。

"这么顺利？"闻烟还以为罗文在 FA 待了那么多年多少有点儿感情，至少要挣扎一下。

"这年头，只要钱到位，没有挖不动的人。"Kathy 已经习以为常了。

闻烟笑了笑，罗文来了能帮很多忙，他的领导凯莉都没有他能力强。有些人职位高是熬上去的。

闻烟和 Kathy 聊了几句就回工位了。她现在还处于摸索学习阶段，各个部门的很多机密文件傅铭川都丢给了她。过了几分钟，闻烟在 Skype 上收到一条傅铭川发的消息，让她去他的办公室一趟。

闻烟笑了笑，抱着电脑起身。最近和铭川哥的相处模式她很满意，工作的时候用 Skype，下班了就用电话联系，公私分明很不错。

"老板有什么指示？"闻烟进去坐到沙发上。

"楼下刚开了家甜品店，尝尝，喜不喜欢？"傅铭川拿出一块草莓蛋糕，顺着茶几推到闻烟面前。

闻烟微愣，刚才还觉得他公私分明。她心虚地扭头，确认把门关好了才小心翼翼地拿起蛋糕。让别人看到老板给助理买甜品，肯定又要有一波流言蜚语了，闻烟忽然理解了有些人对她的恶意。

"好吃。"闻烟看着粉色奶油上的那颗大草莓，心情都好了不少。

"这里还有。"傅铭川从茶几下面接连拿出三个包装盒。

"你是不是把蛋糕店买下来了？"闻烟笑得眼睛眯成了一条缝，但还是很不客气地把所有小蛋糕都揽在怀里。

"也不是不可以。"傅铭川玩笑道。

"老板真有钱。"闻烟边吃边打开电脑,"有什么事吗?"

"最近和 FA 谈个项目,后天有个会,你跟我一起去吧。"傅铭川看到她嘴角的奶油,抽了张纸巾递给她。

闻烟忽然愣住了,目光呆滞地看着面前的蛋糕,过了很久才抬头接过纸巾,若无其事地擦了擦嘴角:"好。"

三个月前她晕倒在面前的画面傅铭川还历历在目,但从医院回来后,他们谁都没再提那件事。

傅铭川目光落在她身上,这段时间暗下观察了她很久,没见她身边出现可疑的人,她也像是完全好了,没有闷闷不乐,也没有郁郁寡欢,每天都像从前一样生活、工作。

但是,她的眼睛骗不了人。

"晚上一起吃饭吗?"傅铭川看着她先把蛋糕吃完,最后只剩下一颗草莓,再一口吃掉。

"和星棠约好了。"闻烟笑了笑,甜食果然会让人开心。

傅铭川哑然,不知道是不是他的错觉,这段时间她好像在刻意地和他保持距离,但每个拒绝的理由又那么合理。

是他多想了吗?

"销售的同事和我约了个会,时间到了,"闻烟看了看表,抱着电脑起身,"和 FA 的项目资料你发到我的邮箱就好。我今天看看,没什么事先过去了。"

"好,有什么不明白的直接问他们。"傅铭川也跟着起身。最近开会他都会带上闻烟,摆明了很看重的姿态,这样其他人就不敢看轻她。

"嗯,知道啦。"闻烟笑着走出了办公室,只是刚关上门,脸上的笑就收了起来。

办公室里,只剩傅铭川自己站在茶几前,看着那几个甜品发呆。

下班后,闻烟直接开车去了和星棠约好的餐厅。她先点了餐,等了十几分钟星棠才到。

"怎么今天突然想起约我?"星棠踩着高跟鞋走到座位上,还是一如既往的风风火火。

闻烟提着玻璃壶往杯子里倒了杯花茶,抬头看着对面:"最近在忙什么？短信都少了。”

“就是……上周画展认识的那个男生，你还记得吗？”星棠脸上忽然闪过一丝少女的娇羞。

“你前天跟我说的那个？”闻烟依稀记得她提过，但那几天被谭叙深搅得心神不宁，只有个大概的印象。闻烟低头敛下思绪，再抬头发现星棠脸上的笑有些诡异，“发生了什么？”

“他约我吃饭哈哈哈！”星棠捧着花茶，控制不住的傻笑中藏着几分羞涩。

“什么时候？”闻烟被她脸上的傻气逗乐了。

“今天晚上。”星棠眨巴着星星眼。

“那怎么不去？”闻烟是临近下班才约的她。

“哎呀，当然是你最重要了，谁都没有你重要。”星棠又倒了杯花茶，心里确实纠结了一下，但想到闻烟最近情绪不稳定就过来了。

闻烟心里暖暖的，笑着和她碰了下杯子，玻璃杯发出清脆的声响：“他是做什么的？”

“也是搞美术的，开了个工作室。”星棠脸上的笑藏不住。

“多大了？”闻烟问。

“和我们一样大。”星棠回想了下说。

“这么年轻就开了工作室？家庭怎么样？”闻烟担心她再被骗。

“才认识一周，我哪儿知道得这么清楚？”星棠笑着说，“不过应该还可以，工作室好像是他哥投资的。”

闻烟若有所思地点了点头，家庭条件相当的话，星棠至少不会像以前那样在钱这方面被骗。

“不用担心啦，这么长时间了，好人坏人我能分得清，再说上次像周寻那种人骗我……”星棠说到一半立即停住了，恨不得把自己的舌头咬掉。

“什么？”闻烟微愣，脸上的笑逐渐消失。

“就……”那件事星棠一直没告诉闻烟，因为没过几天她和谭叙深就发生了后来一系列的事，星棠不愿意再给她添堵。

“说清楚。”闻烟直直地看着星棠，呼吸不知不觉地加重。

她知道周寻对星棠有好感。她在谭叙深身上撞得头破血流就算了，但如果周寻对星棠再做了什么，她会忍不住杀了谭叙深。

“你先别生气听我说，什么都没发生，就那天我去 FA 找你，恰好他去

367

找谭……"三个月了，星棠没再提过这个名字。她停了一下继续说，"他本来要约我吃饭，但他去洗手间的时候，我看见他手机上有别的女人发来的消息……后来我就把他拉黑了，什么都没发生。"

星棠说完，两个人之间一阵沉默。

闻烟呆滞的目光落在餐具上，过了几秒，她端起杯子喝了口茶，想压制住心中膨胀的情绪，但好像无济于事。

虽然什么事都没发生，但这笔账闻烟还是记到了谭叙深头上。

第 十 五 章

噩梦枷锁

一周后，到了和 FA 约定开会的日子，会议定在上午十一点，闻烟和傅铭川一起过去了，随行的还有三个其他部门的同事，职位都不低。

下了车，闻烟望着面前的旋转门微微失神，过去的一年，从这里进进出出无数次，每次进去都期待看见一个人。

"傅总，不好意思久等了，Jarod 还在开会，让我下来接您。"

听见熟悉的声音，闻烟回过神。

"没关系，我们刚到。"傅铭川淡淡一笑。

"您这边请。"Aaron 把访客门禁卡分给 Evens 的每个人，看见闻烟忽然愣住了。

"好久不见。"闻烟看着 Aaron 笑了笑。

"原来换工作了，我说好久没看见你。"Aaron 没想到闻烟记得他，一时间有些惊喜。

"嗯，刚入职不久。"他们先前虽然没说过话，但彼此都认识，所以说起话来也不尴尬。

几个人边聊边进了电梯。

熟悉的电梯，熟悉的镜子，熟悉的 B3 按钮，脑海里破碎的画面变得凌厉，闻烟低头，看着镜子里的黑色高跟鞋失神。

他们到了三十六楼，去会议室要经过谭叙深的办公室，闻烟目不斜视直直地走了过去，目光坚定得倒有些刻意。

会议室里，FA 的员工已经在了，看到傅铭川过来，都站起来跟他打招呼。

"还有十分钟开始，您先坐着休息会儿，Jarod 马上就来了。"Aaron 说。

"谢谢。"

"我去下洗手间。"闻烟坐在傅铭川身边，悄声和他说。

"好。"傅铭川看着她的背影，总觉得她今天一直紧绷着，是因为紧张吗？

闻烟进入洗手间，深深吸了一口气，把水龙头拧到最冷的那端，一遍遍地洗着手。自始至终都没有抬头，面前是巨大的镜子，很长时间以来，闻烟都刻意不照镜子，因为看到镜子里的自己会产生深深的厌恶。

会议马上要开始了，没有太多时间收拾自己的情绪，闻烟抽了张纸巾擦干净手，刚走出洗手间就接到了星棠的电话。

"烟烟，我今天晚上要和星野出去吃饭了，暂时抛弃你一下，为了补偿你我让希凡去接你下班哈。"星棠心里的喜悦藏都藏不住。

"不用了，我自己回家就好。"闻烟最近想和希凡保持一定的距离。

"客气什么？就这样，拜拜。"

闻烟看着挂断的电话皱眉，余光扫到手机左上角的时间，会议要开始了。她收起手机走向会议室。

会议室里是长条形桌子，Evens 和 FA 的同事分坐在两边。

"劳烦傅总跑一趟。"谭叙深刚来到座位，和傅铭川握了握手。

"下次可以约在我们公司。"傅铭川玩笑道。他并不介意会议地点，出于学习的心态更愿意多来几次 FA。

"那可能会遇到很多熟悉的同事。"谭叙深嘴角的笑略含深意，他说着，打开电脑，"听说傅总最近挖走我的一个人。"

没想到他会挑明，傅铭川笑了笑："正常的人员流动而已，谭总不要多想。"

其他同事听着两个老板讲话，都没有开口。

"人都到了吗？开始吧。"谭叙深抬起手腕，看着秒针走到"12"。

然而随着他的话音，会议室外响起高跟鞋的声音，并由远及近。

谭叙深看着进来的人，身体和视线同时僵住，他的手还保持着抬腕的动作，从闻烟进来到坐到对面，他的目光始终在她身上没有移开。

"不好意思，我来晚了。"闻烟看着对面的男人，勾唇一笑。

"没关系，刚开始。"傅铭川微微偏头，看着 FA 的同事，"可以开始了。"

"好的，首先非常有幸两家公司能一起合作。"FA 的同事站在会议室的大屏幕前，"这次 Evens 和 FA 的合作，主要是两款相近车型的改款上市，Evens-G 和 FA-7，在消费者市场也是经常拿来做对比的……"

手里的笔悠悠地转着，闻烟侧身看向前面的大屏幕，嘴角始终挂着浅笑，因为对面的视线过于灼热。

还没反应过来为什么她忽然出现在眼前，谭叙深眼中的惊喜和克制相互纠缠。前几天他去家里找她，可她再也没有开过门。

会议室的声音渐渐飘远，谭叙深看着她的侧脸久久回不过神来，波浪鬈发披在肩上，衬衣搭配深灰色格子鱼尾裙，她由内而外散发出干练和性感的气质，让他很陌生。

"相信大家也都了解，这两款跑车无论性能还是售价都非常接近，市场销量和反馈也不相上下，作为跑车领域的佼佼者，FA-7 和 Evens-G 虽然风头还在，但从近两年的数据来看，似乎都进入了平台期。

"恰逢今年两个车型同时改款再上市，不得不说这是一次非常大胆又创新的合作，我们希望用这种方式来达到共赢的局面。

"上次会议我们确定了通过举办赛车锦标赛的活动来预热，今天把大家聚在一起，是想一起商量赛道的选择和后续的活动流程。"

屏幕上的幻灯片缓缓播放，FA 的同事将合作背景和这次会议的目的讲述清楚。

长条形的会议桌，谭叙深和傅铭川分别坐在两侧的中间，闻烟坐在傅铭川身旁。在这漫长的一分钟里，谭叙深也收回了视线，但目光落在自己的电脑屏幕上，依旧没有焦距。

所以她说的新工作，是在 Evens 做傅铭川的助理？谭叙深这样想着，又幽幽地看了她一眼。

"我们内部给出的方案是选择京西赛道，不知道傅总您的意思是？"谭叙深的视线先掠过闻烟，最后落在了傅铭川身上。

"那不巧了，我们首选的是滨海赛道。"傅铭川看着谭叙深笑了笑，然后示意闻烟分享他们的方案。

在傅铭川说话的同时，闻烟已经把文件投到了大屏幕上，然后款款地走到最前面。

"各位同事好，我是傅总的助理，闻烟。下面由我给大家介绍 Evens 选择滨海赛道的原因，主要有以下两点。"闻烟站在大屏幕前，拿着感应笔切换文件。

而这却给了谭叙深将视线明目张胆地放在她身上的机会，以前她的声音很轻柔，带着甘甜，但现在多了几分冷意。她举手投足间散发出由内而外的自信，身上的光芒完全掩藏不住，谭叙深忽然很想把她藏起来。

投影的光打在她的脸上，她唇边恰到好处的笑忽然让谭叙深想起了那天晚上，他在床上抱着她，而她浑身发抖，嘴唇惨白。

谭叙深的心脏忽然一紧，所以她只在面对他的时候才会那样吗？

"首先我们考虑到的是知名度，滨海赛道创建于 1996 年，是国内第一条符合国际汽车联盟一级方程式标准的国际级赛道，许多国内外知名的赛事也都在这里举办，在车迷心中这里可能是荣誉殿堂，从传播角度来说也会达到一个借势的作用。"闻烟带着浅笑，目光从众人脸上扫过，唯独没有看谭叙深，然后不疾不徐地接着说，"其次我们考虑到的是观赏性和表演性，虽然这次锦标赛是 Evens 和 FA 联名举办的，但我们都知道这不是一场单纯的比赛，对于这两款车的消费者来说，视觉冲击力一定要很强。"

大屏幕上播放着滨海赛道的一些图片，闻烟往下看的时候，目光不小心和谭叙深的目光碰在一起。她连忙移开了视线，扭头看向屏幕："而滨海赛道顺时针方向的赛道有四个向左弯，十个向右弯，两条分别长九百米和五百米的直道，对于赛车手来说非常具有挑战性，我们可以看一下滨海赛道历届的赛车视频。"

大屏幕上开始播放视频，在疾驰而过的赛车和不断变幻的光影下，闻烟不自觉地收紧了五指，在他面前谈论工作，其实很不自信，怕露出破绽被他看轻。更重要的是，她今天穿了衬衣，在看到他的瞬间那种胸闷的窒息感更强烈了。

全场只有两个人没有被视频吸引，是那两个最爱车的男人。

谭叙深和傅铭川的目光同时落在闻烟身上，看着她亭亭地站在那里，注意力不受控制地被她夺走了。

傅铭川的手随意地放在桌上。他还是那种感觉，她今天的状态和在 Evens 的时候完全不同，身体和情绪似乎一直都紧绷着，身上多了一股凌厉，虽然掩藏得很好，几乎让人察觉不到。

由于在播放视频，她微微往后退了两步，这个角度谭叙深的视线可以将她完全笼罩。鱼尾裙将她的身体线条完美勾勒，顺着往下，谭叙深目光落在了她脚上的黑色高跟鞋上。

他记得她以前喜欢穿杏色、米色、白色，而现在全变成了灰色、黑色。

在两个男人飘飞的思绪中，视频结束了。

"从刚才的视频中我们可以直观感受到滨海赛道带给我们的视觉冲击，不知道谭总您的意思是？"闻烟将所有的心虚压在心底，将问题抛给了谭叙深。

谭叙深眉峰微挑，没想到她会直接问自己。

而FA的同事也暗自交换了下眼神，似乎也没想到闻烟敢直接问谭叙深。

"闻烟小姐刚才说的观赏性和传播角度我很认同，落地实施起来也很完整。"谭叙深目不转睛地看着闻烟，低沉的声音竟然带了几分察觉不到的耐心。

闻烟愣了愣，没想到他竟然会认同，但听到下面的话又立即沉了脸。

"不过这次锦标赛我们请到的不仅有专业赛车手，还有两个车型的车主。滨海赛道对于一般车主来说难度太大，像你刚才提到的，这并不是一个单纯的比赛，或许我们把安全性放在第一位更好。"会议室的氛围莫名温馨起来，谭叙深的目光一直落在闻烟身上，不像两个品牌的博弈，更像是他在教她做事。

FA的同事愣了愣，没想到谭叙深今天这么有耐心，而且态度出奇地好，有一个人顺势接过了话。

"谭总说得没错，而且还有一点，滨海赛道作为国内第一条国际赛道，虽然名声很大，但由于建得早，周边基础设施可能没有那么完善，而这几年新兴的京西赛道在这点上做得比较好。京西赛道坐落在郊区，周围有豪华度假村，对于后续的活动来说更合适些，也比较符合两款车的豪华调性。"FA的同事说。

Evens的同事马上从另一个角度和他们辩驳起来。

而闻烟不由得冷笑一声。

竞争品牌之间合作，在行业内还从来没有过先例，所以说这是一次非常有风险的合作，稍有不慎可能就为对方做了嫁衣。

但FA和Evens向来是媒体的焦点，媒体喜欢把两个品牌放在一起做文章，这次两个品牌合作可能连媒体宣发的资金都省了，到时候会有铺天盖地的新闻媒体主动找上门。

所以这种情况下，任何细微的错误都不能发生。

两个企业在这里争来争去，那么多冠冕堂皇的理由，实际上无非是对市场占有率的争抢。

在滨海市，Evens 比 FA 的市场占有率多出三个百分点，而在京西市，Evens 落后于 FA。

其他同事还在你来我往地辩论。

等他们说完，谭叙深淡淡地开口："两个品牌在京西市的市场占有率平均是百分之三十二，FA 是百分之三十三，Evens 是百分之三十一，但在滨海市只有百分之二十五，所以傅总不用担心这个问题。"语调不像刚才那么温和，谭叙深完全进入了工作状态。

闻烟忽然笑了，虽然在座的每个人都知道争论的核心问题是什么，但没想到谭叙深会点破。

"那我还有一个疑问，既然是一场比赛，谭总觉得最终夺冠的是 FA 比较好，还是 Evens 比较好？"闻烟笑着看向他，将另一个赤裸裸的难题扔到他面前。

这是一场比赛，但更是一场策划出来的比赛。

"闻烟小姐有什么好的建议吗？"谭叙深眼里也藏着笑，她这样聪明又伶牙俐齿的样子倒是没见过，有些勾人心痒。

"我比较想听谭总的意见。"闻烟交叠双腿，偏头看向谭叙深。

"那不如我们吃过午饭再谈。"谭叙深嘴角噙着一丝笑。

平静的语调在其他人听来没什么异样，却无端多出几分暧昧在两个人之间淡淡流转。

闻烟转笔的动作蓦地停下，然后不动声色地收回了视线。

傅铭川看了眼时间，微微皱眉。

"傅总，我们在楼下订了餐厅，吃过饭再继续吧。"FA 的同事笑着看向傅铭川。

"好，似乎没有想象中顺利。"傅铭川玩笑说。

谭叙深和傅铭川率先走出会议室，两个人边走边聊，其他人跟在后面。下了电梯到一楼大厅，傅铭川偏头看向闻烟。

"和谭总有过节？"傅铭川压低了声音。

闻烟表情一滞，心虚地沉默了。她表现得有那么明显吗？

"没有，这不是为了公司的利益嘛。"闻烟嘴角的弧度很大，想以此来掩饰内心的慌乱。这时手机忽然振动起来，她拿起来看了看。

希凡："我到了，在大厦外。"

闻烟挑眉，星棠还是告诉希凡了。

"怎么了？"傅铭川看着她的表情。

另一边，谭叙深的目光也落在她身上，看到她跟傅铭川离那么近，脸色沉了沉。

闻烟还没来得及回答，他们就一起走出了旋转门，而刚走出去，就看到大厦前的车道上有一辆敞篷法拉利嚣张地停在那里，外面还镀着流光溢彩的车膜。

恰逢中午吃饭时间，大厦内的人陆陆续续往外走，所有人的目光都落在了这辆车上，心想不知道是谁家的有钱少爷来接女朋友。

大厦前的车道是不允许停车的，那辆法拉利停在那里，却迟迟不见保安来赶。

"不好意思，中午不跟你们吃饭了。"闻烟突然开口。

"怎么了？"傅铭川问。

"朋友来接我。"闻烟声音很低。

"什么朋友？"傅铭川皱眉。

闻烟心虚地指了指面前的车。

他们的声音很小，谭叙深听不清楚，疑惑地偏头，但下一秒就看到她走向了那辆车。

在众目睽睽之下，闻烟打开车门上了车，徒留身后两个脸色发黑的男人。

谭叙深看着她的侧脸，以及她旁边的男生，脑海里突然浮现出那天晚上的画面，连带着那夜刺耳的风声都出现在了耳边。

谭叙深忽然想起来在哪里见过他，在医院……

心脏被什么撕扯着，谭叙深收紧了五指，却什么都抓不住。他沉沉地看着她的背影，心里充斥着压抑和想要挽留她的念头，她却始终没有回头。

谭叙深不受控制地往前迈了一步，但理智又让身体僵在了原地。

"坐好了吗？"希凡摘下墨镜看了眼谭叙深，然后倾身帮闻烟系好安全带，动作刻意放得很慢。

闻烟轻笑，怎么会不知道希凡在想什么，只把身体微微往后收了收。

"嗯，不知道你还喜欢粉色的车膜。"闻烟饶有兴味地看着他。

"今天开始喜欢。"希凡笑着看闻烟，重新戴上墨镜，启动了车子。

汽车性感的轰鸣声中徒留众人羡慕的目光，还有两个男人黑沉冰冷的脸。

粉色的法拉利在一路疾驰，像一道粉色的闪电在人间游移，蓝珀大厦被远远甩在后面，成为一个虚影，被更高的建筑挡住。

"希凡，我下午还得上班。"车开了很久，闻烟看他没有停下的意思。

"能翘掉吗？"希凡偏头看着闻烟轻笑。

闻烟望着他嘴角的弧度微微发愣，眼前的男孩子确实很耀眼，无论样貌还是其他附加的光芒。他对一个人笑的时候，没有哪个女孩子能逃掉。

但每到这时，闻烟就在想，她的心是不是死了？

她的心感觉不到跳动，感觉不到温度，感觉不到喜怒，现在连疼痛都感觉不到了。

"有什么事吗？"闻烟看向窗外急速倒退的景色，掩藏住心里的情绪。

"吃好吃的，玩好玩的。"希凡脸上挂着笑，其实他也不是那么爱游戏人间，只是想带她出去走走。

闻烟扭头打量着希凡，他好像永远都是这副轻轻松松的样子，很快乐，对什么都不在乎。而她截然相反，焦虑、心事重重，却又对什么都提不起精神。

但闻烟能清楚地感觉到，和希凡在一起的时候心里很轻松。

对工作她不想懈怠，但今天，就当是给自己放个假吧。

"去哪里？"闻烟视线飘向他。

"游乐场？"希凡扭头，没想到她竟然会答应。

"好。"答应的那一瞬间，闻烟心里忽然轻松了很多，但还伴随着莫名的空虚。

待在会议室里的那一个小时，她心慌得想要逃离，然而现在出来了，又变成了另一片荒芜的死寂。

车在一个商场前停下，希凡预订的餐厅在六楼。他上次和朋友去过，觉得味道还不错。

"先陪我去买件衣服吧。"衬衣带来的束缚感依旧很强烈，闻烟呼吸困难。

"不舒服吗？"希凡看着她泛白的嘴唇挑眉，刚才好像还好好的。

"没有。"声音轻得几乎听不见，闻烟不想说话，连呼吸都觉得费力。

这种状态希凡越来越熟悉，她虚弱得仿佛下一秒就要晕倒，但他每次都不知道怎么办。

希凡微微扶住闻烟的肩膀，支撑着她，让她能轻松一点儿，然后带她走进离得最近的女装店。

闻烟直直地走进去，看见一件黑色毛衣就直接拿着进了试衣间。导购连开口的机会都没有。

希凡站在原地微微皱眉，手上似乎还残留着她肩膀的温度。

过了几分钟，闻烟从试衣间出来走向收银台。

"不再看看吗？"希凡走过去，准备帮她付钱。

"就这件吧。"闻烟看到希凡拿手机的动作，先一步自己付了，抬头笑着说，"走吧，去吃饭。"

希凡将手机收回去，注视着她脸上的笑有些愣神，仿佛刚才的失魂落魄只是他的错觉。

视线掠过周围的服装店铺，闻烟忽然想到一件事："上次穿你的那件衣服放在家里找不到了，我转钱给你吧。"

她清楚地记得自己叠好放在了沙发上，第二天早上醒来却找不到了，而那天晚上去她家里的只有谭叙深。

"买一件给我。"希凡低头，像一个要新衣服的孩子。

"好，等吃过饭。"闻烟笑了。

"下次吧，待会儿去游乐场。"希凡心里暗暗打着算盘，这样就有理由再次约她出来了。

两个人乘电梯去了六楼。

蓝珀大厦，谭叙深吃过饭回到办公室，打了无数个电话都没有人接。下午的会议马上就要开始了，谭叙深破天荒地提前十五分钟去了会议室。

但是，他依旧没有看到她的身影。

心神不宁的不止谭叙深。

傅铭川也被电话牵动着注意力，想到几个月前陪她去医院……是那个男生吗？想到这里，傅铭川拿着手机走出了会议室。

谭叙深看到傅铭川的动作，知道他要出去做什么。

会议即将开始，FA 的同事进来看到谭叙深已经在了，都愣了愣，连忙坐到了各自的位置上。

傅铭川很快打完电话回到座位。

谭叙深不动声色地打量着他，他的脸色好像不是很好。

"我们继续吧。"傅铭川微微拧着眉。

"不等一下闻助理吗？"谭叙深看着那个空位，目光幽深带着试探。

"她有点儿事，下午不过来了，我们继续。"傅铭川稍作解释，然后 Evens 的同事接着上午的方案继续讲。

她迷醉的脸在脑海里一闪而过，谭叙深心脏某个角落忽然空了，不安带着刺痛发酵蔓延。他坐立难安，想立刻离开会议室。

理智和冲动相互撕扯，旁边同事说的话，谭叙深一个字都没有听进去。

下一秒，谭叙深突然从座位上站起来，正在讲话的同事停下看着他，所有人的视线瞬间都落在了他身上。

迈着沉重的步子走到大屏幕前，谭叙深看着傅铭川："接下来，我为傅总分析一下京西赛道和滨海赛道的各种潜在因素。"

幻灯片不再播放，因为谭叙深说的内容方案上并没有。在场的同事明显感觉到了会议室骤变的气氛，注意力集中了起来。

后面的会议，全程只有谭叙深和傅铭川一来一回地说话，高手过招，其他人再也没有开口的机会。

半个小时后，会议结束了。

谭叙深将傅铭川送出大厦，直接乘电梯去了地下三层的停车场。

谭叙深开车一路疾驰，看见粉色的车子，眼睛不由得一疼，细看却不是，落差和懊恼让他再次加快了速度。

半个小时后，谭叙深到了闻烟家，但无论怎么敲门，里面都没有人回应。

其实他很清楚，这个时间她不会在家，但除了这个地方不知道还能去哪里找她。

手放在门铃上，手臂变得无比沉重，谭叙深忽然意识到，自己对闻烟一无所知。只要她换了房子，不接电话，他可能就再也见不到她了。

"今年我生日的时候，和我一起回家好不好？"

女孩儿柔柔的声音响在耳边，谭叙深头一阵阵抽着疼，忍不住抬头深深地呼出一口气。

谭叙深拿出手机翻出星棠的号码，犹豫了片刻，又收了起来，下楼开车直接去了幼儿园。

　　幼儿园现在正好是放学时间，谭叙深看到张阿姨在幼儿园外等着接易阳。

　　"还没出来吗？"谭叙深走到张阿姨身边。

　　"您怎么来了？"张阿姨惊讶地看着谭叙深。

　　"今天我接他，您先下班吧。"谭叙深说。

　　"好，那有事你再打电话给我。"张阿姨感觉谭叙深今天有些奇怪，但还是先回去了。

　　谭叙深站在路边，余光忽然捕捉到星棠的身影，迈开修长的双腿走过去，带着几分急切。

　　"你知道烟烟在哪儿吗？"谭叙深稳着自己的情绪。

　　星棠正在和小朋友挥手，看到旁边的男人吓了一跳，连忙往后退了两步，脸色也冷了下来："你……"

　　"爸爸！"易阳看到谭叙深很惊喜，连忙跑了过来，"你来接我吗？"

　　星棠看到旁边的孩子，刚准备开口又停下了，转头冷冷地看着谭叙深。

　　"嗯，先去那边玩一会儿，爸爸有事和星棠老师说。"谭叙深摸了摸易阳的头。

　　"好！"易阳欢快地跑向旁边的秋千。

　　目光落在孩子身上，星棠依旧冷着脸，自从知道那是谭叙深的孩子，她心里多少有些不是滋味，但也尽量压制着怒火。只是易阳每次缠着星棠问闻烟的时候，她始终都说不知道。

　　"她在哪儿？"谭叙深神情落寞。

　　"她和希凡在一起，我不会告诉你地址的。"星棠说得干脆利落。

　　"星棠……"谭叙深抿了抿嘴唇，停了几秒，望着园子里光秃的树木继续说道，"之前的事我很抱歉，很多事也不是你想的那样，但她的心现在病了……"

　　"你以为是谁把她害成现在这个样子的？是你，全都是你！"星棠情绪很激动，周围有人看过来也不在乎，"她第一次谈恋爱，把一切都给了你，你是怎么对她的？不想复婚了又来找她是吗？"

　　不是她说的那样，但谭叙深又无从辩驳。

　　"谭叙深，你想想自己对她做过什么，再想想有没有资格来找她。"星

379

棠深深地吸了一口气，强迫自己冷静下来，"你离婚有孩子，再加上你对她做的事，她爸妈不会让你和她在一起的，我也不会同意，最重要的是，烟烟也不想再和你有任何瓜葛。"

每一句话都给谭叙深判了死刑。他仿佛被扔进一个箱子，每个字都像钉子似的钉在木条上，将他完全封锁。

星棠已经走了，谭叙深抬头望着灰蒙蒙的天，十一月还没下雪，但天气突然就冷了。

晚上的客厅里只有细碎的声音，易阳在看动画片，谭叙深坐在沙发上陪他看，但目光没有焦点。

"爸爸。"易阳趴在谭叙深的腿上。

"嗯？"谭叙深回过神。

"闻烟姐姐说教我烤小饼干，但是好久都没有来了。"易阳嘟着嘴巴。

谭叙深沉默了，孩子的眼睛太过清澈，将所有的期待和委屈都写在了里面。

客厅里所有的摆设都还是她离开时的样子，有她买的桌布、窗帘和花瓶，墙上还挂着他们的照片。

谭叙深回想着和闻烟在一起的日子。过去的一年里，她做饭，他洗碗，偶尔出去逛街、野餐、去游乐场……她并不知道，这一年她经常带给他比婚姻还真切的温暖和幸福感，除了一张结婚证，这种同居的日子和婚姻生活好像没什么不同。

谭叙深不是不想和她结婚，而是后半辈子根本没有再婚的打算。

如果结婚是两个人的事，他没有理由推开她，但结婚是两个家庭的事，谭叙深犹豫了、退缩了。

说到底，他没有她勇敢。

"想姐姐吗？"谭叙深看着电视里的画面。

"想。"易阳抬头看着谭叙深。

"那我们一直生活在一起好吗？"谭叙深低头，看着孩子的眼睛。

易阳顿了顿，表情懵懂："像丫丫的爸爸妈妈一样吗？"

"嗯。"谭叙深喉结微动，神情格外苦涩。

"好，我喜欢闻烟姐姐，想让她一直在家里。"易阳笑着说。

心感到钝痛，谭叙深也想让她来家里，然而她现在和别人在一起。

"去睡吧，爸爸出去一趟。"原本打算等易阳睡着再去，但谭叙深一想到她和其他男人在一起就慌得想砸东西。

"去找闻烟姐姐吗？"易阳看出谭叙深心情不好。

"嗯。"谭叙深从沙发上起身，把易阳抱回床上，帮他盖好被子，"有事打电话给我。"

"好，爸爸早点儿回来。"易阳半边脸藏在被子里。

谭叙深拿着车钥匙出门。

黑色的轿车在路上疾驰，像是一头困兽扎进了黑夜里，无论如何加速，也无法挣脱黑暗。

闻烟和希凡玩了太阳神车、水晶神翼，还有奥德赛之旅，那种灵魂被甩出去的感觉，让她一下午都像是在梦游。

工作日人不多，几乎不用排队，希凡拉着她拍了很多照片。

最后希凡问她还想玩什么，闻烟说，蹦极。

她曾经说，想和谭叙深一起体验临死前把彼此拥进身体里的感觉。但现在，她想知道临死前自己最留恋的是什么。

日月湾，希凡的车停在楼下，闻烟抱着奶茶坐在车里。

"谢谢，今天玩得很开心。"奶茶暖暖的，最后，她还是没有去蹦极。希凡说时间晚了不安全，怎么都不让她去。

"晚饭好吃吗？"希凡也捧着奶茶。他很喜欢甜食。

"挺好的。"闻烟回想了一下。

"我朋友开的，恰好在你公司附近，以后可以去吃霸王餐。"希凡扭头看着闻烟，笑得露出一口白牙。

"报你的名字吗？"没想到是他朋友开的，闻烟愣了愣随即玩笑道。

"你的吧，你的名字好听。"希凡眼里带着宠溺，但想到下午的事，他收起了脸上的笑，"如果你想去蹦极，过段时间我陪你去。"

车里开着暖风有点儿闷，闻烟将窗户打开一条缝隙。口中蔓延着奶茶的香甜，闻烟咬着吸管凝神。

"不去了。"闻烟低垂着视线。

听说五十万个蹦极的人中会有一个死亡的，像是冥冥中注定，她害怕成为那五十万分之一。

"好。"希凡注视着她，不知道她因为什么突然改变了想法，但恰好，他也不想让她去。

"希凡，你为什么想和我在一起？"闻烟扭头，神色忽然认真起来。

粉色的跑车外面挂着三个氢气球，在路灯下随风飘荡。气球让一切在无形中变得浪漫，连晚风也变得格外温柔。

四目相对，希凡手撑着头想了片刻，但一时间好像想不到能让她感动的甜言蜜语。他笑着倾身，将她耳边凌乱的碎发整理好："很舒服，很安心，想一起去玩很多东西，想让你开心，想对你好。"

闻烟顿时笑了，这么纯粹的感情她也很向往。

"希凡，其实我现在很自私，一方面很喜欢和你待在一起的感觉，但又没有办法回应你。"闻烟望着窗外飘荡的气球，声音中有愧疚。

"喜欢和我待在一起？"希凡笑得很开心，总是能抓到自己想要的重点，那些不想听的话被刻意抛在脑后。

对于闻烟，希凡有种说不清的感觉，起初确实是觉得待在一起很舒服，看见她不开心想带着她一起玩。但渐渐的，她身上好像有种平静美好的魔力，让他在不知不觉中就被吸引，就是想和她待在一起。

"如果不考虑愧疚、对不起你，是这样的。"闻烟将心里的想法明确地告诉他。

"你会在接下来的两个月喜欢上我，信吗？"希凡嘴角上扬，他永远都那么自信，"以后我每天中午去你们公司找你一起吃午饭，然后晚上接你下班……"

"希凡，"闻烟望着眼前的男孩子，他太过耀眼了。她微微垂下眼皮，"我现在连爱自己的能力都没有。"

希凡脸上的笑慢慢消失了，这好像是第一次，她将自己的脆弱表现出来。

"烟烟，你太干净了。"希凡注视着她无助的神情，过了很久，忍不住开口。

"不，我很脏。"闻烟声音清冷，脸色也冷下来。

希凡皱了皱眉，她的快乐好像永远都是假象，不知道怎么带她玩才能让过去的事情追不上她。

他见过好多女孩儿，有文文静静但暗地里不声不响吊着男人的，也有玩得很疯但直到遇到某个人想为他生孩子的，结果都不好，但也没见谁走不出来，她们现在依旧交男朋友继续生活。

"不许想了，"希凡笑着用手指微微扯着她的唇角，但其实更想吻她，"笑一笑。"

闻烟收拾好情绪，朝希凡笑了笑："晚安，路上小心。"

"知道了，晚安。"

闻烟抓着三个氢气球费力地走出电梯。

有一个气球差点儿被电梯夹到，闻烟忍不住笑了，希凡非要让她拿回家。

从电梯出来，刚转身闻烟就停住了脚步，看着面前的男人，唇角的笑僵在了脸上。

以前看见她笑，谭叙深工作一天的疲惫会不知不觉地消失，现在却觉得很刺眼。谭叙深的目光扫过她身边那些碍眼的气球，落在她身上的黑色毛衣上，如果他没记错，她上午穿的是灰色衬衣……

"你们做了什么？"谭叙深的胸口微微起伏，眼中涌动着危险的暗流。

"你想听什么？"闻烟笑了笑。

走廊里静得可怕。谭叙深的目光在她身上打量，从上衣到裙子，再到脖颈露出的肌肤。

闻烟站在那里任他打量，然后绕过他走到门前，手指在密码锁上按得飞快。

门打开一条缝隙，闻烟连忙进去，气球却被卡在了外面。她刚想把它们拽进来，谭叙深的手就放在了门上，用她抵抗不了的力度。

闻烟抬头狠狠地看着他，而谭叙深也低头沉默地注视着她，四目相对，僵持不下。

"放手。"闻烟冷着脸。

谭叙深渐渐用力，推开了门，然后抓住她握着气球的那只手，看着她的眼睛将她的手指一根一根掰开。

"你干什么？"闻烟想用力握紧却握不住。

谭叙深扬起手臂，将气球扔在了门外，然后重重地关上了门。

"谭……"闻烟拧着眉心，但更不想叫他的名字。

闻烟将包扔在地上，准备开门去捡那几个气球，然而下一秒，谭叙深突然将她抱起，走向沙发。

闻烟挣扎了几下，忽然间又觉得很没意思，再也不想在他面前表现得慌乱。

既然他要抱，那就让他抱吧。

坐在沙发上，谭叙深把闻烟禁锢在怀里猛地掀开了她的毛衣，动作粗

383

鲁，却又不想面对接下来的画面。

白皙光滑的皮肤带着温热，谭叙深看了几秒，然后又解开了她的裙子，直到闻烟全身上下只剩一套内衣。

胸口被堵着，谭叙深的视线从她身上扫过，直到没看出什么异样，胸口的那股浊气才消失，然而他的心刚放下，就听到她轻飘飘的声音。

"不是每个人都像你一样喜欢在我身上留印记。"闻烟手撑着头，似笑非笑地看着他。

黑色的眼眸像是要滴出墨，谭叙深很不喜欢她现在的模样。下一秒，他把手放在她的后颈，把她用力按向自己。鼻尖相触，两个人之间的距离瞬间为零，气息紧紧缠绕在一起，分不清是谁的呼吸乱了。

"你们做了什么？"谭叙深喉结滚动，声音低沉。

房间里有暖气，闻烟并不冷，并且看到他这副样子还有些隐隐的愉悦，永远都胜券在握的男人，怎么也会有这么隐忍的模样？

闻烟抬手，微凉的指尖触上他紧皱的眉头，笑着开口："你不陪我去游乐场，有人陪我去；你不陪我拍照，有人陪我拍照；你不爱我，有人爱我。"

她动作温柔，声音更温柔，说出的话却像锋利的刀子。

因为现实就是这样，像刀子一样插在她的心脏上。

"烟烟，不要否认我对你的感情。"谭叙深每次想解释，却又很无力。

"你对我有感情吗？是不是像对小猫小狗的那种喜欢？"闻烟冷冷地扯了下嘴角，"星棠家的猫在她八岁那年死了，往后的十几年星棠再也没养过宠物，去年才刚养了条狗。"

闻烟笑着顿了顿："请问谭先生对我是什么感情？"

望着她眼中的凌厉，谭叙深如鲠在喉，抚摸着她的脸："烟烟，我从来没骗过你，从前喜欢你是真的，现在……爱你也是真的。"谭叙深眼底起了波澜，原来"爱"这个字也没有那么难说出口。

"你是没有骗我，但你现在说的话我一个字都不信！"闻烟情绪忽然激动，那个字像是开启了她心底的记忆和屈辱。

她突然从沙发上起来，拿起茶几下的剪刀，走到玄关捡起地上的袋子，里面装着一件灰色衬衣。

闻烟拿着剪刀，将衬衣剪得稀碎。

每次在外面换下衣服她都会拿回家里，因为扔了无济于事，只有看到它们变成碎布，她才能继续呼吸。

谭叙深坐在沙发上愣住了，被她的动作还有脸上疯狂的表情震慑，无力感瞬间席卷全身。

他连忙起身，但腿像灌了铅似的。他走到她身边去夺她手里的剪刀，但怎么都夺不走。

"烟烟，我们明天去看医生吧。"谭叙深说话带着颤音，紧紧抱着怀里的女孩儿，想以此来安抚内心极大的不安。

"谭叙深，现在我一穿衬衣就觉得呼吸不过来，好像有人绑住了我，觉得要窒息了，要死了。"闻烟面无表情地说，"只要你出现在我的视线里，我永远都不会好。"

谭叙深眼里爬上痛苦，从来没想过自己会把她伤害到这个地步。

下一秒，谭叙深抱着闻烟回了卧室，把她放在床上轻轻盖上被子，然后从背后抱着她。

而闻烟，完全像个失去灵魂的木偶，一动不动地躺着。

闻烟的症结在于谭叙深不爱她。她在想如何让爸妈接受他然后嫁给他的时候，他却在想怎么把她推开，对他而言，她的爱是负担。

这种赤裸裸的现实，把她的尊严踩在地上践踏碎了，让闻烟厌恶自己，对过去的自己完全否定。

但闻烟在自我厌弃的同时把自己逼上了死路，把过去他们在一起的美好也全都否定了。

她忘了谭叙深虽然不愿意去逛街，但还是和她去看了电影。

她忘了谭叙深虽然不愿意去游乐场，但还是和她去了迪士尼。

她忘了谭叙深虽然不愿意去野餐，但还是和她一起去了郊外看日出。

她忘了很多事情，只留下了痛苦。

"烟烟，我比你大很多，但也会犯错，会冲动，会控制不住自己。"眼里充斥着血丝，谭叙深伏在她耳边，声音有些颤，"回来吧，好不好？"

"好啊。"闻烟的眼珠忽然动了，像是灵魂回到了身体里，她笑着转身。

没想到她会答应，谭叙深僵住了，然而心头刚漫上的喜悦，瞬间被她接下来的话浇灭。

"毕竟我也有生理需求，但不要告诉别人，我怕麻烦。"

看着他凝滞的神情以及眼睛里的错愕，闻烟很满意，推开他走进了浴室。

谭叙深望着她纤瘦的背影，久久回不过神。那几句话回荡在耳边，他好像明白了她在恨什么。

她在恨他只喜欢她的身体。

房间的吊灯光线冰冷刺眼，谭叙深躺在床上，感觉身体不断往下陷。他无法否认，最初确实是被她的单纯美好吸引，但后来越来越多的事不受控制。

从易阳和她见面开始，有些事就渐渐脱离了他的掌控，谭叙深以为能把她和家庭分开，她却悄无声息地进入他的生活中，带给他越来越多意料之外的可能。

底线在不断后退，他也在不知不觉中收起了规则，但是没有意识到这种变化，因为他已经喜欢上了这种感觉，已经习惯了闻烟成为他生活的一部分……

手机突然的振动打断了谭叙深的思绪，他拿起来看了看，是易阳。

"爸爸？"易阳轻轻喊了一声。

"怎么还没睡？"谭叙深的声音透着浓浓的疲倦。

"你找到闻烟姐姐了吗？"易阳坐在床上，玩着闻烟给他买的毛绒玩具。

"找到了。"谭叙深眼底一片沉寂，视线里没有任何东西。

或许，他没找到。

"你们今天晚上会回来吗？"易阳听说找到闻烟了很开心。

谭叙深望着浴室的门，里面传来微弱的水声，眼前又浮现出她拿着剪刀的画面，还有那件破碎的衬衣以及她情绪激动的双眼和没有表情的脸。

眼睛刺痛，谭叙深挪开了视线，呼吸变得沉重绵长："可能不回去了，一会儿让妈妈去接你。"

"不用了，周寻叔叔在家里。"易阳看着周寻走进卧室，把手机递给了他。

周寻笑着接过手机，不知道为什么就是很想笑，刚才来家里听易阳说谭叙深去找闻烟的时候就乐得差点儿背过气去。当然，这个电话也是周寻让易阳打的。

他没想到谭叙深也会栽在感情上，还栽得这么狠。

"怎么样？"周寻话语中带着调侃。

"今天别回去了。"谭叙深直接忽略了他的问题。

"嗯，知道了。"嘴角挂着惬意的笑，周寻把腿压在易阳的腿上，任易阳在那里费力地挣扎，"没把你赶出去吗？"

过去的几个月，谭叙深频繁地找他喝酒，明明有心事却又不说一个字，直到后来，他隐隐听到闻烟的名字。

周寻知道，兄弟栽了。

但更让周寻没想到的是，谭叙深竟然去找了闻烟。周寻忽然很好奇，很想知道谭叙深追一个人受挫时是什么样子。

因为他一路走过来都太顺了。

"没事先挂了。"谭叙深闭着眼睛揉了揉眉心。

"你儿子在我手上，给我……"

周寻还没说完，谭叙深就挂了电话。周寻看着挂断的电话笑了笑，隔着电话都能感受到他的情绪，怕是很难办。

"爸爸怎么了？"易阳拿回自己的手机，但已经挂断了。

"去给你找新妈妈了。"周寻躺在床上。

"闻烟姐姐吗？"易阳趴在周寻身上。

周寻愣了愣，抱起易阳："喜欢吗？"

"喜欢。"易阳笑了笑。

"如果爸爸把闻烟姐姐带回家，你以后就没有机会和爸爸妈妈住在一起了，难过吗？"孩子的头发很软，周寻无意识地揉了两下，看着易阳的眼睛。

易阳沉默了，低头玩着大熊猫的耳朵，过了很久，依旧不说话。

他不知道难不难过，好像难过，又好像不难过。

周寻垂着眼皮笑了笑，对这个反应并不意外。因为在易阳的成长过程中，爸爸妈妈并不是非得在一起的。他从有记忆开始就和谭叙深一起生活，最近也和叶漫在一起，但三个人待在一起的机会很少，更像是过节。

周寻忽然很心疼这个小家伙，摸了摸易阳的头："宝贝，你记住，不管爸爸和谁在一起，妈妈和谁在一起，他们都很爱你，闻烟姐姐也很爱你。他们都会对你好，知道吗？"

"嗯，我知道。"易阳点了点头。

"睡吧，明天带你去吃烤肉。"周寻说。

"爸爸和闻烟姐姐会来吗？"易阳听见烤肉忽然饿了。

周寻笑了。他猜不会。

"可以让妈妈一起来。"周寻说。

"好，让妈妈吃胖一点儿。"易阳侧躺着看向周寻，黑亮的眼睛很清澈。

"嗯，快睡吧。"周寻关了灯。

闻烟从浴室出来，发现客厅里她刚才剪碎的衬衣已经不见了，而谭叙深坐在沙发上，没有开电视也没有看手机，就那么静坐在那里。

"怎么还没走？"闻烟围着浴巾，两缕头发从浴帽中散落出来，头发上滴下的水顺着后背往下滑。

听到她开口，谭叙深从沙发上起身，看着她亭亭地站在那里，露在外面的肌肤呈现出漂亮的淡粉色。

她已经进去很久了，想到她刚才情绪不稳定的状态，谭叙深一直坐在客厅里没走。

"今天不回去了。"谭叙深注视着她。闻烟皱了皱眉，但没说一个字，转身回了卧室，毫不犹豫地把门反锁了。

锁门的动静很大，客厅的灯光下，男人显得无比落寞。

谭叙深站在原地，脊背有些僵硬，过了片刻，坐回沙发闭上了眼睛，暖黄的灯光下，像一尊俊美的雕塑，浑身却散发着颓败和落寞。

他想去敲门，但又担心他的靠近会让她像上次那样失控。

冗长的安静，不知过去了多久，谭叙深起身走到阳台上，打开一扇窗户，然后拿出打火机点了一支烟。

夜里的风带着厚重的冷意，烟刚飘到空中就散了，谭叙深的余光注意到架子上的花和绿植，很多叶子都泛黄了。

他们都生病了。

夜越来越深，黑暗里整个世界好像都睡着了，没有任何动静。谭叙深躺在沙发上闭着眼睛，头昏昏沉沉的，却没有丝毫睡意。

过了很久他抬头，卧室里没有一点儿声音，但从门缝里透出一丝微弱的光。

她睡着了吗？

凌晨三点，卧室亮着一盏昏暗的夜灯，闻烟抱着一条毯子站在落地窗前。她已经在那里站了半个小时了。

北方的冬天很冷，隔着一堵墙的房间似乎更冷。

无边的夜色仿佛要吞噬所有的温度和声音，闻烟光着脚站在地毯上，房间的暖气好像无法温暖到心里。她目光呆滞地看着窗外，脑海里闪现出很多画面，抓住毯子的那只手不知不觉中用力，指腹泛起了青白。

最后，闻烟将毯子扔在了地上，脚从上面踩过，然后回床上用被子蒙住了头，并越捂越紧，把自己整个藏了起来。

再一次睁眼，闻烟是被闹钟吵醒的。看了眼时间，已经快八点了，闻烟在床上翻了个身，好久没睡这么沉过，但过了几秒渐渐清醒，朝门口看了一眼。

外面没有任何动静，但她的手机这时发出一声振动声。

"记得吃早餐，穿厚一点儿。"

闻烟只看了一眼就把手机放在了一旁，然后若无其事地起床，打开卧室的门去洗漱，发现客厅已经没人了，但餐桌上放着一碗粥。

闻烟用手碰了下碗壁，刚碰到就缩回了手。

碗很烫。

看了两秒，闻烟面无表情地走进洗手间，像往常一样化妆搭配衣服，最后提着包出了门。

那碗粥，她再也没看一眼。

冬天的天空经常是灰蒙蒙的，看不见太阳，谭叙深开车行驶在高速公路上，一晚上没睡，脑袋有些疼，下巴也冒出了新的胡楂儿，黑色衬衣也皱了。

回到家他轻轻打开易阳房间的门，发现易阳和周寻还在睡。谭叙深退出来，去洗了个澡，但从浴室出来的时候发现周寻正坐在客厅里。

周寻在他脸上仔细打量，接着忍不住笑了，他这个样子好像不是和喜欢的女孩儿待了一晚上的状态。

"怎么样？"周寻倒了杯温水。

"我晚上把易阳送到叶漫那里。"谭叙深身上只围了一条浴巾，用毛巾擦着头发。

"这是准备打持久战？"周寻乐了。

谭叙深没说话，但忽然打了个喷嚏。

"感冒了？你晚上不会是在路边睡的吧？"周寻忽然有点儿心疼兄弟，把那杯温水推到他面前，"家里有药吗？"

"没事，不用了。"

谭叙深起身进了卧室，换好衣服开车去了公司。

晚上下班后，闻烟和星棠去看电影。吃饭的时候收到谭叙深的消息，闻烟看了一眼，就摁灭了屏幕。

星棠的目光从手机屏幕上一扫而过，紧接着她皱起了眉头。她有时候很苦恼，是不是因为当年自己不用功读书，所以视力才这么好的？

她知道因为工作上的事，他们可能会见面，但就是感觉怪怪的。

"烟烟，你要是不想见他，让铭川哥找别人负责这个项目吧。"星棠怕她难过。

"没什么。"闻烟若无其事地开口。

星棠想到前段时间谭叙深去幼儿园找她，说的那番话让她心里生出一股隐隐的不安。她望着对面的闻烟，欲言又止。

斟酌了很久，星棠把想问的那句话在心里排练了好几遍，然后弱弱地问："烟烟……要是谭叙深回来找你，你会和他在一起吗？"

"不会。"闻烟拿纸巾擦了擦嘴，答得干脆利落，眼皮都没抬一下。

"这就好。"星棠松了一口气，但下一秒又皱起了眉头，"烟烟，你有心事一定要告诉我，别瞒着我，知道吗？"

星棠知道她不开心，而且是因为谭叙深，但总感觉还有更深层的原因。烟烟什么都不说，她不知道该怎么办。

"知道了，别多想。"闻烟看着星棠笑了笑，嘴角的弧度很大。

"那我们下周末去郊区玩好不好？"星棠好久没出去玩了。

"下周末恐怕不行，海市有个汽车博览会我得过去。"闻烟吃饱了，向后微微靠在椅子上，歉疚地看着小公主。

"铭川哥怎么这样？周末还压榨人。"星棠翻了个白眼。

闻烟笑了笑没说话。这不是公司的项目，也不是傅铭川的意思，而是她想丰富一下自己。

罗文昨天已经到 Evens 入职了，昨天中午是他们团队内部的饭局，为了避免闲言碎语，闻烟就没去。

但今天晚上下班，罗文主动约了闻烟，两个人去了希凡朋友的日料店。

"来之前就听说傅总找了个很漂亮的助理。"罗文笑着倒了杯清酒。

圈子就这么大，答应 Kathy 之前罗文对 Evens 做了了解，对公司最近的风向很清楚。

"这个漂亮的助理在傅总面前说了几句话，然后你就一不小心跳了槽，还升了职。"闻烟扬了扬嘴角，看着他。

"咯咯……"险些被刚喝进嘴里的酒呛到，罗文愣愣地看着闻烟，"是你？"

"是我。"闻烟笑着摊了摊手。

"我还以为我的聪明才干藏不住了。"罗文还没有缓过神。

"有区别吗？"闻烟正说着话，手机忽然收到一条消息：

"晚上吃什么？"

闻烟扫了一眼手机屏幕，直到自动熄屏也没有动。

"那以后能再多说几句吗？让我升得快一点儿。"罗文玩笑道，然后给闻烟倒了杯酒，举起了杯子，"总之，谢谢闻助理。"

"不用客气。"闻烟笑着轻抿了一口酒。

这时，罗文的手机连续传来振动，他拿起来看了看，然后啪啪地打字，回着消息。

"你要有事就先去忙。"闻烟说。

"没什么，感觉大家都很离不开我，都离职了还要来问我的意见。"罗文声音中透露着嫌弃，但脸上一副很受用的表情。

"没交接好吗？"闻烟随口问了问。

罗文看着手机里大家的头脑风暴，眼睛眯成了一条线："不是，Jarod最近升职了，恰巧下周也是他的生日，大家准备给他个惊喜。"

闻烟拿着酒杯的动作顿住，目光定在了桌子上。

过了几秒，她若无其事地端起酒杯，将杯里剩下的酒喝完。

晚上回到家，闻烟刚打开门就跌进一个怀抱，身上没什么力气，懒得推开他。

"喝酒了？"谭叙深闻到了她身上淡淡的酒气。

"嗯。"闻烟懒懒地应了一声，走进了客厅。

这段时间，闻烟每天下班几乎都能看见他，那天输入密码还是被他看见了。

心情好了，闻烟就让他留下；心情不好，就把他赶出去。回想着最近的状态，闻烟心里忽然生出几分惬意，感觉很有趣。

"吃饭了吗？"谭叙深坐在她身边，声音带着厚重的鼻音。

随着冬天越来越冷，谭叙深睡在客厅里，感冒一直没好过。闻烟不让他碰，谭叙深就压制着自己不靠近，卧室也很少进去。

"吃过了。"闻烟扫了一眼餐桌上的饭菜，收回了视线，"没什么事就走吧。"

闻烟准备去浴室，这么久了还是改不掉回家就想洗澡的毛病，然而刚起身，就被谭叙深拽了回去。

手臂用力地收紧，谭叙深抱着她，想要把她揉进身体里，下巴放在她的颈窝上，呼吸一声盖过一声地沉重。

手里的细沙顺着指缝不断流失，什么都握不住的空荡和不安，把这个习惯了将所有事情都掌握在手中的男人推到了悬崖边缘，把他的自信和沉稳逐步击垮。

无论他多用力，怀里的人都没有丝毫反应，一动不动地任他抱着。谭叙深不喜欢她现在的样子，好像对什么都无所谓，对他一点儿都不在意。

谭叙深想狠狠地吻她，想把她牢牢地困在身边，仿佛这样才能填补心中巨大的空虚，但嘴唇刚碰到她颈侧的肌肤，脑袋就清醒了过来。

"下周回家和易阳一起吃个饭吧？"谭叙深声音低沉沙哑。他望着闻烟的眼睛，手轻轻摩挲着她的脸。

"要出差。"闻烟从他的怀中起身，进了浴室。

水流顺着脸颊滑落，闻烟闭上眼睛迎着花洒，水温已经达到了发烫的程度，在她的肌肤上留下一片红色。

她怎么会不记得他的生日？

去年他生日那天是周三，闻烟请了一天假，在家里和易阳一起做了个蛋糕，还挂了气球和彩灯。但他忘了那天是自己的生日，晚上还加了班，到家都九点了，但推开门的一刹那，闻烟还是在他眼里看到了惊喜，似乎忘了易阳还在旁边，刚进门就把她抵在墙上吻了她……

闻烟猛地睁开眼睛，慢慢缺失的氧气让人神志不清。她抬手将水温调到最冷，冰冷的水流瞬间将浴室里氤氲的水汽浇灭，自己也冷得打了个寒战。

第 十 六 章

生日快乐

蓝珀大厦，FA。

"喀喀……"谭叙深坐在办公桌前轻咳了两声，嗓子干疼。他习惯性地去拿咖啡，但顿了一下，端起了另一个杯子里的温水。

"谭总，用给您买点儿药吗？"Aaron 正要出去，听到谭叙深咳嗽的声音又转身回来了，感觉总监都感冒大半个月了。

"不……"谭叙深想到早上会和闻烟一起吃饭，停了两秒抬头看着Aaron，"不用了。谢谢，我中午去买就好。"

"好的。"Aaron 说完准备关门出去。

"等一下。"谭叙深忽然想到一件事，叫住了他。

"还有什么事吗？"Aaron 抱着电脑转身。

"最近一年里公司有谁跳去 Evens 了？"谭叙深从屏幕前抬眼，鼻音还是很重。

"最近……我知道的好像只有罗文，稍等我问一下人事再给您具体反馈。"不知道谭叙深问这个是什么意思，Aaron 说话变得谨慎起来。

"不用了，你去忙吧。"目光落在咖啡纸杯上，谭叙深若有所思。

"好的，有事您再叫我。"Aaron 摸不着头脑，关门出去了。

办公室里很安静，谭叙深起身走到落地窗前，云很近，地面的人影变得渺小，视线落在远处的港丽大厦，目光暗淡。

入冬以来 A 市的天气一直不太好，两座大厦遥遥相望，中间隔着缥缈的雾气，虽然看得很不清楚，但谭叙深知道，她在那里。

站在金字塔顶端的男人，此刻神情无比落寞。

无论工作还是生活中，不管遇到多么棘手的问题，谭叙深总能抽丝剥茧找到最漂亮的解决方法，然而在闻烟身上，不要说捷径，连路都找不到。谭叙深觉得自己好像走上了一条看不到尽头的绝路，尽管他的努力看起来毫无意义，但没有其他办法，除此之外不知道还有什么方法可以让她回到自己身边。

回到办公桌前，谭叙深从手机里找到了罗文的联系方式。

闻烟最近在赶一个项目，从周二到周四，每天都很晚才下班，回到家已经凌晨一点了。

周五，她刚起床，谭叙深就把她抱回了房间。

"休息一天吧。"谭叙深担心她身体吃不消。

"不用了。"闻烟躺在床上揉了揉脑袋，头确实昏昏沉沉的，但能坚持下来。

"我在家陪你。"谭叙深和她并肩躺在床上，轻轻抱着她。

闻烟缓缓睁开了眼睛，面无表情地望着窗帘缝隙里透进来的光，停了几秒，然后推开了他。

"我今天晚上回家，明天出差，你不用来了。"闻烟声音淡淡的，穿上拖鞋走进了洗手间。

谭叙深手臂放在被子上，青筋突起，过了片刻，又缓缓平复下去，手臂还呈抱着她的姿势，她却已经不见了。

闻烟从洗手间出来的时候，谭叙深还坐在床边。

"去哪儿出差？"谭叙深每天晚上都抽很多烟，烟嗓越来越重。

"海市。"闻烟坐在梳妆台前开始化妆。

"我陪你去。"镜子里露出半张脸，谭叙深望着她的背影。

"不用了。"闻烟的视线落在眼前的瓶瓶罐罐上，她始终没有看他。

胸膛微微起伏着，谭叙深的视线落在她身上，手握紧了又张开。眼前的女孩儿，让他一点儿办法都没有。

想让她陪他一起过生日，但谭叙深说不出口。今年她生日时的情景还历历在目，他甚至不愿意回忆。

最近，他们会正常交流，谭叙深问什么她就回答什么，甚至有时候她会开心地和他聊起来。

但就在他刚刚感到关系有所缓和的时候，下一刻就不知道会因为哪句话忽然让她终止话题，然后被她推得远远的。一切又回到原点。

当然，如果他不问，她不会主动和他说一个字。

这段时间，闻烟很少像先前那样情绪激动，但谭叙深越来越不安，因为她像是没了灵魂，只剩下了躯壳。

而谭叙深只能把这个躯壳牢牢地守好。先前住在这个躯壳里的快乐明媚的女孩儿已经被他弄丢了，他想把她找回来。

在谭叙深胡思乱想的同时，闻烟化好了妆。她起身走到衣柜前，目光从那一排衣服上扫过，不知道从什么时候开始，衣柜里所有的衬衣都不见了，变成了针织衫和毛衣。

而身后的男人，闻烟再也没见他穿过衬衣。

看着吊牌还没拆的米白色毛衣，闻烟有些呆滞，这确实是她以前喜欢的风格。

但现在她不喜欢了。

从那排衣服上挪开视线，闻烟拿出了黑色毛衣和西裤。

餐桌上摆着早餐，两个人面对面坐着，谁都没说一句话。谭叙深一直注视着她，而闻烟始终没有抬头，只安静地吃着早餐。

吃完饭，闻烟去洗碗，被谭叙深拦下了。

"我去吧。"谭叙深说。

"没事。"闻烟收拾了餐具，走到厨房。

谭叙深愣了愣，将桌子上剩下的盘子收起来，也去了厨房。

"明天几点的航班，我送你去机场。"谭叙深不断往后退，直到无路可退。

"我爸去送我。"闻烟将洗好的碗筷摆在架子上，脸上看不出任何情绪。

谭叙深望着她的侧脸，犹豫了几秒再次开口："一个人出差挺累的，我陪你去吧。"

"一天就回来了。"闻烟转过身来，看着他脸上的担心，忽然轻扬嘴角，"周末不是过生日吗？在家好好陪易阳吧。"

看见她唇角的笑，谭叙深愣了。很久了，她没有向他笑过。

395

而且，她还记得周末是他的生日。

他心底涌出暖意，她缓和的情绪让周围持续凝滞的空气开始流动了，谭叙深不明白为什么，但胸腔像是有暖流穿过，渐渐回温。

"周末什么时候回来？我去接你。"谭叙深低头注视着她，表情无限温柔。

来之不易的缓和，谭叙深不敢强行什么，既然她想一个人去海市，那他就等她回来。

"还不知道，大概傍晚。"闻烟双臂交叠靠着墙，迎着他的视线，嘴角挂着若有若无的淡笑。

气氛不知不觉中弥漫着淡淡的温情，还有几分暧昧。

谭叙深抿了抿嘴唇，她忽然的变化让他不知所措，他的女孩儿好像快要回来了……谭叙深控制着自己不要乱来，怕稍一动就打破现在的缓和，但还是忍不住上前抱住了她。

"那晚上陪我一起吃饭。"谭叙深一只手微微环着她的腰，另一只手抚摸着她的脸，声音竟然带了些撒娇的意味。

闻烟笑了，竟然隐隐在这个三十多岁的男人脸上看到了撒娇的神情，有些新奇。

"好，如果回来得早。"闻烟思忖了几秒说。

心脏突然开始有力地跳动，谭叙深的眼中闪过一丝亮光，他的女孩儿真的要回来了吗？

温柔地抚摸着她的脸颊，谭叙深低头，控制不住地想吻她，闻烟却条件反射地躲开了。谭叙深愣了两秒，下一瞬又紧紧抱住了她。没关系，他慢慢等，直到她的心扉再次完全向他敞开。

"谢谢你，烟烟。"下巴放在她的肩膀上，谭叙深把脸埋在她的头发里，从呼吸间就能感觉到男人此刻的压抑和克制。

厨房，一个可以演绎很多美好的地方，似乎还残留着早餐的余温。

冬天清晨的阳光透过玻璃照进来，两个人沐浴着日光静静拥抱，无限美好。

然而在谭叙深看不到的地方，闻烟的手臂始终垂在身体两侧，她面无表情，没有抱他。

客厅里，易阳吃完早餐擦干净嘴巴。叶漫为他穿上羽绒服，准备送他去幼儿园。

"妈妈，你要多休息，不要一直工作了。"易阳皱着可爱的眉头，一本正经地说。

"知道了。"前段时间在家里工作可能被他看到了，叶漫笑着亲了下易阳的脸颊，为他拉好拉链，"爸爸周末过生日，准备好礼物了吗？"

"准备好了！"易阳笑得眼睛眯成了一条缝。

"准备了什么？悄悄告诉妈妈。"叶漫刻意压低了声音，往他身边凑近。

"这是个秘密哦。"易阳伏在叶漫耳边，也跟着压低声音，一副很神秘的样子。

"好，秘密。"叶漫用手指轻轻点了下易阳的鼻子。

"不过好久都没有看到爸爸了。"易阳背上书包，嘟着嘴巴很不满。

"爸爸工作忙，这周就能见到了。"叶漫蹲在易阳面前，给他系上围巾。

"爸爸是个大笨蛋，这么久了都哄不好闻烟姐姐。"易阳低头玩着脖子里的大熊猫挂饰。

叶漫的动作顿住了，她看着易阳，过了几秒开口，"爸爸去找闻烟姐姐了吗？"

"嗯，爸爸惹闻烟姐姐生气了。"

叶漫低着头若有所思，过了片刻，回过神继续为易阳系好围巾。

"穿厚一点儿，不要感冒了。"

坐在候机室，闻烟看着这条消息发呆，过了很久，才懒懒地回了一个字：

"好。"

窗外有飞机不断起飞、降落，在天空中留下飞行的痕迹。十几分钟后广播响起了提示音，闻烟收起了手机，走向登机口。

登机后找到自己的座位，闻烟闭上眼睛开始休息，可没过多久，忽然感觉耳边有温热的呼吸。闻烟连忙睁开眼睛，看到身旁的人愣住了："你怎么在这里？"

"星棠说她的小公主一个人出差不放心，所以我来替她照顾一下。"希凡还喘着粗气，明显是慌忙赶过来的。

希凡的额头上冒着细汗，呼吸一时间平缓不下来，他看到闻烟错愕的表情，笑着脱下外套。

"吓到了？"希凡带着笑容看着闻烟，刮了刮她的鼻子。

突然的碰触让闻烟缓过了神，上下打量着希凡："你……就这么过来的？"

闻烟没有看到他拿包，也没有任何行李。

"刚才和星棠吃饭的时候她说你要出差，我就过来了。"希凡甚至连饭都只吃了一半，就让朋友把他送了过来。

闻烟顿时笑了，明明都是一样的年纪，但总能在他和星棠身上看到年轻人的活力，风风火火的样子让她很羡慕。

"我去忙，又不是去玩。"注意到他额头上的汗，闻烟从包里拿出一张纸巾递到他面前。

希凡却微微把头向前倾，嘴角噙笑看着她。

忽然拉近的距离，让闻烟的动作不由得停在了那里。注视着他眉眼间的明朗，闻烟扬起嘴角，然后将纸巾轻轻地放在他的手上，坐直了身体。

"烟烟，你的心是什么做的？"希凡挫败地拿起纸巾，擦了擦额头上的汗，"我以为这么赶过来，能看到你感动得抱着我哭呢。"

刚才的动作，再加上希凡的脸，没有女孩儿能抵挡得住。

但闻烟可以。

纸巾上带着淡淡的香味，希凡叠好放在一旁。他追女孩儿从来没有超过半个月的，而身边的女孩儿……希凡无奈地笑了笑。

"我哭了很麻烦的。"闻烟和他开玩笑。

希凡各方面都很优秀，会带给她很多新奇的体验，闻烟也很想和他试试。

她试了，但那时想起的是谭叙深的脸，以及谭叙深带给她的屈辱。

"这么久了还没见识到我的耐心吗？"希凡将椅背往后稍微调了调，找了个舒服的姿势靠着。

"见识到了，不过下午和明天我都有事，应该没时间陪你玩。"闻烟明天傍晚回 A 市，行程安排得很紧。

"那周一能不能请一天假？"希凡侧头看着她。

"不能。"闻烟看着他笑了笑，"上次老板都对我不满意了。"

"星棠说那是你爸爸的朋友。"那天在 FA 楼下，希凡把所有的注意力都放在了谭叙深身上，对她身边的那个男人倒是没什么印象。

"好的老板都公私分明。"回想着第二天去公司的情景，铭川哥确实对她有些冷漠，或者还有其他情绪，至于什么原因，闻烟不愿意细想，"星棠又和你出去吃饭了？"

"嗯，除了你工作忙，我们都游手好闲。"希凡开玩笑，"不过星棠这两天也有点儿忙，好像要重新装修画室，所以没能陪你过来。"

"没关系，她跟我说过了。"去海市而已，没必要有人陪着，闻烟有点儿累了，缓缓闭上了眼睛。

很久没听到她说话，希凡偏头，发现她睡着了，跟路过的空姐要了条毯子，盖在了闻烟身上。

感觉到身上的异样，闻烟微不可察地皱了皱眉，但没睁眼睛。

房间还是原来的样子，但不知道是冬天的缘故，还是因为少了一个人，卧室显得莫名冷清。

谭叙深坐在书桌前，一眼看过去，电脑屏幕上全是与心理健康有关的搜索词条。

浏览器打开了很多页面，男人神情专注地浏览着，时而皱眉，时而沉声呼吸。就这么过了两个小时，他拿起手机按照页面里的信息输入号码。

房间开着暖气有点儿闷，谭叙深起身走到落地窗前，打开了一扇窗户。

就在这时，电话接通了。

"你好，这里是舒宁心理咨询室。"

谭叙深忽然不知道该说些什么，抿了抿嘴唇："你好，我想咨询些问题，现在可以预约时间吗？"

"今天可能不行了，您看周三下午三点可以吗？"电话里是一个成熟温柔的女人声音。

"可以。"谭叙深记得那天有几个会，但都不太重要了。

"好的，您还有什么其他需要了解的吗？"

望着窗外萧瑟的冬景，谭叙深迟疑了片刻："当事人不去可以吗？"

"呃……"电话里的声音犹豫了两秒，"他能过来吗？"

"暂时不能。"谭叙深想到闻烟这段时间的状态，眼神暗淡。

"好的，明白了，那具体情况我们下周再聊。"电话里的人显然不是第一次遇到这种情况。

电话挂断了，谭叙深回到电脑桌前，又看了好久屏幕里密密麻麻的资料，然后关掉了网页。

到酒店时已经下午四点了，闻烟来到前台办理入住手续，希凡跟在她旁边。

"能住一间吗？"希凡扭头看着她轻笑。

他脸上的神情看不出是认真的还是在开玩笑，闻烟笑着摇了摇头："不能。"

希凡暗暗叹了口气，让工作人员又开了一间房。两个人乘电梯一起上楼，闻烟将行李放到房间里。希凡住在隔壁，但没有去自己的房间，反而跟着闻烟一起进去了。

"我现在要出去一趟，你看看自己做点儿什么。"闻烟在沙发上稍作休息，给这边的同事回消息。

"几点回来？一起吃饭吗？"希凡坐在床边。

"抱歉，要和同事一起吃饭。"闻烟忽然觉得不好意思，希凡特意陪她过来，她却没有时间和他一起玩。

"那少吃一点儿，回来我带你去吃好吃的。"希凡总能找到办法。

闻烟情不自禁地笑了。如果可以，她很想和希凡试试。但发生过那件事，两个人之间总会有些暧昧。

她不想重蹈覆辙。

闻烟希望下一次是从爱情开始的。

"好。"闻烟笑着答应，"我现在要过去了，时间有点儿紧张。"

"那我在酒店等你，有事打电话给我。"她去工作，希凡就不跟着了。

"好。"闻烟换了双高跟鞋，提着包离开了。

前段时间的项目，闻烟和海市的同事对接比较多，所以这次对方邀请她过来，但车展不是她的主要行程，公司有专门的团队来负责。

闻烟主要想参加明天上午的交流论坛，主题是汽车行业未来三年的发展趋势，特邀嘉宾都是很具传奇色彩的人物。闻烟最感兴趣的是德国一个顶级豪车品牌的首席执行官，六十多岁的老先生，现在已经荣退了，但当年在业内创造了一个又一个奇迹，现在嗅觉依然敏锐。

海市的汽车博览会规模很大，今年因为特殊原因提前了一个月，去年闻烟是和谭叙深一起来的，但不是因为工作。

闻烟到的时候，海市的同事已经在等她了。两个人简单逛了逛车展，晚上和另外几个同事一起吃了饭。

回到酒店已经九点了，闻烟累得倒在了床上。没过多久响起了敲门声，闻烟穿着拖鞋去开门。

"有点儿累了，明天再出去吃吧。"闻烟打开门看着希凡说。

"可以进去吗？"希凡站在门外倚着墙。

闻烟静静地看着他，过了两秒，把门拉开了。

"晚上吃饱了吗？"希凡跟在她身后，坐在沙发上没有再往里面走。

闻烟微微点头，其实晚上没什么胃口，吃得很少，现在倒是有些饿了，但也不想再出去。

"我让餐厅服务员送过来，陪我再吃点儿。"希凡知道她累了，刚才已经点了外卖。

闻烟坐在另一张单人沙发上笑了笑，感觉被他猜透了心事："好，刚好又饿了。"

晚上的酒店里，一男一女独处无形中就很暧昧，但好在他们谁都没有再提那天的事，也都守在安全线之内。

闻烟拿起手机看了看，有很多消息，谭叙深的、铭川哥的，还有爸妈和星棠的。

刚才累得不想回，闻烟这会儿回复了爸妈，又回了星棠。那两个人的消息，她只是看了看，并没有马上回。

没过多久门被敲响，希凡去开门，是订的餐到了。

"好香。"闻烟站在桌前，看着希凡拆开包装。

不知道是哪家餐厅，连外卖都做得这么精致，里面是几个木质的食盒，深棕色雕着暗纹，花瓣的纹路很清晰，栩栩如生。

"饿坏了吧？"希凡的笑容里带着宠溺，他将几道菜摆在桌子上。

"是不是点得太多了？"闻烟抬头看着他。

"那你就多吃点儿。"希凡已经很克制了，但每道菜都想让她尝尝。

房间里的电视开着，两个人坐在桌前边吃边聊。

"味道不错。"这家餐厅的菜很合闻烟的口味。

"有机会可以去店里吃，应该会更好一些。"希凡倒了两杯果汁。

"你对海市还挺熟悉。"闻烟看着希凡轻笑，"不会又是你朋友开的吧？"

"这倒没有，不过你喜欢的话，我们可以在 A 市加盟开个分店。"希凡看着闻烟，眼里带着隐隐的笑。

"我喜欢很多东西，少爷都要买下来吗？"闻烟挑眉，和他开玩笑。

"买。"希凡毫不犹豫地说。

每次和希凡出去逛，她只要稍微表现出喜欢什么，希凡都只说一个字："买"。

这让闻烟很有压力，但他以后的女朋友一定很幸福。

两个人正吃着饭，闻烟放在桌子上的手机忽然开始振动。她看了一眼，没接。希凡低着头，不动声色地收回视线继续吃饭。

但没过多久，手机又振动了，闻烟看着屏幕上的来电显示，停了两秒，按下了接听键。

"喂？"闻烟拿着筷子，心不在焉地夹着米粒。

暖调的光线下，房间内只有电视发出微弱的声音。

希凡将剥好的虾放在闻烟的餐盘中，声音温柔："这个好吃。"

"谁在身边？"傅铭川皱眉，如果没听错的话，刚才是一个男人的声音。

闻烟将视线落在希凡身上，带着微微的打量，但希凡迎着她的视线，任她打量。闻烟不禁哑然失笑。

"希凡。"闻烟收回目光，将手机音量调小了些。

"你在哪儿？"傅铭川声音沉了一分。

"酒店。"闻烟夹了一根青菜，慢慢嚼着，像是回答老师提问似的，毫不迟疑，却没有感情。

"烟烟。"傅铭川恼火地压低了声音。他猛地从沙发上站起来，头疼地揉着眉心，"你还小。"

"二十三岁，不小了。"闻烟神色淡淡的，声音也没有什么起伏。

傅铭川忽然愣住了，心底泛着苦涩。

是啊，他一直等着的女孩儿，已经长大了，在他看不见的角落悄然长大了。

"喜欢他吗？"傅铭川踱步到窗前，心中五味杂陈。

闻烟一愣，犹豫了两秒："想试试。"

"去医院也是因为他？"想到她晕倒的画面，傅铭川脸上结了一层冰霜。

"不是。"闻烟视线低垂，看着一桌子菜，她忽然没了胃口。

望着无边的夜色，傅铭川沉沉地呼出一口气。声音顺着电话传到了闻烟耳边，但她依旧没什么反应。

"烟烟，你在和我闹别扭吗？"傅铭川忽然平静下来。

闻烟表情微变，声音慢慢缓和下来："铭川哥，无论什么时候你都是我最依赖的朋友和家人，我不会和你闹别扭。"

希凡抬头看了她一眼，继续剥虾。

他只能是朋友和家人吗？

"等你回来我们谈谈。"傅铭川心里被苦涩和不甘填满了。

呼吸有一瞬间的停止，闻烟垂着眼皮，迟迟没有说话。有些事情说出来就再也没有挽回的余地了，她不想答应。

"我先吃饭了。"闻烟不想继续说了，担心有些话会不受控制。

"好……"

"保护好自己"堵在嘴边，傅铭川却说不出口，因为没有立场。

电话挂断了，闻烟低头看着玻璃杯出神。过了片刻，她抬头看着希凡，唇角上扬："故意的？"

闻烟用筷子夹起盘子里剥好的虾，轻轻咬下去。

"嗯。"希凡笑着摊手，大方地承认。

"幼稚。"闻烟笑了。

"是他吗？"希凡毫不掩饰自己的醋意，刚开始以为是谭叙深，但之后听起来又不像。

"我老板。"看着他的小心思落空，闻烟情不自禁地笑了。

"老板真好，你刚说想试试什么？"希凡总能记得一些自己感兴趣的话。

"想试试……这只虾好不好吃。"闻烟又从盘子里夹起一只他剥好的虾，眉眼间淡淡的神情让人看不出真假。

希凡。

酒店。

二十三岁，不小了。

想试试。

…………

希凡明知道她说的不是这个，却又无法反驳。

"我剥的肯定好吃。"希凡剥虾的动作突然凶残起来，不知道是不是把脾气发泄在了食物上。

"别剥了，我吃不了那么多。"闻烟看他好像都没怎么吃。

"明天还忙吗？"希凡摘下了一次性手套，开始吃饭。

"上午要去参加一个讲座，结束后回来休息一会儿，然后乘四点的航班回Ａ市。"这是闻烟定好的计划，但她看希凡的嘴角不断往下垂，问，"怎么了？"

"在想怎么偷一点儿你的时间。"希凡轻笑，目不转睛地注视着闻烟。

"跟你说了这次是来工作的，回Ａ市再玩。"两天的时间很紧，闻烟想回家好好休息。

谭叙深记得去年，她是十二点整打来电话，还缠着问自己是不是第一个对他说生日快乐的人。

秒针缓缓走向"12"，但手机里没有一个来自她的电话或消息，秒针继续往前走，一圈过后又一圈，分针也走了一圈，还是没有消息。

时间果然是冰冷的、没有感情的，不管世间的喜怒哀乐、爱恨嗔痴，永远以恒定的速度往前走，不疾不徐。

能跟上它步伐的人就往前走；跟不上的人，只能活在痛苦或者虚假的快乐中。

过去了一个小时，谭叙深依旧没收到任何消息，她或许已经睡了。

想到闻烟睡眠质量不好，谭叙深没有发消息过去。

洗过澡，闻烟回了几条消息便将手机关机，坐在书桌前整理了明天会议的资料和可能用到的东西，先做好功课。

她再抬眼，已经十二点半了。

视线落在墙壁上的挂钟上，闻烟平静地看了许久，最后不悲不喜地活动了下泛酸的脖子和肩膀，将电脑关机，回到床上准备睡觉。

房间的灯关了，周围越来越安静，闻烟再也没有打开手机。

不知道从什么时候开始，谭叙深有了醒来先看手机的习惯，而这一眼，几乎可以决定一天的心情。

手机里还是没有她的消息。

谭叙深又沉沉地闭上了眼睛，心底的失落积了一层又一层。

从上高中开始，谭叙深对过生日就没有感觉了，生日可以得到的东西平常同样可以得到，所以也不会有过多的期待。而现在，他隐隐明白了为什么小孩子总喜欢过生日，因为可以收到礼物。

今年，谭叙深很期待这个生日，不奢求能收到闻烟的礼物，但希望能成为他们关系缓和的转机。

上一条消息还停留在昨天晚上八点，她说在和同事吃饭。谭叙深让她回酒店后给自己回个电话，但是她没有，他打过去的电话也没有人接听。

那条消息孤零零地停在那里，像是被遗弃了。过了片刻，谭叙深又发过去一条消息：

"几点到？我去接你。"

发完后谭叙深上了跑步机，一个小时后满身是汗。他洗了个澡换上家居服，这时手机忽然响了。

"我到楼下了。"叶漫将车在路边缓缓停下。

"好，我现在下去。"

谭叙深挂了电话，发现她回了消息：

"六点半。"

她是十分钟前回的。看了片刻，谭叙深随意披了件外套下楼了。冬天的室外很冷，叶漫看到谭叙深从里面出来，才带着易阳下了车。

"爸爸生日快乐！"易阳跑着扑到谭叙深身上。

"冷不冷？"谭叙深扶着易阳，担心他摔倒。

"不冷，妈妈给我买了好多新衣服。"易阳仰着脸，忽然张开了双臂，"爸爸抱！"

几天不见，易阳好像更黏人了，谭叙深笑着把他抱起来。几米外，叶漫看着他们父子玩闹，情不自禁地扬起嘴角，往前走了几步。

"没准备礼物，我就不上去了。"叶漫为易阳整理好领子，目光最后落在了谭叙深身上。

"身体好点儿了吗？"谭叙深低头看她。

"会定期去医院，好多了。"叶漫轻笑。

两个人之间，一问一答，除此之外好像就没了话题。叶漫不自觉地往楼上瞟了一眼，或许，那里有个女孩儿在等他。

"没什么事，我就先回去了。"叶漫敛下眼里的情绪。

"好，注意安全。"谭叙深没再说其他的。

"妈妈再见！"虽然被谭叙深抱着，但易阳还是扭过身，在叶漫脸上亲了一口。

"拜拜。"

下午一点多回到酒店，闻烟准备稍作休息后去机场，但身体疲惫，坐在沙发上迟迟不愿意动。

"这么早回去做什么？"希凡靠在门边皱着眉头。

"明天要上班，回去休息。"闻烟将衣服装进箱子里，拉好拉链。

"还有其他可以休息的方式。"希凡说着，从口袋掏出两张门票，递到闻烟面前。

闻烟很喜欢的一支乐队，在海市现场演出。

"去吗？"希凡脸上挂着明晃晃的笑。

"你怎么知道我喜欢？"闻烟嘴角的弧度不断扩大，她很惊喜。

"这段时间没少请星棠吃饭。"希凡低头注视着她，眼睛里的光很温柔，也很耀眼。

闻烟笑了笑，看着票上的演出时间，晚上七点开始，九点结束。

视线落在结束的时间上，闻烟唇边的笑渐渐变浅，她神色淡淡的，久久没有说话。

过了一会儿，她又笑得明媚："好。"

谭叙深开车带着易阳回爸妈那里吃午饭，下午又回了家。

买好食材，谭叙深看着食谱将排骨炖好，把其他食材也准备好放进冰箱里。没过多久，周寻订的蛋糕也到了。

冬天，太阳落得很早，五点多天就黑了。

"你自己在家玩一会儿，爸爸现在要去机场接闻烟姐姐，晚上我们一起吃饭。"谭叙深坐在沙发上，拿起茶几上的车钥匙。

"等一下，爸爸，我给你准备的礼物还没看呢。"易阳回房间拿出书包，又回到谭叙深面前，表情神秘，"猜猜这是什么。"

"大熊猫？"谭叙深说。

"不是哦。"易阳神神秘秘地从书包里拿出一幅画，还自带音效，"噔噔噔噔，这个是闻烟姐姐，这个是爸爸，像不像？"

谭叙深看着那幅画愣住了，白色的裙子，黑色的衬衣，她在喂他吃饼干。

手指情不自禁地在上面轻轻摩挲，背景被简化了，孩子画出的世界，颜色总是很明朗温馨，也很简单。

这是今年夏天在客厅的情景，那时候她还在。

"像，谢谢宝贝。"胸腔内的酸涩不断堆积，谭叙深沉沉地呼出一口气，脸上的怀念和无奈交织，忽然迫不及待想见到她。

"爸爸太笨了，都哄不好姐姐，害得我好久都没见到姐姐了，爸爸要加油哦！"易阳一会儿皱眉，一会儿委屈，最后又给谭叙深加油打气。

"好，爸爸先去机场，一会儿就回来了。"谭叙深笑着摸了摸易阳的头，穿上衣服。

"好，我在家等你们！"易阳说。

通往机场的高速上，路灯连成了一条线。

谭叙深拿出手机，调出家里的监控，发现易阳在客厅里画画，电视里放着动画片。高速上的车流不密集，但速度很快，一辆辆车从身边疾驰而过，谭叙深看了几秒，收回了思绪，专心开车，最后提前半个小时到了机场。他把车停在停车场靠近电梯的位置，然后去了对应的到达大厅。

电子屏幕上滚动播放着航班的状态，谭叙深发现她所在的航班没有延误，现在时间还早，还有二十分钟才落地。谭叙深心神不宁地向四周环视了一圈，之后走到旁边的休息区域等她。

等待总是很漫长，时间一分一秒过去，六点二十八分的时候，谭叙深给她发了一条消息：

"在大厅里等你。"

几分钟过去了，谭叙深没收到她的回复，视线落在手机上，目光有些呆滞，可能是刚落地，她还没来得及开机？

闻烟出来还得二十分钟左右，谭叙深看时间差不多了，起身走到接机口，很多人举着牌子，有接朋友的，还有接同事或者合作伙伴的。拉着行李箱的人陆陆续续从里面出来，谭叙深视线从一张张脸上扫过，拥挤的人潮渐渐变成零零星星的几个人，还是没有看到她。

已经七点了，他又看了看航班状态，显示已到达。

谭叙深皱了皱眉，看看手机，发现她还是没有回复，难道是看漏了吗？谭叙深抬头，视线又在刚出来的几个人身上扫过，不是她。身边的人都顺利地接到朋友离开了，只剩下谭叙深还在等着。

没有再犹豫，谭叙深拿出手机拨了她的电话，还不断往周围张望，但电话里传来一个机械的声音：

"对不起，您拨打的用户已关机，请您稍后再拨……"

一幢破败的楼房，像是待拆迁的样子，白天从这里经过可能完全不会注意它，但到了晚上，迷幻的灯光和躁动的氛围就会把空气点燃。这里就是海市很有名的演出场馆，许多知名的乐队都会在这里演出。

舞池里的人随着音乐不停晃动，闻烟坐在远处的吧台旁看着，完全沉浸在音乐中。

她对音乐没有太大感觉，却很喜欢这支小众乐队，不是重金属的摇滚，也不是舒缓的民谣。闻烟不懂这是什么音乐风格，但能从每个音符中感到轻松尽兴，有种唱完今天不说明天的酣畅淋漓。

音乐确实有神奇的魔力，闻烟嘴角始终挂着笑，是发自内心的轻松和明快。看着他们在台上挥洒汗水，她有时候也很想任性一回。

希凡不动声色地打量着她，这是从冲浪之后第一次感受到她发自内心的快乐，或许她喜欢这种？他也知道，演出结束后她又会变成原来的样子，但至少现在她是快乐的。

看着她又去倒酒，希凡不动声色地把酒换成了果汁。

摸着瓶子不对，闻烟扭头看向他。

五颜六色的灯光在室内不停地变幻，映着两个人脸上的笑。音乐声很大，他们只能靠近彼此才能听见对方说什么。

"你醉了……我怕控制不住自己。"希凡贴近她的耳朵说。

虽然他是玩笑的语气，但闻烟还是往后退了退，倒了杯果汁笑着说："两米的安全距离，自觉一点儿。"

希凡咧着嘴，倒了杯酒望着舞池："要过去吗？"

闻烟犹豫了两秒，摇了摇头。

希凡扭头认真地注视着她的眼睛，在最深处发现了一丝微不可察的期待。他笑了笑，下一秒抓着闻烟的手走向舞池。

"希凡！你做什么？"闻烟跟在他身后，被他紧紧抓着手腕。

希凡不由分说地往前走，直到拉着她走到舞池中央才放开。周围人潮汹涌，希凡将她隔在安全的范围之内。

"既然来了，就好好玩。"希凡看着她的眼睛轻笑，犹豫了两秒，还是摸了摸她的头。

音乐的浪潮一波盖过一波，在希凡的注视下，闻烟笑了，眼里的光芒很耀眼，身体也渐渐放松下来，融入音乐和灯光营造的氛围中。

"是这趟航班吗？"谭叙深望着电子屏幕中滚动的航班信息，声音低沉。

"那天闻烟跟我说的确实是这个，你没有接到人吗？是不是改签了？"罗文正在看电视，接到电话的瞬间站得笔直，感觉舌头也有些打结，知道老板的秘密也不是件好事。

"好，知道了。"谭叙深的心脏不停地往下坠，伴随着隐隐的不安。

"要不然我再去问问，有什么事你再打给我。"罗文自己也快好奇死了。

"嗯，好。"电话挂断了，谭叙深望着机场的时刻表，八点三十三分。

她的手机一直是关机状态，难道是出事了吗？

这两天的心情像抛物线一样，期待在等待中逐渐落空，现在只剩下了不安，谭叙深面色凝重，拿出手机查看今天下午和晚上的新闻，又翻看了航空公司的最新消息，过了几分钟没发现异常消息，不安的情绪才稍微缓解。

谭叙深找到星棠的电话，正准备拨出去的时候，易阳打来了视频电话，谭叙深隐下情绪，接通了。

"爸爸，你们什么时候回来？"易阳穿着黑白相间的睡衣，乖乖地坐在沙发上。

"可能要再等一会儿。"谭叙深心里一片茫然，说得很不确定。

"还没接到闻烟姐姐吗？"易阳黑亮的眼睛透着清澈的光。

"姐姐有事耽误了一会儿，马上就回去了。"谭叙深笑了笑，不想让易阳察觉到大人间的不愉快，却笑得很僵硬。

"我有点儿饿了……"易阳捂着肚子。

"把茶几上的蛋糕拆开吧。"谭叙深不自觉地握紧了另一只手。

易阳高兴地跳下沙发，跪坐在地毯上看着眼前的草莓蛋糕，咽了下口水，然后看着谭叙深说："等闻烟姐姐回来再切吧。"

谭叙深喉头微动，连忙移开了视线，望着滚动的电子显示屏，眼底渐渐泛了红。过了几秒，他缓了缓神，又看向手机屏幕："茶几下面有零食，先吃点儿。"

"好，那你们快回来哦！"

电话挂断了，谭叙深站起来沉沉地呼出一口气，心底的酸涩却不断堆积，压得他喘不过气。

她出事了？还是她已经回来了？或者她在骗他？

409

无论哪种情况，谭叙深都无法离开。

"帮我查一下闻烟的航班信息，身份证号我发你。"没找星棠，谭叙深直接拨了周寻的电话。

他在手机里熟练地打下一串数字，发给了周寻。

周寻正想慰问他生日过得怎么样，但听这话……好像没接到人？

"好，让我爸帮忙查一下，我一会儿再打给你。"周寻没再调侃，也没问其他的。

"好。"

电话挂断了，接机口又一拨儿人往外涌，谭叙深失神地望着。

也不明白为什么，他就是知道她不在其中。

周寻连忙给他爸打了电话。老爷子在航空公司工作，按理说这种情况是不允许的，毕竟涉及个人隐私，但看谭叙深这段时间的状态，周寻没想到他陷得这么深。

二十分钟后，周寻给谭叙深回了电话。

"下午四点的航班改签到了晚上九点半。"周寻语气难得认真。

谭叙深望着机场的时刻表，九点二十七分："什么时候改签的？"

"下午两点。"周寻说。

她没有骗他。

谭叙深暗自思忖，她可能是有事耽搁了……

"凌晨零点十五分到。"看着电脑里老爸发过来的消息，周寻眉头紧皱。

谭叙深听到这里瞬间愣住了，周围的景象全变成了虚像，以及那些为她辩解、为自己找的借口也全都化成了虚无。

"好，我知道了。"谭叙深的脑海变得一片空白。

"易阳自己在家吗？用不用我过去？"周寻知道闻烟会和他一起过生日，所以才没打扰他，但现在看来局面有些僵。

"没事，不用了。"挂了电话，谭叙深坐在休息区的椅子上，眼里堆满了落寞，心底反倒平静了。

他明白了，她在报复他。

从满心欢喜的期待到逐渐落空的失望，这种细水长流的痛，谭叙深体会到了。

像是将一个人的血慢慢放干，没有割破动脉，也没有让刀刺入心脏，只切开一个小口子，让你看着自己的血慢慢流干，让你清醒地感知痛苦却又束手无策。

谭叙深体会到了。

大厅里人来人往，周围的人全变成了快速移动的虚影，只有谭叙深的世界是静止的。

闭上眼睛，她生日时的画面浮现在脑海，过去几个月不敢回忆的画面，现在被翻出来，谭叙深清醒地感受着她当时的煎熬。

手机的振动声忽然打破了寂静，谭叙深拿起手机，发现是易阳。

"爸爸，我困了……"易阳躺在沙发上，盖着小毯子，脑袋迷迷糊糊的，已经睁不开眼睛了。

谭叙深看着屏幕，茶几上有两包拆开的饼干，旁边的蛋糕还完完整整地放着。

"去房间睡吧，别着凉。"谭叙深不敢看易阳的眼睛。

"那等闻烟姐姐来了，你叫醒我。"易阳看着屏幕，眨眼睛的动作都变得很慢。

"好……"喉咙像是被胸腔内灼热的气流伤到了，谭叙深的声音变得沙哑。

飞机在厚厚的云层中穿梭，闻烟闭着眼睛，好像睡着了，但紧皱的眉头和唇角的冷笑却泄露了她的秘密。

去机场的路上，她沉浸在演出的氛围中久久出不来，但看到无数的未接来电时，雀跃的心情瞬间平静了。她又被拉回到了现实世界。

飞机的引擎声很清晰，闻烟情不自禁地回忆着今年生日时的情景，一遍又一遍，像是按了自动重播键。

当时她没有拨这么多电话，但仅仅几个，就彻底把她打入了谷底，然后再也没有勇气爬起来。

他身边所有的人都知道他去了哪里，却没有一个人告诉她。她只能每天和往常一样去他家里，面对的却是一片空荡荡的黑暗。

现在，闻烟依旧不知道身处哪里，好像在往前走，又好像被过去拉扯着。

这种从天堂到地狱的心情，不知道谭叙深能感受到几分。闻烟想着忽然笑了，脸上分不清是畅快还是苦涩。

那么骄傲，那么薄情冷酷的男人，为什么会突然回头呢？他是不甘心吗？他习惯了所有事情都尽在掌握之中，自尊被踩在地上的滋味一定不好受吧？

"烟烟，快到了。"希凡扭头将闻烟身上的毯子往上盖了盖，轻轻叫了她一声，但她睁开眼的瞬间，眼底一片清明。希凡打量着她眉眼间的疲惫，"没睡吗？"

"睡不着。"闻烟轻笑。

飞机的引擎声，有人可以当作白噪音，闻烟听着却从来睡不着。

她偏头望向窗外。

飞机已经在下降了，尽管现在是凌晨，但城市的霓虹灯永远不会早早熄灭。

"我叫了朋友来接我们，待会儿先送你回家，回去好好休息。"知道她睡眠轻，希凡刚才不敢乱动，这时才活动了下僵硬的身体。

"谢谢，麻烦了。"闻烟没有推辞，太晚了，她不想再等出租车回家。

飞机很快落地，在机场滑行了几分钟，闻烟只有一个登机箱。希凡没拿任何东西，就帮她拉着行李箱下了飞机。

"是不是打乱你的计划了？"顺着人流往外走，希凡低头注视着她。

"没有，回家也是休息。"闻烟心不在焉地笑了笑。

"唯一的遗憾就是没有带你去吃好吃的。"在闻烟工作的时间里，希凡在酒店查了很多资料，包括好评的餐厅和好玩的地方，然而都没有时间去。

"但是去看了演出，也很开心。"闻烟的嘴角挂着笑。她上次去看演出还是刚回国的时候，眨眼间，已经一年多了。

"A市也有很多这种演出，喜欢的话我们以后周末再过去。"尽管现在一切又归于平静，但希凡知道那一刻她的快乐是真实的。

音乐的浪潮似乎还在脑海里回荡，闻烟有些心动，但想到接下来的行程，遗憾地摇了摇头："快年底了，接下来工作会很忙。"

"那就等你忙完了。"希凡用余光捕捉到她脸上的欢喜。

"好。"闻烟抬头看着他笑了。

机场很大，两个人不知不觉走了好久，终于到了大厅。

"他说在大厅等我们，我给他打个电话。"到了接机口，希凡举着手机向周围张望，还没看到朋友的身影就愣住了。

希凡下意识地回头，发现闻烟已经停住了脚步，脸上的笑也消失了。

大厅里灯光明亮，男人穿着黑色风衣站着，显得无比孤独。

隔着十几米，谭叙深遥遥望着她，落寞的神情被阴郁之色取代，手慢慢握成了拳头，漂亮的骨节泛着森森的青白。

几个小时里，从期待到失落，谭叙深想了很多。

他等了六个小时，而她等了七天。

时间每过一秒，愧疚和心痛就淹没他一厘米，直到最后快要无法呼吸。谭叙深不会怪她，这一切都是他应得的。

所以往后的时间里，他会加倍地去弥补她、爱她。谭叙深甚至庆幸，她现在还会报复他，如果有一天，她不恨他了，也不理他了，那时候，他大概真的会疯掉。

但这一切想法，在他看到她身边的人时，全都变成了空白。

谭叙深眼中浮出悲凉之色：她一再地不让他陪着去海市，是因为有其他男人陪着？

周围的空气很冷，但胸腔内的灼热层层叠叠地往外翻涌，谭叙深僵硬地站在原地，目光紧紧锁在她身上。

大厅里人来人往，谭叙深和闻烟隔着攒动的人影对视着，时间好像静止了。茫茫人海中，有两束光打在他们的身上，周围的一切都变得暗淡，成了背景。

只有四目相对下的暗流涌动，有爱，有恨，还有淋漓的悲痛。

闻烟不知道自己现在是什么心情，没想到他还在机场，那么骄傲的男人，怎么会在机场等这么长时间呢？

但是，她心里很痛快，比想象中还要痛快。

那些腐烂在心底的记忆被翻出来，虽然很疼，但终归让她透了点儿气。

隔着这么远，闻烟都能看到男人脸上冷硬的线条，但还不够。她缓缓扬起嘴角，迈开了步子。

"烟烟。"闻烟刚走出两步，希凡就抓住了她的手臂，"我朋友到了，我送你回去。"

"抱歉，你先回去吧，我还有点儿事。"闻烟从希凡手里拉过箱子，声音没有起伏，却不敢直视他的眼睛。

她很愧疚。

"烟烟。"希凡抓着箱子不放，语气突然变得很重。

闻烟的动作顿住了，她从来没有见过希凡生气，但还是缓缓从他手里取过了行李箱。希凡低头注视着她，眼底的神情很复杂，僵持了几秒，缓

413

缓放开了手。

"你知道自己在做什么吗？"希凡稳住了情绪，但声音冷硬。

"知道。"闻烟还是没有看希凡的眼睛。

"和我回去。"希凡拉着她的手臂，朝另一个方向走。

被希凡拉着，闻烟索性不再挣扎了。她本来想和谭叙深说几句话，但忽然觉得说不说都无所谓了。

他们之间的氛围谭叙深感觉不到。他早已没了理智，只知道她为了另一个男人拒绝他。而他不在的时间，有另一个男人陪在她身边。

看着他们越走越远，谭叙深攥得手指关节咔咔作响，下一秒，忽然迈开了步子。

谭叙深迈着修长又沉重的双腿，大步流星地往前走，紧跟在他们身后，黑色风衣的衣角卷起了寒气。

距离越来越短，谭叙深伸出手臂一把将闻烟拽到身边。

忽然的动作让闻烟狠狠地撞到他的胸膛上。

希凡也停住了脚步，冷着脸，目不转睛地注视着面前的男人，比起医院那次的狼狈，这次才真的看清楚了。

身边熟悉的气息让闻烟忍不住皱眉，但抬头看到他的脸时，神情又舒缓下来。

"不好意思，晚了。"闻烟站直了身体，面带微笑帮他整理着风衣的领子，"生日快乐。"

希凡的眼底闪过一丝诧异，随后，他又拧紧了眉。

谭叙深低头注视着她，控制不住粗重的呼吸，心里的愤怒搅动着苦涩。他想和她置气，想把她困在身边狠狠教训，甚至想就这么放她走吧……

但他看到她和别人走，心顿时又空了。

闻烟望着面前压抑又气急败坏的男人，眼中浮现出淡淡的笑意，不知道在被别人玩弄感情后，这个骄傲的男人会做出什么事。

眼神中透出隐忍和克制，谭叙深看着她的眼睛，眉梢处的冷漠渐渐融化。

谭叙深僵硬地抬起手臂，在闻烟的头上轻轻地抚摸了一下："累了吗？回家吧。"

笑凝在脸上，闻烟皱眉，但还没来得及说什么，谭叙深就一只手拉着箱子，另一只手紧紧拉着她离开了。

414

他从头到尾没看希凡一眼。

"放手。"闻烟声音清冷。

而谭叙深像是没听到，仿佛着了魔，只紧紧地拉着她往前走。

闻烟用力地挣扎却挣不脱，手被他握得很疼，已经泛了红，但他依旧没有松开的意思。

想到希凡还在身后，闻烟连忙转身，看到他一个人站在那里，深深地吸了一口气。

"回到家告诉我一声，周末请你吃饭。"闻烟强扯出笑容，心里的愧疚和自责开始泛滥。她不能再利用他了。

而这时，谭叙深停下了脚步。

希凡看着她脸上的笑，表情渐渐缓和下来。他呼出一口气，眼睛不自觉地看向别处，然后朝闻烟挥了挥手，不等她再说什么，转身离开了。

许久的安静后，谭叙深拉着闻烟继续走，到了地下停车场，帮她系好围巾，又系好安全带，这才发动了车子。

从机场高速到市内公路，谭叙深再也没有说一句话。

他们就这么到了景华城。闻烟看着眼前熟悉又陌生的一切，面无表情。

谭叙深率先下了车，但在下面等了两分钟，她都没有下来的意思。

"外面冷，回家吧。"谭叙深打开了副驾驶的门。

"这不是我的家。"闻烟从车上下来了。

更多冰冷恶毒的话停在嘴边，闻烟忍住了。他陪她过了一个难忘的生日，她也会陪他一起过。

谭叙深拖着行李箱，拉着她进了电梯。

电梯缓缓上行，闻烟看着那不断跳动的数字，呼吸变得粗重。

像是怕她反悔一样，谭叙深紧紧抓着她的手从电梯里出来，输入家里的密码打开了门。

客厅的灯亮着，门关上的那一刻，闻烟的心跳得越来越快，心慌得几乎无法呼吸。她换了鞋，打量着房子内的装饰，倒是没什么变化，和她走的时候一模一样。

"你前妻回国后没把我那些乱七八糟的东西扔掉吗？"闻烟望着客厅里的照片冷笑。

"她没住这里。"谭叙深声音沙哑。

从玄关到客厅的这段路，闻烟慢慢走过，目光落在地上，忽然开口，

415

声音很轻："谭叙深，你看到地上的血了吗？"

屋里突然安静得可怕。

谭叙深望着地面，眼睛和心脏同时疼得厉害，喉咙涩得说不出一个字。

"是在这里吗？"闻烟指着地面，转身看向谭叙深，待看清他脸上的神情，闻烟满意地笑了。

既然谭叙深在她生日的时候给了她这一切，那她就在他的生日时替他温习一遍。

她觉得很痛快。

"烟烟，别这样。"深深的无力感顺着胸腔往上涌，谭叙深走到闻烟身边，将她抵在墙上用力抱紧，像是要揉进他的身体里。

"哪样？"看着他身上的黑色毛衣，闻烟不紧不慢地开口，"虽然我没想过那个孩子来得这么早，但曾经说想和你结婚、生孩子都是真的。"

谭叙深眼睛猩红，低头和她鼻尖轻触、摩擦着。

闻烟温柔地抚摸着他的眉眼："如果没有发生意外，过两年，他会和易阳一样叫你爸爸，也会叫我妈妈，可能眼睛像你，鼻子像我……但是现在，他死了。"

闻烟的声音始终很轻，但她说到那个"死"字时，眼里还是闪过一丝苍白的癫狂，像是烈火燃烧到最盛的一刻，之后就化为了灰烬。

手臂僵硬，青筋突起，但谭叙深不敢松开她半分。

"烟烟……告诉我该怎么做……"谭叙深紧紧环着闻烟的腰，胡乱地吻着她的耳垂，想要留住什么，眼里的落寞却泄露了他深深的无助和疲惫，"告诉我。"

"我们之间隔着一条人命，你觉得你能做什么？"闻烟用最平静的声音，说着最凄厉的、不可挽回的话，"我在医院的时候你不闻不问，那三个月里你没有任何消息，你觉得我现在还需要你吗？"

闻烟从来没想过质问他什么，因为那是她的痛楚，是她的耻辱，这种问题只会让她陷入更难堪的境地。

但是现在，无所谓了，只要能让他痛苦，她什么都不在乎。

"我以为，"谭叙深的喉结上下滚动，喉咙涩得说不出话，"那么做是对你好。"

"那为什么现在又进入我的生活？"闻烟抬头，嘴角浮现出更深的冷意。

"因为我们都放不下，烟烟，你也放不下，我们都离不开彼此。"谭叙深抚摸着她的脸，目光深不见底。

"是吗？"闻烟勾唇笑了，眉眼间全是嘲讽的意味。

谭叙深心底莫名地慌乱不安，她轻飘飘的两个字和明艳的笑，将他刚才的话击得支离破碎，心里仅存的幻想和期待在悬崖边缘摇摇欲坠。

"你不是为我好，是为你自己好。只有你放不下，只有你活在过去，我想努力往前走，但你每天出现在我的生活中让我很困扰。"闻烟平静地说完，将他推开了。

而这次，男人高大的身躯轻而易举地就被推开了，并且在原地踉跄了两下，好像他也只剩下躯壳。

冗长的安静，谭叙深的身体僵在原地，往日高高在上的自尊和仅剩的骄傲在无声的寂静中慢慢龟裂，并随着她的话扑簌簌地往下掉落。

"烟烟，你恨我也好，报复我也好，多久我都陪你，等这一切过去我们继续好好过日子，但我不会放你走。"谭叙深的声音突然发狠，说完他伸手将她拉回怀里，狠狠地吻着她的嘴唇，带着撕咬。

他丢盔弃甲，像是弹尽粮绝时最后的纠缠，除了这样，谭叙深不知道还能做什么，还能有什么方法把她留在身边。

沙漏里的细沙不断往下漏，越来越快，谭叙深很想和她无休止地纠缠一辈子，因为他感觉快要握不住了……

气息交缠，他突然的亲近让闻烟不由自主地心慌，她呼吸困难，从心底涌起抵触。

"谭叙深，你对我不是爱，只是不甘心而已。你不习惯事情脱离你的掌控，自尊被踩在地上的滋味不好受吧？但不必怪我，我只不过是把你对我做的事还给你而已。"闻烟偏头想躲开他的碰触，但他的力气太大，她无法挣脱。

闻烟索性不再挣扎，一动不动，笔直地站着，毫不回应。

谭叙深抓着闻烟的手放在自己的胸口，想要让她感受他的心跳，感受他的心痛和他的感情。

"我骗了自己一年。我无数次暗示自己你是爱我的，但到头来只不过是骗自己。和你在一起一年，我没见过你的父母，也不知道他们是做什么的，在我想带你去见我爸妈的时候，你觉得我麻烦，推开了我。这些都是你做的事，需要我帮你回忆吗？"闻烟的目光平静，嘴角带着残忍的笑。

"明天我带你去见他们。"谭叙深伸手，与她十指相扣。

"傻瓜，你在说什么？"闻烟失笑，抚摸着他的脸，"现在跟我有什么关系？别弄得这么情真意切，请搞清楚，自始至终你只是想睡我而已，别到最后把自己都感动了。"

字字句句都那么锋利，谭叙深的呼吸一声比一声沉重，他猛地将闻烟的手臂举过头顶，但力度失控，用力地砸在了墙上。

闻烟倒吸了口冷气，脸上的笑却没减弱半分。

谭叙深贴近她的脸，深深地看着她的眼睛，想要让她看到自己的心，想在她眼里寻找曾经的温暖和一丝留恋，但除了一片冰冷的死寂，他什么都看不到。

"烟烟，我的未来规划里没有过任何人，后半辈子也没想过跟谁结婚，包括恋爱也不是我生活中的必需品，但是，你走了我觉得心里空荡荡的，看见你和别人在一起我嫉妒得发狂！"谭叙深从来没有这么直接地表达过自己，但这种表白依旧让他看不到任何希望。

"放开我。"不知道哪句话刺到了闻烟的神经，她嘴角的笑不见了，表情变得冰冷。

"不放，无论是爱还是恨，如果你不回来，那就纠缠一辈子。"谭叙深的脸部线条同样变得冷硬，但眉眼间还是滚滚的炽热，说完他再次低头吻在闻烟的唇上，手控制不住地伸进她的衣服里，像是着了魔。

"放开我！"闻烟厉声尖叫，身体忍不住颤抖。

随着闻烟的尖叫，谭叙深回过了神，无力地靠在闻烟的肩上，拳头握紧了又松开。谭叙深不想伤害她，但也不想后退一步。

室内安静了下来，这时忽然传来微不可察的呜咽声，并且不受控制地越来越大。谭叙深和闻烟同时扭头，发现易阳光脚站在那里看着他们。

"姐姐……不要生气了好不好？"易阳哭着跑过来，抱住闻烟。

闻烟的身体忽然僵硬，刚才的话不知道被孩子听到多少，耳边的哭声和腿上的温度，让她的心脏控制不住地一颤一颤的。过了片刻，闻烟深深吸了一口气，弯下了腰。

"姐姐没有生气。"闻烟蹲下身子帮易阳擦掉眼泪，嘴角强扯出一抹笑。

"呜呜呜……今天是爸爸生日，不要生气了好不好？"易阳哭得停不下来，往前搂住了闻烟的脖子。

闻烟的目光没有焦距，听着易阳在耳边的哭声，她呆愣着，眼睛泛了红。

片刻后，闻烟将易阳抱起来走向客厅："嗯，不生气。"

望着他们的背影，谭叙深沉沉地呼出一口浊气，心里五味杂陈，她还是那么善良。

稳住情绪，谭叙深跟在他们身后回了客厅。

"怎么睡在沙发上？会着凉的。"闻烟将易阳放在沙发上，拿起旁边的袜子帮他穿上。

"爸爸说……说一会儿就回来了。"易阳还在抽泣，脸上还有睡着时的压痕。

闻烟垂着眼皮，像是没听到一样将另一只袜子帮他穿好。

"饿不饿？"谭叙深坐到易阳的另一边。

"睡着了……就不饿了。"易阳说一句断一下，抽泣着停不下来。

已经凌晨两点了，闻烟的视线落在茶几上的蛋糕和饼干上。她看了两秒，又收回了视线。

"姐姐，是不是易阳惹你生气了？你好久都不来家里，也不理我……"易阳眼泪汪汪地看着闻烟，拉着她的手往她身边靠了靠。

"没有。"闻烟笑着抿了抿嘴唇，感觉说话艰难，"姐姐这段时间比较忙。"

"那姐姐以后……会来和我玩吗？"易阳止住哭泣了，但说话气息还是不稳。

谭叙深坐在旁边，目不转睛地注视着她。

"如果有空就来。"闻烟笑着摸了摸易阳的头。

谭叙深移开了视线。

"好！那姐姐吃蛋糕吗？"易阳跳下沙发，准备把蛋糕拆开。

"不吃了，晚上吃甜食对牙不好。"闻烟什么东西都不想吃。

"吃一小口好不好？"易阳嘟着嘴，看看闻烟又看看谭叙深。

"好，我来切。"谭叙深走过去，将蛋糕拆开。

"等一下，还没有许愿呢！"易阳止住谭叙深的动作，自己把蜡烛插上，"爸爸，你快点儿。"

十一月二十三日，谭叙深三十六岁的生日，她陪在他身边的第二年。

而现在，已经过了十二点，是二十四日了。

谭叙深看着蛋糕上的蜡烛。他很少许愿，以前认为与其许愿不如自己想办法得到，但今天，他看着闻烟，从口袋里拿出打火机点着了蜡烛。

易阳高兴地跑过去把客厅的灯关了："爸爸，快许愿吧！"

又是一片浪漫烛光，映着相同的两张侧脸，但一切都变了模样。

闻烟面无表情地看着这一切，而谭叙深看着她，缓缓握住她的手："想和闻烟在一起，一辈子。"

闻烟的手颤了一下，抽了回去。

易阳看着他们不说话，也没人吹蜡烛，就自己把蜡烛吹灭了，然后打开客厅的灯："那就祝爸爸的愿望快点儿实现。姐姐，我们来吃蛋糕吧！"

谭叙深收回视线，把蛋糕切开，易阳高兴地先递给闻烟一块，闻烟犹豫了两秒，僵硬地接过来。

"姐姐，我们明天烤小饼干好不好？"易阳的嘴角沾着奶油，他抬头望着闻烟。

"姐姐明天要上班，你也要上课。"闻烟嘴角弯着一抹弧度，不过很勉强。

"嗯……那我们周末烤。"易阳思考了几秒笑着说。

谭叙深坐在一旁听他们说话，易阳过来喂了他一口。

"吃完就去睡觉吧。"谭叙深看着易阳说。

"好，爸爸、姐姐晚安。"易阳在谭叙深脸上亲了一口，又在闻烟脸上亲了一下。

等易阳刷完牙回房间后，闻烟就把蛋糕放在了茶几上，像是没动一样。

"回房间吧。"谭叙深拉起闻烟的手。

闻烟平静地甩开了，但还是跟着他回了房间。

昏暗的光线下，两个人坐在沙发上，一切都像第一天晚上一样，但对面的墙壁上没有电影。

一切也都不是原来的模样了。

两个人安静地坐了十几分钟，谁也没有开口说一句话，好像都在回忆。

"睡觉吧。"谭叙深握着闻烟的手，想把刚才吵架的画面忘掉。

"谭叙深，结束吧，没有意义。"闻烟望着对面空白的墙壁，回想着第一次的悸动和意乱情迷，也回想着最后一次的鲜血淋漓，"我不会睡在这里，这是我和那个孩子的坟墓，或许当初我不该打那个电话，也不该按照你给的地址过来，我为我的无知和自以为是付出了代价。既然一切从这里开始，那也从这里结束吧。"

闻烟的声音越是平静，谭叙深的心就越是慌乱。他最害怕的事情来了，她不恨他、不报复他，她想要结束。

"结束也是开始，我们该往下走了。"谭叙深感觉呼吸灼热，他将闻烟揽在怀里，尽量忽略她的决绝。

"何必呢？我们都该往前走了。"闻烟望着对面的墙壁，眼圈泛了红。

在这段感情里，她好累，得和他的前妻争，和孩子争，但无论她怎么做，在谭叙深心里，最重要的永远都不会是她。

从前不是，以后也不会是。

当初闻烟无非是想要他一句话，然而谭叙深给不了，也不想给。

"我走了。"闻烟起身走出卧室，拉着行李箱走到玄关处。

"以后还会回来吗？"谭叙深站在闻烟身后拉住她的手，但无论怎么握都觉得用不上力，两只手松松垮垮地拉在一起，仿佛风一吹就散了。

他很想把今天当作平常的周六，她只是回家而已。

"不会了。"站在离门半米的地方，闻烟平静地望着前方。

"那我去追你好不好？"谭叙深忽然笑了，既然她不来，那就换他去追她。

闻烟抬头，泪光闪烁。

"就像你说的，我才二十多岁，这辈子不可能只有你一个，虽然开始并不美好，但我还是愿意相信爱情的，我相信以后会有一个人出现，他爱着我，护着我，不嫌弃我，把我从你的阴影里拉出来，我们开始新的生活。当然，也祝你找到自己的幸福。"闻烟注视着面前的门，泪流满面。

"不管怎样，谢谢这一年的陪伴。

"再见，不用送了。"

谭叙深胡乱地抓住闻烟的手，然而闻烟挣脱他，打开了门。

门关上了。

她离开了。

一切都结束了。

谭叙深僵硬地站在门后，脚步沉重得往前迈不动一步，他面前的不是一扇门，而是一座山、一片海、一个孩子和一个女孩儿的一段纯洁的初恋。

谭叙深感觉有什么东西正从身体中剥离，她正从他身体里离开，男人汹涌的情绪在胸腔内波动，有温热的液体从眼角滑落。

第十七章

寄生暖阳

坐在出租车上，闻烟望着窗外的路灯，整个城市在她眼里模糊了。

闻烟没有回日月湾，以前总想把自己的难过藏起来，现在却迫切地想要感受家里的温暖。回到家后，闻烟将行李箱随意放在客厅的角落里，回了房间。

这一刻，她再也忍不住了，扑在床上泣不成声。

还记得第一次收到他的信息时，自己激动得在床上翻滚，以前的心有多悸动，现在就有多痛。

谭叙深啊，她第一个爱的男人，这辈子最爱的男人……

她用多久才能忘掉他？

忘掉他，她又该有多痛？

除了和他分手的那天晚上，闻烟后来再也没有一个人痛哭过。所有伤心难过的情绪都堆积在心底，酿成了毒，在这一刻变得无比猛烈。

半年过去了，她终于正视了这段感情，也终于要为这段感情画上句号。

声音闷在被子里只能听到呜咽，闻烟哭花了妆，哭到头痛，似乎想要把一切都哭出来。

凌晨三点，林瑜醒来，感觉有些口渴。她打开房门，半睡半醒中有些迷糊，没发现客厅的灯是亮着的。

但当她刚坐在客厅喝了口水，就听到微不可察的哭声，然后越来越清晰。林瑜皱着眉头转身，发现声音是从闻烟的房间里传出来的……

林瑜瞬间清醒了，将杯子放到茶几上，连忙走过去。

房间没有开灯，一片黑暗，林瑜站在门外听着女儿的哭声，一声声地像锤子打在她心上。虽然不知道发生了什么，但林瑜的眼睛顿时就红了。

"烟烟，怎么了？"林瑜站在门口，轻轻敲了敲门，站在门口往里走了一步。

听到林瑜的声音，闻烟的哭声立即止住了，那一声声的抽泣却停不下来。

"妈妈进来了？"林瑜小心地关上门，借着月色来到床前。

闻烟从床上坐起来，抽了张纸巾擦掉眼泪："没什么事……你快去睡吧。"

房间依旧处于黑暗中，谁都没有开灯。

"什么时候回来的？"林瑜坐在床边抚摸着她的头发。

"刚刚。"闻烟声音微弱还带着沙哑。

"怎么这么晚？"林瑜心想是不是在外面出了什么事。

"和朋友玩得时间晚了……就改签了一趟航班。"闻烟哭的时间太久，脑袋昏昏沉沉的，"你快去睡吧，明天还得上课。"

"好久没和你一起睡了，今天妈妈陪你一起睡。"林瑜说着掀开被子上了床。

闻烟愣了愣，眼眶又忍不住涌出热泪。她没有卸妆，也没有洗澡，换上睡衣就上了床。

"妈……"闻烟躺在林瑜怀里，泪水再次不受控制。

林瑜望着天花板，眼角突然也湿了。

过了片刻，林瑜伸手抚摸着闻烟柔顺的黑发，就像小时候每次给她梳头发一样。

"这半年，妈妈经常看见你发呆，也知道你有心事不高兴。"林瑜回想着这半年她的变化和垃圾桶里那些被剪烂的衣服，眼睛酸涩，"你从小就有主见，你不说，我们也不好多问什么，但爸妈一直都很担心你，你爸爸问了你身边所有的朋友……"

"妈，不要说了……"闻烟的心被愧疚淹没了。她最不想让爸妈为自己担心，但最后还是让他们担心了。

423

"遇到不开心的事不用自己一个人扛着,爸妈虽然不懂你们年轻人的想法,但多少能替你分担一些。"林瑜平躺在床上,轻轻拍着闻烟的背,像是在哄孩子睡觉。

眼泪滴落在被子上,有一片被浸湿了,闻烟哽咽着说不出话。

长这么大,闻烟虽然经历过很多事,但习惯了报喜不报忧,也习惯了听星棠说她的不开心,帮她解决问题。比起倾诉,闻烟更喜欢倾听,那些不开心的事,全都被压在了心底。

"妈,我喜欢上了一个人。"闻烟平躺着,滚烫的泪水从眼角滑落。

"还是那个吗?"林瑜回想着她生日后回家的那次也哭了。

"嗯。"闻烟低声应着。

原来说出来也没有她想象中那么难,但她感觉头昏昏沉沉的,不知道从哪里说起。

"他大我很多。"闻烟说。

林瑜眉心微蹙,心里开始不安。

"他做了一些伤害我的事,我也都还给他了。"闻烟呼吸沉重,平静地望着天花板,眉眼间还是一片痛苦,"但是,妈,我没有想象中那么高兴。"

"他是做什么的?"林瑜想过女儿会和什么样的男孩子在一起,但从没想过是一个年龄大她很多的男人。

这种男人不是小女生可以接近的,一时间林瑜脑海中浮现出很多不好的可能。

"不重要了,以后都不会再有关系了。"闻烟深深地吸了一口气。

"还喜欢他吗?"林瑜心里涌出自责。

房间里很安静,闻烟沉默了好久,感觉嗓子里有裹着棉花的玻璃碴儿,一个字都说不出来。

"我想忘掉他。"闻烟望着天花板,一眨眼睛,两行热泪就从脸颊滑落。

"对不起,烟烟,是妈妈做得不好,总以为你成熟懂事,很多事就忘了告诉你。"林瑜的声音中忽然有了浓重的鼻音。

年龄大的男人,你要离得远一点儿。

已婚的男人,你要离得远一点儿。

离婚的男人,你也要离得远一点儿。

这些都该告诉孩子的,但林瑜总觉得女儿聪明,不会和这些人沾上关系。

"别这样,妈,谁都不怪,就怪我自己,就当是年轻,长教训吧。从今

424

天开始，我一定努力地忘掉他。"

说完"忘掉他"三个字，闻烟又将头埋进了被子里。她不想哭得太大声，也不想哭得太狼狈，但最后还是失控了。

"都会过去的。"林瑜轻轻拍着闻烟的背。

闻烟翻身躲进林瑜怀里，紧紧抱着她，放声痛哭。

房间外，闻奕城穿着睡衣靠墙站着，听着哭声渐渐变小，掐灭了手里那支烟。过了片刻，他关掉客厅的灯，回了房间。

闻烟第二天早上醒来，已经十点了，但发现爸妈都还在家。站在客厅里愣了几秒，闻烟余光看到镜子里自己的样子，连忙进了洗手间。

"怎么都没去上班？"闻烟洗漱完回到客厅，其实大概能猜出来。

"桌子上有早饭，快去吃。"闻奕城拿着平板电脑在看新闻，一副若无其事的样子。

"你爸说最近不太忙，我们也好久没出去旅行了，看看想去哪里？"林瑜将刚热好的早餐端过来。

闻烟坐在餐桌前笑了笑，无论是学校还是公司，年底都是最忙的时候。

"你们不忙我还忙呢，先去公司了。"闻烟用最快的速度吃完饭，然后回房间换衣服。

"怎么，少了你公司就不运转了？"闻奕城望着闻烟的背影，把平板电脑放下。

"少说两句。"林瑜睨了他一眼。

关上门，听着外面的声音，闻烟靠墙笑了。

到公司已经快中午了，闻烟还没走到座位上，就遇见了傅铭川。他刚从会议室出来，看到闻烟停住了脚步。

"来我办公室一下。"陈述的口吻，傅铭川低头看着她，神色复杂。

"好。"有其他同事从身边路过，闻烟微笑着点头。

闻烟简单看了几封邮件，手机发出振动声，她愣了下，抱起电脑朝傅铭川的办公室走去，虽然可能用不到。

但闻烟刚进门，就被一股力量抵在了门后。

"铭川哥，这是在公司。"闻烟被他突然的动作吓到了，声音顿时冷下来。

"是谭叙深吗？"傅铭川冷着脸，眼眸中饱含隐忍和愤怒之色。

四目相对，闻烟的表情瞬间凝滞了。他是怎么知道的？

425

注视着她的表情，傅铭川印证了心里的答案，呼吸不由得粗重，想到她那段时间的郁郁寡欢，想到她在自己面前晕倒……

两个公司合作那么多次，她在他面前演戏，从来没告诉过他。

原来，她不排斥比她大很多的男人。

"烟烟，我很后悔没有早点儿告诉你……"

"铭川哥，你知道自己在说什么吗？"闻烟红了眼，虽然已经到了不可挽回的边缘，但她还是想尽力阻止这一切。

"我知道，我很清楚。"傅铭川抚摸着她的脸，声音冷硬又很温柔。

他明明想晚上吃饭的时候再和她谈的，但昨天晚上在机场看到的那一幕让他彻底失去理智。

他从机场一路跟到了景华城。

"铭川哥，不要说了好不好？"闻烟无助地摇头。

"烟烟，我们认识了五年。我从第一天看到你，就在等你长大。"傅铭川的目光变得柔和，但嘴里有些苦涩。

"你所谓的等就是边等我边和其他女人上床吗？"闻烟忽然平静了，既然一切已无法挽回，那就一起走向终点吧。

傅铭川的表情凝固了，呆滞的目光里有几分不可置信。

虽然闻烟之前没有谈过恋爱，对感情也比较迟钝，但知道傅铭川对她的感情。

同时她也知道，这几年他身边不缺女人，虽然他确实没有女朋友。

有好几次闻烟在他德国的家里，看到过女人的衣服，但从来没问过，只当作不知道。

"烟烟，我……"傅铭川想解释，却力不从心，抚摸着她脸颊的那只手也缓缓放了下来。

成年人的游戏在有些人看来或许很正常，但对闻烟来说，是不能接受也不可原谅的。

"铭川哥，我很感谢你对我的照顾，也希望你一直是我的哥哥……"闻烟红着眼挪开了视线，出神地望着窗外，"总部那边给我发了邀请函，我要过去学习一年，一个月后走。"

罗文站在办公室门外，手呈敲门的姿势僵持了很久，不知道该不该敲下去，过了几秒，若无其事地走开了，但脸上隐隐的兴奋和激动还是泄露了他的心思。

他为什么知道老板们这么多秘密？

他真不是故意的！

周三下午，谭叙深开完会离开了公司。

这几天他没有再联系闻烟，也没有去她家楼下，生活仿佛变成了一潭死水，进和退都是一个方向。

先前约好的心理咨询室在一条幽静的巷子里，谭叙深提前二十分钟到了，但在车里坐了很久都没有下去。

可能已经不需要了，她大步地往前走，与过去和他完全割裂。

或许，比起闻烟，现在更需要心理咨询的是谭叙深。但骨子里的骄傲注定了他不会把心事和秘密说给一个陌生人听，除了在闻烟面前不受控制地流露出无助，再也不会给第二个人看到。

离约定的时间还有五分钟，谭叙深的电话响了。

"您好，谭先生，您预约的咨询是今天下午三点，我在前台等您。"还是上一次的女人的声音。

"不好意思，临时有点儿事，不过去了。"谭叙深开了半扇车窗，让冷气涌进来。

"需要为您改时间吗？"对方问。

"不用了，谢谢，费用也不用退了。"谭叙深说。

"好，那我们先为您存档，如果有需要的话您随时过来。"

"好。"

挂了电话，谭叙深依旧没有离开。公司有很多事，但他不想回去，仿佛失去了动力，干什么都提不起精神。

冬天很冷，直到寒风把车内的暖气驱散了，他才缓缓关上窗户，掉头离开。

谭叙深升职了，从首席营销官到副总裁，但办公室还在原来的位置，他懒得换，所以新上任的市场部总监在三十五楼重新安排了办公室。其他部门的同事需要谭叙深审批东西的时候，会直接来三十六楼找他。

FA 的人却没在谭叙深脸上看到升职的喜悦。他似乎比以前更严肃，新部门的人之前对谭叙深不熟悉，每次来三十六楼都胆战心惊的。

谭叙深每天都加班到很晚，无数次抬头望着夜幕中的港丽大厦，想从那星星点点的灯光中找到她的身影，但那显然只是他的幻想。

下班后回家，谭叙深开着车不知道怎么就到了日月湾，抬头，十二楼的位置没有亮灯。

　　谭叙深从来不是个恋旧的人，无论对人还是事。工作中，他不会对同事付出太多感情，同事只是在一起工作的人而已。

　　生活中，他几乎没有使用超过三年的东西，没有用的就扔掉。他需要让生活保持在一个极简的状态下，这样做决定的时候，不会有太多因素干扰。

　　然而这一周来，谭叙深尝试着不去打扰她，尝试着像她说的那样往前走，但心里的空虚越来越难忍。

　　他不想往前走，生命是条直线还是个圆环，谁都不知道，而谁又规定，往前的路上不能是她？即使过去只有痛苦的回忆，他依旧不想舍下那部分。

　　已经凌晨了，车窗外的地上又落了一层烟灰，谭叙深失神地望着十三楼的那一扇窗，但灯始终没有亮。他没有上去，而是离开了。

　　夜晚的公路上车流很少，宽敞的十字路口也只有零星的几辆车，除了红绿灯变换着数字，世界仿佛静止了。

　　如同游离在世界边缘，谭叙深胸口发闷，连忙伸手打开了音乐。

　　音乐缓缓流淌，是她最喜欢的一首意大利歌曲。

　　谭叙深没有开车听音乐的习惯，里面的歌全是她喜欢的。他忽然后知后觉地发现，生活中全是她的影子。

　　沉浸在回忆里，谭叙深有些恍惚，抬头发现已经到了景华城。他打开转向灯准备左转，但刚打方向盘，余光发现后面有辆车急速开过来，眨眼间已经到了跟前，眼看就要撞上，但那辆车丝毫没有减速的意思。

　　谭叙深皱了皱眉，连忙加速过了马路，但还是听到一阵刺耳的碰撞声。

　　狠踩油门又急速刹车，谭叙深在路边停下车。下车看到车屁股被蹭到了，脸上随即浮上不悦，他面色阴沉地望向马路对面，但看到从车上下来的人时愣了。

　　傅铭川大步流星地朝谭叙深走过来，顷刻间就到了他面前，然后抬手，一拳砸在谭叙深脸上。

　　下颌立即疼到失去知觉，嘴里一股血腥味，谭叙深没料到傅铭川会动手。他偏头，迟了一秒，没有躲过去，强大的力度迫使他往后退了一步，然而刚站稳，就看到傅铭川又挥起了胳膊。

　　"你对她做过什么？"傅铭川身上往日的风度完全消失了，此刻像个失控的暴徒，挥拳朝谭叙深砸过去。

　　"你没做过的事。"谭叙深接住他的拳头，幽幽地开口，脸上还挂着淡笑。

　　毫不意外，傅铭川的脸色瞬间变得铁青，被谭叙深握着的拳头却使不上力气。

谭叙深面不改色地用力，把拳头暗暗往外拧。

"谭总好演技。"想起他们在自己面前堂而皇之地晃过，傅铭川就一阵恼怒，又抬起另一条手臂，朝谭叙深挥过去。

"还好。"谭叙深偏头躲开，不紧不慢地开口，下一秒抬腿狠狠踢在傅铭川的腿上，"就是不知道傅总以什么身份来质问我。"

轻而易举就被谭叙深挑起了怒火，傅铭川一个踉跄往后退了几步，腿麻得有些站不稳，没想到在会议室里风度优雅的男人动起手来这么狠。

两米的距离，两个人僵持着。嘴里弥漫着血腥味，谭叙深抬手蹭了下嘴角，看着手背上的血迹忽然笑了。

傅铭川对闻烟的感情，谭叙深很清楚，但是，他很不喜欢嫉妒的滋味。

她身边有一个风度翩翩穿衬衣的男人，还有一个年轻阳光的男生。

看到傅铭川，谭叙深心底的害怕和恐慌更加重了，这告诉他，自己在她心里并不是不可替代的。

还有林希凡，到现在谭叙深都不怎么记得那张脸。他刻意地忽略，刻意地不去想，因为会嫉妒。

"那么好的一个女孩儿，你怎么忍心这么对她？"傅铭川上前揪着谭叙深的衣服，手臂上青筋暴起，"新鲜感过去就扔了，是吗？"

自己捧在手心的女孩儿被他这么糟蹋，傅铭川呼吸沉重得可怕。

谭叙深任他揪着衣服，身上的力气忽然被抽干了，眼眸里的阴沉变成了落寞，无助地看着路边的车来车往。

"傅铭川，如果你以她家人的身份来教训我，我不还手。"谭叙深扭头，幽幽地看着他，"但是其他的身份，你没资格。"

这句话，再次激怒了傅铭川。

全世界都只想让他当她的哥哥，但他不想。

昏黄的路灯下，两个人又动起了手，在职场里站在顶端的两个男人，打起架来也毫不马虎。

周末，闻烟坐在客厅陪爸妈看电视。因为确定了要去德国，她这段时间一直住在家里，想多陪陪爸妈。

"刚回来又要走。"林瑜这几天念叨了无数遍。

"就一年，很快就回来了。"闻烟拿了水果，讨好地喂着林女士。

"挺好的，这个机会很难得，好好把握。"闻奕城气定神闲地喝着茶。

"嗯，听说名额不多。"闻烟轻笑。

这是集团近几年刚成立的内部项目，Evens 精英学院，在 Evens 全球所有员工中挑选出佼佼者，邀请他们去总部学习，算是集团的人才培养计划。

"到时候爸爸跟你一起去。"闻奕城扭头，笑着说。

"我说你这几天怎么一点儿都不慌。"林瑜挑眉看着他。

"你去做什么？"闻烟转头看着老爸。

"工作……"闻奕城支支吾吾地说。

"我又不是第一次出国，难道你要把我妈自己留在家？"闻烟说。

闻奕城抬头看着林瑜，瞬间为难了："那……"

"别这样那样了，我在那里生活了四年，有很多好朋友，你们都在家好好待着。"闻烟左拥右抱，揽着他们的肩膀。

林瑜本来想说寒假可以去德国陪她住一段时间，但还没开口就被闻烟拒绝了。

"那我们去送你。"闻奕城开始讨价还价。

"不用了，机场你们都别去。"闻烟像哄孩子一样摸着他们的头，实在不喜欢分别的场面，"好了，星棠约我晚上一起吃饭，我去了。"闻烟不想提前面对分别的气氛。

"早点儿回来。"林瑜说。

酒吧里，周寻看着对面的男人一杯接着一杯地喝，想拦下，又没有抬手。

"嘴怎么回事？"周寻蹙眉看着他的嘴角。

结的痂好像又裂开了，谭叙深用舌尖舔了一下，伤口在酒精的刺激下疼得厉害。

"没什么。"谭叙深又倒了杯酒。

"三十好几岁的人，还学会打架了？"周寻看着面前无数的空酒瓶，也倒了杯酒。

昏暗的灯光下，身着黑色毛衣的男人脸上没有一丝温度，好像比穿衬衫时温和了些，但依旧让人不敢接近。

"有什么误会就说清楚，说不清就往前走，别闷在心里。"周寻没体会过这种爱而不得的噬心滋味，离上一次追女孩儿已经过去太久，记不清了。

"这么简单就好了。"谭叙深望着琥珀色的杯子，眼神没有焦距。

周寻愣了愣，想不到谭叙深会说这种话。过了片刻，他拧着眉端起酒杯，前段时间还在看笑话，但过了这么久看谭叙深还是这样有些不忍心。

"需要打电话给她吗？"周寻拿出手机翻到闻烟的号码，虽然也不知道说什么。

"不用。"谭叙深摇头。

他们之间，别人插不上手，连他自己都没有办法。

然而周寻已经拨出去了。

闻烟的手机在桌子上振动，看到来电显示她愣了两秒，然后挂断了。

"他怎么打电话给你？"星棠皱眉，苦恼自己的视力太好。

"不知道。"脸上的情绪一闪而逝，闻烟笑了笑继续吃饭。

"真的要走吗？"星棠嘟着嘴，一脸很不情愿的表情。

"嗯，还有半个多月的时间。"闻烟已经订了机票。

"以后又没人陪我逛街了。"星棠突然觉得眼前的食物不好吃了。

"有男朋友了，哪儿还需要我？"闻烟的嘴角轻轻上扬。不得不说，星棠这次的眼光很好，让她也放心很多。

"这哪能一样？你以为我是你呀？"星棠玩笑说。

闻烟没说话，眉眼间的笑淡了些。确实，那一年她为了爱情把什么都抛在了脑后，很少回家陪爸妈，也很少陪星棠。

"烟烟，你跟我说实话……"星棠的视线有些闪躲，她说话也带着犹豫，"你这次出国，是不是因为谭叙深？"

闻烟拿着筷子的手顿住了，短暂的沉默后，她若无其事地继续吃饭："很多原因。"

一个模棱两可的答案，闻烟没有办法回答是或者不是。

她希望一年后回来，铭川哥已经有了女朋友，那个错乱的上午被埋在彼此的记忆深处，谁都不要再提及。

而谭叙深……

闻烟没有想过，只希望一年后自己能开始正常的生活。

"哦，别想那么多，开心最重要。"星棠笑弯了眉眼，笑意却不那么纯粹。

不知道从什么时候开始，星棠也学会了伪装自己的情绪，虽然还没有达到炉火纯青的水平。

从闻烟刚才的表情里，星棠已经知道了答案。

她离开有很多原因，但最重要的那个原因是谭叙深。

星棠暗暗叹了口气，看着盘子里的食物食不知味。她发现自己是个很没有原则的人。

以前，她恨死了谭叙深，恨不得开车去撞他。

但这半年，她的通话记录里来电最多的不是烟烟，不是星野，也不是爸妈，而是谭叙深。

虽然她每次说话都很不客气，但他一遇到找不到烟烟的紧急情况，还是会打过来。

星棠知道，他是真的想挽回烟烟，但电话的事她一次也没跟闻烟说过。

倒不是记恨或者原谅，星棠只是觉得，两个人都这么痛苦，不如就还在一起。反正她只希望闻烟能够快乐，无条件支持她的所有决定。

单纯喝酒的清吧，没有舞池，也没有嘈杂震耳的音乐。

周寻看到电话挂断了，不动声色地收回手机，谭叙深不知道他刚才拨了电话，现在也没必要说了。

"易阳在哪儿？"周寻抿了口酒。

"我爸妈那里。"除了头有些昏昏沉沉的，谭叙深的神态和言谈间没有丝毫醉意。

为什么喝不醉？他摇晃着杯底的酒失神。

周寻没再说其他的，不痛不痒的大道理谁都懂，但真遇上了，也的确没用。

除了陪他喝酒，周寻不知道还能做什么。

看时间不早了，周寻叫了代驾，准备先把谭叙深送回他爸妈那里，在家至少能好好吃饭。

谭叙深走出酒吧，风一吹，酒劲上来了，上车后闭上了眼睛没再说话。

"到了。"半个小时后，车在别墅前停下，周寻轻轻晃了晃他。

谭叙深眉头紧锁，头疼得像是要裂开，看着外面的房子皱眉："怎么来这里？"

"陪叔叔阿姨过个周末，我送你下去。"周寻没喝多少，但谭叙深的状态很差。

"不用了，我没醉。"虽然头很晕，但谭叙深的意识还比较清醒。

他打开车门，腿落到地上感觉轻飘飘的，晃晃悠悠的，差点儿摔到地上。周寻连忙扶住了他。

"别逞强了，哥，我送你回去。"

周寻下车扶着他往家走，谭叙深输了两次密码才打开门。

周寻轻车熟路地打开客厅的灯，把谭叙深放在了沙发上。

"你坐一会儿回房间睡，我回去了。"周寻压低了声音，怕把他爸妈吵醒。

"嗯。"谭叙深歪倒在沙发上，像是睡着了。

周寻站在一旁注视着他，眉头情不自禁地皱在一起，拿起旁边的毯子帮谭叙深盖上，刚准备走，就听到身后传来了脚步声。

"这是怎么了？"江淑因满脸睡意，披着衣服从房间出来。

"江姨，不好意思把您吵醒了。"周寻又转过身。

"年纪大了睡眠浅，你们去喝酒了？"江淑因走到沙发边，看着谭叙深皱眉。

"稍微喝了点儿，没事。"周寻也顺着她的目光看过去，没说其他的。

"那我去给你们煮碗汤。"江淑因说。

"不用了，您快去睡吧，我现在就回去。"周寻说。

"这么晚了，明天再走吧。"江淑因想留住周寻。

"没什么，我先回去了，改天再来看您。"周寻看了眼谭叙深，跟江阿姨笑着挥手，转身离开了。

他们说的话谭叙深一字不落地都听到了，但不想睁眼，也不想说话。

"回房间睡吧，客厅冷。"江淑因鬓角的头发白了一缕。她轻轻拍着谭叙深的肩膀。

"没事……我坐一会儿。"眼皮沉重得抬不起来，谭叙深皱着眉头说。

"我扶你回房间。"江淑因挽着谭叙深的手臂微微用力。

谭叙深没有办法，跟跟跄跄地从沙发上站起来："我自己上去，你去睡吧……"

每个字都很清晰，尾音却被拉得很长。

半醉半醒，应该是最折磨人的状态。往日靠理智压抑的那部分情绪和记忆全都在脑海里翻飞，而往日压制不住的，此刻只会更加猖狂。

简而言之，谭叙深现在心里、脑海里全都是闻烟。

这样的夜晚，他更想一个人待在家里。

谭叙深晃晃悠悠地上了楼，江淑因不放心一直在旁边扶着他。将谭叙深扶到床上，帮他盖好被子，江淑因在床边坐了一会儿才离开。

不知过了多久，谭叙深好像做梦了，又感觉好像不是梦。朦胧间，他拿出手机翻到闻烟的电话，毫不犹豫地拨了出去。

十天来他一直想打的电话，趁着醉酒才敢拨出去。

还是改不了失眠的习惯，闻烟刚睡着就听到了手机振动，睡眼惺忪地从枕边摸出手机，按下接听键。

"你好……"

"烟烟，我想你。"

昏暗中，闻烟睁开了眼睛，再也没有一丝睡意。

男人熟悉的声音萦绕在耳边，闻烟失神地愣了几秒，才想起去看来电显示。

然而电话那端再也没有传来其他声音，无声的寂静中只有绵长的气息，仿佛刚才她听到的只是一句梦话。

呼吸声太过清晰，好像就在耳边。过了几秒，闻烟面无表情地挂断了电话。

她下床走到窗边，望着夜幕中的星光点点，视线模糊了又清晰。片刻后，闻烟拿起手机改签了航班，提前了几天。

然而今天晚上，对闻烟而言注定是个不眠的夜晚。

早上醒来，头还是很疼，谭叙深疲惫地揉了揉眉心，发现已经十点多了，穿上衣服缓缓下楼。

"醒了？"江淑因坐在椅子上看书，看到谭叙深，她合上书放在了一旁，"厨房还有饭，我去热一下。"

"不用了。"谭叙深没什么胃口，"我爸和易阳呢？"

"去公园了，刚出去。"说着江淑因还是去了厨房。

从洗手间出来，谭叙深看到餐桌上的饭，还是坐下了。

"叙深，是不是最近工作压力太大了？"江淑因坐在餐桌对面，眼睛里满是关心。

谭叙深的目光闪了一下，然后他继续吃饭："还好，不是很忙。"

江淑因迟疑地点了点头，扶了下眼镜："有什么事记得跟爸妈说。"

"好，知道了。"谭叙深心情复杂。

江淑因一边夹菜，一边用余光暗暗观察着谭叙深。她一直很愧疚，觉得他现在的性格和他们夫妻有很大关系。

当时他们忙，工作内容又涉密，陪谭叙深的时间少，电话交流也很少。

再一晃，谭叙深已经长大了，很多事情也不需要他们了。

"妈，我跟你说件事。"谭叙深把筷子放下，神色认真。

"怎么了？"江淑因从回忆中回过神。

"去年，我交了个女朋友。"谭叙深的嗓子有些干涩。

"怎么不带回家里？"江淑因忽然笑了，他们虽然不强迫他，但还是希望他有个家。

"我……做了很多对不起她的事。"谭叙深也不知道为什么要说出来，像是为了证明那段感情的存在。

江淑因脸上的笑渐渐消失了，她有些错愕，原来不是因为工作，而是因为感情。

在江淑因的印象里，谭叙深从小到大都不怎么爱跟他们谈心，因为一切他都能自己处理，连离婚都是前一天晚上才告诉他们的。

在朋友们都羡慕她省心的时候，江淑因却觉得心里空落落的。

"什么样的女孩子？"江淑因看着他，终于明白了这段时间他异常的原因。

"她很好。"谭叙深想换个词来形容她，但除了一个好字，想不到其他的。

她身上几乎没有缺点，唯一的缺点就是太傻。

"多大了？"江淑因轻笑，看着儿子受挫的样子，竟然觉得有些亲切。

"二十三岁，刚毕业。"谭叙深声音很低，不自觉地回想起她生日那天晚上发生的事情。

江淑因夹菜的动作顿住了，脸上的笑也消失了，心里不好的预感一个接着一个。她怔怔地看着谭叙深："你做了什么？"

心已经疼得麻木了，伤口却不见好，谭叙深目光平静："她意外怀孕了，又因为意外，我们失去了这个孩子。"

"叙深！"震惊中，江淑因胸口微微起伏，拧紧的眉心起了褶皱，"你是个成年人了，知不知道这么做对一个女孩儿意味着什么？"

看见母亲的情绪变得激动，谭叙深连忙走到餐桌对面拍着她的背。他很清楚这意味着什么，没有人比他更后悔。

江淑因稳住气息，揉了揉眉心，第一次觉得他像个孩子。

时间不紧不慢地过着，中午吃过饭，罗文站在港丽大厦楼下，对着谭叙深的手机号发呆。

他到底要不要说？

一个是前老板，一个是现老板。

罗文望着手机屏幕，自言自语："说，不说，说，不说，说……喂！停！停！"

一不留神，罗文的指尖碰到了手机屏幕。电话拨出去了，他被吓得手一抖，差点儿把手机扔出去，然而正准备挂断，电话通了。

"中午好，Jarod！"罗文中气十足。

"怎么了？"谭叙深外出参加活动，正在开车。

"最近听说闻烟要去德国的 Evens 学院学习一年，这周末好像就要走了。"罗文紧张的时候语速会非常快。他说完，没有听到对面说话，过了两秒，忽然听到一阵刺耳的刹车声。

"Jarod？"罗文的心悬到半空中，"没事吧？"

惯性的作用下，谭叙深狠狠摔在椅背上，望着前面的车流皱眉："德国，一年？"

"对，周末走。"听到他没事，罗文松了一口气，谨慎地往旁边看了看。

车内空气很闷，谭叙深忽然觉得胸口发堵，喘不上气。他打开车窗，寒风瞬间涌进来，人声、鸣笛声都很近，却没有办法把他拉回现实。

他眼前朦朦胧胧的，很不真切，全世界好像只剩下一个声音——

她要走了。

"我也是无意间听到的……如果没有其他事，我先去工作了。"罗文贴心地为他留下缓冲的时间。

谭叙深抬手，失神地望着五指，感觉最后的沙粒也从指缝中流失了。过了片刻，他又慢慢收拢五指："好，谢谢。"

挂了电话，罗文悄悄往四周看了一遍，没发现可疑的人才走向大厦。

老板们的世界他搞不懂，现在想起那时候跟 Jarod 推荐闻烟做助理真是太天真了，而且他们竟然藏得那么深，办公室里没有一个小姐妹发现。

幸好当时没有欺负闻烟，罗文心虚地走进了电梯。

第 十 八 章

与你私奔

回到办公室，谭叙深站在落地窗前，遥遥望着远处的港丽大厦，高大的身躯在地面投下一道灰色的影子。

他交过几个女朋友，这是最刻骨铭心的一次，也是他在感情里最偏执、最失控的一次。所有人都说他做事很有分寸，曾经他也这么认为。

现在很难，谭叙深甚至看不到希望，但如果放弃了他会后悔一辈子。他从来没有因为得不到而放弃过。

他如果放弃了，几年的时间可能会走出来。

但有些感觉他永远忘不了，有些遗憾和不甘永远也无法释怀。

他已经三十六岁了，不知道后半辈子还会不会有心动的感觉，或许再也不会有了，一辈子平平淡淡，枯燥无味。

就算和别人在一起，谭叙深也会记得，这辈子最对不起的女孩儿叫闻烟。

他怀念和她在一起时的感觉。

他原本打算过几天再去找她，以为还有很长时间去挽回，但没想到一切都这么突然。

时间缓缓流逝，落地窗前，男人的身影一动不动。他目不转睛地望着港丽大厦，失去焦点的目光渐渐变得坚毅，连带着脸部的线条都变得冷硬。

谭叙深回过神，走到办公桌前拨了 Aaron 的电话："来我办公室一下。"

几分钟后，Aaron 抱着电脑来到了谭叙深的办公室，刚推开门，还没来得及开口，谭叙深已经开始安排工作了。

"有两件事需要你帮忙，Evens 闻总的家庭住址和电话帮我查一下，要尽快；再帮我预订下 Bruce 的时间，最好在这两天。"谭叙深简洁明了地安排着，最后抬头看着 Aaron，"有问题吗？"

"没有，我会尽快给您反馈。"Aaron 从谭叙深的神态感觉到了事情的紧急，但老板不说，他也不会问。

"如果 Bruce 没有时间，跟他说今天晚上我请他吃饭。"谭叙深尽可能把所有的路都铺好。

"好的。"Aaron 点了点头，"那我先去查了。"

"好，谢谢。"谭叙深说。

Bruce 是 FA 中国的首席执行官，一个德国人，谭叙深的直属上司。

他们在德国认识，Bruce 对谭叙深非常赏识，当初谭叙深还在市场部的时候，工作一般不经过副总，而是直接汇报给 Bruce。

Aaron 出去之后，谭叙深拿出手机准备打给周寻，翻开通话记录忽然愣住了。

一通十九秒的电话。

谭叙深看着闻烟的名字有些错愕，上周六喝醉了，完全没有印象打过电话给她……

但这不重要，重要的是她接了。

心头忽然涌起一丝暗喜，谭叙深来不及思考，条件反射地顺着通话记录回拨过去，然而这次，直到自动挂断也没有人接听。

短暂的喜悦在漫长的等待音中渐渐归于平静，谭叙深眼底又变成了一潭死水。

望着那个名字，谭叙深呆了片刻，然后拨通了周寻的电话。

"说好了，不喝酒。"周寻接通电话先拒绝。这段时间谭叙深一打电话就是约他喝酒，周寻怕了。

"她要去德国，帮我查下航班。"谭叙深直接说道。

"好……十分钟。"

"她"指的是谁不言而喻，往日周寻肯定要调笑一番，但最近实在没有心情。他倒是想让谭叙深多问些他能帮上忙的问题。

十分钟后，周寻回拨了电话："明天下午六点的航班。"

"明天？"谭叙深皱眉，如果没记错的话，罗文刚才说的是周末。

"嗯，原来是周末，改签了。"周寻看着老爸发过来的消息说。

"好，我知道了。"

电话挂断了，谭叙深望着电脑屏幕若有所思，为什么突然提前这么多天？

就在谭叙深思索时，办公室的门被敲响了。

"请进。"谭叙深拉回了思绪。

Aaron 推门进来："闻总的资料我发您邮箱了，Bruce 说他今天晚上想和您去上次去的法式餐厅。"

谭叙深笑了："几点？"

"七点。"Aaron 说。

"好，谢谢。"谭叙深点头。

"闻总的资料可以吗？"Aaron 问。

邮箱有一定的延迟，谭叙深刚收到邮件，打开附件看了看，不仅有家庭住址和电话，还有工作经历和个人喜好，洋洋洒洒好几页，非常详细。

"没问题，我先看看。"谭叙深仔细浏览着。

"好的，有问题您叫我。"Aaron 转身走出了办公室，并习惯性地带上门。

闻总从普通员工到董事，见证了 Evens 中国的从无到有，也是创造者，除了有过人的能力，还有高于常人的耐力。

谭叙深沉沉地呼出一口气，觉得很棘手。

但沉默了片刻，他还是按照资料上的号码拨了过去。

等待的忙音中，谭叙深似乎听到了自己的心跳声，脑海中情不自禁地预想出各种画面。

不可否认，他紧张了。

"你好。"闻奕城刚回到家，从茶几上拿起了手机。

没想到这么快接通，谭叙深不自觉地握紧了手机，从沙发上站起来："闻总吗？您好，我是谭叙深。"

"哦，原来是谭总。"闻奕城有些意外，虽然他们彼此认识，但没有太深的交情，"谭总有什么事吗？"

谭叙深另一条手臂垂着："不好意思打扰了，有件事想和闻总谈谈，不知道方便吗？"

"我闲人一个，谭总定个时间。"闻奕城爽朗地开口。

"那我明天登门拜访，下午两点可以吗？"谭叙深用词谨慎，但也不给对方拒绝的机会。

闻奕城愣了愣，有些疑惑，但过了几秒还是应下了："没问题，我在家泡好茶等着谭总。"

"您客气了，明天见。"谭叙深视线低垂。冬日的阳光透过玻璃照在他脸上，他还是感觉不到温度。

挂了电话，闻奕城还有些缓不过神。他往后靠着椅背，眼睛看着窗外陷入了沉思。

公司最近和对家有合作他是知道的，这在他们那个年代是不可能的事，但在现在的社会里没有永远的对手，只要能创造利益就是朋友。

谭叙深找他聊合作没问题，去他家的同事朋友也很多，也没什么奇怪的。

然而两件事连在一起，闻奕城总觉得哪里不对，但又说不上来。

晚上下班，谭叙深和 Bruce 开车去了上次的餐厅。

日月湾，闻烟在家收拾行李。

房间里放着轻音乐，她不喜欢分别的场面，尤其是这次。所以她没有告诉任何人自己是坐明天下午六点的飞机，打算到了再和爸妈、星棠说。

其实没什么好收拾的，因为没有多少东西是完全不可替代的，闻烟整理好证件和几件衣服，躺在床上无神地望着对面的墙。

她有什么落下的吗？好像没有。

所有的规划都按照预期进行，在乙方待一年然后进入 Evens，现在公司的人对她越来越认可，她也不断地学习充实自己，一切都在往好的方向走……

而这期间多了一个谭叙深。

似乎一切都没变，但又好像一切都变了。

过了几分钟，她拿起手机翻出通讯录，从上往下翻，刻意忽略掉其中一个名字，然后找到了希凡的号码。

他们上次联系，还是他陪她去海市，之后两个人就很默契地谁也没再给对方打电话。本来闻烟想周末之前请他吃个饭，但没想到会临时有变。

犹豫了片刻，闻烟拨了电话，没有等待，几乎电话刚拨出去那边就接了。

"希凡？"闻烟还没想好和他说什么，听到他那边有点儿吵，于是问道，"在酒吧吗？"

"嗯，一个朋友刚回国，陪他喝点儿。"希凡边说边往外走，将手机贴在耳边，"怎么了？"

闻烟从床上坐起来，抱着床上的玩偶目光低垂："我明天要去德国了。"

希凡脚步顿住了，寒风打在脸上有些冷："什么时候回来？"

"一年后。"闻烟无意识地玩着被子的一角。

希凡慢慢走向路边的绿化带，说不清心里是什么滋味，好像太过突然还没反应过来。他抬头看着黑沉沉的夜幕，感觉心里很闷。

"我去送你。"希凡抬头，想在夜空中找一颗星星。

"没事，我自己过去，就是来不及请你吃饭了。"闻烟笑了笑，心里的愧疚渐渐往上涌。

"那等你回来我要吃两次。"希凡笑了笑，不过笑里有几分伤感。

"没问题，"闻烟轻笑，以前面对希凡时的拘谨和尴尬突然消失了，现在只剩下了内疚，"不要告诉星棠，要不然她又得在机场哭。"

"所以只告诉了我一个人吗？"希凡总是很会找重点。

"目前是这样。"闻烟从床上下来，走到沙发边倒了杯水。

"看来我在你心里还有点儿位置。"希凡开玩笑，伸手从花坛边摘下几片叶子，反复对折。

闻烟端着杯子微愣，感觉喉咙有些干涩，抿了抿嘴唇轻轻开口："希凡，对不起。"

四季青的叶子从手里滑落，最终落在了地上，希凡笑了笑。

"烟烟，以后出门在外别那么傻，你没有对不起任何人。"冬天的风很冷，希凡出来得着急忘了穿外套，这会儿戴上了卫衣的帽子。

"好，知道啦。"闻烟的唇角不自觉地上扬，在她心里，希凡可能更像一个朋友。

"其实我不是个喜欢主动的人，也没怎么主动追过女孩儿。"希凡不知道自己在说什么，脑海里就突然冒出这两句话，但他经历过的感情确实都是水到渠成的。

"嗯，我知道，少爷喜欢什么，别人都捧到你面前。"闻烟和他开着玩笑，其实她明白希凡的意思，他自身的条件注定了做事要比其他人容易很多。

"所以，不答应我是你的损失。"希凡突然调侃起来，说完却被自己的话逗乐了。

虽然平日里对什么事都不在乎，但希凡有自己的骄傲。他没有办法忍受自己喜欢的女孩儿当着他的面和其他男人离开，而且还是一个他非常嫉妒的男人。

"那……希望有个女孩儿能快点儿出现来弥补你。"闻烟望着飘动的窗帘，脸上有淡淡的笑容。

"放心吧，遇到合适的我不会拒绝，但如果你从德国回来忽然发现了我的好，我还是会勉为其难地答应你的。"希凡抬腿踢着路边的落叶，嘴角的弧度很小。

然而这种上扬的弧度和开心无关。

"好。"闻烟知道，他在给彼此台阶下。

电话两端都陷入了沉默，这通电话似乎到了尾声。

"那我先收拾行李了。"最后，还是闻烟打破了沉默，望着旁边已经收拾好的箱子。

"好，早点儿睡，晚安。"

今年冬天格外冷，等到她挂断，希凡才收回了手机，一直举着手机的那只手已经冻红了。

他低头注视着花坛边的烟蒂。他不抽烟，现在倒是很想抽一根。

和 Bruce 吃过饭，谭叙深去了他爸妈那里，待了一个多小时后回了家。

谭叙深不知道这个决定对不对，但也想不到其他办法。

在客厅坐了很久，谭叙深回想着从学生时代到进入职场，从步入婚姻到离婚，后来又遇见闻烟。

三十多年的人生没有太大的起伏，一直都在可控的状态下，这种失控的滋味让他很难受。

谭叙深有预感，这或许是个开始，也或许变成一辈子的遗憾。

但他宁愿这只是个开始。

想到明天要去她家里，谭叙深久久无法平静。

第二天，谭叙深先去了公司，临近中午的时候回了家，拿了点儿东西，然后开车去了闻奕城家里。

谭叙深提着礼盒在门外犹豫了很久，迟迟没有按门铃。

他不知道她在不在家。

以前她说要带他回家，他拒绝了，现在只能以这种方式过来。

在她身上，谭叙深明白了什么叫自食恶果。

过了几秒，谭叙深按下了门铃，不一会儿里面传来了脚步声，房门打开了。

"谭总是吗？快请进。"林瑜笑着打开了门。

谭叙深微愣，虽然是第一次见面，但从神态和样貌来看，他知道这是烟烟的妈妈。

"前段时间买了些茶叶，听说闻总喜欢，稍微带了些。"谭叙深进门后将手里的东西递了林瑜，不仅有茶叶，还有家里最贵的一瓶酒。

"谭总太客气了，来就来还带什么东西？快进来吧。"闻奕城听到声音，从客厅出来。

谭叙深笑了笑，神情有些尴尬，跟着他们往客厅走，不动声色地打量着四周，没发现她的身影。

她在日月湾吗？

客厅里，闻奕城坐在沙发上，谭叙深坐在他对面，茶几上刚泡好的茶还冒着热气，林瑜将刚切好的果盘放下。

"你们聊，我先去书房备课了。"林瑜笑着起身。

"您坐吧。"谭叙深站起来看着林瑜说。

"嗯？"林瑜愣了愣，疑惑地看向闻奕城，"你们聊的事我也听不懂，还是你们聊吧。"

"这是我太太，在大学里当老师。"闻奕城简单介绍后看着林瑜，"没什么事就坐着吧，休息一会儿。"

这些年，无论工作还是其他事，闻奕城从来不避着林瑜，没觉得有什么不好，很多时候她还能给他一些意见。

"好，谭总难得来家里一次。"林瑜迟疑了几秒，然后笑着坐在了闻奕城身边。

"您客气了，叫我叙深就好。"谭叙深也跟着坐下，手心里不自觉地冒了一层汗。

她妈妈是大学教授，谭叙深以前听闻烟说过，昨天在闻奕城的资料里

443

也看到了。先前他也想过，什么样的家庭才能培养出这么好的女儿，现在，谭叙深知道了。

谭叙深用余光扫过家里的装修，简单却很温馨。

他们越是客气，谭叙深心里越是不安，也预示着待会儿的场面会有多惨烈。

"不好意思，今天过于唐突了。"谭叙深不太敢和他们对视，很快挪开了视线。

"谭总客气了，平常也有挺多同事来家里的，铭川也经常过来。"闻奕城把泡好的茶倒入茶杯，推到了谭叙深面前。

听到傅铭川的名字，谭叙深皱了皱眉，然后不动声色地接过茶："谢谢。"

"谭总近来不忙吗？"闻奕城笑着开口。

谭叙深看着袅袅上升的热气，指腹轻轻摩挲着杯壁，像是终于做了决定，抬头看着闻奕城和林瑜："今天过来，不是工作上的事。"

"嗯？"闻奕城疑惑地看着他。

谭叙深的胸口微微起伏，眼神变得坚定："烟烟去年交了个男朋友，是我。"

谭叙深的话说完，闻奕城和林瑜脸上的笑同时僵住了，房间的氛围渐渐变得不寻常。

林瑜注视着谭叙深，情不自禁地想到女儿失声痛哭的那天晚上，孩子长这么大，没见她那么痛苦过，那晚的画面就像刺一样一直扎在林瑜心上。

此时望着谭叙深，林瑜不禁红了眼，放在腿上的五指也渐渐收拢。

闻奕城端着茶杯，一时间不知道该放下，还是继续喝，但握着杯柄的那只手骨节泛着青白。他极力稳住情绪看向谭叙深，脸上的笑已经不复存在，全是威严冰冷："如果没记错，谭总离过婚，还有一个孩子。"

"什么？"林瑜震惊地扭头去看闻奕城。

和谭叙深一样，闻奕城也查了他的资料。无论是合作伙伴还是竞争对手，只有对彼此足够了解，才不会在谈判中吃亏。

然而闻奕城万万没想到，谭叙深是以这样的身份进了他的家门。

心脏沉重得快要坠下来了，谭叙深规矩地坐在对面，目光落在闻奕城手里的那杯热茶上。他不知道什么时候茶杯会砸过来，但无论怎样都会心甘情愿地承受。

"是。"谭叙深视线低垂，不做任何挣扎。

"谭叙深！"林瑜呼吸急促，一口气闷在胸口，冷冷地看向谭叙深，"你对我女儿做了什么？你知不知道因为你她变成了什么样子？半年来我都没怎么见她笑过，我们烟烟那么乖的女孩儿，你为什么要接近她？那天她抱着我哭了一晚上，问她又什么都不说……你怎么还敢来我家里？"

林瑜情绪激动地站起来，几乎语无伦次。她以为自己能忍住，但听到谭叙深离过婚还有孩子，还是克制不住了。

闻奕城将林瑜拉回身边，握着她的手。

"对不起。"谭叙深喉咙里仿佛塞满了沙子，又涩又疼。

意识到自己失态了，林瑜抽了张纸巾擦掉眼角的泪，但眼睛还是很红。

她不敢想自己的女儿受了多少委屈。

"怎么认识的？"闻奕城的声音很低，他在隐忍。

"在公司。"谭叙深垂着眼皮。

"为什么分手？"闻奕城的声音平静，但额头的青筋明显比刚才粗了些。

昨天晚上失眠，谭叙深预想了很多他们可能会问到的问题和各种混乱的画面，但现在脑子里还是一片空白。

"我离过婚，"谭叙深抿了抿嘴唇，不知道该怎么组织语言，"当初在一起没想过以后，所以烟烟和我说想结婚，想带我来家里……"

闻奕城突然抬手把杯子摔在地上，发出刺耳的声音。

林瑜被闻奕城的动作吓到了，和他结婚这么多年，还没见过他这样发脾气。

望着洒在地板上的滚烫的茶水，谭叙深把要说的话咽了回来。他预想过这个画面，但茶杯是打在他身上。

"所以还是我女儿上赶着想嫁给你了？"闻奕城身上忽然涌现出一个父亲和职场上位者的威严，将客厅的氛围压至冰点，"但谭总怕麻烦，就把她推开了，是不是？"

谭叙深无从辩驳，尝到了自己种下的恶果："我以为这样做对我们都好。"

孩子的事，谭叙深会藏在心里，至少不能现在告诉他们。

"谭总，或许这些话可以骗烟烟，但在我们面前就不用这么冠冕堂皇了。"林瑜端坐着，平日的温和优雅已经不复存在，冷冷地看着谭叙深，"和烟烟在一起的时候……出过轨吗？"

"没有。"谭叙深抬头看着他们，"或许我现在说什么你们都不会相信，但我真的喜欢烟烟。"

"喜欢她能让她变成这个样子？"林瑜眼角湿润了。

谭叙深抬头深深地吸了一口气："先前，我确实做了些伤害她的事，但我会用后半辈子来弥补。"

"谭总放心，你不会有这个机会了，我不会让你再接近她半步。"闻奕城声音冷硬，想到那次酒会他们在自己面前演戏就一阵恼火。

和谭叙深最初的顾虑一样，闻烟爸妈不会同意他们在一起，她身边的朋友也不会同意他们在一起。

明明在最开始的时候他已经预料到了，也刻意避免这种结果，现在他却在局面变得更糟后跳了进来。

"接下来我做的事闻总可能不会同意，但我不会伤害她。"谭叙深从沙发上站了起来，黑色的眼眸里全是诚恳，"我想和烟烟结婚，请给我一个机会。"

"你要做什么？"闻奕城也站了起来。

"我想挽回她，把她的心病治好。"谭叙深低眉顺眼，从来没有这么谦卑过。

"谭总，就像你说的，我们做父母的不会让女儿和你在一起，走吧，不送了。"林瑜的教养让她说不出难听的话，于是下了逐客令。

手臂垂在身体两侧，谭叙深屏着呼吸，收拢五指。

"抱歉。"谭叙深朝闻奕城和林瑜的方向微微弯腰，鞠了一躬，然后离开了。

出了门，谭叙深缓缓呼出一口气，心情并不比进门时轻松多少，但他不后悔迈出了这一步，尽管以后的路看起来更难了。

下楼后，谭叙深坐进车里。

"闻烟姐姐不在家吗？"易阳坐在后面的座位上，正在吃零食。

"嗯，现在我们去另一个地方找她。"谭叙深看了一眼时间，不到三点。他系好了安全带，"坐好了吗？"

"好了，出发！"易阳最近在换牙，笑的时候门牙空空的。

车行驶在道路上，速度不断加快，这个时间她应该还没去机场，谭叙深迫不及待地想见到她。此刻，他正在和时间赛跑。

谭叙深走后，闻奕城和林瑜久久缓不过劲来，两个人在闻烟的房间坐了很久。

闻奕城本来想打电话给星棠，但最后还是打给了自己的助理："帮我查下谭叙深的家庭情况和私生活，越详细越好，尽快给我。"

"好的，闻总。"

闻奕城挂断电话后，烦躁地从沙发上站起来，但看着林瑜失神的样子，又稳住情绪，无奈地叹了口气。

"没事，别多想了。"闻奕城走到林瑜身边，轻轻揽着她的肩膀。

"怪我，孩子大了，我却没给她足够的关心，总觉得她懂事，就疏忽了……"林瑜坐在床边，手抚摸着床单，"你说，这些事，烟烟一句也没跟我们说过。"

"说了你还能拦着不成？"闻奕城笑了笑，脸上布满苦涩和心疼，"孩子大了有自己的想法，她不说，也是怕我们不同意吧。"

林瑜低头叹了口气："烟烟去哪儿了？把她叫回来吧，想和她说说话。"

"应该和星棠在一起，我打给她。"闻奕城拿出手机，拨通了闻烟的电话。

闻烟拖着行李箱准备去机场，刚进电梯就接到了老爸的电话："爸。"

"在哪儿玩呢？都不回家。"老父亲的声音里带着埋怨，但他想到刚才的事，也不敢把话说重了。

"现在要去机场了，本来想到了再告诉你们。"闻烟看着电梯里不断变换的数字笑了笑。

"你这孩子，怎么不说一声就走？不是周末吗？"闻奕城皱眉，来到客厅拿起车钥匙准备出门。

林瑜不知道发生了什么，着急地跟在闻奕城后面。

"临时有点儿事就改签了。"闻烟看着行李箱上的贴纸，听到电话那端传来的脚步声，立马说，"你们别来机场，就是担心你们送我才没告诉你们，要不然三个成年人抱在一起哭多难看。尤其是你，闻先生。"

听着闻烟的话，闻奕城停下了动作，心里忽然很不是滋味："烟烟，你最近真是太不让爸爸省心了。"

林瑜在旁边皱眉，抬手拍了下闻奕城的背，睨了他一眼。

"哪有？哪天不是乖乖的？"闻烟突然撒起了娇。

"嗯，乖，你妈要跟你说话。"闻奕城打开了扬声器。

"宝贝，怎么突然就走了？"林瑜把电话拿过来。

"德国那边有个朋友结婚，所以就提前了几天。"闻烟撒了个谎。

"这样啊……"林瑜蹙着眉头，眼睛里的担忧往外溢，"等你在那边安顿好了，爸妈去看你好吗？"

"好呀，到时候再带你们逛逛之前我们没有去过的地方。"电梯到了一楼，闻烟拖着行李箱往外走，"爸，妈，先不说了，我现在要走了。"

"好，到了记得打电话。"闻奕城最后冲手机喊了一句。

"知道啦，拜拜。"闻烟笑着挂了电话，眼里已经有了泪花。

这么多年按说也该习惯了，但每次离开家，爸妈去送行时，她都觉得很不舍，尤其是这次。

拖着行李箱从楼里走出来，闻烟抬起箱子下了台阶，一抬头看到面前的男人，僵住了。

他黑色的风衣被寒风微微卷起，露出里面驼色的羊毛衫，几米的距离，闻烟平静地注视着他，手不自觉地握紧了行李箱的拉杆。

突然发觉，在一起的一年里她为他买过好多衣服，而他每一件都可以穿得风度翩翩。

那次吵架之后，这是两个人第一次见面。时隔二十多天，临走前再看到他，闻烟说不清心里是什么滋味。

彼此沉默地对视，眼里的情绪暗涌，过了一会儿，闻烟先移开了视线。

闻烟准备绕过他离开，但刚迈开步子，就被他挡住了去路。

"让开。"闻烟皱着眉抬头，冷冷地看着他。

将她的围巾系好，谭叙深的视线在她的眉眼间停留，然后他低头在她的额头上印下一吻。

闻烟愣住了，不知道他要做什么，但刚才好像看到了他唇角有淡淡的笑，然而还没等她思考出结果，就被谭叙深攥住了手腕。

"你要做什么？"闻烟被他拉着往前走，用力挣扎却挣不脱。

谭叙深打开后备厢，将她的行李放进去，然后扭头看着她。

"我要去机场了，放开我。"

闻烟往前走了两步，想绕过谭叙深去开后备厢，刚抬腿却被他忽然抱了起来，她条件反射地攀上了他的肩膀。

"你到底要做什么？"冷静和耐心在这一刻消失了，闻烟用力踢着腿想下来。

然而谭叙深还是一句话没说，又在她的额头上落下一吻。

闻烟目光凝滞，感觉面前的男人魔怔了。

无论她怎么挣扎，谭叙深都紧紧抱着她，之后打开后面的车门，将她放进去。

"姐姐！"易阳突然冒出来。他刚才一直躲在车窗后偷看。

看到易阳后，闻烟缓和了表情，但脸上的肌肉还是很僵硬。

"照顾好姐姐。"谭叙深看着后排的两个人，感觉心里满满的。

"好！"易阳笑着露出空空的门牙，往闻烟旁边坐了坐，拆开手里的饼干递给她，"姐姐，爸爸买了好多零食，我还没吃呢。"

闻烟的脑子里现在很混乱，但还没等她缓过神，车已经启动了。

"谭叙深，你放我下去，我要去机场！"闻烟顾不得易阳还在身边，忍不住朝谭叙深大喊。

谭叙深看着后视镜里的闻烟，脸上挂着浅笑，还是没说话。虽然她在生气，但他觉得她很鲜活。

而易阳还在旁边碎碎念。

"姐姐，你不喜欢吃饼干吗？这里还有巧克力、草莓、小蛋糕。"易阳把它们通通捧到闻烟面前。

望着孩子清澈的眼睛，闻烟努力稳住情绪，笑着摸了摸易阳的头："乖，姐姐不饿。"

"那姐姐渴吗？这里还有牛奶和果汁。"易阳像个小卖铺老板，说话间又从旁边的箱子里拿出一罐牛奶和一瓶果汁。

闻烟忽然被逗乐了，不忍心再拒绝易阳，接过了那瓶果汁但没打开："我们要去哪里？"

"不知道，爸爸说要把我们卖了。"易阳一本正经地说，完全没有要被卖掉的感觉。

谭叙深开着车忽然笑了——他可没有说过。

闻烟深深地吸了一口气，看着窗外忽然发现不是去机场，又变得狂躁起来："谭叙深，你快放我下去，要不然我就跳下去！"

闻烟拍着车门，却发现车门被锁住了。她又打开窗户，风呼呼地往里灌，吹乱了她的围巾和头发。

谭叙深顿时紧张起来，连忙降低了车速。

这时易阳紧紧抱住了闻烟的手臂："姐姐，不能跳，不能跳，会摔疼的。"

易阳边说边顺着闻烟的腿爬过去，将车窗关上了，然后为了防止闻烟再打开窗户，就坐在了窗边。过了片刻还觉得不放心，易阳又抱住了闻烟的手臂。

他整个人像是粘在了闻烟身上。

时间一分一秒地过去，闻烟的胸口不断起伏着，她眼睁睁看着太阳落山，然后误了航班。

已经这样了，她倒是平静了下来，面无表情地闭上了眼睛。

天色越来越暗，从出现耀眼的霞光到云朵变成深蓝色，最终完全变为黑夜。

车里开着暖气，很温暖，谭叙深看着后排的两个人微微靠在一起，目光柔和。

想到她剪碎衬衣时的样子，谭叙深心疼。

想到她尖酸刻薄的样子，谭叙深还是心疼。

但她说要走了，谭叙深慌了。

谭叙深原本以为还有很长时间可以挽回，但没想到她这么快要离开。

一年的时间，会出现太多变故。

谭叙深不敢放她走，也不会放她走。

以前，谭叙深可以漫不经心地设下陷阱，放出长线耐心地等闻烟上钩。

但现在他自己已经深陷泥潭，除了自我挣扎，哪儿还有心思等她慢慢上钩。

爱情里没有聪明、愚笨之分，只看彼此爱得够不够。

它让闻烟那么乖的女孩儿踏入禁区，现在也得让谭叙深这么骄傲的男人低下头颅。

当初闻烟的胆战心惊，谭叙深也得尝一遍。

谁都知道感情里死缠烂打只会适得其反，但在穷途末路时，除了死缠烂打他没有其他办法。

在爱情里，理智就是个笑话。

离开 A 市的高速公路上，谭叙深望着后排的两个人忽然笑了，为自己的疯狂和荒唐而笑。

他不敢相信这是自己做出来的事。

他们像是在私奔。

当一个男人抛开一切去追一个女孩儿的时候，身上的魅力没有几个人能抵挡得住。

于千万人之中，他一眼就能被看到。

就像当初闻烟不可自拔地陷入谭叙深的漩涡，没有谁能拦得住。

爱情啊，真让人疯魔。

无数人想要尝它的甜，却只得到了它的苦。

但爱情还是引得无数人前仆后继地去追寻。

谭叙深已经开了一天的车，还在继续。其间，他们在服务区休息了几次，闻烟想要逃走，但谭叙深连晚上睡觉的时候都不放开她。她气得想报警，但看到易阳眼泪汪汪的样子，又缓缓收起了手机。

因为谭叙深在身边，闻烟连爸妈的电话都没敢接，只是在背后狠狠地瞪着他。

易阳知道闻烟不开心，就把身边所有的零食都给她吃，服务得很到位。

谭叙深又开了半天的车，最终在南城的一个小镇停下了。

"这是哪儿？"闻烟望着面前的花园洋房皱眉，夜幕中看得不是很清晰。

"我外公家。"谭叙深将两个行李箱放在地上，去拉闻烟的手，她却没动。

闻烟神色犹豫，现在已经快晚上十点了，原本想着不管在哪儿先休息一晚，然后再想接下来的事，但如果是他外公家，闻烟不想进去。

"没人。"谭叙深似乎看出了她的想法。

"没人才带我来的，是吗？"闻烟的声音像藏了冰，她面无表情地注视着谭叙深。

开了很久的车，谭叙深浑身疲惫，但看到闻烟发脾气，他把行李箱放下，然后拉起她的手，耐心地解释："他们十年前就过世了，但我爸妈每年会过来住一段时间。"

闻烟愣了愣，在他的注视中不自觉地低下了头，声音很低："抱歉。"

"没什么，待会儿再和你细说。"谭叙深轻扬嘴角，抬手去摸闻烟的头。

很宠溺的动作，但闻烟偏头躲开了。

闻烟甩开他的手，拉上自己的行李箱。她现在又累又困，只想好好睡一觉。

易阳睡着了，谭叙深把他从车上抱下来，然后拉着另一个行李箱快走两步，打开了大门。

"爸爸……我困。"易阳迷迷糊糊地睁开了眼睛。

"睡吧。"谭叙深抱着易阳输入密码，打开了门。

闻烟跟在他后面进去。

谭叙深打开灯，转身去帮闻烟提箱子，但闻烟自己拉着进来了。谭叙深微愣，然后把行李箱随意地放到进门的位置，抱着易阳走到客厅。

闻烟不顾形象地瘫在沙发上，感觉浑身哪儿都不舒服，腰酸背痛，累得不想说一个字。

"我煮碗面，吃了再去睡觉。"谭叙深将易阳放在另一边的沙发上，对闻烟说。

闻烟本来想拒绝，但真的很饿。白天她赌气没有吃饭，现在不想再和自己的身体过不去了。

她闭着眼睛久久没说话，谭叙深无声地注视了片刻，眼睛里有温柔，有庆幸，有不知所措和愧疚。

打开客厅的空调，谭叙深调到适当的温度，为她和易阳盖上毯子后去了厨房。

听到他离开的脚步声，闻烟才睁开眼睛，下意识地打量着房间的摆设和装修风格，不是刻意的复古风，而是在岁月中自然而然形成的陈旧，很干净，也很有生活气息。

闻烟的嗅觉很灵敏，她好像闻到了房间里淡淡的消毒水味道，从木质的地板中散发出来，很好闻。

指尖在沙发上缓缓滑过，她抬手看了看，没有灰。

这房子不像经常有人住，刚进来的时候闻烟甚至感觉很冷，然而茶几上已经摆好了果盘。

闻烟望着盘子里的水果，眼睛里突然多了几分疑惑和探究。

冰箱里的食材很丰富，谭叙深拿出一把青菜在水下冲洗，但正洗着，心里忽然一慌，连忙顺着厨房的门缝往外看，看到她还坐在沙发上，悬在半空的心才落了回去。

谭叙深贪恋地看了她片刻，转身继续洗菜。

将面下到锅里，谭叙深望着袅袅上升的水蒸气，突然感觉一阵头晕目眩。他下意识用手撑着台面，但身体还是靠在了墙上，力度不是很重。

开了一天多的车，精神比较集中，从昨天下午开始谭叙深就几乎没有合过眼。虽然他们在服务区休息过，但谭叙深不敢睡。

他怕醒来她就不见了。

眉头紧紧蹙着，谭叙深缓了好久眼前那一片黑才消失。他觉得没什么问题了，起身继续做饭。

二十分钟后，谭叙深将三碗简单的阳春面摆到外面的餐桌上，然后走向闻烟。他还没开口，闻烟就睁开了眼睛。

"这些都是什么时候做的？你谋划了多久？"闻烟冷着脸。她刚才去洗手间洗脸，发现所有的洗漱用品都是新的，而且是一男一女的两套。

闻烟觉得心惊。

"前天晚上。"谭叙深开口。

本来想坐在她身边，但担心她抵触，谭叙深就坐到了另一张沙发上。

那天晚上他回家和爸妈要了外公家的钥匙，又要了阿姨的电话，所有的决定都是在一瞬间完成的。

闻烟低着头，没说话，可能是太饿了没有力气。她没再问其他的，自顾自地走向餐厅。

"吃饭了。"谭叙深轻轻晃了晃易阳。

"能不吃吗？我想睡觉。"易阳翻了个身，努力地睁开眼睛却只睁开了一条缝。

"不能，夜里会饿的。"谭叙深抱着易阳去了洗手间，用湿毛巾帮他擦了擦脸。

他们回到餐桌前，闻烟已经开始吃了。

"姐姐，我不小心睡着了……"易阳坐在闻烟对面。

"吃完饭再睡。"闻烟嘴角微微弯了个弧度，笑容很浅。

"好。"易阳笑了笑，自己拿起了筷子。

随后便是沉默，只有碗筷相碰发出的细微的声音，三个人谁都没有说话。

这么长时间过去，他做饭还是没什么滋味，但闻烟很饿，没过多久就吃完了碗里的面。

"我睡哪里？"闻烟放下筷子，表情没什么变化。

"楼上有房间，我带你上去。"谭叙深也跟着放下筷子。

"爸爸，我也要睡觉。"易阳用最快的速度吃完饭。

谭叙深带着闻烟和易阳上楼，先把易阳送回房间，然后带着闻烟来到另一个房间。

"床单和被子是新换的，浴室在那里，柜子里有睡衣。"谭叙深一一指过去。

然而他描述得越详细，闻烟眼眸里的情绪就越复杂。她紧紧攥住五指，然后冷冷地关上了门，毫不留情地将他关在了门外。

关门的声音不大，却震得谭叙深脑袋发疼。他无声地站在原地，过了片刻离开了。

将客厅、厨房收拾好，谭叙深在楼下洗过澡后上楼，易阳已经睡着了，而隔壁房间没有一点儿声音。

南方的冬天没有暖气，有些湿冷，谭叙深穿着家居服在沙发上坐了会儿，然后走到窗边点了一支烟。

窗外不像 A 市是一眼望不到尽头的夜景，凌晨时分的小镇很安静，只有星星点点的几盏路灯亮着，万籁俱寂，谭叙深心里的烦躁不安似乎也跟着安静下来。

身体很疲惫，但闻烟躺在床上反而睡不着了，眼睛干涩，意识却越来越清醒。

房间里什么都有，内衣、睡衣、拖鞋，甚至还有一盏和房间内的装潢风格格格不入的小夜灯。

暖黄的光线下，闻烟拿出手机查了下地址，这里离市中心只有半个小时的车程。规划好明天离开的路线后，她又开始胡思乱想。

突然，她听到了敲门声。

刚才好像忘了反锁门，闻烟犹豫了片刻，闭上了眼睛。

烟抽完了，谭叙深换了件衣服走出房间，站在闻烟门前犹豫了很久，最后还是敲了两下。里面没有回应，不知道她是不是睡着了，谭叙深担心再敲门会把她吵醒，就轻轻推开了门。

她还是喜欢蒙着被子睡觉，暖黄的光线下，只露出眼睛和额头。

放轻了动作，谭叙深坐在床边，将被子稍微往下拉了点儿，然后静静地注视着她的脸，眼睛里不自觉地流露出无限温柔。

"做什么？"闻烟装不下去了，忽然睁开眼睛。

"没睡？"谭叙深的手停在半空中，然后心虚地收了回来。

"我不习惯睡觉的时候旁边有人。"闻烟的潜台词很明显。

"我们谈谈。"谭叙深握住她的手。

"没什么好谈的，明天早上我会离开。"闻烟将身体扭了过去，不想看他。

"烟烟，我想和你过一次这么多年从来没有体验过的生活，没有工作，没有其他人，只有你。"谭叙深神色认真，声音刻意放得轻柔，"以前因为工作没有时间陪你，现在我想把感情排在所有事情之前。"

谭叙深也不知道为什么要来这里，就是想离开所有人，和她平静地生活一段时间。

现在是信息社会，没有不透风的墙，谭叙深明明知道，但还是这么做了。

"离我远一点儿！"望着他身上的衬衣，闻烟忽然呼吸急促，下意识地攥紧了被子，目光也变得冰冷至极。

她脸上的恐惧和厌恶让谭叙深的心脏不停地往下坠，他立即起身，脱下身上的衬衣扔到了门外。

谭叙深站在床边不敢靠近她，看着她慢慢平静下来。

刚才，他刻意换上了衬衣，因为不知道她是不是真的好了，不知道她是不是在逞强，是不是把所有的苦和痛都藏了起来。

"对不起，烟烟。"谭叙深坐在床边抱住她，声音发颤。

有些事不提，不是他忘了。

对于最痛最无法弥补的事，人性的弱点往往会选择避开，然后把它藏在内心最深处。

但那个伤疤永远都不会好，翻开那层虚掩的布，伤口还汩汩地流着血，疼痛永远会提醒他曾经做过什么。

"工作呢？"闻烟的声音没有起伏。

就像谭叙深说的，他把所有时间都给了工作，曾经连孩子和父母都排在工作后面，闻烟怎么会相信一个微不足道的她能让他做出这种改变。

"目前和 Bruce 提了休假，如果你喜欢这里，我就辞职陪你；如果你想去德国，我就申请调到总部。"谭叙深刚才脱了衬衫，现在光着上半身，但他感觉不到冷。他想把心里所有的温暖都拿来拥抱她。

四目相对，闻烟一潭死水的心里泛起微澜，手藏在被子里不自觉地握紧了。

"如果我说不想看到你呢？"闻烟把谭叙深往后推了推。

闻烟的力气不大，却把谭叙深推开了。

黑色的眼眸在昏暗中沉了又沉，谭叙深望着她嘴唇动了动，好半天却说不出一个字。

"烟烟，我们在这里生活一段时间好吗？"谭叙深注视着她的眼睛，"不要想其他的事，我带你出去走走。"

闻烟半坐在床上，视线移向窗外，但窗帘挡着，什么都看不见。窗户关着，门也关着，两个人的房间让她觉得很闷。

"把窗帘打开吧。"闻烟姿势没动，也没看他。

谭叙深微愣，不知道她想做什么，但还是走到了窗边。房子里的窗帘都很厚重，谭叙深拉开后，微弱的月光洒了进来。

"谭叙深，我从来不是个心狠的人。"闻烟看向他，黑长的头发披在胸前。她的语调看似温柔，却没有温度，只是平静地陈述着。

"我知道。"谭叙深声音有些哑。

窗前，男人高大的身躯在地上投下长长的影子。他背对着窗户，除了半边侧脸迎着月光，其他完全浸在室内微弱的光线里。

闻烟看不清他的表情，但他上半身的线条被光影勾勒得很明显。以前她很喜欢用手指在他胸膛、肚子上点来点去。他怕痒，每次都抓住她的手让她动弹不得，然后两个人在床上纠缠……

闻烟深深地吸了一口气，眼睛动了动。她已经刻意将那些画面埋了起来，因为每次回忆起都觉得透不过气。

"你知道我和希凡那次在车里，高潮的时候在想什么吗？"闻烟声音平静，心像是沉到了湖底。

谭叙深虽然站在原地没动，但身体明显僵住了。

有些事，他需要刻意地选择遗忘。

比如说她和别的男人在一起时潮红的脸，以及他们一起去海市的那个周末……

谭叙深是个成年人，闻烟和希凡也是。那个周末发生了什么，有无数种可能，而他最不想相信的也是可能性最大的一种。

离开机场的高速上，谭叙深脑海里一直回荡着她生日那天的画面，也终于明白了那天他从法国回来，她为什么装作什么都不知道的样子，然后不顾一切地抱着他亲吻。就像他什么都不敢问，也不敢看那个男生的脸，只不顾一切地拉着她离开。

因为惧怕达到峰值的时候，人性的弱点不会选择面对，而是逃避。

就像他曾经当了三个月的逃兵。

"那时候我面前浮现的是你的脸，你告诉我说……宝贝，我要复婚了。"

谭叙深脸上的表情瞬间凝滞了，寒意从心脏蔓延到了全身。

"烟烟……"谭叙深叫出她名字的时候，喉咙涩得生疼，那些沉重的过去将他直接判了死刑。他不敢叫她的名字。

"我没有办法和其他人做爱，因为会反复想到你带给我的屈辱。"闻烟像是没有感情的木偶，平静地诉说着这些让她难以启齿又彻夜难眠的事。

五指慢慢收拢握紧，谭叙深迈着沉重的脚步走到床边，想把她抱在怀里。

"别靠近我，难受。"闻烟的声音不冷不热，她不是刻意冷暴力，而是真的不舒服。

他的靠近让她难受。

谭叙深的手停在了半空中，脑袋里一片混沌。

他们分手后，彼此拿刀子往对方心口捅，分不清谁更痛。

大半年来这是两个人第一次心平气和地坐在一起，不吵不闹的样子算是谈心吧。

但现实还是残酷得让他无法面对。

视线在她脸上停住，谭叙深幽幽地开口："烟烟，我第一次注意到你，是你加班摔倒的那天晚上。"

闻烟表情一变，有些错愕，没想到是在那么早之前。

"看到你躺在地上，我有种很奇怪的感觉，是从未有过的陌生和冲动，包括后来的那些……"谭叙深顿住了，看向闻烟，怕她失控，但发现她依旧面无表情，抿了抿嘴唇，继续说，"面对你我控制不住……"

闻烟被子下的手握紧了，指甲深深陷进肉里。她以为自己能够无动于衷的。

她不想再回忆那些画面，那些他不爱她的事实。

他不爱她，当然也不会怜惜她，所以才会对她做那些事。

就像她可以为了爱夫迎合他一样。

"每次结束，我都觉得自己很阴暗，以及很对不起你。"谭叙深也不知道为什么要说这些，因为实在不知道做什么才能挽回她，怎样才能打开她

457

的心结，所以想把心里所有的事都告诉她，包括那些不为人知的阴暗。

眼底滑过一丝愕然，这句话，闻烟是相信的。

因为每次结束后他都会紧紧抱着她，像是要揉碎她一般，不似往常的轻松逗弄。往往这时，他连她的眼睛都不敢看。

那时她还不明白，现在知道了。

闻烟沉默地注视着他，想继续听下去。

"我承认，最初对你是身体的欲望。"谭叙深呼吸沉重，说完挪开了视线，不敢看她。

闻烟依旧沉默着，只是黑色的眼眸变得暗淡，嘴角随之勾起一抹嘲讽的笑。

闻烟不傻，知道谭叙深先前对她没有感情，也知道第一次去他家里意味着什么。但她当时太想和他在一起了，天真地以为以后会有漫漫余生可以感化他。

在他回答"女朋友"那三个字的时候，闻烟以为自己成功了。

但那只是她以为而已。

"但是烟烟，我后来喜欢你是真的。"谭叙深抓着她的手靠近自己的心脏，想让她感受自己的心跳。

"但是你却在我最爱你的时候推开了我，我想带你见我爸妈，你嫌麻烦。"闻烟不动声色地抽回了手，将冰冷的事实摆在他面前。

谭叙深喉结微动，眼眸像阳光常年照射不到的深海，那些情绪铺了一层又一层。

"因为我离过婚，对下一段婚姻比较谨慎，我们在一起会有很多困难，所以当时没有结婚的想法，只想简单地在一起。"然而现在，他把一切推到了更难的局面。

闻烟曾经偏执地以为喜欢就会在一起，在一起就会考虑结婚，但经过这么长时间的思考，她现在可以理解他的想法了，但那又怎样呢？

"我没有陪女孩儿去过游乐场，也很少逛街，这么多年，感觉除了工作没什么是必需的。所以在你说要一起回家的时候，我发觉有些不受控制了。"谭叙深目光移向了窗外，依旧不敢看闻烟。

小镇的夜晚没有城市的霓虹和喧哗，夜幕越黑，星光和月光反而越清透。天地间好像只剩下他们两个人。

"你生日前一天下午，她查出了胃癌，她是易阳的妈妈，于情于理我都该过去看看，但看到你的电话我不知道要不要接，知道不能再给你希望，"谭叙深望着窗外的星光，过了很久才扭头看着闻烟，"但回家看到你抱着我哭，我想吻你，理智告诉我要推开，但还是忍不住抱紧了。"

"谁提的复婚？"这个问题像刺一样扎在闻烟心里很久了，她发誓不会问，也没有问的必要，但这一刻还是脱口而出。

"她。"谭叙深说。

"为什么答应？"闻烟接着问。

"感情方面，我没计划过未来，也没有想过结婚，除了工作带来的快感，其他好像没有必需的理由。当时只是觉得易阳和妈妈生活在一起，对他的成长比较好。"谭叙深不疾不徐地说着，仍旧不敢看她的眼睛。

感觉脸上有什么滑过，滑到嘴角，咸咸的，闻烟伸手擦了一下，手上沾着水光，不知道什么时候已经哭了。

谭叙深情不自禁地上前，吻着她的眼睛，吻着她眼角的泪。

"烟烟，或许你不相信，"极力隐忍着自己的情绪，谭叙深嗓音沙哑，"因为我发现控制不住对你的感情，所以用那么极端的方式推开了你。"

说完之后，谭叙深紧紧抱住了她。

今天晚上的回忆，让他又一次清楚地意识到自己曾经有多过分。谭叙深知道这可能起不到任何解释的作用，或许还会让她更恨自己，但还是想把心里所有真实的想法告诉闻烟，因为这才能让她相信他现在的爱是真的。

"放开我。"被他紧紧抱着，闻烟透不过气，把他往外推。

听到她呼吸急促，谭叙深连忙放开了她："抱歉。"

谭叙深轻轻抚着她的背，怪自己总是忍不住想亲近她。

"我承认自己以前的想法很幼稚，现在也能理解你对婚姻的谨慎。"闻烟稳住呼吸，平静地望着他，"但是那又怎样呢？这些伤害怎么办？因为你控制不住的爱而对我造成的伤害怎么办？"

理解是一回事，但她心里的刺永远无法拔除。

闻烟没有失控，太多次的尖酸刻薄已经累了，只需要平静地说完，让他明白他们之间的裂痕已经无法修补。

"让我弥补好吗？"谭叙深眼底爬上痛苦，自己也无法原谅曾经的那些伤害，甚至刻意忽略不敢面对，"我知道很难，但是烟烟，这辈子还有那么长，我更不想放开你。"

"我不知道该不该原谅你，原谅你说明我不爱你了；不原谅你，我又不想让你影响我以后的生活。"闻烟面无表情，眼睛里平静得没有波澜。

沉静的黑眸像是被长篙搅动，起了层层涟漪。

他听见了一个"爱"字。

手不自觉地握紧了，谭叙深心中波澜四起，分不清是酸涩还是感动。

他感动，在经历了这一切之后，他善良的女孩儿还能说出一个"爱"字。

"我不想把自己在我们这段感情中得到的教训用在下一个人身上，也不想你的难过被别人治愈，我们付出了这么大的代价，不该去拥抱别人的。"谭叙深微微往前倾，抚摸着她的头发，面庞被月光模糊了轮廓，"过去的一年，我们已经把这辈子的痛都经历完了，以后的苦留给我，难过留给我，伤害也留给我。我只希望你快乐一点儿。"

月色如水，照在地板上，给房间内铺了一层寂静。

被子下，闻烟的手不由自主地抓紧了床单，越来越紧，她不知道自己在抗争什么。

"可是，拥抱你我会疼。"闻烟强装平静地看着他。

抚摸着她头发的手顿了顿，谭叙深注视着她的眉眼，过了片刻向她张开了怀抱，暗暗观察着她的情绪然后慢慢收紧。

"我要睡了。"闻烟自始至终没有回应他，在他抱紧的那一刻，她的呼吸不自觉地加重，之后她很快将他推开。

眼底浮现出落寞，谭叙深缓缓放开了她，知道急不来，而且今天晚上已经比他预想的好了太多。

他的女孩儿真的很傻。

"晚安。"谭叙深抚摸着她的脸庞，在她额头上落下轻轻一吻。

依旧没有回应他，闻烟躺了下去，用被子蒙住了头准备睡觉，感觉到他将被角压好，然后离开，关门。

房间彻底陷入宁静。

闻烟始终保持着刚才的姿势，没有睁开眼睛，一动不动仿佛真的睡着了，只是在意识朦胧间模模糊糊地想到以前不知道在哪儿看到过一句话：

听说额头的亲吻代表疼爱和保护。

第二天早上，谭叙深醒来感觉脑袋昏昏沉沉的，可能是临近天亮才睡着的原因。

以前因为工作一切从简，所以谭叙深很少做饭，而今天，他在厨房里按照食谱做了顿丰盛的早餐。

"爸爸，今天的早餐真好吃。"以前在家易阳和谭叙深的早餐也是吃面包、喝牛奶。

"多吃点儿。"谭叙深给易阳夹了块饼。

"姐姐还没起床吗？"易阳吃得肚子有点儿撑了。

"嗯。"谭叙深往楼梯的方向看了看，低低地应了一声。

知道她昨晚睡得也很晚，谭叙深没有叫她，想让她多睡会儿。

吃完饭，易阳趴在桌子上画画，谭叙深拿了一本书坐在沙发上，冬日的阳光照进来，让人昏昏欲睡，没什么精神。

这样的时光像是偷来的，谭叙深看了一会儿书有些困了，手撑着头渐渐闭上了眼睛。

但没过多久，谭叙深忽然睁开了眼睛，身体紧绷，眼里还有不安和惶恐。

不知道他梦见了什么。

"爸爸，你怎么了？"易阳看谭叙深睡着了，本来想为他盖一条毯子，但还没走近就看到他忽然睁开了眼睛。

"没事……"梦里的声嘶力竭还历历在目，谭叙深的头好像更疼了，他闭着眼睛揉了揉眉心。

墙壁上的挂钟显示已经十点多了，但她依旧没有下来，谭叙深看着楼梯的方向缓缓起身："爸爸上楼一趟，你不要乱跑。"

"知道啦。"易阳往窗外看了一眼，很向往，但还是收回了视线。

院子里有很多绿植，门没有锁，但谭叙深说不让出去，易阳就不出去了。

脚步声放得很轻，谭叙深在门外站了几秒，但没有听见里面的动静，接着敲了敲门，还是没有听到回应。

谭叙深轻轻推开门，朝里面走去。

"烟烟，起床了。"谭叙深站在床边，见她又把头蒙住。

听见声音，闻烟动了动，但还是没醒。

窗帘拉着，室内光线很暗。谭叙深坐在床边，脸上挂着淡淡的笑，刚才梦里破碎的画面在这一刻变得宁静。

谭叙深将被子往下拉了拉，在看到她的脸时被吓了一跳。

"烟烟？"她的脸红得不正常，谭叙深把手贴在了她的额头上。

461

她的额头很烫。

"头疼……"闻烟动了动身体，声音干哑，皱着眉头，一脸痛苦的样子。

"我们马上去医院。"谭叙深没有找体温计，刚才碰到的手心的温度太过灼热，肯定是发烧了。

谭叙深掀开被子，想抱闻烟下楼然后去医院，但被闻烟拂开了手。

"不去……"闻烟想睁开眼睛，却因为眼皮太重没有成功，身上也没有一点儿力气，只觉得很难受，想在床上躺着。

看着闻烟痛苦的神色，谭叙深抱着她停在原地，表情凝重。

她身上烫得厉害，谭叙深不敢耽搁，但又不想折腾她。

"好，我们不去。"谭叙深妥协了，将闻烟重新放回到床上。

为她盖好被子，谭叙深握着她的手一直没放开，好一会儿才拿出手机打了个电话。

"医生马上就过来了，再坚持一会儿。"谭叙深结束通话，弯腰将她耳边的碎发整理好，却发现她的额头上冒了一层细细密密的汗。

"冷……"闻烟声音微弱，皱着眉头。

注视着她苍白的嘴唇，谭叙深脸上浮现出愧疚。他将房间的温度调到最高，出去接了杯温水，还拿来了额温枪。

"来喝点儿水。"谭叙深将手放在她的后颈，想把她拖起来，但闻烟摇了摇头。

"不喝。"闻烟浑身乏力，躺着也不舒服，动来动去脑袋始终昏昏沉沉的。

将水杯放在一旁，谭叙深没再动，拿湿毛巾为她擦了擦脸上的汗，还仔细地给她擦了手，然后拿起额温枪照着她的额头测了一下，三十九点三摄氏度。

谭叙深看到测量结果，原本沉静的眼眸里充满慌乱，连忙拿出手机又打了个电话。

"你好，请问还得多久？"谭叙深坐在床边握着闻烟的手。

"马上就到了，大概还有十五分钟。"医生在开车。

"好，还请您尽快，刚才测了下体温，三十九点三摄氏度。"谭叙深注视着闻烟，眼里带着心疼和不安。

"好，马上就到了，别担心。"

谭叙深将温热的毛巾敷在闻烟的额头上，伏在她耳边轻声安慰："医生马上就到了，别怕。"

闻烟听见了他的话，也知道他一直在身边，但没有力气回应，一直沉沉地闭着眼。谭叙深只能从她紧蹙的眉头知道，她没有睡着。

过了十几分钟，医生来了，一个三十多岁的男人，戴着眼镜。

谭叙深从来没有觉得十几分钟的时间如此漫长，带他上楼的时候易阳也跟着上来了。

"听你们说话不像南城人。"医生是附近诊所的，刚刚接到电话就匆匆赶来了。

"嗯，A 市的，昨天刚过来。"谭叙深没有耐心和他攀谈，只想知道闻烟严不严重，"她怎么样？"

"可能是不习惯南方的天气，输液配合吃药能好得快一点儿。"医生从医药箱里拿出工具，又测了遍体温，然后看了看闻烟的眼睛和舌头。

"好。"谭叙深低声应下。

在路上坐了很久的车，她没休息好也没好好吃饭，昨晚又很晚才睡，谭叙深望着闻烟的脸，满心愧疚。

闻烟睁开了眼，眼睛红得厉害，感觉脸颊、眼睛都很烫，但身体的其他部位很冷。

在床边吊了液体，医生准备扎针。看着那尖锐的针头，闻烟瞬间清醒了不少，身体不由自主地往旁边缩。

看见她这个样子，谭叙深用手轻轻盖住她的眼睛。

眼前一片黑暗，闻烟随之感觉手背一阵刺痛，但很短暂，马上就不疼了。她不由得松了一口气。

"一共三瓶，这瓶完了换那瓶，全部结束的时候拔了针就行。"医生指着桌子上的瓶瓶罐罐，"明天还得输一天，这是一天的药，剩下的我明天再带过来。"

"谢谢，麻烦了。"谭叙深拿起桌子上的药看了看。

"不用客气，林阿姨打电话过来的时候吓坏了。"医生笑了笑，开始收拾自己的东西，"那我就先回诊所了，有事再打电话给我，离得挺近，过来也方便。"

林阿姨就是帮谭叙深打扫这间房子的人，虽然他的外公外婆去世了，但江淑因不想让房子落灰，这么多年，林阿姨一直帮忙打扫。

"好，我送您下去。"谭叙深看了闻烟一眼，又看向易阳，"在这里看着姐姐，我马上就回来。"

"知道了，爸爸。"易阳搬着凳子坐在闻烟床边，安静地看着液体滴落。

医生收拾完东西合上箱子，忽然看到额温枪落下了，正准备放进去，余光注意到谭叙深的脸色，就顺手在他额头上测了一下。

"谭先生，你也发烧了，要不要一起打个点滴？"医生看着显示的数字，三十八点一摄氏度。

谭叙深微愣，早上起来确实不太舒服，以为是没有睡好所以头疼乏力，之后光顾着心疼闻烟，自己身体不舒服都忘了。

闻烟眼皮微抬，往那边扫了一眼，又缓缓合上了。

"没关系，不用了。"谭叙深很多年没有打过点滴了，而且那样也不方便照顾她。

"爸爸，我可以照顾你和姐姐的。"易阳走过来抓着谭叙深的大手。

"小朋友真乖。"医生笑着摸了摸易阳的头，又打开药箱拿出几种药，"这些退烧药你先吃着，明天我再把药一起拿过来。"

"好，谢谢了。"谭叙深轻笑。

送医生离开后，谭叙深将毛巾换了又为她敷上，易阳在旁边的凳子上乖乖坐着。

"先把药吃了再睡。"谭叙深把水杯放在旁边的柜子上，手托着闻烟的背将她扶起来。

有胶囊，有药片，还有冲剂，闻烟看着谭叙深手里的药，感觉舌上蔓延出一阵苦味。

"先吃这几个。"谭叙深试了试水温，把胶囊和药片递给她。

闻烟仰头喝了一大口水，为避免药沾到舌头上，赶紧咽了。

"这个不苦，是甜的。"谭叙深将放了冲剂的杯子放到她唇边。

闻烟慢慢接过来，依旧皱着眉，就算是甜的，但只要跟药沾上关系总是觉得怪怪的。

她还是大口大口地喝下去了。

"再喝一点儿。"谭叙深又递过来一杯清水，看着她吃药的样子轻笑，简直和易阳一模一样。

闻烟喝了两口水，将口腔里那股药味冲淡，正准备继续躺下，眼前忽然多了一颗糖。

闻烟的目光落在那颗糖上，颜色很漂亮。

她抬头扫了一眼谭叙深，没动。

谭叙深嘴角挂着笑，将糖递到她嘴边。

"爸爸，我也要吃糖。"易阳从凳子上跳下来。

听到易阳的声音，闻烟不再僵持，头微微前倾，含下了那颗糖，然后又无力地躺了回去。

舌尖像羽毛似的扫过他的指腹，留下一阵温热和细密的痒，谭叙深看着她躺下，缓缓收回了手。

"走，我们出去。"想让闻烟好好休息，谭叙深从口袋里又拿出两颗糖递给易阳，拉着他去了隔壁的房间，"你在这里玩，不要吵到姐姐。"

"好，那我下楼把水粉拿上来。"易阳的画画到一半时，医生来了。

"我帮你拿，不要乱跑。"谭叙深担心他上下楼摔倒。

"好，知道啦。"易阳在旁边的沙发上坐下。

到了楼下，谭叙深接了杯温水，将医生刚才开的退烧药吃了，然后拿着易阳的水粉上楼。

南方的冬天时常阴云密布，但最近天气很好。

谭叙深推开隔壁的门，将窗帘拉开一半，让阳光照进来。他坐到床边的椅子上摸了摸闻烟的额头，还是很烫，但她好像睡着了。

一个多小时后，谭叙深将另一瓶液体换上。

退烧药里好像有安眠的成分，谭叙深坐在椅子上渐渐困了，但始终不敢睡，出去抽了两支烟又进来。

一直到输液结束，闻烟都没有醒，睡得昏昏沉沉的。

谭叙深手伸到被子里，发现她身上冒了很多汗，额头还是很烫。

"冷……"闻烟低声呢喃。

谭叙深没有听清楚，低头伏在她唇边："什么？"

闻烟蹙着眉心，睡得很不安稳："冷……"

这次，谭叙深听清楚了，犹豫了片刻，掀开被子躺到床上，轻轻抱着她。

她身上的睡衣已经被汗浸湿了，谭叙深的不安又加重了几分，不知道为什么这么久还不退烧。

闻烟还在意识不清地喊着冷，谭叙深的手臂又收紧了一分，手情不自禁地在她眉眼处摩挲，想将她的难受抚平。

465

久违的熟悉气息，是淡淡的奶味，谭叙深埋在她的颈窝，对她的愧疚似乎永远也无法释怀。

这次是他太冲动了，什么都没计划好就把她带来，害得她又生病了。

躺在床上，鼻间充斥着熟悉的气息，谭叙深再也撑不住了，也沉沉地睡了过去。

再次醒来，天已经黑了，闻烟睁开眼睛缓了好久，也不知道现在是几点。渐渐清醒后，她感觉腰上有一条强劲有力的手臂。

闻烟嘴里好像还残留着糖的甜腻，睡意蒙胧中那些不清晰的画面也涌上了脑海，好像有人一直握着她的手，抚摸她的额头。

想到这里，闻烟抬手摸了摸自己的额头，似乎没那么烫了，身体也轻松了不少。

她原本打算今天早上五点起床，趁着他还在睡，自己悄悄离开的，但没想到发烧了，睡死过去了。

如果她没记错的话，医生说他也生病了。

腰上那条手臂连睡觉都抱得很紧，闻烟一直没动，过了一会儿，微微翻了个身面对着他。

面对面这么近的距离，闻烟的呼吸忽然变得沉重，过了很久才平复下来。

沉默地注视着他的脸，闻烟缓缓抬手放在他的额头上。

他的额头很烫。

睡梦中感觉到轻盈的触碰，谭叙深毫无预兆地睁开了眼，眼睛里充斥着红血丝，第一反应就是去摸闻烟的额头。

还好她退烧了。

"醒了？"谭叙深舒了一口气，心也跟着落下来了，这时才感觉到头痛欲裂。他忍住头痛，温柔地看着闻烟，"饿不饿？我去做饭。"

看着他这一系列动作还有脸上未褪去的紧张和难受，闻烟不知道怎么回事，突然感觉眼睛有点儿酸。

"没胃口。"闻烟移开了视线，想推开他，但没什么力气。

"少吃一点儿。"谭叙深感觉头好像比睡觉前更疼了，身体轻飘飘的，"你再休息一会儿，我做好了叫你。"

谭叙深掀开被子下了床，腿发软，差点儿没站稳。

缓了一会儿，他站起来走到外面，接了杯水放到闻烟床边的柜子上，才离开。

他身上也冒了很多汗，刚走出房间感觉很冷。

谭叙深打开隔壁的门，灯亮着，易阳躺在床上睡着了。谭叙深帮他盖好被子，下了楼。

房间里只开了一盏夜灯，闻烟躺在床上，虽然睡了一天但还是没什么力气，没过多久又昏昏沉沉地睡着了。

这半年，每晚都很难入睡，就算睡着了也会做很多梦，然后醒来后更累，就这么循环往复，没想到生病倒是让她睡了个好觉。

半梦半醒间，闻烟听到开门的声音，眉头微不可察地皱了一下，接着感到床轻微地陷落，额头上传来温热的触感。

闻烟缓缓地睁开了眼睛。她原以为是谭叙深来叫她吃饭，但面前的人是易阳。

"对不起，姐姐，我把你吵醒了。"易阳跪坐在床上，连忙收回了手。

昏暗的光线下，闻烟看到易阳脸上还带着压痕，明显是刚睡醒的样子，迷迷糊糊的。

"没有，我早就醒了。"闻烟笑着把灯打开，然后撑着身体坐起来。

"姐姐感觉好点儿了吗？"易阳从口袋里拿出谭叙深给他的两颗糖，自己吃了一颗，给了闻烟一颗。

"好多了，这两天不要太靠近我，小心传染给你。"她和谭叙深都发烧了，闻烟担心小孩子抵抗力更弱。

"宝宝很强壮的哦！"易阳一脸得意之色。

闻烟笑着摸了摸他的头。

"爸爸去哪儿了？"易阳刚睡醒就来了闻烟的房间，还以为谭叙深也在这里。

"在楼下做饭。"闻烟垂下了眼皮，没多说什么。

"那我们下楼吃饭吧。"易阳坐在床边，脚还够不着地。

"你先下去吧，姐姐洗个脸。"一天下来闻烟还没有洗漱，而且感觉身上出了很多汗，非常不舒服。

"那我等姐姐。"易阳笑着说，两颗门牙处光秃秃的。

"好，那你自己先玩一会儿。"

闻烟简单洗漱了一下，没敢洗澡，一天没吃饭怕晕倒。

谭叙深按照食谱简单煮了个汤，准备上楼叫他们，却发现他们一起下

467

来了。

"姐姐小心。"易阳抓着闻烟的手，分不清谁扶着谁。

"好点儿了吗？"谭叙深缓步走到闻烟面前，嘴角轻扬。

"嗯。"闻烟视线从他脸上扫过，很快移开了。

餐桌上所有的东西都是谭叙深第一次做，有鳕鱼汤，还有饼，有一张饼明显煳了。

"可能不太好吃，明天想吃什么我们可以点外卖。"谭叙深对自己做的饭没什么信心。

"好吃！好吃！"一眨眼的功夫，易阳盘子里的饼已经少了一半。他笑眯眯的，嘴上泛着油光。

"慢一点儿，别烫到。"谭叙深轻笑，目光移到闻烟身上，只见她沉默地吃着饭，脸上也看不出表情。

已经晚上八点多了，闻烟刚吃今天的第一顿饭，虽然味道一般，但比他过去做的好多了。可能她最近每次都是在很饿的情况下吃他做的饭，所以才有这种感觉。

直到晚饭结束，闻烟也没说话，谭叙深也不知道她喜不喜欢。

"把药吃了。"谭叙深端来一杯温水，把她的药摆在桌子上。

闻烟皱了皱眉。她和很多人一样，最讨厌的事就是打针、吃药。

谭叙深看着她吃完药才去收拾餐具。

夜晚还是很冷，但这几天阳光比较好，空气没那么潮。

闻烟坐在院子里的躺椅上，望着天上皎洁的月亮，旁边有几朵云，失神地望了很久，目光最后落在了院门上。

谭叙深洗了碗，吃了药，走进客厅，发现客厅里只有易阳在玩游戏，一下子又慌了神。

"姐姐呢？"谭叙深向四周张望。

"在院子里。"易阳往外面指了指。

顺着窗户望出去，灯光下，她正安静地坐着，谭叙深这才找回了自己的心跳，无声地注视着她的身影。

她的行李箱一直在客厅，车钥匙也在玄关的墙上挂着，而庭院的门可以从里面打开……

谭叙深仰头深深吸了一口气，不知道该怎么形容这种心情，像是站在悬崖边又被人拉了一把。

总之，所有来之不易的他以后都会好好珍惜。

"天冷了，进去吧。"停了片刻，谭叙深拿了件衣服帮她披上。

闻烟落在庭院门上的视线缓缓收了回来，之后起身进去了。

天确实冷，身体还没有好彻底，她担心再变得严重。

谭叙深看着庭院门，停了两秒，跟在闻烟后面也回了客厅。

客厅里，易阳在玩游戏，闻烟在床上躺了一天，感觉房间里闷闷的，现在还不想上楼。

"要看电视吗？"谭叙深拿起了遥控器。

闻烟坐在沙发上摇了摇头，嫌吵。

看她精神状态还是很差，谭叙深就没打开，而是坐到她身边，安静地陪她坐着。

昨天来得匆忙，闻烟没有仔细观察这栋房子，现在看，这栋房子虽然有些年岁了，但在那个年代能建一栋这样的别墅，肯定也不是一般人家。

闻烟看到墙上有很多老照片，太小的看不清楚，而且有很多已经泛黄了。

"那是我外公外婆，旁边是我妈和我舅舅。"顺着她的视线看过去，谭叙深用手大致为她指了一下。

闻烟其实能看出来，他们眉眼很像，旁边的女人很漂亮，而舅舅英俊挺拔，分别站在两位老人身侧。

"怎么走的？"闻烟问出来就愣住了。她不想问的。

"我外婆是在睡觉的时候离开的，没受罪，然后过了半个月，外公也这么离开了。"谭叙深也没想到她会主动开口，说着去拉她的手，却被闻烟躲开了。

"在这栋房子里吗？"闻烟微微向四周张望。

"嗯，八十多岁，算是喜丧了。"谭叙深脸上并没有太多难过，更多的是怀念。人活一辈子，能毫无痛苦地离开，算是一件很幸福的事了。

闻烟心里忽然很触动，为两位老人的爱情。

年轻人往往很向往轰轰烈烈的感情，但最终还是得归于平静。两个人在一起生活了一辈子，外公也是觉得没有挂念了，所以才离开的吧。

闻烟往常很害怕死亡这件事，但现在觉得这间房子很温暖。

"我妈当年考上大学去了 A 市，工作中认识了我爸。"刚才吃的药好像起作用了，谭叙深感觉身上发热，也很乏力。他力不从心地靠在了闻烟身上，而闻烟也没有躲开。

虽然他平常说话声音也不大，但现在闻烟还是从中听出了生病时的虚弱。

"我爸妈是搞科研的，其实我也不知道他们具体做什么，很多项目都是机密，他们也不会告诉我。"谭叙深望着那些照片，感觉眼皮很沉，视线也越来越不清晰，"我爸1983年参与的一个项目，上个月刚解封，我跟我妈才知道他当年做了什么。三十多年过去了，他当时的很多战友现在都已经不在了。"

闻烟目光微滞："很危险吗？"

关于他爸妈的职业，闻烟问过他。当时他只简单说了几句，她就没有再细问。而现在，她大概知道了他说的是什么，也知道了他性格中的薄凉是因为什么。

"嗯，有些对身体不太好。"谭叙深的眼神有些暗淡。

感觉肩膀上的重量越来越重，闻烟偏头，发现他已经闭上了眼睛，眉头也皱着。

"吃药了吗？"闻烟看着他没动。

谭叙深睁开眼睛笑了笑，然后翻身把头埋在闻烟的颈窝里："吃了。"

他的气息太过滚烫，余光注意到易阳正往这里看，闻烟立即推开了他，然后从沙发上站起来："我要去睡了。"

"我也要睡觉觉！"易阳拿着平板电脑过来牵闻烟的手。

闻烟拉着易阳上楼了，把谭叙深一个人留在了客厅。

望着他们的背影，谭叙深轻笑，眼里却全是红血丝。他将客厅的灯关掉，也跟着上了楼。

闻烟吃过饭，觉得身体有了点儿力气，强撑着洗了个澡，但从浴室出来，发现谭叙深坐在她床上。

闻烟低头看了眼浴巾，条件反射地往上扯了扯。

"晚上要是不舒服记得叫我。"谭叙深担心她洗澡晕倒，也很想和她一起睡，但看到她提浴巾的动作，还是忍住了。

"嗯，我要换衣服了。"闻烟站在浴室门外没动，潜台词很明显。

"好，晚安。"看了她两秒，谭叙深从床上起来。

他往门口走，离她越来越近，闻烟清楚地看到他脸色很差，还没来得及细看，门就被他关上了。

冬天郊外的夜晚很静，闻烟躺在床上什么都听不见。

闻烟好像睡着了，又好像很清醒，时间在这个房间好像是静止的，然而已经过去了两三个小时。

想到谭叙深离开时的神情，闻烟突然睁开了眼睛，拿起手机看了看，已经凌晨一点了。

望着窗帘犹豫了很久，闻烟还是下了床。她轻轻推开隔壁的房门，借着微弱的光走到床边，然后弯腰，把手轻轻放在谭叙深的额头上。

他的额头还是很烫。

闻烟皱眉，但手还没来得及收回来，突然被他抓住了。

谭叙深条件反射地握住她的手，然后将她拽到了床上，随之紧紧抱在怀里。

"放开我。"闻烟还没反应过来就已经在他怀里了。她不敢大声说话，怕吵醒易阳。

谭叙深用力抱着她，一个又一个的吻落在她的脸颊和脖子上。

"快放开我。"闻烟挣扎着要推开他，他却越抱越紧。

谭叙深仿佛还没有清醒，睡梦中感觉额头传来温凉的触感，很舒服，而睁开眼看到是她的那一刻，这么多年的麻木和冷漠仿佛都消失了，深情顺着心脏流到四肢百骸。

因为家庭和性格，谭叙深很少感动，但这两天经历了太多，只想狠狠地把她揉进怀里。

"谭叙深！"闻烟气极了，而随着她压抑的叫喊，旁边的易阳翻了个身。

谭叙深和闻烟瞬间停住，但过了两秒，没听到易阳说话，他好像又睡着了。

"放开。"闻烟踢他的腿。

谭叙深任她打闹，抱着她下了床，去了隔壁房间。

"谭叙深，你出去！"到了她的房间，闻烟的声音和动作都不再克制。

"想抱着你睡。"谭叙深抱着闻烟上床，即使在昏暗里，他的笑容也很迷人。

他的声音带着病态的沙哑，在她耳边泛起一阵战栗的痒，闻烟愣了愣，然后深吸了一口气。

471

然而趁着她发愣，谭叙深的吻已经落到了她的唇上。

他也不想操之过急，但控制不住。

闻烟回过神，狠狠地咬住他的嘴唇，一股血腥味在彼此舌尖蔓延，但谭叙深依旧没有放开。闻烟又用力地捶他的胸膛和后背，用尽了浑身的力气，谭叙深却越抱越紧。

直到最后，闻烟快要窒息了，谭叙深才放开她。

"谭叙深，你就应该发烧被烧死，出去！"闻烟很后悔刚才一时心软，拳打脚踢地想把他踢下床。

闻烟的力气一点儿也不小，谭叙深很疼，但更乐在其中。他从背后抱着她，小心翼翼地将她圈在怀里："不，要抱着睡。"

闻烟怎么都挣不开他，呼吸紊乱，唇边好像还残留着血腥味，她舔了一下，忽然不气了。

以前她家养的一条狗，也总喜欢半夜爬上她的床。

第三天打完点滴，闻烟感觉自己已经好得差不多了。

谭叙深退烧后，感冒的其他症状却越来越严重。他已经好多年没生过病了，这·次倒是来势汹汹。

"爸爸，我们去医院吧。"易阳趴在谭叙深的腿上，皱着小脸。

"没事，快好了。"谭叙深笑着摸了摸易阳的头。

其实谭叙深现在的症状要比发烧好很多，只是看起来比较严重。

"那后天圣诞节，我们可以在家种棵圣诞树吗？"易阳边要求边控诉，"去年圣诞节你都没有陪我！"

奶声奶气的话，将两个人的思绪同时拉回去年的圣诞节。

海市、圣诞节、迪士尼、烟火下梦幻的吻。

视线不小心撞在一起，闻烟面无表情地率先移开了视线，谭叙深笑了笑，脸上的表情很柔和。

"好，下午我们一起去商场。"谭叙深说。

中午吃过饭，谭叙深和易阳上楼换衣服去了，闻烟出神地望着客厅里她的行李箱。时间一分一秒地过去，她像雕塑似的坐在沙发上一动不动。

这是来到这里的第四天，她的病已经好了，谭叙深虽说感冒很严重，但也不会有大碍。

过了一会儿，闻烟打开行李箱，将里面的护照、身份证，以及钱包和各种证件都拿了出来，放进自己的手提包里，然后又不动声色地将行李箱拉上放回原处。

听到楼上传来脚步声，闻烟不慌不忙地坐回沙发上。

"收拾好了吗？"谭叙深下楼走到她身边。

"嗯。"闻烟淡淡地应了一声，抬头看了他一眼，很快移开了视线。

"那我们走吧。"谭叙深一只手拉着闻烟的手，另一只手拉着易阳。

闻烟望着他们牵在一起的手，平静的眼眸渐渐变得复杂，也难得地没有挣扎。

这段时间天气好，闻烟退烧后，吃过午饭他们会出来走走，但去市中心还是第一次。闻烟和易阳坐在后面，窗外的景色不错，她却有些心神不宁。

半个小时后，他们到了商场，闻烟陪他们买了圣诞树，易阳还买了一个大熊猫玩偶，又买了些零食和其他装饰品。

闻烟望着不远处的洗手间，慢慢收紧了五指。

"走，去那边看看。"谭叙深说。

闻烟还没来得及开口，就被谭叙深抓着手腕带去了另一边。她低垂着视线，收了收眼睛里的情绪。

她再等几分钟。

谭叙深拉着闻烟穿过人群，走进了一家珠宝店。

"喜欢哪一个？"谭叙深笑着看向闻烟。

光线明亮的玻璃柜，闻烟望着面前耀眼的饰品，忽然鼻子一酸。

她心不在焉了一路，这一刻忽然平静了下来，但又不是那么平静，胸腔控制不住地起了波澜——

是钻戒。

"不要。"闻烟把手握成了拳头，眼睛却没有从那些饰品上移开，像极了口是心非的小女孩儿。

"挑一个。"谭叙深拉着闻烟往前，透明的玻璃上映着他们的影子，"喜欢这个吗？"

闻烟不说话。

谭叙深原本想偷偷买给她，给她个惊喜的，但又怕她不喜欢。看她不说话，他又指向另一个："这个呢？"

"不喜欢。"闻烟的声音没有起伏。

"左边第二个挺好看的。"谭叙深又换了一个。

"不喜欢。"闻烟的声音大了些,她仿佛在跟谭叙深作对。

导购想上前介绍,又觉得氛围不太适合,只在一旁看红了眼。

"这个?"谭叙深再接再厉。

"不喜欢!"闻烟这次说完直接转身离开了。

"烟烟。"谭叙深以为她生气了,赶紧去追她。

还好易阳先一步抓住闻烟的手臂,抬头忽闪着大眼睛:"姐姐,不能乱跑哦,商场人很多会走丢的。"

在离门一米的距离,闻烟顿住了脚步。

谭叙深松了口气,让导购将第一个,也就是她没说话的那个包了起来。

回家的路上,闻烟依旧沉默地望着窗外,但不像去的时候那么心神不宁。

吃过晚饭,易阳就开始闹着装饰了。他们将圣诞树放在客厅,往树上挂了礼物和小彩灯。闻烟和他们一起动手,高的地方谭叙深挂,花了将近三个小时才把圣诞树装饰好。

一切都布置好后,闻烟向四周张望,感觉房子里多了些烟火气,很温暖。

圣诞节前夕,平安夜。

下午刚过四点,谭叙深就到厨房准备食材了。明明只有两个半人,他却做了七八道菜还有一碗汤。

易阳望着餐桌上丰盛的晚餐咽了咽口水:"爸爸,我想以后每天都能吃到你做的饭。"

谭叙深身上还围着碎花围裙,笑着将筷子摆好,目光看向闻烟。

餐桌上,高高的烛台上燃着蜡烛,饭菜的香味仿佛顺着跳动的烛火飘至鼻间,现在不是极度饥饿的状态,但闻烟还是被味道吸引了。

聪明人似乎学什么都很快。

"爸爸,吃饭前能拆礼物吗?"易阳迫不及待地想要拆礼物。

"好。"谭叙深摘下围裙,搭在椅子上。

闻烟正准备坐下吃饭,见状也停住了动作,之后被谭叙深拉着走到圣诞树旁。

"爸爸,你给我准备了什么礼物?"易阳看着树上的礼物,哪个都够不着。

"拆开看看。"谭叙深将一个盒子递给他。

易阳小心翼翼地拆开，发现里面是一辆玩具汽车："喜欢！"

"姐姐呢？"易阳朝闻烟眨巴着眼睛。他现在跟闻烟熟了，一点儿都不掩饰心思。

闻烟笑了笑，准备去拿，却发现那个盒子在圣诞树靠上的位置，她够不着。闻烟冷冷地看着面前的男人，他肯定是故意的。

谭叙深迎着她的视线轻笑，抬手将那个盒子取了下来，递到她面前。

"送给易阳的。"收拾好自己的情绪，闻烟笑着将礼物递到易阳面前。

"谢谢姐姐！"易阳抱着盒子看向谭叙深，"姐姐的盒子比你的大！"

炫耀完，易阳开始拆礼物了，里面是一条围巾，最下面的流苏上吊着几个可爱的大熊猫公仔，每个都不一样。易阳两眼放光，连忙把围巾缠在脖子上："谢谢姐姐！我太喜欢了！"

最后，谭叙深将最高处的盒子取下来，放到闻烟手里。

盒子很轻，闻烟停了几秒，才无所谓地拆开。

这时，电话忽然响了，谭叙深看到来电显示皱了下眉，犹豫了片刻，还是接了起来。

"什么事？"接起电话的时候，他还是原来那个谭叙深。

"这个项目你可以问 Aaron。"

谭叙深听着电话里的声音，目光一直落在闻烟身上，不放过她每个细微的表情。

闻烟打开包装盒，表情凝滞了，虽然还没有打开看到里面的东西，但也知道这是一个戒指盒，是他们昨天下午一起去的那个店铺的品牌。她以为他没有买。

"交接文件里有这方面的内容。

"目前还没有打算。"

闻烟的视线反复在那几个英文字母上打量着，耳边是他打电话的声音，他说辞职了，是真的。

心里渐渐起了波澜，闻烟始终没有下一步的动作。

"打开看看。"谭叙深笑着走到她面前。

不知道他什么时候已经打完电话了，闻烟抬头望着他，沉默了很久才开口："谭叙深，你真的爱我吗？"

这么久了，闻烟迟迟不敢提一个"爱"字。

到了用言语感动她的时刻，谭叙深忽然不知道该说些什么，只是目光越来越深情，双手放在闻烟的肩膀上，想给她足够的安全感。

"烟烟，银行卡的密码是112901，房产证可以只写你一个人的名字。"

"我要的不是这个。"心里坚硬的堡垒明明已经微微晃动了，但闻烟还是偏执地看着他。

证明感情的方式有很多，有人说无数次"我爱你"但在金钱方面藏得严严实实的，也有人不善言辞却把所有的好都捧到爱人面前。

对于谭叙深来说，这可能是他发自肺腑的话了。闻烟也感动了，但还是倔强地不肯罢休。

因为在他身上，她从来没有得到过一个"爱"字。

"我爱你。"

三个字传入耳中，闻烟立即低下了头，把戒指盒攥在手里，无意识地越攥越紧，视线也死死地落在地板上，不敢看他。

谭叙深习惯了把一切都藏在心里，很少说这些字眼，也很少表达自己的感情。他原本以为会很难开口，但这一刻脱口而出，好像也是水到渠成的事情。

脸上的不自然一闪而逝，谭叙深走到闻烟面前，轻柔地撩起她耳边的碎发，用只有两个人能听到的声音呢喃："烟烟，我喜欢你，爱你，想和你在一起。"

闻烟依旧死死地攥着戒指盒，低着头一动不动。她不敢动，因为泪水正在眼眶里打转。

她的反应落在眼里，谭叙深心里一阵柔软又夹杂着疼痛，这些恋人间的承诺和情话本该早早说给她的，然而他因为自以为是，走了很多弯路，也失去了很多无法挽回的东西。

谭叙深伸手将她抱在怀里，而闻烟瞬间将他推开了。

"我不要。"戒指盒还没打开，闻烟顺势扔到谭叙深身上，然后转身离开了。

谭叙深将戒指盒捡起来，在原地站了很久，刚才所有的话都是下意识地脱口而出。他不知道哪句说错了，是银行卡密码吗？他之前确实没有将密码告诉过其他人，爸妈不需要，和叶漫在一起的时候彼此经济独立……

思索了很久没有结果，谭叙深将戒指盒装进口袋里，缓步走到餐厅。

仿佛还没有从刚才的情绪中缓过来，闻烟面无表情地坐在餐桌前，等着吃饭，而易阳早已经离开了战场，躲在沙发旁边，边玩小汽车边偷偷往这里看。

"过来吃饭。"谭叙深看着易阳。

"哦，好。"易阳放下小汽车，慢慢走过来。

三个人坐好了开始吃饭，谁都没再说话。

易阳把脸埋在碗后面，视线在闻烟和谭叙深之间转来转去，安安静静地吃着饭，没发出一点儿声音。

闻烟回过神后给易阳夹了一块排骨。

小孩子的心思最敏感，她不想因为自己的情绪让好好的圣诞节冷下来。

"谢谢姐姐！"易阳笑了。

"多吃点儿。"闻烟唇角上扬。

"好，姐姐也多吃点儿，这个好吃。"易阳夹了一根青菜，想放到闻烟碗里，但他胳膊太短了够不着，索性站到椅子上往前伸。

"小心别摔倒了。"闻烟把碗伸到他面前。

"等我长大了就能从这里够到那里、那里，还有那里。"易阳指着桌子距离自己最远的地方。

"好，快吃吧。"闻烟看他在那里手舞足蹈，不禁笑了。

三个人都低头继续吃饭，闻烟碗里突然多了些菜，她疑惑地看着，还没来得及开口，就听见易阳在对面小声嘟囔。

"爸爸偏心。"易阳的整张脸都快钻进碗里了，只有一双黑亮的眼睛审视着谭叙深。

"你也偏心。"谭叙深接的是易阳的话，但视线始终在闻烟身上，不知道说的是谁。

而闻烟置若罔闻，低头继续吃饭，心情好了就给易阳夹点儿菜，直到晚饭结束也没有理谭叙深，全程当他不存在。

"姐姐，我们一起看动画片好吗？"易阳放下筷子看着闻烟。

"好。"闻烟抽了张纸巾。

两个人一起去了客厅，餐桌前只剩谭叙深一个人。他望着桌子上的饭菜，忽然觉得有些食之无味。

"这集看过了，我们换一集新的。"易阳拿着遥控器换到下一集。

桌子上摆满了零食，闻烟想切点儿水果，趁着易阳在选集就去了厨房。

她拉开门，看到谭叙深在洗碗。

闻烟在门口顿了一秒，之后若无其事地走进去，从冰箱里拿出西瓜和哈密瓜，切成块，插上牙签。

耳边哗啦啦的水声戛然而止，闻烟切好后端着盘子准备离开，然而刚转身，谭叙深就抱了上来。

"生气了？"谭叙深从背后环着她的腰。

"别动我。"闻烟扭了下身体。

谭叙深把脸埋在她的头发里，然后从盘子里拿了块插着牙签的哈密瓜："好甜。"

耳边的声音很清晰，闻烟偏了偏头，手肘向后捣在他的胸膛上，谭叙深吸了口冷气，闻烟头也没回地走了出去。

"又背着宝宝说小秘密。"易阳把动画片暂停了，看到闻烟出来才按下播放键。

"没有，去切了点儿水果，尝尝甜不甜？"闻烟拿了块西瓜递到易阳面前。

"甜！"易阳的腮帮子鼓鼓的。

闻烟笑了笑，将果盘放在茶几上。

谭叙深也来到客厅，坐在闻烟身边。旁边两个孩子边吃零食边看电视，谭叙深微微往闻烟身边靠了靠，过了片刻，手机响了。

"妈。"谭叙深接了视频电话。

听到声音闻烟立即顿住了，不知道该不该继续吃手里的薯片，最后缓缓放到了易阳手里。

"吃饭了吗？"江淑因第二天才知道他们去了南城，这几天也很少打电话。

"吃过了。"谭叙深笑着把屏幕往旁边偏了偏，握住了闻烟的手。

闻烟本来想甩开，但一扭头就看到了屏幕里的女人，脸上的不耐立即消失了，还不自觉地紧张起来，反而江淑因在看见闻烟后激动得不得了。

"这是烟烟吧？真漂亮，比叙深手机里的照片还要漂亮。"江淑因笑得弯了眉眼，但神情间还是带了几分拘谨。

一句话里透露出很多信息，但闻烟这时候没有时间思考。

"阿姨好。"闻烟摆出一副女孩儿的乖巧，从坐姿到笑容都很拘束。

"听叙深说你前两天发烧了，好些了吗？"江淑因言语间带着关切。

"已经好了。"闻烟打量着屏幕里的女人，可能是常年做科研的缘故，鬓边的头发有一缕已经白了，但脸上的皮肤看起来还很年轻。

"奶奶！"易阳挤到屏幕前。

"想奶奶了吗？"看见孩子，江淑因笑得很轻松。

当初谭叙深和叶漫工作都忙，没时间照顾孩子，这几年她一直很担心易阳将来会变成谭叙深的样子。

"想啦！"易阳的脑袋往前挤，占了大半个屏幕。

"你往后一点儿，奶奶跟你烟烟阿姨说会儿话。"江淑因想趁着这个机会和闻烟聊一聊。

"是姐姐，不是阿姨。"易阳字正腔圆地纠正。

"好好好，是姐姐。"

一时间大家都乐了，闻烟笑着摸了摸易阳的头，这个动作恰好落在江淑因眼里。

"阿姨您说。"闻烟拿过手机。

"你上楼，我们说会儿悄悄话。"江阿姨一时起了童心。

闻烟轻笑，看了谭叙深一眼："待会儿还给你。"

"去吧。"谭叙深这才放开了她的手。

闻烟边走边和江淑因聊，上楼后走进了她的房间。

"这还是当年我的房间。"江淑因看着那些熟悉的摆设，感觉很亲切。

"是吗？"闻烟又往周围看了看，这么说来这间房子真的有些年岁了。

"其间翻修过好几次，但格局一直没有变。"江淑因说。

"住着挺舒服的。"闻烟说。

"烟烟，其实也没什么要说的，就是随便聊聊。"江淑因担心闻烟不自在，语调尽量平和。

"好，您说吧，我现在也没事。"闻烟笑了笑。

"之前只在叙深手机里看过你的照片，你们的事，叙深也都跟我说了。"江淑因不自觉地叹了口气，闻烟一看就是那种很规矩的女孩儿，她心里的愧疚也不由得更重了，"孩子，是我们家对不住你。"

这句话闻烟不知道怎么接，她只能无声地笑了下。

"那段时间，他总是喝醉了被朋友送回家，我还以为是工作压力太大了，但有一天他醒了之后跟我说，他去年交了个女朋友，做了很多错事，不知道该怎么办……"江淑因看着闻烟说，"烟烟，我不是为他辩解，这么多年我们工作忙，对他疏于陪伴，所以有什么事他也很少告诉我们，总是一个人就解决了。那是第一次，我看见他像个孩子一样在我身边说不知道该怎么办。"

闻烟的嘴角挂着淡淡的笑，视线落在远处，没有焦点。

"作为父母，我希望你们在一起，但他确实做了很多错事，所以烟烟，无论你做什么都是他该承受的。"站在一个女人的立场上，江淑因找不到闻烟继续和他在一起的理由，"但如果还能在一起，以后他欺负你了就告诉我，家里一定不会让你再受委屈的。"

"阿姨，您说笑了。"闻烟莫名觉得心里暖暖的。

"有什么都可以跟阿姨说，如果觉得……觉得易阳和你们一起生活不方便，我们可以照顾孩子。"江淑因知道闻烟失去过一个孩子，心里肯定会不舒服的。

"易阳很好。"闻烟看着屏幕，眼睛里没有半点儿虚假。

以前她也想过，这毕竟是谭叙深和其他女人的孩子，不可能不介意。但她每次见到易阳，这种想法就会不自觉地变淡一些，反而越来越觉得他是个乖巧可爱的孩子。

其实易阳和闻烟是一类人，没有太多心思，谁对他们好，他们就对谁好。

"但是阿姨，我现在给不了您任何答复。"闻烟看着屏幕，脸上的神情淡淡的。

"我知道，一切跟着心走吧。"江淑因叹了口气。站在女人的立场上，任何劝说的话她都无法再开口了。

闻烟是个善良的女孩儿，或许现在没有答案，就是最好的答案。

视频电话挂断了，闻烟无力地躺在床上，迟迟没有下楼。

她最恨的不是谭叙深，而是自己。

闻烟恨自己不够坚定，他做了那么多事，让她痛、让她流泪，而她还是不能全心全意地恨他。

她真是没出息啊。

这辈子闻烟是忘不掉谭叙深的，无论他对她的伤害有多深，她都忘不掉他。一道道伤痕刻在心里，越痛越清晰，越痛越深刻，爱和恨根本分不清楚。两个人在一起的种种，有些是伤害，有些是甜蜜，而这些，都会在彼此心里留下越来越深的痕迹。

闻烟不想就这么原谅他，但也不知道接下来要怎么办。不过无论以后如何，她都不会再像以前那样毫无保留、毫无底线地爱了。

过了一会儿，闻烟拿出手机给星棠打了视频电话。

"美女晚上好。"星棠很快接通了电话。

"圣诞快乐。"她身后的背景不是家里，闻烟似笑非笑地看着她，"在哪儿？"

"星野家，哈哈哈……"星棠把屏幕往旁边偏了偏。

"烟烟！"星野朝着屏幕挥了挥手，还是那么傻气。

"怎么没出去玩？"闻烟和他们一起吃过几次饭，也都熟了。

"天太冷，都不愿意动。"星野笑着说，"那你们聊，我去切点儿水果。"

"挺舒服。"闻烟看着星棠打趣。

"还好，还好。"星棠脸上的幸福想藏都藏不住。

闻烟嘴角挂着淡笑，沉默了片刻开口："跟你说件事。"

"什么？"星棠嘴里嚼着零食。

"我和谭叙深在一起，在他外公家，南城。"闻烟说完不敢看星棠的脸，而是把视线移向了窗外。

"我知道。"星棠面无表情地看着屏幕。

闻烟扭头看着星棠，想问什么却不知道怎么开口，只是呆滞地看着屏幕。

"周寻告诉我的。"星棠知道她疑惑什么。

"怎么又跟他联系了？"闻烟皱眉。

"那天下课，他来学校找我道歉来着。"星棠继续吃着零食，"说不想因为他影响你们。"

闻烟抿了抿嘴唇，心里忽然很难过，因为愧疚，也因为心虚，还因为星棠知道竟然没有问她。

星棠是对她太失望了吗？

"这几天你都没问过我。"闻烟眼睛红了，她的星棠真的长大了，以前心里那么存不住事，现在竟然能藏这么久。

"这不是等你主动承认错误吗？"看到她的反应，星棠把屏幕拿近了些，声音也软了下来。

星棠刚开始确实很生气，但后来想通了，自己不是想拆散他们，只是怕烟烟再受伤，只想她幸福快乐而已。

"对不起，星棠，我不知道该怎么办。"闻烟的声音里带着哭腔，她对自己很失望。

"别哭，别哭，"星棠顿时慌了，条件反射地抽了张纸巾去擦手机屏幕，然后不由得拍了下自己的脑袋，"你说隔这么远我也帮你擦不了泪，没问是因为我知道你有自己的考虑，考虑好了肯定会告诉我，你看你这不就说了吗？不跟我说你还能和谁说？"

星棠开始语无伦次地碎碎念。

"很多次我都想离开，但阴差阳错现在还留在这里。"那天去商场，闻烟准备去洗手间然后离开的，但被谭叙深拉着去买了钻戒。

"别难为自己，也别想那么多，不要觉得对不起任何人，你难过的时候我们就算再着急也没有办法替你，所以只要自己快乐就好了，别给自己那么大的心理压力。"星棠抱着膝盖，脸离手机很近。

"星棠，你长大了。"闻烟很感动，笑着感叹。

"得快点儿长大，保护你这个傻子呀！"

她们又聊了几分钟，视频电话挂断了，闻烟躺在床上整理了下情绪，心里暖暖的。没过多久，她听到门外传来一阵脚步声。

门没关，屋里只有床边矮柜上的小夜灯亮着，谭叙深敲了敲门进来了。

"怎么了？"望着她躺在床上的身影，谭叙深慢慢走近坐到床边。

闻烟侧身躺着，片刻后坐起来，眼角的红还没有消下去，但在昏暗的光线下并不明显。她望着谭叙深，淡淡地开口：

"我后天去德国。"

"我陪你一起去。"几乎没有犹豫，谭叙深就说出了这句话。

"不要因为别人改变自己。"望着他坚定的眼神，闻烟停了几秒，随后视线移向了窗外。

闻烟没说好，也没说不好。

他们都是成年人了，做任何决定都应该有所权衡，毕竟她现在什么承诺都给不了他。而这种因为别人做出的让步，最终都会后悔，就像高考后因为喜欢的人改报志愿，有几个能一直走到最后的？

更何况，他们也不是单纯无知的高中生。谭叙深那么看重事业，闻烟只希望他如果因此而错过什么的话，到时候不要后悔。

"你不是别人。"谭叙深轻轻握住闻烟的手。还记得以前的冬天，她的手总是很暖和，谭叙深很喜欢握着，而现在，她的手却永远都是那么凉，好像怎么都捂不热。

无论在人生的哪个阶段，谭叙深都很清楚自己最想要的是什么。

比如现在，他依旧很清醒，清醒地沉溺，并且甘之如饴。

闻烟依旧望着窗外，可能是因为圣诞节，小镇比之前热闹了些，有些道路上还挂了彩灯。

闻烟不打算偷偷溜走了，如果他执意要去，她也拦不着。

"易阳呢？"闻烟扭头望着他，有些很现实的问题摆在他们面前，不是他想怎样就怎样的。

昏暗的光线下，四目相对，谭叙深眼底闪过一丝光，她这是默认的意思吗？

虽然无论如何他都会跟去，但强硬着去和征得她的同意再去是有很大区别的。

"你觉得怎样比较好？"心里漫上欢喜，谭叙深换了个姿势和闻烟并排坐着，揽住她的肩膀。

当初让易阳跟着过来，谭叙深有自己的考虑，担心闻烟和他在一起太过沉闷压抑，易阳在至少可以缓和下气氛，能让她轻松点儿。

谭叙深想为她呈现出他们在一起后最真实的生活，就像现在一样，简简单单的快乐和幸福。

"易阳是你的孩子，我没权利管。"闻烟往旁边坐了坐，刻意和他隔开距离。

"但你们都是我的家人，我想征求你的意见。"谭叙深抱着闻烟躺下，掀开被子将彼此藏进去，像是在说悄悄话。

"我不是你的家人。"闻烟把他往后推，但每次的结果都一样，挣不脱反而累得精疲力尽。

"你是。"谭叙深目光深沉。

两个人面对面，彼此温热的呼吸喷洒在对方脸上，痒痒的。

静谧的夜晚，氛围渐渐变得暧昧，闻烟迎着谭叙深的视线，狠狠地咬在他的肩膀上，像是要咬出血，咬到骨头那般狠。

谭叙深闷哼一声，屏住了呼吸，任她咬，任她发泄。

闻烟用了全部的力气，想让他痛，让他感受自己的痛。到最后，闻烟累了，缓缓松开口，感觉口腔里弥漫着血腥味。

坚硬的牙齿碰到柔软的皮肤，谭叙深额头冒了汗，但自始至终没有发出任何声音。

房间内格外安静，两个人都没再说话。谭叙深抬起那条僵硬的手臂，轻轻抚摸着她的脸。

过了很久，闻烟开口了："五六岁的孩子，现在学语言相对容易很多，但你工作忙，肯定没有时间照顾他，而且出国那么久，家里长辈不会同意，他妈妈也不会同意。"闻烟理智地将利弊摆在他面前，仿佛刚才的一切不曾发生过，但舌尖的血腥味又那么明显。

"我只想知道你的想法。"谭叙深把头埋在她的颈窝，声音低沉、温柔。

闻烟考虑到的谭叙深肯定也考虑过，但他只想知道她的想法，而不是这理性的分析。

"这就是我的想法。"闻烟的目光淡然。

无论平日里多亲近，但涉及孩子未来的发展，闻烟不会把自己牵扯进去。她没有资格，更不想蹚浑水。

谭叙深的眼神有几分暗淡，怀里的女孩儿再也不是从前的她了。

即使现在关系有所缓和，谭叙深还是感觉什么都抓不住，或许，从前那个全心全意爱他的烟烟真的找不到了。

手放在她的肚子上，谭叙深闭着眼睛轻轻摩挲。

"你在想什么？"窗台前摆了一束花，闻烟静静看着它投在地上的影子。

谭叙深的动作顿住了。

"没什么。"谭叙深很想说要个孩子，属于他们的孩子，但说不出口。

"你已经和其他女人生过孩子了，我不会再为你生孩子。"闻烟神色淡淡的，像木质地板上浅浅的花影。

随后便又是冗长的安静，黑暗是最好的保护色，把两个人的情绪都隐匿其中。

说到底，闻烟是介意的。

闻烟感受到了他的难过，但并不是在报复他，而是告诉他这个现实而已。

黑暗中，谭叙深屏住了呼吸，像是被刺伤了一样，哀痛从眼底缓缓流淌出来。他从背后环住她的腰，缓缓收紧双臂。

圣诞节后，闻烟和往常一样下来吃早饭，餐厅的气氛不再像以前那么冰冷，当然也没有那么融洽，还是不冷不热的。

今天是她去德国的日子。

没想到她改签过航班，兜兜转转最后还是这一天去。

谭叙深做好饭去了趟洗手间，肩膀上昨天她咬的地方已经结了痂，原本想上点儿药，但去拿药箱的时候又顿住了。

他在她身上留了很多伤，而她又能在他身上留下什么？

谭叙深看着镜子里的伤口，走路时和衣服摩擦着很疼，看样子是要留疤了，那就留着吧。

从洗手间出来，谭叙深发现闻烟已经下来了。

他把易阳从院子里叫回来吃饭。

"今天我们就要离开这里了。"谭叙深看着易阳说。

"回家吗？"易阳没有特别开心，他不想离开这里。

"不是，爸爸要换个地方工作。我们和姐姐一起去德国。"谭叙深简单解释。

"那我们什么时候回来呀？"听到要去新的地方，易阳很激动。

"一年后。"谭叙深并不瞒他。

他们之间的交流方式不像父子之间的，谭叙深会把所有情况都告诉易阳，如果孩子不同意他的决定，那谭叙深会尊重他的想法。

"好像有点儿久，那我还去幼儿园吗？"易阳脑袋晕乎乎的，不知道怎么办好。

"到那里会带你去新的幼儿园，还能认识新的小朋友。"谭叙深说。

"真的吗？那太好了！"听到能认识新的小朋友，易阳又开心了。

听着他们聊天，闻烟低头吃饭没开口。据她所知，易阳的英文很好，应该很快就能适应。

易阳吃完饭就去客厅玩了，餐桌前只剩闻烟和谭叙深。

"先这样试试，如果有问题我们再想办法。"谭叙深望着闻烟说。

"嗯。"闻烟放下了碗筷。

闻烟是下午的航班，从南城直飞德国。看时间差不多了，她换好衣服下楼，谭叙深和易阳已经收拾好了在客厅等她。

两个行李箱摆在那里，客厅所有的摆设都整整齐齐的。闻烟忽然有种像是前几天刚进来的感觉，只有客厅的圣诞树告诉她，他们在这里生活了

485

一周。

"走吧。"谭叙深上前将闻烟的围巾系好。

闻烟低头望着他骨节分明的手，没有说话，等他系好自顾自地拉起箱子往外走，就算他跟着去，到时候彼此都有工作，有各自的社交圈子，也不会经常见面。

思绪很乱，闻烟走到玄关准备换鞋，谭叙深的手机这时却响了。

谭叙深看到来电显示，有点儿惊讶："妈。"

"叙深，妈不想打扰你们的，但你爸中午吃过饭晕倒了，现在在医院……"

谭叙深穿风衣的动作顿住了，视线落在闻烟的背影上，他沉默了很久，嗓子里仿佛堵了什么东西，说不出话。

"怎么回事？"谭叙深再次开口，声音沙哑。

闻烟正在换鞋，听到他说话愣了愣。

"跟上次一样。"江淑因坐在病房外的椅子上，抹了抹眼角的泪。

脑袋里一片混沌，所有声音都消失了，谭叙深看到闻烟起身，然后转身望着他。

四目相对，两个人像在演绎默片电影。

"别担心，我现在回去。"谭叙深望着闻烟，眼里的情绪像潮水似的往上涌，但很快又被另一股力量压下去。

他移开了视线。

"好，等你来了我们一起去找医生，妈一个人不敢去。"江淑因声音颤抖，往日在工作中有条不紊的女人，这一刻却慌乱极了。

电话挂断了，闻烟看着他移开目光。

他要回去？

谭叙深上前一步，握住闻烟的手，却不敢看她的眼睛："我妈打电话来，说我爸突然病了。"

闻烟瞳孔微缩："严重吗？"

"不知道。"谭叙深依旧握着闻烟冰凉的手，想帮她捂热，但发现他自己的手也没有温度。

事情发生得突然，闻烟脸上的错愕慢慢归于平静。她望着谭叙深，看到他眼里的不安、愧疚和不知所措。

"回去吧。"闻烟没有抽回手，而是任由他握着。

谭叙深渐渐稳住情绪，声音低低的："我送你去机场。"

男人站在那里，伸手就可以把心爱的女孩儿完全抱住，现在却刻意低垂着视线，自始至终不敢看她。

为什么他总是食言，总是要亏欠她？

"家里要紧。"闻烟也低着头。

听她说完，谭叙深放开了她的手，提着两个人的箱子走了出去，放进车的后备厢里。易阳跟在后面，刚才没有听清他们说话，还不知道发生了什么事。

"姐姐怎么了？"易阳背着书包，站在闻烟身边。

"没什么，我们走。"闻烟扯了扯嘴角，拉着易阳走出门。

易阳自己打开车门坐到后面，乖乖地系好安全带。

望着男人的身影，闻烟犹豫了几秒，最后坐到了副驾驶的位置。

行驶在去机场的高速路上，太阳突然被乌云遮住，天阴了，连车内的氛围都变得沉闷。他们从家里出来后，谁也没有开口。

很快到了机场，谭叙深停下车。

"你回去吧。"闻烟解开安全带准备下车。

谭叙深跟着她下去，将行李箱取出来："走吧。"

抬头注视着他，闻烟没再说话。

三个人一起上楼，谭叙深陪她取票，陪她托运行李，然后陪她往里走。

周围人来人往有些嘈杂，他们却无比安静，只有各自的情绪在无声地翻涌。

到了安检口，谭叙深没办法再陪着她往前走了，他们停下了脚步，都无声地望着面前的人潮。

"回去吧，别送了。"过了片刻，闻烟打破了这份冗长的安静。

注视着她的眼睛，谭叙深伸手将她的头扣在自己的胸膛，嘴唇贴在闻烟的耳边："过段时间我去看你。"

头靠着他的胸膛，被熟悉的气息包围，仿佛全世界都被挡在了外面，闻烟听着他一声又一声的心跳声，没有说话。

接着，谭叙深的吻就落了下来，从闻烟的额头到眼睛，然后到嘴唇，既热烈又温柔。周围频频有人看过来，闻烟却任由他亲吻，任由他占有。

好一会儿才归于平静，谭叙深抱紧了闻烟，不想说再见。

"不要开车回去了。"闻烟垂在身体两侧的手臂有些僵硬，犹豫了很久，还是抬了起来，轻轻拍了拍他的背，分不清是拥抱还是安慰。说完，她就离开了谭叙深的怀抱，提着行李箱融入了人潮。

只是闻烟刚转身，眼泪就流了下来。

人生很长，又很短，不知道哪次转身就错过了一辈子。一辈子不再相见，一辈子不会再有交集。

这几天闻烟想明白了，害怕自己心软和谭叙深继续纠缠改签了航班，但还是在这一天离开；而谭叙深抛却一切想和她一起走，但最后还是她一个人走了。所以有些事，无论她如何挣扎、如何不甘，在命运面前都是徒劳，一切终究会按照既定的轨道往前走。

"爸爸，我们不去吗？"易阳站在谭叙深身边拉着他的衣角。小孩子总是最敏感的，虽然不知道发生了什么，但察觉到氛围不对，易阳刚才一直没有说话，也没来得及和闻烟说再见。

手还保持着挽留的动作，谭叙深看着她的背影最终消失在人流中，眼圈泛了红。

"嗯，我们先回家。"

第十九章

光影迷离

谭叙深按照闻烟的意思，乘飞机回了 A 市，然后又联系拖车公司将车从机场送到了他舅舅家里。他舅舅家是南城的。

当时谭叙深什么都来不及想，只是想送她，心里的愧疚和不安作祟，想和她待在一起的时间长一点儿。

落地后，周寻在机场等他们。

"先去妈妈那里住几天好吗？"车上，谭叙深靠在椅背上，眉眼间全是疲惫。

"好，爸爸你去哪儿？"易阳今天不吵不闹，一直乖乖的。

"爷爷生病了，我去看看。"谭叙深低头，将易阳的衣服整理好。这些事他从来不对易阳隐瞒。

"爷爷怎么了？我也要去！"易阳的声音忽然提高，眼里含着泪。

"听话，过几天再带你去。"谭叙深这两天没时间照顾他，而且医院的环境对孩子的身体也不好。

"宝贝，你妈妈说好久没见你，想你了，今天先去妈妈那里，过两天我带你去看爷爷。"红绿灯路口，周寻看着后视镜里的两个人，往易阳身边扔了两颗巧克力。

"好……"易阳很喜欢甜食，但望着那两颗巧克力没动，一眨眼睛泪就流了出来。

可能他自己都不知道为什么哭，闻烟突然离开了，爷爷又忽然生病，这些事在孩子的世界里虽然很模糊，但他能清楚地感知到大人的情绪。

周寻把谭叙深送到医院，然后带着易阳去了叶漫那里。

谭叙深在病房门外停了几秒，整理好情绪，才推门进去。

"回来了？"看到谭叙深进来，江淑因放下水杯走到他身边。

"怎么样？"谭叙深来到病床前，注视着病床上睡着的人。

"刚刚醒了一会儿，又睡着了。"江淑因眼睛很红，明显哭过了。

病房里只有谭父一个患者，设施和环境都很好，谭叙深沉默地坐在病床前，目光落在父亲身上，眼里的担心越来越浓。

过了一会儿，谭叙深从椅子上起来，压低了声音："我去找下医生。"

"我和你一起去。"江淑因从骨子里就不是柔弱的女人。

谭叙深低头注视着她，才几天不见，她就憔悴了很多。其实谭叙深不想让她跟着去，因为现在还不知道具体情况，担心到时候局面失控。

但她眼神里的坚定让谭叙深没法拒绝，最终两个人一起去了医生的办公室。

"赵医生。"站在办公室门外，谭叙深敲了敲门。

"叙深来了，江阿姨您快请进。"赵医生起身，很礼貌地给江淑因搬了把椅子，"您坐这里。"

"真是麻烦你了，小赵，这么晚了还在加班。"江淑因坐下。

"您客气了，都是应该的。"赵医生四十岁左右，文质彬彬的，因为谭德林的病情今晚在加班做分析报告。

"我爸现在什么情况？"等他们寒暄结束，谭叙深开口。

"去年来医院的情况你们也知道，这次比之前要严重一些。"赵医生推了推眼镜，神情莫名地严肃起来。

谭叙深的心跟着医生说的话往下沉。

"从事谭老这种工作的，身体多多少少都有些问题，虽然做好了防护，但放射性物质会日积月累地渗透到身体里。"赵医生注视着他们的表情，思考着怎么婉转地表达清楚，"这种慢性核辐射损伤在研究人员身上比较常见，这个江阿姨您应该知道。"

"对……"江淑因心里五味杂陈。

谭叙深的爸爸谭德林是提前一年退休的，当时察觉到身体不太舒服，所以没再继续工作。而谭叙深的妈妈在谭叙深出生后不久，因为担心夫妻两个人都在实验室不太好，就转做理论研究了。

"最坏的结果是什么？"谭叙深很紧张。

"现在出现了造血功能障碍，最坏的结果是白血病。"赵医生将真实情况告诉他们。

江淑因的身体微微颤了颤，她下意识地抓住了谭叙深的手。

谭叙深揽住她的肩膀，手臂却像失去了知觉，明明做好了准备，现在还是无法承受。

"但这是最坏的情况，目前一切都还处于可控范围内。"赵医生见状连忙安慰道，"今天下午院长和我们开了会，这几天会出详细的治疗方案。院长说了，让我们用医院里最好的仪器和药物给谭老调理身体，您不相信我，难道还不相信院长吗？是不是，江阿姨？"

赵医生抽出几张纸巾，递给江淑因。

谭叙深接了过来为妈妈擦掉眼泪，印象里很少看见妈妈哭。

"谢谢你，小赵……也谢谢方院长。"江淑因声音哽咽。

"都是应该的，也谢谢谭老这么多年兢兢业业做出的贡献。"赵医生说。

思绪又变得恍惚，小时候也是这样，他们总说父亲如何如何厉害，谭叙深却不知道父亲在做什么。现在长大了，他好像知道，又好像还是不知道。

方院长是谭父的朋友，几十年的交情了，以前研究所也有同事的身体出现问题，他们都被谭父送到了这里，没想到这次轮到他自己了。

和赵医生沟通完病情，谭叙深和江淑因回了病房。

"是不是还没吃饭？"江淑因看了眼墙上的挂钟，已经八点多了。

"嗯，一起吃点儿吧。"其实谭叙深没什么胃口，但刚才护士和他说，妈妈也还没吃晚饭。

病房里有专业的护工，谭叙深和江淑因在医院外随便吃了点儿。之后他把妈妈送回家，自己又回了医院。

从机场出来，闻烟乘出租车去酒店，手机里有一条谭叙深发来的消息："到了告诉我。"

闻烟看到后并没有马上回复，到了酒店，进门就把自己扔在了沙发上。她累得不想动弹，又过了一会儿才拿出手机回他：

491

"到了。"

几乎没有停顿，谭叙深的电话就打了过来。

闻烟看见屏幕上的来电显示愣了一下，这种及时的电话让她有种很奇妙的感觉，仿佛他们不是身处两个大洲，而是相邻的两个房间。

闻烟接起电话。

"到酒店了吗？"他大概还没有看到消息，但机票和酒店都是他订的，他是算好了时间打的电话。

"刚到。"闻烟躺在沙发上，很累。

"记得吃晚饭。"住院部楼下的小花园里，谭叙深靠着墙点了一根烟。

听见打火机的声音，闻烟睁开了眼睛，暖调的光线下，一个人的房间显得无比空荡。她望着墙上挂的画："伯父很严重吗？"

烟被风抽了一半，烟头泛着隐隐约约的暗红。

"有一点儿。"谭叙深自己也不知道这个"一点儿"有多少，但不想让闻烟担心，"可以慢慢治疗好的，别担心。"

闻烟从沙发上起来，走到窗边望着外面的夜景："我爸有个朋友是医生，好像很厉害，你要是有需要我帮你问问。"

窗外许多灯都变成了模糊的光点，闻烟的心情很复杂，就像对谭叙深的感情。

但无论他们之间如何，关系到家人的健康，就算是普通朋友，闻烟相信自己也会帮忙的，尽管谭叙深能找到的关系肯定比她多。

这种刻意的解释，闻烟好像是在说服自己，又像是为了掩饰什么。

"好，谢谢宝贝。"冬天的寒风中，谭叙深迎着风笑了，他的女孩儿真好。

但如果被她爸爸知道了，可能就是另一回事了。

谭叙深不打算告诉闻烟自己去找过她爸妈，因为不想再让她为难。他想把一切都处理好了再告诉她，而据谭叙深猜测，她爸妈也不会将他去过家里的事告诉她。

亲昵的称呼让闻烟愣了下，感觉心里怪怪的，连带着这通电话都怪怪的。

分开之后，她好像突然就不想和他吵架了，隔了这么远，一切都变得没有必要。

"没事我先挂了。"窗边有些冷，闻烟站了片刻，离开了。

"过段时间我去看你。"谭叙深又点了一根烟，嗓子仿佛被烟浸透了，有些疼，但还是戒不掉。

"不用折腾了。"脚很凉，闻烟脱了衣服走到浴室，"再见。"

在德国的晚上九点，A市的凌晨三点，谭叙深的身影融进夜色，只有转瞬即散的白烟和微弱的光萦绕在他身边，昏昧得看不清楚。

闻烟这几天还没有上班，在公司附近租好了房子，置办了些生活用品，还和大学同学吃了饭，过得比想象中要充实。

而谭叙深的电话闻烟听到了就接，如果错过了，她也不会打回去。

谭叙深最近很忙，花了很长时间去了解父亲现在的病情，这样才能更好地配合医生，还要照顾妈妈的情绪，也担心闻烟一个人在外照顾不好自己。

除了最初的两个夜晚，谭父清醒后，晚上都是江淑因留在医院。病房里的床很大，夫妻俩做个伴谭叙深也放心。

这天晚上，等他们睡了谭叙深才开车回家。易阳还在叶漫那里，在一个人的家里，谭叙深从浴室出来拨了闻烟的电话。

但没有人接电话。

谭叙深无声地叹息，从酒柜拿出一瓶酒，虽然天已经很凉了，但他还是放了很多冰块。

当初就担心她去了德国后不接电话也不回消息，消失得彻彻底底，而家里的情况又让他走不开。

她拼命想往前走，想把他甩在身后。

这种局面仅仅是想象，谭叙深就已经无助极了，所以他很害怕，害怕真的就这么失去她了。

他们之间有六个小时的时差，现在慕尼黑是下午六点。

过了一会儿，谭叙深又拨了一遍闻烟的电话。就在他以为要自动挂断的时候，电话接通了。

"去哪儿了？"头昏昏沉沉的，谭叙深躺在了床上。

"超市。"闻烟关上门。

"租好房子了吗？"关门的声音很清晰，谭叙深睁开了眼睛。

"嗯。"闻烟将买的生活用品放在客厅。

"在哪里？"谭叙深原本计划自己到了一起租房子。如果她不想和他一起住，他就住在她的隔壁。

493

"公司附近。"闻烟养了一条小金鱼，看着它在鱼缸里快活地游来游去。

"具体地址。"照顾病人是最累的，一天下来谭叙深都没怎么休息过，明明很累，但和她说话的时候又觉得有用不完的精力。

"不告诉你。"闻烟坐在窗边，悠闲地给小鱼喂着鱼食。

"乖，告诉我。"谭叙深声音温柔，由于疲惫又透露着无尽的慵懒。

"没事我挂了。"房间暖色的灯光照着闻烟的侧脸，在鱼缸上投下暗影。

谭叙深眉头微蹙，这种一无所知的感觉很不舒服，让他很没有安全感，但他又不敢逼迫她太紧。

虽然每次打电话说不了几句话，也很不满足于两个人现在的状态，但谭叙深只希望在他去德国之前维持目前的状态，不要变糟。

"在外面好好照顾自己，不要瘦了。"谭叙深声音沙哑。

"好，再见。"闻烟出神地望着金鱼缸，挂断了电话。

晚安，对于闻烟来说是个很温情又很暧昧的词，她不想说，也不知道说什么，那就说再见吧。

而聪明的女孩儿似乎忘了，往往在意才会变得刻意。两个人之间相隔千里万里，有些情绪变淡了，有些感情却又变得无比深刻。

挂断之后，谭叙深就翻出了 Bruce 的电话，虽然不能在一起，但有时候也想给她一个惊喜，比如在周五的晚上为她订一束玫瑰，在她饿的时候帮她点一份草莓蛋糕，所以他不能不知道闻烟的住址。

这种一无所知的感觉，谭叙深很不喜欢。

找到 Bruce 的电话，谭叙深正准备拨过去，忽然想到 Evens 的精英学院还没有登记，现在查难度比较大。思忖片刻，谭叙深又放下了手机。

闻烟已经上了一周时间的班了，生活渐渐步入正轨，一切都变得规律起来。

Evens 学院并不是真正意义上的学院，本质上还是需要工作的，而且是高强度的工作。里面大多数都是三十岁往上、经验丰富的同事，在先前的公司已经有业绩，以后也会是各个分部的管理层。

在这里闻烟是年龄最小的。

虽然闻烟很聪明，但这里没有愚笨的人，能来这里的都是佼佼者，所以她需要不断地充实自己，努力缩短和别人的差距。

而这天晚上，谭叙深拨了 Bruce 的电话。

"就是这个女孩儿吗？我的副总。"每个在大中华区当老大的外国人，中文都不会太差，Bruce看着邮件里闻烟的信息玩笑道。

"谢谢。"拿到了闻烟的住址，谭叙深笑得很开心。

在社会关系这张网中，每个人都是一个点，谭叙深有无数方法找到闻烟的住址，而通过Bruce是最快的。

因为他去德国那年，Bruce刚从Evens跳槽到FA。

"总部已经安排好了，你什么时候过去？"Bruce刚下班，乘电梯来到了地下车库。

"这段时间不行，我爸生病了。"谭叙深头疼地揉了揉眉心。

没有人在每个方面都精通，以前谭叙深对他爸的病没有概念，而经过这几天查资料、和医生沟通，以及拜访父亲以前同事的家属，了解得越深入，反而越心惊。

确实像赵医生说的那样，没有那么糟，但也远远没有那么乐观。

"怎么回事？严重吗？"Bruce系上安全带。

"还好。"谭叙深没有细说。

"我明天下班了过去看看，地址发给我。"Bruce启动车子。

"不用麻烦了。"谭叙深知道他忙。

"没事，明天不忙。"Bruce开着车渐渐驶入主干道。而事实上，就算明天的会排满了，Bruce也会推掉去看谭父。

谭叙深没再拒绝，将地址告诉了他。

"Jarod，我还得说一句。"在红绿灯路口，Bruce停下。

"你说。"谭叙深在住院部的楼梯间，四周很安静。

"你不能因为那个女孩儿去Evens，我不会放你走的。"这段时间，Bruce一直担心这件事，索性和谭叙深挑明了。

以前Bruce相信谭叙深不会这么做，但现在他因为感情都要辞职了，Bruce不知道还有什么他做不出来的。

谭叙深笑了笑，没拒绝也没答应。

"听到没有？"久久没听到谭叙深回答，Bruce很心虚，也很不安。

虽然有能力的人不在少数，但能在那个位置上做得游刃有余的人真的不多。

对于Bruce来说，谭叙深是他的左膀右臂，这么多年两个人磨合得很好，这样的人作为合作伙伴是再好不过的，但如果作为竞争对手就很棘手。

"好。"谭叙深应下。

他没有考虑过这个问题，因为谭叙深不想干涉闻烟的工作。她是个独立的个体，他可以把所有的经验教给她，但比起做她的上司，他更想陪着她一点儿一点儿成长。

听见谭叙深答应，Bruce才放下心来，两个人又聊了几句，挂断了电话。

谭叙深不仅要照顾爸妈，有些亲戚、朋友和同事听说谭父病了，也纷纷过来探望，谭叙深有时候还得陪着吃个饭，每天都分身乏术。

时间一晃，一个月过去了，谭叙深还是没有抽出时间去德国。但即使忘了吃饭、忘了睡觉，他也不会忘记给闻烟打电话，就算有时候没打通，每天的"晚安"一定如期而至。

中午和医生一起吃过饭，谭叙深回到病房，发现叶漫和易阳来了，但易阳看到谭叙深就哭了。

"爸爸是个大坏蛋，不让我来看爷爷……"易阳脱了鞋爬到床上，在谭德林怀里躺着。

"那今天晚上和爷爷住在这儿好不好？"由于造血功能障碍，谭德林的脸色看起来很苍白。

"你让小孩子住在医院干什么？"易阳还没说话，江淑因就拒绝了。

"小孩子怎么不能住在医院了？你们大人就会欺负小孩儿！"易阳黑亮的眼睛饱含泪水，委屈极了。

"易阳，不礼貌了。"叶漫冷下脸训易阳。

结果叶漫一说，易阳更委屈了，嘴角耷拉着，眼睛一眨，眼泪又流了出来。

"阳阳乖，阳阳不哭了，来，奶奶抱。"看见易阳哭了，江淑因连忙放下手里的东西抱起他，"因为医院有病菌，对身体不好，怕阳阳生病才不让你住这里的，知道吗？"

易阳鼻子一抽一抽的，根本不听江淑因的解释，眼神还是不自觉地往谭叙深的方向飘。

看着他闹了一会儿，谭叙深才走到江淑因身边，从她怀里接过易阳。

"多大了，还哭？"谭叙深抱着易阳坐在房间的沙发上。

易阳望着谭叙深，撇了撇嘴，眼里的泪根本停不下来。

"不要哭了。"谭叙深从旁边桌子上抽了张纸巾，为易阳擦着泪。

"大骗子，说好了过几天就去看我的……"易阳可爱的小脸上全是泪水，原来他是觉得被谭叙深冷落了。

以前想让谭叙深抱抱，易阳会乖巧地撒娇，但现在竟然敢直接指责了，不过也不是什么坏事。

"爸爸最近忙。"谭叙深抱着易阳，让他坐在自己腿上。

"你不是爸爸！你太丑了！"易阳摸着谭叙深下巴上的胡楂儿。

谭叙深也摸了摸下巴，他今天早上起来准备刮胡子的时候，被一个电话叫到了医院。

"我还以为你背着我偷偷去找闻烟姐姐了。"被谭叙深抱着，易阳哭声渐渐停下来，开始跟他聊天。

听到易阳这么说，屋里另外几个人都愣住了。叶漫正在削苹果，一圈圈的果皮忽然断了。

与爱情无关，人都是很奇怪的生物，谁也不愿意看到有人取代自己的位置，和自己曾经深爱的男人、儿子一家三口其乐融融。

"没有。"谭叙深轻轻捏了捏易阳的鼻子。

"闻烟姐姐已经告诉我了。"易阳嘟着嘴巴。

"打电话了？"谭叙深愣了。

"嗯，我以为你藏在箱子里，可是闻烟姐姐打开箱子，没有。"易阳是昨天上午打的电话，而闻烟那里是凌晨四点。他不懂时差，闻烟陪他聊了很久。

谭叙深无奈地笑了，抱着易阳轻轻蹭了蹭。

他真的很想她。

"漫漫最近在做什么？"江淑因怕叶漫不舒服，岔开了话题。

"最近时间比较自由，陪我爸妈到处转转。"叶漫笑了笑，将苹果切成小块，放在果盘里，端到谭父面前，"您吃点儿？"

"漫漫还是这么贴心。"谭德林半躺在床上，笑着接过果盘。

"晚上一起吃个饭吧。"江淑因看着叶漫说。

"今天恐怕不行，我姑姑晚上来家里，要一起吃饭。"叶漫不好意思地笑了笑，"明天吧，明天我还过来。"

"都可以，不耽误你的事就行。"这段时间，江淑因明显老了很多。

叶漫和谭父、谭母在床边聊天。沙发上，易阳趴在谭叙深耳边说着悄悄话。

又过了两个小时，叶漫要走了，谭叙深送她到门外。

"明天我过来，你回去休息两天吧。"叶漫偏头，他脸上全是倦色。

"没事，晚上有我妈陪着。"谭叙深没多说什么。

在电梯口，叶漫望着不断上升的数字，犹豫了很久还是开口了。

"不论是和她，还是以后的谁，如果你们要孩子……我希望能问下易阳的意见。"叶漫扭头看着谭叙深，神情复杂。

以前她还会问他这次是不是认真的，但从他拒绝复婚开始，叶漫就明白了，这个要求似乎不太合理。但作为一个妈妈，她想尽力保护自己的孩子。

谭叙深的眼睛黑沉沉的，带着浓重的苦涩。

"你已经和其他女人有孩子了，我不会再为你生孩子。"

每个字都像利刃般刺向他，谭叙深疼得没有办法逃避。那个孩子是闻烟的伤，也是谭叙深的疤，如果没有发生意外，可能再过两三个月就要出生了，会是一个长得像他们的孩子，而她也不会离开他。

有些事他错过了，可能这辈子都没有办法再拥有。

"到了。"望着打开的电梯门，谭叙深提醒她。

"抱歉。"叶漫抿了抿嘴唇，走进了电梯。

等电梯门关上，谭叙深没有回病房，而是乘另一部电梯也下了楼，抽了几根烟。

已经过去了一个多月，还有几天就是情人节和除夕了。

谭叙深还是没有来德国。不得不承认，闻烟最初是有期待的。当然，她也理解他因为家里的情况走不开。

下班回到家，闻烟泡了个热水澡，计划春节休几天假回家待一段时间，但正看着机票信息，忽然接到了妈妈的视频电话。闻烟看了眼时间，是晚上九点，国内现在是凌晨三点。

"怎么还没睡？"闻烟躺在浴缸里，脸上还敷着面膜。

"想等你下班，和你说会儿话，等着等着就不困了。"林瑜穿着睡衣坐在客厅的沙发上。

"想说什么，你发消息给我就好，别这么晚睡了，对身体不好。"闻烟把脸上的面膜揭下来，皱着秀眉。

"好，知道了。"林瑜笑了笑，刚才有些困，但现在看到女儿一下子又不困了，"是不是瘦了？"

"没有，还胖了两斤。"闻烟扯了扯脸上的肉，"刚才要和我说什么？"

"你看我这记性。"林瑜拍了拍自己的脑袋，离屏幕近了些，"这不是快过年了吗？今天我和你爸商量了一下，你刚去没多久就不要折腾了，过年的时候我和你爸过去，我们一起出去玩几天。"

闻烟举着手机的胳膊有些僵硬，她不明白刹那间的失落是因为什么。

"好。"脸上的异常一闪而逝，闻烟看着屏幕笑了，"带你们参观我的小窝。"

"看过这么多遍都记住了，"林瑜打了个哈欠，"那妈妈就不打扰你了，洗完澡快睡吧。"

"好，晚安，快去睡吧。"闻烟朝屏幕挥了挥手。

挂了电话，闻烟久久缓不过神来，有些感觉越来越强烈。就像当初在机场，他们无论如何挣扎，现实中总有太多不可抗拒的因素，可能一转身真的就是一辈子。

闻烟不再像以前在 A 市那样用工作麻痹自己，现在工作累了就和朋友出去吃个饭、喝点儿酒，还捡起了很喜欢的马术和舞蹈。

她尽量把谭叙深当成一个普通朋友，不和他吵架，也不再接他和易阳的电话，为自己营造一个全新的、没有谭叙深的世界。

当然，她也不拒绝别人的示好。

周五下班，天已经完全黑了，天空中飘着雪花，有些冷。闻烟缓缓走出大厦，出神地望着黑沉的天空。

下雪了，很美。

她环视四周，目光落在不远处的男人身上。黑色的风衣上落了雪花，修长的身躯被暖黄的灯光拉长了影子，他正向她缓步走来。

闻烟笑了笑，眨眼间，男人就到了跟前。

"累了吗？"男人深蓝色衬衣的袖子从风衣的袖口处露出来，而他一开口，却是纯正的德语。

那双蓝色的眼睛很漂亮，他是一个英俊的德国男人。

"不累。"闻烟轻笑着摇了摇头。

男人上前为她系好围巾。望着他骨节分明的手指，闻烟不自觉地想往后躲，但还是坚持着没躲开。

汽车开往订好的餐厅，闻烟坐在副驾驶座上出神地望着窗外飞驰而过的夜景，模糊的光点和画面，有种朦胧又轻飘飘的不真实感。

这个男人是闻烟在朋友的饭局中认识的。第一眼，她就被他的衣着吸引了，得体的西装和衬衣。虽然职场中的男人大多都是这样的打扮，他却给闻烟一种独特又熟悉的感觉。

成年人擅长隐藏情绪，有时候又不喜欢隐藏情绪，一个动作，一个眼神，就知道了对方的心思。

这是他们第三次一起吃饭。

上车的时候他会为她系好安全带，下车的时候会为她打开车门，吃饭时为她将牛排切成小块，为她倒酒，为她擦掉嘴角的酱汁……

他很绅士，动作亲昵却不失分寸，明明和闻烟是同龄人，却有着成熟男人的稳重。

闻烟问他平日里喜欢做什么，他说攀岩、健身、工作。

闻烟问他喜欢吃什么，他说不喜欢吃甜的。

闻烟问他喜不喜欢去游乐场，他说那是哄小孩子的把戏，但可以陪她去。

闻烟笑了笑，最后桌子上那份甜品全被她吃了。

在华丽的餐厅里，两个人临窗而坐，闻烟还是有那种轻飘飘的不真切感，画面朦胧得仿佛一直身处梦中。她甚至看不清对面男人的脸，只被他举手投足间袖口露出的衬衣吸引。

"后天有空吗？新上映了一部电影。"男人的蓝色眼眸让人沉迷。

"不好意思，有点儿事。"闻烟轻笑。

后天是情人节，成年人点到为止。

闻烟望着窗外，街角的树木在灯光中投下斑驳的影子，房屋在地面投下影子，行人的影子也被拉得越来越长。

这世界上，有光的地方就一定有影吧。

第一次见面，闻烟被他吸引。

第二次见面，闻烟对他有所了解。

第三次见面，闻烟明白了，这不是谭叙深。

晚饭后，闻烟坚持没有让他送，而是自己乘出租车离开。她再次望着窗外的夜景，那种朦胧的感觉好像渐渐消失了。

闻烟无神地望着窗外的一切，脸上缓缓扬起一抹苦笑。

回到家，闻烟将自己泡在浴缸里，潜到水底，让黑长的头发在水里漂荡。

大半年的时间，她每天都想着忘掉谭叙深，尝试和其他男人重新开始。

然而第一次，闻烟明白了谭叙深在她身上留下的痛有多么深刻，忘不掉；第二次，没那么痛了，但闻烟竟然情不自禁地在那些人身上找谭叙深的影子。

她真的这辈子都忘不掉了吗？

是，她这辈子都忘不掉了。

旁边的手机始终安静，闻烟已经连续四天不接他的电话了，而今天，他没有再打过来。

闻烟望着氤氲的水汽，眼神不悲不喜。她从浴缸中起身，身体带起一阵水花，但刚围上浴巾，就听到门铃在响。

这个时间……

她心里生起几分警惕，原本想换好睡衣再出去，但门铃响了一声又一声。

闻烟小心翼翼地走过去顺着猫眼往外看，在看清外面的人时，目光忽然呆滞了。

哦，是光！

望着门外男人的身影，闻烟说不清心里的滋味，像是在心间开了一口温泉，正汩汩地往外冒着温热的泉水。

这一个多月，他们虽然不在一起，但闻烟总有一种很奇怪的感觉，好像他就在身边，离自己很近，比如刚到酒店就接到了他的电话。而现在她一想到他，他就出现在了眼前。

每次都刚刚好。

愣了片刻，闻烟鬼使神差地打开了门："你怎么……"

男人身上带着室外的寒气，闻烟还没说完的话被他的吻吞噬了。

谭叙深刚进来就将闻烟抵在了门上，热吻从脸颊到嘴唇游移。呼吸间全是熟悉的气息，谭叙深情不自禁地越抱越紧。

被他紧拥着，闻烟节节败退。

谭叙深抱着闻烟走向沙发，将她放在沙发上又倾身而下，灼热的吻落了下来。狭小的沙发上，两个人的身影交叠，房间的温度越来越高，男人身上的寒气早已被这份灼热驱散。闻烟从最初的挣扎到渐渐失去力气，现在无声地承受着他的侵袭，眼里却多了一层水光。

而推搡间，闻烟忽然感觉胸前一凉，浴巾松开了。迷乱的神智立即清醒，闻烟望着谭叙深，目光不禁冷了下来。

谭叙深低头注视着她雪白的肌肤，喉头微动，但在失控的前一秒，挪开了视线，动作轻柔地为她围好，然后又在闻烟唇角落下轻轻一吻。

闻烟的目光又渐渐缓和下来。

"你怎么知道我住在这里？"闻烟的嘴角挂着漫不经心的笑。

"为什么不接电话？"谭叙深依旧没有从她身上起来，而是将她的双手举过头顶，两个人十指相扣，然后他以绝对压迫的姿势再次靠近。

闻烟望着男人眼底强烈的占有欲下掩藏的不安，忍不住又笑了："就不接。"

时间倒回到十六个小时之前。

谭叙深在病房外拨了一遍又一遍闻烟的电话，没有人接，这已经是第三天了。闻烟从来没有这么长时间不接电话也不回消息，不安已经到了临界值，他甚至开始猜测她是不是出了什么意外。

但他打电话问过星棠，星棠说一切都好，谭叙深这才稍微安心，紧接着又打了周寻的电话。

"在哪儿？"谭叙深直接问。

"刚从剧组回来，怎么了？"周寻刚回到家，瘫在沙发上喝了口水。

"来医院帮我照看两天，我去德国一趟。"谭叙深站在病房外，靠着墙。

周寻握着玻璃杯，不知道这么久了谭叙深还在坚持什么。"算了"两个字就在嘴边，但他说不出来："好，什么时候回来？伯父后天不是做手术吗？"

"后天凌晨回。"买过机票之后，谭叙深站在病房外，从小窗往里看。

周寻抬腕看了眼时间，现在已经快中午了，来回的飞行时间就需要一天，这就只在天上飞了？

"你注意身体。"周寻叹了口气，拿着车钥匙往外走，"我现在去医院，你去吧。"

谭叙深刚挂了电话，江淑因就从病房里出来了。

"怎么了？"江淑因看他从昨天开始就有些心神不宁。

"我去德国一趟。"谭叙深将手机收起来。

"是烟烟吗？"江淑因问。

"嗯。"明显感觉到这段时间妈妈的头发白了很多，谭叙深心情沉重，

502

拉着她坐到旁边的椅子上。

"你爸后天做手术，要不等手术结束再去？"江淑因有些犹豫，不知道从什么时候开始很依赖孩子。

谭叙深望着地板没说话，过了几秒，伸手揽住她的肩膀："她一直没接电话，我担心出什么事，我爸的手术在下午，我凌晨就回来。"

"闹别扭了还是怎么了？联系她的朋友和家里人了吗？"江淑因立即跟着担心起来。

"应该没事，我过去看看。"谭叙深很不安。

"那你去吧，路上一定注意安全，医院里有医生在，也不会有事。"江淑因安慰他。

"这两天我让周寻过来，别担心。"谭叙深说。

"好，你快去吧。"江淑因说。

谭叙深抱着她，轻轻地拍了拍她的后背，之后起身离开了医院。

感受着怀里的温软，谭叙深觉得这一刻的心跳是真实的，而不知道是不是他的错觉，她好像也开心，虽然很浅。

"以后不准不接电话了，知道吗？"他说话霸道，却是哄小孩子的语气。

闻烟不说话。

"听到没有？"谭叙深在她颈间摩挲。

注视着他眼里的血丝，过了很久，闻烟低低地应了一声："嗯。"

接电话又不代表什么，闻烟在心里嘀咕，然后移开了视线。

一个单调的字眼，却让谭叙深的心里瞬间满满的。他情不自禁地在她的颈窝蹭来蹭去，然后抱着闻烟朝卧室走去。

"做什么？"闻烟看到他跟着上床，往旁边移了移。

"抱一会儿。"谭叙深掀开被子，抱着她静静地闭上了眼睛。

感觉他浑身都被疲惫浸透了，闻烟注视着他的眉眼，又慢慢扫过他身上的深色毛衣，没有说话。

过了片刻，困意越来越重，谭叙深强撑着去浴室洗了个澡。来得匆忙，他只带了件换洗的衣服，再回卧室的时候，闻烟已经换好了睡衣。

"什么时候走？"闻烟摘下浴帽，拿毛巾擦着头发。

"明天早上……"谭叙深喉咙有些干。

擦头发的动作顿住了，闻烟望着他，眼里的情绪一闪而逝，随后垂下视线："哦。"

看清了她细微的表情，谭叙深缓步走到闻烟面前，拿过毛巾帮她擦着头发。

"我爸后天做手术，下次来多陪你几天。"谭叙深的声音里带着歉疚。

"那你折腾什么？"闻烟抬头，冷冷地看着他。

谭叙深低头注视着闻烟，然后在她额头落下一个吻。

"伯父身体怎么样？"闻烟夺过毛巾坐在床边，和谭叙深隔开了些距离。

"比之前好了点儿，医生也都很专业。"谭叙深坐在沙发上，打量着房间的装饰，还是米色的窗帘、粉色的抱枕，忍不住笑了。

等闻烟擦干头发，谭叙深抱着她上床。

"你去睡沙发。"闻烟皱着眉。

"沙发冷。"谭叙深抱着她不放手。

"那离我远一点儿。"闻烟往旁边躲了躲。

"也冷。"谭叙深伸手将她捞回来，蹭着她的头发，觉得很舒服，"什么时候回家？"

"不回。"闻烟挣扎了一会儿有些热，捶了他几下才作罢。

"怎么了？"谭叙深低头看着她。不到一周就要过年了，原本打算等她回国两个人再好好待一段时间，但她一直不接电话，他这才来了德国。

"我爸妈过来。"闻烟说。

谭叙深眼底有几分暗淡，然后抱着闻烟沉沉地叹了一口气："又见不到了。"

被他抱着，闻烟没有挣扎也没有说话。

"抱歉，后天不能陪你一起过了。"谭叙深原本以为情人节的时候她已经回国了。

"本来也不要一起过。"闻烟的声音低低的，说完，她用被子蒙住了头。

谭叙深感受着她的小孩子脾气，心脏不断回温，来之前的忐忑在此刻都平静下来。他明明很累却不想睡，心里好像有说不完的话，但精神超负荷工作太久，太累了。没过多久，房间内说话的声音渐渐消失，谭叙深抱着闻烟睡着了。

听到耳边均匀的呼吸声，闻烟从被子里钻出来，借着昏暗的光线注视着他的轮廓和眉眼。看在这次他太累的分儿上就算了，下次她一定让他睡沙发。

看了许久，闻烟才钻进被子里。

第二天早上，闻烟还在睡梦中，忽然听到旁边传来窸窸窣窣的声音。她缓缓地睁开眼睛，视线越来越清晰，面前的男人已经穿戴整齐了。

谭叙深坐到床边，握着闻烟的手，时间过得太快，而在分别的时候，说什么都太苍白。

"我要走了。"谭叙深俯身吻在闻烟的唇角。

望着他近在咫尺的脸，闻烟清醒了，声音低低的："好。"

谭叙深轻轻摩挲着她的脸颊，不想放手："厨房有早餐，上班前记得吃点儿。"

"好。"闻烟莫名地不喜欢现在的氛围。

"过段时间我再过来。"谭叙深声音低沉。

"注意安全……"闻烟感觉鼻子有些酸涩。

离别的气息在房间内蔓延，浓稠得有些化不开，谭叙深低头吻住她的唇，无尽的缠绵和不舍。

"再睡会儿吧。"最后，谭叙深为她盖好被子。

"好。"眼皮有些烫，闻烟闭上了眼睛。

以前她总是拒绝，说"不用了"。

现在变成了"好"。

望着她安静的脸，谭叙深笑了笑，带着不舍离开了。

听着耳边传来微弱的脚步声和关门的声音，之后房间再次变得寂静，闻烟睁开了眼。

呆滞地看着天花板，闻烟不知道自己在想什么。过了一会儿，她穿上拖鞋走到客厅，又在沙发上失神地坐着。

窗外天还没亮，黑沉沉的一片，餐桌上摆着早餐，房间空荡荡的有些冷，闻烟低头看着旁边他换下的睡衣，似乎只有衣服证明他来过。

林瑜和闻奕城恰好是情人节这天过来的，闻烟下午没上班，去机场接到他们，然后三个人一起回家。闻烟帮他们拉着行李箱，刚推开门，就听到林瑜在后面埋怨。

"我就说明天再过来，万一孩子今天要和朋友出去玩，都被你搅和了。"林瑜进门后将衣服挂起来，睨了闻奕城一眼。

"过什么节？和爸爸一起过多好。"虽然还不到两个月，但闻奕城已经受不了了，只看着闻烟傻笑。

"爸爸说得对。"闻烟笑着附和，知道他们是什么心思。

他们提前好几天就开始合计过年要吃什么了，闻烟昨天买好了食材，要和爸妈在家里一起吃火锅。

餐桌前，林瑜和闻烟坐在一起，闻奕城坐在对面。

煮沸的浓汤底料和蒸腾的热气不断往外散发着食物的香味，很快弥漫了整个房间，将长时间的冷清驱散了，让房间里多了几分烟火气息。

"工作还习惯吗？"其实闻奕城对闻烟在这里的情况很了解，但还是忍不住问。

"挺好……"闻烟吃得有些着急，不小心烫到了舌头，手在唇边不停地扇风，"最大的感受就是这里聪明人太多了。"

"慢点儿吃，这么大了还跟几岁小孩儿似的。"林瑜倒了杯果汁放在闻烟面前，"烫到了？"

"没有，不烫。"闻烟笑着喝了半杯果汁。

"多大了在爸妈面前也是个孩子。"可能是许久不见女儿，闻奕城浑身散发着父爱，不停地往闻烟盘子里夹菜。

"谢……"

"你最近怎么回事？总和我唱反调，我说明天来，你非得今天来；我说往东，你偏要往西。"林瑜不快地望着闻奕城。

"谢谢爸"还没说完就被堵了回去，闻烟默默地夹着盘子里的菜，腮帮子鼓鼓的，视线在两个人之间流转，丝毫不慌。

"我这不是想早点儿见到烟烟吗，来，多吃点儿。"闻奕城讪笑着给林瑜夹了些菜。

僵持了几秒，林瑜纡尊降贵地动了筷子。

闻烟哑然失笑，这么多年早已经习惯了，他们吵不起来的。

"又惹我妈生气了吧，是不是情人节没有表示？"等他们闹得差不多了，闻烟再出来调和。

"怎么没有？提前半个月就开始准备了，挑来挑去眼都挑花了，最后选了这条项链。喏，在脖子上戴着呢。"闻奕城边说边指了指。

"真好看，特别符合我妈的气质，爸，你的眼光挺好。"闻烟顺着闻奕城的视线看过去，还没看清楚就开始夸。

"就知道跟你爸一起骗我。"嘴上虽是这么说，但林瑜的表情已经渐渐缓和了下来，嘴角不自觉地上扬着。

"没有，就是好看。"闻烟往那边偏了偏，喂了她一块西瓜。

"那你今天……有没有收到朋友的礼物？"林瑜试探地问，现在对闻烟的感情很上心。

"没有。"闻烟摊开手耸了耸肩膀，低头继续吃饭。

也不知道怎么了，闻烟脑海里忽然就浮现出了谭叙深的脸，然后心情莫名变得低落。早上醒来看到他发的消息和红包，闻烟没有收，然后就没有下文了。

"没有就没有，爸爸送！"闻奕城起身去打开行李箱，拿出一个盒子放到了闻烟面前，"差点儿忘了。"

"什么？"闻烟笑眯眯地接过来，每年情人节都能收到爸妈的礼物，可能是因为可怜她吧。

"巧克力。"闻奕城说。

"给我妈送项链，给我送巧克力？""偏心"两个字没有说出口，闻烟拆开包装，直接吃了一个。

这时候，门铃忽然响了，这么晚了会是谁？闻烟迟疑了几秒才去开门。

她刚打开门，眼前就出现了一片花海，是很大一束玫瑰花。

"请问是闻烟小姐吗？"男人说的是德语。

"我是。"闻烟用德语回他。

"您的鲜花，请签收。"

门关上了，闻烟吃力地捧着那束花回不过神，铺天盖地的玫瑰花香让她很恍惚。

"烟烟，谁送的？"闻奕城坐在餐桌前，一副看好戏的模样。

"不知道。"闻烟的神情呆呆的，上半身完全被花束挡住了。

她取下花束里的卡片，没有署名，也没有"情人节快乐"，甚至也不是"我爱你"，只有简简单单的两个汉字——

想你。

闻烟望着那两个字，心里渐渐起了波澜，好像在这种不知道是谁的情况下，才更清楚心里期待的那个人是谁。

谭叙深是把整个花店的玫瑰都买下来了吗？

"烟烟，电话响了。"手机在桌子上振动，林瑜拿起手机递给闻烟，不

507

经意地扫了一眼屏幕，接着手忽然抖了一下。

"哦，好。"闻烟回过神，将玫瑰花束放在茶几上，朝餐桌走去。

闻烟看到屏幕上的那串数字，停顿了几秒，把电话挂了。

"怎么不接？爸妈在，不好意思了？"闻奕城玩笑说。

"哪儿有？你们每天在我面前演电视剧还没有不好意思呢。"闻烟咬着筷子笑了笑，"继续吃饭。"

"告诉爸爸他是做什么的，帮你把把关。"有了上次的教训，闻奕城不打算就这么被她糊弄过去。

"不知道是谁，上面没署名。"闻烟不知道怎么说。

"行，等你想好了再告诉爸爸。"

这件事像是个插曲，一家人继续聊天吃饭。手机屏幕不时亮起，最后闻烟把手机反扣到桌子上，倒是林瑜在旁边有点心不在焉的。

晚餐结束时已经将近九点，闻烟收拾完餐具准备去厨房洗，却被林瑜拦下了。

"快去休息吧，工作一天也累了，我和你爸来就好。"林瑜从闻烟手里接过盘子。

"没多少，不累。"闻烟笑了笑，担心他们坐那么久飞机身体受不了。

"让你爸洗，整天吃完就知道躺，都胖成什么样子了。"林瑜向闻奕城递了个眼神。

"唉，我去吧，烟烟，你妈现在看我是哪儿哪儿都不顺眼，明明比你在家的时候还瘦了三四斤……"闻奕城叹了口气，端着餐具去厨房了。

"那你快去表现一下。"闻烟乐了。

林瑜和闻奕城进了厨房，闻烟将餐桌收拾干净后就回卧室了。

厨房里，林瑜看见闻烟回卧室了，扯了扯闻奕城的衣角，刻意压低了声音道："你记得 FA 谭总的电话吗？"

"怎么了？"闻奕城瞬间皱起眉头。

"我不知道，直觉告诉我刚才打电话来的人是他。"林瑜有点儿心神不宁。上次闻烟抱着她痛哭的场景还历历在目，这才过去两个月，她的女儿她了解，很重感情，而且总觉得闻烟吃饭时不太对劲。

"看清电话了吗？"闻奕城脸上的慈父神态消失了，表情不知不觉变得严肃。

"就看清了前面三四位数字，你拿出来看看。"林瑜急切地从他口袋里掏出手机。

闻奕城将屏幕解锁，在通讯录里找到谭叙深的电话。林瑜刚看清，脸色就变了。

"前几位一样，"林瑜的一颗心不断往下沉，她不知所措地抬头，喃喃道，"怎么办？真是他的话怎么办？"

闻奕城沉沉地叹了一口气，眉头紧蹙，上次调查到谭叙深的信息，甚至连叶漫的信息也一并查了，当时的情况，他看谭叙深哪儿都不顺眼，离婚有孩子更是让他气急败坏。但闻奕城想到刚才女儿的表现，神情渐渐变得复杂，眼底全是为难之色。

回到房间，闻烟坐在沙发上看他发来的消息：

"喜欢吗？"

已经很晚了，不知道他睡了没有，闻烟随意回了一句：

"收到一束花，不知道是谁送的。"

不到一分钟，闻烟的手机就振动起来。望着那一串数字，她轻扬嘴角，接了。

"还能是谁？"谭叙深在医院的楼梯间，声音带着回响。

"多着呢。"闻烟望着飘动的窗帘，神情淡淡的。

谭叙深一口气闷在胸口，过了好一会儿，才让自己平复下来，语气温和："不准收别人的花。"

卧室的门没关，闻烟望着客厅茶几上的那一大束玫瑰："伯父手术怎么样？"

"挺成功的，但现在人还没醒。"下午的手术是院长亲自主刀，和预想的结果差不多，但人还没有醒，所以谭叙深晚上没回家。

"好。"更多关切的话闻烟说不出来了。

"吃饭了吗？"谭叙深总担心她不按时吃饭。

"嗯，我爸妈在。"望着飘动的窗帘，闻烟把身上的衣服裹紧了。

谭叙深微愣，想到上次去她家里拜访的情景，以及刚才的花……闻奕城很聪明，应该猜到了。

"没事我挂了。"看到爸妈从厨房出来，闻烟说。

每次结束得都很突然，谭叙深似乎已经习惯了，无奈地笑了下，带着不舍："早点儿休息，晚安。"

林瑜和闻奕城没有在闻烟面前提谭叙深，一是还没找到解决办法，二是还不能百分百确定就是他，不过两个人心里都有了思量和准备。

接下来一段时间，闻烟休了几天假，陪他们出去旅行散心。

几天后，林瑜和闻奕城就回国了。

天气渐渐回暖，谭叙深又来了几次，每两次间隔差不多一个月，最多不超过两个月，然后每次待上两天。

时间过得很快，一眨眼就这么过去了半年。

周末的下午，阳光从飘窗照进来，闻烟躺在沙发上，光影在发丝间嬉戏，一切都变得很美好。

她拿起旁边的日历，看着上面的心形贴纸。

下周星棠过生日，她该回国了。

周六，闻烟收拾好行李准备去机场，临走前却收到了谭叙深的视频电话。她看了眼墙上的挂钟，时间还来得及，就接了。

"出去玩吗？"谭叙深看她化了淡妆，身上穿的裙子也没有见过。

"嗯。"闻烟点了点头，也算是吧。

客厅里，谭叙深拿着手机沉默了。每次她出去玩，无论是和朋友还是同事，他都很不安；每次看到她穿他没见过的衣服和鞋子，他也会不安。

现在的局面在不断变好，全是因为她善良心软，但谭叙深知道闻烟还没有彻底原谅他，他们中间还隔着一层东西。

可能是男人强烈的占有欲在作祟吧，谭叙深不想让她出去，想让她每天下班后只在家待着，担心她一出门随时就会失去她。

"怎么了？"闻烟感觉他有点儿奇怪，一副欲言又止的模样。

"裙子好看。"谭叙深更想说不准出去，但视线扫过旁边的沙发，老爸在看书，江女士也在看书，嘴角都隐隐约约带着笑，谭叙深忽然觉得有些不自在，掩饰性地轻咳了两声，"我爸妈想和你说话。"

"嗯？"闻烟瞬间愣在那里，还没来得及开口，屏幕画面已经变了。她立刻紧张得不知道怎么办才好。

"烟烟呀，好久不见。"江淑因举着手机往旁边偏了偏，从茶几上拿来眼镜戴上。

"叔叔阿姨好。"闻烟顿时变得乖巧，嘴角上扬的弧度很大，不自觉地整理着头发，像是在掩饰内心的不知所措。

"平常只在叙深的手机相册里见过，总藏着掖着不让我们看，今天终于见到了。"谭德林向屏幕这边偏头，开玩笑说。

旁边的沙发上，谭叙深虽然没抬头，但拿着易阳的毛绒玩具，摸摸头、摸摸耳朵……很不自在。

三十多岁的男人忽然变得像刚毕业的大学生，像第一次带喜欢的女孩儿来家里见爸妈，有些拘束。

"叔叔好，您身体好些了吗？"闻烟有些不好意思，刻意忽略前半句话。

屏幕里谭叙深的爸爸还是一脸病容。

这是他们第一次见，虽然他的头发和脸上都有岁月的痕迹，但闻烟觉得谭叔叔年轻的时候肯定和谭叙深一样好看。

"好多了，马上就好了。"谭德林爽朗地笑了几声，不想让孩子们牵挂。

"烟烟呀，是不是在外面吃得不习惯？我怎么看着瘦了。"江淑因把手机拿近了些，仔细端详着闻烟的脸。

"没有，还胖了几斤。"闻烟笑了笑，情不自禁地在屏幕里找谭叙深的身影，却只看见了他的手臂。

"好久没见你了，什么时候回国？阿姨想见见你。"人到了一定年纪，看到小辈总觉得很亲切，就像现在的江淑因，看见闻烟表情都变得慈爱。

"现在正准备去机场，明天就到了，过两天去看您和叔叔。"紧张状态下没有任何准备，屏幕里他们亲切的笑容也让闻烟很难有戒心，索性他们问什么，她就回答什么。

"明天回来？"谭叙深突然出现在了屏幕里。

"嗯，星棠过生日。"闻烟的目光有些闪躲，在家长面前，她真的很不好意思。

"我去接你。"谭叙深嘴角上扬，突然的惊喜中还混杂着一些沮丧，她都没有告诉他。她回来后，他一定要把她带回家里。

"星棠去接我，和她约好了，你在家陪叔叔阿姨吧。"当着长辈的面，闻烟没有太冷漠。

而且连她自己都不知道，不告诉谭叙深到底是想瞒着他还是想营造一种突然出现的惊喜，就像这半年他每次来德国那样。

有时候闻烟下班回家，发现桌子上有晚饭，客厅的灯亮着，厨房的抽油烟机发出声响，不像往日回来，屋里到处都是一片黑暗和寂静。

不得不承认，这种突然出现的惊喜真的很有魔力，也很霸道，会在瞬

511

间悄无声息地占据人的心脏。

"那改天来家里，让你阿姨给你做好吃的。"谭德林往屏幕前凑了凑，"你阿姨做饭很好吃。"

"昨天晚上不是还说我做的饭难吃吗？"江淑因睨了他一眼。

"在烟烟面前给你个面子。"谭德林笑了。

"好，那就麻烦阿姨了。"每个家庭的父母好像都喜欢这么拌嘴，闻烟看着对面的三个人挤在一起看手机，突然觉得有点儿可爱。

闻烟原本还在纠结要不要去看他爸爸，不去心里过意不去，去的话好像也不太合适，但打过这通电话，好像不能不去了。

而最满足的莫过于谭叙深了。他看着屏幕，嘴角始终挂着笑，恨不得现在就把她接到家里。

又聊了一会儿，闻烟看时间差不多了，就挂了电话。她最后检查了一遍房间，把开关、阀门都关掉，然后叫车去了机场。

飞机在云层中穿梭，天空蓝得清透。闻烟望着窗外发呆，过了片刻感觉眼睛有些不舒服，收回了视线。

十几个小时后，飞机到了 A 市，闻烟拉着行李箱往外走，刚到达大厅，还没看见星棠的人就先听见了她的声音。

"这里！这里！"

星棠在人群中挥舞着手里的板子，上面写着"东城区第一美女闻烟"。

闻烟顺着声音看过去，知道人群中扭动幅度最大的那个人是星棠。闻烟看清接机牌上的字时，嘴角都不由得开始抽搐了，很想假装没看见，从人群中悄悄溜走。

"想死我了！"星棠冲过来，一个熊抱，差点儿把闻烟扑倒。

"轻点儿，轻点儿，我还没吃饭呢。"怕她摔倒，闻烟松开箱子回抱住她。

"走，带你去吃饭！"星棠戴上墨镜帮闻烟拉着箱子，以十分豪横的姿势往前走。

"我妈在家做好了。"闻烟上下打量着面前的漂亮姑娘，她好像一点儿都没变。

"那我去蹭一顿。"来机场起得太早，星棠只记得化妆，也还没吃早饭。

"能先把牌子收起来吗？"周围的目光让闻烟很想藏进箱子里。

"这不行。"星棠恨不得走出仪仗队的气势。

回到家，闻烟吃过饭睡了几个小时。等天快黑了她们才准备出门，临走时，林瑜忽然叫住了她们。

"别玩到太晚，都早点儿回家。"林瑜笑着叮嘱她俩，一想到那次在德国看见的烟烟衣柜里的男式睡衣就很不安。

"放心吧，姨，都是我朋友，等结束后我把烟烟给您送回来。"星棠换完鞋站起来，笑着揽住闻烟的肩膀。

"晚上来我家睡吧？"闻烟抬头看着星棠轻笑。

"可以可以。"星棠巴不得每天都和闻烟一起睡。

两个人一起去了预订的餐厅，星棠没叫太多人，都是关系特别好的几个人，有星野，还有希凡。

其他人都到齐了，一共六个人，就等她们两个了，而星棠和闻烟刚推开包间的门，就听见噼里啪啦的气球爆炸声。

"啊！"星棠吓得躲到闻烟背后。

"没事，闹着玩呢。"闻烟拉着她的手。

"又老一岁，快乐快乐！"

"姐姐们轻点儿，刚化好的妆。"星棠护住自己的头。

"看看点什么？"星野把菜单递给星棠。

"你们看着点吧。"星棠说。

所有人都在和星棠寒暄，只有一个人的目光始终落在闻烟身上。

"坐这里。"希凡拉开旁边的椅子看着闻烟。

和希凡一样，闻烟刚进来就看到他了，半年的时间，说长不长，说短也不短，但足以让回忆沉淀下去。

"来得挺早。"闻烟没有拒绝，落落大方地走了过去。

"还不是想早点儿见到你？又变漂亮了。"希凡为闻烟倒了杯水，目光落在她的脸上，浅浅淡淡的，温度被藏在了眼底。

真真假假的玩笑话，几分真，几分假，只有他自己知道。

"你也是。"闻烟笑着说。

见到希凡，闻烟还是很开心的。这是机场分别后他们第一次见面，也是闻烟去德国后两个人第一次联系。

他还和原来一样，没什么变化，穿白色的T恤和牛仔裤，还有限量版的球鞋。

两个人之间的气氛淡淡的，闻烟不会尴尬，也没有之前的愧疚，一切都很舒服，他们像是相识很多年的朋友。

"还回去吗？"希凡微微偏头。

"回，还有半年。"闻烟轻笑，转而问他，"最近在做什么？"

"好好学习。"希凡答得自然。

"是吗？"闻烟觉得有些好笑。

"怎么，不像吗？"希凡有些委屈，其实他成绩还不错。

"有点儿。"闻烟笑着和他碰了下杯。

其他人都在聊天，有些嘈杂，他们身边好像形成了一个无形的环，与周围隔开。

在场的人都是星棠的朋友，大家吃吃喝喝，很快就到十二点了。星野让服务员将蛋糕拿过来，蛋糕不大，上面插了个气球，还有个穿着礼服的小公主。

星野在蛋糕上插了一根蜡烛，闻烟将皇冠为星棠戴好，然后拿出手机准备帮她拍照。

"好了，许愿吧。"星野像看孩子似的看着星棠，眼神莫名地宠溺。

"许愿之前，我先矫情几句。"目光从每个朋友脸上扫过，星棠表情里透着几分天真。

闻烟望着屏幕里的女孩儿，嘴角情不自禁地上扬。她站在桌子对面找好角度，已经拍了好几张。

"今天是我二十四岁的生日，来的也都是我的好朋友，非常高兴能和大家认识。其实每年坐在这里的人都不太一样，但是闻烟，我最好的朋友，已经陪我过了十二个生日。"

闻烟举着手机的手微微顿住，过了两秒，她看着屏幕笑了，小公主还是那样可爱。

今天来的女生除了闻烟还有另外两个，也是星棠的朋友，但星棠就是要告诉所有人，她最好的朋友是闻烟，在她心里最重要的是闻烟，谁都比不了。

"我吃醋了。"星野担心那两个女孩儿有想法，想调节下氛围。

"吃吧，你和小乔的十二年我还吃醋呢。"星棠睨了他一眼。

一时间大家都笑了，星野无奈地耸了耸肩膀，但明显乐在其中。

"其实我挺蠢的，身上也有很多毛病，但闻烟还是和我玩了这么久。她

514

真的很好，以后我结婚，伴娘一定是她；以后她结婚，伴娘也肯定是我，而且只能是我一个人，找其他人我就要不高兴了。"

星棠语无伦次又絮絮叨叨的，其实自己也不知道在说什么。

"所以今年我只有一个愿望，希望我的烟烟能和喜欢的人在一起，只要她能幸福快乐，做什么决定我都支持！"

说完，星棠把蜡烛吹灭。

房间变得昏暗，大家的欢呼声和生日歌的声音混杂在一起，很热闹。

她的意思不言而喻。

闻烟忽然觉得鼻子和眼睛都变得很酸，酸得想流泪，不知道什么时候开始，那个傻傻的小公主其实已经不傻了。

今晚希凡没有喝酒，散场后开车把星棠和闻烟送回家，又把星野送回家，最后一个人去了酒吧。

躺在床上，闻烟收到了谭叙深的信息：

"回去了吗？"

消息的提示音有点儿大，闻烟连忙把手机调成了静音模式，扭头往旁边看了看，星棠今天喝了不少，现在已经睡着了。

闻烟回了消息："回来了。"

"想见你。"

他的消息紧接着过来，闻烟沉默地望着那三个字。

夏天的凌晨，风吹进来很舒服，谭叙深站在窗边点了支烟。这半年，他已经习惯了时差，习惯了晚睡，习惯了清晨说晚安。

以前想她的时候，就算他冲动飞过去也要十几个小时，而更多的时候却是无可奈何，只能想着。思念的滋味真苦。

而现在，她回来十几个小时了，谭叙深还没看到她，在同一个城市，这种思念的冲动会更不受控制。

谭叙深很想去接她，但又不敢乱来。

闻烟："有点儿累了。"

谭叙深："那明天我去接你。"

他的紧追不舍让闻烟不自觉地上扬了嘴角，打下几个字："明天要和星棠逛街。"

谭叙深无奈地呼出一口气，浓浓的烟味顺着风吹散了，很想现在就把她搂过来。

"晚上去接你。"

谭叙深也有耍赖的一天，闻烟没理他，想到昨天的视频电话，又问了他另一个问题："你爸妈喜欢什么？"

谭叙深笑了："喜欢你。"

房间里，除了暖黄色的夜灯，还有手机屏幕发出的微弱光芒，谭叙深发过来的消息，闻烟总是看的时间比回复的时间长。

过了十几分钟，谭叙深没有收到她的回复，就回床上躺下了。而又过了半个小时，还是没有，他将手机放在一旁，闭上了眼睛。

同一片天空下的另一个房间里，闻烟拿着手机睡着了。

第二天和星棠逛街，闻烟纠结了很久不知道为他爸妈买什么，太贵重的不合适，而且也不了解他爸妈的喜好，再说他家里应该什么都不缺。

最后，闻烟听了星棠的建议，从星棠家里偷偷拿了点儿白叔叔的茶叶，又给江阿姨买了套护手霜。

晚上闻烟依旧没有去见谭叙深。

第二天早上，刚八点闻烟就收到了他的消息，说在她家楼下，但闻烟还是磨蹭到十点才出门，找到他的车直接坐到了后面。

"坐前面。"谭叙深的手放在方向盘上，他看着后视镜里她的脸，只觉得不够近。

"不了，走吧。"闻烟从他斜后方的位置移到驾驶位的正后面，不让他看。

谭叙深轻扬嘴角，无声地叹息，眼神里满是纵容、宠溺和无奈，心里钝钝地疼又乐在其中。他扭身，伸手将她拽近了一些。

"你干什么？"闻烟没想到他手臂这么长。

在她的唇角吻了一下，谭叙深这才觉得心里甜了。

"快开车。"闻烟用力推开了他，又坐到他斜后方的位置，离他远了些，然后闭上眼睛假装睡觉。

谭叙深笑了笑，启动了车子。

这半年，谭叙深飞来飞去，他们之间的关系缓和了很多，但也没有完全和好。谁也没有刻意定义现在的关系或者以后如何，谭叙深力所能及地对她好，而闻烟也不为难自己，力所能及地接受。

总之彼此都在慢慢磨合，谁都不洒脱，谁都放不下。

车很快在别墅前停下，谭叙深带着闻烟进去。

"烟烟来了，快进来，快进来。"江淑因穿着围裙从厨房出来。

"阿姨，您慢点儿。"闻烟看她走得急，有些不放心。

"我身体好着呢。"江淑因扶着闻烟的手臂笑得开怀，忍不住打量，"比视频里还要漂亮。"

"您比视频里看着还年轻呢。"闻烟笑着把一个袋子递给她，"不知道您喜欢什么，随便带了一点儿小礼物。"

"这孩子，还带什么礼物。"江淑因皱着眉头，心里却是欢喜的。

"就是几支护手霜，您平常洗碗、洗衣服后记得涂一点儿。"闻烟笑着说。

"好，那阿姨就收下了。"

以前江淑因虽然没有刻意保养，但家里有阿姨，洗衣做饭都不用自己来。今年因为谭父生病，她提前办了退休，不工作后，就把阿姨辞了，一切都自己做，忙起来心里才不容易乱想。手在无形中确实粗糙了不少，所以闻烟的小礼物非常合适。

"叔叔，给您带了一点儿茶叶。"闻烟笑着往前走了两步。

"谢谢烟烟，我平常没什么爱好，就喜欢喝杯茶。"谭德林笑着说，"来，快来坐吧。"

"闻烟姐姐！"易阳在楼上听到动静，飞快地跑下来，一下子抱住闻烟。

"听到有礼物就下来了？"闻烟弯腰扶住他，担心他摔倒。

"才没有，易阳是想你！"易阳在闻烟面前蹦蹦跳跳。

"那奖励一个小礼物吧？"闻烟为易阳买了辆玩具汽车。

"谢谢姐姐！"易阳说着，又要往闻烟身上扑。

"是不是长高了？"闻烟摸了摸易阳的头，弯腰把他抱起来，突然觉得很吃力。

"别抱他，现在长大了，我都抱不动。"江淑因看闻烟弱不禁风的样子，害怕她累着。

"姐姐放我下来，再过一年我就能抱动你了。"易阳笑着从闻烟身上下来。

"好，那你加油吃饭。"闻烟笑着说。

几个人说笑着，一起往沙发那里走，谭叙深突然抓住了闻烟的手腕。

"我的呢？"谭叙深当了好久的背景板，直到最后发现礼物发完了，而他手里还是空的。

"没有。"闻烟轻笑，彻底断了他的念想，转身走向沙发。

谭叙深顿在原地，望着她的背影，目光渐渐变得幽怨。

"烟烟，中午想吃什么？阿姨给你做。"听说闻烟要来，江淑因很早就去买了菜。

"我去吧，你们聊。"谭叙深担心他在客厅闻烟会不自在。

"让他做吧，我们来聊天。"闻烟想让江阿姨休息一会儿。

"叙深做的不好吃，阿姨给你做。"江淑因想让闻烟尝尝她的手艺。

闻烟笑了，争不过她，但也不想太麻烦："我不挑食，您简单做点儿就行。"

"好，那我过去了。"江淑因声音温润，像是被学识浸透了，虽然很亲切，但不会让人感到过分热情。

这个家让闻烟觉得很舒服。

"烟烟在国内待多久？"谭德林问。

"这次待一周。"闻烟说。

"有空多来家里玩。"

"好。"

谭德林的嘴角一直挂着淡淡的笑，虽然他生病了，但儒雅温润的气质从骨子里散发出来。

他们的事，谭德林听说了，虽然没见过闻烟，但每次听到这个名字就觉得亏欠。而刚才看到她和易阳两个人的互动，他心里更不是滋味，感情是伪装不出来的，孩子的反应更装不出来。

闻烟真是个好孩子。

谭叙深一直没说话，把切好的水果放在他们面前，易阳不断地往闻烟身边蹭。谭叙深现在竟然有些羡慕易阳了。

吃过饭后，江淑因把闻烟叫到房间里，只有她们两个人。

"烟烟，阿姨这里没什么好东西，就送你一只镯子吧，打开看看喜不喜欢？"江淑因笑着把盒子放到闻烟手里。

闻烟小心翼翼地打开盒子，又连忙合上了："阿姨，这太贵重了，我不能收。"

"阿姨觉得很适合你，放在我这里也没人戴，只能落灰了，快收下吧。"

518

江淑因把盒子推给她。

"我真的不能收。"闻烟现在还没有答应谭叙深，所以不能收。

江淑因送了闻烟一只冰种翡翠镯子，三分温润，三分冰冷，剩下的如冰似水，倒也分不清楚。可能不符合现在年轻人的审美，但江淑因觉得很符合闻烟的气质。

"孩子，别多想。"江淑因轻轻拍了拍闻烟的背，"阿姨喜欢你，所以送你礼物，其他的事你跟着心走，不要为难自己。"

闻烟望着那只镯子，心里五味杂陈。以前和谭叙深在一起的时候，她总忍不住猜想他的家庭，但大多数猜测是虚无的、没有温度的。

而现在，她感觉很温暖。

"谢谢江阿姨。"闻烟上前抱了抱她。

谭父的身体还是很虚弱，他在客厅坐了一会儿就回房间休息了。谭叙深拉着闻烟上楼，还把易阳骗回了自己的房间。

"你妈妈送了我一只镯子。"刚进门，闻烟就把那个方形盒子拿了出来。

"收着吧。"两天了，谭叙深终于如愿以偿地抱住了她。

"好像很贵重。"闻烟对这些不了解，但看镯子的水头和色泽，觉得不便宜。

"不贵。"谭叙深从背后抱着她，轻轻蹭着她的颈窝。

闻烟因为镯子的事心不在焉，过了一会儿回过神，把谭叙深推开了，还睨了他一眼，然后打量起他的房间。

柜子上摆了很多奖杯，市英语比赛一等奖、全国物理锦标赛金奖……后面还有很多。

"挺优秀。"闻烟笑着收回了视线。

"还好。"谭叙深轻笑。

闻烟又往那边看，看到一个相册，突然来了兴趣："可以看吗？"

"我先看看。"这个相册的前半部分都是爸妈整理的，谭叙深担心有不适合闻烟看到的照片。

"那不行。"闻烟抱着相册躲到旁边，翻开了。

"乖，让我先看看。"谭叙深伸手去拿相册，因为很久没有看过了，他不放心。

争抢间，两个人倒在了床上，闻烟抱着相册皱眉，把谭叙深往旁边推。

"一米的距离。"闻烟面无表情地看着他。

谭叙深不动了，没有再抢相册，当然也没有真的保持一米的距离。闻烟饶有兴味地打开，刚看见第一页就忍不住笑了。

"哟，这是谁？"闻烟摊开相册在他面前晃来晃去，是谭叙深小学时的照片，他还戴着红领巾。

"不许看了。"谭叙深移到闻烟身边紧靠着她，两个人趴在床上，迎着夏天明媚的阳光。

"小时候还挺可爱。"照片上似乎也沾染了阳光，闻烟情不自禁地看了一遍又一遍。和易阳现在好像，但一想到易阳长大后会变成眼前这个人那副讨厌的样子，闻烟就觉得很可惜。

谭叙深紧抿着嘴唇，感觉很不自在，看她笑得明媚，才强忍住没有合上相册。

闻烟往后翻了几页，就到了初中，男孩儿肉眼可见地长开了，和同学站在一起也高出很多。高中就更别提了，有了几分现在的可恶模样，一看就是能把女生的视线勾走的那号人。在大学的照片里，闻烟看到了周寻。

好像几分钟看完了他的成长过程，不得不说他真是从小帅到大，就在闻烟暗暗感叹的时候，翻到了下一页，动作也顿住了。

他们在迪士尼的合照。

目光在照片上停留了几秒，闻烟侧头去看他，而谭叙深也把目光落在照片上，回过神后上前轻吻她的唇角。

很短暂的吻，闻烟还没来得及推开，他就已经离开了。

她继续往后翻，又看到了她的照片，是在那个刻骨铭心的生日她许愿的画面，到现在闻烟都记得她许的愿望。

她说想要和谭叙深在一起一辈子。

闻烟轻咬着嘴唇，继续往后翻，还是她，是他们在德国的照片。一直翻到最后一张，也是她。目光在最后一张照片上停了很久，内心平静了又波澜四起，最后，闻烟缓缓合上了相册。

"我要走了。"闻烟抬头望着他。

"再待一会儿。"谭叙深将她揽在怀里。

两个人静静地躺在床上，闻烟没有挣扎，望着飘动的窗帘，思绪有些游离。

谭叙深闭上了眼睛，轻轻拥着她，享受这一刻的静谧。很早之前他就想带闻烟来这里，带她看看他从小到大住的房间，以及学生时代生活的地方。大学毕业后谭叙深就搬出去住了，之后成家工作又忙，来这里的时间更少了。算起来，这半年他在这里住的时间比过去几年加起来都长。

谭叙深知道他们之间还存在问题，比如说身体上的亲密，他们可以拥抱、亲吻，再进一步的她就开始抵触。

闻烟的心还没有完全好。她觉得，谭叙深是喜欢她的身体才和她在一起的。

不可否认，最初确实是这样，但谭叙深现在要告诉她，和她在一起，是因为爱。

异地加上难以确定的感情，每一次他都很难控制，但她拒绝，谭叙深就不会越雷池半步。他会给她足够的安全感，让她相信这份爱和他们在一起的可能。

下午五点，谭叙深送闻烟回去了。

没过几天，闻烟就回德国了。

第二十章

只说以后

时间匆匆，又是一个冬天，闻烟来德国马上一年了，在这里的工作也只剩下最后一个月了。

谭叙深几乎每个月会来一次。当然有时候才隔了一周，他就会神经质地突然出现在门外，但闻烟大部分的时间还是独处。

独处，她可以想清楚很多事情。

这天临近下班，闻烟收到了副总的消息，他说想和她聊些事。她发完邮件，去了公司楼下的咖啡厅。

隔着玻璃桌，两个人相对而坐。

"最近感觉怎么样？"说话的德国男人是 Evens 的全球副总裁，也是 Evens 学院的主理人、闻烟在这里的直属上司——Eric。

"还不错。"闻烟笑了笑。

除了学习总部百年来沉淀下来的宝贵经验，Evens 学院更侧重于交流研讨，将各个国家如今的市场运营模式进行分享，对其中存在的优势、劣势和潜在机遇做整体评估，然后再调整战略，逐渐应用到现在的工作和下一个计划元年上。

"公司现在有职位空缺，我觉得你很合适，有兴趣留下吗？"男人西装革履，笑着向闻烟抛出橄榄枝。

闻烟微愣，忽然谨慎起来，不知道他的话是真是假。

"具体工作内容是？"闻烟端起桌子上的咖啡，说话不疾不徐。

"一个与金融相关，一个与市场相关，你喜欢哪一个？"Eric 的目光中多了几分打量和试探，最后变成了欣赏。

职场中有很多弯弯绕绕，不要说一个刚入职没多久的新人了，就是有些跟了他很多年的同事，来和他汇报工作的时候也难免紧张。

"两个我都有涉及，但经验都不足。"闻烟没有过分抬高自己。

她大学主修的是国际经济，所以金融和市场营销都学过。她在凯扬和 FA 的工作中运用更多的是市场营销的知识，但这两者不是割裂的，有了金融相关的经验，她工作起来会事半功倍。

"我的建议是市场部，因为现在这个部门有些僵化，需要注入像你这样的新鲜血液。"Eric 直接给了闻烟答案。

"那我考虑一下。"闻烟笑了笑，没有着急应下。当然，她也没有说是考虑其中一个，还是考虑总部和大中华区。

"好，那你慢慢考虑。"Eric 有些意外，还以为她会立即答应，但他喜欢有想法的人。

两个人又聊了一会儿，副总有事上楼开会了，闻烟自己留在咖啡厅，又点了块蛋糕，忙里偷闲。

"好吃吗？"

听到熟悉的声音，闻烟抬头，把新的咖啡推到他面前："好吃。"

"谢谢。"傅铭川坐在了对面。

"Eric 刚才和我聊，想让我留在总部。"闻烟从包里拿出纸巾擦了擦嘴。

傅铭川微愣，端起杯子抿了一口："你怎么说？"

"我说考虑一下。"闻烟笑了笑。

这一年，他们在工作上一直有联系，但谁都没再提起过去的事。他们还是哥哥妹妹的关系，但有些事毕竟不同了。

傅铭川前天来德国出差，按照以往的相处方式，闻烟该去机场接他，但她没有去。

"考虑得怎么样？"傅铭川看着她笑了笑。

"我回去有合适的职位吗？"闻烟不答反问。

"市场部有一组的负责人三月份离职。"其实傅铭川已经为她铺好路了。

"老板也太相信我了。"闻烟笑着摇了摇头，"负责人我干不了。"

这一年来，闻烟渐渐意识到自己先前在有些事上自大了。

虽说很多人都是混日子熬上去的，但有些经验确实需要时间去积累，之前做傅铭川的助理虽然没出错，但那是因为有他在上面顶着，大多数情况下她只是出个点子，而且学习的成分居多。

走得太急容易摔倒，闻烟想走得稳一点儿。

"还是从基层一点儿做起吧，但如果我表现得好，老板可以考虑快点儿给我升职。"闻烟目光狡黠，古灵精怪的。

傅铭川看着她的样子笑了，好像一瞬间回到了过去。

"没问题，那我回去再考虑一下，你有什么想法也可以告诉我。"傅铭川说。

"好，不会跟你客气的。"闻烟拿着叉子轻轻切下一块蛋糕。

对希凡，闻烟是愧疚的，而对傅铭川却是有埋怨的。

因为他们之间有那么深的感情，闻烟把他当作哥哥，当作亲人，他却对她生出了那种心思。

人的七情六欲不受控制，闻烟也理解，但他不顾她的千般阻拦，也不顾及以后的相处，非要说出来，最后造成了现在的局面。

但闻烟还是狠不下心，明明告诉自己不要再理他，见了面还是会心软。

他们认识六年了，曾经他对她的好不管出于什么目的，都是真的。

如果真的要舍弃，闻烟会不舍。

而且他们在工作中经常遇到，也没有办法完全成为陌生人。

所以，一切都交给时间吧。

"Eric 那边我去说，还是回国吧。"虽然刚才两个人聊天的潜台词是这样，但傅铭川担心因为曾经的事让她有心理负担，"回去你爸妈也放心。"

"嗯，过两天我回复他就好。"闻烟没想过留在这里，但至少要给老板留点儿面子。

"过年回家吗？"傅铭川笑了笑。

"不了，这里结束我再回去。"闻烟说。

现在是一月底，还有一个月，在这里的学习就结束了，而过年的时间恰好卡在这中间，闻烟不想来回折腾了。

"一个人留在这里？"以前逢年过节，傅铭川都会带着她一起过。

"还有其他朋友，别担心。"闻烟笑了笑，这次爸妈不会过来，可能真的是她一个人。

闻烟的脑海中不受控制地浮现出谭叙深的脸。

他没有说要过来，闻烟也没有刻意问，因为知道他走不开。虽然他爸爸的身体好转了很多，但他也不能长时间离开，只能一个月过来待两三天就匆匆赶回去，更何况大过年的。

而很巧，除夕那天是情人节。

"晚上一起吃饭吗？"傅铭川看着她。

"吃饱了。"闻烟推了推面前空了的蛋糕盘子，笑着说，"待会儿还要加班。"

闻烟不是刻意拒绝他，是真的忙。

"好，我后天回去，等你有空我们吃个饭。"傅铭川也没有强求，尽量为她营造一个舒服的环境，因为想回到从前。

事到如今，他还是后悔多一点儿。

"没问题，那我先上去了。"闻烟从座位上起身。

"好，不要太累。"

在郊区的别墅里，谭叙深坐在书桌前合上了电脑，扭动着泛酸的脖子。

公司一直挂着他的职位，Bruce 也来找过他很多次。这半年父亲的身体好转后，谭叙深就接手了一些工作，但大部分时间是在家办公，也只做一些决策和指导性的工作。

凌晨，谭叙深从浴室出来倒了杯酒。和爸妈住在一起后，他喝茶比喝酒多。

谭叙深拿着手机站在窗前，还有半个月就要过年了，A 市到慕尼黑的机票，两周前就开始看了，看了无数次，但依旧不知道该怎么办。

这一年来，谭叙深每天都处在两难的境地，哪边都不想放手。他很想把自己撕成两半，但到底还是亏欠了她。

黑色的夜幕中繁星点点，没有月亮，显得清冷寂寥，谭叙深坐回到书桌前拿出了钢笔和信纸，遥望着夜色，过了很久才写下第一个字。

周末，闻烟参加了一个大学同学的婚礼。

有洁白的婚纱，庄严的教堂，至死不渝的誓言，还有被所有家人朋友祝福的亲吻。

闻烟以前都是跟着爸妈一起来这种场合，这是她第一次一个人参加朋友的婚礼，感觉有些奇妙，原来他们已经长大了，到了可以和喜欢的人厮守一生的年纪。

和所有人一样，闻烟沉浸在这份纯粹的幸福中，羡慕、向往，又渐渐地心生落寞。

婚礼结束回到家，闻烟收到了一封信，信封上写着四个字——乖乖亲启。她抿唇轻笑，懒懒地坐在沙发上拆开，信纸在暖黄的台灯下被染成温暖的色调。

晚上好，烟烟：

现在是凌晨三点四十八分，月亮刚刚躲进云里。你说要加班，我便不打扰你了，但还是想问问你吃晚饭了吗？今天工作累不累？有没有认识新的朋友？出门在外冷不冷？

冷了就要多穿些衣服，小女孩儿不要只顾着漂亮，不然年纪大了容易得老寒腿，那我只能推着轮椅带你去游乐场了。

今天下午，爸说想去钓鱼，江女士说太冷了，想去公园晒太阳，两个人吵了好久，我在旁边看着也笑了好久。

如果我们在一起，会不会也是这个样子？

早晨你说要煮粥，我说喝牛奶，我们争执几分钟，然后我向你妥协。

周末你想睡懒觉，我说起来跑步，我们争执几分钟，然后我和你一起躺回被窝里。

冬天你说想去冰岛旅行，我说想去南城，我们争执几分钟，然后一起去了南城的小院子。

你也得向我妥协一回，是不是？我年龄大了，你得让着我。

烟烟，我想戒烟了，昨天晚上失眠了很久，我忽然想活得久一点儿，想陪着我的小女孩儿久一点儿，你说好不好？

谭叙深

一月三十一日

看完最后一句话，闻烟突然抬手遮住滚烫的眼皮，也一并遮住眼里的酸涩，眼角的湿润却无法控制。

这种难过的情绪来得莫名，来得不讲理，一如那天她醒来的清晨。

那次他又是深夜过来，第二天闻烟醒得很早，谭叙深还在睡。闻烟端详着他眉眼间的疲惫，又在不经意间发现了他头上的一根白发，瞬间愣住，眼睛也立即酸了。她哭了，从无声无息到号啕大哭。

谭叙深被她的哭声吓醒了，连忙抱着她问怎么了，闻烟却说不出一个字。

长白头发是多么正常的一件事，孩子会长，少女会长，爸爸妈妈会长，老人也会长。但谁都可以长白发，唯独谭叙深不能，她不许谭叙深长白发，不许他变老。

从认识到现在，他们互相折磨了多久？未来又留给他们多长时间去纠缠？

闻烟移开手，露出通红的眼睛，目光落在信封上的"乖乖亲启"上。来德国后，谭叙深每个月都会给她寄一封信，这是第十三封信，也是第十三个"乖乖亲启"。

闻烟又看着末尾的日期，这封信从A市邮寄到德国需要半个月的时间，今天已经是二月十三日了，但她还是抬头看了看夜幕。

月色皎皎，银辉万里。

今晚的夜色很美，闻烟看了许久才收回视线，继续看这封信。

从开始到结束，他很少说"我爱你"，甚至也很少说"我想你"。这个男人好像很不喜欢把爱挂在嘴边，除了在南城的那个圣诞节，闻烟再没听他说过。比起"爱"这个字，他更愿意说喜欢，但闻烟现在不觉得没有安全感了，因为他的信里有日月晨昏，有春夏秋冬，在他向往的未来里她的存在。

他不说爱，却把未来的琐碎都说给她听。

明天是情人节，也是除夕，他没有说要来，也没说不来，过了许久，闻烟把信收了起来，和其余的十二封"乖乖亲启"放在一起。

闻烟倒是没想到谭叙深写得一手好字，而且连表达浪漫的方式都这么有年代感。

第二天，和往常一样，闻烟睁开眼睛就去看手机，毫不意外地收到了他的红包和消息：

"宝贝，情人节快乐。"

闻烟微微扬起嘴角，悄悄把红包收了，然后回了他一句：

"除夕快乐。"

洗漱后，闻烟去做早饭，简单地烤了两片面包，温了杯牛奶。她以前不喜欢这样的早餐，但现在上班没有时间，就渐渐养成了这样的习惯。

闻烟坐在餐桌前边吃早餐边浏览新闻，这时忽然听到了门铃声。她抬头看过去，眼里情不自禁地漫上惊喜。闻烟故意把手里的半片面包吃完，才不疾不徐地走过去。

"小姐，您的花。"

打开门的瞬间，闻烟脸上的笑凝固了："好的，谢谢……"

门又关上了，房间恢复了刚才的安静，闻烟呆呆地站在原地。

又是一大束玫瑰，和去年的不相上下，把她的上半身完全挡住，在浓郁的玫瑰香味中闻烟拿出花束上的卡片——

"很想你"。

一时间分不清是高兴还是失落，闻烟抱着花缓缓走到茶几旁。

他不会来了吧？

明明心里很早就有了答案，明明见到他也觉得讨厌，但闻烟心底最深处还是忍不住隐隐期待。

闻烟将花瓶里的花换掉，插上几枝玫瑰。剩下的她放在了浴缸里，晚上可以洗个鲜花浴。

收了收思绪，闻烟将剩下的早餐吃完，匆匆赶去上班了。

上班的时候很充实，邮件一封接着一封，会议一个接着一个，今天明显比平日里更忙，闻烟连喝水的时间都没有。上天好像故意不给她胡思乱想的机会，闻烟无奈地笑了笑。

她再抬头，天已经黑了。

关了电脑，闻烟把文件锁在柜子里，然后拖着疲惫的身体下楼。

大厦的旋转门好像将世界隔成了两个，外面的节日气息和里面紧张的工作氛围完全不同，闻烟刚走出门，就感受到了浓浓的节日气氛。

很应景，天空又飘起了雪花。

今天大厦外的车格外多，闻烟看着和她一起下班的同事和男朋友手牵着手离开，扭头发现旋转门外的长廊里今天也挤满了人，都在翘首张望着，等着各自的恋人。

闻烟稍微往旁边让了让，走到一个人少的地方，今天这种日子，很难叫到车吧。

她失神地望着纷飞的雪花，目光比雪色寂寞。

停了片刻，闻烟只身走进了雪幕。

地上的雪不厚，灯光和月光混杂在一起，映着女孩儿没有表情的面庞。

夜幕之下灯光闪烁，街道两旁所有的灯都亮着，好像所有人都在牵手，所有人都在拥抱，所有人都在亲吻。

闻烟心里失落的小瓶子瞬间就打碎了，苦涩蔓延到五脏六腑。

闻烟情不自禁地拿起手机，如果谭叙深现在出现，她就彻底原谅……

她还没在心里念完，手机忽然振动，屏幕上的名字吓得她差点儿把手机摔到地上。因为还在生闷气，她犹豫了几秒才接。

"喂。"闻烟低头撇了撇嘴，慢慢地踩着地上的雪。

"转身。"

低低的两个字让闻烟着了魔似的顿住了脚步，她呆滞地望着面前的雪景，心跳不自觉地加快了。

过了好一会儿，闻烟才像提线木偶般缓缓转身。

目光捕捉到他的刹那，闻烟脸上的失落被盛大的笑容盖过，很纯粹，很明媚，连鼻子里的酸涩也变成了眼里动人的水光，映着男人高大的身影。

很意外，但好像又在预料之中。

他背着光，嘴角挂着淡淡的笑，手中拿着一枝玫瑰信步朝她走来，黑色大衣随着步伐微微摆动，雪落在脸颊上都是不动声色的温柔。

十米的距离，他们隔着纷飞的雪花相望，闻烟忽然觉得，天地间仿佛就剩下他们两个人了。两年来的一幕幕从眼前闪过，闻烟心里不禁五味杂陈。

我穿过荆棘，拨开层层迷雾，最后看见的还是你，你我伤痕累累地站在彼此面前，谁也不愿意先离开一步。

"很想你。"

电话还没挂断，他的声音传到耳边，闻烟忽然觉得耳朵被烫到了。

他慢慢走近，两个人之间的距离不断缩短，闻烟收起手机朝他走过去，步伐不由自主地越来越快。

最后，闻烟一下子扑到他怀里，踮起脚尖去吻他的唇。

这一刻世界变得寂静，谭叙深眼底闪过错愕，紧接着又转变为无边的欢喜。

男人的占有欲瞬间席卷全身，他不受控制地反客为主，将她紧紧地锁在怀里。

一年半以后，她第一个主动的吻，谭叙深等到了。

所有来往的路人都变成背景，两个人唇齿相依，两颗破碎的心也渐渐连在一起。

雪花落在他们的唇边，甜甜的。

玫瑰在风中绽放，花瓣上积满了雪。

"谭叙深。"不知过了多久，闻烟缓缓推开他的身体，抬头望着他。

"嗯？"谭叙深眼里全是她。

"戒烟吧。"闻烟说。

"好。"

雪花还在纷纷扬扬地飘落，他低头注视着面前的女孩儿，手轻轻抚上她的脸，幸福来得太快，感觉眼前的一切很梦幻。戒烟是件很难的事，但是既然她说了，他会答应的。

闻烟笑了笑："还以为你不来了。"

"怎么不打电话？"谭叙深还没从这些转变中回过神，只觉得心被幸福填得满满的。

"刚要打，你就打来了。"闻烟笑着仰头。

好像一切都刚刚好。

这份感情不需要多浓烈，只需要在我想你的时候，你出现在我身边，让我有满满的安全感，让我心里所有的空虚都被幸福填满。

这一年，谭叙深给了她太多这样刚刚好的感情，从而让闻烟忘了原来他们隔了那么远。闻烟开始相信，他是真的爱她。

谭叙深将玫瑰花放在她手里。

闻烟拿起在鼻间轻嗅，他的一枝玫瑰，再次盛开在了她贫瘠的沙漠上。

谭叙深依旧沉默，说什么好像都表达不了此刻的心情。他从口袋里拿出一个盒子，取出里面的戒指直接戴在闻烟的手上。

"喂，做什么？"闻烟条件反射地往回收手，一不小心差点儿把自己给卖了。

"乖，戴上。"谭叙深伏在她耳边，像是在哄小孩子。

"不戴，你还任重道远，知道吗？"闻烟把自己的手藏起来。

"以后我们一起挑，先戴上这个。"谭叙深耐心地和她玩捉迷藏游戏，把她的手从口袋里拿出来，然后强行为她戴上。

这是谭叙深买的第三枚戒指，第一枚是在南城的圣诞节时买的，第二枚是在去年她的生日时买的，这是第三枚。

没人知道他有多担心，担心她手上没有戒指会让其他男人乘虚而入。

没想到一枚小小的戒指，也会让人患得患失。

"看着还不错，那我暂且戴着。"闻烟今天心情好，看他这么远飞过来就依着他。她伸出手，细钻在灯光下闪着耀眼的光芒。

"不准再摘下来了，结婚的时候换新的。"谭叙深握着她的手，两个人十指相扣。

"谁说要和你结婚了？"闻烟笑了。

仿佛是拨云见月，最后一丝乌云也不见了，夜空深蓝浩瀚，闻烟也完全放松下来。

"回家。"谭叙深拉着闻烟的手一起放到自己口袋里，想为她捂热。

"刚才看到别的小朋友都有人接。"离她下班已经过了十几分钟，现在依旧在大厦前，闻烟看见几个熟悉的同事微微点头，忽然觉得地上成双成对的脚印没那么讨厌了。

"我的小朋友也有人接。"她柔柔的撒娇声谭叙深好久没听到了，口袋里握着她的手不自觉地收紧。

闻烟笑了笑，轻轻倚着他往前走："饿了。"

"出去吃还是回家？"谭叙深哄易阳都没有这么耐心过。

"家里没有菜了，我忘了买。"其实闻烟想回家，毕竟今天也是除夕。

"我买过了，那回家做饭？"谭叙深每次过来的第一件事，就是把她的冰箱填满。

"好，你做。"闻烟还以为自己要可怜兮兮地一个人过年了。

"如果我不来，你准备怎么办？"谭叙深低头，表情忽然有些严肃，每次来她的冰箱都是空的，她太不会照顾自己了。

"当然是和年轻的哥哥一起过。"闻烟脸上洋溢着笑容，眼里仿佛落了星光。

谭叙深捏了捏她的脸，不动声色地将她的手握紧了。

两个人走了一会儿，谭叙深带着她走到地下车库。

"谁的车？"闻烟坐进去关上车门，瞬间感觉暖和了不少。

"算是同事，也是朋友。"车主是谭叙深在 FA 的朋友，他一下飞机就将对方的车截了过来。

"谭叙深，你是不是没有衣服了？"闻烟看着他身上的大衣，他上次来穿的就是这件，是两年前她买的。

"嗯，女朋友不给买。"谭叙深嘴角挂着笑，轻轻转动方向盘。

他衣服不少，但每次来都穿她曾经买的衣服。他想尽量减少彼此长时间不在一起的陌生感。

闻烟扭头望向窗外，假装听不懂，但谭叙深从车窗上看见了她脸上的笑。

回到家，闻烟看到冰箱里被塞得满满的，虽说让他做，但还是忍不住帮他洗菜。

暖黄的灯光下，谭叙深从背后环住闻烟的腰，下巴轻轻抵着她的肩膀。厨房的玻璃窗上凝结着水珠，一切都变得很美好。

"你过来……家里怎么办？"闻烟想过他会来，但想到更多的是不会来，这不是谁更重要的问题，有些事在时间上就是很难协调。

"我爸的身体好多了，有我妈陪着应该不会有事。"谭叙深和她靠在一起，享受着这份烟火气。

其实谭叙深不放心，但前天晚上开车看着路上挂的红灯笼，他也不想让她一个人过年，于是一到家就订了机票。

他说话的时候，呼吸全部喷洒在闻烟的耳窝，泛起一层细细密密的痒。闻烟不自觉地向旁边躲了躲："易阳没闹着要来吗？"

"和他说是工作出差。"谭叙深和她一起洗菜。

"就会骗小孩儿。"闻烟笑了笑，有点儿想易阳了。

谭叙深忽然发觉她说这句话的时候和易阳的语气一模一样，不由得笑了。

"出去休息会儿，有油烟。"谭叙深围上了她的小碎花围裙。

"好，我和爸妈打个电话。"闻烟替他系好围裙，画面一时间有些可爱，"叔叔阿姨睡了吗？要不我们打了电话再做饭？"

现在国内已经凌晨一点多了，闻烟担心他们的身体撑不住。

"好，你打完叫我。"谭叙深在切菜，刀工已经越来越熟练了。

"要一起吗？"闻烟饶有兴味地看着他。

"我出现在视频里，你爸妈可能会直接飞过来。"谭叙深抿了抿嘴唇，有些无奈，"让他们过个好年，等我们回去再说。"

过去一年里谭叙深又去她家里拜访了几次，有一次被拒在了门外，后面一次进去了，虽然氛围还是很紧张，但比之前缓和了些。谭叙深猜他们可能知道了他一直来德国的事。

闻烟笑了笑，关上厨房的门出去了。她来到客厅，打了视频电话给林瑜，没多久就被接通了。

"新年快乐。"茶几上放了苹果，闻烟吃了一块，说话的时候吐字不清。

"吃饭了吗？"林瑜打了个哈欠，看见闻烟的脸出现在屏幕里就笑了。

"刚下班，歇会儿再吃。"闻烟笑了笑，确实不知道应该怎么和他们说谭叙深。

"早点儿吃，别饿着了。"闻奕城挤到屏幕前。

"知道了，爸。"闻烟又拿牙签插了块苹果。

"烟烟，我怎么看着茶几上的花像玫瑰呢？"林瑜忽然起了八卦的心思，笑着问闻烟。

闻烟愣了愣，没想到刚才转了下手机就被妈妈看见了。

"这有什么奇怪的？我们女儿这么漂亮，家里的花快放不下了吧？"闻奕城玩笑道。

"还是爸了解我。"闻烟顺着他的话说下去。

"那能告诉爸爸是谁吗？"闻奕城不由自主地开始套话。

"嗯……"不知道怎么跟他们开口，闻烟拿着牙签微微晃着脑袋，"还是原来那个人。"

一时间，林瑜和闻奕城都愣住了，刚才还心存幻想，现在彻底破灭了。

"虽然曾经发生过不愉快的事，但是这么长时间过去，吵也吵了，闹也闹了，我慢慢想清楚了，还是想和他在一起。"闻烟望着厨房里的身影微微失神，转而又笑着看向屏幕，"爸，妈，不要担心我，我现在很好。"

"好，只要你好，爸妈就开心。"闻奕城说话磕磕巴巴，心情复杂。

"快去吃饭吧，烟烟，吃完饭早点儿休息，爸妈也困了。"林瑜不困，反而更精神了。

"知道了，那你们早点儿睡。"闻烟笑着向他们挥了挥手。

视频电话挂断了，林瑜和闻奕城坐在沙发上陷入了沉思。

"现在怎么办？"林瑜冷着脸。

"能怎么办？你看烟烟刚才笑得多开心。"闻奕城点了一根烟。

"出去抽。"林瑜离他远远的些，最近一年已经很少见他抽烟了，"你说这丫头这么死心眼儿像谁，是不是随你？"

"随你。"闻奕城抽了两口，把烟掐灭了。

两个人坐在客厅里，谁也不理谁。

"我们先去客厅吧。"闻烟拨了江阿姨的电话，去厨房叫谭叙深。

"好。"谭叙深把菜盛出来，关了火。

他们刚在沙发上坐下，视频电话就接通了。

"叔叔阿姨好，新年快乐。"闻烟笑得甜甜的。

"是烟烟呀，怎么不收阿姨的红包？"江阿姨笑着戴上了眼镜。

"待会儿就收。"闻烟弯着眉眼，把手机往谭叙深身边偏了偏。

"易阳呢？"谭叙深身上还围着围裙。

"刚刚犯困上楼睡了。"谭德林气色好了很多。

"不好意思，叔叔阿姨，没能让你们在一起过年。"谭叔叔还生着病，闻烟心里其实挺愧疚的。

"我们老两口儿在家自在，嫌他多余。"江淑因笑了笑，转而把手机拿近了些，声音更加温和，"那就希望我们和烟烟明年能一起过年，好不好？"

闻烟忽然有些不好意思，偷偷瞄了谭叙深一眼，然后轻轻点了点头："好……"

谭叙深笑了，心里像是打翻了糖罐子，在摄像头照不到的地方握着她的手。

"好，好，到时候阿姨给你做好吃的。"江淑因笑得眼角的皱纹都变深了。

作为母亲，她知道谭叙深有多为难，不想给他太大压力，也一直劝他不要有太多顾虑，但谭叙深自己的责任感太重了。

他们又聊了一会儿，谭德林和江淑因有些困了，就挂断了电话。

闻烟本来想和谭叙深一起做饭，但被他赶出了厨房，于是就在客厅看起了电视。

晚饭很丰盛，谭叙深的厨艺好像又精进了不少，闻烟胃口也很好，两个人边吃饭边看电视。

他们还像以前那样分工，吃过晚饭，闻烟去刷碗。

她从厨房出来的时候，谭叙深已经洗完澡了。

闻烟走进浴室，将玫瑰花瓣不疾不徐地摘下，撒在浴缸里，看着水一层一层往上漫。

浴室弥漫着浓郁的玫瑰香气，闻烟在浴缸里泡了很久，皮肤渐渐染上了粉红。她抬起手臂闻了闻，好像手臂也是玫瑰味的。

女孩儿脸上的绯红在花瓣的映衬下更娇艳了。

闻烟撩着水嬉戏，好像上瘾了。

过了很久，感觉再泡就要睡着了，闻烟才从浴缸里出来，带起一些漂着花瓣的水。

将头发吹干，闻烟找出一件新睡衣，是上次和朋友一起逛街买的，有点儿可爱，还有点儿性感。

最后，一切收拾好，闻烟推开了卧室的门。

"怎么才洗完？"站在门边，谭叙深声音越来越弱。

看她洗了很久还没出来，谭叙深以为她出了什么事，正准备去浴室，门突然开了。现在，谭叙深的视线不自觉地落在了她的锁骨和直直垂下的手臂上，有些移不开。

"香香的。"闻烟抬起手臂伸到他面前。

谭叙深喉结微动，她刚进来，身上的气息就不断往外散，现在已经弥漫到整个房间，她举手投足都让他移不开视线。

"烟烟？"谭叙深轻笑，低头轻轻蹭着她的鼻子，两个人耳鬓厮磨。

"嗯？"闻烟单纯地仰着脸，眼神微微闪躲，有点儿不好意思。

然而谭叙深没给她机会，抱起她转身回了床上。今天的一切都像是在做梦，美好而不真实，他不敢放手。

轻柔的吻顺着脸颊往下，房间内的空气渐渐变得浓稠、温热。

像是雨打芭蕉，又像是春天吻红了樱桃，最后积雪压弯了颤颤巍巍的玫瑰花。

爱到情浓的最后一刻，闻烟的思绪忽然被拉远，耳边好像快要出现她不想回忆的声音。她害怕地睁开眼，却撞上了男人深情的眼眸。

她曾经害怕的声音被更大的声音盖过：

"烟烟，我爱你。"

像谭叙深之前每次来的时候一样，闻烟被他抱着，两个人相互依偎，但这次的距离好像更近一点儿。

怀里的身体软软的，很舒服，谭叙深借着微弱的灯光打量着闻烟纤长的睫毛，又轻轻地抚摸着她柔顺的黑发，好像怎么看都看不够。

不想闭眼，每次她的态度稍微缓和一些，谭叙深都担心一觉醒来一切又变回原来的样子。

听着她越来越均匀的呼吸声，感觉她好像睡着了，谭叙深起身，准备关掉床边柜子上的夜灯。但他刚关掉，闻烟就条件反射地睁开了眼睛。

"别关。"闻烟翻了个身，窝在谭叙深怀里。

"有光睡不好。"虽然光线很暗，但谭叙深担心她睡不好。

"太黑了，害怕。"闻烟迷迷糊糊地睁开了眼。

谭叙深听到愣住了，不自觉地想到以前在日月湾，她房间的灯会亮一晚上，心里又多了几分自责和怜惜。

"那怎么不打电话给我？"谭叙深不再关灯了，躺回去抱着她。以后他会慢慢地将她心里的害怕都驱散，有他在不需要开灯。

"怕你睡了。"闻烟扬起微笑，睡眼惺忪地看着他。

不回他的消息可以解释为不想理他，也可以说深夜怕吵到他睡觉，但到底是什么，只有闻烟自己心里清楚。

"我开着声音，能听到。"这么久以来，谭叙深已经习惯把作息调成德国时间了。

"知道啦，睡觉。"闻烟把手臂随意搭在他的腰上，闭上了眼睛。

"晚安。"谭叙深吻了吻她的眼角，感觉有点儿甜。

其实谭叙深想多了，女孩儿怕黑很正常。闻烟从小就喜欢开一盏小夜灯睡觉，而当时在日月湾彻夜亮着灯，是因为失眠。

但现在看来，闻烟不知不觉间已经好了。

这一觉，两个人都睡得很沉，谭叙深不用担心她什么时候发来消息，闻烟心里也不再纠结。

清晨的光顺着窗帘的缝隙透进来，谭叙深睁开了眼睛，注视着旁边安静的睡颜，拿起手机看了看时间。

"烟烟，该起床上班了。"谭叙深的声音很轻，他虽然很想让她多睡一会儿，但也担心她耽误重要的事。

"今天请假了……"枕着谭叙深的胳膊，闻烟呢喃。感觉耳边有些痒，她皱着眉头动了动身体，但没睁开眼睛。

谭叙深微愣，接着心里涌上欢喜，情不自禁地把她的头揽到胸口揉了揉。

"做什么？"闻烟从被子里探出头，睡意被他揉掉了大半。

"没什么，睡觉。"谭叙深抱着她，又闭上了眼睛。

其实两个人在生物钟的作用下都醒了，只不过身体还在犯懒，都不想

536

从床上离开。

"我饿了。"没过多久，闻烟就躺不住了。

"想吃什么？"谭叙深手放在她背上。

"好吃的。"闻烟笑了笑，很会出难题。

"那你再睡会儿，做好了叫你。"谭叙深穿好睡衣下床了。

闻烟已经不困了，在床上翻了几下也跟着起来，把脏衣服扔进洗衣机里，又将客厅收拾了一下，早饭就好了。

"今天想去哪儿？"谭叙深没想到她今天会请假。

"逛街吧，给某人买衣服。"闻烟低头，喝了一大口粥，快把脸埋进碗里了。

目光落在她的发顶，谭叙深嘴角的弧度不受控制地往上扬。他记得昨天下午两个人对话时的场景，当时她岔开了话题。

"多吃点儿，别待会儿走不动了。"谭叙深笑着把盘子里的煎蛋放到她面前。

"你还想逛到天黑不成？"闻烟抬头，忽然有种被喂饱再被吃掉的感觉。

"嗯，多买几件。"谭叙深抽了张纸巾，帮她擦了擦嘴角。

这个城市他们都很熟悉，但从来没有一起逛过。

闻烟没问谭叙深什么时候回去，按照以往的经验，可能是今天晚上，也可能是明天早上。但无论哪个时间，她都不想听到。

谭叙深开着朋友的车，他们一起去了附近最大的商场，到了之后闻烟拉着谭叙深直奔二楼的男装区。

"买完之后你要给我买。"在电梯上，闻烟站高了一个台阶，这样目光可以和他平视。

"好。"谭叙深拉着她的手，无论她说什么都应下。

快到二楼了，闻烟怕不小心摔倒就转过了身体，但刚转过去就被谭叙深抱住了腰。

"不要乱来。"闻烟拍掉他的手，不好意思地往旁边张望。

"别摔倒。"谭叙深轻笑，每个细胞都洋溢着愉悦。

到了二楼，闻烟拉着谭叙深的胳膊悠闲地晃来晃去，看见他喜欢的牌子就走进去。

"买条围巾吗？"闻烟边说边把围巾取下来围到谭叙深的脖子上。

她微微踮脚，谭叙深顺势低下头让她方便些。闻烟的手不小心碰到他的脖子，留下一点儿凉意。

"手这么冷？"谭叙深握住她的手，微微皱眉，"明天上班穿厚点儿。"

"冬天手冷很正常，再穿厚点儿我就走不动路了。"闻烟无所谓地说，看着镜子里的谭叙深满意地笑了，"喜欢吗？我觉得很好看。"

"那就买吧。"谭叙深看不出什么。

他买衣服向来简单，合适的款式黑色、白色、灰色各一件，每个季节开始就会把整个季节需要的衣服都买好，可以最大化地节省时间。

"怎么听着那么不情愿呢？"闻烟撇了撇嘴，将围巾取下来对叠好。

她知道谭叙深不喜欢围围巾，不喜欢穿有帽子的衣服，也不喜欢穿长款的衣服，他觉得这些很累赘。但前年闻烟偏偏为他买了好几件大衣和风衣，他现在好像也没有那么不喜欢了，而且她觉得手里的这条围巾和他那件黑色大衣很搭。

"没有，挺好的。"谭叙深拿过来自己又照着镜子围上，突然觉得很奇妙。不是因为围巾，而是这种逛街的感觉，他很少这么悠闲地出来逛。

"那就买下了。"闻烟为他围好。

"好。"谭叙深耐心地看着她动动这里，再动动那里，明明和刚才没什么区别，但她乐在其中。

去结账的时候，闻烟正在包里找卡，抬头的瞬间发现谭叙深已经付过了。

"说好的我买。"闻烟眼里藏着笑，其实这种感觉还不错。

"下次你买。"谭叙深提着袋子，拉着闻烟走出去了。

这个商场很大，里面也都是比较高端的品牌，闻烟的目光在一个个店铺名字上扫过，她忽然发觉，已经过去这么久了，自己对谭叙深的喜好还是记得清清楚楚，比如他喜欢穿什么、不喜欢穿什么，又比如他很喜欢面前的这个品牌。

闻烟拉着他走了进去，可能因为是工作日，今天商场的人不多。两个人边走边聊，很快又去了下一家店，闻烟控制不住自己的手，又想为他买件黑色大衣。

闻烟站在谭叙深面前为他整理衣服，将褶子抚平，而目光落在他里面的羊毛衫上时，表情微不可察地凝滞了。

以前他衣柜里几乎全是衬衣，但现在，她已经很久没有看到他穿衬衣了。闻烟的手情不自禁地抚上他的胸膛，感受着绵软的衣料，她一时间回不过神。

"回家摸。"谭叙深握住她乱动的小手，刻意压低了声音，氛围无声无息开始变得暧昧。

"才不想摸。"被他的调笑拉回了思绪，闻烟伸手拍在他的胸膛上。

最后，闻烟还是经不住男色诱惑，又为谭叙深买了件黑色大衣。

从这里出去后，他们路过一家家店铺，闻烟不知道怎么了，目光在琳琅满目的衣服上扫过，但只能看见衬衣，其他的什么都看不见。

一件件，黑的、白的、深蓝的……

闻烟情不自禁地想走进去，但刚迈开步子，就被谭叙深揽住了肩膀。

"这些就够了，要不然回国不好带。"谭叙深笑着刮了刮她的鼻尖，心里的满足和幸福，几乎快要溢出来了。

以前在 A 市逛街她也是这样，自始至终劲头都很足，拉着他就往店里走，然后一件件买得停不下来。虽然谭叙深很喜欢，也很享受这种感觉，但出于理智还是制止了她。

闻烟觉得他说得有道理，买那么多带回去有点儿麻烦，但她像是被谭叙深这只鬼迷了心窍，控制不住自己的手。

"那我们回国再买。"闻烟把手伸进谭叙深的口袋里，里面暖暖的。

闻烟的视线终于从那些衬衣上收了回来。

谭叙深又陪她逛了逛女装，听了他的话，闻烟没有买太多衣服，倒是买了很多零食就回家了。

到家后，闻烟把买的零食放到茶几上："附近有个公园，吃过晚饭后我们可以去散散步。"

"经常去？"谭叙深忽然无厘头地发问。

"嗯，有很多年轻的哥哥弟弟在玩滑板，特别潇洒。"闻烟炫耀着。

"过来。"

谭叙深把闻烟拽到了沙发上。两个人在沙发上腻了很久，谭叙深那么久没碰过她，现在只需要轻轻一个吻就能被点燃，但在理智的边缘，他还是停下了。

"饿吗？"谭叙深放开她，整理着她凌乱的衣服和散下来的头发。

"饿了。"闻烟脸上染了害羞的红晕，她感受着男人近在咫尺的气息，能明显感觉到他的隐忍。

她喜欢的男人仿佛还是原来的样子，但也真的不一样了。

"我去做饭。"谭叙深将她扶稳靠在沙发上。

"好。"闻烟坐着没动。

吃过饭，两个人去公园散步，闻烟怕冷，很自觉地穿上了羽绒服，还为谭叙深围上了今天刚买的围巾。

"玩滑板的在哪儿？"谭叙深不动声色地向周围张望，没看见有玩滑板的，倒是有不少上了年纪的老人互相搀扶着散步。

"怎么？你还想和人家比试比试？"闻烟乐了，滑板什么的都是骗他的，没想到谭叙深竟然当了真。

"欣赏一下。"谭叙深语气淡淡的，像是要欣赏一场表演，但又兴致缺缺的样子。

"明天来欣赏老大爷喂鸽子吧，适合你。"闻烟笑着说。

明亮的路灯下，两个人的影子在地上拖得越来越长。

闻烟挽着他的臂弯，手被他放在口袋里没过多久就暖和了。他们每说一句话，就呼出一口绵长的哈气，在寒冷的冬夜竟有些温暖。

回家洗完澡后，谭叙深抱着闻烟回到房间，闻烟只觉得累极了，但明天还得工作。

"早点儿睡吧。"谭叙深把浴室收拾干净，也回到床上。

"好。"闻烟躺在他的臂弯里。

谭叙深这两天精神头很足，不同于之前失眠后的昏昏沉沉，这两天和她待在一起的每一秒都有用不完的精力。

他拿出手机，屏幕调到最暗，然后浏览起先前收藏的几个网站。

"要装修吗？"闻烟迷迷糊糊地睁开眼，无意中看到他在看家居用品。

"嗯。"谭叙深拿着手机微不可察地向旁边躲了躲。

"我睡了，晚安。"闻烟没有察觉到异样，翻了个身继续睡了。

"晚安。"谭叙深收起了手机，在她的额头上留下轻吻。

第二天早上，闻烟睁开眼的时候，床的另一边已经没有人了。她情不自禁地往旁边摸了摸，上面好像还残留着他的体温，一时间，心情竟然有些失落。

闻烟穿好衣服走出卧室，看到谭叙深端着早餐从厨房出来。

"去洗脸刷牙。"谭叙深看着她迷迷糊糊的样子，忽然想到了易阳刚睡醒的脸。

"什么时候走？"闻烟慢吞吞地走到他面前，环住他的腰，还是忍不住问了。

谭叙深笑了。他做早餐还没洗手，怕碰到她手臂，因此手微微向旁边摊开："想让我什么时候走？"

闻烟望着他不说话，就像他没有办法说除夕不来，她也说不出口让他留下。虽然她很想，但有些事不能任性。

除了第一次因为父亲需要做手术，谭叙深来得匆忙，走得也匆忙，后来都会等闻烟上班后再离开。有时候闻烟下班回来，发现餐桌上的晚饭还是热的，只不过房间里空荡荡的。

"陪你一起回去。"她的心思都写在了脸上，却什么都不说，还是和以前那么傻，谭叙深情不自禁地用手背蹭了蹭她的脸。

"真的？"闻烟眼里涌上惊喜，但还有些不相信，歪着头看他。

"真的。"担心把她的衣服弄脏，谭叙深摘下了围裙。

"那家里怎么办？我还有半个月才能回国呢。"想到他爸妈带着易阳在家，闻烟自己都觉得不放心。

"应该没事，医生那里我都联系好了，如果有问题他们会及时过去，周寻这段时间也在家，让他帮忙照看着。"谭叙深仔细地洗了两遍手，虽然现在经常做饭，但还是受不了手上沾的油渍。

"这样是不是不太好？"闻烟忽然有些过意不去。

"很快的，就半个月。"谭叙深擦了擦手，将她的头发撩到耳后。

确实很为难，但想到要把她自己留下，他没办法订机票。

"好，那这几天下班了我就开始收拾东西，结束后我们就走。"接受了这个结果，闻烟脸上都是笑，微微踮脚攀着谭叙深的脖子。

"快去洗脸，要迟到了。"谭叙深推着她走到洗手间。

"那下个周末我们出去玩好不好？带你去我上大学的地方看看。"这个念头在脑海里一闪而过，闻烟转身看着谭叙深。

"好，我们开车去。"谭叙深被她脸上的笑感染了。

依稀记得当初刚在一起的时候，她就说过想和他一起去旅行，没有易阳，没有其他人，只有他们两个，带他看看她生活了四年的地方。

虽然这次旅行晚了些，但幸好他们没有错过。

541

就这样，这段时间闻烟每天早上起来都有早饭吃，每天下班谭叙深都会去接她，这种生活让时间过得很快。

有天下班比较早，闻烟提前回来了，回到家却发现家里没人。她站在客厅，呆呆地张望四周，房间里空荡荡的，瞬间感觉好像回到了以前。

这才几天而已，她已经不习惯了。

她拿起手机看了看，没有消息，但失落没有持续太久，不到五分钟，谭叙深就回来了。

"去哪儿了？"闻烟从沙发上起身，下班回来后衣服都没换。

"喂鸽子。"谭叙深把衣服脱掉挂起来，"今天下班挺早？"

"骗人。"闻烟没理会他的问题，看着衣架上他刚挂上去的西装，轻轻开口，"还以为你回国了。"

刚才的一瞬间，闻烟真的以为家里出事他先回去了。

"没有，公司有点儿事，和同事聊了聊。"谭叙深摸了摸她的头，坐在沙发上倒了杯水。

"哦……"闻烟都快忘了他有多忙，因为他最近的工作就是为她做饭、接她下班。想到这里，闻烟忽然觉得很有成就感。

闻烟上班后，谭叙深就会去公司，有很多事需要谈。但他还是会按时接她下班。

"今天公司有活动，可以去也可以不去，我就偷偷溜了回来。"闻烟也倒了杯水，干净的指甲和透明的玻璃杯很相称。

"下次还是参加一下比较好。"虽然这种场合谭叙深也很少去，但对闻烟现阶段的工作是有好处的。而对于谭叙深来说，社交带来的利益没有时间宝贵。

"还不是担心你自己在家孤单寂寞？"闻烟笑了笑，回房间换了家居服。

望着她的背影，谭叙深心里充盈着满足，自从情人节那个主动的吻开始，她再也没有提起以前的事，好像一切都过去了，一切都在往前走。

虽然她不提，但谭叙深还是很不安，不知道该怎么感激，也不知道怎么做才能对她更好。

一辈子很长，也很短，以前他每天都在工作，永远都在追寻下一个目标，但每天好像又都一样，永远也不知道什么时候才是最好的。

谭叙深现在觉得当下就是最好的时刻。

这天下班，闻烟乘电梯下楼的时候恰好碰见了Eric。那次他说想让她留在总部，过了两三天闻烟回绝了他。

"快要结束了。"两个人一起往大厦外走，Eric余光扫过闻烟，感觉有些可惜。

"时间过得很快。"闻烟和他说着客套话。

穿过旋转门，闻烟站在外面的长廊微微张望，谭叙深说他马上就到了。

"等人吗？"Eric工作还没结束，下来抽根烟，但看闻烟也没有要走的意思。

"对，马上就到了。"闻烟笑了笑，将围巾围好。

"男朋友？"Eric看到闻烟无名指上的戒指很漂亮。

"嗯。"闻烟不好意思地笑了笑。

"以前没听你说过。"Eric也笑了。

"不能总在老板面前提男朋友吧。"闻烟和他开玩笑。

"回国是因为他吗？"Eric看向闻烟的目光里不自觉地带了几分探究。

"不是，我爸妈在国内，想多陪陪他们。"闻烟轻笑。

自从上大学后，她在家待的时间少之又少，这次谭叙深的爸爸生病也给她敲响了警钟，人活一辈子很多东西都是虚无缥缈的。如果不是考虑到家人，闻烟可能真的会留在德国。

Eric点了点头，她顾及亲情，他可以理解。但她如果因为爱情选择放弃这个机会，他会失望。

他们说话的同时，谭叙深开车到了。

"那我先回去了，下周见。"闻烟向Eric挥了挥手。

"好，下周见。"Eric掐灭了烟，目光下意识地朝车窗看过去，看到谭叙深时忽然觉得有些熟悉。

Eric在看谭叙深的时候，谭叙深也在看他，直到闻烟坐进车里，两个人才收回了视线。

"他是谁？"谭叙深看着他也有些熟悉，应该在哪些场合见过。

"我老板，怎么了？是不是很好看？"闻烟边系安全带，边开玩笑。

"你们说了什么？"谭叙深看到了她和别的男人有说有笑的样子。

"就一起下楼，随便聊了几句。"闻烟扭头看着谭叙深，觉得还是他最赏心悦目。

"他看见你的戒指了吗？"车速很慢，谭叙深从后视镜里看着那个男人的身影。

"下次我把戒指凑到老板的眼前好不好？"闻烟忍不住乐了，吃醋的男人真可爱。

"好。"谭叙深求之不得。

一路上，车里的笑声就没停过，谭叙深带着闻烟去了他以前很喜欢的一家餐厅吃饭。回到家后他们一起收拾行李，准备明天去海德堡——闻烟生活了四年的地方。

慕尼黑到海德堡有三百多千米的距离，开车需要三个多小时。闻烟虽然在德国又待了一年，但这是毕业后第一次来。

经过岁月的沉淀，整座城市都弥漫着浓厚的文化气息，闻烟还是那么喜欢这里的宁静和美丽。

闻烟忽然觉得，这很像她和谭叙深之间的感情，一路风风雨雨，从最初的致命吸引到后来的惨痛决裂，再到现在的温馨平淡，说不清楚哪种更好，每段感情好像都会经历这种循环，但细水长流的状态让她很安心。

海德堡是座大学城，甚至可以说整座城市就是一所大学，因为各个校区遍布在这座古城中。

他们还没到达目的地，谭叙深在开车，闻烟悠闲地吃着零食，车里放着轻快的音乐。她将窗户打开一条缝，让冷冽的空气涌进来，觉得很舒服。

"关上，待会儿吹感冒了。"谭叙深帮她关上。

"就一小会儿。"闻烟不敢吹太久，已经有了鼻音。

闻烟买了很多零食，像在开盲盒一样，找到好吃的就投喂给谭叙深，他已经快被她喂撑了。

"先去哪儿呢？城堡、大教堂、老桥，还有集市……"闻烟念念叨叨停不下来，然后转身看着谭叙深，"我跟你讲，这些地方我们一定要走着去。"

"我可以，你走得动吗？"谭叙深看着她纤瘦的身板笑了笑。

"当然可以，这一年我有好好锻炼身体，而且走不动了你可以背我。"闻烟将脚伸到谭叙深腿上，有点儿嚣张。

她不安分的动作，让谭叙深身体有些僵硬。他注意着前面和两侧的路况，一只手握着方向盘，另一只手握住她不安分的脚丫。

"痒，痒……"闻烟挣扎着缩了回去。

"别闹，开车呢。"谭叙深双手握住方向盘。

"没有闹。"闻烟真的没有其他意思，但就算他带着墨镜，也能看穿他眼底不怀好意的笑。

一路上车内的气氛都很欢快，临近中午两个人才到。

"先带你去吃好吃的。"闻烟带着谭叙深走街串巷，来到一家外观很雅致的餐厅，没什么特别的，就是一家很小的餐馆，"以前喜欢和同学来这里，就坐在这个位置。"

谭叙深微微打量着这家餐厅，店面不大但很干净，很符合这座城市的浪漫气质。他环视了一圈，最后将目光落到闻烟身上。

谭叙深忽然感觉时间是个很奇妙的东西，情不自禁地握住她放在桌子上的手："男同学？女同学？"

"谭叙深，上瘾了？"闻烟笑得露出了牙齿，眼睛里也都是笑意，还以为他会感动得说出几句温柔的情话。

"男同学还是女同学？"谭叙深握着她的手，继续追问。

"有男同学也有女同学。"闻烟笑了笑，竟然在他身上看到了林女士的影子。

"男同学好看吗？"谭叙深和她十指相扣，慢慢摩挲她的手掌，唇角始终挂着浅笑。

"没有你好看。"闻烟知道他想听什么。

"眼光不错。"谭叙深满意地点了点头。

"你的眼光也不错。"手心被他摸得有点儿痒，闻烟不由自主地收回了手。

吃过饭，两个人沐浴着午后的阳光，慢慢悠悠地走在老城的街道上，闻烟发现其实不用刻意想去哪里，放眼望去都是风景。

"这个咖啡馆，以前我也和同学来过，我喜欢坐在那个位置看书、复习。"从店铺外面走过，闻烟为谭叙深指了指。

"男同学还是女同学？"玻璃窗上映着两个人的影子，谭叙深拿出手机随手拍了一张。

"男同学。"闻烟笑着回答。

谭叙深愣住了，原本只是随口一问，没想到竟有意外收获。

"和男同学过来复习功课？"谭叙深低头，再低，再低，直到两个人的鼻尖相触。

"不是，我在复习功课，男同学过来向我表白。"闻烟迎着他的视线，乖乖地解释，生怕解释不清楚。

"继续。"谭叙深再往前一厘米，就能碰到闻烟的嘴唇。

"没有答应，当时功课很难，整天学习都已经很累了……所以有点儿遗憾。"后面那句话闻烟声音很小，抬头注视着他的表情。

"什么？"谭叙深听清了。

"遗憾怎么没有早点儿遇到你。"闻烟顺势讨好地勾住他的肩膀。

嘴角藏着笑，谭叙深抱住了她，然后在她唇上咬了一口，拉着她就往里面走："请我喝咖啡。"

"不，你请我喝。"闻烟原本没想要进来，但看谭叙深的兴致还不错。

点了两杯咖啡，他们依旧坐在闻烟曾经喜欢坐的位置，谭叙深深情地望着对面的女孩儿。

"好喝吗？"闻烟被他看得不好意思，眼神有些闪躲，这么久了，什么都经历过了，但她依旧经不住他的注视。

"好喝。"谭叙深笑了，小女孩儿还是那么害羞。

最后结账时，谭叙深迟迟不动，任服务员在旁边等着，优哉游哉地看着闻烟，丝毫没有要买单的意思。

"小气鬼。"闻烟边说边结账。

最后，还是闻烟请谭叙深喝的咖啡。

谭叙深乐此不疲，短短一个下午，总是感觉时光无比奇妙，和她在一条条街道上漫步，就像她在他家里翻他的相册一样，好像也是在翻阅她的成长相册。

他们相互依偎，边走边聊，在地上投下长长的影子。

他们走到豪普特街，这条街连接着西端的俾斯麦广场和东端的集市广场，很热闹。街道两侧的店铺很多，闻烟控制不住自己的手，走进店铺再走出来，手里就拿满了东西。

"还买吗？"谭叙深帮她提着袋子。

"不……"闻烟正要说不买了，但余光注意到前面的招牌，摇头的动作停下了，"那个得买。"

"巧克力？"谭叙深无奈地跟在她身后。

"学生之吻巧克力，在本地很有名，听说掌柜老奶奶心情好的时候才开门，今天真巧。"闻烟笑着走过去，"可以给星棠带一些。"

红墙白窗，窗上有个圆形标志——戴着帽子的男人和扎着发髻的女孩儿在亲吻。

闻烟走进去，再走出来，谭叙深手里又多了个袋子。

逛完这条街之后，天就黑了，闻烟和谭叙深回到酒店将东西放下，又一起出去吃饭。城市很小，但总觉得逛不完，每条街道闻烟都想和谭叙深走一遍。

"我们去老桥吧。"饭后两个人散步，闻烟挽着谭叙深的手臂晃来晃去。

"好。"晚上有点儿冷，谭叙深穿戴着闻烟给他新买的大衣和围巾。

海德堡老桥已经有两百多年的历史了，在内卡河上横跨而过，这条河像是天然的护城河。

"谭叙深，来摸摸这个。"闻烟拉着谭叙深兴致勃勃地走到一个猴子铜像旁，"摸这面镜子。"

"怎么了？"谭叙深按照闻烟说的摸了摸猴子手中的铜镜。

"摸这面镜子会带来健康。"闻烟笑了笑。

谭叙深眼角挂着笑，握着闻烟的手一起摸了一遍。

不远处就是海德堡城堡，晚上亮着灯，像是坐落在国王宝座山上的明珠，虽然城墙已经斑驳残缺了，但依旧散发出庄严的气息。

"明天我们去城堡吧。"闻烟指着不远处的城堡，在那上面可以俯瞰整座城市。

"好。"谭叙深将她的手握在口袋里。

"里面有个门，叫伊丽莎白门，是国王为他的夫人伊丽莎白公主准备的生日礼物，听说在那里拍照会一生幸福。"夜风吹拂着她的头发，闻烟扶着石桥的栏杆，依偎在谭叙深怀里。

"那我们明天去。"风好像越来越凉了，谭叙深将闻烟藏在了大衣里。

"没有和男同学去过哦。"闻烟在他怀里转了个身，与他面对面。

"值得表扬。"谭叙深在她的唇上轻吻。

"也没有和女同学去过。"闻烟勾着他的脖子，眼里的笑让人迷醉。

谭叙深笑了，她的眼里像是落入了星光，而他鬼迷心窍地再次吻上她的唇，渐渐控制不住力度。

水里倒映着河岸两侧的光影，星光把整个河岸都照得温柔浪漫。

她为什么这么好？

一次漫不经心的开始，她变成他无法割舍的另一半。

谭叙深不知道这是冥冥之中注定的恩赐还是惩罚，后悔没有做好准备来迎接她，又感恩误打误撞遇见了她。

過了很久，谭叙深才放开闻烟，两个人的呼吸交融，过去的那些事也控制不住地在他脑海中翻涌，而这段时间，她再也没有提过。

"烟烟，过去……"

谭叙深想和她道歉，但刚开口，闻烟的手指就覆到了他唇上。

"我们只说以后。"眼里充斥着温柔的水光，闻烟看着他笑了。

有些事依旧会时不时地在脑海中闪过，但既然已经决定放下了，闻烟就不会再不依不饶地提起，要不然她自己也不会快乐。

他们从认识到现在，分开比在一起的时间长。而闻烟骗不了自己，这短短的十几天是她近两年来最快乐的时光。

所以，原谅谭叙深，也是赦免她自己。

平淡的一句话却在谭叙深心里掀起了巨浪，他望着面前的女孩儿想，怎么才能对她更好呢？

好像永远都不够。

眼底的情绪翻涌着，谭叙深控制不住自己，又在她唇间留下一个深吻。

闻烟可以不提，但谭叙深永远不会忘记。他会在以后的日子里对她更好，把所有的好都捧到她面前。

被谭叙深藏在衣服里，闻烟感受着他的体温，踮起脚尖想和他更近一点儿。

经历过所有，有些人散了，但有些人虽然被回忆折磨却还是不能忘记对方。而他们不是破镜重圆，也不是重新开始，只不过是在这段感情中迷了路，现在终于回来了。

世界上没有谁真的离不开谁，但如果你无法忘记他去拥抱另一个人，那就在一起吧，用漫漫余生来弥补以前的缺憾，只希望以后苦短一些，甜长一些。

他们从海德堡回去后，闻烟在德国的工作也进入了尾声。这边一结束，他们就回了 A 市。

在出租车里，闻烟靠在谭叙深身上看着窗外的风景，落地后感觉空气都很新鲜。

"我先回家，过两天再去看叔叔阿姨。"有些热，闻烟将围巾解开一圈。

"先带你去一个地方。"谭叙深帮她把围巾松了松。

"哪里？"闻烟疑惑地抬头。

548

"到了就知道了，"谭叙深眼底浮着笑，不告诉她。

"老男人还学会神秘兮兮了。"闻烟轻轻蹭着他的下巴。

一个小时后，出租车停在了一栋住宅楼下。

"谁住这里？刚回来就要见家长吗？"闻烟拖着箱子向周围看了看，刚刚进来忘了看小区的名字，但里面的绿化和建筑都挺雅致的。

"嗯，准备好了吗？"谭叙深拉着她走进去。

"真的？"闻烟看着电梯镜子里的自己，坐了那么久的飞机，头发都乱了，"要不改天吧？"

"没关系。"谭叙深帮她整理了下头发。

两个人话音刚落，电梯就到了。

谭叙深拉着闻烟往前走，闻烟不自觉地往后退。直到谭叙深用指纹打开门，闻烟才察觉到一丝不对劲。

门打开了，闻烟被谭叙深拉进去。看到眼前的画面，她不由得停住了脚步，站在门口微微发愣。

客厅里挂着米色的窗帘，还有她喜欢的抱枕，地毯和日月湾的很像，茶几上摆放着他们的照片。

闻烟站在原地环视着四周，不敢往前走，只觉得鼻子很酸。

"我们的家，喜欢吗？"谭叙深站在闻烟背后，环住她的腰。

视线有些模糊，闻烟稳住呼吸："喜欢……"

过了很久，闻烟才从惊喜和感动中回过神，在门边换了拖鞋，慢慢往里走，目光从客厅每个细小的装饰上扫过，又去看了看厨房和阳台，最后走进他们的卧室。

窗帘微微飘动，房间里有粉色也有灰色，闻烟站在落地窗前失神地望着窗外的风景。

片刻后，闻烟转身看着谭叙深，目光落在他大衣里的羊毛衫上，绵软的布料很舒服，她情不自禁地用手摸上去。

"谭叙深。"闻烟抬头。

"嗯？"谭叙深温柔地迎着她的目光。

"我还是喜欢你穿衬衣的样子。"

—正文完—

缓缓叙深情

（一）

　　回国后，闻烟回到了 Evens，工作很顺利。谭叙深每天接她上下班，但周末她会回家陪爸妈，一切都逐渐步入正轨。

　　谭叙深的爸妈已经把她当家里人了，但她的爸妈还被蒙在鼓里，就这么过了半年，闻烟决定给他个名分。

　　这天是周五，闻烟吃过饭，陪爸妈在客厅看电视。电视里播放着最近很热门的电视剧，她心里有事，目光落在屏幕上，却没有焦点。

　　闻烟斟酌了很久才开口。

　　"爸，妈，明天我带他来家里好吗？我们一起吃个饭。"闻烟往自己怀里塞了个抱枕，仔细地观察着他们脸上的神情。

　　林瑜在剥橘子，闻奕城在泡茶，两个人一时间顿住了，暗暗交换了个眼神。

　　"明天吗？真不巧，爸爸明天要和几个经销商谈事。"闻奕城笑着掀开茶杯的盖子，刚才的停顿好像是错觉。

　　"妈呢？"闻烟讨好地看向林瑜。

　　"呃……妈明天学校也有点儿事。"比起闻奕城撒起谎来的自然，林瑜的眼神有点儿闪躲，她没看闻烟，低头继续剥手上的橘子。

"明天是周六，为什么都这么忙？"闻烟抱着抱枕盘起了腿，平常他们周末都在家里，所以才特意挑了周六。

"要带几个学生做课题，等有时间吧。"林瑜笑着喂了闻烟两瓣橘子，刚才的闪躲已经不见了。

"那什么时候有时间？"闻烟拿着一盒酸奶，目光在他们之间来回**转**悠，但左看看、右看看，没有一个人回答她的问题。等了一会儿，闻烟拿小脚丫踢了踢闻奕城的腿，"请问什么时候可以约到我们闻先生的时间？"

"我想想，"闻奕城放下茶杯，望着窗外一副沉思的样子，过了几秒扭头拍了拍闻烟的背，"等下周一我回公司看看行程再告诉你。"

"妈这段时间也忙，等你爸时间定下来了，我再抽时间出来。"林瑜笑了笑。

"好……"闻烟咬着酸奶的吸管，对他们这副公事公办的态度有些摸不着头脑，"那我明天在家做饭等你们回来。"

"不用，我们还不知道几点回来。"闻奕城脸不红心不跳，"好不容易到周末，和星棠出去玩吧。"

"好。"闻烟咬着吸管，目光呆滞地落在茶几上，总觉得哪里怪怪的。

第二天，闻奕城和林瑜去过二人世界。他们已经很久没出来逛过了，这都得谢谢他们的好女儿。

闻烟一大早醒来，发现家里已经没人了，只有餐桌上摆着早餐。她边吃边拨电话。

"你们都出去了吗？"闻烟看了眼墙上的挂钟，才八点。

"嗯，在开车，你妈也走了吗？"闻奕城用余光扫过副驾驶座上的林瑜，笑了笑。

"应该走了，家里没人。"闻烟无精打采地坐下。

"喀喀……喀喀……"林瑜正在喝水，听到闻奕城的话笑得呛到了。

闻烟狐疑地顿住："妈在你旁边？"

"没有，一个客户嗓子有点儿不舒服。"闻奕城骗孩子特别拿手。

"八点，哪儿来的客户？"闻烟看着墙上的时间把筷子放下了，脸色也沉了下来，"你要是敢做对不起我妈的事，你就不用回家了！"

"说什么呢，烟烟？现在都不相信我了？来来来，打视频电话。"闻奕城只说不动。

闻烟犹豫了两秒，心里的疑虑渐渐消失，最终也没有打视频电话给他，在外面还是要给闻总留点儿面子的。

"你好好开车，我吃饭了，拜拜。"闻烟的声音软下来，她挂断了电话。

电话挂断之后，车里传出一阵阵笑声，随着半开的车窗散落在高速公路上的风里。闻奕城心情愉快地打开了音响，老夫老妻出来约个会还得瞒着孩子，但骗孩子真好玩。

闻烟在家待了一会儿感觉没意思，星棠和星野去香山了，她索性换了衣服去找谭叙深。

乘着电梯上楼，闻烟来到门前没有直接输密码，而是按了门铃，听到门内越来越近的脚步声，飞快地藏到了旁边的墙角后面。

谭叙深透过猫眼没看见人，也没听见动静，正准备回房间，又听见了敲门声。

谭叙深拉开门："请问找……"

"找男朋友。"谭叙深话还没说完，闻烟就跳起来挂到了他身上，整个人像只八爪鱼似的吸住他。

谭叙深托住闻烟的腿，以防她不小心掉在地上，刚想奖励她一下，易阳却神不知鬼不觉地从门里探出了脑袋。

"姐姐，你们怎么不进来？"易阳把门打开了。

闻烟立即从谭叙深身上跳下来，还恼羞成怒地推开了他。她心虚地拉着易阳走到客厅，将谭叙深留在后面："在做什么？"

"看书包！"易阳把平板电脑放到闻烟面前，"再开学就该上一年级了，爸爸说给我换个新书包。"

"这是谁挑的？"闻烟看着收藏夹里的两三个款式，没想到谭叙深也会挑书包。

以前谭叙深确实不会浪费时间在这上面，看中哪个就会直接买下来。但最近一年，尤其是和闻烟在一起的这半年，他的生活重心潜移默化地发生了变化。他不再加班，会陪闻烟和易阳去游乐场，会考虑第二天的午餐买什么食材……

那个精致利己的男人有了温度。

"爸爸挑的。"易阳笑着往闻烟身边靠了靠。

"喜欢吗？"闻烟的嘴角噙着笑。

易阳偷偷瞄了眼旁边的谭叙深，口是心非地点了点头："喜欢。"

"没事，不喜欢就说不喜欢，爸爸和我们之间有代沟，姐姐给你挑新的。"闻烟扭头看着谭叙深，吐了吐舌头。

谭叙深坐在她身边，不动声色地环上闻烟的腰，轻车熟路地抚摸那寸她最怕痒的软肉。

"痒，别动。"闻烟乐不可支，连忙坐到易阳身边，远离他的手臂可触及的范围。

"爸爸，你怎么总是欺负姐姐？"易阳皱着可爱的眉头。

"中午吃什么？"谭叙深说不过他们，索性去做饭。

"想吃红烧鱼！"提到吃的，易阳就笑了。

谭叙深任劳任怨地走向厨房。她前几天说这周末让他去家里和她爸妈一起吃饭，所以他很早就把这周的事推掉了，但昨天晚上接到她的电话说改了时间。

"想要什么样子的？"闻烟和易阳在客厅继续挑书包。她先了解一下小孩子的喜好。

"要酷酷的，我现在都长大了，不要这些卡通的。"易阳说话时，没牙的地方会漏风。

闻烟笑了，靠在易阳的小肩膀上，指着一个大熊猫款式的书包："这个好看吗？"

"好看！"易阳条件反射地答应，一秒就破功了。

"嗯，还是大熊猫可爱。"闻烟抬眼看着他。

易阳纠结地皱着眉头，大熊猫很可爱，他很喜欢，但是也想要酷酷的。

"没关系，这个是爸爸送的，我再送你一个酷酷的，到时候可以换着背，想背哪个背哪个。"闻烟靠在易阳的身上，感觉他要倒在沙发上了，才笑着起来。

"真的吗？姐姐最好了！"易阳抱着闻烟的手臂蹭来蹭去。

吃过饭，闻烟有点儿困了，躺到床上想睡一会儿。但半睡半醒间，她听到微弱的脚步声，紧接着就有手臂缠了上来。

"我妈今天去学校了，说要带几个学生做课题。"闻烟迷迷糊糊地说，昨天跟他解释过了，但还是想当面和他说一下。

"嗯，没关系。"窗帘的遮光效果很好，谭叙深刚进来还不太适应。

"我爸今天也要和经销商吃饭，他俩的工作怎么都挤在这个周末了？"闻烟闭着眼睛，在谭叙深的怀里蹭了蹭。

"没事，等他们有时间了我们再过去。"谭叙深笑了笑，不想让她太为难。

"下午做什么？"闻烟搂着谭叙深的脖子。

"没什么事，你想做什么？"谭叙深侧了侧身，让她抱得舒服一点儿。

"想买衣服。"闻烟睡眼惺忪地笑了笑。

"好。"谭叙深无奈地看了眼衣柜，里面几乎放满了她的衣服。

闻烟睡意昏沉，感受着谭叙深的手在她的腰上动来动去，忽然想到一件事，然后睁开了眼睛。

"易阳渐渐长大了，你以后注意一点儿。"闻烟抓住他乱动的手。

"注意什么？"房间的光线很暗，谭叙深笑着注视着她的眉眼。

"注意不要动手动脚。"闻烟往旁边移了移。

"那就请烟烟小姐克制一点儿。"谭叙深握着她的手。

"我当然能忍住……"闻烟的声音弱下来，底气不足。

下午，三个人一起去逛街，闻烟控制不住为易阳买了好几件衣服。她很喜欢给小孩子买衣服，如果易阳是个小女孩儿就更好了。

谭叙深看着她为易阳挑衣服，嘴角挂着笑，眼底的情绪一闪而逝。

"吃冰激凌吗？"商场的人流量还挺大，闻烟拉着易阳的手。

"想吃草莓味的。"易阳潜移默化中受了闻烟的影响。

"走，我们去……"闻烟忽然捕捉到两道熟悉的身影，愣了愣连忙拍谭叙深的手，"那是我爸妈吗？"

人来人往，熟悉的身影很快融进了人流之中。

"是不是看错了？"谭叙深的神色没什么变化，其实他刚才已经看见了，但想到闻烟说她爸妈今天都有工作，就没开口。

"但我看着好像。"他们在五楼童装区，刚才看见爸妈在四楼，这会儿已经看不见了。闻烟皱着眉头，"我下去看看。"

"应该是看错了，走吧，去买冰激凌。"谭叙深抓住她的手腕。

"走吧，姐姐，易阳请你吃冰激凌。"易阳也拉着闻烟的手臂。

可能真的看错了，闻烟渐渐放下心里的疑虑，被谭叙深拉着往前走。

"走了吗？"闻奕城戴着墨镜压低了声音。

"刚走。"林瑜也戴着墨镜，偷偷地往五楼瞄。

"这丫头怎么也来逛街？走，我们换个商场。"闻奕城拉着林瑜离开，一边往外走，一边偷偷摸摸地往回看。老夫老妻逛个街还得背着女儿。

过了一个月，闻烟依旧约不到爸妈的时间，渐渐地明白过来了。依旧是周五，林瑜在厨房洗碗，闻烟和闻奕城在客厅的沙发上坐着。

"爸，你是不是不想见他？"闻烟拉着脸，失落不满的情绪写在脸上。

"谁？"闻奕城假装不经意地扭头。

"谭叙深。"他们肯定都知道了，闻烟索性摊开了说。

"哦，FA 的谭总吗？"闻奕城装作恍然大悟的样子，但又端着茶杯漫不经心地收回了视线。

"嗯……"没想到他会直接应下，闻烟小心翼翼地点了点头。

"没有工作上的对接，不熟。"闻奕城继续悠然自得地看书。

闻烟抱着抱枕愣住了，老爸这副样子肯定是已经知道，但就是不承认。闻烟恼了，移到闻奕城身边，把他的书合上放到一边，又从他的另一只手里抢过茶杯放到一旁。

"不是 FA 的谭叙深，是我男朋友谭叙深。"闻烟两手放在老爸脸上，把他的头扳过来让他看着自己。

"不听，不听，不知道！"闻奕城捂上耳朵，这次是明目张胆地装糊涂。

"你肯定知道，是不是不喜欢他？"闻烟嘟着嘴巴。

"我凭什么喜欢他？一个离过婚、带着孩子的男人，能配得上我女儿吗？"闻奕城提起谭叙深就觉得胸口疼。

"你看，你就是知道！"闻烟提高了声音。

"烟烟，现在的重点是我知不知道吗？"闻奕城气不打一处来，感觉要被自己的傻女儿气成老年痴呆了。

"不管，我明天要带他来家里吃饭。"原本闻烟很心虚，但爸妈这么一闹，她反倒理直气壮起来。

"那你看我让不让他进门！"闻奕城沉着脸。

感觉老爸好像真的生气了，闻烟也愣住了，视线低垂，不知道该怎么办。

过了片刻，闻烟轻轻晃了晃闻奕城的胳膊，声音也放软了："爸，他除了以前有过一段婚姻，其他方面都挺好的，而且不能因为人家结过婚就直接宣判死刑吧？那世界上二婚的人还活不活了？"

闻奕城的表情缓和了一些，但他依旧没有开口说话。他是五十多岁的人了，怎么会不懂这些道理。他和林瑜也不是思想保守的人，但当事情发

555

生在自己女儿身上时，再明白的道理都说不通。

"那个孩子叫易阳，很乖，我和他相处得也挺好，谭叙深的爸妈也特别好。就算我和一个年龄相仿的男孩子在一起，如果他家里麻烦事很多，还不如现在清净呢，所以没有你和妈想象的那么难。"闻烟抓着闻奕城的手，低头玩着他的手指，自顾自地和他解释。

闻奕城还是不说话，至于谭叙深的家庭情况，他已经很清楚了。

他爸妈的职业，闻奕城很尊敬。那个孩子他问过星棠，甚至和林瑜去幼儿园偷偷观察过，确实挺乖的。谭叙深自身更不用说了，年纪轻轻就坐到现在这个位置，放眼望去，整个行业里也没有几个人能做到。

一切看似挺好的，但闻奕城心里就是堵着一口气。

"再说了爸，我也不是现在就要和他结婚，就想让你们认识一下，说不定一起吃个饭，你对他的偏见就没那么大了。我想把感情的喜悦分享给你和妈，难道你们不接受吗？"闻烟讲完道理后开始打感情牌。

"这是喜悦吗？你能把我和你妈闹得头疼。"闻奕城疲惫地揉着眉心。

闻烟见状，连忙跑到沙发后面，帮老爸揉太阳穴，然后卖力地捶着肩膀："还行吗，老板？"

"轻点儿，轻点儿……"闻奕城没想到她的力气还挺大。

"好，这样呢？"闻烟尽心尽力地满足老爸的需求。

"嗯，不错。"闻奕城继续摆着架子。

厨房里，林瑜靠墙站着，听着他们父女说话。她已经站了好一会儿了，时而笑，时而叹气。

闻烟捏得手都酸了，但闻奕城还不喊停。于是她试探地问："那这周末我把他带回来？"

闻奕城依旧没说话，舒服得像是睡着了。

"好不好，爸？爸爸，亲爱的爸爸！"闻烟捏着闻奕城的肩膀摇来摇去，开始撒娇。

"停！停！把我晃晕了。"闻奕城拍掉闻烟的手。

"那你倒是答应啊。"闻烟快没有办法了。

这时林瑜从厨房出来了，抽了张纸巾擦了擦手："周末可以，我在家。"

闻烟愣住了，不敢置信地看着林瑜，然后又飞快地上前抱住她："还是妈最好了！"

"喜欢吃什么？妈妈给你们做。"林瑜笑了笑。

"什么都喜欢，白粥、咸菜都可以。"闻烟高兴得一时间缓不过来，过了几秒又扭头去看闻奕城，怯生生地问，"那爸呢？"

闻奕城端起茶杯，喝了几口见底了，沉声说："那就白粥、咸菜。"

"那就这么定了，谢谢爸妈！"闻烟兴奋得跳了起来，在林瑜和闻奕城脸上各亲了一口就跑回了卧室，她要立刻告诉谭叙深这个好消息。

闻烟回卧室后，客厅瞬间安静下来。

"你说你在孩子面前倔什么？"林瑜笑着为他倒了杯茶，闻奕城心里有什么想法她最清楚了。

这一年多，谭叙深来过家里很多次，虽然他们还没有完全接受他，但也感觉到了他的真心，对他的态度也缓和了一些。而且只要谈到工作，林瑜能看出闻奕城对谭叙深的欣赏。

但做父母的总想给孩子最好的。

"这丫头就得吓吓她。"闻奕城看着闻烟卧室的方向，被她晃得现在好像还没缓过来。

周日，谭叙深的车停在公寓楼下，两个人提着礼盒下来。

闻烟全身还泛着酸疼，因为一直沉浸在爸妈答应谭叙深来家里的喜悦中，她昨天任劳任怨，爸妈让干什么就干什么，甚至把家里大扫除了一遍。

谭叙深接过她手里的袋子，在电梯里按下对应楼层的数字。

"你怎么知道在十二楼？"手停在半空中，闻烟疑惑地望着谭叙深。

谭叙深顿了一秒，忘了她还不知道，不过到了现在也没有瞒着的必要了。

"之前来过。"谭叙深看着她低头轻笑，电梯的镜子里映着两个人的身影。

"什么时候？"闻烟很意外。

"第一次是我们去南城之前，"谭叙深凝神想了两秒，低头刮了刮她小巧的鼻子，"你在德国的时候也来过几次。"

"你怎么不告诉我？"闻烟此时此刻心虚得厉害，以为自己瞒得滴水不漏，没想到他们早已经知道了，只有她一个人被蒙在鼓里，像个傻瓜。这个月她一直在磨爸妈的时间，虽然也花了很长时间，但比她想象中容易太多了，原来谭叙深已经暗暗和他们磨合了一年多，闻烟又担心又感动，抱着谭叙深的手臂，"我爸妈有没有打你？"

"打"那个字闻烟说得很轻，像是关心，又好像在看笑话。

557

谭叙深笑了，已经过去了一年半，但那天的情景还历历在目，随着电梯不断增加的数字又浮现了出来。

"没有。"谭叙深看着她脸上的神情，不禁挑眉轻笑，"很失望吗？"

"没有啦，如果受伤了我就帮你揉一揉。"被猜中了心事，闻烟低头藏住嘴角的笑。

谭叙深没说话，笑着抬起了她的下巴，将她的偷笑看在眼里。

闻烟和他对视，虽然只有轻描淡写的几句话，但能想到当时有多难。特别是在她情绪不好、爸妈知道她失恋的那段日子，连她自己都不知道该怎么办，他却直接来到了家里。她可以想象那时他们谈话的内容和氛围。

他很理智，做任何事都很有分寸，所以很清楚哪些事该做、哪些事不该做。

他从前是这样，现在也是这样。

但这样一个男人，当他把一个人捧在手心里的时候，那个人就是全世界最幸福的人。在一起生活的这半年，闻烟完全体会到了。所以闻烟不羡慕任何女孩儿，因为她就是谭叙深最爱的小公主。

"待会儿进去，他们骂什么我们都应着。"闻烟情不自禁地踮脚在谭叙深的唇上吻了一下。

"好。"谭叙深笑了，想现在就将她护在身后。

电梯很快到达十二楼，闻烟敲了两下门之后才输入密码开门。

"爸，妈？"闻烟打开鞋柜为谭叙深拿出一双新的拖鞋。

换了鞋之后，闻烟拉着谭叙深悄悄地往客厅走。

"干什么呢？偷偷摸摸的！"闻奕城冷沉的声音忽然传来。

"爸，你吓到我了。"闻烟拍了拍胸口。

闻奕城刚从卧室出来就看到她弯腰探头的样子，不禁板起脸，下一秒目光落在他们牵着的手上，脸色又沉了几分。

手像是被烫到了，闻烟立即心虚地放开了谭叙深的手，乖乖地走到闻奕城身边。

"爸，这是谭叙深，第一次见面，你温柔一点儿。"闻烟轻轻扯着闻奕城的衣服，笑得乖巧。既然他们把她蒙在鼓里，那她干脆就装作不知道吧，这样还可以卖个傻。

闻奕城看着谭叙深，上个月刚在活动上见过，这么久了，虽然没有第一次见面时那么生气，但还是很窝火。然而被闻烟在旁边一下一下地扯着衣服，那股恼火全被他压下了。

"闻总，我给您带了点儿东西。"谭叙深将两个礼盒递到他面前。这一年来，每次过来他都没有空手过。

停顿了几秒，闻奕城终于伸出了手，虽然依旧板着脸，但礼物收得心安理得："坐吧。"

闻烟松了口气，在闻奕城看不见的地方，悄悄向谭叙深竖了个大拇指。

谭叙深哑然失笑。

"我妈呢？"闻烟将那两个盒子放到一旁，很有自知之明地坐在两个人中间，并且靠近老爸的位置。

"厨房。"闻奕城脸上没有丝毫笑意，但对闻烟坐的位置很满意。

闻烟往厨房看了一眼，原本想去帮林女士做饭，但客厅的空气像是结了层薄冰，她不敢离开。

"喝茶，喝水还是喝酒？"闻烟的脸上始终挂着笑容，视线在两个人之间游移。

"水。"闻奕城说。

"好嘞。"闻烟任劳任怨，为老爸倒了水之后又为谭叙深倒了杯水。

谭叙深端起水杯轻笑，不知道为什么现在很想摸摸她的头。

"去厨房帮你妈做饭。"闻奕城发话了，看见两个人同时出现很碍眼。

闻烟向厨房看了看，也很想去，但实在放心不下客厅的情况，只呆坐着，没有起身。

"快去。"闻奕城拍了下闻烟的背。

"那你……温和一点儿，给我点儿面子。"闻烟注视着老爸，小心翼翼地开口。

"我还能吃了他不成？"闻奕城瞬间火了，声调忍不住提高。

"快去吧。"谭叙深给闻烟一个眼神，示意她安心。

闻烟收到了信号，站起来捏了捏闻奕城的脸："别生气嘛，对身体不好，来，笑一笑。"

闻烟把手指放在闻奕城的嘴角上，轻轻往上提。闻奕城任她闹，忍不住暗暗叹了口气，拿她没办法，真是宠坏了。

"那我去了。"闻烟朝谭叙深眨了眨眼。

谭叙深笑着向她点头。

两个人明目张胆的小动作落在闻奕城的眼里，让他刚刚消下去的火又蹿上来了。

闻烟来到厨房，关门的时候悄悄从门缝里看客厅里那两个别扭的大男人，很担心又忍不住想笑。

"偷看什么？"林瑜拍了拍闻烟的背。

"我爸好凶，我控制不住他。"闻烟开始告状。

"一肚子火呢，让他凶吧。"林瑜笑着往锅里放调料。

"那待会儿吃饭你劝着他点儿，别把房子点着了。"闻烟站在旁边，感觉插不上手。

"我哪儿能拦得住？"林瑜脸上看好戏的意味很足。

"妈，你最好了！"闻烟拽着林瑜的手臂撒娇。

"什么时候来的？"厨房开着抽油烟机，林瑜没听到外面的动静。

"刚进来没多久，我爸就没笑过。"闻烟回想着，从小到大没见老爸这么严肃过。

"一步一步来，你也得理解你爸的苦心。"林瑜抬头看了闻烟一眼。

"知道啦。"闻烟笑了笑。她怎么会不明白，爸妈从小到大那么疼她。

感觉帮不上什么忙，闻烟就把要用的盘子洗了洗。

"走开走开，油溅到身上了。"林瑜把闻烟推开，"出去看电视吧。"

"我爸这不是想支开我嘛。"闻烟笑了笑，把盘子放到旁边备用。

客厅里的气氛不算好也不算坏，闻烟离开之后，两个男人说话就方便多了，甚至比刚才的氛围还要好一点儿，因为闻奕城一直板着脸是做给闻烟看的。

"谭总，我是怕烟烟伤心才答应的，所以这一顿饭也不代表什么。"闻奕城又倒了杯水。这么长时间，谭叙深对烟烟的心他已经很清楚了，但看到他们同时出现还是忍不住生气。

"嗯，我知道。"谭叙深的视线落在茶几上，脸上带着若有若无的笑容，他并不打算拆穿一个父亲的口是心非。

他很清楚，如果闻奕城真的不同意，自己不会坐在这里。

"烟烟喜欢你，我们没有办法，也不想看到她难过，但你并不是我们心里的最佳选择。"两个人经常在工作中见到，闻奕城没把话说得太绝。

谭叙深没说话，但脸上的笑渐渐消失了。

"不过只要烟烟喜欢你一天，我就不会为难你。"闻奕城最后还是松了口。这是一个父亲的退让。

"好。"谭叙深点头，悬在心中的重石终于落下了，保证的话再多也说不出口。他更喜欢用行动证明。

闻奕城对谭叙深，还是存了很大一部分欣赏的成分。

"你前妻现在在做什么？"闻奕城犹豫了两秒问。

"时尚杂志主编，去年结婚了。"谭叙深知道他想问什么。

闻奕城愣了愣，有些意外："也在 A 市吗？"

"嗯，平常会带孩子回去过个周末。"谭叙深迎着闻奕城的目光。

看谭叙深这么磊落，闻奕城倒有些不好意思问了。

"不管怎么样，我的意思你也明白。物质方面，你的条件很好，但我们家里也不差，我只希望你别让烟烟受委屈。"闻奕城的声音低低的，没什么起伏，但也有毫不退让的底气。

"您放心。"以后的日子里，谭叙深一定不会让闻烟受委屈。但以前的事，比如那个孩子，他可能要瞒他们一辈子了。

过了一会儿，闻烟端着饭菜从厨房出来，偷偷观察沙发上的两个男人，画面比她想象中要和谐。闻烟将盘子放在餐桌上，看了眼谭叙深又回了厨房。

将近十二点，林瑜将所有的菜做好了，四个人坐到餐桌前。

原本说好的白粥、咸菜变成了丰盛的午餐，闻烟看着餐桌上冒着热气的鱼汤还有林女士额头上的细汗，一瞬间心突然变得柔软。

她才是大坏蛋吧。

林瑜看着闻烟和谭叙深笑了笑："来，吃饭了。"

（二）

两个人在一起的日子，谭叙深循序渐进又步步紧逼，闻烟根本不是他的对手，乐在其中又逐渐沉溺。

终于在回国的第二年，闻烟没有抵挡住"大灰狼"温柔又强烈的攻势，在他送出第四枚戒指的时候答应了他的求婚。

洁白的婚纱、盛大的婚礼、所有朋友家人的祝福，闻烟终于等到了这一刻。以后她再也不需要羡慕任何人，因为她就是最幸福的女孩儿。

时间很快又过去一年。

一年的婚姻生活，蜜里调油又充满很多乐趣，并且没有闻烟想象中那么琐碎。就算是琐事，对她而言也是幸福的。

爱情需要经营，婚姻更是如此。

通过这么长时间的相处，谭叙深明白她就是个小女孩儿，喜欢甜食，喜欢毛茸茸的玩偶，喜欢撒娇，还喜欢赖床。

所以谭叙深很喜欢把闻烟当孩子宠着，而闻烟也很快乐地接受了这种"堕落"。

他们每周都会去约会，一起开发新的娱乐活动，因为闻烟很看重仪式感，虽然热恋的保质期有限，但是也可以人为延长。

谭叙深在潜移默化中也被闻烟影响了，其实在这段感情中，他才是那个一直需要学习的人。

所以后来，谭叙深会在很多意想不到的时刻，为闻烟准备一些小礼物、制造一些小浪漫、给她一些小惊喜，让她时刻能体验到婚姻中的新鲜感。他喜欢看她收到惊喜时满足的表情，比工作一天还要有成就感。

办公室里，谭叙深带着若有若无的笑容，整理好文件，关了电脑，这时门被敲响了。

"请进。"

"您要下班了吗？"进来的同事迟疑了一秒。

"什么事？"谭叙深的动作没有停，他拿出车钥匙并合上了抽屉。

"倒也不是很着急，那等您明天有空了我再过来。"同事笑了笑说。

"嗯，先放桌子上吧。"谭叙深说。

"好，那我先回去了。"

那位同事离开时忍不住偷偷看了谭叙深两眼，FA 的人都说 Jarod 比之前温和了很多，而且很少加班了，可能是在蜜罐子里浸泡的缘故，有家的男人果然不一样。

夏天和秋天交替的时节，下班的时候天还亮着，阳光透过窗户洒在三十五楼的台阶上，也落在男人笔挺的衬衣上和步伐间。

谭叙深顺着台阶走下来，这种感觉很好，但他以前从未体会过。过去迎接他下班的永远都是深夜和凌晨，但这一年，他已经习惯了准点下班。

来到地下车库，谭叙深开车准备去 Evens 接闻烟下班，但刚系好安全带，就收到了闻烟的消息：

"到家啦，买了两个大哈密瓜，很甜。"

看着她发来的图片谭叙深笑了，但随即又皱了皱眉，这个时间难道她不应该刚下班吗？谭叙深打下几个字：

“早退？”

“没有，快回来！”

谭叙深笑了，连上蓝牙耳机启动了车子。如今大多数情况下，谭叙深都比闻烟下班早，因为不想总让她在家等着。而且虽然她会开车，但谭叙深还是喜欢接她下班，然后两个人一起回家。

夕阳细碎的光打在车窗上柔和而温暖，黑色的轿车离家越来越近。

谭叙深打开门，还没换鞋就看到她从卧室跑出来，然后一下子抓住他的手臂。

“告诉你一个小秘密。”闻烟神秘兮兮地看着谭叙深，眼里有抑制不住的欢喜，尽管已经很克制了。

谭叙深没说话，而是先在她周身打量了一圈，没发现什么玄机。

“什么？”谭叙深弯腰将她横抱起来，一边饶有兴味地看着她，一边走向客厅。

“你猜一下。”闻烟顺势勾住了他的脖子。

“升职了？”谭叙深看她今天下班很早，隐约有这个感觉。

“这算什么秘密？难道不是很正常吗？”闻烟骄傲地轻抬下巴。

谭叙深笑了，对她时不时流露出的调皮很喜欢。

“快点儿，再猜。”闻烟催促道。

“烤了饼干？”谭叙深又猜。

“不是，再猜！”闻烟笑着摇头，虽然在让谭叙深猜，但已经忍不住想快点儿告诉他了。

谭叙深抱着闻烟来到客厅，两个人的身体贴得很近。他轻轻撩起她耳边的头发，眼里含着笑，有些不怀好意地将她压在沙发上。

“买了新的内衣？”谭叙深伏在她的耳边轻声开口。

“太重了，你快起来。”没想到他会把自己压在身下，闻烟慌张地把他往旁边推。

“怎么了？”谭叙深皱了皱眉，还以为弄疼她了。

“你小心一点儿……”闻烟从沙发上坐起来，看向谭叙深的眼神带着若有若无的羞怯。

“碰到哪儿了？”谭叙深打量着她的身体。

闻烟看着谭叙深傻笑，然后指了指自己的肚子：“这里。”

谭叙深愣了愣，有些不明所以，虽然她看起来也不是真的疼，但他还是认真地为她揉了揉。两个人坐在沙发上，谭叙深的手覆在闻烟的腹部，过了几秒，闻烟又将手轻轻放在谭叙深的大手上。

"感觉到什么了吗？"闻烟神秘兮兮的表情又浮现在脸上。

"长肉了。"谭叙深的手探进她的衣服里，光滑的皮肤在手上留下一片温热。

闻烟沉浸在快乐中，思绪一直是飘着的，谭叙深现在说什么她都不和他计较。

"感觉到这里有个宝宝了吗？"闻烟看着谭叙深，手隔着衣服覆盖在他的手上，眼里的欢喜和光芒怎么也藏不住了。

谭叙深愣了半天，终于反应过来闻烟说了什么后，放在她衣服里的手条件反射地往后缩了缩，同时不可置信地看着她。

"烟烟……"谭叙深的声音很低，脑海里一片空白。

虽然他的表情凝滞了，但闻烟能看到他眼里的情绪：惊讶、激动、压制……都在他的眼眸中飘荡。

迎着谭叙深的视线，闻烟笑着抱住了他，在他的额头上亲了一下，然后拿起茶几上的化验单在他面前晃来晃去。

"看清楚了吗？"闻烟像是在炫耀一般。

她晃来晃去的看不清楚，谭叙深只能握住她的手腕。虽然他在克制，但从闻烟手里夺检查报告的动作还是泄露了心里的慌乱。

薄薄的一张纸，分量却很重，谭叙深的目光在结果那里停了很久。下一刻，他突然又将闻烟压在了身下，这次带着十足的小心翼翼。

谭叙深把头埋在闻烟的颈窝里，呼吸打在她的皮肤上，控制不住地轻咬她脖子上的软肉，忽然不知道该说什么。

"傻了？"闻烟用双臂环着他的腰，听着他沉沉的呼吸声，忽然觉得很安心，很幸福。

这哪里是个小秘密？

缓了片刻，谭叙深将闻烟从沙发上扶起来，让她坐在自己的腿上。

"生下来好不好？"谭叙深温柔地抚摸着闻烟的脸，眼里全是她。

当初她说过决绝的话，谭叙深也不知道那些话现在还算不算数。之前他不想揭以前的伤疤，所以一直没提过孩子的事，然而现在，他不想放手。

手指从谭叙深的眉眼上滑过，最后落在他的嘴唇上，闻烟注视着他的眼睛，笑着点了点头。

谭叙深看着她点头，忽然觉得拥有了全世界。他笑着将闻烟横抱起来，在原地转了几圈，然后抱回了卧室。

"你慢点儿！"闻烟抱紧了谭叙深的脖子，小心地缩在他的怀里。

两个人沉浸在喜悦里，一时间走不出来。谭叙深将闻烟放在床上，一直傻笑着与她对视。

"你猜，是个男孩儿还是女孩儿？"闻烟抱着谭叙深的腰。

"女孩儿。"谭叙深将手放在闻烟肚子上，脸上的笑怎么都藏不住。

"为什么？"闻烟撑起上半身，伏在谭叙深的胸膛上。

"和你一样可爱。"谭叙深拿闻烟散下来的头发扫着她的鼻尖。

"哼，男孩儿也能和我一样可爱。"闻烟轻哼。

"我的宝贝最可爱了……"谭叙深说着，又将闻烟藏在了身下，然后情不自禁地吻她的唇、眼睛、脸颊、下巴……

轻柔的吻弄得闻烟有些痒，她忍不住笑出了声。

"谭叙深，你今天好黏人。"闻烟嘴角的弧度不受控制，两个人在一起这么长时间，谭叙深很少说这种情话，有点儿肉麻，声音也温柔得不可思议。

此时此刻，老男人黏人的样子很像个宝宝。

"嗯。"谭叙深闭着眼睛将闻烟抱在怀里，脸上带着满足的笑，任她说什么都可以。

"要告诉爸妈吗？"除了谭叙深闻烟谁都没告诉呢。

"待会儿再说，先抱一会儿。"谭叙深现在舍不得放开她。

"好，听谭先生的。"闻烟母爱泛滥，霸道地环着谭叙深。

"今天去医院怎么不告诉我？"忽然想起这件事，谭叙深睁开了眼睛。

"觉得有点儿不舒服就去了趟医院，没想到是有宝宝了。"想到在医院里的情形，闻烟又忍不住变得眉飞色舞，"看到检查结果我就立刻回家了，想给你个惊喜！"

"以后我们一起去医院。"谭叙深往旁边移了移，担心压到她。

"好。"闻烟笑了笑，但想到易阳，嘴角的笑渐渐消失了。她望着谭叙深，"要告诉易阳吗？"

谭叙深停顿了一秒，然后笑着握住闻烟的手："等易阳回来，我们一起和他说。"

易阳今天被叶漫接走了，周六晚上回来。

"易阳渐渐大了，我担心孩子多想。"虽然家里的氛围很好，有时候易阳黏着闻烟的时间比黏着谭叙深还要多，但这种事总是很敏感，闻烟担心处理不好。

"别担心，他会接受的，以前看电视还说想要一个妹妹。"谭叙深安慰着闻烟。

"真的吗？肯定又在骗我。"闻烟戳着谭叙深的胸口。

易阳确实说过这样的话，但孩子对闻烟和谭叙深来说是个很敏感的话题，所以谭叙深没有和闻烟提过。

"真的，你已经做得很好了，真的很好。"谭叙深很感激闻烟为家里做的一切，对易阳，还有他爸妈，她像无可替代的黏合剂，将家里的每个缝隙都温柔地填补起来。

周六晚上，叶漫将易阳送回来了。

闻烟正在厨房烤面包和蛋挞，易阳刚进来就闻到了香味，然后循着香味来到了厨房。

"姐姐，我回来了！"虽然刚吃过饭，但闻烟烤的蛋挞易阳总吃不够。

"去洗手，马上就好了。"闻烟说着戴上手套，将蛋挞从烤箱里取出来。

"好香。"易阳吸了两口气，在厨房洗了洗手，"爸爸在家吗？"

"在客厅，没看见吗？"闻烟往客厅看了一眼，发现谭叙深在沙发上坐着看书。

"哦……刚刚没看见。"易阳笑着摸了摸头，闻到味道就直接来了厨房，连书包都没摘。

"贪吃鬼。"闻烟笑着点了点他的鼻子，"玩得开心吗？"

"嗯，叔叔给我买了个新玩具，我们玩了很长时间。"易阳说。

叶漫结婚前，带着易阳和那个男人相处了很长时间。在一个女人心里，最重要的永远都是孩子。因此，她是在征得易阳同意后，才步入了第二段婚姻。

那个男人很绅士，品行和涵养都没问题，对易阳也很好，否则叶漫也不会再一次结婚。

"走，我们去客厅。"闻烟将蛋挞放进盘子里。

"我帮你端着，姐姐。"易阳从闻烟手里接过盘子。

"小心烫。"闻烟不放心。

这么久了，易阳一直叫闻烟姐姐，喊了好几年已经习惯了。闻烟也没其他想法，就觉得现在挺好的，如果叫其他的反而会别扭。

看到他们出来，谭叙深放下了书，是一本有关孕妇食谱营养的书。

"不好意思，爸爸，刚才没看到你。"易阳把书包摘下扔在了沙发上。

"吃饭了吗？"对于易阳的无视，谭叙深已经习惯了。

"吃过了，在外面吃了小龙虾。"易阳说着小龙虾，目光已经放在了蛋挞上。

"等几分钟，现在还烫呢。"闻烟把易阳拉到沙发上。

"姐姐是特意为我烤的吗？"易阳笑着露出几颗大白牙，现在也学会争风吃醋了。

"当然……"

闻烟还没说完，谭叙深已经拿起了一个，她不禁哑然失笑。

没过多久，盘子里只剩几个蛋挞了。

"少吃一点儿，吃多了待会儿睡觉不舒服。"闻烟把盘子端走，放进了厨房。

"姐姐，你烤的蛋挞太好吃了，比卖的还好吃，我们一起开个甜品店吧？"易阳小小年纪，就有了赚钱的意识。

"你负责什么？收钱吗？"谭叙深笑了。

"你负责投资，姐姐负责做，我负责试吃还有在店门口招揽顾客。"易阳的手指在谭叙深身上点来点去，规划得很清楚。

过了两分钟，闻烟从厨房出来了，易阳正要把书包放回卧室，却被谭叙深拉了回来。

"易阳，有件事我们一起谈谈。"谭叙深看着他。

"爸爸，你说。"易阳坐回沙发上。

"这么正经做什么？吓到孩子了。"闻烟坐在易阳身边，忍不住睨了谭叙深一眼。

"没关系，姐姐，我习惯了。"易阳一本正经地说。

谭叙深忍不住笑了，摸了摸易阳的头："之前你和我说，想要一个弟弟还是妹妹？"

易阳愣了愣。

闻烟在背后偷偷掐住了谭叙深的腰，倒是有些心疼易阳了，几岁的孩子怎么斗得过这只老狐狸？

他根本就没给易阳否定的选项。

"都想要。"易阳笑着说。

听到他的回答闻烟忽然笑了，有些为难。

"那姐姐肚子里现在有一个宝宝，你喜欢吗？"谭叙深不动声色地观察着易阳的反应。

"真的吗？"易阳惊讶得从沙发上跳了起来。

"嗯。"闻烟和谭叙深同时点了点头。

易阳看着闻烟的肚子，又小心翼翼地摸了摸，但惊喜过后就陷入了沉默。

闻烟不自觉地收拢五指，看了眼谭叙深，而谭叙深向她笑了笑，示意没事。

"怎么了？"谭叙深将易阳拉到身边。

"有了小宝宝，爸爸和姐姐还会对我好吗？"易阳低声问。

听见这句话，谭叙深还没说话，闻烟的鼻子先酸了。她抱着易阳笑了笑："当然了，易阳永远是家里的宝贝，以后还要和姐姐一起照顾这个小宝宝。"

不知道为什么，闻烟忽然觉得很难受。她想告诉易阳，他是家里最重要的一份子。

易阳依旧沉默着没说话，过了好一会儿，又摸了摸闻烟的肚子说："是个弟弟还是妹妹？"

"现在还不知道。"闻烟握着易阳的小手轻笑。

"我会和姐姐一起照顾他的。"易阳笑了笑，然后拿着书包回卧室去了。

客厅只剩下闻烟和谭叙深。

"怎么办？"闻烟最担心的事情还是发生了，以易阳的性格，他不会拒绝他们，但自己心里会难受。

"给他点儿时间，待会儿我再和他谈谈。"谭叙深望着易阳卧室的门。

接下来的日子，易阳不再那么黏闻烟和谭叙深了，除了吃饭，就一直在自己的房间里待着，也很少说话。

这样的状态持续了好几天，闻烟担心极了。这天谭叙深还没下班，家里只有他们两个，闻烟买了些零食，敲开了易阳房间的门，进去后发现他在画画。

"我买了些零食，你看看喜欢哪些。"闻烟将袋子放到他面前。

"谢谢姐姐。"易阳拿了一袋薯片，然后接着画画。

以前两个人总是有说不完的话，这几天易阳的沉默让闻烟很不习惯。她默默坐在床边，看着易阳画画，过了一会儿忍不住开口。

"易阳，你有心事要告诉姐姐，我和爸爸都很关心你。"闻烟走到易阳身边，轻轻揽着他的肩膀。

易阳拿着铅笔的手忽然顿住了，抬头看着闻烟，眼眶忍不住泛红："我怕有了小宝宝，你们就不疼我了。"

"怎么会呢？以后会多一个人喜欢你、跟你玩，我们是一家人知道吗？"闻烟轻轻擦掉他眼角的泪。

"我不是不喜欢小宝宝，我只是害怕。"易阳流着泪，声音哽咽。

"姐姐知道。"看着易阳哭，闻烟心里也不好受。

易阳从小到大都很缺乏安全感，对于家里的变化也很敏感，这几年和谭叙深、闻烟在一起生活有所缓解，但在得知这个消息后一切又暴露了出来。现在说再多都没用，语言不足以填补他心里缺失的安全感，他们只能慢慢磨合。

就这么过了一个多月，易阳发现一切都还和原来一样，他们对他甚至比以前还要好，于是慢慢放下了不安，同时又觉得很愧疚，所以主动承担了饭后洗碗的工作。他还总喜欢趴在闻烟的肚子上听来听去，并且已经开始给小宝宝画画了。

总之两个男人，一个比一个黏人。

他们三个人一起布置婴儿房，谭叙深很自觉地将房间弄得粉粉嫩嫩的，认定了是个小公主，易阳也把自己从小玩到大的玩具塞进来，放眼望去整个房间里好像都是大熊猫。

时间过得飞快，闻烟的腹部一天天隆起，但身体其他地方一点儿都不见胖，还是和以前一样瘦，给人一种纤瘦的身体会承受不了肚子的重量的感觉，害得谭叙深每天都胆战心惊的。

到了后期，谭叙深休了一个月的假，在家里陪闻烟。

"谭叙深，我饿了……"

晚上十二点，闻烟在睡梦中被饿醒，轻轻晃了晃谭叙深。谭叙深的睡眠一直很浅，闻烟刚碰到他，他就醒了。

"想吃什么？"谭叙深打开床边的夜灯。

"嗯……"闻烟窝在谭叙深怀里想了几秒，然后笑着说，"想吃好吃的。"

谭叙深无奈地揉了揉她的头发："我去下碗面，别睡着了。"

"你吃吗？"闻烟问他。

"我不饿。"谭叙深从床上下来，站在床边帮闻烟把被子盖好。

"你吃一点儿嘛，我自己吃多罪恶。"闻烟晃了晃谭叙深的胳膊。

谭叙深看着闻烟脸上的肉，忍不住捏了一下："好。"

最近两个月闻烟在家休产假，作息渐渐变得混乱，饭量也变大了，所以就让谭叙深和她一起作息混乱。特别是这段时间，闻烟每天晚上都会喊饿，而谭叙深就起来为她做夜宵。

刚开始闻烟还不好意思，但现在已经恃宠而骄，非常心安理得了。

没过多久，谭叙深端着两碗面回到卧室，易阳已经睡了，所以没叫他。

"放小茶几上吧。"卧室的沙发前有一个小茶几，闻烟掀开被子下床。

"注意脚下。"谭叙深把灯打开了。

"知道了，好香。"房间里铺着地毯，闻烟光着脚走过去。

小茶几上摆着两个碗，一个碗里多一点儿，一个碗里少一点儿，闻烟很自觉地端起了多的那一碗。

"小心烫。"谭叙深看她吃得很香。

"你现在做饭越来越好吃了。"闻烟朝谭叙深竖起了大拇指。

"够吗？"谭叙深不饿，虽然最近总给她做夜宵，但他没有晚上吃东西的习惯。

"我觉得你在嘲讽我。"闻烟扭头看着他，抽了张纸巾擦了擦嘴，然后弱弱地说，"有点儿不够……"

谭叙深笑了，拿起筷子往她碗里加了一点儿："不能吃太多，待会儿睡觉会不舒服。"

"知道啦。"闻烟吃得很开心。

等闻烟快吃完了，谭叙深才象征性地陪她吃了一点儿，然后去厨房洗碗。

闻烟这会儿彻底不困了，刚吃完饭不想立即躺下，刷过牙，就在房间里散步。几分钟后，谭叙深进来关上了门。

"谭叙深，你看我的肚子。"闻烟皱着眉头，满脸愁苦。

"怎么了？"谭叙深心里一紧，快步走到她身边。

"万一生完孩子我还这么能吃怎么办？"落地窗前，闻烟勾着谭叙深的肩膀，嘟着嘴巴。

谭叙深松了口气，环着她的腰笑了："放心，养得起。"

前半年，闻烟身上除了肚子，其他地方一直都很瘦，谭叙深很担心。这一个月闻烟倒是胖了点儿，下巴圆了，脸上也长了点儿肉，谭叙深这才放下心来。

"养不起也赖着不走。"闻烟的额头蹭着谭叙深新长出来的胡楂儿，有些痒，"我胖了吗？"

"不胖。"谭叙深捏捏她肉肉的脸，还有肉肉的腰，眼里的笑意怎么也藏不住。

"骗我。"闻烟勾着他的肩膀晃来晃去。

落地窗前，窗帘半拉着，闻烟刚刚打开了窗户，微风徐徐，窗帘也跟着飘动，暖黄的灯光下两个人的影子被拉长，随着闻烟身体的晃动而晃动。

"烟烟，你怎么都长不大？"谭叙深注视着她的眼睛感慨。

家附近有一所大学，前天下午谭叙深陪闻烟去里面散步，感觉她和那些大学生走在一起毫无违和感。那双眼还和当初他们刚认识时一样清澈，并且闻烟在他面前，永远都像个长不大的孩子。

这个赞美闻烟很喜欢。

她捏了捏谭叙深的脸："上个月你去接我下班，罗文还说你是不是打针了，这几年一点儿变化都没有。"闻烟在谭叙深的脸上捏来捏去，"我说你是天生丽质，跟我在一起变年轻了。"

"周寻新开了个医美会所，推荐他去吧。"谭叙深笑着打趣。

"那我要找周寻要酬劳。"现在周寻来家里的次数非常频繁，闻烟都想向他要门票了。

"好，睡觉吧。"谭叙深看了眼时间，已经凌晨一点半了，"很晚了。"

"我不困。"闻烟不想睡觉。

"躺一会儿就睡着了，明天早上起来陪你去公园走走。"入秋后天渐渐凉了，谭叙深将窗户关上，抱着闻烟回床上。

"好，还想逛街。"闻烟得寸进尺。

主要是前段时间，闻烟自己在家太无聊了，预产期前两个月开始休产假，而谭叙深上周五才开始休假在家里陪她。她在家已经待了一个月了。

"等周一人少的时候再去。"谭叙深担心去人多的地方出意外。

"你太谨慎了，谭先生。"躺在谭叙深的臂弯里，闻烟忍不住笑了，心里暖暖的。

"有人撞到我的两个宝贝怎么办？"谭叙深揽着闻烟的肩膀，眼睛里全都是满足。

"哼，肉麻。"闻烟嘴角上扬，心里甜得在床上动来动去。她伏在谭叙深耳边轻声开口，"再叫一遍好不好？"

谭叙深抓住她乱动的手，假装睡着了。

"害羞了吗？谭叙深宝贝？"闻烟在谭叙深耳边轻声呢喃，脸上挂着坏笑。

"睡觉。"谭叙深把她禁锢在怀里，手刻意避开她的肚子。

"不，你不叫我，我就不睡了。"闻烟耍着小性子撒娇。

谭叙深睁开眼睛叹了口气，看似无奈，但眼里的笑出卖了他，明明就是乐在其中，还非常享受。他侧了侧身体，在闻烟的注视下将手放在她的脑后，慢慢靠近，然后吻上她的唇。

直到把她吻得意乱情迷，谭叙深才伏在她的耳边轻声开口，说道："睡吧，烟烟宝贝。"

"谭叙深，你坏。"闻烟气息很不稳，眼里还泛着诱人的水光。

"你也坏。"谭叙深心满意足地抱着闻烟，但心里的欲望之火越发旺盛。

他已经很久没碰过她了，所以她的每一声撒娇，都是对他忍耐力的挑战。

周末，易阳也在家，一家人散步回来后谭叙深去做晚饭，一个职场精英彻底变成新时代居家好男人了。

厨房里，谭叙深拿着食谱翻看，医生说要合理搭配食材，补充营养。做饭的过程中，他出去看了看。

"姐姐呢？"谭叙深看到易阳在客厅看电视。

"在那里。"易阳指着婴儿房。

房门开着，谭叙深顺着易阳的视线看过去：闻烟正躺在地毯上，手里捧着一本书，舒缓的音乐在房间里飘荡。

"饿不饿？"谭叙深缓步走过去。

"不饿。"看到谭叙深进来，闻烟把书放下了。

谭叙深没有休假的时候，闻烟几乎一天都待在婴儿房，在这里感觉和孩子的距离很近。

"下午买了两袋薯片……姐姐你吃不吃？"易阳也跟着进来了，抬头偷偷看谭叙深，还压低了声音悄悄问闻烟。

很巧，谭叙深全听见了。

572

"在哪里？"闻烟也学着他的样子，偷偷地一看了眼谭叙深，然后压低了声音。

谭叙深高大的身躯在他们眼里像是摆设。

听到闻烟想吃，易阳高兴地从墙角的大熊猫玩偶背后拿出两袋薯片，把开着口的那袋递给了闻烟。

"我说地上怎么有薯片渣呢。"闻烟笑了笑，打开袋子开始吃。

"真的吗？我很小心的。"易阳的语气里透着挫败感。

"骗你的。"闻烟笑了笑，拿着袋子递到谭叙深面前，"吃吗，谭先生？"

房间铺了很厚的地毯，谭叙深也跟着坐下来。他没接闻烟手里的薯片，而是看着易阳手里没拆的那袋。

"吃完这袋我就不买了……"易阳不由自主地把袋子往身后藏。

"我先帮你存着，明天才能吃。"易阳现在正长身体，谭叙深不想让他吃那么多垃圾食品。

"好，那我明天找你要。"易阳听话地把薯片给谭叙深了。

看在谭叙深教育孩子的分儿上，闻烟把手里的薯片也放下了。她把易阳拉到身边："易阳，你说我们的小宝宝叫什么名字好呢？"

"让我给妹妹取名字吗？"易阳高兴得语调都上扬了。

他们原本不知道是男孩儿还是女孩儿，但易阳被谭叙深带偏了，一直说妹妹。

"嗯，爷爷已经取过大名了，你给妹妹取个你喜欢的小名。"闻烟笑了笑。她担心孩子出生后，易阳心里还会像前段时间那样不舒服，所以想让他对这件事有参与感，告诉他，这是他的妹妹。

"那我要好好想想。"易阳脱了鞋也坐到地毯上，往角落里一躺就陷入到玩偶堆里去了。

"不着急，慢慢想。"闻烟也脱了鞋，躺在一个玩偶上。

谭叙深看他们两个玩得自在，拿着那袋没收的薯片回了厨房。

趴在地毯上玩着大熊猫的肚子，易阳时而皱眉，时而挠头，忽然惊喜地坐起来："叫竹竹好不好？你看妹妹的房间里都是大熊猫，大熊猫喜欢竹竹，竹竹也喜欢大熊猫！"

"竹竹……"闻烟念了一遍，觉得这个名字还挺秀气，摸了摸易阳的头，"真好听。"

"好，那就叫竹竹了！"易阳高兴地爬到闻烟身边，隔着睡衣看着闻烟的肚子，"竹竹，我是哥哥，等你出生后哥哥给你买好多好吃的，我们背着爸爸一起吃好不好？"

闻烟笑得停不下来，不知道他叫的是竹竹还是猪猪。

临近预产期那几天，谭叙深担心出意外，陪闻烟直接住进了医院。

"易阳自己在家可以吗？"闻烟穿着宽松的睡衣，躺着的时候肚子像扣了一口锅。

"没事，妈在家陪他。"谭叙深帮她盖好被子，跟着她躺下。

"好。"被子下，闻烟抚摸着自己的肚子，"谭叙深，我预感可能是明天。"

闻烟也不知道自己是从哪里来的奇怪预感，但这种感觉就是很强烈。

"害怕吗？"谭叙深握住她的手，情不自禁地靠近她。

"我怎么觉得是你比较害怕？"闻烟笑了，用指尖摩挲着谭叙深的眉眼。

"嗯。"谭叙深笑着点了点头。他不想再出任何意外。

"有医生在，不会有事的。"闻烟说给谭叙深听，也是说给自己听。

果不其然，第二天中午两个人在医院的公园散步，没走多久闻烟就感觉不对劲。

"谭叙深。"闻烟扯着谭叙深的衣角，停在那里。

"嗯？"谭叙深低头。

"我有点儿疼……"闻烟站在原地不敢动。

谭叙深愣住了，看到闻烟的表情，心脏一紧，下一秒就将闻烟抱起来。

"别害怕，我们现在上去，医生都在。"谭叙深低头看着闻烟，步伐不自觉地加快。

"我不怕……"额头很快冒出了汗，闻烟搂着谭叙深的脖子，越搂越紧。画面和几年前的重叠，当时他们比现在还要慌乱，但感受着他胸口的温度，闻烟现在一点儿都不怕了。

谭叙深用最快的速度上楼，闻烟很快被护士推进了产房。

产房外，谭叙深脑子里一片空白，过了很久才想起要给家里打电话。

接到电话后，两家的老人都匆匆赶了过来。

经过漫长的等待，临近傍晚，竹竹出生了，是一个很健康的小公主。

回到病房后，谭叙深坐在床边，看着闻烟被汗水浸湿的头发和苍白的脸，眼睛忽然很酸。他倾身在她的额头上落下一吻："感觉怎么样？"

"没事了。"闻烟强撑着笑了下，握住谭叙深的手不想放开。

谭叙深任她握着，拿毛巾帮她擦了擦脸和手。

"爸，妈，你们去吃饭吧，我在这里就好。"谭叙深看着病房里的几个人。

"奕城，你们先去吃饭吧，我在这里陪着烟烟。"林瑜眼睛很红，下午在产房陪闻烟的时候忍着没哭，刚才却忍不住了。

"烟烟，你想吃什么？"江淑因走到病床前。

"待会儿让叙深买点儿就好，你们快回去休息吧。"闻烟说话有气无力，脸色很苍白。

"不想说话就不要说了。"谭叙深伏在闻烟耳边，用只有他们两个人能听到的声音。

"没事……"闻烟笑着摇了摇头。

"妈，我想看看孩子。"闻烟说。

"好，妈给你抱过来。"林瑜起身走出病房，孩子刚刚送去洗澡了。

没过多久，林瑜抱着孩子回来了，闻烟握着她的小手，感觉心里满满的幸福感，点点她的小脸，再动动她的眉毛。

"你抱抱。"闻烟把孩子放到谭叙深怀里。

怀里的小不点儿轻得几乎没有重量，而谭叙深的手臂僵硬得不敢抬起。

"睫毛好长。"谭叙深仔细观察着孩子的五官。

"眼睛像烟烟，鼻子像叙深。"林瑜在旁边笑着说，"不管像谁将来都丑不了。"

听到林瑜的话，谭叙深认真地看看闻烟，确实很像。

"谢谢爸妈遗传得好。"闻烟开玩笑。

谭叙深抱着孩子就不想放下了。

"宝宝，我是爸爸。"谭叙深好像陷入了甜蜜的魔怔，明知道她什么都听不懂。

"宝宝，我是哥哥！"易阳不知道从哪里冒了出来。

"易阳没回家吗？"闻烟疑惑地看着易阳。

"我想看妹妹。"他不想跟爷爷奶奶回去，到了楼下又上来了。

谭叙深把孩子抱到易阳面前。

"竹竹，我是哥哥。"易阳笑着露出一排整齐的白牙，高兴得想大声说话，又怕吓到宝宝，"我是哥哥，我是哥哥，知道吗？"

易阳像个复读机，一连说了好几遍。

看到这个画面，谭叙深和闻烟都放心了，连林瑜在旁边都安心了不少。

"她听不懂。"谭叙深笑着说。

"听不懂我也要说。"易阳小心翼翼地拉着宝宝的小手，"竹竹你要快点儿长大，哥哥把很多玩具和零食都分给你，快点儿长大哦！

"宝宝你知道吗？你的名字是我取的，喜欢这个名字吗？……爸爸，她朝我眨眼睛了！"易阳激动地看着谭叙深。

"嗯，她说喜欢。"谭叙深笑了笑，看看易阳，再看看闻烟和怀里的小不点儿，人生圆满不过如此。

"我能抱抱妹妹吗？就一下下。"易阳伸出一根手指，期待地看着闻烟和谭叙深。

"当然可以。"闻烟说。

"小心点儿。"谭叙深不放心，把孩子给易阳后，用手微微在下面托着。

"竹竹，我是哥哥。"易阳抱着孩子往床边靠了靠，然后又开始重复这句话。他抱了一会儿，把孩子重新交给谭叙深。

"易阳，饿不饿？这里有面包。"林瑜拿出面包和牛奶递给易阳。

"我刚才偷偷吃了一袋饼干，现在还不饿。"易阳不好意思地笑了笑，把偷吃说得光明正大。

对于易阳，林瑜之前没什么感觉，甚至在潜意识里还有些不喜欢，毕竟是别人的孩子，尽管这种不喜欢连她自己都没意识到。

但闻烟怀孕后林瑜经常去家里，看到易阳和闻烟的相处就释然了。他真是个好孩子。

"烟烟想吃什么？"林瑜坐在床边，看着女儿百感交集。

"没什么胃口。"有了孩子之后才懂做妈妈的感受，闻烟看着林瑜笑了笑。

"你看我这记性。"林瑜拍了拍自己的额头，然后看着谭叙深，"下午我炖了鱼汤，刚才来得着急忘带了，叙深，你在这里陪着烟烟，我现在回家取。"

"我去吧。"天色晚了，谭叙深担心她回去路上不安全。

"没事，挺近的，我一会儿就过来了。"林瑜知道烟烟现在最需要谁，女儿还是和以前一样没出息，眼神都黏在了他身上。

"让我爸送来不就好了？"闻烟说。

林瑜愣了愣，然后笑了："你看我这脑子，今天不够用了。"

林瑜坐到床边，闻烟把头往妈妈身上靠了靠，做妈妈的第一天，好像更黏林女士了。

孩子出生后，他们就回到了郊区的别墅，因为江淑因不放心他们照顾孩子，闻烟也不想让老人一直来回跑，索性就回去住了。江淑因和谭德林在家照顾孩子非常充实快乐，谭叙深担心他们累着，又请了个阿姨。

身体恢复得差不多，闻烟就去上班了。她当时在家休产假时就想，一定得快点儿回去上班，因为自己一个人在家总会乱想。

而谭叙深现在更是准点下班，一回到家就去抱他的小宝贝。

孩子现在还小，只会在地上爬，易阳就跟她一起在地毯上爬来爬去，两个人正玩得开心，谭叙深回来了。他换了拖鞋走过来，抱起小宝贝。

"爸爸，我小时候你有这么抱过我吗？"易阳歪着头看谭叙深。

"怎么还突然提意见了？"江淑因在旁边笑了，"你五岁的时候你爸还经常抱你，不记得了吗？"

易阳认真回忆了一下，好像是有这么回事。

"想起来了？"谭叙深看着他的表情笑了。

"不记得了。"易阳傲娇地移开视线，嘴角噙着笑，继续和妹妹玩。

"那现在来抱一个？"谭叙深张开了手臂。

"不，我要抱妹妹。"易阳忽然不好意思了。

谭叙深进来的时候提了一个盒子，刚才放在了茶几上，这时拿过来递给易阳。

"是什么？"易阳两眼闪着光，很期待。

"拆开看看。"谭叙深轻笑。

易阳迫不及待地拆开，是一套漫威的手办。他看清楚后没继续拿出来，而是上前几步激动地抱住谭叙深，在他脸上亲了一口。

"谢谢爸爸！"易阳笑着说。

平淡的时光像涓涓细流，有江淑因帮忙照顾孩子，闻烟在这方面没太大的压力，但工作越来越忙，这半年几乎每天都比谭叙深下班晚。

这天晚上，谭德林身体不太舒服，谭叙深就提前回去了。但到了晚上十二点闻烟还没下班，谭叙深忍不住打了好几个电话。

"还得多久？我现在去接你。"谭叙深把竹竹哄睡，穿上衣服准备出门。

"现在马上到家了，还有五分钟。"闻烟把车停在路口，声音里透着

577

疲惫。

谭叙深换鞋的动作顿住了，之后，他将车钥匙挂回原处："辛苦了，饿不饿？"

"不饿，晚上吃了好多。"闻烟笑着启动车子。

"好好开车，我在客厅等你。"谭叙深缓步走进厨房，为闻烟温了杯牛奶。

"知道啦。"

他们依旧住在郊区的别墅，每天开车挺方便的，朋友和同事口中的婆媳矛盾对闻烟来说很遥远，家里几乎没有烦心的事。

过了几分钟，闻烟回来了，刚进门就抱住了谭叙深。

"好累。"闻烟在谭叙深怀里蹭了几下。

"明天是周末，好好休息。"谭叙深把温好的牛奶放到闻烟面前。

家里人都睡了，闻烟和谭叙深坐在客厅的沙发上说着悄悄话。

"孩子睡了？"闻烟喝完了一大杯牛奶。

"嗯，刚睡着。"她嘴角沾着白色的奶渍，谭叙深笑着为她擦掉。

"我去看看。"闻烟把玻璃杯放在茶几上。

两个人一起上楼。

闻烟轻轻推开房门，房间里星星点点地亮着几盏暖黄色的小灯，孩子安静地躺在婴儿床上。闻烟站在床边看了两分钟，忍不住把孩子抱了起来，闻着宝宝身上的奶香味儿，瞬间就觉得不累了。

"回去睡吧。"谭叙深怕闻烟累着。

"再抱一会儿。"闻烟笑了笑，不想放手。

两个人的声音压得很低，孩子这时却醒了，看到闻烟后就缠着她不撒手。

"妈妈……"

一声可爱的小奶音，让闻烟和谭叙深瞬间愣住了。闻烟惊讶地看看谭叙深，又去看宝宝："宝宝？"

"妈妈……"

"谭叙深，孩子叫我妈妈了！"闻烟心里的喜悦层层翻涌，忽然激动地哭了。

"宝宝，再叫一声。"谭叙深笑着揽住闻烟的肩膀，将她们都抱在怀里。

"妈妈……妈妈……"

"宝宝真乖。"

奶声奶气的声音，像是在闻烟心里灌了蜜。她控制不住地亲孩子的脸，轻轻蹭孩子的鼻子，逗得孩子咯咯笑。

前段时间孩子先会叫爸爸，闻烟还吃了好一阵子醋，后来又反思是不是自己陪孩子的时间太少了。最后还是江淑因安慰她说，大多数孩子都是先学会叫爸爸的，因为爸爸的发音比较简单。

闻烟这才释怀，但也交给谭叙深一个任务，让他教会孩子叫妈妈。

"爸爸……"

被闻烟抱着，孩子时不时地看向谭叙深，脸上的笑容似乎可以治愈世间所有的伤痛。

"来，爸爸抱抱。"谭叙深心里泛起一阵阵柔软，伸手想要抱孩子。

"不给。"闻烟抱着孩子躲开，走到房间的另一边。

孩子被闻烟抱着走来走去，一直笑。

习惯了她的小孩子脾气，谭叙深缓步走过去，在背后环着她的腰，然后轻轻地捏了捏孩子的脸。

嗯，他抱住了两个人。

"今天想和宝宝一起睡。"靠在谭叙深怀里，闻烟微微偏头看着他。

"好。"谭叙深顺势在她唇上吻了一下。

江淑因说孩子和他们一起睡不太好，一是会吵到闻烟睡觉，二是担心他们睡觉压到孩子，所以晚上竹竹一直在她的婴儿房睡。

今天晚上，闻烟偷偷把孩子抱回了房间。

孩子已经睡着了，但闻烟还没从激动的心情中缓过来，依旧抱着孩子不想放手。谭叙深担心她睡不好，就把孩子放到了他的身侧。

"快睡吧。"谭叙深拥着闻烟。

"我想休假了。"闻烟抱着谭叙深的腰。

听到宝宝叫她妈妈，闻烟很激动，但这会儿渐渐平静下来也觉得很愧疚，这段时间她很少陪孩子。她不想让孩子在人生的第一个阶段，就缺少妈妈的陪伴。

"好，累了就休息一段时间。"闻烟现在正处于事业上升期，谭叙深很支持她去拼，但同时也很心疼她，所以尽量把家里的事安排好不让她担心。

"那你……能休假吗？"闻烟摸着谭叙深的下巴，笑得很甜，"易阳也放暑假了，好久没陪他出去玩了，我们陪两个孩子一起出去走走。"

"想去哪里？"谭叙深抓住她乱动的小手，眼里的纵容让人沉溺。

"去南城吧。"脑海里忽然闪过那段在小镇的慢时光，闻烟很向往，而且带着两个孩子也不适合去人多的地方。

"好，我回公司安排一下。"对她，谭叙深现在已经不知道"拒绝"两个字怎么写了。

半个月后，一家人一起去了南城，江淑因和谭德林近几年没来过，房子依旧是当初他们离开时的样子，那棵圣诞树还摆在那里。

前两天，他们先把家里收拾了一下，一切都收拾好之后，易阳给谭叙深捏肩膀。

"用点儿力。"谭叙深笑着指使易阳。

"这样呢？"易阳站在沙发后面，突然加大了力度。

"不错。"谭叙深闭着眼睛享受。

"吃水果吗？"闻烟端了一个果盘放在茶几上，上楼去抱孩子了。

"吃！"易阳瞬间停下来，坐回沙发上吃西瓜。

谭叙深笑着摸了摸易阳的头："明天想去哪儿玩？"

"今天我看到有人在河边钓鱼，我们也去钓鱼吧？"易阳看着谭叙深说。

"家里好像没鱼竿。"看到易阳嘴边沾了西瓜汁，谭叙深抽了张纸帮他擦掉。

"嗯……"易阳皱着眉，失落写在了脸上。

"那我们明天先去买鱼竿，后天再去河边。"谭叙深说。

"好，爸爸你真好！"易阳笑着说，露出一排白牙，眼睛也眯成了一条缝。

谭叙深十分享受儿子的奉承。

晚上吃过饭，谭叙深上楼去看孩子，易阳在厨房帮闻烟洗碗。

"出去玩吧，我一会儿就洗好了。"闻烟系上围裙，笑着揉了揉易阳的头。

"会长不高的，姐姐。"易阳整理了下被闻烟弄乱的头发，继续洗碗。

"以后肯定和爸爸一样高。"闻烟笑着说。

易阳脸上带着笑，看着闻烟洗碗，有些心不在焉。

"姐姐……"易阳吞吞吐吐的，好像有心事。

"怎么了？"哗哗的水声中，闻烟看着他欲言又止的模样。

"没什么。"易阳微微低下了头。

"好，有心事记得和我们说。"闻烟也不强迫他，等他想说了自然就会说。

易阳一直心神不宁，直到闻烟把厨房收拾干净了才犹豫着开口。

"姐姐……你想让我叫你妈妈吗？"易阳认真地看着闻烟的眼睛。

迎着易阳的目光，闻烟一时间有些反应不过来。过了几秒，她弯腰和易阳平视，笑着说："怎么了？是不是有人说什么了？"

"没有。"易阳摇了摇头。

"那怎么突然想到这个问题？"闻烟干脆蹲下来，拉着易阳的手。

这两年，易阳越来越懂事，对家里的情况也越来越了解，当然也产生了一些困惑。

"嗯……"易阳还是吞吞吐吐的，看着闻烟，"姐姐对我很好，我知道爸爸和姐姐是夫妻，我们是一家人，但我担心姐姐不喜欢这个称呼。"

"傻孩子。"闻烟忍不住又揉了揉他的头，"你想叫什么就叫什么，不用管外人说什么，我们是一家人，自己过得幸福快乐就好了，不要在意其他人的看法。"

闻烟担心有人在易阳身边说了什么。

"真的吗？"易阳忽然笑了。

"嗯，一个称呼而已，你叫什么我都喜欢。"闻烟点了点头，停了一下，微微嘟着嘴说，"但叫妈妈会显得老。"

"哈哈哈，姐姐不老，那我就还叫姐姐，姐姐、姐姐……"易阳连着叫了好几声。

"真乖，快出去玩吧。"闻烟从地上站起来。

易阳没了心事，高兴地从厨房跑了出去。

闻烟看着易阳的背影，嘴角挂着浅笑，自从当了妈妈，她很能理解那份感情，特别是竹竹叫了那声"妈妈"之后。闻烟知道这个称呼对孩子意味着什么，所以不想剥夺另一个女人的爱。

谭叙深上楼轻轻推开房门，看到孩子躺在婴儿床里，抱着一只粉白色的小兔子玩偶爱不释手，嘴巴正慢慢地靠近小兔子的脸。

"在干什么？"谭叙深在旁边笑了，心里像吃了棉花糖一样甜。

看到谭叙深过来，孩子笑着翻了个身，还悄悄地往被子里藏，谭叙深不得不怀疑这是不是家族遗传。

他笑着把孩子抱起来："宝宝在做什么？"谭叙深抱孩子的动作越来越

熟练，他拿纸巾帮她擦掉嘴角的口水。

"亲亲……兔兔……"

婴儿床里那只粉白色的小兔子趴在那里，头占了身体的一半，粉色的身体，白色的四肢和尾巴，可爱极了。而谭叙深看孩子的眼神，和竹竹看那只小兔子的眼神一样。

"亲亲爸爸。"谭叙深笑着把脸凑过去，等待着甜甜的亲吻。

孩子虽然听不懂谭叙深的话，但懵懵懂懂地顺势在他脸上亲了一下。

"真乖。"从进来的那一刻谭叙深脸上的笑没有停过，情不自禁地亲了下孩子的额头。

竹竹从小就很乖，很少哭闹，和闻烟的性子很像。谭叙深把她放在靠墙的地毯上，她自己爬来爬去。他躺在地毯上看着孩子，心里全是满足。

烟烟小时候也是这样吧？谭叙深总能在孩子身上看到很多闻烟的影子。突然理解了把女儿嫁出去的心情，谭叙深自私地想把他的小公主一辈子留在家里。

没过多久，闻烟和易阳上来了，四个人在小小的房间里玩得不亦乐乎。

买好鱼竿后，他们去了河边。

河边坐着的都是老头儿和老太太，隔得不是很远，谭叙深他们一家显得格格不入。

这条河周围的环境很好，芦苇和杨柳随着微风轻轻摆动，阳光明媚却不热，风吹来时很惬意。

闻烟在旁边铺了一块野餐垫，把买的零食和水果都拿了出来，都是她和易阳一起买的。他们两个人在一起完全没有代沟。

"姐姐，你也来玩吧！"易阳拿出鱼竿。

"你们玩，我吃东西顺便照顾妹妹。"闻烟已经拆开了一袋薯片，竹竹乖乖地在野餐垫上爬。

"玩……"竹竹好奇地看着闻烟手里的薯片。

"想吃吗？"易阳忽然放下鱼竿，拿了一袋薯片坐到竹竹身边。

竹竹不太会说话，只是傻笑着看向易阳手里的薯片。

"竹竹呀，你什么时候才会叫哥哥呢？"易阳苦恼地看着妹妹。

孩子现在会说一些简单的词，但始终不会叫哥哥，易阳无奈极了。

"这几天我好好教她，回 A 市前一定让她学会叫哥哥。"闻烟笑着把一瓶酸奶递给易阳。

"笨竹竹，好好学知道吗？"易阳轻轻摸了摸妹妹的头。

竹竹用咯咯的傻笑回应他。

谭叙深陪他们玩了一会儿，就和易阳去旁边钓鱼了。易阳之前和谭叙深去钓过鱼，也和爷爷去钓过鱼，所以技巧都懂，但半个小时过去了，两个人还是一条鱼都没有钓上来。

"爸爸，我们今天不会空手而归吧？"易阳看着空空的桶。

"要有耐心，爷爷教的都忘了？"谭叙深笑了笑。

最开始易阳是跟着谭德林学的钓鱼，谭老退休后喜欢和朋友一起钓鱼，每次都带着易阳。最初谭叙深担心

孩子不喜欢，但没想到易阳还挺喜欢的。

"知道了，"易阳刚说完，看着河对岸又皱起了眉，"那边的老爷爷都钓上来两条了。"

在易阳说话的同时，谭叙深的鱼竿忽然一沉。他耐心地慢慢收线，易阳也察觉到了旁边的动静，立即闭嘴，害怕把鱼吓跑。

谭叙深钓到一条还算大的鲫鱼。

"爸爸真厉害！"易阳羡慕地喊道。

"儿子再接再厉。"谭叙深看着易阳笑了。

"爸爸钓上鱼来了，我们去看看。"闻烟抱着竹竹往前走了几步。

"爸爸……爸爸……"看着桶里活蹦乱跳的鱼，竹竹兴奋得一直喊爸爸，越叫越熟练。

"宝宝喜欢吗？"谭叙深看着她趴在桶边，捏了捏她软软的脸。

"你说喜欢。"闻烟在后面扶着她，教她说话。

"爸爸……"孩子还学不会，一直高兴地看着桶里的鱼。水面上倒映着她肉肉的小脸。

"竹竹，哥哥钓上小鱼来，你也叫哥哥好不好？"易阳这次彻底吃醋了，拉起孩子的手试图吸引她的注意力。

但竹竹只会看着易阳傻笑，在他的脸上胡乱地摸来摸去，"哥哥"这个称呼怎么都学不会。

"你说，好的，哥哥。"闻烟教孩子说话。

"嘻嘻……"竹竹看着易阳，脸上挂着甜甜的笑。

"哥哥最喜欢你了，把这块饼干给哥哥。"谭叙深往孩子的手里放了块饼干。

"给哥哥。"闻烟举着她的胳膊往易阳面前伸。

那块饼干比她的小手还要大，在闻烟的辅助下，孩子终于把饼干递到了易阳面前。

"竹竹真乖！"易阳把饼干掰成两块，一块放到她的小手里，"竹竹一半，哥哥一半。"

几个人在垫子上玩闹了一会儿，易阳又坐回到凳子上，专心致志地钓起鱼来。谭叙深也坐到了他身边。

闻烟坐在那里看着他们的背影，一大一小戴着草帽的样子有趣极了。

过了将近一个小时，易阳终于钓上一条鱼来，比谭叙深钓的那条小一点儿，但他还是很兴奋，看着妹妹大喊："竹竹，我钓到鱼了！"

"你快说哥哥真棒！"闻烟抱着孩子往前走了几步。

"棒……"孩子看着易阳，笑出两个小酒窝。

"唉，算了，看在你给哥哥饼干的分儿上，我就不跟你计较了。"易阳拉着她的小手。

临近傍晚，他们钓了满满一桶，最后只留下了一条小鱼，把其他的全部放生了，然后一家人迎着暮色一起回家了。

晚饭后，闻烟榨了几杯果汁放在茶几上。

"明天想做什么？"闻烟坐到易阳身边。

"明天上午写一会儿作业，下午接着玩！"易阳太喜欢南城了。

"作业难不难？"闻烟正想跟他说作业的事。

"难不倒我。"易阳得意地笑了。

"不错，和我一样聪明。"闻烟端着果汁，美滋滋地喝着，还喂了竹竹一小口。

"爸爸，姐姐真自恋。"易阳扭头看着谭叙深说。

谭叙深满脸笑容，无声地点了点头，但闻烟在和竹竹玩，没有看见父子俩的小动作。

"易阳，我听星野老师说，下个月有个画画比赛是吗？"闻烟转身看着易阳。这两年他一直跟着星野学画画。

"不用担心，我都准备好了。"易阳起身坐到竹竹身边，和她玩。

第二天下午，闻烟吃过午饭在院子里休息。她看着旁边花园里的花草，突然指着一边的空地说："我们把另外一边也种上花吧。"

花园不大不小，但只有一半有东西，另一半是空着的。

"想种什么？"谭叙深问她。

"种向日葵吧，很好看。"易阳坐在秋千上荡来荡去。

向日葵，太阳花。

"好，听易阳的。"闻烟笑了笑，本来就是陪孩子玩，种什么都可以。

"但是夏天播种能生长吗？"在小孩子的认知里，植物都是春天播种，夏天开花，秋天结果。

闻烟一时间也愣住了。她对农作物也没有概念，下意识地看向谭叙深："可以吗？"

"应该可以，试试吧。"谭叙深这种以前连厨房都不进的人，对这种事当然也没有概念。

买好向日葵种子，易阳和谭叙深就开始在花园里劳作了。他们先把土松了松，把种子埋进去，然后浇水。

闻烟把竹竹放进婴儿车里，泡了几杯茶拿到院子里，还单独给易阳榨了杯西瓜汁。

"累不累？"闻烟看见易阳的额头上冒了汗。

"不累，感觉很好玩。"易阳的小脸红扑扑的，他接过闻烟递来的西瓜汁，"谢谢姐姐。"

放在院子里的茶也不太烫了，闻烟端过来递给谭叙深，还帮他擦了擦脸上的细汗。

"好喝吗？"闻烟笑着问他。

"有点儿甜。"谭叙深喝了口，淡淡的茉莉清香中有一丝甘甜。

"放了一小块冰糖。"闻烟也就着他的杯子喝了一小口。

种好之后，易阳站在花园边看着那片空地，像是在巡视自己的领土，然后从花园里摘了朵月季花走到婴儿车旁边。

"竹竹，哥哥送你朵小花花。"担心刺会扎到她，易阳只摘了几片花瓣放到她手里。

竹竹玩着手里的花瓣，看着易阳笑了笑："哥……哥……"

易阳愣住了，呆呆地看着妹妹，过了好久才兴奋地朝谭叙深跑过去，像小时候那样抱住他的腰："爸爸！竹竹叫我哥哥了！"

闻烟和谭叙深面对面站着，相视一笑。

—全文完—